이건숙 문학전집 13_2

바람 바람 새 바람

이건숙 문학전집 13_2

■

바람 바람 새 바람

이건숙②대하소설

문학나무

| 작가의 말 |

겨레의 가슴 속에 살아있는 복음의 발자취

우리 민족은 별스럽게도 창조주를 찾아 헤맸고 그럴 수밖에 없는 영적 소인을 지니고 있었다. 반만 년의 길고 긴 터널을 통과하면서 몸부림친 끝에 간신히 참 빛이 스며든 지 150여 년, 그 기간 중 전반부 50년(1860-1910)이 소설의 배경이 된다. 기독교가 이 땅에 들어온 초창기 오천 년의 전통을 깨뜨리는 단말마의 비명이 이 소설의 주제다. 특히 의주지역에 초점을 맞추고 불어오는 변혁의 물결에서 몸부림친 기독교에 초점을 맞춘 역사소설이다.

박진사댁 씨받이로 이용되고 버려진 검동이는 쪽복음을 들고 다니면서 전도를 한 여명기 우리 여성들의 전형적인 인물이다. 동물보다 못한 삶을 살았던 백정 출신 대석과 백석이 성령을 받고 지도자로 부상하기도 한다. 종살이를 하던 문한은 양반들을 밀어내고 사업가로 성장하고 양반의 아들로 태어난 서출은 사탄의 화신이 되어 자신의 핏줄이 섞인 천민들을 증오하면서 괴로워하기도 한다. 사랑하는 여인을 씨받이로 빼앗긴 머슴 봉수의 증오는 변혁의 바람을 타고 만주와 미국 땅을 수놓기도 한다.

우리의 기독교 초창기 50년 역사는 손에 땀을 쥐게 하는 흥미로운 사건들 투성이다. 이스라엘처럼 전쟁이 그치지 않는 틈새 국가인 한반도에 불어온 성령의 바람은 하나님이 사랑하여 택한 민족에게 내려진 하나님의 역사이기 때문에 숨가쁜 사건들이 역사의 흐름을 타고 이 민족 삶의 구석구석에 아로새겨져 있다.

문맹이었던 이 민족의 눈을 뜨게 해준 것은 쪽복음을 읽히면서부터이다. 쪽복음을 이고지고 발이 부르트고 허리가 휘도록 하루에 백여 리 씩 걸어 다니면서 말씀을 읽을 수 있도록 한글을 가르쳤던 사람들은 천대받던 천민출신 여자들이었다. 예수를 제일 먼저 영접하고 성령을 받았던 사람들은 이름도 빛도 없었던 민초들이었다. 이들의 희생과 눈물의 수고를 통해 한국의 기독교는 세계적인 이목을 끌게 되었다.

1981년 소설가로 등단하고 나서, 기도 중 100년 우리나라 기독교 역사를 소설로 쓰고 싶다는 마음이 불같이 일어났다. 그간 꾸준히 자료를 모으면서 준비를 했으나 목사의 아내라는 자리가 글만을 쓰기에는 너무나 벅차고 힘이 들어 울기도 많이 했다. 그래도 욕심껏 스케일을 크게 잡고 끌고 갔으나 남편의 소용돌이치는 목회를 돕다 보니 마지막까지 100년을 다 쓰지를 못하고 초창기 50년만 집필했다. 역사의 시루떡 켜, 켜에 이름 없이 빛도 없이 스러져간 민초들은 순전히 작가의 상상으로 만들어낸 인물들이고 역사의 주류를 이루고 등장한 널리 알려진 인물들과 사건을 등장시켜 역사의 현장감을 살리려고 노력했다.

『바람 바람 새바람』이 3년 간 《국민일보》에 연재되는 동안 많은 독자들의 기도와 격려의 전화를 받으면서 아하! 이 소설을 쓰기 잘했구나 하는 기쁨을 느꼈고 힘도 얻었다. 매일 꼬박 들어앉아 글을 쓸 수 없었던 것이 참으로 아쉽다. 남편의 목회를 내조하느라 틈틈이 글을 쓸 수밖에 없었고 시부모와 시누이 시동생들을 돌보고… 그렇게 들락날락 하다보면 기억을 더듬어 맥을 잡느라고 몸부림치면서 신음하고…. 이런 와중에 그래도 이만큼 쓴 것은 하나님께서 내 손을 붙들어주셨기 때문임을 솔직히 고백한다.

이 소설을 읽는 독자들이 이 민족을 더 사랑하기를 소망한다. 소설 속에서 하나님의 손을 보기 바란다. 사악한 인간의 옛 성품이 변하여 새 사람이 되는 과정을 보면서 성령을 체험하기를 소원한다.

의주 방언을 소설에 써서 지청구도 많이 들었고 칭찬도 수없이 들었다. 그래도 끝까지 고집하면서 쓸 수 있었던 것은 순전히 나의 고등학교 시절 국어를 가르쳐주셨던 최영일 은사님 덕분이다. 매번 연재되기 전에 그곳 방언을 아시는 목사님의 검토를 받았기 때문이다. 하지만 3부까지 퇴고를 다시 보며 의주방언으로 고민을 많이 했다. 기록으로 남은 방언은 확인했지만 구전으로 내려오는 그들의 방언을 그대로 표현하자니 조금 찜찜하기도 해서이다. 혹시 틀리는 방언이 나와도 이해해주기를 바라는 마음이다. 제자 정말희 감사에게도 고마움을 전한다. 감사원의 일이 바쁜데도 탈고하면 제일 먼저 독자가 되어 원고를 수정해 주었기 때문이다.

《국민일보》 연재가 끝나고 오랜 시간 책으로 출간하지 못했다. 소용돌이치는 삶속, 잦은 이사 탓으로 원고를 모두 잃어버렸기 때문이다. 최근 놀랍게도 쓰레기로 버리려는 헌책들 속에서 모든 원고를 찾아냈다. 아하! 이건 성령의 역사구나 하고 놀라며 기적에 가까운 이 일을 놓고 감격했다.

전집을 내면서 전부를 퇴고하여 처음으로 책으로 묶어내는 동안 새롭게 나 자신을 바라보게 되었고 기쁨을 느끼며 감사함이 넘쳤다. 초창기 기독교 역사소설로는 아마 우리나라에서 처음 시도한 것이라 두고두고 많은 사람들에게 좋은 자료도 되고 감동도 주리라 확신한다.

2022년 7월
신촌 서재에서
이건숙

차례

2권 차례

1권 차례

녹슨 대문

1

'나라의 동량이요, 신첩 친정의 대를 이을 사람을 구해주셔서 고맙습니다.' 라고 수없이 머리를 숙이며 고마워하는 민비의 배려로 알렌은 어의(御醫)의 자리에 오르게 되었다. 대원군 시절에는 상상도 못할 일이었다.

알렌은 왕과 왕비에게 직접 자신의 의중을 풀어놓았다.

"조선에는 병이 많습니다. 특히 회충이 많아 배앓이를 하는 사람, 안질, 피부병, 매독, 천연두, 특히 이빨이 나쁜 사람이 많습니다. 병원이란 걸 세워서 이런 사람들을 치료하고 돌보는 것이 어떨까요? 제 나라 미국의 자선사업기관에서 생활비를 받아쓰면서 조선의 병자들을 돌보고 싶은데 윤허해 주시겠습니까?"

"어어! 그거 아주 좋은 생각이오. 우리가 도와줄 것은 없는가?"

고종은 감격해서 만면에 웃음꽃이 피었다.

"환경이 좋은 장소와 건물을 하나 희사해 주시고 일 년 경상비와 약품대로 3천 불을 대주십시오. 그러면 병원을 운영하면서 곁들여 총명한 청년들을 뽑아 서양의학도 가르칠 것입니다."

"그거 아주 좋은 계획이군. 그럼 어떤 장소가 좋을까?"

왕이 흔쾌하게 승낙하자 민비가 나섰다.

"재동(齋洞)에 있는 홍영식의 저택이 어떨까요?"

영의정을 지냈던 홍영식의 아버지 홍순목은 아들이 갑신정변을 일으켰다가 실패하고 처형되자 열 살 난 손자를 독살한 뒤에 스스로 목숨을 끊었고 홍영식의 처도 자결하여 폐가가 된 집이다. 그 집에 그렇게 하여 세운 병원을 광혜원(廣惠院)이라고 했다. 의술의 혜택을 세상 널리 펼친다는 뜻이다.

죽을 목숨을 건져준 감사의 예물로 민영익은 금덩이를 한 말박을 담아 알렌 선교사에게로 가져왔다. 그 정도면 1만5천 가마의 쌀값에 맞먹는 것이라고 한다. 알렌의 어깨는 으쓱했다. 더구나 광혜원이 문을 여는 날부터 환자가 구름처럼 모여들었다. 피투성이가 되어 죽어야했던 민영익 대감을 살린 의술을 베푸는 집이었다. 조선의 많은 주부(主簿)들이 치료하지 못한 상처를 고쳐준 서양의사의 소문이 불길처럼 퍼져서 하루 2백50명이 넘는 병자들이 모여들어 숨 돌릴 여유가 없을 지경이었다. 바로 이곳, 광혜원으로 대석(大石)이 오게 되었다. 로스 목사가 소개장을 써서 보낸 것이다. 대석은 손이 모자라 쩔쩔매던 알렌 의사를 따라다니며 환자들을 돌보고 서양의학을 공부하기 시작했다. 외과교실에서 알렌과 헤론이 실용의술을 가르쳤고 언더우드는 물리학과 화학을 강의했다. 만주의 선교사 병원에서 의사를 따라다니며 의술을 익혔던 대석은 알렌에게 아주 큰 도움이 되었다.

광혜원이 설립된 다음해 여름, 콜레라가 한성 시내를 휩쓸었다. 유행 초기에는 하루 밤에 1백50여 명씩 죽어 서대문 밖으로 실려 나갔다. 시간이 흐를수록 병은 급속도로 퍼져서 울부짖는 울음소리가 한성 시내를 진동했다.

7월 중순 한창 더운 날씨에 비까지 추적추적 내려서 병은 더욱 기세를 부렸다. 대문에 큼직한 고양이 그림을 너도 나도 그려 붙이느라고 야단이었다. 쥐 귀신이 극성을 부리는 것이니 쥐를 잡아먹을 고양이를 그려 붙이는 것이다. 백성들이 전염병에 대항할 수 있는 일이란 고작 고양이 그림이 전부였다.

거지 소녀가 길가에 쓰러져 죽어가고 있었다. 대석이 보다 못해 병원과 멀리 떨어진 곳에 격리수용했으나 이틀 밤을 지내고 죽어버렸다.

"이를 어카디? 어디에 묻어야 하는 것이디…."

대석은 이런 아이들을 볼 적마다 의붓어머니 검동에게서 태어났을 동생을 생각했다.

"우선 서대문 밖으로 대불고 나가보자우"

16명의 의학도들과 함께 죽은 시신을 서대문 밖으로 옮겼다. 호열자에 걸려서 쫓겨난 가난한 사람들이 성벽 밑에 즐비하게 누워있었다. 60여 채의 초막이 줄을 이어 있고 그 안에서 죽어가는 사람들의 신음 소리가 진동했다.

대석은 허탈해서 되돌아왔다. 사람이 이렇게 많이 죽어나가는데 이 병을 어떻게 잡는단 말인가. 시름에 잠겨 한성의 중심가를 거닐고 있을 때 번듯한 기와집에서 콜레라에 걸린 여종을 내쫓고 있었다. 대문 밖으로 쫓겨나는 여종은 열 살이 넘었을까. 대문을 부여잡고 쫓겨나지 않으려고 울부짖는 소리가 귀청을 찢었다. 대석은 소녀의 손을 잡아끌고는 비어 있는 집으로 들어가 방에 뉘었다. 겁에 질린 소녀는 낯선 대석의 얼굴을 피해 삐질삐질 입을 씰룩여가며 울었다. 탈수증상이 심해 뺨의 근육이 경련을 일으켰다. 다음날 새벽 가보니 간밤에 내린 비를 맞으며 소녀는 땅바닥에 나동그라진 채 숨이 끊어진 상태였다. 먹을 물을 찾아서 밖으로 기어 나온 모양이었다.

소녀의 시체를 홑이불로 싸서 일꾼 두 사람을 사서 묻게 했다.

"우리 되선 사람들의 생활수준을 높여야 해."

대석이 신음하며 중얼거렸다. 물을 끓여 먹고 환경을 깨끗하게 해주어야 한다. 뒷간을 고쳐야 하고 부엌 시설도 고쳐야 한다. 날 것을 먹지 말고 음식을 끓여 먹으며 행주나 그릇까지 모두 삶아 소독하여 균을 죽여야 하는데… 하수도 시설이랍시고 골을 파놓은 시궁창은 악취가 심했고 골목마다 흘러나오는 오물로 인해 질퍽했다. 그야말로 병균의 온상지였다.

7월 15일에서 25일 사이는 뜨거운 김이 오른 시루 속처럼 안개가 서리고 비가 구질구질 오는 음습한 장마날씨였다. 3천 명이 넘는 사람들의 시체가 시구문 밖으로 실려 나갔다. 26일 하루 동안에만도 3백40명이나 죽었다는 소문이다.

대석은 죽음의 공포에 싸인 한성을 돌아보고 울적한 기분에 잠겨 알렌 의사 집으로 향했다. 고종은 알렌에게 안련(安蓮)이란 이름으로 참판벼슬을 내렸다. 처음 한성에 들어올 때와는 딴판으로 당당한 위치가 된 셈이다.

오만 냥을 요구하는 사냥꾼과 옥신각신 끝에 삼만 냥을 주고 호랑이 가죽을 산 알렌의 얼굴에 만족한 미소가 흘렀다. 조선의 범 가죽은 빛깔이 선명하고 털에 윤이 나며 무늬가 아름다워서 선교사들이 가장 좋아하는 품목이다. 삼만 냥이면 15불에 해당하는 큰돈이었다.

"지금 한성에 죽음의 물결이 거세게 일고 있습니다. 죽어가는 병자들이 실려 나가고 있는 서대문 밖에 저와 함께 나가보지 않겠습니까?"

대석의 말에 알렌은 범 가죽을 밀쳐놓고 가마를 준비시켰다. 8명의 가마꾼이 뒤를 따랐다. 네 명이 가마를 메고 가다가 힘이 들면 교대할 사람들이다. 성 밖에 나오니 사방에서 울음소리가 진동했다. 아이고! 아이고! 울어대는 통곡이 무지근하게 더운 공기 속으로 녹아드는 가운데 간간이 여인의 째지는 듯한 절규도 섞여있어 소름이 끼쳤다. 초막이 성을 따라 즐비했고 집도 돈도 없이 쫓겨난 천민들이 성벽에 의지하고 눕거나 앉아서 신음했다.

"자네는 만주 우장(牛莊)에서 로스 목사에게 세례를 받았다고 했나?"

"네."

"지난 토요일 그러니까 25일 한성에서는 최초로 노도사라는 사람에게 언더우드 목사가 세례를 주었어. 내 사무실에서 성경을 몰래 가져다가 읽어보고 예수를 영접한 사람이지. 세례를 받으면 이웃의 분노를 사게 될 것이고 위험에 처할 수도 있다고 했는데도 머리를 목사의 손 밑에 디밀더라고. 이 한성 땅에서 세례를 받은 최초의 신자가 나온 셈이야."

그때 성벽 멀리 비탈진 풀밭에 기대앉아 있는 남루한 여인이 눈에 띄었다. 꼬마가 어머니의 가슴으로 파고들며 훌쩍거렸다. 알렌의 가마가 그 옆을 스쳐 지나갈 때 대석의 눈이 울어대는 아이의 눈과 마주쳤다. 알 수 없는 힘이 그를 잡아끌었다. 여자 아이의 눈에 고인 눈물이 햇빛에 반사되어 영롱한 빛을 발했다. 가마는 저만큼 가고 있는데 대석은 그냥 스쳐지나가지를 못하고 병든 모녀에게 다가갔다.

얼마를 앞서 가던 알렌 의사가 가마꾼들을 멈춰 서게 했다.

"이봐! 대석 군. 어제도 길에 나동그라진 시신을 3천 냥을 줘 묻게 했는데 모녀를 또 맡으면 일꾼을 사야 한다고. 자네에게 그만한 돈이 있어?"

3천 냥이면 1달러 50센트 정도의 돈이었다. 하긴 사방에서 많은 사람들이 죽어가고 있었다. 모두들 긴장했고 정치도 마비상태였다. 고종은 외국의술에 도움을 청했으나 손 쓸 수도 없이 병은 번졌다. 간밤엔 한 집안 여섯 식구가 몽땅 죽었다고도 했다. 대석은 돈이란 말에 죽어가는 모녀를 버려두고 일어섰다. 그러나 가슴 깊은 곳에서 양심의 소리가 그를 괴롭혔고 하필이면 아이의 눈이 그의 발목을 붙잡고 늘어져서 다시 돌아섰다.

"여보시! 여기 그렇게 누워 있으문 이 밤을 넘기지 못하고 죽습네다."

고개를 꺾어 가슴에 묻고 개구리처럼 웅크린 여자가 갑자기 몸을 일으키더니 울컥 쌀뜨물 같은 것을 토해냈다. 아이의 울음소리가 커졌다. 겁에 질린 울음이다. 양복을 입은 대석의 옷차림이 낯설어서 더 우는 모양이다. 딸의 울음소리에 정신이 돌아온 여자는 한 손으로 아이의 머리를 쓰다듬고는 다시 몸을 앙당그리고 비탈에 기대어 누웠다.

"아무래도 이 모녀를 서대문 아낙으로 옮겨야겠습네다."

알렌은 마지못해 그러라고 머리를 끄덕였으나 못마땅한 표정이 역력했다. 사방에 죽어 넘어진 사람들을 어떻게 모두 구하겠느냐는 비아냥거림이 얼굴에 서렸다. 가마꾼들에게 돈을 주어 모녀를 서대문 안으로 끌고 들어왔다. 호열자를 피해 시골로 모두 떠나버린 탓인지 빈 집들이 즐비했다. 울안이 넓은 아담한 집으로 모녀를 데리고 들어갔다. 대석이 부엌으로 나가 가마솥에 물을 붓고 불을 지폈다. 대접에 끓인 물을 담아서 모녀 곁에 놓았다. 똘망한 눈을 뜨고 대석을 쳐다보는 쪽은 병든 어머니가 아니라 어린 소녀였다. 여자는 너무 토하고 싼 탓인지 정신이 없었다.

"이건 끓인 물이다. 목이 마르문 마셔라. 그리고 큰 솥에 물을 잔뜩 끓여 놓았으니끼니 그걸루 몸도 씻구. 내 말 알아들었네? 내레 내일 다시 오마."

다음날 구급약을 가지고 다가갔다. 여아는 대석을 보더니 울지를 않고 다소곳하게 머리를 숙였다. 벽을 향해 누워있는 여자는 고비를 넘긴 듯 숨결이 편안했다. 그때 갑자기 여자의 입에서 이런 기도가 터져 나왔다.

"쥬여! 쥬여! 우리 모녀를 긍휼히 여겨 살려주시라요."

비렁뱅이 여자의 입에서 쥬여! 라는 말이 터져 나오자 대석은 멈칫했다. 한낮이건만 방안은 어둑했다. 그럼 이 거지 여인이 야소교인이란 말인가.

"지금 머라고 했네? 네 오마니레 머라고 기도하고 있간?"

대석이 신을 벗고 방안으로 들어오자 어린 아이는 쪼르르 에미 곁으로 갔다. 여자의 입술은 심한 탈수로 인해 갈라지고 부르텄고 얼굴은 그간 얼마나 토했는지 오물로 앙괭이를 그려서 본래의 모습은 상상조차 할 수 없었다. 여자는 창호지로 수없이 땜질한 문을 통해 희미하게 들어오는 빛을 등지고 서 있는 사람을 볼 기운도 없는지 눈을 질끈 감고 있었다.

가마를 보내 모녀를 광혜원으로 데려오게 했다. 쥬여! 라고 절규했던 여인의 음성 때문이었다. 언청이 봉합수술이 있어 수술실에 갇혔던 대석은 오후 늦은 시간에 모녀를 보기 위해 병실로 향했다. 복도에 나와 있던 여자애가 반색을 하며 앞장섰다. 깨끗한 옷을 입고 문 쪽으로 얼굴을 두고 모로 누운 여인을 보는 순간 대석이 자지러지게 놀라 비명을 질렀다.

"아니 아니! 훗오마니 아니오. 오마니! 아아!"

의사 복을 입은 대석을 알아본 검동이도 너무 놀라 멍청한 얼굴이었다.

"훗오마니레 한성꺼정 와서 살아 있었다니! 고럼 저 애가 내 동생이구!"

대석이 백경을 끌어안자 아이는 대석의 가슴에 머리를 묻었다.

"서간도루 가지 않구 남쪽으로 갔다는 말은 도검돌 아즈바니를 통해 들었습네다. 하지만 피양이나 센텐 어디메이 있는 줄 알았넌데…."

그제야 검동이는 겨우 입을 열었다.

"백경 아바지랑 금경이 박진사에게 맞아 죽구 노마님은 나를 잡아 죽이려구 사람들을 풀오놔서라무니 무조건 남쪽으로 도망티다가 예꺼정….”

대석의 손을 잡고 검동은 소리 내어 엉엉 울어댔다. 한(恨) 덩어리가 풀리는 듯한 울음이었다. 대석을 만난 기쁨으로 검동의 건강은 급속도로 회복됐다. 환자들로 북적거리는 병원에서 오래 누워있기가 민망해진 검동은 조금씩 병원 일을 돕기 시작했다. 할 일이 너무나 많았다. 청소도 해야 하고 병실의 빨래도 산적해서 그녀는 눈코 뜰 새 없이 바빠졌다.

재동 홍영식의 집이 비좁을 정도로 병든 사람들이 꾸역꾸역 모여들자 구리개로 병원을 옮길 수밖에 없었다. 알렌이 선교사직을 그만두고 광혜원을 사임하자 헤론(Heron)이 원장이 되었고 광혜원을 제중원(濟衆院)으로 이름을 바꾸었다. 사람들로 붐비는 병원에서 어미 곁을 맴돌며 혼자 놀고 있는 백경이 대석에게 큰 걱정거리였다.

“백경을 엘러스 선교사에게 맡기구 오마니는 병원을 떠나시라요.”

“아직도 나이가 어린 백경을 어캐 떼어놓을 수 있갔네.”

“오마니두 엘러스 선교사님을 아시디요? 왕실과 고관대작 부인들 치료를 담당하구 병원에선 부인들을 담당한 여의사 말이야요. 우리 병원에 있던 다섯 살 난 고아 정례를 사택에서 데불고 글을 가르치고 있넌데 이 겨울에는 업이, 복업이, 용희가 들어왔다니 백경두 거기 넣읍세다.”

사람들은 엘러스의 사택을 고아원이라 하더니 요즘은 정동여학당이라 했다. 대석의 고집을 꺾지 못하고 백경을 엘러스에게 맡기고 검동이 혼자 연못골로 돌아갔다. 딸을 양인에게 주고 왔다는 소문은 금세 주위에 퍼졌다.

"양국관에 넣으면 무얼 하는지 알아? 야소교인들 뻔한 것 아니야. 길러서 제 나라의 색주가에 팔아먹는 거라고. 양귀신의 노리갯감이 된다는 걸 모르다니 기가 막혀서. 서양귀신이 센가, 우리 귀신이 센가 한번 맛을 볼래."

검동과 복순엄마 박씨 부인을 묶어놓고 사람들이 때리기 시작했다. 주먹으로 때리고 발로 걷어차고 나중에는 옷을 찢어서 속살이 드러났다.

"이건 우리가 때린 것이 아니고 우리가 모신 귀신들이 때리는 것이다. 자자! 이래도 너희들이 믿는 서양귀신이 아프지 않게 보호할 것이니 괜찮지?"

"박씨 부인과 검동은 온 몸에 멍이 들고 옷이 걸레처럼 찢어져서 길가에서 혼절해버렸다. 두 여인은 동네 사람들이 사라진 뒤 기어서 집에 돌아왔다. 찢어진 옷을 벗으며 박씨 부인이 훌쩍였다.

"세상은 잠시 머무는 주막이다. 복순이나 백경은 예수 씨를 믿구 호강할 터이니끼니 걱정 말라우. 우리가 맞아 죽는다문 천당에 가니 얼매나 돟아."

"죽은 뒤에 좋은 곳에 간다 해도 지금 살아서 이런 고통을 당하는 건 참을 수가 없어. 그리고 백경을 복순이 있는 곳에 함께 넣지 그랬어."

"다 하나님의 뜻이야. 우리 기도하자우. 하나님이 우리를 돕고 계시니끼니."

딸이 보고 싶어 안달이 난 검동은 혼자서 엘러스의 사택으로 갔다. 대문 틈으로 들여다보니 다홍색치마에 노란저고리를 입은 백경이 한가하게 마당을 거닐고 있었다. 아이에 대한 정이 울컥 치솟더니 가슴 한가운데를 꿰뚫는 진한 아픔으로 인해 숨이 막혔다. 검동은 숨을 가다듬고는 대문 쇠고리를 잡아 흔들었다.

엘러스가 거하는 사택 뜰 안에 자리 잡은 일자 한옥은 세 개의 방이 있어 두 개는 교실로 쓰고 끝 방은 보모가 기거했다. 백경이 보모 방으로 들어와 어미 앞에 큰 절을 올렸다. 다홍 댕기를 길게 땋아 내린 머릿결에 윤기가 흘렀다. 대가의 범절까지 익힌 딸은 아주 어른스러웠다.

"오마니! 내 걱정은 마시라요. 요거 보시라우요. 겉옷 이외에도 고쟁이, 내복, 버선까지 거저 줍네다. 음석두 너머너머 좋습네다. 보선두 주구 비가 오문 나막신을 준답네다. 얼매나 호강을 하는지 몰라요. 그리구 오미니터럼 여기서는 예배를 봅니다. 성경두 배우구 찬송도 많이 불러요. 하나님을 믿자, 바르게 살자, 이웃을 사랑하자, 이게 우리가 공부하는 목표랍네다."

그때 엘러스가 검동이 곁으로 왔다.

"길에 버려진 여아들을 보면 여기 데려다 주시요. 먹이고 입히고 공부시킬 것입니다. 여자도 하나님의 귀한 자녀입니다."

여자도 하나님의 귀한 자녀라니! 그 순간 강한 바람이 검동의 전신을 감쌌다. 갖바치들이 사는 연못골과 배추장수들이 모여 사는 방아다리, 병졸들의 마을인 두다리목에는 입지도 못하고 먹지도 못하는 백경이 또래 여자 아이들이 얼마나 많은가! 그 애들을 여기로 데려오자. 불쌍한 여자 아이들에게 빛을 주자. 하나님의 딸이 되게 하자.

검동이가 엘러스에게 바짝 다가앉았다.

"내레 백경이같이 불쌍한 여아들을 뚜간(이따금) 여기루 데불구 오갔습네다."

검동의 제의에 엘러스는 눈물이 글썽할 정도로 기뻐했다.

"많이 아주 많이 할 수만 있으면 보는 대로 다 데리고 오시요. 그러나 여길 올려구 하겠습니까? 여자가 글자를 배우는 것도 큰일 날 일이라고 양반들의 항의가 있었습니다. 더구나 진서(眞書)를 놔두고 언문을 배워주니 상놈들 하는 짓을 한다고 조정의 높은 분들이 뭐라고 했습니다. 하나님이 하셔야지 우리 힘으로는 이 나라에서 여자를 공부시킨다는 일이 참으로 불가능합니다."

"제가 해낼 것입네다."

"고맙소. 정말 고마워. 백경이 성경을 아주 많이 알고 있더군요."

"우리 모녀는 의주에서부터 이미 성경을 배우고 찬송을 불렀으니까요."

"그래요. 참으로 놀라운 하나님의 역사요. 의주에서 훈련시킨 동역자를 우리에게 보내주신 하나님께 감사할 뿐입니다."

검동은 아이들을 모집하는 중대한 임무를 띠고 연못골로 돌아왔다.

왕실 내의 미신 풍속을 비판적인 시선으로 기고한 글 때문에 이수정은 귀국 즉시 처형되었다. 일본에서 예수를 영접하고 성경을 번역해서 아펜젤러나 언더우드 목사가 이수정의 번역 성경을 지니고 조선 땅을 밟지 않았던가. 내막적으로 이수정을 죽인 제일 큰 이유는 일본으로 유학을 간 우리 양반 자제들을 전도해서 개종시킨데 대한 조정의 분노였다고 한다.

이럴 때 검동이 여아들을 모아들이는 일을 한다고 나선 셈이다. 한 가지 기쁜 일은 한성을 중심으로 황해도의 소래까지 봉천서 인쇄된 쪽복음서가 깔려있었다. 서상륜에게 전해달라고 로스 목사가 봉천에서 목참판인 독일인 몰렌돌프 앞으로 제물포에 부쳐온 쪽복음이 6,000부나 되었으니 말이다. 그뿐인가. 의주청년들이 고생하며 번역한 신약전서가 '예수셩교젼셔'란 제목으로 출판되어 압록강 연변에서 권서인을 통해 마구 풀려나갈 때였다. 검동이도 예수셩교젼셔를 한 권 구해 집에 감춰놓고 열심히 읽어 내려갔다.

미테복음 십일장 오절에 눈이 멎었다.

> '쇠경을 보게 하며 안잔방이를 헹케하며… 귀먹당이를 듯게하며 죽은쟈를 살게하며 가난한쟈로 복음을 듯게하나니….'
>
> (예수셩교젼셔, 경셩 문광셔원 활판 1887년)

가난한 자로 복음을 듣게 한다는 구절에 이르자 검동의 가슴이 마구 뛰면서 뜨거워졌다. 그래 나가자. 불쌍하고 배고픈 여자 아이들에게 복음을 듣게 하자. 우선 길에 버려진 거지라도 데려다 주자. 진고개(충무로)로 나갔다. 거기에는 게다짝을 끌고 다니는 일본인들의 상점이 즐비했다. 수표교를 중심으로 종로와 그 뒷골목은 청국 상인들이 득실거렸다. 서양직물상, 과자상, 시계점, 세탁소, 목욕탕, 이발소, 주류상, 여관 겸 요리점, 음식점, 인쇄소, 노름판, 잡화상, 전당포, 약종

상… 한성거리는 무섭게 변하고 있었다.

하필이면 그때 종현(鍾峴 현재의 명동)성당이 말썽거리가 되었다. 성당 터가 너무 높아 종묘를 굽어보기 때문이다. 이로 인해 전도금지령이 내려지고 술렁이는 판에 검동이 용감하게 여아들을 모집하러 길에 나선 셈이다. 해질녘 검동은 부황으로 누렇게 들뜨고 올챙이처럼 배가 튀어나온 거지아이를 토담 밑에서 만났다. 맨발에 흔한 미투리도 걸치지 못한 가여운 아이였다.

"너 배고프디 않네? 배부르게 먹여주는 집으로 들어가 살지 않으련?"

먹을 것을 준다는 검동의 말에 아이는 순순히 손을 내밀었다. 얼른 거지소녀의 손을 잡아 일으켜 업었다. 두어 걸음을 옮겼을 때 우우! 건장한 청년들이 검동이를 둘러쌌다.

아이를 들쳐 업은 검동은 장정들에 둘러싸여 사람들의 벽에 갇혔다.

"이 아이를 잡아다 양국관에 넣으려고 그러지. 요도(妖道)를 믿는 서양 연놈들이 우리 아이들을 유괴해서 끓는 솥에 넣어 삶은 다음 말려서 가루를 내어 마술상자에 쓴다는 걸 모를 줄 알고 이 짓이야."

둘러 선 연못골 사람들의 눈에 분노가 고여 왔다. 혈기 왕성한 젊은이들이 검동이 앞으로 한 발자국 한 발자국 좁혀들었다.

"기게 아니라요. 거기 가문 잘 입히구 먹이구 공부도 시켜주구 아주 좋은 곳이라요. 내레 이 눈으로 똑똑히 보았넌데 다홍치마 노랑저고리를 입히구 고쟁이, 버선꺼정 깨끗하게 입힌 것 보았다구요."

"이봐! 네가 속구 있는 거야. 부모 없는 거지들이나, 산 채로 서대문 밖에 내다버린 병든 아이들… 우리는 그 애들을 다 버리는데 양인들은 우리가 소쿠리에 나물을 캐 담듯이 그 애들을 주워 데려 가는 걸 내 이 두 눈으로 똑똑히 보았다고. 우리 조정에서 아무도 돌보지 않는 그런 아이들을 왜 데리고 가겠어. 다 쓸 데가 있어서 그러는 거 아니겠어."

선교사들이 가엾게 버려진 아이들을 데려다 치료해주는 행동이 저들 눈에는 도저히 이해할 수 없는 일로 비쳤던 셈이다.

"양인도 아닌 조선 사람인 네가 감히 아이를 훔쳐다 팔아먹으려고 그래!"

검동의 등에 업힌 아이의 부모가 나타나서 발길로 차고 쥐어박아서 검동은 군중들의 발 앞에 엎드렸다.

"아이를 데리고 절대로 진고개 길을 걷지 말란 방이 나붙었더군."

"그래. 나도 봤어. 그걸 나도 두 눈으로 봤단 말이야."

예서제서 그런 방을 보았다고 입을 모았다. 선교사가 운영하는 고아원이나 병원이 어린 아이를 죽이는 장소라니! 모두 혀를 차며 머리를 흔들었다.

"서양 연놈들이 아이를 죽여 피를 마시고 사람고기를 먹는 걸 봤다는군."

"증인이 있다면 사실이군 그래."

"양인들을 도와 함께 일하는 우리 조선 사람이 그러는데 아이의 목을 칼로 푹 찔러서 피가 철철 쏟아지면 그걸 양푼에 받아가지고 빙 둘러서서 돌아가면서 마시더라는 거야. 아이의 넙적다리를 통째 들고 그걸 잘라 나눠먹는 것도 보았다는군. 그걸 먹으면서 이것은 내 피니… 이것은 내 살이니… 이래가며 주술문을 외우곤 무엇이 그리 슬픈지 훌쩍훌쩍 울고 야단이더래."

분노한 군중들은 우우 발을 구르며 악을 쓰기 시작했다.

"자고로 여자란 음식솜씨 좋고 바느질 잘 하고 아들 잘 낳으면 상며느리 대접을 받는 거지 글이 무슨 소용이 있어. 봉제사(奉祭祀)와 접빈객(接賓客) 잘하면 현모양처(賢母良妻)가 되는 것이고."

"맞아 그 말이 맞아. 여자를 교육시킨다니 말도 되지 않아."

요상한 표정을 짓고 있는 연못골 사람들을 향해 검동은 열심히 말했다.

"거기선 음식을 손수 만들어 먹게 하고 한복 짓는 법두 가르칩니다. 서양말을 배와주고 한문과 언문도 가르쳐 주문서 하나님을 공경하며 바르게 사는 법도 일러주고 있디요. 바르게 살자, 이웃을 사랑하자, 하나님을 믿자는 것이 양국관의 훈시랍네다. 서양 여자를 만드는 게 아니구 조선여자를 사람답게 살도록 길러내는 곳이라요. 이제 우리 여자두 울안에 갇힌 동물이 아니구 남자들의 노리개가 아니디요. 남자들터럼 여자두 잘 살아가는 걸 일깨워주는 곳이디요."

검은 치마저고리를 입은 백정의 아낙이 호기심을 가지고 물었다.

"우리처럼 천한 백정네 여자 아이도 거기 들어갈 수 있습니까?"

"물론이디요."

"양국관 아이들이 어떻게 살고 있는지 말해주시요."

백정의 아낙이 바짝 구미기 당기는지 다가앉으며 속삭였다.

"아침 여섯 시면 일어나서 세수하구 양치하구 머리 빗구 아침 기도회로 모이디요. 조반 먹기 전에 반드시 손을 씻게 하구 식탁에 둘러앉아 기도를 하디요. 그 다음 마당을 쓸기두 하고 방안을 잘 정돈하구 공부를 하는데 훈장이 들어오문 아이들이 모두 일어나서 절하고 공부를 시작합디다. 그 다음 점심을 먹구 가벼운 운동을 시키는데 그걸 체조라고 하디요. 그 다음은 자유롭게 놀다가 저녁을 먹구 잠자리에 들디요."

둘러섰던 사람들은 모두 양국관으로 몰려가서 때려 부수자고 우우 정동을 향해 뛰기 시작했다. 오직 한 사람 백정의 아낙만이 검동이 옆에 바짝 붙어 앉아 이것저것 물었다.

"다섯 살 난 제 딸을 거기 보냈으면 합니다. 여기 데리고 있어야 천대만 받는 불쌍한 것, 사람답게 대우해주는 곳으로 보내고 싶습니다. 하루 살다 죽어도 제 딸이 사람으로 사는 것이 소원이요."

검동은 이런 소란 가운데 정동여학당으로 데려갈 아이를 하나 낚은 셈이다. 군중들에게 얻어맞은 허리가 아파서 곧추 서지도 못하고 엉거주춤 걸었지만 백정의 딸을 끌고 기쁨에 차서 정동을 향해 걸어갔다.

검동이 여아를 모집하러 다니는 7월은 무더운 때였다. 날씨처럼 소동도 뜨겁게 계속되었으나 '가난한 자에게 복음을'이란 말씀을 붙잡고 검동은 연못골 일대를 누비고 다녔다. 이런 검동을 밉게 본 청년들이 줄줄 따라다니며 마구 걷어차고 때려서 길바닥에 쓰려져버렸다. 땅거미가 자욱하게 내려앉으며 어둠이 짙어지자 복순엄마가 와서 검동을 업었다.

"우리가 못 먹이고 못 입혀서 아이를 그곳에 보냈으면 가만히 있지 왜 다른 아이들까지 거기에 넣으려고 그 야단이야."

박씨 부인이 못마땅한 얼굴로 핀잔을 주었다.

"언젠가는 딸 가진 사람들이 거기 들어가지 못해 몸살 앓을 날이 올 거라우."

성난 군중들에게 맞아 죽을지 모르니 절대로 나가지 말고 모여 있으라는 통고를 받고 선교사들은 밖에 나가지 못하고 집안에 갇혀 공포에 떨었다.

하필이면 그때 선을 보인 습판(濕板) 사진기가 문제였다. 됫박크기의 상자가 두 개의 삼각(三脚)을 비롯해 열 가지 부대품이 딸려있어서 이 사진기를 옮기려면 조랑말 한 마리가 짐을 싣고 따라다녀야만 했다.

다리를 다쳐 누워있는 검동에게 박씨 부인이 소문을 주워 날랐다.

"마술상자라는 것이 무엇인지 알아?"

"마술상자라니? 기게 뭔가?"

"사람이나 산, 나무나 물 무엇이나 그 모양대로 박아내는 기계라고 하더군. 사람이 그 상자 속에 박히면 일 년 안에 죽는다는군 그래."

"기게 그렇게 미서운 건가?"

"그럼. 그러니까 사람들이 화가 나서 야단하는 거 아니겠어. 집이 찍히면 그 가문이 몰락하구 나무가 거안(巨眼)에 한 번 비치면 일 년 안에 시들어버리고 성벽이 그 무서운 상자의 큰 눈에 비치면 글쎄 일 년 안에 무너져내린다지 뭐야. 서양 놈들이 그런 마술상자로 여기저기 찍어서 우리 조선을 악살내려한다는 거야. 그 마술상자 속에 아이를 죽여 말린 눈동자 가루를 넣어야 하니까 그렇게 눈독을 들이고 병들어 버려진 아이들을 잡아간다는 거야."

박씨 부인이 소문을 풀어놓다가 갑자기 발작하듯 울기 시작했다.

"우리 복순을 데려와야겠어. 아이가 살이 오르면 간을 꺼내 제중원 의사들이 사용하는 양약(洋藥)을 만든다는 거야. 또 아이의 눈을 빼서 저희들 눈처럼 파란 눈알을 박아놓는다지 뭐야. 머리카락도 모두 뽑아내고는 노랗거나 빨간 머리카락을 박아 서양 여자아이로 만든대. 아아! 불쌍한 우리 복순아!!"

박씨 부인의 통곡은 아침까지 계속되었고 구름처럼 사람들이 모여들었다.

"글쎄 잡아간 아이들의 길게 땋은 머리를 잘라버리고 양고재 여편네들처럼 둥지머리(짧은 머리)를 만든다고 그러더라. 아이쿠! 이거 큰일났어, 이를 어쩌지."

둥지머리라는 말이 사람들을 흥분시켰다. 어떻게 부모에게 받은 머리를 잘라낼 수 있단 말인가. 더구나 여자의 머리를 말이다. 문둥이보다 더 무서운 것이 바로 서양 연놈들이란 소문은 한성을 발칵 뒤집어놓았다.

연못골 사람들의 분노가 검동에게 쏠렸다. 장정들이 검동을 질질 끌고 한성의 큰길로 나갔다. 마침 릴리아스 호톤 여의사가 군중들의 소요로 가마를 맨 교군꾼들이 도망가버리자 말을 타고 병원으로 출근하고 있었다. 마음이 놓이지 않는 언더우드 목사가 말고삐를 잡고 호위하면서 병원까지 따라갔다. 만약의 사태에 대비해서 대석이도 언더우드 뒤를 따랐다. 그때 군중들의 손에 질질 끌려가는 검동을 대석이 목격하게 되었다.

"아니 우리 오마니를 와 이렇게 끌구 다니십네까?"

양복을 입은 대석이 덤벼들자 사람들이 물러섰다. 검동을 끌어내 호튼 양이 탄 말 옆에 바짝 붙어 걷게 했다. 병자들이 줄을 이어 그 뒤를 따랐다.

"오마니! 위험합네다. 선교사들이 사는 구내에 들어와 피해 계시라요. 정동에 양인들이 세운 교회가 있어요. 거기 가서 예배를 드리문 안전합네다."

검동은 대석의 손에 이끌려 정동으로 피신을 했다.

외국인 선교사들이 어린 아이를 납치하여 살을 먹고 눈을 빼서 약이나 사진 재료로 쓴다는 소문은 날개 돋친 듯이 퍼져나갔다. 선교사가 운영하는 고아원이나 병원을 아이 수용소나 살육의 장소로 선전한 자는 프랑스 공사관에 근무하던 오봉엽(吳奉曄)이란 자였다. 성난 군중의 행패가 계속되었다. 병원이나 학교 앞은 노도처럼 들이닥친 군중들이 휘두르는 몽둥이와 돌팔매질로 소란했다. 조정에서 포고문이 발표되었으나 군중들의 분노는 그치지 않았다. 미국, 러시아, 프랑스 함대가 제물포에 나타났고 연합군대가 한성 시가를 행진하며 시위를 했다. 제물포에 주둔한 미국군대가 한성 거리를 돌면서 위용을 떨치자 한 달 반 만에 사태가 가라앉기 시작했다. 아무튼 역사에 기록된 영아소동은 기독교가 조선에 들어와 민중과 부딪힌 첫 시련이었다.

한성은 영아소동으로 야단이었고 곡창인 삼남은 가뭄으로 대흉작이었으며 북쪽 지방은 수재로 야단이었다. 배고픈 유민들이 화적(火賊)으로 나댔고 그것이 동학교도의 수를 더하게 했다.

2

산통을 잡을 수 없게 된 점복이 종적을 감춰버린 뒤 세월이 흐르면서 홍서동의 점복은 사람들의 기억에서 차츰 사라져갔다. 다른 점쟁이들이 사방에서 우후준순으로 판을 칠 즈음 점복이 느닷없이 봄바람을 타고 의주에 나타났다. 땟국에 절은 등짐을 지고 지팡이에 의지한 채 쪽복음을 들고서 말이다.

"쥬 예수 씨를 믿으시라요. 상뎨 하나님이 참 신(神)이십네다."

향교동 대로 한가운데 서서 전도지를 번쩍 치켜들고 소리를 지르는 점복을 보고 지나가던 사람들이 발을 멈추었다.

"아니 저 사람이 점 잘 치던 홍서동의 맹인 점쟁이 아니네."

"맞다, 맞아. 최달수의 아들 점복이가 맞아. 그간 함경도루 갔다더니…."

"무어이 어드래? 예수를 믿으라구. 고럼 여직껏 친 점은 머네? 저 넘이 우리를 속여 복채를 처먹고는 백구야 하네(그런 일 없다고 잡아떼다)."

사람들이 구름처럼 모여들었다. 보이지 않는 눈을 허공에 박고는 지팡이에 몸을 의지한 채 전도지를 하늘 높이 치켜들고 힘차게 외쳤다.

"내레 상데 하나님을 만나보았수다레. 미륵신이구 칠성님이구 다 거지뿌리웨다. 참 신인 하나님을 믿으시라우요. 쥬 예수 씨를 믿으문 당신들과 당신네 집이 구원을 받을 것이야요."

누가 던졌는지 주먹 크기의 돌멩이 한 개가 점복이의 얼굴에 적중했다. 뺨과 코에서 피가 터졌다. 연이어 돌이 날아왔다. 얼굴이며 몸, 허리, 등, 발등, 심지어 전도지를 치켜든 손과 지팡이에까지 돌멩이들이 무수히 날아들었다.

"저 넘을 죽여라. 사람들을 끌어 모아 신성(神聲)을 낸답시구 복채를 받아서 호피방석에 앉아 호의호식하던 넘이 갑자기 우리더러 야소를 믿으라구?"

"저 넘이 우리 왕비를 욕하는 거라구. 민비두 궁중에서 점을 치고 있넌데 고럼 국모두 거지뿌리한단 말이네. 저 넘이 감히 국모를 욕뵈구 있어!"

임오군란이 일어나자 구사일생으로 궁궐을 빠져나온 민비가 평민으로 변장을 하고 충주로 달아나 숨어있던 시절 왕비에게 길한 점을 쳐준 무당이 있었다. 며칠 내로 궁궐로 돌아간다는 점이었다. 그 점괘대로 환궁한 민비는 박조사라는 무당을 궁궐로 불러들여 벼슬까지 내려주도록 했다. 궁궐의 풍조를 따라 양반 규수들도 너도 나도 모두 점을 치러 다니고 천민들까지 덩달아 점쟁이 집을 문지방이 닳게 드나들고 있는 터였다.

보지를 못하지만 공기의 울림으로 군중들의 살기어린 분위기를 살갗으로 감지하면서도 점복은 굴하지 않고 쪽복음서를 든 손에 힘을 주었다. 담대하게 쪽복음서를 들고 용감하게 서 있는 점복을 보고 둘러선 사람들은 흥분하기 시작했다. 군중들의 분노를 알면서도 점복이의 태도는 늠름했다.

"몸을 쥑여두 능히 령혼을 죽이디 못하는 자를 무서워 말고 오직 능히 몸을 쥑이며 령혼을 디옥에서 망케하는 쟈를 두려워하여 구원을 받으시라요."

"제게 먼 소리디? 내레 도통 먼 소린디 모르갔구만."

점복이의 입에서 나오는 영혼과 몸, 구원이란 말이 너무 생소해서 사람들은 머리를 갸우뚱거렸다. 과거의 일과 앞으로 닥칠 일을 족집게처럼 잘 알아맞혔던 이름난 맹인점쟁이가 어쩌다가 야소귀신에 홀려서 저 꼴이 되었느냐고 모두들 혀를 차며 머리를 흔들었다. 향교동 일대는 야소에 미쳐버린 점쟁이 점복을 보려고 점잖은 집의 아낙들까지 발돋움을 하고 담 너머로 고개를 길게 뽑았고 아이들은 와글거리며 이리저리 뛰어다녔다. 아마 길에 범이 나타났다 해도 이런 소동은 없을 것이다. 그때 의관을 갖춘 의젓한 양반이 점복의 손에서 쪽복음을 앗아 땅바닥에 내팽개치고는 발로 짓이겼다.

"제적이(제정신) 아닌 넘이군. 감히 사교(邪敎)를 전하다니! 관가에 알려 옥에 터넣을 주제두 못된 쥐뚱무러운(밉광스러운) 병신이 메라구 대낮에 대로에서 패풍티고(훼방 놓고) 있네."

"여보시! 내 말 좀 들어보시라우요. 내레 전하는 예수 씨가 진짜 신이요. 예수 씨를 믿으문 모두 구원을 받습네다. 병두 나으니끼니 예수를 믿으보라우요."

점복의 말에 멱살을 움켜쥔 양반이 비아냥거렸다.

"고럼 예수란 자는 와 네 눈을 고테주디 않구 가만히 있네."

"맞다 맞아. 이젠 예수란 귀신을 내세워 복채를 받으려구 저러는 거디."

"내레 육신의 눈은 멀었디만 영안을 뜨구 하늘나라를 훤히 볼 수 있디요. 밝구 빛난 텬국이 내 앞에 펼쳐데있으니끼니 육신의 눈은 필요 없습네다."

그때 돌맹이 한 개가 날아와서 점복의 이마에 명중했다. 해마다 석전(石戰)을 해 온 이곳 사람들의 돌 던지는 솜씨는 일품이었다. 그러자 다시 돌들이 비 오듯 날아오기 시작했다. 돌멩이가 앞을 분별할 수 없이 쏟아지자 점복을 둘러선 사람들이 물러서기 시작했다. 돌에 맞을 적마다 비틀거리면서도 점복은 힘 있게 손을 위로 높이 치켜들면서 예수! 예수!를 외쳐댔다.

그때 점복을 향해 달려오는 사람들이 있었다. 최달수와 점복네였다.

"데발 우리 아들을 살려주시라요. 불쌍한 자식을 죽이디는 말라우요."

우박처럼 쏟아지는 돌비를 맞으며 점복의 어머니와 아버지가 점복의 몸을 감싸 안았다. 그러나 그들 위로 쏟아지는 돌 우박은 멈추지를 않았다. 마치 성황당처럼 봉긋한 돌무더기가 길 한가운데 솟아올랐다. 땅거미가 기어들자 군중들은 한 둘 자리를 뜨기 시작했다. 호피방석에 앉을 정도로 돈을 벌던 점쟁이가 갑자기 예수를 믿으라고 외쳐댄 것이 아무래도 꺼림칙했다. 어쩌면 진짜 신일 수도 있다는 생각에 슬그머니 겁이 난 사람들은 슬금슬금 달아났다. 해기 지고 향교동에 어둠이 내려앉을 즈음 도검돌이 황어인과 삼메꾼들을 데리고 돌무더기를 헤쳤다.

점복은 팔을 아직도 위로 치켜든 채였다. 피로 얼룩진 얼굴은 놀라울 정도로 평온해 보였다. 싸늘하게 식은 점복을 끌어안은 도검돌이 눈물을 삼키며 흐느꼈다.

"점복아! 내 말이 들리네? 넌, 넌 순교자가 된 거다. 이 돌무덤은 우리 되선 사람들이 상뎨 하나님을 거역하며 섬겼던 우상들의 무덤이디. 네레 이 되선 땅의 많은 우상들을 끌어안구 함께 여기 묻힌 게야. 점복아! 내 말이 들리네? 하늘나라 꺼정 내 목소리가 들리디? 이 되선 땅에 네가 피를 뿌려 거름이 되었으니끼니 하나님의 나라가 인차 임하게 될 것을 믿는다."

"아멘, 아멘…."

황어인과 삼메꾼들이 아멘을 연발하며 점복과 그의 부모 시신을 거적에 말아 지게에 지고 향교동을 떠났다. 어둠에 몸을 숨기고 산기슭에 올라가 평토장으로 세 구의 시신을 묻은 다음 도검돌과 삼메꾼들이 무릎을 꿇었다.

"이름두 빛두 없이 복음을 전하다 죽은 점복아! 우리 하늘나라에서 다시 만나보자우. 네 아내와 아이들을 잘 돌볼 것이니끼니 걱정 말구. 으흐흑…."

도검돌이 장례를 치르고 집에 돌아오니 새벽 첫 닭이 울었다. 털썩 마루 위에 몸을 던지자 피곤이 물밀듯이 밀려와서 눈을 감았다. 의주 사람들의 분노로 일그러진 얼굴들이 무섭게 도검돌의 눈앞으로 달려들었다. 지금까지 섬겨오던 잡신들을 버리고 참신을 만나기가 그리도 어려운가. 저 무서운 마음 밭에 어떻게 복음의 씨앗을 뿌려야 할 거냐! 도검돌은 시름에 젖어들었다. 돌에 맞아 터지고 일그러져 피투성이가 된 점복의 얼굴이 눈앞에서 어른거렸다.

그때 살그머니 사립문을 밀치고 들어서는 사람이 있었다. 동쪽 하늘이 아직 밝기 전 희뿌옇게 밝아오는 빛을 등지고 선 사람은 얼굴이 덮이도록 내려쓴 방갓에 상복차림의 건장한 사내였다.

"뉘 시라요 이 앰새박에?"

"쉬! 조용히 하시라우요. 아즈바니! 내레 돌아왔습네다. 절 받으시라요."

상복을 입은 사내가 너부죽 도검돌 앞에 꿇어 엎드려 절을 올렸다. 방갓을 벗은 사내의 뒤통수는 도검돌이 우장에서 본 적이 있는 머리형이었다. 로스나 매킨타이어 목사처럼 가마를 중심으로 옆과 뒤를 짧게 깎은 상고머리의 사내는 엎드린 채 울먹였다.

"아니 되선 사람이 머리를 서양 사람터럼 깎았다니! 이게 누구네?"

"대석입네다. 이 백정 아들, 대석을 발쎄 니저뿌리셨습네까?"

"아니, 아니 자네가 대석이라니! 어른이 되니끼니 목소리두 변했구만."

"미국 선교사 언더우두 목사가 갓 결혼한 새색씨를 데불구 의주로 온답네다. 내레 맨제 와서 아즈바니를 만나 준비를 하려구 이렇게 왔습네다. 서상륜 나리는 소래에 교회를 세우고 온 동네가 몽땅 예수를 믿게 됐구요."

"기래, 기거 반가운 소식이구만. 날레 아낙으로 들어가자우. 박진사가 아직두 자넬 잡으려구 눈에 불을 켜구 댕기구 있으니끼니 조심해야디."

"해서 이렇게 방갓을 쓰구 오디 않았습네까?"

"어제 의주 한복판에서 예수 씨를 전하던 점복이 돌을 맞아 죽었어."

"점복이라문 점을 배우러 피양 맹청으로 갔었더랬넌데 그 사람이…."

"유명한 점쟁이루 의주에서 이름을 날렸었디. 성신이 역사하시니끼니 예수를 영접하구 한동안 의주를 떠나있다가 돌아와서 그만 돌에 맞아 죽었어."

"아아! 그랬었군요. 기럼 의주에서두 성신의 불길이 곧 타오를 것입네다."

대석의 예언대로 많은 사람들이 도검돌의 예배처소인 양방으로 모여들기 시작했다. 게다가 대석이 병자들을 치료해주며 성경을 가르치자 평양, 강계, 삭주에서까지 젊은이들이 모여들었다. 하지만 도검돌의 마음은 편치가 않았다. 대석이 나타난 것이 박진사에게 알려지는 날이면 어찌 되는 걸까.

"아무래도 대석이 자네는 여기를 떠나야갔어. 위험하단 말이야."

"그러니끼니 저를 닥터 리라 부르세요. 대석이라 부르디 말구요."

"닥터 리라. 으음! 닥터 리라니…. 거 좋은 이름 같구만 기래."

대석은 간단한 외과수술도 해주고 약을 주어서 치료를 해주니 사람들이 더욱 모여들기 시작했다. 검은 안경을 쓰고 말씨도 한성 말씨를 써서 향교동에 오는 사람이나 심지어 서문골 사람들도 대석을 알아보지 못했다.

사월의 남풍이 아랫녘에서 불어오는 아침녘, 여남은 살 되어 보이는 언청이 소년을 데리고 도검돌의 양방으로 들어서는 사람이 있었다. 대석처럼 상고머리를 한 사람의 얼굴을 보는 순간 대석은 신음소리를 삼켰다. 대석이 날쌔게 등을 돌려 얼굴을 숨기는 찰나 도검돌이 따라 들어왔다.

"아니 자넨 문한이 아니네? 피양에서 어드런 일루 예꺼정 왔네?"

"서양의술을 배와 온 사람이 아즈바니네서 병을 잘 고테준다는 소문을 들었디요. 내레 데불구 있는 아이가 언텡이라서 입술을 봉합하문 머리두 총명하구 몸집두 건강해서 돟은 차인이 될가 해서라무니 이렇게 데불구 왔디요."

이러는 사이 대석은 등을 돌리고 무엇인가를 찾는 시늉을 했다.

"오늘은 너무 늦었으니끼니 내일 앰새박에 아이를 여기 보내라우."

도검돌이 서둘러 문한과 언청이 소년을 방 밖으로 내몰았다.

"고럼 내일 아침 아를 데불구 오갔습네다."

언청이를 감쪽같이 고쳐준다는 소문이 퍼져서 평양에서부터 삭주, 북청에서까지 사람들이 줄을 섰다. 바로 그 소문을 듣고 문한도 평양에서 도검돌의 양방까지 자신이 부리고 있는 아이를 데리고 온 것이다. 며칠 전에는 어느 양반 규수의 붙어버린 손가락을 떼어내는 수술을 해서 신묘한 칼잡이라는 소문도 파다하여 도검돌의 양방은 원근각처에서 모여드는 병자들로 붐볐다.

다음날 새벽 다시 온 문한을 방안에 들어오지 못하게 하고 대석이 혼자서 언청이 수술을 했다. 손은 칼을 놀리면서 마음은 어린 시절 박진사의 솟을대문 안에 가 있었다. 서슬이 시퍼렇던 박진사는 어떤 모습으로 변했을까. 칼날 같은 성품을 지녔던 노마님과 있는 듯 없는 듯 그림자처럼 말이 없던 마음씨 고운 마님의 모습은 여전할까. 자신이 나무뿌리에 눕혀 놓고 두들겨 팼던 복출 도련님은 정말 꼽추가 되었단 말인가.

수술이 한참 진행되고 있을 때 문한이 벌컥 문을 열고 들어오려 했다. 문한을 지키고 있던 도검돌이 기겁을 해서 막아섰다.

"박진사댁 복출 도련님이 어려서 성격이 나쁜 벌거지(벌레) 같은 백당 넘에게 얻어맞아 허리가 휜 거 아즈바니두 아시디요. 그 허리에 칼을 대면 쪼옥 펴낼 수레 있을까 해서라무니 들어가 물러보려구 합네다."

"수술 듕에 정신 헷갈리게 이러문 어칼려구 이러네. 기런 큰 수술을 어캐 예서 한다구 기래. 기런 수술은 서양의사들이 있는 곳으로 가야디."

"고럼 한성으로 데불구 가문 되갔군요."

"민영익 대감을 살려낸 서양의사라문 기런 일두 할 수 있갔디."

대석은 창호지 문을 사이에 두고 문 밖에서 주고받는 대화를 들으며 가슴을 졸였다. 사월 초순 쌀쌀한 날씨였건만 그의 이마와 등에 땀이 흐르고 있었다.

언더우드 목사 부부가 신혼여행으로 의주를 향해 한성을 떠난 것은 1889년 3월 중순 이른 아침이었다. 서양 여자가 조선의 내륙지방으로 여행해 본 적이 없는 시절이었다. 성 밖으로 사십 리 이상을 나가본 선교사도 겨우 네댓 명 정도. 산속에 호랑이가 있고 곰이 있으며 더구나 조선인들의 기질을 충분히 알지 못하고 있는 처지에 언더우드 목사가 갓 결혼한 색시를 데리고 의주에 신혼여행을 간다니 큰 사건이었다. 혹시 사고라도 난다면 한성에 빨리 연락할 방도도 없는 형편이고 질병이 많은 나라가 아닌가.

"이봐요, 언더우드 부인, 만약 자네가 병이라도 들든지 맹수를 만난다면 어쩔 거요. 아니면 조선 사람들에게 맞아서 죽는다면 불쌍한 당신의 남편은 신부를 데리고 그런 데로 여행을 했다고 선교사 자격을 박탈당할 거라고요. 뜨거운 여론의 화살을 어떻게 감당하려고 그래. 어서 여행을 취소해요."

주위 사람들이 갓 결혼한 신부를 붙들고 늘어졌다. 그러나 색시는 과감하게 남편을 따라나섰다. 그의 말로는 조선 전역이 참으로 아름다운 땅이라고 하지 않던가. 이미 남편은 두 번이다 북부지역을 가본 경험이 있는 터였다.

상자 같은 토속 가마를 타고앉아 위를 올려다보니 기름을 잔뜩 먹인 종이에 윤이 흘렀다. 양옆의 작은 창문도 운치가 있었고 앞에 내린 엷은 하늘색 커튼을 통해 바깥도 구경할 수 있었다. 등에 댄 푹신한 방석과 뒤에 바람을 막으려고 빙 둘러친 천으로 인해 가마 속은 더할 수 없이 아늑했다.

"워어이, 워어이! 비켜서라."

교군들의 외침에도 사람들은 좀처럼 뒤로 물러설 기미가

없었다.

"아이쿠! 조랑말에 실려 가는 저 많은 짐짝 속에 무엇이 들었을까, 잉?"

"세상의 모든 걸 다 가지고 간다구 했어. 저 궤짝 속에는 나룻배가 들었다고 하더군. 그 배는 조그만 호박만 하게 접혀있는데 바람을 넣으면 점점 커져서 놀라지 말고 내 말 들어보라고. 나중에는 나룻배가 된다는 거야."

눈을 화등잔만 하게 크게 뜨고 언더우드 일행을 바라보는 마을 사람들의 눈에 경이감이 서렸다. 저들이 주고받는 말을 들으며 호튼 부인은 피식 웃었다. 고무 욕조를 본 교군들이 누룩처럼 부풀려 떠벌렸던 모양이다.

"아아! 얼마나 소박하고 착한 마음을 지닌 조선 사람들이란 말인가!"

호튼 부인의 마음속에 이들을 향한 뜨거운 사랑이 꿈틀했다.

의주로 향하는 언더우드 목사의 짐은 의약품, 한문으로 써진 전도책자, 담요와 침구, 요리도구와 외국산 식품, 옷 등을 잔뜩 담은 짐꾸러미들이었다.

이 많은 짐을 싣고 가는 조랑말들의 목에 단 방울소리가 마을 사람들을 불러 모을 만큼 요란했다. 엽전까지 운반했다면 더 굉장했을 것이다. 한성에 돌아가서 계산하도록 필요한 돈을 지방관아에서 내주었으니 천만다행이었다.

2년 전에는 황해도 장연(長淵)의 솔내(松川)까지 가서 서상륜이 전도한 7명에게 세례를 주지 않았던가. 그곳은 선교사들이 들어오기 전에 조선인들이 복음의 씨앗을 손수 뿌려놓고 추수를 기다리고 있었다. 전도인 겸 권서인 박홍준의 말로는 의주에도 세례 받을 사람들이 많이 있다고 했다.

"여보! 지난번처럼 뒤에서 잡아끄는 것은 아니겠지요?"

의주를 향해 가다가 전도금지령으로 중간에서 되돌아온 경험이 있는 남편에게 호튼 여사가 근심어린 표정으로 물었다.

"괜찮아. 이것만 가지면 조선 관리들은 쩔쩔 맬 것이야. 우리가 교리를 가르치거나 세례를 주지 않는다는 조건으로 발급받은 여행증이야."

언더우드 목사가 신혼여행으로 의주에 간다고 조정에 요청했을 때 통행증으로 노조(路照)를 만들어주었다. 그걸 호조(護照)라고도 하며 조선 땅 어디서나 통행이 보장되는 증명서였다. 그러나 이건 일체의 성례(聖禮)행위를 시행 않기로 하고 발급해준 것으로 그저 구경만하고 둘러보라는 증명서였다.

의학도인 의주 출신 이대석을 미리 앞서 의주에 파견해서 준비를 시키기는 했지만 언제나 위험이 도사리고 있고 조정의 감시가 따르는 여행이었다.

날이 저물어 여인숙 방에 들어서니 갓난아이 키만한 나무 등잔이 방 한구석에서 가물거렸다. 피마자유에 잠긴 솜 심지에서 타오르는 불꽃이 입김에도 춤을 추었다. 언더우드 부부는 횃대에 옷을 걸었다. 누룩덩이, 손때 묻은 옛날 이야기책, 홍두깨와 포개놓은 사기그릇, 말린 쑥과 호박오가리 등으로 꽉 찬 나무시렁이 내려앉을 것만 같았다. 그때 침을 묻힌 손가락이 십여 군데 톡톡 문풍지를 뚫고 들어오더니 그리로 눈, 눈, 눈… 새까만 눈동자들이 일제히 부부를 향해 꽂혔다.

"눈이 파란 여자가 이 세상에 있다니! 머리가 노랗고 코가 칼날 같군 그래. 살갗은 귀신처럼 저게 뭐람. 꼭 배추줄기처럼 하얗지 않아."

"맞다, 맞아. 꼭 뽀얀 젖 색깔이군 그래."

호튼 여사는 견딜 수 없어서 두 손으로 얼굴을 가려버렸다.

강계에 이르니 눈발이 날렸다. 봄에 눈이라니! 북쪽으로 갈수록 날씨는 변덕이 심했다. 멀리 산기슭에서 깃발이 날리고 요란한 징소리가 들렸다. 성안에 들어서니 아이들까지도 언더우드 목사 일행을 줄줄 따라다녔다. 북이 요란하게 울리고 나막신 끄는 소리가 길 위에서 달가닥거렸다. 호튼 부인은 가마 안에 움츠리고 앉아서 밖의 소란함에 정신을 차릴 수가 없었다. 웃고 소리 지르고 밀치고 닥치는 사람들의 소리가 마치 거대한 폭포가 떨어지는 듯했다.

언더우드 목사가 여행 가방에서 작은 리벌버 권총을 꺼내 호주머니에 찔렀다. 밀려오는 사람들로부터 아내를 보호해야겠다는 본능이었다. 깃발이 휘날리고 음악을 연주하는 가운데 사람들까지 모여드니 꼭 곡마단 일행이 마을에 들어서는 것 같았다. 호튼 부인에게는 성가시고 넌더리나는 소음이었다.

들르는 마을마다 사람들의 등살에 시달려가며 드디어 4월 27일 저녁 언더우드 부부는 의주에 도착했다. 이상하게도 이곳에서는 깃발을 휘날리며 징소리나 북, 꽹과리를 치며 소란을 떨지 않았다. 언더우드 목사도 가마를 하나 빌려 타고 땅거미가 내려앉은 의주 성안으로 들어섰다. 어둠을 방패삼아 평범한 사람들의 여행처럼 살그머니 의주 시내를 파고들었다.

대석이 때 맞춰 기다리고 있다가 언더우드 일행을 맞았다.

"관례대로 날레 사또에게 통행권을 보여야디 말이 없을 겁네다."

대석의 말에 언더우드 목사도 맞는 말이라고 머리를 끄덕였다. 가마를 따라 어둠 속을 걷고 있는 대석의 떡 벌어진 어깨가 아주 믿음직스러워 보였다.

"예서 의료 활동을 했는가?"

"네! 많은 사람들이 모여들어서 제중원터럼 날마다 붐볐습네다."

"그럼 혼자 힘으로 그 많은 병자들을 돌보았단 말인가?"

"병원에서 배운 그대로 외과수술을 주로 했습네다."

"으음, 참 잘했어. 자네는 수술에 천부적인 재능이 있다고 하더군."

대석의 입가에 웃음이 스쳤다. 아아! 드디어 해낸 것이다. 그간 바빠서 잊고 있던 아버지 이 백정의 얼굴이 달덩이처럼 그의 뇌리에서 살아났다. 아버지가 쓰던 칼을 어디에 두었던가. 그제야 의주를 떠날 적에 아버지 이 백정이 넘겨준 대물림 칼이 떠올랐다. 지금도 그 칼을 등짐 깊숙이 간직하고 있지 아니한가. 아버지는 짐승을 죽이던 백정이었지만 대석은 사람의 몸에 칼을 대는 외과의사가 되어 의주에 돌아온 셈이다. 갑자기 코끝이 찡해 오더니 눈이 매웠다. 대석은 젖은 눈을 들어 고향의 밤하늘을 올려다보았다.

언더우드 목사 부부는 대석을 따라서 어둠에 몸을 숨기고 도검돌이 세운 예배처소로 들어갔다. 그간 도검돌을 따라 예수를 믿게 된 사람들, 그리고 백홍준이 전도한 사람들이 마당 가득히 모여들었다.

"목사님! 우리에게 밥팀례(세례)를 베풀어 주시라우요. 우리두 하나님의 백성이 되는 징표를 받고 싶습네다."

예배를 드리고 난 뒤 모두들 세례를 받겠다고 야단이었다.

언더우드 목사는 노우! 노우를 연발하며 머리를 흔들었다.

"이 나라의 법을 지켜야합니다. 만약 내가 세례를 베푼다면 이곳 관리들이 화를 낼 것이고 그러면 우리 부부는 잡힙니다. 여행 중 세례를 베풀지 않겠다고 약속을 했습니다. 하나님을 믿는 사람은 나라 법을 지켜야 합니다."

언더우드 목사는 완강하게 거절했다.

"우리는 벌써 7년 가까이 예수 씨를 믿으면서 목사님을 기다렸습니다. 이번 기회에 우리에게 꼭 밥팀례를 주시구 가야 합네다. 처음에는 밥팀례가 멋인지 몰라서 새벽마다 깨끗이 씻구 성경말씀을 읽었넌데 이제 밥팀례가 어드렇게 하는 것인디 알구선 목사님을 그냥 보낼 수는 없습네다."

예서제서 울먹이고 손을 비비며 세례를 베풀어달라고 흐느끼는 사람도 있었다. 언더우드 목사는 깊은 시름에 빠져들었다. 추수할 곡식은 널렸는데 그냥 두고 돌아간다면 하나님이 슬퍼하실 것이기 때문이다.

그때 대석이 언더우드 목사에게 다가와서 귓속말을 했다.

"목사님! 법을 지키문서 밥팀례를 베풀 수 있는 방법이 있습네다. 법을 어기지 않구 이렇게 간청하는 무리들에게 밥팀례를 주시기 바랍네다."

"법을 어기지 않고 어떻게 이곳에서 세례를 베풀 수 있갔어?"

언더우드는 머리를 흔들며 안 될 일이라고 어깨를 으쓱했다.

"배를 타고 압록강 한가운데로 갑시다. 거기는 되선 땅이 아니구 중국 땅도 아닌 듕립지역입네다. 게서 밥팀례를 베푸시문 법을 어기는 것이 아닙네다."

대석의 말에 언더우드 목사의 얼굴에 웃음꽃이 피었다.

"그래! 맞는 말이야. 배를 타고 나가 압록강 한가운데서 세례를 베푼다면 나는 조선의 법을 지키게 되는 것이고 여러분은 세례를 받을 수 있지."

다음날 백 명 중에서 서른세 명의 청장년들이 세례를 받을 사람으로 뽑혔다. 첩을 거느리지 않고 우상을 섬기지 않으며 술을 끊는 사람, 그리고 성경을 많이 읽은 사람들 중에서 세례문답을 통과한 사람들이었다.

세례 받을 사람들이 배에 오르기 시작했다. 화창한 봄날이었다. 강가에는 소나무가 울울창창했고 만주 강변에는 참나무와 소나무, 갖가지 낙엽송들이 봄기운으로 연한 초록색을 뿜어 올렸다. 초가지붕에 흙벽과 대조적으로 저쪽은 벽돌에 기와지붕을 인 집들이 마치 큰 바다를 사이에라도 둔 듯 차이점을 또렷이 드러냈다. 흰옷 입은 농부가 황소를 앞세우고 밭을 갈고 있었고 반대편에는 청색 옷을 입은 중국인들이 말에 연장을 메워 밭을 갈고 있었다.

서른세 명의 세례지원자는 모두 남자들이었다. 그들 사이에 나이 어린 소년이 끼어있었다. 곰보댁이 진통 중에 박진사 행랑채에서 쫓겨나 도검돌의 집에서 낳은 아들, 영생(永生)이었다.

"넌 아직 세례를 받은 나이가 아니다. 다음번에 받기로 하자우."

도검돌이 이렇게 타일렀으나 영생은 강경하게 도리질을

하며 달라붙었다.

"쪽복음을 열 번도 더 읽었으니끼니 무엇이나 물어보시라우요."

영생을 강둑에 내려놓고 가려고 옥신각신하는 사이 배가 기우뚱했다. 다급해진 무리들은 조바심을 하며 어이 배에서 내리라고 영생을 윽박질렀다.

"난 강물에 빠져 죽으문 죽었디 절대루 내려가디 않을 겁네다."

허리까지 머리를 치렁치렁 땋아 내린 영생의 두 눈에 눈물이 고였다. 곽서방과 곰보댁이 어쩔 줄 모르며 아들에게 다가오자 배가 중심을 잃고 기우뚱했다. 대석이 이를 보다 못해 영생을 안고 강둑으로 내려뛰었다.

"대석이 자네는 날 도와주어야 하는데 이를 어쩌지, 꼬마야! 네 이름이 영생이라고 했나? 아직 나이가 어린데 왜 그렇게 세례를 받으려고 야단이냐?"

언더우드 목사가 뱃전에 달라붙으며 몸부림치는 영생에게 물었다. 겁도 없이 영생은 얼굴을 바짝 치켜들고는 벽안의 외국인을 향해 또렷하게 대답했다.

"내레 예수 씨를 혹께 많이 사랑합네다. 밥팀례를 받아야 하나님의 자녀가 되어 하늘나라 생명록에 기록된다는 걸 배웠기 때문입네다."

"오오! 이런 아름다운 믿음을 가진 아이라면 세례를 줄 수 있습네다."

대석은 영생을 데리고 다시 배에 올랐다. 아직도 강바람은 차가웠다. 의주사람들을 태운 나룻배가 삐걱삐걱 노 젓는 소리도 요란하게 강 한가운데를 향해 나가기 시작했다. 백두산 천지에서 흘러내린 물은 큰 물줄기를 이루면서 황해로 도도하게 흘러가고 있었다. 뱃사공의 노 젓는 팔뚝에 굵은 심줄이 튀어나왔다. 강둑에 눈길을 던졌다. 포졸들이 고함치며 달려올 것 같아 모두 어깨를 움츠렸다.

검은 돛을 단 대형 중국의 범선들이 유유하게 물결을 따라 흐르고 있었다. 백두산에서 찍어낸 통나무로 엮은 뗏목들이 강을 딸라 아래로 연이어 흘러 내려갔다. 누군가가 백홍준이 작사한 찬송을 선창하자 일제히 따라 부르기 시작했다. 천상에 울려 퍼지는 듯 한 찬송이 강바람을 타고 압록강 물 위로 스며들었다.

어렵고 어려오나 우리 쥬가 구하네
옷과 밥을 주시고 됴혼 거슬 다 주네

영생의 앳된 목소리가 높고 청아한 음성으로 튀어나와 전체의 음을 인도했다. 언더우드의 얼굴에도 미소가 어렸고 대석의 얼굴에도 웃음이 고였다. 구름 한 점 없는 파란 하늘에 철새 떼가 수를 놓으며 날아갔다.

'아아! 아름다운 조국이여 내 나라여! 사랑스런 되선이여!'

대석은 마음속에서 끓어오르는 감격을 억제 못하고 몸을 떨었다. 배가 압록강 한가운데 중국 측 강가에 이르자 사공에게 손짓을 해서 멈추게 했다. 정확하게 만주와 조선의 경계를 이루는 지점에서 언더우드 목사는 대석에게 눈짓을 했다. 대석이 큰 바가지에 강물을 가득 담아 들고 목사님 곁에

셨다.

"여러분! 이천 년 전 우리 예수님이 요단강에서 세례를 받으실 때 성신이 비둘기처럼 예수님의 머리 위에 임하였습니다. 오늘 압록강 위에서 세례를 받는 여러분의 머리 위에도 성신님이 임할 것입니다."

모두 목선 바닥에 무릎을 꿇고 경건하게 두 손을 모았다. 언더우드 목사는 한 사람 한 사람의 머리 위에 압록강 물을 부으며 세례를 베풀었다.

"예수를 믿는 사람 문덕보! 내가 성부와 성자와 성신의 이름으로 세례를 주노라. 아멘!"

배 안에 있는 사람들이 모두 아멘으로 화답했다. 파란 하늘을 이고 강물 위에서 세례를 받은 33명의 뺨은 언더우드 목사가 머리 위에 뿌린 강물과 눈물로 범벅이 되었고 종달새의 노랫소리가 경쾌하게 귓가를 스쳤다.

"이제 여러분은 생명록에 기록된 선택받은 우리 주님의 형제들입니다. 조선에서 예수를 믿는다는 것은 죽음을 뜻합니다. 그러나 여러분을 통해 흑암 위에 앉은 조선 백성이 어둠의 사슬을 끊고 자유와 빛을 찾아 구원을 받을 것입니다."

힘찬 설교에 모두 아멘으로 화답하며 머리를 주억거렸다. 저들의 물기어린 눈 속으로 바위틈에 흐드러지게 핀 철쭉이 들어왔다. 봄꽃으로 붉게 물든 강둑 너머로 아지랑이가 어른대는 조선 땅이 광활하게 펼쳐졌다. 이제 조선의 요단강이 된 압록강은 더 짙푸른 색을 머금고 유유히 흘러가고 있었다. 후세에 역사는 이걸 한국의 요단강 세례라고 기록했다.

3

평양에서 돌아온 문한이 별정으로 들어가 이제는 어쩔 수 없이 억지로 장인이 된 박진사에게 절을 올렸다. 박진사는 숙출 아씨에 대해서는 한마디 물어보는 일도 없이 그전보다 더 무뚝뚝하고 냉정하게 문한을 대했다.

머슴살이 했던 봉수가 사랑채와 안채를 불태워버려서 시룻번처럼 가운데가 빈 솟을대문 안은 휑뎅그렁했다. 잿더미 위에 연한 봄풀이 얼굴을 내밀어 푸릇푸릇 했다. 분위기가 서먹한 가운데 곰돌이가 어색한 몸짓으로 박진사의 한 자가 넘는 담뱃대에 불을 붙여주었다. 봉수가 한밤중에 다녀간 뒤부터 박진사는 깊은 잠을 이루지 못해 무척 수척해졌다. 방안에 앉아서 깊은 산속의 신선한 냄새를 맡을 수 있고 몸이 붕 뜰 수 있는 도(道)를 닦았다고 자랑했건만 초췌한 모습에 다 손이 떨리는 것도 여전했다.

"의주에 나타난 양이들은 임금님의 허가를 받구 왔다문서?"

"그렇답네다. 이제는 피양이나 한성에 서양 사람들이 호께 많이 살구 있답네다."

박진사는 머리를 서양인처럼 자른 문한을 못마땅한 눈으로 흘겨보았다.

"그 사람들이 우리 되선에 온 것은 우리의 오랜 종교를 뒤집어엎으려는 수작인 걸 명심해야 한다. 양교(洋教)에 한번 발을 들여놓으문 혼을 뽑아서 미치구 만다고 하더군. 그러니끼니 양이들을 가까이 하지 말라우."

"저두 서양 오랑캐들을 세상에서 데일루 미워하구 있습네다.”

문한의 대담이 마음에 들었는지 그의 칼날 같은 표정이 조금 누그러졌다.

“미련한 것들이 황준헌의 되선책략에 모두 속아 넘어가구 있다니까.”

『조선책략』이란 책은 일본에 와있는 청나라 사람 황준헌의 저서로 아라사를 막는 비결을 제시한 책이다. 친중국 결일본 연미국(親中國 結日本 聯美國)하여 강대한 로서아를 방어해야 한다는 자강책을 도모하고 야소교는 불란서 힘을 배경으로 한 천주교와 다르다고 주장하기도 했다. 특히 그는 미국은 강대, 공명, 정의의 나라로 조선에서 이득을 얻을 욕심은 없고 조선을 이롭게 할 것이니 미국과의 수호통상조약을 체결할 것을 권해서 쇄국보수의 척사론에 젖은 유림 측의 맹렬한 반대를 일으키고 있었다.

“하디만 서양에서 배울 것이 혹께 많이 있습니다. 말(馬)두 우리말 보담 서이 배나 크디요. 쇠길 위로 불수레(火車)가 다니넌데 한꺼번에 500명을 태우구 당나귀 보담 더 빨리 달리더라구 서양을 다녀온 사람이 대동문통 우리 가게에 들어와서 떠벌리는 걸 들은 적이 있습네다.”

박진사의 얼굴 표정이 떨떠름해지더니 험악하게 일그러졌다.

“요즘 의주에 서양의술을 배와 온 되선 청년이 언탱이두 감쪽같이 꿰매 붙여 놓더라고요. 그러니끼니 복출과 무출 도련님을 데리구 거길 가서라무니….”

문한의 말에 박진사는 움찔했으나 솔깃해서 귀를 기울였다.

양의가 복출의 휘어진 등을 펴내고 무출의 뒤틀리는 몸을 다림질하듯 쫙 펴내기만 한다면… 그간 드러내놓고 말은 안 했지만 꼽추아들 복출과 오징어처럼 흐늘거리는 아들 무출로 인해 말도 못하고 얼마나 가슴앓이를 했단 말인가! 그 두 아들이 버젓하게 허리를 펴고 힘차게 걸을 수만 있다면… 그런 능력을 지닌 신(神)이라면 조상대대로 섬겨오던 수많은 잡귀신들을 버릴 수도 있다.

“자네가 피양에서부터 데불구 왔다던 어텡이를 한번 보자우. 터진 입술이 정말루 봉합되었단 말이네?”

“얌전한 여자가 바느질한 것터럼 감쪽같이 꿰매놓았습니다.”

문한의 분부를 받고 곰돌이가 언청이 소년을 데리고 왔다. 입술을 가린 헝겊을 떼어내게 하고 자세히 보니 깔끔하게 꿰맨 실밥이 드러났다.

“으음….”

박진사는 신음했다. 야소교 무리들이 이런 신묘한 기술을 지니고 있다는 것이 놀랍기도 하고 한편으로는 울화통이 터졌다. 해서 많은 사람들이 그렇게 그쪽을 향해 달려가고 있는 것일까.

박진사의 말에 문한이 장난기 어린 얼굴로 물었다.

“만약 양의가 두 되련님의 몸을 고테주문 야소교를 신봉할 것입네까?”

박진사는 대답은 않고 한참 생각에 잠겨 있다가 묘한 웃음을 삼켰다.

“양의에게 서양의술을 배워온 되선 청년은 요런 작은 수술을 하디만 서양의사는 큰 수술을 할 수 있다고 홍삼 당시 도검돌이 말했습네다. 마침 우리 의주에 양의가 와 있디오. 갓 결혼한 사람들인데 색시가 의사랍네다."

"메라구! 고럼 여자가 칼을 잡구 수술을 한다구! 어케 여자가 남정네들이 하는 일을 할 수 있단 말이네? 감히 여자가 남자의 몸에 손을 댄다구. 아이나 낳구 집안에서 살림이나 할 것이디 여자가 의사 짓을 해. 감히 여자가!"

"한성에서는 여자들도 배워야 한다구 선교사들이 여학당을 세워놓구 먹이구 입히구 재우문서 글을 가르티고 있답네다."

"망조로군. 이 나라가 장차 어디루 갈려구 기런 일이 일어나구 있는디. 으음! 기래도 할 수 없디. 복출과 무출을 고테줄 수 있는 여자라문 어땠던 간에 가보자우. 되션 의사보담 서양 여자에게 보이는 것이 낫갔디."

박진사의 결정이 맞는 말이라고 문한이 머리를 크게 주억거렸다.

해가 동녘 산봉우리를 타고 올라오려면 아직도 먼 시각에 박종만 진사는 문한을 앞세우고 복출과 무출, 두 아들을 가마에 태웠다. 홍남동으로 향하는 길에는 망태기를 걸치고 개똥을 주우려고 나온 아이들과 아직 잠이 덜 깬 농부들이 눈을 비비며 새벽이슬에 흠뻑 젖은 풀숲을 헤치고 밭으로 나가는 모습이 짙은 아침 안개 속에서 희미하게 유영(遊泳)했다.

박진사의 머리에는 별별 생각이 다 스쳤다. 두 아들이 이 길을 되돌아 올 적에는 허리가 쫙 펴져서 의젓하게 걷는다면… 아아! 그렇게만 된다면 그가 가진 모든 것을 다 내놓을 수도 있을 것 같았다. 서양 여자는 어떻게 생겼을까? 도깨비처럼 이상한 얼굴일까. 아니면 귀신처럼 머리를 풀어헤치고 무시무시한 표정을 짓는 괴물일까. 홍문재를 넘는 동안 가마를 멘 교군꾼들의 헐떡이는 숨소리와 새벽정적을 깨워 먹을 것을 찾아 동네로 날아든 산새들의 파드득거리는 소리로 가득 찼다. 이른 아침이어서 도검돌의 양방 근처에는 사람의 그림자도 없었다. 교군꾼들보다 평양과 의주를 오간 문한의 발걸음이 훨씬 빨랐다. 이슬에 흠뻑 젖은 초가지붕이 빗질을 곱게 한 여인의 머리처럼 단정했다. 문한이 가만히 싸리문을 열고 안으로 들어갔다.

"도검돌 아즈바니 아낙에 계십네까? 문한이올시다."

새벽 깊은 잠에 빠진 언더우드 목사 내외분이 깰까봐서 도검돌이 날렵하게 움직였다. 어제 하루만도 삼백 명이 넘는 환자들을 돌본 호튼 부인의 눈이 피곤으로 벌겋게 충혈되었고 곁에서 시중을 들었던 대석의 얼굴도 보기 딱할 정도로 지쳐있지 않았던가.

"아니 아니 이게 누군가. 문한이레 앰새박에 어케 예꺼정 왔네."

문한이 뒤따르고 있는 일행을 턱으로 가리켰다. 가마 두 채와 지체 높은 박진사를 보는 순간 도검돌의 얼굴이 얼어붙었다. 박진사에게 인사하는 것도 잊고 도검돌은 대석이 자고 있는 방으로 뛰어들어갔다.

"너너 이불을 뒤집어쓰고 있거라. 바 박… 박진사가 왔어. 복출과 무출을 데불구 온 것 같다. 먼 일이 일어나두 꼼짝 말구 넌 자는 척 해라."

대석은 도검돌의 지시대로 몸을 새우처럼 구부리고 이불

을 머리끝까지 뒤집어썼다. 이내 가마를 내려놓는 교군꾼들의 헐떡이는 숨소리, 삭주댁의 치맛자락 스치는 소리에 이어 폭포수처럼 머릿속을 헤집는 이명(耳鳴)… 아아! 저 사람이 바로 아버지와 동생 금경이를 때려죽인 사람이다. 대석은 두 손으로 머리를 감싸 안았다.

문한이 허둥대는 도검돌을 향해 눈인사를 하며 박진사에게 눈길을 던지자 도검돌이 떨떠름하게 서 있는 진사를 향해 허리가 휘게 절을 했다.

"진사님! 앰새박에 이렇게 누추한 집에 어인 일루…."

"으음. 이 집에 바다를 건너온 양의가 왔다구 해서라무니 온 거 아니가."

"아아! 진사님도 발쎄 뽀보하게 드나드는 사람들에게서 서양의사 소문을 들으셨구만요."

"내 두 아들을 고테줄 수 있는가 한번 양의에게 보이구 싶은데… 문한의 말루는 양의가 죽은 사람도 살려낸다구 해서라무니 이렇게 온 거 아니네."

그러자 언더우드 목사가 나왔다. 귀 위까지 짧게 깎은 머리와 개구리참외처럼 불뚝 튀어나온 이마 그리고 생전 처음 보는 파란 눈을 보고 박진사는 입을 따악 벌렸다. 손을 내밀며 악수를 청하는 손등에 노리끼리한 털이 더부룩했다. 박진사는 뒷걸음질 치며 언더우드 목사를 겁먹은 눈으로 쳐다보았다. 사뭇 숨이 막힐 듯한 얼굴이었다. 그러면서도 결사적으로 가마를 가리켰다. 교군꾼들이 가마 휘장을 올리고 두 도련님을 밖으로 나오게 했다.

"이 아이를 고테낼 수 있습네까?"

박진사의 긴장된 시선이 언더우드 목사의 입에 집중되었다.

"육체보다 중요한 것은 영혼의 문제입니다. 영혼이 치료되면 이 세상을 살아갈 수 있는 힘을 얻게 되지요. 그런 힘을 주는 예수 씨를 믿으시지요."

"먼 말인지 모르갔지만 이 아이들을 고테주면 예수를 믿갔수다."

그러자 언더우드 목사는 묘한 웃음을 삼키며 성큼 무출에게 다가가서 비틀린 발목을 잡고는 한참 만지작거렸다. 그리고 복출의 허리께도 만져보았다.

"양의가 여자라구 했넌데 날레 그 여자를 불러내어 보게 하시라요."

박진사는 사뭇 결사적이었다. 호튼 여사도 시끄럽게 떠드는 소리에 잠이 깨서 밖으로 나왔다.

"이 아이들을 고쳐달라고 저 사람이 그러는데…."

호튼 여사가 그들을 측은한 눈으로 한참 바라보다가 머릴 흔들었다.

"뇌성마비에 걸린 아이의 발목을 바로 잡아주는 수술을 하면 땅을 밟고 일어설 수는 있겠지만 그런 수술을 예서 어떻게 합니까?"

"기거 보라우. 내레 머라 했어. 야소가 멀 한다구 기래. 아암! 못하디."

호튼 부인이 머리를 흔드는 걸 보고 박진사는 콧방귀를 뀌면서 뒤도 돌아보지 않고 돌아섰다. 잠시 그런 생각을 한 자신이 미워서 견딜 수가 없었다. 자식을 고칠 욕심에 숙였던 자존심이 펄펄 살아났다.

4

서양남자와 여자를 본 흥분이 채 가라앉기도 전에 의주에는 해괴한 소문이 나돌기 시작했다. 위험스러운 낌새를 감지한 언더우드 목사 내외는 한성으로 바로 떠나고 대석은 병으로 신음하는 사람들을 돌봐야 하고 또 전도도 할 겸 의주에 당분간 남기로 했다. 얼굴을 가리는 방갓을 쓴 상주차림으로 치료를 했으나 이런 옷은 아무래도 거추장스러웠다.

"이봐, 대석이! 펄렁이는 상복보다는 간편한 서양 옷이 낫지 않네."

도검돌이 보다 못해 대석에게 언더우드 목사가 입었던 그런 양복을 입으라고 권했다. 하긴 진사댁 사람들에게 들킬 것이 두려워서 방갓으로 얼굴을 가리고 어릿거렸으나 머리도 짧게 깎았고 더구나 양방에 들어앉아서 환자들을 받을 바에는 양복이 더 편해서 바로 들어가 갈아입고 나왔다.

한 사람의 병자가 한 가지 병을 가진 것이 아니었다. 회충배앓이, 거친 음식으로 인한 위장병, 학질에 시달리고, 피부병에다 간단한 수술로 치료할 수 있는 종기, 심지어 성병까지 걸려 이중 삼중으로 고통을 받고 있었다.

압록강 한가운데서 요단강 세례를 받은 서른세 명의 성도들은 힘을 다해 몰려드는 병자들을 돌보았다. 닥터 리라 불리는 대석의 치료를 받으면서 사람들은 저희들끼리 터무니없는 말을 주고받으며 수군거렸다.

"지난 번 양교(洋敎)를 개지구 들어왔던 서양인 부부가 의주에 괴질을 개져올 귀신들을 불러들이는 이상한 푸닥거리를 했다는구만 기래."

양방을 삐딱한 눈으로 바라보며 의심을 품기 아주 좋은 말거리였다.

"하긴 양교라는 교에 한번 발을 들여 놓으문 혼을 뽑아서 미치구 만다구 하더군. 그런 교를 개지구 온 서양부부가 의주사람 33명을 압록강 한가운데로 데불구 가서 이상한 짓을 하는 걸 새(나무)를 하던 사람이 숨어서 봤다구 하더군. 홍남동의 흉가에 모이는 양방을 결단내야 의주에 괴질이나 돌림병이 돌지 않을 터이니끼니 어카갔네. 모두 힘을 합쳐 양방을 없애야지."

이런 말을 들은 사람들의 눈에 점점 살기가 돌기 시작했다.

"양방을 없애자. 서양귀신을 쫓아내자."

"양인들이 개져온 사교를 악살 내러가자."

사람들은 저마다 몽둥이를 들고 떼를 이루어 홍남동을 향해 돌진하기 시작했다. 대석은 이것도 모르고 밀려오는 환자들을 치료하느라고 이마에 흘러내리는 땀을 닦을 여유도 없었다. 멀리 홍문재에서 흰옷을 입은 사람들의 떼거리가 마치 파란 하늘에 뜬 구름덩이처럼 양방을 향해 밀려오고 있었다.

문덕보가 홍문재로 밀려오는 사람들을 보고 안으로 뛰어들어왔다.

"이봐, 닥터 리! 날레 피해야겠어. 사람들이 몽둥이를 들고 있어. 지난번에 오셨던 목사님 부부가 괴질을 퍼뜨릴 것이란 소문이 나돌아서 저러는 거라구. 날레 뛔달아나라우. 그라느문 죽임을 당할디도 몰라. 더구나 자네는 박진사댁 사람들이 혈안이 되어서 찾구 있는 처디가 아니네."

흥분한 군중들이 우와우와! 외치는 소리가 점점 이쪽을 향해 다가왔다. 양복 위에 상복을 겹으로 입고 방갓을 깊숙이 내려쓴 대석은 날렵하게 담을 넘어 오월의 푸름이 한창인 숲 속으로 몸을 피했다. 예배드리는 처소인 흉가 안으로 흥분한 군중들이 몽둥이를 들고 물밀듯이 들이닥쳤다. 양방 여기저기에는 병자들이 신음하고 있었고 이들을 간호하는 사람들뿐이었다.

"양인들이 괴질 귀신을 모셔오는 짓을 했다는구만. 괜스레 병자들을 돌보는 척 하구서리 의주 사람들을 다 귀신의 밥으로 죽이려하는 수작이 아니네."

"이 집을 때려 부수자. 서양귀신들이 거하는 이 흉가를 태워버리자."

분이 극에 달한 군중들은 도검돌의 양방을 몽둥이로 부수기 시작했다.

"여보시! 여기 든눠있는 아픈 사람들이나 밖으로 옮긴 뒤에 그라시요."

도검돌의 점잖은 말에도 아랑곳 않고 사람들은 돌풍 같은 기세로 집을 때려 부수기 시작했다. 분노한 사람들에 대항해서 황어인과 문덕보 그리고 삼메꾼들이 낫이랑 괭이, 삽을 꺼내 들었다. 어떤 삼메꾼은 도끼를 번쩍 쳐들었다. 군중들에 대항하는 이들을 향해서 도검돌이 다급하게 외쳤다.

"손에 든 것을 모두 버려라. 무력으로 맞서문 우리가 저들과 다른 것이 머네. 왼쪽 뺨을 때리문 오른쪽 뺨두 내놓으라구 하지 않았네."

도검돌의 호령에 교인들은 환자들을 부둥켜안고 다급하게

하나둘 사라지기 시작했다. 쪽복음과 성경을 보따리에 싸안고 한쪽 구석에 숨어있던 삭주댁이 불길이 한창 기세 좋게 타오르는 집을 향해 앉아 훌쩍이자 모두가 따라 울었다.

"이 모두가 하나님의 은혜요. 우린 흉가를 태울 힘이 없었넌데 사람들이 대신 태워주었으니끼니 얼매나 감사하오. 산에서 아름드리 나무를 찍어다 하나님의 집을 우리 손으로 지읍시다. 타버린 집보담 더 크게 지읍세다. 돌을 주어다 의주 사람들 모두가 들어가 예배드릴 수 있는 교회를 지읍시다."

어느새 나타났는지 닥터 리 대석이 우렁차게 성도들을 향해 외쳤다.

박진사네는 제상을 차리느라고 안팎이 떠들썩했다. 며느리에게 다홍치마적부터 제상 차리는 법을 가르쳐야 한다는 생각에 마님과 노마님은 신경을 곤두세웠다. 복출은 오그라든 오이처럼 구부러진 등으로 인해 키가 작은 탓도 있겠지만 워낙 약질이라 더 초라해 보였다. 그러나 들어온 색시는 키도 훤칠하게 크고 몸집도 팡팡해서 맏며느리 감으로는 나무랄 데가 없었다. 이런 며느리가 제상을 차리는데 나오지를 않는다. 이번뿐이 아니다. 시집와서 내내 이 짓이다. 시어머니와 시아버지 밥상을 차리러 부엌에 나오는 것이 고작이다.

"제상에 차릴 음식에는 손두 대지 않으니끼니 이거 먼 일인디 모르갔네."

조기 한 뭇을 손질하던 곱단이가 안에까지 들리도록 구시렁거렸다.

"그냥 놔두어. 생각이 있어 그러갔디. 대신 우리레 하문 되디 않네."

곰보댁이 새댁을 옹호하고 나섰다. 그때 마침 마님이 부엌에 들어오다가 곱단의 불평을 들었다. 불끈 화가 치민 마님이 며느리 방으로 치달았다.

"아가! 와 조상신이 드실 음식을 만들디 않네? 곰보댁하구 곱단이는 듣거라. 박씨 가문에 들어온 사람의 손으로 차린 제상을 올려야하니끼니 모두 손을 때어라. 당장 이리 와서 제기에 얹을 조기에 손질을 하라우."

부엌까지 떠밀려나온 복출의 색시는 우두커니 장승처럼 서 있을 뿐이었다. 분이 치민 시어머니가 부지깽이를 들고 달려들자 뒷걸음질을 해서 부엌문을 빠져나가다가 문턱에 걸려서 벌렁 나가자빠졌다. 하늘을 안고 네 활개를 치며 속곳이 드러나도록 벌렁 나자빠진 새댁이 얼른 일어나지도 못하고 버둥거리는 걸 복출이 보고는 손뼉을 치며 깔깔대고 웃었다. 서출이 지나가다 이걸 보고 형수를 일으키며 날카로운 눈으로 형을 노려보았다. 이때 공교롭게도 박진사가 이런 꼴을 모두 지켜보게 되었다.

"쯧쯧… 집안 꼴이 이게 머네. 정성을 다해 제상을 차릴 메니리하구 집안 여자들이 와 이렇게 벅작고구 난리를 치네. 이거 창피해서라무니…."

시아버지의 호통에 얼굴이 붉어진 새댁은 엉금엉금 기어서 안으로 들어갔다. 넘어지면서 허리를 다쳐 움직일 적마다 아악! 신음소리가 터질 정도로 아팠다. 간신히 기어서 방으로 들어간 새댁은 신음을 삼키며 아랫목에 누워버렸다. 그렇지 않아도 도검돌의 양방에 드나든다고 시어머니에게 사정없이 얻어맞은 매로 인해 상처가 전신을 뱀처럼 휘감았는데 허리를 또 다쳤으니 새댁의 아픔은 극에 달했다. 이를 악물고 신음을 삼키며 중얼거렸다.

"쥬여, 여기보담 거기사 좋사오니 저를 그곳으로 데불구 가주시라요."

며느리가 방으로 들어가서 나오지를 않자 마님의 속이 부글부글 끓었다. 이런 일 말고도 지난번에 양코배기들이 왔을 적에 집을 빠져나가 천민들 무리에 끼어있는 걸 잡아온 터였다. 야소교인이 조상을 섬기지 않는다는 걸 익히 들어온 마님은 뿌르르 며느리 방으로 가서 방문을 와락 열어젖혔다.

"아니 너 이러기네. 이번에두 제상을 차리지 않캈다는 거네?"

시어머니의 호통에 새댁은 아픈 허리를 붙잡고 끄응 신음하며 일어났다.

"지난 번 의주에 서양 연놈들이 나타났을 적에 너 거기 갔었네?"

시어머니가 다시 들이대자 며느리는 입을 다물어버렸다.

"넌 구경간 것이 아니었어. 양가집 메니리가 처음 나타난 서양 여자를 보려구 나간 것까지는 돟다. 하디만 넌 양코배기하구 같이 자려구 나갔었디."

제상을 차리지 않는 며느리를 놓고 시어머니의 억지가 시작된 것이다.

"오마니! 먼 말을 기렇게 하십네까? 전 야소를 믿는 여자입네다. 야소교의 제사장인 목사님이 오셔서 예배에 참석하구 온 것이디 기게 먼 말입네까?"

"머라구! 너 머라구 했네. 야소교인이라구. 이런! 집안 망틸 년이…."

시어머니의 손에 회초리가 잡혔다. 복출을 때리는 매였다. 회초리가 사정없이 새댁의 등과 얼굴에 쏟아졌다. 이를 악물고 아픈 허리를 기우뚱거리며 저항하지 않고 그 매를 다 맞았다. 손등에도 매가 떨어져 피가 흘러나왔다. 얼굴도 매를 맞아 뺨에서 흘러내린 피가 저고리를 적셨지만 이를 악물고 꼼짝 않고 조용히 쏟아지는 매를 다 맞았다.

"독한 년 같으니라고. 예가 어디메라구 감히 야소라는 말을 입에 올려."

분이 풀리지 않는 마님의 손이 며느리의 저고리 고름을 부욱 뜯어냈다. 못난 아들 복출 때문에 또 몸을 쓰지 못하고 흐느적이는 무출 때문에 쌓이고 쌓였던 분노가 새 며느리를 향해 폭포수처럼 쏟아져 나왔다. 치마도 잡아 찢었다. 화가 다 풀리진 않았지만 악을 쓸 기운이 없을 정도로 마님은 지쳐버렸다. 이렇게 난리를 쳐도 며느리는 여전히 제상을 차리러 나가지 않았다. 번번이 제상 차리기를 거부하며 머리를 살레살레 흔들어대는 며느리 때문에 마님의 속은 화가 치밀어 숨이 막힐 지경이었다. 너무 분을 내며 날뛴 탓인지 안방으로 건너온 마님의 몸이 불덩이가 되었다. 그간 배앓이로 뒷간 출입이 잦았는데 속까지 끓이니 눈을 뜰 수 없을 지경으로 기진했다. 앓고 있는 마님의 안색을 살핀 노마님의 입에서 긴 한숨이 터져 나왔다.

"돌림병이 들었군 기래. 곱똥을 누는 병이디? 집안에서 괴질을 앓다니."

집안에서 단 한 사람이라도 이 병에 걸리는 날이면 무서운 속도로 식구들에게 병마가 달라붙는 걸 노마님은 경험으로 알고 있었다.

"어카갔네. 박씨 가문을 살리려면 이대로 둘 수는 없다."

노마님은 곽서방을 불러서 비밀스럽게 명령을 내렸다.

"어드렇게 기런 일을… 내레 덩말 분부하신 일을 못 하겠습네다. 마님을 어드렇게…."

곽서방이 우물쭈물 하자 노마님의 눈에 광기에 가까운 빛이 번쩍했다. 무서운 기세에 밀려 어쩔 수 없이 곽서방은 머리를 끄덕여 보이고 밖으로 나갔다.

그 밤 자정이 가까운 시각, 어둠을 헤치고 곽서방은 마님을 가마에 태우고 솟을대문을 빠져나갔다. 깊은 산속 사냥꾼이나 약초를 캐는 사람들이 비나 눈을 피하는 산막에 병든 마님을 버려두고 와야 하는 일이다. 어떻게 그렇게 할 수 있단 말인가. 숨이 붙어있는 사람을 말이다. 그러나 주인마님의 분부를 어길 수는 없었다. 교군꾼들의 헐떡거림도 높아졌다. 산은 점점 험해지고 바람에 흔들리는 나무들이 어둠 속에서 괴기스러운 분위기를 자아냈다.

"내레 마님 곁에 있다 갈터이니끼니 그리 알구 맨제들 내려가라우."

곽서방은 가마를 메고 온 교군꾼들을 먼저 보내놓고 혼수상태에 빠져 후줄근하게 늘어진 마님의 얼굴을 내려다보았다. 서슬이 퍼렇게 전신에 고였던 마님이 아니던가. 그러나 적리(赤痢)에 걸려 수없이 뒷간에 드나들더니 저 꼴이 되어 이상한 냄새를 풍겼고 워낙 약질이었던 마님의 얼굴은 푸르스름했다.

'쥬여! 이 영혼을 불쌍히 여기소서. 이 영혼을 구원하여 살려주소서!'

죽어가는 마님 곁에 꿇어앉은 곽서방에게 대석의 얼굴이 떠올랐다. 그 순간 보기만 해도 소름이 끼치는 날이 퍼런 작두가 눈앞을 스쳤다. 봉수, 검동이 그리고 대석이… 누구든 잡히기만 하면 목을 댕겅 자를 준비를 저들은 하고 있었다. 그런데도 불붙듯이 일어나는 강한 연민을 억누르지 못한 곽서방은 홍남동으로 향했다. 마당은 산에서 찍어온 통나무들로 어지러웠다. 교회를 짓겠다고 헉헉대며 일하던 흔적이 달빛에 선연하게 드러났다. 곽서방이 안으로 들어가자 잿더미 옆에 엎드려 기도하던 도검돌이 얼굴을 들었다.

"이거 곽서방이 아니네. 이 깊은 밤에 먼 일이네?"

"괴질에 걸린 마님을 산막에 내다버렸습네다. 대석이 너나랑 함께 가서라무니 마님을 살려내자우. 넌 생명을 구하는 의사가 아니네."

"자네 대석이 보구 마님을 치료해주러 가라 이 말이네?"

도검돌이 굳은 표정을 지으며 거세게 머리를 흔들었다.

"마님은 죽은 듯이 둔눠있구 깊은 산속이라 대석을 잡으러 올 사람두 없습네다. 죽어가는 사람을 구해주는 거이 예수씨의 가르치심이 아닙네까. 아즈바니레 원수두 사랑하라구 늘 제게 성경을 개지구 말씀해주셨디 않습네까."

곽서방의 말에 대석이 주섬주섬 의료도구를 가방에 넣으며 따라나설 채비를 했다. 밤이건만 상복을 입고 방갓을 깊숙이 내려써서 얼굴을 가렸다.

"위험한 일인데 기래두 될가. 날이 밝으문 본색이 드러날 터인데."

도검돌은 마음이 놓이지 않아 안달을 하며 어두운 표정을 감추지 못했다.

"사랑을 베풀러 가는 길이니끼니 상톄 하나님께서 항께하실 거라우요."

이렇게 대석이 담대히 말하고 성큼 앞장을 서서 어둠속으로 걸어나갔다. 곽서방이 나는 듯이 밤길을 달렸다. 압록강을 끼고 치솟은 산비탈에 자리 잡은 산막은 삼메꾼들이 이따금 밤을 새우는 곳이요 나무꾼들이 비를 피하는 허름한 오두막이었다. 인기척에 마님의 기어들어가는 음성이 들렸다.

"나 물 좀 주구려. 물 물 물…."

곽서방이 산개울에서 물을 떠다 먹이려는 걸 대석이 막았다.

"새(나무)를 해다 솥에 물을 붓고 불을 때시라우요. 우리두 끓인 물만 마셔야 합네다. 무엇이나 끓여서 먹으문 병이 옮지 않습네다. 손두 깨끗이 씻구요."

대석의 의젓한 분부에 곽서방의 입가에 웃음이 서렸다. 어떻게 저 사람을 백정의 아들이라 말할 수 있단 말인가. 관솔불빛에 드러난 번듯한 이마 위로 지체 높은 양반보다 더한 위의가 번뜩였다. 대석은 주사를 마님의 팔에 꽂았다. 탈수상태로 입술이 바짝 마른 얼굴을 흘끔 보며 그 옛날 자신이 멍석에 말려서 매를 맞을 적에 들었던 마님의 청아했던 음성을 더듬었다. 천상에서 내려온 선녀처럼 보였던 마님이었다. 마님은 입술을 달싹이며 물을 찾더니 이내 깊은 혼수상태로 빠져들었다. 약물이 방울방울 마님의 핏줄을 타고 흘러들어갔다. 부엌에서는 솔가지를 꺾어 불을 지피는 소리가 밤의 정적을 깨뜨렸다. 이내 허름한 산막 안은 괴물처럼 살아 움직이는 연기로 자욱했다.

밤새 힘을 다해 마님을 돌보는 대석의 얼굴에 피곤이 서렸다.

"더운 물로 마님의 몸을 닦아주어야 합네다. 날레 서두리시라요."

대석의 말에 곽서방은 그럴 수 없다고 머리를 흔들며 희번하게 먼동이 트는 밖을 내다보았다. 감히 어떻게 마님의 몸에 손을 댄단 말인가! 어쩔 수 없었다. 대석이 상복을 벗어던지고 악취가 풍기는 마님의 몸을 더운 물로 씻기고 난 뒤 마님의 옷을 곽서방에게 주며 산막을 끼고 흐르는 산 개울에서 빨아 널라는 손짓을 했다. 곽서방은 대석의 손에서 고름 똥으로 얼룩진 마님의 치마와 저고리를 받으며 대석의 얼굴을 우러러보았다.

'백정의 아들이! 세상에! 백정의 아들이!'

하루 종일 끓인 물을 입으로 흘려 넣어주고 주사를 놓으며 치료를 하니 마님의 상태가 호전되기 시작했다. 또 하루 밤을 지센 새벽녘에 마님은 가늘게 눈을 뜨더니 대석을 올려다보았다. 남편인 박진사가 아니라 외간 남자라니! 그것도 안경을 쓰고 머리를 짧게 깎은 남자가 아닌가, 해서 얼른 눈을 감았다가 뜨고는 목을 돌려가며 허름한 방안을 샅샅이 훑어보았다.

"예가 어딥네까? 내레 저승에 와 있는 겁네까?"

마님의 가는 음성이 모기 소리처럼 약했다. 의식이 돌아온 마님을 뒤로 하고 대석은 가방을 챙겨들고 방갓을 쓰고는 얼굴을 거친 마 조각으로 가렸다.

"곧 날이 밝아딜 터인데 갈려구 기래?"

곽서방이 걱정스러운 얼굴로 물었다.

"박진사댁에 연락해서라무니 교군꾼들에게 가마를 개지구 오라구 하시라우요. 이제 집으로 돌아가셔두 됩니다."

"마님의 목숨을 살려주어서라무니 너머너머 고맙다. 대대대…."

곽서방은 대석이란 이름을 입에 담지 못했다. 닥터 리가 손가락으로 입을 가리는 시늉을 했기 때문이다. 순간 대석의 뇌리에 복출 도련님이 떠올랐다. 이렇게 숨어 지낼 것이 아니라 내가 대석이요 자백하고 용서를 받은 뒤 떳떳하게 살 수는 없을까. 아직도 대석을 잡으면 오만 냥을 준단 말인가.

"박진사댁에 들어가서 내레 대석입니다. 용서하시라요 라구 빌면…."

말을 끝까지 듣지도 않고 곽서방이 기겁을 해서 펄쩍 뛰었다.

"그 집 아낙에 발을 들여놓았다가는 그날루 넌 죽어. 네레 마님을 살렸다해두 백당은 백당이구 양반은 양반이다. 날선 작두를 광에 준비해 놓구서리 널 잡으문 목을 뎅겅 자르갔다구 벼르구 있는 걸 몰라서 이러네."

"성경에서 잘못을 빌구 회개하문 모두 용서한다구 했넌데…."

"기건 예수를 믿는 사람들끼리의 이야기디. 박진사댁은 마귀 소굴이야."

대석은 슬픈 기색으로 곽서방을 한참 바라보다가 서둘러 산막을 나섰다.

마님이 산막에서 살아 돌아온 뒤 박진사댁 솟을대문 안은 평온을 되찾았다. 단지 마님만이 말 못할 사연을 가슴에 품게 되었다. 낯선 남자가 자신의 병을 고쳐주었다는 점이 믿기지 않았다. 양반댁 마님의 몸을 감히 외간 남자가 만졌다니! 사람들이 알면 큰일 날 일이었다. 그 당시를 다시 한 번 더듬었다. 정신을 차렸을 때는 곽서방 혼자 잔심부름을 하며 곁에 있었다. 그렇다고 물속에서처럼 출렁이며 본 것을 상것에게 물어볼 수도 없는 일이었다.

'아마두 산신령님이 내려와서 나를 고쳐준 것이 틀림없어. 어케 외간 남자가 내 몸을 만지구 고쳐주었갔어. 그러나 팔뚝에 난 이 자국은 무엇이디.'

마님은 주사 바늘이 꽂혔던 퍼런 부위가 이상해서 자꾸 눌러보고 만져보고 기억을 되찾으려 애를 썼다. 그러나 짙은 안개 속에서 본 남자의 얼굴은 어디서 많이 본 듯한 인상이었으나 누구인지 윤곽이 잡히질 않았다.

복출의 색시가 제상을 차리는 문제로 매를 맞은 뒤 시름시름 앓더니 시어머니가 산막에서 돌아온 뒤 아예 일어나지도 못했다. 방안에서는 살이 썩는 냄새가 진동했다. 제상을 차리지 않겠다고 뒷걸음질하다 쓰러져 다친 허리가 겹친 매질에 도진 것이 분명했다. 대소변을 받아 내야할 지경이었다.

"어카겠습네까. 나터럼 압록강변 산막에 대불구 가서 산신령님께 빌문 누레 압네까. 산신님이 내려와서라무니 날 고텨주었던 거터럼 낫게 할지 모르니끼니 내가 있었던 산막으로 보냅시다요."

마님의 요청에 노마님은 못 이기는 척 교군꾼들을 시켜 손자며느리를 산막에 보냈다. 몸도 제대로 가누지 못하는 복출의 색시는 퉁퉁 부은 얼굴로 가마에 실렸다. 앉지도 못해 이리저리 넘어지는 모습이 애처로워서 곱단이도 곰보댁도 눈물을 흘렸으나 노마님의 눈에서는 독기가 뿜어 나왔다.

"야소를 믿는다구 나대더니 꼴좋다. 이 집이 어드런 집안이라구 야소를 믿고 야단이여. 조상신이 가만 놔두디 않는 거라구. 감히 어린 것이 박진사댁을 어케 보구서리 기래. 쇠심줄터럼 고집 세구 독한 년 같으니라구."

곰보댁이 가마 곁에 붙어 걸었다. 곽서방도 함께 갔다. 다른 하인들은 솟을대문 밖으로 벗어나는 가마를 그저 멀리서 바라볼 뿐이었다. 하인들은 눈물을 흘렸으나 마님과 노마님의 눈길을 피해 몰래 닦았다. 두 명의 교군꾼들이 헐떡이며 산을 오를 적에 곽서방은 곰보댁의 귀에 대고 가만히 속삭였다. 곰보댁은 알았다고 머리를 끄덕이고는 이내 홍남동을 향해 지척을 분간하기 힘든 밤길을 내닫기 시작했다.

곰보댁이 도검돌이 거하는 양방에 도착했을 때는 자시가 지난 시각이었다. 의주뿐 아니라 사방에서 병자들이 불타버린 터 위에 새로 짓고 있는 교회로 꾸역꾸역 모여들었다. 그 무렵 머리를 짧게 깎은 양의가 이 백정의 아들 대석인 것 같다는 소문이 나돌기 시작했다. 박진사댁에서 아는 날이면 살아남기 어렵다는 두려움을 대석도 느낄 지경이어서 오늘 밤이나 내일 새벽에 의주를 떠나 제중원으로 돌아갈 참이었다.

"마님을 구했으면 되었디 또 다시 메니리꺼정 돌보라는 말이네. 짊을 지고 불속으로 뛰어드는 짓을 하지 않는 것이 똥갔어."

"우리터럼 예수 씨를 믿다가 이런 환난을 당했넌데 어카갔소. 살려야디."

곰보댁의 말에 대석은 순순히 약이 든 가방을 들고 산막으로 갔다.

"어케 생각하네? 살아날 수 있갔네?"

곽서방이 걱정스러운 눈으로 대석의 투박한 손이 새댁의 상처부위를 능숙하게 소독하는 걸 훔쳐보았다. 등에 여기저기 자리 잡은 상처에서 고름과 진물이 줄줄 흘러나왔다. 특히 허리부위의 상처는 심각했다. 새댁은 아픈 것도 느끼지 못하는지 신음소리도 없이 축 늘어졌다.

"세상에! 양반 가문에서 어케 이렇게 되두룩 메니리를 때려서라무니 내던질 수가 있어."

대석의 얼굴에 분노의 기색이 스쳤다. 곽서방이 제 스스로 나가서 물을 끓이고 수건을 삶아서 가져왔다. 상처를 다스리는 대석의 손이 민첩했다.

"지난 번 치료하구 다르디 않네."

곽서방이 대석의 시중을 들다가 물었다. 대석은 개울가로 나가 손을 씻으며 씨익 웃었다. 죽은 이 백정을 빼박은 얼굴이었다.

"가루약이 아주 좋은 것이니끼니 상처가 빨리 아물겝네다. 하디만…."

하루가 지나고 이틀이 지났다. 치료는 늦어지고 그냥 여기 있는 것이 불안하다는 생각이 들어서 아침기도를 마치고 바로 한성으로 돌아갈 결심을 했다. 제중원에서 의학공부를 계속 해야 했기 때문이다.

"대석아! 미안하디만 부탁이 있다. 내레 이렇게 살다가문 되디만…."

"멉네까?"

"내 아들 영생(永生)을 데불구 한성에 가문 돟갔다. 거기 가문 서양 선교사들이 사내아이들을 모아놓구 공부를 가르티구 있다구 하지 않았네?"

"영생이 함자서 한성엘 가라구요. 거 참 잘 생각했습네다. 기렇게 합세다."

그때 우거진 녹음에 몸을 숨기고 산막을 향해 올라오는 사람이 있었다. 발자국 소리가 산의 정적을 흔들자 대석이 흠칫 놀라며 귀를 기울였다. 가만히 문틈으로 내다보니 오색딱다구리 한 마리가 짝을 찾아 경망스럽게 엄나무의 이 가지에서 저 가지로 옮겨 앉았고 노랑 눈썹 솔개가 원을 그리며 먹이를 찾아 하늘을 맴돌 뿐 산은 다시 정적 속으로 잦아들었다.

"너머 긴장해서라무니 헛소리를 들었나부다. 병든 메니리를 내친 박진사댁에서 사람을 보낼 리 없디. 그 집안사람들 듕 뉘레 예꺼정 오갔네."

곰보댁이 숲속에 지천으로 깔린 바디나물이나 둥구레를 캐느라고 숲속을 헤집고 다니는 소리일 것이다. 대석은 새댁의 등에서 흘러나오는 고름과 진물을 닦아내고는 약을 발랐다. 두 사람이 열심히 상처를 들여다보고 있을 때 방문이 벌컥 열렸다. 대석의 시선이 문 쪽으로 향하더니 벌떡 일어섰다.

"아니 아니 이거 어드런 사내들이 내 색시를 엎어놓고 이러네."

대석의 눈이 복출의 눈과 마주쳤다.

"아아! 넌 백당의 아들 대석이 아니가? 세상에! 어케 이런 일이…."

"내레 내레 죽어가는 도련님 색시의 곪은 상처를 고테주려구…."

"머이 어드레? 이 께낀한(더러운) 넘이. 날 꼽땡이루 맨들어 놓고 머이 시원찮아서 내 색시를 건드리고 있어. 내 손으로 널 죽여버릴 터이니끼니."

복출이 부엌에서 낫을 움켜쥐고 방안으로 뛰어들었다. 대석은 새댁을 치료하던 손을 멈추고 벽에 걸어둔 방갓을 쓰면서 곽서방에게 다급하게 일렀다.

"이 가루약으루 늘상 상처를 닦아내구 발르라고 이르시라우요."

꼽추 복출이 덤벼들었으나 대석은 여유 있게 복출의 손에서 낫을 앗아 곽서방에게 주며 굽은 등에 잠시 눈길을 던지더니 이내 밖으로 사라졌다. 방바닥에 엎어져있는 아내를 버려둔 채 짐승처럼 울부짖으며 대석의 뒤를 쫓던 복출은 숨을 헐떡이며 나무뿌리에 걸려 넘어졌다. 산골무꽃과 털동자꽃이 나뭇잎 사이로 파고드는 햇살에 입을 벙긋 벌린 한낮, 산골짜기는 고요했다.

이 소란 통에 정신이 들어 머리를 든 새댁에게 곽서방이 가루약을 주었다.

"아씨! 이 약을 발라야 합네다. 날래 품에 감추시라우요.

날레, 날레….”

곽서방이 복출 만을 데리고 하산했다. 복출의 짐승 같은 울부짖음에 마님과 노마님이 나오고 박진사도 달려 나왔다. 무출의 시중을 들며 별당에 갇혀 지내던 동미(東美)의 동생, 동옥(東玉) 아씨도 얼굴을 내밀었다.

“길쎄 대석이란 넘이 산막에서 내 색시 옷을 벗기구….”

박진사의 턱수염이 파르르 떨렸다.

“뭘 보구 와서 이런 헛소리를 하네. 어떤 넘을 보구 이러느냐 말이다.”

박진사의 역정에 가까운 신경질적인 음성이 별정의 괴석들에 부딪혔다.

“대석이었다니까요. 나를 이꼴루 맨든 이백당의 아들 대석이란 넘이었어요. 나를 알아보구는 벌떡 일어서라무니 흘끔쳐다보았다니까요. 머리를 서양넘터럼 깎구 안경을 쓰구 있어디만 분명히 대석이란 넘이였어요. 내 색시를 엎어놓구 맨지다가 내레 고함을 치니끼니 그냥 뛔달아났다니까요.”

“저런, 저런 세상에! 이런 망측한 일이 있나.”

노마님이 대로(大怒)해서 혀를 차고 야단이었다. 복출의 자초지종을 듣던 마님이 머리를 푹 숙였다. 그렇다면 말이다. 자기를 고쳐준 사람이 바로 원수 대석이었단 말인가. 심장이 멎는 것 같았다. 마님은 무출이 있는 별당으로 슬그머니 빠져나갔다. 한 여름의 강한 햇살이 잿더미로 변한 안채에 그득했다.

“고럼 곽서방이 알구 있었을 꺼 아니가. 날레 곽서방을 대령하렸다.”

박진사의 쇳소리에 솟을대문 안은 긴장감이 감돌았다. 하인들이 행랑채로 내달았다. 허물어져가는 박진사댁 가장 충직한 곽서방까지 내몰린다면 이 집안은 어떻게 되는 걸까. 모두가 불안해서 행랑채로 달려오긴 했지만 감히 곽서방의 방문을 여는 사람이 없었다. 댓돌 위에는 곽서방의 짚신이 얌전하니 놓여 있었다. 마당 그득 들어선 사람들은 장승처럼 꼼짝 않고 숨을 죽였다. 일이 되어가는 걸 보면 곽서방이 대석과 내통했다는 뜻이 된다. 그건 곧 노마님의 그악스러운 손아귀에서 벗어나지 못한다는 말이기도 하다. 봉수가 사랑채와 안채를 불태운 뒤부터 노마님의 독기어린 눈이 항상 번뜩였다. 집안의 하인들을 다루는 몸짓이나 성깔은 소름이 끼칠 지경이었다.

"이를 어카디? 잡혀 아낙으로 들어가문 매를 맞아 죽을 것이 뻔하다구."

곰보댁은 산에서 아직 내려오지를 않았다. 새아씨 곁에서 시중을 들고 있을 것이다. 이런 때 곰보댁이라도 있었으면… 모두 입술이 바짝 탔다. 몸이 약해 늘 곰보댁 곁을 맴돌던 영생(永生)이 보이질 않았다. 아마도 곽서방과 함께 있는 모양이다. 모두 주저하고 있을 때 서출이 뿌르르 달려 나왔다. 희번주그레한 얼굴과 눈이 정오의 햇살을 받고 번들거렸다.

"와들 이러구 있네? 아바지레 곽서방을 대령하라구 하지 않네."

그래도 모두 묵묵히 서 있자 서출이 곽서방의 방문을 와락 걷어찼다. 문고리를 안으로 잠갔는지 꼼짝을 않는다. 힘을 다해 두 번째 걷어찬 발길질에 문 한가운데 구멍이 뻥 뚫렸다. 행랑마당에 둘러선 하인들은 모두 침을 꼴깍 삼켰다. 서출이 알밤처럼 단단한 몸을 굴려 곽서방의 방안으로 뛰어들어갔다.

"아니, 아니! 요넘이 도망티구 없잖아. 방이 터엉 비었는데."

행랑채를 가득 메운 하인들의 얼굴에 안도의 기색이 완연했다. 시간이 지체되자 박진사도 참지를 못하고 행랑채로 나왔고 노마님도 나왔다. 분을 삭이지 못한 노마님의 하늘색 모시 치마가 파르르 떨렸다.

"날래 산막에 가서라무니 복출 색시랑 곰보댁을 데불구 오너라."

교군꾼들이 빈 가마를 메고 솟을대문을 빠져 나간 지 서너 시간 뒤에 복출 색시는 가마를 타고 돌아왔다. 아직도 몸을 가누지 못하고 앉지를 못하는 새댁을 노마님은 회초리로 사정없이 때리기 시작했다.

"너 기런 몸으로 서방질을 해. 날래 직고하렷다. 외간 남자와 으슥한 방에서 먼 짓거리를 했네. 기래 네 신랑이 꼽땡이라구 기렇게 막 나가는 거네. 네가 믿는다는 야소귀신이 기런 더러운 짓을 시켰갔디. 양코배기들은 쌍것들터럼 남녀 구별이 없다더구나."

새댁은 희미한 눈으로 시할머니를 올려다보며 강하게 머리를 흔들었다.

"기 넘이 널 보구 도망가자구 하던? 날래 말하지 못할까."

"아닙네다. 그 사람이 누군지 모릅네다. 내레 내레 아무 것도 모릅네다."

노마님이 손자며느리를 누이고 진물이 흘러내리는 등을

들쳤다. 이 집을 나갈 때보다 많이 좋아져서 생살이 벌겋게 살아나고 있었다. 등에 바른 하얀 약을 본 노마님의 눈에 광기가 번쩍 스쳤다.

"아이쿠! 이게 대석이란 백당님이 달게들어 너에게 뿌린 것이갔디."

새댁은 이를 악물었다. 죽으면 죽으리라는 얼굴로 머리를 방바닥에 대고 꼼짝을 않는다. 노마님은 분을 이기지 못하고 손자며느리의 옷을 벗기기 시작했다. 그때 치마 말기에 감추어둔 약봉지가 방바닥에 떨어졌다.

"이게 뭐네? 도대체 이게 머란 말이네?"

"…."

노마님은 봉지에 든 가루약을 우악스럽게 움켜쥐고 마루로 뛰어나갔다.

"아아… 클마님, 기건 기건 내 등을 낫게 하는 약이라구 했넌데 이리 주시라우요. 산막에서 하나님이 주신 것입네다. 제발, 제발 이렇게 빕네다."

새댁은 죽을힘을 다해서 마루로 기어나가 클마니의 다리를 감싸 안고 애걸했다. 그런 손자며느리를 노마님은 거머리라도 달라붙은 듯이 매몰차게 걷어차버렸다. 어찌나 세차게 찼는지 새댁이 댓돌 아래로 굴러 떨어졌다.

곽서방이 산막에서 도망쳐 내려와 아들 영생을 데리고 달아난 사건이 있은 지 한 달 만에 복출 색시는 배창(背瘡)이 도져 죽음에 이르게 되었다.

"그 약만 있었으면 난 살아났을 터인데 클마니가 원망스럽습네다."

이생에서의 마지막 숨을 몰아쉬며 새댁은 남편 복출에게 말했다.

"내레 맨제 하늘나라에 가 있을 터이니끼니 날 좋아한다문 예수를 믿구 그리루 오시라우요. 거긴 예수를 믿는 사람만이 올 수 있는 곳이니끼니."

아내의 유언에 복출은 겁먹은 눈을 하고 숨을 헐떡이는 새댁을 응시했다.

드디어 색시의 상여가 나가는 날, 꼽추 복출은 아내의 시신을 붙잡고 늘어졌다. 무출 도련님도 이상한 소리를 내며 울어댔다. 동옥 아씨는 예수를 믿는다고 강제로 평양으로 시집보내버린 언니, 동미를 떠올리며 눈물을 흘렸다. 솟을대문 안은 예수 때문에 맞아 죽어나가는 새댁으로 인해 침울했다. 상여에 고집스럽게 매달리는 복출 도련님을 서출이 우악스럽게 뜯어냈다.

"형님 덩신 차리시라요. 아랫것들 앞에서 이게 먼 짓입네까. 부정한 녀자는 기렇게 죽는 것이 당연하디요. 우리레 할 일은 대석이란 백당 넘을 잡아 웬수를 갚는 일이라요. 형님과 아즈마니를 이렇게 맨든 넘 말입네다."

당돌하고 다부진 서출의 말에 노마님의 얼굴에 만족스런 미소가 흘렀다.

박진사댁 며느리가 야소를 믿다가 맞아죽었다는 소문을 타고 예수의 소문은 의주에 파다하게 펴져 나갔다. 맹인 점쟁이 점복을 때려죽인 뒤에 일어난 일이라 소문은 더욱 큰 물줄기를 이루었다.

5

언더우드 목사가 의주를 다녀 간 뒤 백홍준 장로는 아예 의주에 남아 점복이 살았던 홍서동에 의주교회를 세우고 정기적으로 집회를 인도했다. 서상륜 형제가 황해도 소래(松川)로 가서 순전히 자기네들 힘으로 여덟 칸(間)짜리 예배당을 세웠고 그 마을 58세대 중 50세대를 전도해서 예수를 믿게 되었다는 놀라운 소식이 백홍준에게도 큰 힘을 주었다.

키가 언더우드보다 더 크고 비쩍 마른 마펫 목사와 게일 목사가 통군정에 나타나 의주를 한 바퀴 돌고는 홍서동에 세워진 교회로 와서 예배를 인도했다. 그들은 양의(洋醫) 빈턴(Vinton) 박사를 데리고 와서 병든 사람들을 고쳐주기 시작했다. 민영익 대감의 소문을 익히 들어 알고 있는 의주 사람들은 한낮에도 거리낌 없이 백홍준이 세운 의주교회로 모여들었다. 그 유명한 맹인 점복을 찾아 점을 치러 오는 것이 아니다. 홍서동 길에 깔린 인파를 지켜보던 박진사의 아들 서출은 야소교인을 없앨 결심을 하고 있었다.

서출이 평양을 다녀온 한 달 뒤 향교동 큰 길은 인파로 가득차서 발 들여 놓을 틈이 없었다. 사람들은 오랜만에 터진 볼거리에 군침을 흘렸다. 소달구지에 실려 양손을 등 뒤로 둘러 묶인 사십 중반의 사내는 목에 민족반역자, 서양의 적구(赤狗)라는 팻말을 달고 있었다. 죄수의 얼굴은 너무나 평안해 보였다. 그게 포졸들이나 둘러선 의주 사람들을 더욱 화가 치솟게 했다.

“저 뻔뻔스러운 얼굴 좀 보라우. 길쎄 몇 차례나 봉천을 왕래하문서 양인(洋人)과 접촉을 하다가 종내는 그 양인을 자기 집에 한 달 동안이나 유숙시키문서 사교(邪教)를 던하게 했다디 머야."

봉텬에서 로스 목사를 의주에 모셔왔던 사건을 두고 수군거리고 있었다.

"그것꺼정은 눈감아 줄 수레 있넌데 관가에서 데 사람에 대하여 감정이 좋지 않게 된 것은 요즘 앵인들을 데불구 의주뿐만 아니라 강계일대를 돌아다니문서 던교를 했다는군 기래. 그러니끼니 피양 감사 맴이 편하갔어. 더구나 박진사댁은 야소교 때문에 집안이 쑥밭이 되었으니끼니 진사님의 막내 서출이 피양꺼정 가서 감사에게 억울함을 고했다디 먼가."

"고럼 서출 도련님이 우리 의주를 살렸구만 기래. 오천 년 믿어온 우리 종교를 버리구 서양종교를 믿으라구 하는 저 넘을 참 잘 잡았구만."

그러자 소달구지 우리에 갇혀 잡혀가는 사람이 도리어 웅성거리는 사람들을 향해 큰 소리로 당당하게 또박또박 외쳐댔다.

"세상에 교(教)가 많이 있으되 예수교같이 참 착하고 참 사랑하고 남을 불쌍히 여기는 교는 없을 것이오. 자기 돈을 써가며 온갖 고생을 다 하문서 남의 나라 사람에게 간절히 기르티구 도와주구 있는 예수를 믿는 앵인들이 머가 나쁘다구 합네까. 예수교가 참교이니 여러분은 예수 씨를 믿으시라요."

"아니 아니! 저 넘이 잡혀서두 사교를 던하구 있구만. 저 넘을 당장 능지처참 해야디! 저 입을 날레 달군 인두루 지져서 말을 못하게 해야디."

포졸들이 눈을 부라리며 입을 다물라고 주의를 주었다.

"예수 씨를 숭봉하는 나라들은 상데를 공경하구 사람을 사랑하는 고로 법을 실시하구 정치가 분명하며 백성이 잘 살구 나라가 부강하니끼니 주 예수를 믿으시라요. 그라느문 우리는 어둠 속에서 빠져나오디 못합니다."

무슨 일인가 하고 군중들 틈을 비집고 얼굴을 내민 도검돌이 죄수의 얼굴을 보는 순간 아악! 절규했다. 사람의 물결에 휩쓸린 도검돌은 우차의 창살을 잡으려고 결사적으로 절뚝이면 뒤쫓았다.

산발한 죄수가 구경꾼들을 향하여 목이 쉬도록 외쳐댔다.

"유도(儒道)가 데일 좋다구 하디만 지금꺼정 그걸 숭상해서 좋은 것이 무엇이었소. 청국과 되선이 유도를 좇아 나라를 다스렸디만 점점 미약해디구 양국(洋國)들은 공맹자를 모르건만 천하에 데일 부강하고 문명함은 상데를 섬김이요. 그러니끼니 우리 되선 사람들두 상데의 도(道)를 행하면 개화한 사람들이 되어 잘 살게 되는 거요."

힘이 진할 법도 하건만 잡혀가는 사람은 입술이 타들어가면서도 하고 싶은 말을 두레박으로 생수를 퍼 올리듯이 자꾸 뱉어냈다.

"날레 저 주둥이를 막으라우. 재갈을 물리라니까."

무명 수건이 죄수의 입을 틀어막는 순간 도검돌이 군중들을 헤치고 들어와 죄수의 나무창살을 붙잡았다. 그의 시원찮은 다리가 우차에 질질 끌렸다.

"나리, 나리. 백홍준 나리 어흐흠… 어흐흠…."

죄수가 시선을 돌려 창살에 매달려 울부짖는 도검돌을 한참 바라보았다.

"대석이 때문이디요. 나리가 이렇게 된 것이 대석이가…."

평양 감사 민병석(閔炳奭)은 백홍준과 대석이 언더우드 목사를 의주까지 안내했고 의주 사람 33명이나 배에 태워 압록강 한가운데로 나가 세례를 베푼 사실을 소상히 알고 있었다. 백홍준이 한성에서 양인들과 어울려 다니며 조선 최초의 장로가 되었다는 것은 그래도 참을 수 있었는데 이젠 양인에게서 돈을 받아 생계를 꾸리면서 강계, 삭주, 구성, 위원 등을 다니며 사교를 전하고 있다니 이게 될 말인가. 또 의주교회에서 공공연히 예배를 드리고 있다지 아니한가. 서출을 통해 그 집안의 한(恨)어린 내막도 소상히 듣고 보니 그냥 가만히 있을 수 없었다. 양반을 꼽추로 만든 백정, 대석이란 놈을 앞잡이로 하고 의주에 나타난 양인과 한 동아리인 백홍준을 그냥 둔다는 것은 말도 되지 않았다.

결국 백홍준은 목에 칼을 쓰고 투옥되었다. 도검돌이 옥 근처를 매일 맴돌면서 만나려 했으나 감시가 심해서 접근할 수 없었다.

"날은 추워오구 음식을 넣을 수는 없구 이를 어카디."

도검돌은 주위 사람들의 반대를 무릅쓰고 옥으로 다가갔다.

"여기 백홍준 나리가 드실 음식하구 입성을 좀 넣어주시라우요."

"아하! 홍삼당시 도검돌, 너두 양도깨비를 따르는 사람이디? 너 참 잘 왔다. 너두 양귀자(洋鬼子) 무리에 속해 있으니끼니 항께 옥에 간우어야디."

도검돌은 옥졸에게 잡히지 않으려고 죽을힘을 다해 절뚝

거리며 달아났다. 땀범벅이 되어서 남문 밖까지 도망친 도검돌은 절룩거리는 다리로 어떻게 그렇게 빨리 몸을 피했는지 기적처럼 느껴졌다. 순간 섬광처럼 박진사가 떠올랐다.

'박진사라문 피양 감사를 설득해서 백홍준 장로를 풀어줄 수 있는 사람이 아닌가. 두 사람 사이는 죽마지우라 옛정을 생각해서라도 잘 처리해줄 걸.'

생각이 이에 이르자 도검돌은 향교동 쪽으로 방향을 잡았다.

솟을대문 지붕에 풀이 무성했다. 오랜만에 이 집에 온 것이다. 마침 곰보댁이 나왔다. 곽서방이 영생을 데리고 도망친 뒤 후원에 반빗간을 따로 지은 것이 곰보댁에겐 큰 위안이 되었다. 아예 거기 갇혀 반빗아치로 음식을 만지며 지내자니 남편과 아들을 떠나보낸 설움을 조금씩 견딜 수가 있었다.

"여보시! 진사님을 만나구 싶은데 아낙에 계십네까?"

"아이쿠! 아즈바니레 어케 예꺼정 오셨소. 진사님은 별정에 계시디요."

도검돌이 불타서 휑뎅그렁하게 빈 사랑채와 안채의 잿더미를 끼고 별정으로 향했다. 코와 뒤꿈치에 흰 줄무늬를 넣은 박진사의 태사신과 여인들이 신는 청목댕이(靑目唐鞋)와 홍목댕이(紅目唐鞋)가 가지런히 댓돌 위에 놓여있었다.

"진사님! 홍삼당시를 하던 도검돌입네다."

처음에는 인기척이 없더니 천천히 방문이 열렸다. 박진사는 흐릿한 눈으로 뜰 안에 대령한 도검돌을 바라보면서도 한참동안 말문을 열지 않았다.

"백홍준 나리가 옥에 갇혀 고초를 당하구 있습네다. 좀 살려주시라우요."

"고럼 우리 서출이 피양 다녀온 일이 성공했구만 기래."

박진사의 흐리멍덩한 얼굴에 생기가 돌았다. 천천히 뜸을 들여가며 쌈지에서 담배를 꺼내 장죽의 대통을 채우고 불을 댕긴 뒤에야 입을 열었다.

"백홍준이 야소교를 던교하다가 잡힌 거 아니네. 마땅히 벌을 받아야디. 그보다두 자네 대석이란 백당 넘이 어드메 있는 줄 알구 있갔디. 우리 복출을 꼽땡이로 맹근 것만두 내레 분해서 참디를 못하구 병이 되었넌데 감히 그 넘이 우리 메니리꺼정 넘보다가 죽게 맹글었다구."

박진사의 얼굴 살갗이 푸들푸들 떨렸다.

"내레 대석이가 어디메 있는디 정말루 모릅네다."

"야소교를 믿는 무리들끼리 와 몰라. 야! 곰돌아! 당장 이 넘을 묶어라. 날레 포도청에 가서 백홍준보담 더 나쁜 야소꾼을 잡았다구 일루구."

도검돌은 꼼짝없이 박진사의 손에 잡혔다. 범의 굴에 제 발로 걸어 들어온 꼴이 되었다. 박진사가 마당에 내려섰다. 서학바람이 불어와서 그 바람에 물든 사람들이 문제였다. 대석이란 놈 때문에 아들이 꼽추가 되었고 며느리가 죽어나갔으며 충직했던 곽서방까지 달아나버린 판이라 야소라는 말만 들어도 심사가 뒤틀렸다.

"행배리 같은 대석이란 넘이 있는 곳을 대주문 자넬 관가에 넘겨줄 맴은 없어. 야소꾼 끼리는 서루까락 연락이 닿아 어드메 있는 줄 알거 아니네."

그래도 도검돌은 입을 꾸욱 다물고 머리를 직숙이고 있을 뿐이었다. 노마님도 나오고 마님도 나왔다. 서출이 눈을 치켜뜨고 도검돌을 노려보았다. 하인들은 불타버린 사랑채에서 밖으로 새나오는 말소리에 귀를 곤두세웠다.

"날레 직고하디 못할까? 어디메 있는디 말만 해주문 포졸들이 와도 자넬 넘겨줄 맴은 없으니끼니 날레 말해보라우요."

쇳소리를 내는 노마님의 목소리엔 나이에 걸맞지 않은 시퍼런 성깔이 담뿍 고여 있었다. 마님만이 소리 없이 조용히 머리를 숙이고 있었다. 몽롱한 의식 속에서 본 대석의 얼굴이 눈앞에서 얼씬거렸기 때문이다.

"입을 열 기미가 없는 걸 보문 저 넘이 숨겨놓은 것이 분명하다. 별당 무츨의 방 윗목 화로 속에 묻어둔 인두로 저 주둥아리를 지져야갔다."

노마님이 발을 구르며 역정을 내자 서출이 태사신을 신은 발로 도검돌을 힘껏 걷어찼다. 다친 다리를 걷어차인 도검돌은 그대로 쓸어져버렸다. 연이어 서출의 발이 정강이를 잔인하게 걷어찼고 얼굴을 짓이겼다. 도검돌은 수없이 떨어지는 서출의 발길질을 그대로 몸으로 받으며 신음을 삼켰다. 서출의 발길질이 심해지자 반빗간에 숨어 지내던 곰보댁이 별정으로 달려 나와 도검돌을 몸으로 막고 나섰다.

"나리, 나리! 도검돌 홍삼당시를 살려주시라요. 대석이란 넘은…"

그러자 도검돌의 눈이 날카롭게 곰보댁의 입을 주시했다.

"하긴 네 남편 곽서방이랑 내통하고 있으니끼니 알구있는 모양이구만."

"제발 홍삼당시 아즈바니를 살려주신다문 말하갔습네다."

그러자 도검돌이 기겁을 해서 곰보댁의 짚신 발을 붙들고 늘어졌다.

"대석은 양의가 되었답네다. 아메두 지금쯤 피양이나…."

곰보댁이 말끝을 맺지 못하고 삐질삐질 울기 시작했다.

포졸들이 도검돌을 묶어 끌어내는 동안 박진사는 이렇게 중얼거렸다.

'양의가 되었다구 해서라무니 내레 포기할 줄 아는 모양이디. 땅 끝꺼정 따라가서라두 잡아 죽일 터이니끼니 두구 보라우. 앵이들 틈에 숨었다구 그냥 둘 줄 알아. 어림없는 소리!'

도검돌은 백홍준이 갇힌 방에 던져졌다. 칼을 쓰고 눕지도 못하고 앉아서 졸고 있던 백홍준은 도검돌을 보고 깜짝 놀랐다.

"나리, 나리, 접네다. 홍삼당시 도검돌입네다. 으흐흐… 살아계셨군요."

"나리라 부르지 말게. 당로님, 아니문 조사라구 부르게."

옥으로 끌려오면서도 허리춤에 볶은 찹쌀가루를 감춰온 도검돌이었다. 그걸 꺼내 백홍준의 입에 넣어주었다.

"자네는 여기 들어오는 것이 아니었어. 내 대신 의주교회에 남아 예배를 인도해야디 여길 들어오문 어칼려구 기래."

"내레 없어두 인제 예배를 인도할 사람들이 혹께 많습네다. 당로님의 사위 김관근이나 그의 부친 김진사님이 있디 않습네까. 문덕보도 있구요."

두 사람의 몸은 땅바닥에서 올라오는 한기로 점점 오그라들었다. 겨울이 다가오며 만주벌판을 휘몰아쳐 온 찬바람이 어찌나 매서운지 서로 발바닥과 발바닥을 맞대고 비벼댔다.

"우리는 주의 나라를 위해 목숨을 바티게 되는 거라우요.

순교하는 것이디."

백홍준 조사가 느릿느릿 얼어붙어오는 입을 열어 말했다.

"아닙네다. 돌아가시문 안됩네다. 할 일이 아직두 호께 많습네다. 맹인 점장이 점복이레 돌에 맞아 순교한 뒤부터 의주 사람들은 물밀듯이 예배당으로 모여들고 있습네다. 그들에게 말씀을 던하셔야 하니끼니 주님이 나리를 꼭 살리거웨다."

"아아! 옥에 갇힌 지 2년이 되가니 인제 몸이 말을 듣지 않아. 누울 수가 없으니끼니 앉아서 이러구 얼마나 버틸 수 있갔는디 모르갔어. 오오! 쥬여! 긍휼을 베푸소서."

그러고 보니 밑에 깔린 짚은 젖어 있었고 눅진한 흙에서 올라오는 한기로 인해 몸은 천근만근 무거웠다. 두 사람은 묵묵히 눈을 감았다. 바울 사도는 로마의 지하 감옥에 갇혀서도 항상 기뻐하라, 쉬지 말고 기도하라, 범사에 감사하라고 하지 않았던가. 발에 착고를 찼다면 목에 쓴 칼보다 더 편했을까. 햇빛을 보지 못해 파래진 백홍준 장로의 얼굴에 고뇌의 빛이 서렸다. 아직 칼을 쓰지 않은 도검돌이 백홍준의 등과 발바닥을 쓸어주었다. 얼음처럼 찬 발바닥에 피가 통하도록 힘을 다해 문질렀다. 도검돌의 손바닥에서 나오는 뜨거운 기운이 백홍준의 발바닥으로 전해지자 서서히 얼굴에 핏기가 돌기 시작했다. 덥수룩하게 자란 수염에 옷은 찢어졌으나 그의 눈빛은 형형했다.

"피양 소식을 들었갔디? 거기 한석진 조사가 있구 마펫 목사가 와 있넌데."

"거기두 피양 감사 민병석의 박해가 대단해질 겁네다. 약초를 팔러 다니문서 쪽복음서를 개지구 던도하구 다니는 천마산 출신 황어인과 삼메꾼들의 말을 빌리문 한석진 조사의 이름으로 경창리에 산 집 때문에 난리랍네다."

"경창리(景昌里)라문 서문(西門) 밖 언덕 위가 아니네."

"맞습네다."

"의주는 쇠퇴해가는 도시구 피양은 발던하기 시작하는 도시디. 신의주가 개척되문서 피양이 여기보담 앞으루 엄청나게 커딜 거라구."

"황어인의 말루는 닥터 홀이라는 양의가 피양에 와서 아픈 사람들을 돌보기 시작했다던데 병자들이 그냥 문이 미어지게 그리루 모여들구 있다네요."

"피양에서두 인차 박해가 시작될 터이니끼니 큰일이구만 기래."

백홍준의 말은 맞아떨어졌다. 평양에서도 민병석의 핍박이 싹트면서 문한의 면포점이 위치한 대동문통은 양인을 따르는 무리를 잡으려는 포졸들로 매일 붐볐다. 이런 와중에 숙출은 아침부터 면사 면포점에 나와 앉아 이죽거렸다.

"오늘두 감흥리꺼정 갈 일이 생겼네? 감흥리에 야소교를 믿는 여자들이 비밀리에 모인다는 소문이 돌던데 설마 야소를 믿는 건 아니갔디."

문한은 언제나 숙출 아씨의 말에 입을 다물어버렸다. 침묵, 침묵이었다. 참지 못한 숙출이 상것들처럼 소매를 걷어붙이고 문한에게 삿대질을 했다.

"아씨는 아낙으루 들어가 계시라요."

의주에서 언청이 수술을 받은 소년 달호가 참다못해 이렇게 내뱄었다.

"또 아씨야! 내레 어캐서 아씨가 되네? 우린 부부라구."

"턴한 사람터럼 왜 이러십네까?"

문한이 드디어 입을 열어 숙출을 나무랐다.

"메라구! 인제 날 놀리는 거구만. 네가 감히 날 이렇게 무시할 수레 있어."

구경꾼이 면포점으로 꼬여들자 낯 뜨거워진 문한이 숙출을 안채로 밀어 넣었다.

"아녀자가 더구나 양반 신분인 아씨가 면포점까지 나와서 와 이러십네까?"

문한의 말투는 깍듯했다. 이럴 때마다 숙출은 미친 듯이 문한의 옷을 잡고 늘어졌다. 밤마다 나가버리는 문한이 야속했다. 어쩌다 함께 자는 날이면 한숨을 삼키며 등을 싹 돌리고 돌아 누워버리니 미칠 지경이었다.

"피양꺼정 부모를 버리고 종넘을 따라나섰을 때는 요런 천덕꾸러기가 되려구 그러디는 않았넌데… 어어엉 어어엉… 세상에 이럴 수가!"

방안에 단둘이 있게 되자 숙출의 앙탈이 시작되었다. 횃대에 걸쳐놓은 문한의 옷가지를 하나하나 힘을 다해 마당에 내던지기 시작했다. 숙출이 무슨 짓을 하던 꼼짝 않고 방 한가운데 우뚝 서서 팔짱을 낀 채 문한은 우두커니 숙출의 짓거리를 지켜보았다.

"종넘이, 감히 종넘이 어디에 대구 고개를 빳빳이 들어. 정말 양반을 몰라보구 이러기네. 넌 넌 옛날부터 내레 하라는 것은 다 해주었으문서 와 지금은 부테터럼 꼼짝을 않는 거야."

방안에 있는 문한의 옷들이 모두 마당에 내던졌다. 담 밑에 수북이 자란 옥잠화의 흰 꽃들과 옷들이 함께 뒤엉켰다. 우물가에 놓인 두레박에는 버선짝이 걸쳐있고 시궁창에는 문한이 즐겨 입고 다니는 두루마기가 처박혔다. 내던질 것이 없어지자 숙출은 뿌르르 마당으로 뛰어나가더니 두루마기를 집어 들고 문한의 코앞에 들이댔다.

"이게 누구레 맹근 것이라요? 내레 모르는 요 두루마기를 데일루 좋아하넌데 이상하디 않아. 날레 말해보라우."

문한은 입을 꾹 다물었다. 송충이처럼 진한 눈썹이 꿈틀했다. 그 두루마기는 동미가 손수 지어준 것이기 때문이다.

"내레 모를 줄 알구. 날 이렇게 구박하는 것은 감흥리에 고냉이(고양이)터럼 생긴 에미네를 감춰놓고 있는 거디. 와 말을 못하는 거야."

그래도 문한이 입을 꾹 다물고 묵묵히 서 있자 무명두루마기를 힘을 다해 잡아당기고 나중엔 방바닥에 놓고 두 발로 짓이기기 시작했다. 됫박이마 위에 퍼런 실핏줄이 살아나오도록 힘을 다해 두루마기를 짓밟는 숙출을 묵묵히 내려다보며 문한은 침묵으로 일관했다.

"구멍땡이(귀머거리)가 되었네. 머리칼을 잡아나꿔야 입을 열갔네."

몸집이 작은 숙출이 발돋움을 해가며 짧게 깎은 문한의 머리카락을 잡아당기려고 몸을 문한에세 비벼가며 앙탈을 부렸다.

"양반 출신 여자두 턴한 에미네 하구 똑같군 기래."

문한이 이렇게 내뱉으며 몸에 닿는 숙출의 살갗에 진저리를 치며 밀어버렸다. 힘이 센 문한의 손에 밀려 숙출을 방바닥에 나동그라졌다.

"이 넘이 날 밀텐어. 이젠 날 때릴려구 이러네. 여기 모든 재산이 누구 것인데 이러기네. 면포점이 우리 아바지 것 아니네. 너, 너, 너! 당장 면포점에서 써억 나가버려. 이건 모두 우리 박씨 가문의 재물이니끼니."

숙출은 언제나 면포점을 들고 나와 문한을 꺾으려고 했다.

"알았어. 고럼 내레 당장 여기서 나가디."

"누가 나가라고 그랬어. 그러니끼니 내 말을 들으란 말이디."

그러자 문한이 숙출의 팔을 힘주어 잡고는 턱을 한 손으로 치켜 올렸다.

"내 얼굴을 보라우요. 난 박진사댁 절개살이 하던 종넘이라구. 날레 여기서 나가버려. 재산은 의주에 가서 박진사와 계산할 터이니끼니."

"넌, 넌 우리 솟을대문 앞에서 얼어 죽었을 넘인데 살려주니끼니 이렇게 나가는 거야. 은혜도 모르는 구래미(늙은 돼지) 같은 넘아!"

숙출의 입에서 저질의 욕이 튀어나오자 문한의 짙은 눈썹이 흉하게 찌그러지며 꿈틀했다. 다문 입술이 툭 튀어나오더니 이맛살을 잔뜩 찌푸렸다.

"내 곁을 떠나갔다고. 나를 데불고 행랑채에서 잘 때는 언제구."

"내레 언제 데불구 잤다구 기래. 나 함자 자구 있넌데 꿰들어와서라무니 내 곁에 짝 부테서 자구서리. 양반 체네에게 어케 절개살이하는 넘이 당개를 가갔다구 했갔나 생각해보라우."

"고럼 감홍리에 있는 고냉이 같은 년은 양반이 아니구 종년이네?"

"…."

"와 말을 못해. 어려서부터 먼 말을 하든 넌 다 해주었으문서 와 이러는 거디. 여기 내 곁에 앉아서 도꼽지놀음(소꿉장난)하듯 다정하게 지내자우."

숙출의 눈에 눈물이 고였다. 사랑채와 안채를 오가며 홍목댕이를 신고 눈 위에서 사내아이처럼 나댔던 박진사의 고명딸이 아닌가. 복출과 무출 도련님이 모두 병신이라 남자 짓을 해서라도 부모의 마음을 끌어보려고 했던 아씨였다. 오뚝한 콧날이랑 쪽을 찐 귀밑으로 삐져나온 머리카락에 귀티가 흘렀다.

"아씨! 두구두구 말하디만 내레 아씨의 신랑감이 아닙네다."

갑자기 문한의 말투가 변하자 숙출의 얼굴이 벌겋게 달아올랐다. 팽 토라져서 두루마기와 옷가지를 우물가에 놓인 물통에 전부 쑤셔 박았다.

"옷들을 전부 물에 잡아넣으문 내레 멀 입구 나가라구 이러네."

그러자 숙출은 문한이 입고 있는 저고리 고름을 부욱 잡아뜯어 물에 처넣고 대님까지 풀어내서 모두 물통에 넣어버렸다. 입고 나갈 옷이 없으니 꼼짝없이 갇힌 몸이 되었다. 이불로 몸을 가리자 숙출이 옆으로 파고들었다.

6

초가지붕보다 훨씬 더 키가 큰 양인이 대동문통에 나타나자 우우 사람들이 모여들었다. 문한은 면포점 밖의 동정에 귀를 곤두세웠으나 나갈 수가 없었다.

평양에 양인이 들어설 적마다 길거리는 구경꾼들로 붐볐다. 인구 20만의 평양 사람들이 몽땅 대동문통으로 쏟아져 나온 것처럼 온통 흰 옷 입은 인파로 물결쳤다. 최치량 소유의 평양여관에 마펫 목사와 한석진이 들어섰다. 이내 여관은 포졸들과 구경꾼으로 포위되었다. 마펫 목사가 평양에 온 것은 이번이 세 번째로 초행이 아니었다. 마펫은 키가 너무 커서 여관방에서 잘 적에는 두 발을 문지방 밖으로 내놓아야 할 정도였다. 그러나 여기 밖에 머물 곳이 없었다. 평양 여관은 토마스 목사가 대동강에서 순교할 때 뿌린 성경을 뜯어서 도배를 한 연고로 그 방에 묵었던 도검돌이 벽지에 써진 말씀을 읽고 우장까지 예수를 찾아 나서게 한 바로 그 주막이다.

"이번에 산 집은 어디 있소?"

이제 겨우 스물다섯 살의 나이에 2년 신앙 연륜을 지닌 한석진에게 마펫 목사가 귓속말로 물었다. 한석진은 마펫 목사가 의주를 처음 방문했을 때 통군정에서 만나 전도한 청년이었다.

"디난번 경창리에 산 집은 식솔을 거르리지 않구 내 함자와서 산 집이라 피양 감사의 의심을 샀디요. 해서 이번에는 의주에서 아내랑 아이들을 모두 데불구 왔습네다. 제 집이니끼니 포졸들도 탓하지 않을 거외다."

"집회를 하려면 좀 한적한 곳이어야 하는데 어디에 샀느냐고 묻지 않소."

"대동문 안에 애련당(愛蓮堂)이란 덩자가 있습네다. 연못 한가운데 세워뎄넌데 피양 감사나 관찰사들이 기생을 데불고 놀던 장소랍네다. 그 연못에 놓인 다리를 판교(板橋)라 하넌데 순 우리말루는 널다리골이라 부른답네다."

"널다리골을 샀다구! 그 이름 멋있소. 고롬 널다리골교회라 부릅세다."

"널다리골교회, 널다리골교회! 참 좋습네다. 그렇게 부르기루 하디요."

그 집에서 20여 명이 모여 첫 예배를 드리고 마펫은 바로 한성으로 가버렸다. 평양 여관 주인 최치량이 널다리골교회의 첫 교인이 되었다. 번창한 대동문 안에 문을 연 교회라 널다리골교회의 소문은 평양에 자자하게 퍼져나갔다. 하루는 이 교회에 사십대의 남자가 두리번거리며 숨어들었다.

"어케 오셨습네까?"

한석진은 포졸들이 보낸 사람인가 해서 경계의 눈으로 물었다.

"이 책을 좀 보시라우요."

사내는 가슴팍에 숨겨온 한문책 한 권을 두려움을 감추지 못해 떨면서 내밀었다. 한석진은 그 책을 조심스럽게 받아들고는 겉표지를 살폈다.

"이런 책을 어, 어…드메서 구했습네까?"

책을 든 한석진의 손이 떨렸고 목소리도 떨렸다.

"내레 아주 어린 아이였을 적에 양란(洋亂)을 구경하러 대동강 가에 나갔더랬넌데 그때 양인이 강둑에 던져준 것을 주어왔습네다."

"고럼 이 책이 먼 책인디 알구 있습네까?"

"내레 글을 몰라서라무니 그냥 깊이 간딕만 하다가 글을 아는 사람에게 보이니끼니 서양의 천주학책(天主學冊)이라구 하더구만요. 임금님이 금하는 것인디만 내용은 배울만한 교훈이 많다고 했습네다. 천장에 은밀히 감춰두었다가 서양 선교사가 널다리골교회를 세웠다고 해서 개디구 왔디요."

통군정에서 마펫 선교사를 만나 예수를 믿게 된 한석진은 그를 붙들고 간곡하게 전도를 했다. 그야말로 제 발로 걸어 들어온 사람이었다. 널다리골교회의 초창기 교인은 이렇게 들어왔다. 그 다음에 연이어 또 한 사람이 들어왔다.

"내레 젊은 시절 보부상으로 보산(保山)으루 올라오던 듕에 양선(洋船)을 만났넌데 거기 타구 있던 양인이 이 책을 주더구만요. 금하는 책이라 두려워서 감춰두었더랬넌데 이 책하구 당신이 뎐교하는 것과 관계가 있습네까?"

그 남자의 손에도 한문성경이 들려있었다.

"맞습네다. 그 책이 바루 샹뎨 하나님의 말씀을 기록한 성경입네다. 벌써 하나님께서는 당신을 아들루 삼으시구 그때부터 인도하구 계신 겁네다."

제너럴 셔먼호를 타고 들어온 토마스 목사가 순교하며 뿌린 씨앗이 이렇게 추수를 기다리고 있었다. 하나, 둘… 남자들뿐만 아니라 여자도 널다리골교회로 찾아들었다. 평양 외성(外城)에 산다는 참판댁 며느리가 쓰개치마로 얼굴을 가리고 널다리골교회를 찾아들어왔다.

"양란이 일어났을 때 대동강에서 몸종이 주워온 이 책을 읽구서리 예수 씨를 좋아하구 있었넌데 어드렇게 믿는디 몰라 근심하던 듕 널다리골교회 소문을 듣고 이렇게 찾아왔습네다. 어캐 예수 씨를 믿어야합네까?"

참으로 고민스러운 일이었다. 남녀 간 내외법이 심한 터에 여자들과 함께 예배를 드렸다가는 평양에 살아남기 어려운 일이 일어날 것이기 때문이다.

"여자들과 남자들이 항께 예배를 드릴 수레 없답네다. 하디만 인차 여자들끼리 모여 예배를 드릴 장소를 마련할 터이니끼니 기다려 보시라우요."

한성으로 이런 소식을 전한 지 한 달 만에 검은 치마에 흰 저고리를 입은 여인이 널다리골교회를 찾아왔다. 치마 길이가 깡똥하니 발목 위로 올라간 차림에 자신이 넘치는 표정을 지닌 여자였다. 널다리골교회 문을 들어선 이 여인을 한석진은 요즘 연이어 예배당을 찾아오고 있는 사람들 중의 한 사람일 것으로 여기고 맞아들였다.

"내레 정동여학당에서 보모루 일을 했었구 보구병원에서두 일을 했습네다. 피양 녀자들에게 전도할 사람이 필요하다구 해서 예꺼정 왔디요."

"으흠! 고럼 한성에서 보낸 사람일 터인데 보모, 보모라니…."

여자는 치마 말기 속에 고이 품고 온 선교사의 편지를 내놓았다. 여 권서인 겸 전도부인으로 파견된 사람이라는 내용이었다. 한석진은 보모라는 말의 뜻이 얼핏 머리에 오질 않아 의아한 눈을 하고 여자를 훑어보았다. 여염집 여자에게 볼 수 없는 꼿꼿한 기개가 전신에 넘쳐흘렀다.

“정동여학당은 엘러스라는 이름을 개진 서양 여자인 의료 선교사가 자기 집에 정례라는 거지 여아를 데려다 기르면서 시작된 학당입네다. 거기에 제 딸두 들어가서 공부를 하게 되었구 내레 거기서 보모 일을 하문서 항께 살았답네다. 차츰 여아들이 늘어나서 열 명이나 되는 아이들을 돌보았디요.”

“으음, 여아를 교육시키는 곳이란 걸 알긴 하디만 게서 한 일이 머요? 여기 피양에서는 성경을 가르치구 예배를 인도하문서 뎐도를 해야하넌데….”

“보모가 맡은 일은 여아들에게 자립심을 길러주는 것입네다. 빨래하는 법과 밥 짓는 일을 가르티구 한복 짓는 일이며 심지어 세수하구 머리 빗는 일꺼정 시키문서 돌보았디요. 밤이문 저들을 보살피면서 언니겸 오마니 노릇을 하는 것입네다. 무식한 제가 그 아이들 곁에서 항께 공부를 했디요.”

한석진은 여인을 유심히 살펴보았다. 머리를 뒤로 묶어서 비녀를 꽂지 않고 서양 여자들처럼 소똥 모양으로 둥글게 뒤통수에 얹었고 치마 길이가 발등이 드러나게 짧은 것이 아주 활동적인 차림이었다.

“우리터럼 선교사를 돕고 일하는 사람들은 강정승네 대청 사경회에 참석해서 성경을 혹께 많이 배왔디요. 양인 선교사가 떠듬거리는 말루 가르텠는데 알아듣기 매우 곤란했디만 한글성경을 개지구 마춰 보문서 따라 했시요.”

“아하! 그랬군요. 아즈마니 이름을 알아두 될까요?”

“제 얼굴이 검다고 검동이라 불렀디요. 되선 녀자들에게 이름이 뭐 있나요. 하지만 선교사님이 세례를 주문서 김메례

(金禮)란 이름을 주셨디요."

김메례는 한석진이 자상하게 그려준 약도를 들고 여성도들이 모여 예배를 드리고 있다는 평양 북쪽에 위치한 감흥리로 향했다. 감흥리의 한쪽 산기슭에 자리 잡은 한옥은 문한이 한가할 때 수시로 손질을 해놔서 동백기름을 바른 여인의 머리처럼 깔끔했다. 마당 한가운데 통나무를 토막으로 잘라서 점점이 깔아놓은 것이 이 집의 운치를 더해 주었다.

김메례는 조촘조촘 안으로 들어갔다. 사내아이가 자지러지게 울어댔고 애무요를 부르며 어르는 여인의 사랑 어린 음성도 들렸다. 김메례는 아이의 울음소리가 나는 방 쪽으로 고개를 길게 뽑고는 누군가 나오기를 기다렸다. 그악스럽게 울던 아이의 울음소리가 그치면서 기저귀를 한 아름 안고 나오는 사람과 눈이 마주치는 순간 두 여인은 얼어붙은 듯 서로 쳐다보기만 했다.

"아니 아니 동미, 동미 아씨가 어케 여기에…."

"자네는 아아! 의주 박진사댁 종살이 하던 검… 검동이가 아니네."

두 사람 사이에 긴 침묵이 흘렀다. 서로 얼어붙은 인형처럼 그대로 한참 장승처럼 서 있다가 입을 연 쪽은 동미였다.

"이리루 들어와, 이 아낙으루."

김메례는 동미 아씨가 인도하는 대로 방안으로 따라 들어갔다. 연년생의 두 아들이 나란히 누워있었다.

좀 전에 그악스럽게 울어대던 아이가 큰 아이로 동생을 시샘해서 그렇게 야단을 쳤던 모양이다. 번갯불에 콩 구워먹듯 그렇게 평양으로 시집을 보내버린 동미 아씨였다. 예수를 믿는다고 강제로 박진사댁에서 쫓겨난 아씨가 아닌가. 그 아씨를 여기 감흥리에서 만나다니!

"어케 여길 왔네? 내레 여기 사는 걸 어케 알았느냔 말이야."

"널다리골교회 한 조사가 이곳으로 보내서라무니 온 거 아닙네까."

"고롬 검동이레 우리 마을 녀자들에게 성경을 가르테줄 선생이란 말이네?"

동미의 얼굴에 형용 못할 놀라움이 스쳤다.

"세례를 받으문서 검동이가 아니구 김메레란 이름을 받았습네다. 예수의 오마니 마리아에서 따온 이름이디요."

"아아! 그랬었구나. 그랬어. 고럼 한성에서 온다던 뎐도부인이 바루 자네란 말이네. 얼매나 기도하구 기두렸넌데 그 사람이 바루 검동이라니!"

박진사댁의 비녀로 어깨도 제대로 펴지 못하고 구부정하게 앞으로 머리를 숙이고 다니던 검동의 놀라운 변신에 동미 아씨는 입을 딱 벌리고 다물지를 못했다.

"내레 아들을 둘 낳구 보니끼니 좁은 방에 터지게 모여드는 녀자들을 데불구 예배를 드리기가 힘이 들었디. 더구나 내레 뭐 아는 거이 있어야디. 뎐도부인은 서양 선교사들 밑에서 아주 많이 배운 사람이라구 하던데…."

그때 동미 아씨의 몸종 수덕이 대문 쪽으로 시선을 두고 황급하게 뛰어 들어왔다. 당황해서 허둥대는 동미의 시선이 멎는 곳을 바라본 김메레도 흠칫했다. 안채에 등을 돌린 사내가 울타리를 둘러보고 곡간의 양식도 살폈다.

"아이들 아바지레 돌아온 모양이디. 내레 날레 나가야겠수다레.”

“날레 이리루 피하라우. 저 사람 눈에 띄는 날엔 검동이 자네는 살아남디 못할 거라구. 박진사네 명을 받구 피양에 면포점을 채리구선 날마다 대석이랑 검동을 잡으려구 눈에 불을 켠 사람이디. 그 뿐인 줄 알아. 봉수랑 곽서방꺼정 잡아들이라구 해서 김마름꺼정 피양에 나와 있디.”

김메례는 동미 손에 이끌려 마루 뒤편으로 뚫린 문을 통해 뒤란에 숨었다.

“어인 일루 대낮에 여기? 오늘을 당시가 한가한 모양이디요?”

“입구 대니던 입성을 몽땅 물에 담가버려서라무니 나올 수레 있어야디.”

뒷문 틈으로 대청마루를 엿보던 김메례는 남자의 얼굴을 보는 순간 아찔했다. 문한이가 세상에! 머슴살이하던 문한이가 여기에….

“입성을 전부 빨래 통에 담갔다니 누구레 그런 짓을 했디요. 그러니끼니 입성은 여기서 갈아 입으시라구하디 않습네까. 차인들이 어케 빨래를 해요.”

“오오! 내 새끼들. 당시는 집어 치우고 요것들 하구 며칠 지내야갔다.”

김메례의 가슴이 뛰었다. 동미 아씨가 문한의 색시라니! 이거 도대체 어떻게 된 일인가? 분명히 동미 아씨는 양반 출신 신랑을 맞아서 평양으로 가마를 타고 시집갔는데 종놈하구 살구 있다니! 그때 동미의 몸종 수덕이가 살그머니 다가왔다. 얼결에 방에 두고 온 보따리를 가만히 옆으로 밀어놓고 겁먹은 얼굴을 애써 숨기며 동미 아씨의 서찰을 건네주었다. 어서 뒤란 담을 넘어 도망치라는 내용이었다. 다른 마을에서 전도하여 예배처소가 마련되면 그리로 가끔 예배를 드리러 가겠노라고 했다. 검동은 편지를 치마 말기에 찔러 넣고 담을 넘었다. 흰 콩알만 한 샛노란 씀바귀 꽃이 흐드러지게 핀 밭둑을 걸으며 울컥 봉수의 얼굴이 눈앞을 스쳤다. 눈물로 흐려진 눈망울에 지천으로 피어있는 메꽃의 연분홍빛이 서렸다. 는개가 내려앉은 들판에 홀로 서니 가늠할 수 없는 외로움이 코끝을 시큰하게 했다.

'오! 주여! 저를 긍휼히 여겨주시라요. 내레 박진사댁에 뭔 죄를 지었습네까? 저를 죽이려구 한 사람들이 나쁜 것 아닙네까? 아아! 저들의 머리 위에 숯불을 올려놓아주소서. 아아! 딸 백경은 한성에, 아들 백석은 아바지, 오마니두 모르구 의주에 그리고 박진사에게 낳아준 아들은….'

전도부인 김메례의 뺨을 타고 눈물이 줄줄 흘러내렸다.

발 앞에 펼쳐진 들판에는 옥수수가 키를 넘게 자라 올랐고 조, 수수, 감자 잎에 청청한 기운이 올라 사방에서 힘찬 숨소리가 들리는 듯했다. 나무숲에 한나절을 앉아 쉬던 김메례는 감빛으로 물들어가는 서쪽 하늘을 바라보며 무작정 걷기 시작했다. 어서 감흥리를 떠나야 한다. 동미 아씨의 집에서 가능하면 멀어져야 한다. 밭둑을 가로질러 지름길을 택해 옆 마을의 초입에 오니 코흘리개 아이들 수십 명이 우우 떼를 지어 시시덕거리며 돌을 던지고 있었다. 김메례는 무슨 일인가 해서 아이들을 헤집고 들어갔다. 머리를 산발하고 치마 말기가 엉덩이까지 내려 와서 허연 젖가슴을 드러낸 젊은 여자가 연신 물레를 돌리는 시늉을 했다. 눈두덩과 뺨은 검댕을 칠했는지 시커멓고 히죽 웃을 적마다 드러난 하얀 이빨이 섬뜩했다. 아이들이 놀려대며 작대기로 치마를 걷어 올리자 무엇이 그리 무서운지 눈을 허공에 박고는 애원하듯 두 손을 모아 빌다가 실실 웃더니 나중에는 찔끔거리며 울어댔다.

울컥 김메례의 마음에 뜨거운 것이 치밀었다.

'불쌍한 것! 오! 주여! 저 여인을 구하여 주소서.'

김메례는 아이들을 향해 무섭게 호통을 치며 발을 굴렀다. 낯선 여인이 나타나서 호되게 꾸중을 하자 아이들이 우우 달아나기 시작했다. 드디어 김메례와 여인만이 동그마니 어둠이 내려앉는 마을 초입에 남게 되었다, 굴뚝에서 피어오르던 연기도 어둠 속으로 빨려 들어가 사그라지는 시각. 실성한 여인을 혼자 버려두고 갈 수가 없었다. 더 어둡기 전에 밤이슬을 피할 곳을 찾아야 한다. 휘둘러보니 멀리 외딴 곳에 상엿집이 눈에 띄었다. 김메례는 미친 여인의 손을 잡아끌고 상엿집으로 향했다. 차츰 내려덮이는 어둠 탓일까. 여인은 반항하지 않고 김메례의 손에 이끌려 순순히 따라왔다. 시체 썩는 퀴퀴한 냄새는 상여틀에 고여서 나는 것일까. 시체를 묘까지 나르는 제구가 어둠에 가려 보이지 않는 것이 다행이었다. 두 여인은 상여틀에 기대어 깊은 잠이 들었다.

아침 햇살이 상엿집의 벽 틈새를 파고 들어와 환한 빛을 던져주고 산새들이 지저귈 무렵 눈을 먼저 뜬 쪽은 김메례였다. 상여틀에 기대어 잠든 여자의 얼굴이 햇살에 드러났다. 콧날도 아담하게 뾰족 서고 뺨이랑 이마가 반듯한 것이 곱게 생긴 얼굴이었다. 잠에서 깨어나 싫다고 도리질하는 여인을 산 개울로 데리고 가서 머리를 감기고 몸도 씻겼다. 개망초가 키가 넘게 자라 흐르러지게 꽃망울을 터뜨린 샛길로 해서 상엿집에 돌아온 김메례는 갈아입힐 옷을 찾느라고 보따리를 풀었다. 그때 마을 사람들이 떼를 지어 상엿집을 향해 다가오고 있었다.

실성한 여인에게 자신의 옷을 입히고 머리를 빗겼다. 댕기치례와 머리 땋는 솜씨는 숙출 아씨의 머리를 빗기며 익힌 것이라 손놀림이 빨랐다. 김메례 전도부인은 밖의 웅성거림에 아랑곳하지 않고 머리손질을 계속했다. 엉킨 머리를 빗질해 놓으니 숱이 적어 쪽을 찔 수가 없었다. 보따리 속에 보물처럼 간직한 다리(月子)를 꺼내 함께 묶어서 탐스럽게 쪽을 쪄주었다.

양반집의 여인들은 안채에 갇혀 지내다 문 밖에 나서려면 보교나 가마를 타고 앞에 하인을 세우고야 출입을 했다. 비록 몰락하기는 했지만 한성에서 승지 벼슬을 했던 집안의 따님이 젖가슴과 허리를 드러내고 돌아다니니 동네가 창피한 일이었다. 장정들이 골방에 밧줄로 꽁꽁 묶어놔도 힘이 어찌 센지 다 끊어내고 달아나버리는 처지라 승지네는 초상집이었다.

"이 아낙으로 데불구 들어간 사람이 여자였네 아니문 남자였네?"

"키가 큰 걸루 봐서는 남자 같기두 하구…."

땅거미가 내려앉을 적에 갑자기 나타나 호통을 친 김메례를 두고 아이들이 이렇게 대꾸하자 흥분한 동네 사람들은 상엿집 문을 부술 태세였다. 더구나 상여틀을 넣어두는 곳에서 잠을 잔 걸 보면 두 사람 다 성치 않은 사람임에 틀림없었다. 드디어 건장한 사내가 상엿집 문을 와락 밀쳤다. 사람들의 눈이 일제히 어두한 안으로 향했다. 실성한 여인을 남겨두고 김메례 전도부인이 침착하게 일어나 상엿집 밖으로 나왔다.

“내레 야소를 믿는 여자라우요. 저 여자를 고톄줄 터이니끼니 며칠 기다려 보시라요. 그동안 우리 두 사람이 먹을 것이나 날라다 주문 고맙갰수다레.”

상엿집 안을 들여다보던 사람들의 눈이 휘둥그레졌다. 미쳐 날뛰던 여자가 깨끗한 옷을 입고 탐스러운 쪽을 찌고는 얌전하게 앉아있으니 말이다.

“야소 귀신이 정말루 고테낼 수레 있단 말이네?”

김메례가 머리를 힘 있게 주억거렸다.

“우리레 그간 안 해본 것이 없었디. 복숭아 나뭇가지루 때리문서 손발에 침을 무수히 놓았건만 소용이 없었넌데 그 귀신을 쫓아낼 수레 있단 말이네.”

“할 수 있소. 예수님의 사랑으로 사랑하문 모든 병을 고킬 수 있습네다.”

“지금 당장 우리 앞에서 귀신을 쫓아내보라우.”

“하루 세끼 밥을 꼬박꼬박 날라다준다는 조건으로 이 여인을 고티리다.”

죽을 수밖에 없었던 민영익 대감을 살려낸 사람도 야소를 믿는 사람이라고 하지 않던가. 두고 보는 것이 좋겠다는 결론에 이른 마을 사람들은 모두 상엿집을 뒤로 하고 마을로 돌아가버렸다.

상엿집에 둘만이 있으니 산, 나무, 들판, 풀들이 주고받는 세미한 소리만이 들려왔다. 어쩌다 까마귀가 징그러운 소리를 내며 울기도 했지만 사위가 고요한 탓에 김메례는 실성한 여인의 손을 잡고 풀밭에 앉아 바람에 흔들리는 나뭇잎 소리에 귀를 기울이기도 하고 가만가만 찬송을 부르기도 했다. 의주에 살적에 부르던 찬송이다. 홍삼장수 도검돌과 대석의 얼굴을 떠올렸다. 무뚝뚝했지만 다정했던 남편, 이 백정의 얼굴도 크게 눈앞에 다가왔다.

'예수 아이 워워 션 즈, 셩 징 가오 수 워 루 츠…. 죄 지고 있는 이마다 주께 곧 오시오. 주 말씀만 믿으면 태평함 주시네. 믿기만 하오 믿기만 하오 지금 믿으오 구하겠네 구하겠네 곧 구하겠네.'

마을 사람들이 하루 세끼를 꼬박꼬박 날라다 상엿집 앞에 놓고는 정탐꾼처럼 안을 기웃거리면서 두 사람의 동태를 살피고 돌아갔다. 이러기를 열흘, 그날도 김메례는 여인의 몸을 씻겨준 뒤 머리를 빗기고 두 손을 붙잡고 기도를 한 뒤 성경을 읽고는 산길을 따라 걸으며 찬송을 불렀다. 김메례의 뒤를 여인이 바짝 따라붙었다. 큰 노송 밑에 이르렀을 때 갑자기 등 뒤에서 휘익 소리가 났다. 미친 여인의 눈에 광기가 솟구치면서 큰 바위덩이를 번쩍 치켜들어 김메례의 머리를 향해 내려칠 참이었다.

"나사렛 예수의 이름으로 명하노니 악한 귀신은 물러가라."

얼마나 크게 고함을 쳤는지 산이 쩌렁 울릴 지경이었다. 번쩍 들어 올렸던 바위덩이를 스르르 내려놓고는 여인은 뒤로 벌렁 나자빠졌다. 입가에 거품을 내뿜으며 한참 버둥거리다가 잠잠해졌다. 그 옆에서 김메례는 여인의 몸을 주물러주면서 열심히 기도하고 찬송을 불렀다. 얼마나 지났을까. 여자는 부스스 눈을 뜨고 일어나 앉더니 퀭한 눈으로 김메례를 올려다보았다. 양처럼 순한 눈으로 돌아오면서 여인은 눈물을 줄줄 흘렸다.

"예가 어디메라요? 와 내레 여기 와있는 거디요. 당신은 누구세요?"

여인은 자신의 몸을 훑어보고 옷매무시를 고치고 머리를 쓰다듬고는 놀란 표정을 지었다. 제 정신이 돌아온 모양이다. 그때 동네 사람들이 하나 둘 여기저기서 나오기 시작했다. 날마다 큰 바위나 고목 뒤에 몸을 숨기고 두 사람의 동태를 살폈던 사람들이다. 여인은 머리를 푹 숙이고 수치심에 몸 둘 바를 몰라 쩔쩔맸다.

"여러분! 이자 정신이 돌아왔소. 집으로 데불구 가시라요."

동네 사람들은 모두가 믿기지 않는 기적을 앞에 놓고 마치 귀신에라도 홀린 듯한 표정을 지었다.

그간의 소식이 마을에 알려지자 남녀노소 가릴 것 없이 모두 상엿집으로 달려왔다. 창피해서 문 밖 출입을 삼가던 김승지댁 사람들도 헐떡이며 산 밑으로 치달았다. 순식간에 상엿집 주위는 장터처럼 붐볐다.

"내 딸을 괴롭히던 독한 귀신을 쫓아냈다구! 기게 정말이네. 장수 귀신이 달라붙어서 먹지두 못하구 머리가 아프다고 뒹글었넌데 이런 미서운 귀신을 내쫓으니끼니 이건 굉장한 일이다. 그 지독한 귀신을 야소가 이겼구나."

여자의 아버지가 정신이 돌아온 딸을 보고는 양반 체면을 던져버리고 어린 아이처럼 덩실덩실 춤을 추다가 김메례 앞에 너부죽 엎드렸다. 소박맞고 쫓겨나서 미쳐버린 불쌍한 딸을 살려낸 사람이다. 김메례는 동네 사람들에게 떠밀려서 김승지 댁으로 들어갔다. 비록 후락하기는 했지만 제법 법도가 반듯한 집안이었다. 죽은 조상의 위패인 신주(神主)와 우상단지가 눈에 띄었다. 김메례는 동네 사람들이 지켜보는 가운데 이렇게 외쳤다.

"저것들을 당장 불태워 버리라우요. 저것들을 그냥 두문 또 다시 야단이 날테니끼니 어카갔소. 식구들이 돌아가문서 실성할 작덩이요?"

김승지네의 대답도 기다리지 않고 김메례가 신주와 우상단지들을 마당 한가운데 모아놓고 불 지르려는 순간 이 집안의 장남이 김메례를 밀쳤다.

"조상신을 태우문 우리 모두 죽소. 누이 하나 죽는 것이 낫디 김씨 집안이 망할 수레 없디 안캈소. 대대로 섬겨오던 것들인데 이럴 수는 없단 말이오."

신주를 끌어안고 울부짖는 아들을 밀치며 이 집안의 제일 윗사람인 할아버지 김승지가 나섰다.

"이분이 말대루 다 태워버리구 우리 식구레 모두 야소를 믿으문 되디 안캈네. 야소 귀신이 더 세다문 무엇이 두렵갔네."

황당하게 벌어지는 사건에 웅성거리는 소리가 점점 거세졌으나 김메례는 단호하게 관솔가지를 가져오게 하여 불을 댕겼다. 김승지 집 마당에서 수백 년 동안 섬겨오던 우상단지가 깨어지고 신주를 태우는 불길이 널름거리며 집안 구석구석으로 살아있는 짐승처럼 스멀스멀 연기가 스며들어갔다.

"세상에! 이럴 수레 있어. 어케 조상을 태워버릴 수 있네.

이거 큰일 난 거라구. 우리 마을 수호신이 노하는 날이문 어케 되는 줄 알아. 병이 나았다구 수천 년간 섬겨오던 조상신과 신주단지를 하루아침에 태워버려."

남자들이 우우 분을 발하며 나가버렸으나 여자들은 꼼짝 않고 불타는 신주를 지켜보았다. 신주를 태운 재에 열기가 완전히 사그라지자 김메례는 안채로 들어갔다. 동네 아낙들이 우우 김메례의 뒤를 따랐다.

7

당시 궁궐에서는 시아버지인 대원군과의 싸움으로 인해 국모인 민비가 잠을 이루지 못했다. 귀신의 힘을 빌려보려고 민비는 궁궐에서 허구한 날 굿을 하고 치성을 드리면서 불공을 올렸다. 왕과 세자의 무병장수와 국태민안(國泰民安)을 위해 금강산 1만2천봉 봉우리마다 쌀 한 섬, 포(布) 한필, 돈 천 냥씩을 걸어놓고 치성을 드리면서 무녀 진령군(眞靈君)과 점쟁이 이유인(李裕寅)을 항상 곁에 두었다.

따지고 보면 민비는 불행한 여인이었다. 고종은 결혼 초야부터 민비를 소박해서 자존심을 상하게 했다. 결혼초야에 신랑이 신부의 옷고름을 푸는 예법조차 무시해서 온밤을 앉은 채로 밝히지 않았던가. 소년 왕 고종이 이미 궁인 이씨를 총애하던 때라 민비는 사춘기 여성으로서 고독과 고뇌의 쓴 잔을 맛본 터에 궁인 이씨에게 태기가 있어 아들 완화궁(完和宮)을 낳았을 때 그 절망감은 불면증을 가중시켰다. 일편단심

고종의 총애를 독점할 책략과 내외권력의 중심인 시아버지 대원군을 상대로 정권투쟁의 길을 모색했던 민비의 영혼에 평안이 없는 것은 당연했다. 매일 밤 궁중행악(行樂)을 벌였으나 그도 싫증이 나서 궁중전례를 깨뜨리고 여항(閭港)의 짠지패까지 끌어들인다는 소문이 나돌았다.

"금강산 1만2천 봉에 대고 국모가 치성을 드려도 이 나라는 어둠 속에 있습네다. 여러분! 우리 여자들은 눈이 있어도 보디 못하구 귀가 있어도 듣지 못하며 입이 있어두 말을 못하구 살구 있습네다. 예수를 믿구 자주(自主)하는 여인이 되어 어둠에서 밝은 빛 가운데로 나갑세다. 한 지아비가 두 아내를 거느리는 것은 윤리에 거스르는 길이요, 덕의를 잃은 행위입네다. 축첩은 상뎨 앞에 죄가 됩니다. 우리의 남편들이 상뎨 앞에 죄를 짓고 있습네다. 우리 모두 예수를 믿어 어둠을 빠져나와 예수의 빛을 받고 살아갑세다. 우리 여자들이 먼저 앞장섭세다. 어둠에 빠져있는 남편들 구합세다."

첩을 거르리는 것이 죄라는 말이 김메례의 입에서 서슴없이 마구 튀어나오자 둘러선 여인들은 환호성을 지르며 박수를 치기 시작했다.

"맞는 말이요, 맞는 말이야. 한 지아비에 한 아내라! 얼매나 좋은 말이네. 우리 모두 예수를 믿을 것이여. 우리두 말하구 듣구 보구 살자우요."

그러자 이 마을에서 가장 부유하고 지체가 높은 집 마님이 써억 나섰다.

"야소를 믿으문 남편의 주색잡기를 막을 수레 있단 말이네? 남편의 마음을 바루 잡을 수레 있다구 지금 말하고 있는 거네? 남편의 외도 습관을 당장 고털 수 있다문 한번 믿어 보자우. 예수가 누군지 모르지만 호기심이 동하는구만."

나이가 많아지며 고운 티가 가시자 사방에 첩을 얻어놓고 기방 출입이 잦은 남편으로 인해 쓸쓸한 생활을 하고 있던 마님이었다. 맏며느리를 데리고 살지만 큰 아들도 제 아버지처럼 첩을 얻어 며느리까지 어둠에 싸인 판인데 이런 외도 습관을 고쳐주는 종교가 있다니 얼마나 기쁜 소식인가!

그러나 아직도 예수를 믿는 것은 조선 사회에서 배척받는 천주학쟁이 취급을 받는 터였다. 그렇다지만 정신 이상이 된 여자를 고쳐냈고 주색잡기에 여념이 없는 남편들을 바로 잡아준다니 이 이상 좋은 교(敎)가 이 세상 천지에 어디 있단 말인가! 그날부터 마님은 김메례 옆에서 성경을 배우며 한글을 깨우쳤다. 속 가득 고인 응어리가 풀리도록 찬송을 불렀다. 김승지의 안채에는 연일 동네 아낙들로 만원이었다. 특히 인가귀도를 읽어주자 무릎을 치며 머리를 주억거렸다.

"기거 춘향전보담 재미있구만 그래. 그까짓 홍부전에 비할 거야. 생명을 구하구 한 가정과 친척꺼정 구해내는 야소교가 우리가 믿어야 할 교(敎)구만 기래. 우선 믿어 보자우. 냉중 결과를 보문 알 수 있을 거 아니네."

마음병을 앓던 마님의 결단이 이 마을에 복음의 불을 거세게 댕겼다.

"집안 일이 바쁘갔디만 오늘 배와준 것을 틈틈이 써보고 읽어오라우요. 성경을 열심히 배우고 이치를 깨달으문 밥팀례를 받을 수 있습네다. 밥팀례를 받아야 하나님의 따님이 되어 천국에 이름이 기록될 수 있구요."

김메례의 설교를 들으려고 종살이 하는 여자들도 끼어들었다. 양반 여자들에게 치여서 문지방 밖에 몸을 숨기고 툇마루에 걸터앉아 귀를 기울이는 부엌데기들의 숫자가 늘어났다. 말씀과 글을 가르치고 난 어느 날 어둠에 몸을 숨기고 있던 김승지댁 몸종이 다가왔다.

"나터럼 턴한 여자두 야소를 믿을 수레 있습네까?"

"고럼, 고럼. 하나님 앞에서는 빈부귀천이 없답네다. 하나님은 천한 사람을 더욱 사랑하디요. 나도 종살이하던 대물림 비녀였디요."

김정승네 안채가 차고 넘치자 김메례는 정자나무 그늘 밑으로 나가 전도하기 시작했다. 쓰게치마를 쓴 양반 가문의 여자들이 아니라 버려진 천덕꾸러기 여자들을 만나 구원의 소식을 전했다. 감흥리 옆 자그마한 마을에 조선여인해방의 바람이 불어오면서 동네가 들썩거리기 시작했다. 신주를 불태우고 우상단지를 깨뜨리는 종교라는 소문이 거센 반발을 사기도 해서 두 바람이 맞부딪혀 내는 소리로 집집마다 소란했다.

김선비댁 아기과부도 김메례를 따라나섰다. 과부라는 소문만 나도 장가들려는 홀아비가 한밤중에 와서 보쌈해서 업어가는 때였다. 여자는 아무리 가기 싫다고 해도 어쩔 수 없이 업혀가서 살아야 하는 설움을 당하는 시절이었다. 소리를 지르면 입을 틀어막기도 했다. 혼자된 것도 서러운데 보쌈당할 것이 두려워 꽁꽁 숨어 살아야 했던 김선비의 며느리가 쓰게치마를 벗어 던졌다.

"이제 우리 집안은 망했구나. 이 마을두 망했어."

김선비의 한숨에 남자들의 고민하는 소리가 높아졌다. 박해가 심할수록 여자들의 예수에 대한 열정을 더 뜨거워졌다. 드디어 마을에서 뚝 떨어진 절터에 산막을 지어 놓고 거기 모여 예배를 드리기 시작했다. 여자들의 수는 날마다 더해갔다. 그즈음 평양에 들른 선교사에게 세례를 부탁하자 조사를 거느리고 미국인 목사님이 마을에 들어섰다. 그러지 않아도 죽을 맛인데 서양남자까지 나타난 판이라 남자들은 모두 신경을 곤두세웠다. 만에 하나 부인들 몸에 손이라도 대는 날이면 잡아 죽일 태세였다. 이런 분위기를 감지한 나이 지긋한 마님이 김메례에게 근심어린 얼굴로 다가갔다.

"내 남편이 아직두 외도 습관을 버리디 않는 것은 내레 밥팀례를 받디 않아서 성신님이 돕디 않은 것이 분명하다. 도대체 밥팀례라는 것이 어케하는 것이네. 우리 풍습에는 여자는 모르는 남자와 대면을 못하게 하는 법이 있으니끼니 밥탬례란 어캐하는 것인디 말해보라우."

"선교사님이 성수에 젖은 손을 머리에 얹고 기도하문 하늘로부터 성신님이 내려와 임하는 것인데 그렇게 하문 큰일 나갔디요."

선교사는 세례를 주겠다고 와 있는데 이런 문제로 모두 머리를 앓았다. 그때 김메례의 머리에 아주 기발한 지혜가 떠올랐다.

"고럼 이런 방법으루 세례를 받읍세다. 예배당 한가운데 무명 휘장을 티고 손바닥만 한 구멍을 뚫은 뒤에 그리고 정수리만 내말 것 같으문 선교사님이 휘장 이쪽에 서서 가마부위에 성수에 젖은 손을 얹어 세례를 베풀면 되갔디요. 서루까락 얼굴을 대면 안하구두 세례를 받을 수 있는 좋은 방법이 아니요."

해서 마을 여인들은 차례로 휘장 뒤에 몸을 감추고 구멍에 정수리만 내밀어 세례를 받기 시작했다. 남녀유별이 강조되던 전통 사회의 두꺼운 벽에 작은 구멍이 뚫린 셈이었다. 오래 되어 낡고 약해진 담과 녹슨 대문은 퍼석거릴 정도로 이미 진액이 말라 있었다. 이 구멍으로 긴긴 세월 인습에 매여 있던 여성들에게 바람, 바람, 새 바람이 스며들기 시작했다.

남장을 한 김메례가 방갓을 깊숙이 내려쓰고 의주로 떠나던 날 아침, 김승지댁에서 의주로 시집가서 중병을 앓고 있다는 큰딸의 주소와 노잣돈을 내놓았다. 날이 저물면 청년들이 돌을 던지면서 장독대 위에 놓아둔 간장, 된장, 고추장 독이 성한 것이 없는 김승지댁 처지에 주는 돈이었다.

"막내딸을 살려냈으니끼니 제발 큰딸꺼정 살려주시라요."

날마다 눈물을 흘리며 간청하는 김승지댁의 소청을 물리칠 수도 없었지만 김메례가 의주로 갈 것을 결심한 것은 귀소본능에 속한 행위였다. 봉수에 대한 소문도 들을 수 있으리란 속셈도 있었다. 정신 이상에서 놓여난 김승지댁의 딸이 동네 조무래기들을 모아놓고 절터 보리수 밑에서 한글 성경을 가르치고 축첩으로 속을 끓이던 마님이 예배를 인도할 만큼 이곳은 자리가 잡혔다.

가마를 타고 갈 수도 있겠으나 박진사댁이나 왕생당 근처까지 가보자면 남장을 할 수밖에 없었다. 사람들을 거느리고 가는 것보다는 혼자 움직이는 것이 훨씬 편해 남장을 했다. 상을 당한 옷차림이라 불룩한 가슴도 숨겨지고 잘록한 허리도 평퍼짐하게 가려져서 그저 곱상한 남자로 보였다. 게다가 방갓을 눌러 쓴 김메례는 의심할 나위 없는 중년의 사내로 보였다.

김메례가 의주 향교동에 도착한 것은 햇살이 눈부신 정오였다. 향교동 큰 길은 예전과 다름없이 사람들로 붐볐다. 여기저기 사람들이 모여서 팔짱을 끼고 수군거렸다. 무슨 일인가 해서 김메례가 슬쩍 저들 틈에 끼어들었다.

"백홍준 나리를 봉천의 감옥으로 넘겨준다는 소문이야. 우리 되선에서 살리든 죽이든 하디 와 되놈의 땅으로 보내지. 기건 너무 한 것 같디 않네. 한번만 예수를 향해 주먹질을 하문서 욕을 하문 놓아준다고 해두 머리를 흔들어대니끼니 증이난 피양 민병석이 내린 결정이라는구만."

"박진사가 친구를 살레줄 생각은 않구 감사를 부추켜서 주리를 틀구 들볶게 하는 건 디나틴 일이야. 피양이나 한성 거리에는 양인들이 버젓하게 활보하구 있다는데 백홍준 나리를 기렇게 들볶는 건 너무 감정적이야."

"박진사 가슴에 대못처럼 박힌 한(恨) 때문에 기래. 대석이란 백당넘이 박진사 큰 아들을 꼽땡이로 맹글었구 메니리두 야소를 믿는다구 때려서 죽어나갔으니끼니 그 한이 얼매나 크갔네."

사람들이 주고받는 대화에서 김메례는 백홍준이 갇힌 사실을 알았다. 장로님 직분을 받고 유급조사가 되었다는 건 한성바닥 교인들 사이에서 파다하게 알려진 사실이다. 김메례는 백홍준이 갇힌 감옥으로 발걸음을 옮겼다.

남장을 한 김메례는 태연한 자세로 옥안을 기웃거렸다. 주리가 틀려서 전신을 비비꼬며 신음하는 사람은 도검돌 홍삼장수였다. 아악! 터져 나오는 절규를 김메례는 손으로 틀어막았다. 벌겋게 달군 인두로 입을 지지고 있는 옥사쟁이의 이마 위로 누런 콩알만 한 땀이 줄줄 흘러내렸다.

“이래도 야소를 향해 주먹질을 하디 안캈다 이 말이네.”

호통을 치는 남자의 음성이 귀에 익었다. 방갓을 슬쩍 치켜들고 악을 쓰는 사람의 얼굴을 보는 순간 그만 털썩 주저앉을 것처럼 사방이 빙그르르 돌았다. 박진사! 박진사였기 때문이다.

“대석이란 넘이 있는 곳을 소상하게 대라구 하디 않네. 한성이나 피양이라구 하문 바닷가 모래 벌에서 바늘을 찾는 거라구. 야소두 부인하디 안캈구 대석이란 넘이 있는 곳두 모른다 하문 실토할 때꺼정 입을 인두로 지질 수밖에 없지 안캈어. 봉수란 넘과 검동이년, 또 곽서방이 있는 곳두 알구 있갔디? 너희들끼리는 한 동아리가 아니네.”

벌겋게 달군 인두를 든 옥사쟁이의 손이 눈에 띄게 떨렸다. 도검돌의 입에 인두를 대는 순간 악을 쓰며 몸을 비트는 바람에 옥졸이 기겁을 해서 인두를 떼었다. 순간 도검돌의 눈이 망연히 위로 향했다.

‘쥬여! 쥬여! 힘을 주소서.’

그때 평양 감사 민병석이 말을 타고 바람처럼 달려 들어왔다.

“날레 백홍준을 이리루 끌어내오라우.”

백홍준이 질질 끌려 나왔다. 그간 얼마나 고문을 받았으면 걷지도 못할 지경이었다. 산발한 머리에 수척한 얼굴, 헝클어진 옷매무새, 눈에서만 형형한 빛이 뿜어 나왔고 벗은 발은 먼지와 땀이 데께로 앉아 지저분했다.

"백홍준 듣거라. 이제 다시는 사교를 전교하지 안캈다구 맹세하갔디. 양인을 피양에 데불구 오디 안캈다구 서약을 해라. 그리고 야소란 없는 것이니끼니 다시는 기런 사교를 믿지두 않구 전교도 안캈다구 하문 풀어주마."

백홍준은 평양 감사 민병석과 그 옆에 선 친구 박종만 진사를 타는 듯한 눈으로 한참동안 노려보다가 콧방귀를 뀌었다.

"눈에 철판을 깐 넘들이 감히 어케 샹뎨 하나님을 보갔네. 예수를 믿는 것은 은혜 듕에 은혜다. 내레 지금 죽어두 좋으니끼기 날레 죽여다오."

백홍준의 당당한 태도가 감사의 비위를 한껏 건드렸다. 평양 감사 민병석은 비장한 결심을 한듯 묘한 웃음을 입가에 떠올렸다. 맨 상투에 동저고리 바람으로 끌려온 백홍준은 오랏줄에 묶인 채 고개를 빳빳하게 들고 평양 감사와 박진사를 노려보았다. 이제 마흔 다섯, 백홍준의 얼굴에는 그간 살아온 삶의 골이 어른거렸다.

"네 죄가 야소를 향해 주먹질하라는 유아적인 요구로 상쇄될 것이 아니다. 서학을 역모 죄로 엄히 다스리던 때에 우장에서 서학경전을 언문으로 바꿔 쓴 대죄를 인정하렷다. 더구나 양반 신분으로 수차례에 걸쳐 국경을 넘나들며 잡상이 된 것도 창피한 노릇인데 게다가 번역한 야소경들을 되선으로 반입하여 반포한 죄는 마땅히 죽음으로 다스려야 한다는 걸 시인하갔디?"

평양 감사 민병석의 추상 같은 목소리가 만주에서 몰아쳐

오는 겨울바람보다 더 매워서 감히 숨을 크게 쉬는 사람조자 없었다. 숨 막히는 침묵을 깨고 박진사가 나섰다.

"서학꾼들의 절간을 뒤지문 봉천서 찍어낸 야소경들이 산적해 있을 터이니끼니 우리 사람을 그리루 보내서 뒤져보고 개져오라구 할까요?"

박진사의 말에는 신경을 쓰지 않고 감사는 도검돌에게 눈길을 돌렸다.

"천한 신분인 저 넘이 의주 지역 구석구석에 사교를 전파하구 다녔다는 보고가 수없이 들어왔다. 바루 저 넘이 백홍준, 너의 수족이었디? 먼저 홍삼당시를 장살(杖殺)해야 갔다. 여봐라! 날레 치도곤을 안겨주어라."

백홍준은 벙어리처럼 입을 열지 않았다. 죽임을 당할 도검돌 역시 목석처럼 조용했다. 포졸들이 부산하게 형구(刑具)를 날아왔다. 길이가 5자7치, 너비가 5치3푼, 두께가 1치인 치도곤(治盜棍)이었다. 도검돌은 볼기를 내놓고 엎드렸다. 한대, 두대, 세대… 볼기를 칠적마다 도검돌의 신음이 터져 나와 옆에 서 있는 사람들의 몸이 오그라들 지경이었다. 멀찍이 서서 그 광경을 지켜보는 김메레의 살이 함께 녹아내리는 듯했다.

그래도 백홍준은 눈을 질끈 감고 조금도 동요의 빛을 보이지 않았다. 곤장을 치는 사람이 스무 대를 알렸을 때 감사가 손을 들어 중지시켰다.

"백홍준! 이제 혹세무민하는 사교 무리를 작살내려는 내 마음을 읽었갔디? 자자! 그만하구 내 말을 들으라우. 저 넘을 살릴 맴이 있거든 배교를 하라우. 그라느문 저 넘을 자네 눈앞에서 처참하게 죽여야갔어."

그때 도검돌이 백홍준을 바라보았다. 순간 그들의 눈이 마주쳤다. 도검돌이 거부하는 몸짓을 하며 머리를 흔들었다. 그러자 백홍준이 눈을 들어 투명한 쪽빛 하늘을 우러러보았다. 견디기 어려운 고뇌의 빛이 역력하게 그의 얼굴에 서렸다.

평양 감사가 손을 들어 곤장 치기를 계속하라는 신호를 보냈다. 이내 도검돌의 볼기에서 봉숭아 꽃물처럼 붉은 피가 흥건히 흘러나와 마당을 적셨다.

"듣거라, 백홍준! 박진사의 죽마지우인 걸 생각해서 한 번 더 기회를 주갔다. 하늘을 향하여 주먹질을 하면서 야소를 욕하면 홍삼당시를 살려주디."

그러자 백홍준이 오히려 감사를 향해 주먹질을 하며 꾸짖었다.

"나 백홍준은 몸을 죽이구 후에는 능히 더 못하는 자를 두려워하지 않는다. 죽인 후에 디옥에 던져 넣는 권세를 개진 야소를 두려워한다. 머리털까지두 다 세시는 상뎨 하나님을 믿구 있으니끼니 조금두 두려움이 없다."

약이 바짝 오른 감사는 축 늘어진 도검돌을 더 세차게 곤장을 치라고 악을 썼다. 삼십 줄에 있는 감사는 주지육림(酒池肉林)에 빠져서 허구한 날 무료하게 지내던 참인지라 신바람이 났다. 떡치듯 곤장을 치는 옥졸을 백홍준이 처연한 눈으로 응시하다가 차가운 쪽빛 하늘을 보며 중얼거렸다.

"쥬여! 저 사람의 죄를 용서하여 주소서. 저가 하는 일을 모르구 저럽네다."

그의 말에 화가 치민 박진사가 대청에서 뿌르르 내려와 백홍준의 등과 머리를 마구 걷어차다가 옥졸의 손에서 주릿대를 앗아서 무자비하게 내리 갈겼다. 백홍준은 도검돌이 흘린 봉숭아 꽃빛깔의 피 위에 피식 쓰러졌다.

"저 넘들이 깨어나문 우리를 불러라. 아낙에 들어가 있을 터이니끼니."

박진사와 감사가 안으로 사라지자 옥졸도 못 볼 것을 본 것처럼 머리를 돌려버렸다. 김메레가 치도곤으로 다가가서 도검돌의 머리를 감싸 안았다.

"아즈바니, 아즈바니! 정신을 차리시라요. 내레 내레…."

도검돌이 힘을 다해 눈을 떴다. 김메레의 얼굴을 알아본 도검돌의 눈에 물기가 돌더니 눈꼬리를 타고 주르륵 눈물이 흘러내렸다.

"아즈바니! 할 말이 있으문 하시라요."

그때 도검돌의 입에서 실낱 같은 목소리가 가래와 함께 흘러나왔다.

"대석은…대…석은 어…디…."

김메레는 더 자세히 들으려고 귀를 바짝 도검돌의 얼굴에 대었다.

"박…박진…사를 피…하라구 일러…대…석은 살…아야 하니끼니. 살…아서 주…주의 일을 … 오! 주여! 제 영혼을…."

한번 크게 몸을 요동하더니 숨이 넘어갔다. 싸늘하게 식어 가는 시신을 끌어안고 흐느끼던 김메레는 차가운 눈길을 의식하며 머리를 들었다. 언제 왔는지 박진사가 날카로운 눈으로 그들을 내려다보고 있었다.

김메레는 흠칫해서 끌어안고 있던 시신을 밀어놓고 일어

셨다. 매서운 박진사의 눈길이 헐렁하게 상복을 입은 김메례의 몸을 훑고 지나갔다. 숨 막히는 순간이었다. 어깨까지 내려오는 방갓이 얼굴을 내려 덮은 것이 다행이었다.

"상복을 입은 저 사내가 누군데 예꺼정 들어와서 저러구 있네?"

박진사가 옆에 선 포졸에게 물었다. 포졸도 전혀 모르는 사람이라고 머리를 흔들며 우물쩍거렸다. 김메례의 가슴이 억제할 수 없을 정도로 뛰었다. 위기의 순간에 평양 감사가 언짢은 얼굴로 다가왔다. 사람을 죽인 것이 아무래도 께름칙해서 술 생각이 간절한 모양이다.

"게서 멀하네? 홍삼당시는 죽었구만 기래. 백홍준이란 넘 아주 지독해. 야소에 미치문 저렇게 맹목적이 되나보디. 우리 나가자우. 요즘 절세미인으로 소문난 강계 기생 춘화가 왔다구. 게 가서 술이나 마시며 질탕 놀아보자우."

박진사는 방갓을 쓴 사내의 정체에 의구심을 품었으나 바쁘게 나대는 감사의 손을 뿌리치지 못하고 따라가며 연신 머리를 김메례 쪽으로 돌렸다. 피비린내가 고인 곳을 나서며 감사가 안쪽을 향해 소리를 질렀다.

"백홍준이란 넘을 당장 봉천 감옥으로 이송하렸다."

옥졸들이 피투성이가 되어 죽어 넘어진 도검돌의 시신을 치도곤에서 풀어내자 아들 종우가 와서 시신을 수습했다.

"박진사, 이 넘! 어디 두고 보자우. 피양 감사두 내레 가만두지 않을 거라구."

도검돌의 아들 도종우의 분노가 김메례에게도 물결쳐왔다.

아직도 정신이 들지 못한 백홍준은 오랏줄에 묶인 채 엄동설한 찬바람이 불어대는 압록강을 넘었다. 멀리서 그를 태운 달구지가 사라지는 걸 하염없이 바라보고 있던 김메례의 귀에 세미한 음성이 들렸다.

'네가 저 사람을 따라가라. 백홍준은 나를 위해 순교할 사람이니라.'

그러자 김메례는 강하게 도리질을 했다.

"쥬여! 저는 남자가 아닙네다. 남장을 한 여자입네다. 피양의 아낙들에게 전도를 하러 온 권서인이구 전도부인이라구요. 내레 어케 중국꺼정 갑네까?"

"내 뜻이니라."

순간 김메례의 머리에 봉수가 떠올랐다. 그렇구나. 백홍준을 따라 봉천에 갔다가 서간도에 들르면 봉수를 만날 수 있겠구나. 빙하의 밑동처럼 숨어있던 봉수를 향한 그리움이 억제할 수 없을 정도로 김메례를 감쌌다. 차가운 강바람을 안고 어쩔 수 없는 힘에 끌려 김메례는 압록강을 건너갔다.

열린 문

1

기생들이 쓰던 권번(券番) 건물을 사들인 닥터 홀(Hall)이라는 텁석부리 백인 이야기로 평양 시내가 들썩거렸다. 무료로 병자들을 치료해 주는 사랑의 손길에 이끌려 거길 드나들면서도 눈에 이물질이 들어간 것처럼 껄끄러운 기분에 사로잡힌 평양 사람들은 어디를 가나 그의 이야기를 했다.

"양이는 아주 더러운 사람이야. 소젖을 먹더라구. 우리 되선 사람들을 굶어죽게 되어두 송애지가 먹을 젖을 앗아 먹지 않는데 말이야."

"기래두 홍차하구 설탕은 혹께 맛이 있더라구."

연유에 설탕을 타준 것을 먹고는 역겨워서 토해버린 사람에게 홍차와 설탕을 얻어먹은 사내가 맞장구를 쳤다. 호기심에 가득차서 수군거리는 사람들 옆으로 난데없이 20여 명의 건장한 청년들이 우르르 밀려갔다.

"먼 일이 일어날 모양이구만. 일떵한 일이 없이 떠돌아댕기는 저 발피(潑皮)들이 어깨에 힘을 준 것을 보니끼니 큰 저지레를 할 모양이군 기래."

그들 중에 키가 제일 작고 이마가 넓은 청년이 발피 일당을 군중 앞에 멈춰 세워놓고는 일장 연설을 시작했다. 아직도 앳된 목소리를 지닌 청년은 상투를 빼딱하게 틀어 올리고 갓을 쓴 모습이 아주 어색했다.

"여러분! 우리 피양 사람들이 음력 정월이문 돈을 거두어 성황뎨를 지내는거 다들 아시지요? 해서라무니 우리레 피양에 들어와 사는 양놈에게 가서 수렴(收斂)하문 복을 받을터이니끼니 열댓 냥만 내라구 했디요."

그러자 나이 지긋한 노인이 물었다.

"직접 앵인에게 말했단 말이디."

"아니디요. 앵인의 통사에게 말했넌데 그 넘이 자기네는 샹뎨를 공경하는 사람이라 기런 미신 짓을 못하갔다구 일언지하에 거절합디다."

"아니 머라구! 피양 풍습을 미신이라구. 데런 발칙한 통사가 있나."

"그러니끼니 우리 피양 감사에게 가서라무니 이 일을 알립세다. 앵인이 우리 물을 마시문서 일 년에 한 번씩 드리는 제사를 거부한다문 이건 우리를 무시한 행위입네다. 우리 피양 땅에 들어와 살 자격이 없는 넘입네다."

발피의 앞장을 선 사람을 박종만 진사의 아들 서출이었다. 우상 숭배라고 마을 제사를 거부한 것이 평양 사람들의 비위를 잔뜩 건드렸다.

"여러분! 아무리 아파두 우리 되선을 무시하는 양인에게 가디 맙세다."

"맞는 말이요. 죽어두 좋으니끼니 병들어두 양인을 찾아가디 맙세다."

군중들은 웅성거리며 발피의 뒤를 따라 관찰사(觀察使) 아문(衙門)으로 몰려갔다.

아직도 28년 전에 있었던 이양선(異樣船) 제너럴 셔먼호 사건은 평양 주민들에게 기막힌 승리를 안겨준 기억으로 남아 있었다. 그 당시 평양 감사 박규수의 전공(戰功)은 평양 주민들의 자랑거리였다. 박서출의 뒤를 따르며 주민들은 옛날 신바람이 났던 사건을 떠올리고는 어깨를 으쓱거렸다. 선화당(宣化堂)에 들어서니 평양 감사는 느긋하게 옥초합을 끌어다가 대통(大樋)에 담배를 담아주는 하인의 시중을 받으며 점잖게 물었다.

"무엇 때문에 이렇게 밖이 소란하네?"

그러자 얼굴이 달걀처럼 갸름한 포졸이 머리를 조아리며 아뢨다.

"앵인이 발피가 걷는 수렴을 거절했다 합네다."

"메라구? 거절을 해? 저런 고얀 넘이 있나. 예가 어디메라구 감히…."

그러자 박서출이 넙죽 평양 감사 앞에 절을 올렸다.

"오오! 의주에 사는 박종만 진사의 아들이 아니네."

"내레 앵인을 이 땅에서 쫓아내지 않으문 몸살 날 사람이디요."

"아암! 그래야디. 장하다, 장해. 발피의 수렴을 앵인이 직접 거절했네?"

그러자 김낙구란 발피가 감사 앞으로 나서서 아니라고 머릴 흔들었다.

“고럼 직접 앵인의 말을 들어야디. 날레 가서 앵인을 만나 보구 오너라.”

무리들은 선화당에 남고 서출과 감낙구란 발피가 닥터 홀에게 갔다.

“우리가 말한 내용을 저 앵인에게 똑똑히 통역이나 하라우.”

통인이 더듬거리며 저들의 요구를 전하자 닥터 홀이 머리를 흔들었다.

“야소를 믿는 이 분은 당신네 신(神)과는 아무 상관이 없답네다. 우리를 창조하구 살아계신 진짜 신인 하나님을 믿어야 한다구 저 분이 그럽네다.”

이 말을 전해 들으며 감사는 대통으로 재떨이를 무섭게 두들기며 화를 벌컥 냈다.

“기래. 어디 두고 보자우. 박진사 아들, 서출이 너 이리루 가까이 오너라.”

감사는 서출의 귀에 입을 바짝 대고 무엇인가를 지시했다. 서출의 얼굴에 환한 웃음이 피어났다. 표정이 밝아지고 힘이 오르는지 콧등에 개기름이 번질거렸다.

서출은 장차 할 일을 계획하며 문한이 경영하는 박문점의 안채에 들어가 누웠다. 아랫목 머리맡에 문갑이 놀빛을 받고 고풍스러운 분위기를 자아내는 저녁. 콩기름을 바른 장판 위에 메밀꽃처럼 하얀 옥초합이 놓였고 놋재떨이 위에는 긴 연죽(煙竹)이 하나 얹혀있었다. 윗목에는 화초병풍이 나직하게 둘렸고 그 앞에 놋쇠로 만든 등잔받침인 유경이 놓여있었다.

날이 밝으면 감사의 지시를 이행할 서출이 누워있는 방안은 폭풍전야처럼 조용하고 평온했다.

숙출이 저녁상을 든 비녀를 앞세우고 들어왔다. 한껏 모양을 낸 숙출의 옷매무새는 의주에서보다 훨씬 화려했다. 문한의 면사 면포점에 지천으로 쌓인 비단을 마구 가져다 철철이 옷을 지어 입는 탓이다. 손가락에 낀 금지환이랑 머리에 꽂은 장신구가 천박스럽게 번쩍거렸다.

"누님 볼따구니에 살을 좀 빼야겠수다레. 미욱해 보이는데요."

"아니, 넌 이 누나의 볼만 보구 다니네."

숙출은 아랫목에 깔려있는 보료 위에 놓인 사방침(四方枕)에 오른 팔꿈치를 괴고 기대앉으면서 동생 서출의 손등에 난 큼직한 상처에 눈이 멎었다.

"손을 와 그렇게 다쳤네? 쯧쯧… 어려서 장난이 심하더니 여전하구나."

발피들과 주막에서 술을 먹다가 벌어진 싸움판에서 입은 상처였다. 숙출은 문갑서랍에서 흰 오징어 뼈를 꺼내 칼로 갈아서 상처에 뿌려주었다. 서출은 누워있는 자세로 숙출이 입고 있는 명주 항라 치맛자락이 얼굴을 스치는 걸 막지 않았다. 씨를 다섯 올씩 걸러서 한 올 씩 비우고 짠 은행색 명주 항라의 은은함이 다섯 살 위 누님을 어머니처럼 보이게 했다. 숙출이 오징어 뼈를 뼬함에 다시 넣는 동안 서출은 벌떡 일어나 저녁상 앞에 앉았다. 된장국이 담긴 반들반들한 사기그릇이 금시 갈라져서 터질 듯 유약해 보였다. 고장떡을 한 입 먹고는 김칫국물이 빤히 보이는 유리그릇을 들어 국물을 한 모금 마셨다.

"보행전(步行錢)을 듬뿍 줄 터이니끼니 너 감흥리에 좀 다녀

오너라."

"감흥리는 와 가라구 그러십네까?"

"네 매형이 아무래두 이상해. 밤마다 나가는 것이 수상하단 말이다. 우리 박진사 가문을 어케 알구 그러는디…."

"아니 문한이 그 넘이 누님을 버리구 씨앗을 보았다 이 말입네까?"

"쉬이! 조용히 해라. 밖에서 아랫것들이 들으문 어칼려구 이러네."

"종넘이 어케 그런 일을! 자고로 종이란 첫째가 순종이구 둘째는 공경이구 셋째는 저 맡은 일을 감당하문서 행실머리가 깨끗해야 하는 법인데…."

"그러게 말이다. 과거 절개살이를 생각하문 지금 생활이 너무 과하디."

"앵인이 피양과 의주에 드나들문서 미신타파니 비복(婢僕)을 해방하라느니 하문서 천민들을 부추기구 있단 말이야요. 해서라무니 내레 내일 앵인을 따라다니는 사람들을 혼내줄 참이라요. 그 뒤에 길품삯을 넉넉히 주구레. 감흥리에 가서라무니 문한이 데불구 사는 회넝년(화냥년)을 잡아오리다."

숙출은 동생 서출의 말에 복숭아처럼 살이 오른 뺨을 실룩거리며 웃었다.

아침 일찍 서출은 발피의 대장 김낙구를 한쪽으로 불러냈다.

"우리 땅에 들어와서 우리 물을 먹구 사는 앵인이 우리레 모시는 신을 가짜라구 하니 찢어죽일 넘이다. 물이 마르디 않구 마을이 평안하라구 우리 귀신에게 비는 걸 반대하문 이건 재앙이 우리 되선 사람들에게 내리기를 바라는 넘이 아니갔네. 그러니끼니 이 참에 앵인을 따르는 넘들을 혼내주자우."

발피 김낙구는 의아한 눈으로 서출을 보았다. 일이 커지면 관아에서 포졸들이 나올 것이고 그러면 귀찮기 때문이다. 눈치를 챈 서출이 당당히 말했다.

"피양 감사의 명령이다. 이 참에 우리들이 피양 바닥에서 야소꾼을 싸악 몰아내 버리자우."

마펫이란 키다리 양인이 경창문통에 집을 산 것을 야단을 쳐서 축출했더니 또 다시 가만히 기어들어와 판교에 널다리골교회를 세우고 살곰살곰 사람들을 꿀통에 벌처럼 끌어 모았다. 그것도 죽겠는데 이제 텁석부리 양의가 들어와서 사람들을 치료한다고 양반쌍놈을 가리지 않고 모아드리니 큰일이었다. 날마다 야소를 믿는 사람의 수가 더해가서 심기가 편치 않은 것은 서출이나 평양 감사가 똑 같았다.

"앵인을 따라 다니는 넘들을 무조건 걷지두 못하게 때려주문 미서워서 모두 도망갈 것이구 냉중에는 야소란 말만 들어두 겁을 먹게 맹글자우."

서출의 말에 힘이 장사인 발피들이 양인 집을 드나드는 사람들은 남녀노소 가리지 않고 마구 두들겨 팼다. 대문을 나오다가 갑자기 달려든 발피에게 얻어맞은 노인이 가까스로 기어들어와서 마당에 쓰러져버렸다. 닥터 홀이 노인을 안고 들어와서 치료를 했다. 머리가 터져 피가 흐르고 몽둥이로 얻어맞은 팔뚝과 등에 징그러운 문신처럼 퍼런 멍이 드러났다.

"사도 바울도 핍박을 받았으니 우리가 핍박을 받는 것은 당연한 것입니다. 인내하고 기다립시다. 하나님이 우리를 도우실 것입니다."

"사도 바울이구 머구 내레 여기 있다가는 살아 남디두 못 하갔시오. 이자부터 내레 야소를 믿디 않기루 결심했으니끼니 그리 아시라요."

노인은 겁에 질려서 벌벌 떨며 가버렸다. 그러자 하나, 둘, 셋… 교인들이 등을 돌리고 슬금슬금 닥터 홀에게서 떠나갔다. 어둠이 내려앉자 서출과 발피들은 큰 장작바리를 싣고 와서 그 위에 올라가 서서 돌멩이를 빗발치듯 안으로 던지고는 시시덕거리며 웃어댔다. 닥터 홀은 압록강 물 위에 떠다니는 얼음 조각 위에라도 앉아있는 듯 불안해지기 시작했다.

2

평양의 겨울 추위는 문고리에 손이 쩍쩍 달라붙을 지경으로 지독했다. 장작을 아침저녁으로 얼마나 땠는지 구들에서 단내가 났다. 서출이 갓끈을 단단히 조여매고 면포점을 나섰다. 문한이 개화경을 끼고 삭발한 것이 눈에 거슬렸다. 면사 면포를 사고팔면서 버릇처럼 수염을 만지는 것도 꼴불견이었다. 서출은 못마땅한 눈으로 문한을 흘겨보면서 박문점(朴文店)을 나섰다

양인들이 들어오고 동학꾼들이 기세를 올리면서 조선팔도가 술렁거리고 있었다. 양반인 서출에게 제일 곤혹스러운 것은 서학이고 동학 모두 비복을 해방하라는 주장을 펴고 있다는 점이다. 영원히 양반의 곁에서 시중을 들도록 태어난 종

놈들을 해방하라니! 평양에는 동학군이나 서학군이 절대로 뿌리를 내리지 못하도록 하는 것이 그가 맡은 중차대한 임무였다.

서출은 평양의 겨울 거리를 어슬렁거리며 발피들을 찾아 나섰다. 그들과 어울려 다음 일을 도모할 작정이었다. 한 겨울 추위에도 불구하고 사람들이 대동문통에 모여 술렁거렸다. 무슨 일인가 보려고 서출이 조촘조촘 무리에게 다가갔다. 갈빗대처럼 드러난 서까래는 검댕을 뒤집어썼고 흙 매질한 천장이 을씨년스러운 모습을 드러낸 집 앞에 서니 검정개가 발 뿌리에서 알찐거렸다. 서출은 발돋움하고 둘러선 무리의 한가운데 있는 구경거리에 눈을 돌렸다. 등을 이쪽으로 돌리고 선 청년이 약장수처럼 떠들어댔다.

"미륵, 부체, 성황이나 산천에 아들 낳구 명 길구 부재 되기를 원하여 축수 말며 산음(山陰)보자구 풍수 데불구 부모의 해골을 끌구 다니디 말며 점쟁이를 들여 택일하지 말며 관상쟁이를 들여 관상을 보지 말고 쇠경과 무당을 불러 경을 읽지 말고 남의 귀한 자식을 유인하여 외도에 빠지지 말게 하며 투전 골패 따위로 가산을 탕진하는 잡기(雜技)를 마시라요. 이것들은 모두 샹뎨 하나님이 금하시는 바이오. 또한 예수 씨레 금하신 것이요."

저런 발칙한 넘이 예서 감히 야소교를 전하다니! 겁도 없이 평양 대로에서 전도를 하는 청년의 얼굴을 보려고 둘러선 사람들의 가장자리를 돌아 앞쪽으로 가서 청년의 얼굴을 본 순간 서출의 눈에서 불똥이 튀었다.

"아니 저 넘이 바루 영생(永生)이 아닌가. 저 넘이 우리 집

절개살이하던 곽서방의 아들 영생이 틀림없어. 저 넘을 잡아라. 의주 박진사댁에서 나쁜 짓을 하구서리 도망틴 종넘이다. 날레 저 넘을 잡으렷다."

서출은 신들린 사람처럼 영생을 군중 틈에서 끌어내 멱살을 잡고는 닥치는 대로 구타했다. 옆에 서 있던 곽서방이 서출을 등 뒤에서 붙들고 늘어졌다.

"도련님! 도련님! 제발 불쌍한 내 아들 영생을 기렇게 때리디 마시라요."

"흐음! 너 곽서방두 여기 있었구나. 종넘이 뛔달아나문 어드메꺼정 갈 수 있다구 생각했네. 백당 대석이보담 널 먼저 잡았으니끼니 그 넘 있는 곳두 곧 알게 되갔구만. 네 넘들을 오늘 내 손에서 결단을 내구 말갔다."

그때까지 반항하지 않구 매질을 당하던 영생(永生)이 반격을 가했다.

"너는 내 오마니 젖꺼정 앗아 먹은 넘이 아니네. 내레 먹을 젖을 먹구 자란 넘이 머라구 주접을 떨구 있어. 예가 의주인 줄 알았네. 여긴 피양이다."

영생이 죽을힘을 다해 박치기를 하며 덤볐다. 곽서방이 어쩔 줄을 모르고 그저 손을 맞잡고 주님을 찾았다. 서출의 훌렁 까진 이마 위에 고인 붉은 기운, 부처처럼 네모진 얼굴에서 뚝뚝 흐르른 무서운 살기, 툭 튀어나온 눈에 서린 핏기가 너무 험해서 보는 이들의 등골에 찬 땀이 흘러내릴 지경이었다.

"이 넘! 지은 죄가 없다문 와 도망을 쳤네. 와 너희 부자가 도망쳤느냔 말이야. 대석을 따라 도망틴 거 아니네. 날레 대석이란 백당이 어드메 있는디 직고하지 못할까."

서출의 얼굴은 머리끝부터 발끝까지 붉게 물든 저녁노을처럼 달아올랐고 왕방울만한 눈이 눈두덩 밖으로 금세 쑥 빠져나올 것만 같았다.

"와 우리를 대석이란 넘하구 항께 몰아부티네. 그 행배리 같은 백당이 어디 있는디 모른다. 박진사댁을 부재로 맹그는 일만 했구 목숨을 걸구 천마산 삼메꾼들을 따라댕기문서 산삼을 캐다가 복출 도련님을 멕인 죄밖에 없다."

곽서방의 푸념에 둘러선 사람들은 양반에게 잡힌 부자(父子)를 동정하는 눈치였다. 이때 발피 김낙구와 그 일당들이 서출의 곁으로 다가왔다.

"날레 넘을 문한이 있는 박문점꺼정 끌구 가자우. 거기에 간워놓구… ."

발피들이 우르르 덤벼들었다. 꼼짝 못하고 곽서방과 영생은 목덜미를 잡혀 박문점 안으로 끌려들어갔다. 손님들로 물결치는 면사 면포점에서 문한은 눈코 뜰 새 없이 바빴다. 돈이 시냇물 흘러들어오듯이 넘쳐났다. 차인들을 다섯이나 두었건만 일거리는 산더미 같았다. 중국과 서양에서 마구 쏟아져 들어오는 면사 면포에서 서양 양복지까지 점점 옷감이 다양해지면서 일도 많았다.

"문한이! 여기 보라우. 곽서방하구 영생이란 넘을 잡아왔어."

기골이 장대한 발피들에게 잡혀온 곽서방과 문한의 눈이 마주치는 순간 그의 눈에 놀라움이 서리더니 이내 얼굴을 돌려버렸다.

"날레 이 사람들을 헛간에 가두라우. 온밤을 데불구 때리문 대석이란 넘이 어디 있는디 알아낼 수 있을 터이니끼니."

문한이 앞장서서 발피들의 손에 잡힌 두 사람을 안채 한편에 있는 헛간으로 인도했다. 오랏줄을 꺼내 묶고 있는 서출의 손은 그간 평양에 와서 많은 사람들을 잡은 경력으로 인해 제법 능숙했다. 곽서방의 눈이 문한의 눈과 다시 마주쳤다. 순간 문한이 머리를 푹 숙여버렸다. 성질이 급한 서출이 발피들을 마당에 대기시켜놓고 곽서방을 닦아세우기 시작했다.

"대석이란 백당 넘이 어디메 있는 디 날레 불디 못할까?"

"내레 대석이 어디 있는 줄 알았으문 벌써 찾아갔을 거다."

"피양꺼정 왔으문 숨어서 절개살이나 할 것이디 야소를 던하고 있어."

그러자 벙어리처럼 입을 다물고 있던 영생이 발피들을 향해 입을 열었다.

"여러분! 야소를 믿구 천당에 가시라요. 허랑방탕하게 함부루 살다가 죽어 디옥에 가문 어칼려구 기래요. 불쌍한 동포 형데들이여! 날레 예수께 나아와 육신과 령혼을 구하여서 만시지탄(晩時之歎)이 없기를 바라오."

"이 넘이 어느 안존이라구 입을 메사구(메기)터럼 놀려대구 있어."

서출이 고함을 지르자 발피들 중에 제일 건장한 사람이 들어와서 영생을 쥐어박았다. 여차하면 뭉개버릴 태세였다. 몸이 약한 영생은 차디찬 광 바닥에 그대로 널브러져버렸다. 한밤중까지 소동이 계속되더니 발피도 서출도 지쳐서 모두 집안으로 들어가 잠들어버렸다.

먼동이 틀 무렵 헛간에서 온밤을 지센 곽서방과 영생은 온몸이 얼어붙었다. 그때 살그머니 다가와 두 사람의 오랏줄을 푸는 사람이 있었다.

"어어… 너 문한이 아니네. 우리를 놓아주문 자네가 성치 못할 거라우요."

그래도 벙어리처럼 입을 열지 않고 싸가지고 온 보따리를 내놓았다. 곽서방이 떨리는 손으로 풀어보니 은괴 한 덩이하고 엽전 뭉치였다. 멀리서 수탉이 홰를 치며 길게 울어대자 그제야 문한이 입을 열었다.

"아즈바니! 한 겨울 박진사댁 솟을대문 앞에서 죽어가던 저를 살려준 보답입네다. 날래 뛔달아나시라요. 다시는 피양에 오디 말구 사람이 혹께 많은 한성으루 가서 숨어 사시라요. 박진사의 눈을 피해 사는 길은 그 길밖에 없읍네다."

곽서방은 아들 영생과 함께 희불그레한 하늘을 바라보면서 평양을 빠져나갔다.

얼어붙었던 산천이 녹아내리고 종달새가 높이 날아오르는 오월 초승께, 제물포에서 돛 달린 작은 고깃배를 타고 닥터 홀의 부인 로제타 여의사가 아들 셔우드를 데리고 평양에 도착했다. 생후 겨우 육 개월이 된 셔우드는 조선에서 태어난 최초의 서양아기였다. 서양남자는 여러 차례 보았으나 아이 딸린 서양 여자는 처음이라 평양을 발칵 뒤집을 만큼 소문난 구경거리가 되었다. 장옷을 둘러쓰고 고샅길을 빠져나오는 여자들까지 합세해서 닥터 홀의 집 안팎은 발 디딜 틈이 없을 정도로 붐볐다.

"이러다가는 큰일 납네다. 무슨 수를 써야디 이거 야단났습네다."

닥터 홀의 오른팔격인 김창식이 걱정을 했으나 닥터 홀은 다음날 오후 아기와 엄마를 보여주겠노라고 사람들에게 약속을 했다.

봄바람을 타고 중국 벌판을 휩쓸고 온 황사로 인해 눈을 뜨기가 어려운 날씨였건만 호기심에 들뜬 아낙들과 아이들이 새벽부터 마당과 문 밖에 구름처럼 모여들었다. 서양아기를 보려는 사람들의 눈, 눈, 눈들이 번뜩거렸다.

"자아 여러분! 열 사람씩 방안에 들어갑세다. 열 사람씩 서루가락 손을 잡구 둥글게 서서 기대리다 차례가 되문 방안에 들어가서 잠깐 아기 얼굴을 보구 나와야 합네다. 절대루 고추를 보자구 하디 마시라요."

"사내 아이문 고추를 봐야디 기게 먼 말이네?"

김창식이 열 명씩 데리고 방안으로 들어갔다. 이렇게 세 번 들어갈 때까지 제법 질서가 있었다. 그러나 나중에 온 사람들이 순서를 무시하구 마구 안으로 밀며 들어왔다. 더구나 먼저 아이를 보고나온 사람들이 이러쿵저러쿵 떠벌리는 말들이 기다릴 수가 없도록 밖에 있는 사람들의 호기심을 자극했다.

"아기의 눈이 샛파랗다니까. 꼬옥 가슬(가을) 하늘을 닮았더라니까."

"내 보기에는 아기의 눈이 꼭 가이(犬)터럼 생겼더구만."

하긴 평양 사람들이 기르는 개들 중에 파란 눈의 개가 더러 있었다."

"머리털은 어떻구! 노오래서 꼬옥 갓 태어난 송아지 같더라."

"여자의 코랑 광대뼈가 어찌 눈에 띄게 튀어나왔는지 팔자 하나는 드세게 생겼더라니까."

그러자 참지를 못한 사람들이 우우 방안으로 밀어닥쳐 혼란이 극에 달했다. 이러다가는 담이고 마루고 집이 무너져 내릴 것만 같았다. 어쩔 수 없이 홀 부인 로제타가 아이를 안고 밖으로 나왔다. 사람들은 우우 아이의 손을 잡아보고 얼굴을 만져보았다. 손, 손, 손… 얼굴, 얼굴 … 닥터 홀은 위기감을 느꼈다. 어린 셔우드는 부인들의 극성에 겁을 집어먹고 울음보를 터뜨렸다.

위험을 느낀 닥터 홀이 감사에게 달려갔다.

"천 명이 넘는 사람들이 모여들어 위험합니다. 질서를 잡아주십시오."

감사는 얼굴도 내밀지 않고 안에서 은밀한 대화를 나누고 있었다.

"질서을 잡아달라구. 못된 것들 같으니라구. 피양을 떠나면 될 거 아닌가."

"부인이랑 아기꺼장 데불구 온 걸 보문 아예 피양에 살 작정이갔디요."

"머라구? 피양에서 살 거라구! 환당하겠네. 이 양놈들을 피양에서 쫓아낼 방도가 없갔네. 작년 겨울터럼 겁을 또 주어볼까. 양놈을 잡아들일 수는 없구 앵인을 따르는 야소교인들을 테포하는 것이 어드레? 이교(異敎)를 수입하여 다수의 양민들을 유혹하니끼니 외인(外人)으로 더불어 협잡하는 유

(類)를 방지하여 금지한다는 방을 내붙이고 말이야."

평양 감사는 이를 부드득 갈면서 소릴 질러댔다. 그러자 곁에 서 있던 서출이 번들거리는 단단한 이마를 문지르며 단호하게 말했다.

"걱정 마시라요. 서출이란 이 넘은 이래 뵈두 아주 독합네다. 우리 박씨 가문을 불행하게 맹근 것들이 모두 야소꾼들이었으니끼니 제 손에 맡기사라우요."

"고럼, 고럼 우리는 할 수 있어. 양놈들을 내쫓을 수 있는 힘이 있다구."

감사는 평양 시민들의 승리요 자랑거리인 제너럴 셔어먼호 사건을 또다시 떠올렸다. 나도 그 같은 승리를 맛보리라. 수단방법을 가리지 않고 야소교인들을 들볶아서 선교사들을 내쫓고 전승가를 부리리다.

"소를 잡아서 포졸들을 질탕하게 먹여라. 오늘 자시에 일을 시작하라우."

감사의 명령이 떨어지자 포졸들은 잔치분위기였다. 때는 오월이라 춘곤에 절어 모두가 깊은 잠에 빠질 시각에 서출이 포졸들을 데리고 나섰다.

"성내에 있는 야소를 믿는 넘들은 한 넘도 빼놓티 말구 모주리 잡아 죽일터이니끼니 그리 알아라. 올챙이처럼 작은 넘꺼정 깡그리 잡아들이라구."

그 밤에 닥터 홀의 오른팔 격인 김창식이 잡혀갔고 마펫을 돕는 한석진 조사도 감금되었다. 오랏줄에 묶인 교인들로 옥안이 붐볐다. 부패한 탐관오리 밑에서 일을 해온 포졸들은 사람들이 보는 앞에서 서슴없이 손을 내밀었다.

"저기 갇혀있는 7명을 풀어줄 터이니끼니 금 한 되박을 개져오라우."

마음이 급한 사람은 논밭을 잡혀 요구하는 금품을 포졸에게 주고는 풀려나오기도 했다. 돈 맛에 취한 포졸들이 닥터 홀에게 다가갔다.

"돈 십만 냥만 주면 김창식이두 석방하갔으니 날레 돈을 준비하라우요."

"법으로 합시다. 법으로 해요. 국가에는 법이 있으니 법으로 해요."

닥터 홀은 냉정하게 거절하고 밤이 새기를 기다려 평양관아로 달려갔다.

아들 셔우드는 무슨 일이 일어나고 있는지도 모르고 평안하게 깊은 잠이 들었다. 로제타는 이런 와중에도 꾸준히 찾아드는 여성 환자들을 돌보느라고 너무나 지쳐서 퍼렇게 피곤의 빛이 서린 눈가를 문지르며 말했다.

"여보! 어쩌면 우린 여기를 떠나야 할지도 몰라요. 사태가 아주 위급해요. 독기가 서린 작은 사내가 깡패들 앞에서 휘젓고 다니더군요. 그 사람만 잘 설득한다면 우리가 평양에 남을 수 있을지도 몰라요. 우린 그 사람을 위해서 기도합시다. 사탄이 그 청년 속에 들어가 있는 것이 분명해요."

그때 한성에서 띄운 전보가 도착했다. 닥터 홀은 떨리는 손으로 마펫이 보낸 전보를 펴들었다.

"여호수아 1장 9절 말씀을 고통당하고 있는 친구들에게 전해주십시오."

로제타가 성경을 펴들었다. 울음 섞인 음성으로 천천히 읽어 내려갔다.

"내게 네게 명한 것이 아니냐. 마음을 강하게 하고 담대히 하고 두려워 말며 놀라지 말라. 네가 어디로 가든지 네 하나님 여호와가 너와 함께 하느니라 하시니라."

홀 부부는 성경을 앞에 놓고 무릎을 꿇었다.

"이 환난을 통해 이제 조선에 그리스도의 참 빛을 받아드릴 자유의 날이 가까워졌음을 압니다. 그러기 위해 순교의 피가 뿌려져야 하는 것도 압니다. 저희 부부는 하나님의 뜻을 따라 죽을 준비가 되어 있습니다. 이미 셀 수 없이 많은 천주교 신자들과 신부들이 순교의 피를 흠뻑 뿌린 땅입니다. 주님! 아직도 순교자가 필요합니까? 믿음의 형제 김창식과 한석진이 극심한 고문을 당하고 있는데 그들이 배교(背敎)하지 않도록 힘을 주십시요…."

밤은 깊어가고 눈물의 기도는 계속되었다. 창호지를 바른 작은 창을 신선한 공기가 들어오도록 빠끔히 열어놓았다. 그 창문을 통해 기도하고 있는 부부의 몸으로 음습한 밤공기가 스며들었다. 얇은 커튼을 쳐놓아서 밖에서 안을 들여다볼 수는 없었다. 갑자기 그리로 돌멩이 하나가 휙 날라 들어와서 아들 셔우드의 머리맡에 놓아둔 작은 항아리에 적중했다. 항아리 깨어지는 소리에 잠을 깬 셔우드가 자지러지게 울어댔다. 닥터 홀은 또다시 날아 들어올 돌멩이를 막으려고 솜이불로 작은 창을 틀어막고는 밖으로 나갔다.

"여보! 위험해요. 나가지 말아요. 어둔 밤에 그들이 덤벼들기라도 하면 어떻게 하려고 그래요. 우리를 괴롭히려고 몰려다니는 평양 깡패들일 거예요."

"당신이 말하는 그 녀석을 만나서 담판을 지어야겠어."

로제타의 만류를 뿌리치고 닥터 홀은 뒤란 창문 쪽으로 갔다.

몸집이 크고 장대한 청년들 사이에 키가 눈에 띄게 작은 사내가 끼어있었다. 아내 로제타가 말한 바로 그 청년임에 틀림없었다. 그는 창문을 가려둔 이불을 떼어낼 방법으로 장대를 가져다 쑤셔 넣으라는 지시를 하고 있었다.

"이봐요 청년들! 밤에 남의 집에 침범하는 것은 법을 위반하는 짓이요."

그러자 예의 키 작은 사내가 차돌처럼 단단한 이마를 발딱 뒤로 젖히고 다가왔다. 당돌한 눈빛이 어둠 속에서 번뜩였다.

"남의 땅에 들어와서 우리의 풍습을 무시하구 사교를 뎐하는 것은 법에 어긋난 일이 아니요? 날레 피양을 떠나문 되디 먼 말이 이리 많소. 무엇 때문이 선심을 쓰는 척 하문서 병든 자들을 돌봐주는 것이요. 이 땅을 통째로 삼키려는 엉큼한 속셈을 감추구서 꿀 발림을 하는 것이 아니요."

이렇게 말하는 청년의 눈빛이 이글이글 타는 듯했다.

"자네 이름이 무엇이요?"

"와 이름을 알려구 그러우. 나레 의주 박종만 진사의 아들 박서출이웨다."

"박서출이라. 의주의 서출이라구?"

닥터 홀에게 등을 돌리고서 서출이 발피들을 향해 큰 목소리로 말했다.

"내레 앵인 넘들을 가만 놔둘 줄 알아. 우리 되선을 삼키려는 넘들이라구. 내레 의주에서 왔디만 피양 사람들보담 더 똑똑하다고. 피양 사람들은 맴이 약해서라무니 그까짓 병을 고테준다니끼니 꼴깍 넘어가디만 의주에서 온 박서출은 다를 터이니끼니 두구보라우. 자아, 자! 이 밤은 그냥 가자우. 저 사람의 얼굴이 죽을 상이구만 기래. 이 밤엔 고만 두자우."

서출이 휘적휘적 두 팔을 저으며 큰 길로 나가자 발피들도 그를 따라 어둠 속으로 사라졌다.

관찰사직은 20만 냥, 수령직은 5만 냥이면 살 수 있는 시절이다. 매관매직이 성행하던 때라 돈이면 모든 것이 해결되었다. 서출도 거금을 바치고 감사에게서 옥졸과 죄수들을 다스릴 전권을 받은 처지였다. 옥 근처에 이르니 밤의 정적을 뚫고 죄인을 다루는 매질소리가 담을 넘어 밖에까지 들여왔다. 묘한 웃음이 어린 얼굴을 밤하늘을 향해 치켜들고 서출은 미친 듯이 껄껄 웃다가 죄수들을 향해 뚜벅뚜벅 걸어갔다.

그 밤 닥터 홀은 잠을 이루지 못하고 뒤척이다가 갇힌 교우들이 적정이 되어서 옥 언저리를 기웃거렸다. 거기 옥졸들을 거느리고 서출이 떡 서 있는 것이 아닌가. 닥터 홀의 가슴이 철렁했다.

"양인의 손발이 되어 나대는 김창식이란 넘을 이리 데려오라우요."

서출의 시퍼런 서슬에 옥졸이 김창식을 대령했다.

"만약 말이다. 네놈이 석방되문 또 야소를 뎐교하갔네?"

"고럼요. 내레 여기서 나가두 죽을 때꺼정 야소를 뎐하갔수다레."

"저 넘의 주둥아리를 그냥…."

서출이 두 주먹을 불끈 쥐고 부르르 떨었다. 무섭게 내려치는 매를 맞으며 신음하는 김창식을 지켜보는 닥터 홀은 현기증이 나서 비틀했다. 그의 뺨 위로 눈물이 쉴 새 없이 줄줄 흘러내렸다. 장대한 키에 수염이 터부룩하게 난 서양인의 눈물을 흘끔 훔쳐본 서출의 가슴은 승리감으로 터질 것만 같았다.

"스크랜톤에게 전보를 쳐야 한다. 한성에 전보를 쳐서 이 사람들을 구해야 한다. 마펫 목사의 조사, 한석진도 모진 고문을 당하고 있다. 송린서(宋麟瑞), 최치량(崔致良), 신상호(申尙昊), 우지룡(禹志龍), 오석형도 살려야 한다.

닥터 홀은 허우적거리며 전신소로 달려갔다. 한성에서는 연신 회신이 날아왔다.

"공사관을 움직이겠음" "조선 외무관리에게 석방지시를 내리도록 하겠음" "조선정부에 계속 압력" "조정에서 석방 명령 내림"

닥터 홀이 받아든 이런 전보들은 평양에서 진행되고 있는 긴박한 상황에 하나도 도움이 되질 못했다. 드디어 박서출과 감사가 나란히 앉아서 교우들을 선화당(宣化堂) 대청 앞에 꿇어앉히고 심문을 시작했다.

"국법을 어기구 양놈들이 뎐하는 사교를 뎐파시킨 네 넘들을 용서할 수 없다. 피양에서 야소를 믿는 넘들을 한 넘도 빼놓티 않구 모조리 잡아 죽여라."

감사의 추상 같은 명령에 서출은 싱글벙글 웃었다. 진작 한미수호조약을 체결할 때 수호통상(修好通商)만을 허락하고 미국 선교사들이 입국하여 전도하며 예배당을 세우는 걸 금한다는 조문을 삽입했더라면 이런 힘든 일은 없었을 거라고 서출은 항상 기염을 토하는 터였다.

신바람이 난 박서출이 감사의 귀에 대고 이렇게 속닥거렸다.

"한성주재 공관장들이 국왕을 알현했더랬넌데 피양은 야소교를 전할 장소가 아니라구 했답네다. 우리 임금님이 말씀하시기를 닥터 홀은 나쁜 사람이니끼니 모든 기독교 신자들을 당장 잡아서 참형에 처하라구 했구요."

순 억지 소리였다. 하지만 서출의 말뜻을 전해들은 닥터 홀의 두 다리에서 힘이 쭉 빠져나갔다. 서출의 속닥거림에 머리를 주억거리던 감사는 교우들을 절도범의 방에서 사형수의 방으로 옮겼다. 이런 와중에 닥터 홀의 집에 물을 길어오는 물지게꾼도 도망을 가버렸다. 서출이 내린 지시 때문이다. 죽음의 그림자가 시시각각 닥터 홀의 주변으로 조이며 밀려왔다.

평양 감사와 나란히 서 있는 박서출의 너부죽한 이마 위로 바람결을 타고 펄렁이는 불빛이 춤을 추었다. 닥터 홀은 얼굴을 들어 서출의 눈을 노려보았다. 눈동자가 중심에 있지 않고 위로 올라붙어서 밑으로 흰자위가 드러났다. 반항심이 강한 눈이었다. 자신의 수완이나 입장을 과신하여 자신감이 넘쳐흐르는 강렬한 눈이었다.

"내일 해질녘에 양인을 좇아 야소를 믿는 이넘들을 모두 참수하렷다."

감사의 명령이 갇혀있는 교우들에게 전해지자 사방에서 흐느껴 우는 소리가 물결쳤다. 참담해진 닥터 홀은 망연한 눈으로 다시 마루에 우뚝 서 있는 서출을 노려보았다. 어깨가 두드러지게 치켜 올라가서 마치 솔개의 어깨처럼 보였다. 드높아지던 울음소리가 잦아지더니 하나, 둘 너도나도 야소를 믿지 않겠다며 배교를 하면서 교우들이 옥을 빠져나갔다.

"저 두 사람, 한석진과 김창식을 내일 서쪽 하늘이 붉어질 때 처형하여라."

감사의 결정이 내려지자 닥터 홀은 4월에 서울로 가버린 마펫 목사가 원망스러웠다. 이런 때 평양에 마펫 목사가 함께 있었다면 얼마나 힘이 되었을까. 내일이면 두 사람의 목이 잘릴 것이고 그 머리는 대동문통에 매달릴 것이다. 상상만 해도 끔찍해서 닥터 홀은 머리를 흔들며 진저리를 쳤다.

닥터 홀은 서울 가드너 총영사에게 전보를 자꾸 쳤다.

"한석진 조사와 김창식 사형 확정"

총영사의 회답은 바로 왔다.

"조선 정부에서 교인 석방 지시를 내림"

그러나 감사와 서출의 태도는 조금도 변함이 없었다. 전보를 받았다면 저럴 수가 있을까 하는 의구심이 들 지경이었다. 간밤에 한숨도 자지 못한 닥터 홀의 눈은 붉게 물이 들었다. 시간은 자꾸 흘러가고 해가 서쪽 마루에 걸렸는데 이를 어쩔 거냐. 안달하는 닥터 홀의 손에 서울에서 스크랜튼 의사가 보낸 전보가 날아왔다. 내용은 짐허경하금(朕許卿何禁), 즉 왕인 내가 허락한 것을 그대가 어찌하여 금하느냐라는 칙명(勅命)을 감사에게 내렸다는 것이다. 전보로 보냈으니 감사가 받아 읽었으련만 참으로 모를 일이었다.

닥터 홀은 스크랜튼이 보낸 전보 쪽지를 들고 감사에게 달려갔다. 다급한 닥터 홀은 평양 감사 앞에 전보를 내보이며 흔들면서 이렇게 외쳤다.

"왕 서울 있오. 왕 평양 있오. 왕 서울 있오. 왕 평양 있오."

옆에 서 있던 서출이 닥터 홀의 절규에 폭소를 터뜨렸다. 소름이 끼치는 웃음이었다.

해가 서쪽으로 기울면서 소문이 파다하게 나돌았다. 이제 곧 한석진과 김창식은 사형을 당할 것이라고. 애가 탄 닥터 홀은 전신소로 달려가 매달렸다. 해가 서쪽 하늘을 연한 감빛으로 물들이면서 서서히 짙어지는 6시경, 두 사람은 서출과 옥졸들에 이끌려 사형장으로 향했다.

한성에서는 조선의 선교 역사상 처음으로 모든 선교사들이 함께 모여 평양의 무서운 핍박을 놓고 기도하기 시작했다. 닥터 홀 내외와 어린 아들 셔우드를 위해, 그리고 용감한 두 사람, 한석진과 김창식을 위한 기도였다.

형리의 칼이 두 사람의 목을 내리치려는 순간 감사의 사형집행 중지서가 전달되었다. 감사에게 최종으로 내려진 왕의 전보는 아주 강한 것이었다.

'즉시 수감자들을 석방하라. 석방하지 않으면 책임 추궁하여 엄벌에 처함'

감사의 명령을 받아든 서출의 얼굴이 무섭게 일그러졌다.

"더러운 양놈들! 감히 임금님까지 조정을 하다니. 이거 큰일났구만."

사형 직전에 풀려난 김창식과 한석진은 비틀거리며 일어섰다. 이미 해는 서쪽 산으로 넘어간 7시경. 한 발자국, 두 발자국 두 사람은 서로 몸을 의지하여 사형장을 빠져나왔다. 머리를 산발하고 검붉은 피로 얼룩진 옷 사이로 허벅지가 드러났다. 물살이 갈라지듯 사람들이 길을 터주었다.

군중 속에 몸을 감춘 서출이 끈질기게 아이들을 충동질했다.

"돌을 던져라. 돌멩이가 여기 있다. 저 넘들은 쳐 죽여야 한다. 양인들 농간에 우리 임금님이 넘어갔다. 그러니끼니 우리 손으로 죽여야 한다."

조무래기들이 서출의 손에서 돌멩이를 받아서는 두 사람을 향해 따라가며 던져댔다. 어느 누구도 그걸 막는 사람이 없었다. 돌멩이가 머리와 배를 적중할 때마다 넘어지기도 하고 비틀거리며 김창식은 닥터 홀의 집에 도착했다. 홀 부인은 김창식을 방에 누이고 상처를 치료해 준 뒤 약을 먹이고 이불을 덮어주었다. 아직도 악몽에서 깨어나지 못한 김창식은 몸을 가누지 못했다.

닥터 홀이 전신소에서 돌아왔을 때 김창식은 조용히 일어나 앉았다. 흩어졌던 교우들이 모여들었다. 김창식이 사도행전 16장을 펴서 읽기 시작했다.

"뎨자행전 16장 25~26절 말씀이니 잘 들어보시오."

'야반에보로과시라가빌고하나님의게칭숑하니갓친쟈가듯난대문득따이크게진동하여써옥터를다동케하며모단문이열니고긔계가다버서지니….'

(예수셩교젼셔 경셩 문광서원 활판 1887년)

바울과 실라가 옥에 갇혔던 장면을 말하는 김창식의 몸에서는 빛이 나는 듯했다. 닥터 홀은 그의 무릎 앞에 무릎 꿇어 앉고 싶은 심정을 억눌렀다. 그는 큰 목소리로 말했다.

"아아! 김창식, 조선의 사도바울이여! 이 땅에 이런 신앙인을 주신 주여! 감사합니다."

3

전라도 고부에서 봉기한 농민들이 성문마다 아래와 같은 방문을 붙였다.

'왜(倭)와 양(洋)이 개돼지와 같음을 삼척동자도 다 아는 일이다… 이러한 거사는 왜양을 물리쳐서 충성을 다하여 나라를 지탱하려는 것뿐이니 동포여 일어나라.'

이들 동학군의 거센 불길을 진압 못한 조정은 외세에 의존, 북쪽에서 청국군, 남쪽에서 일본군이 밀려와서 동학군은 무너져버렸다.

한여름 더위로 숨이 막히는 유월의 한 낮. 감발로 발을 칭칭 동여매고 먼 길을 걸어온 듯한 행색의 사내가 평양 거리에 나타났다. 여기저기를 기웃거리는 사내의 눈매가 아주 매서웠다. 옷은 땀과 먼지로 절어서 남루했지만 건장한 몸매며 날렵한 것이 양반은 아니고 요즘 평양에서는 보기 드문 행색이었다. 삽살개가 따라다니며 짖어대고 조무래기들도 남루한 사내 뒤를 줄지어 따라가면서 성가시게 굴었다. 소잔등에 들러붙는 등에처럼 저들을 쫓아버리는 일에 지쳐버린 사내는 널다리골교회를 기웃거리다가 그 옆집의 설렁줄을 잡아당겼다.

"여보시! 절개살이를 하려는 사람이라요."

설렁줄 소리에 뛰어나온 주인은 우람한 몸집에 어울리지 않은 초라한 옷차림의 사내를 머리끝부터 발끝까지 훑어보았다.

"이왕지사 절개살이를 하려문 되선 사람보다는 양인의 절개살이를 하구푼데 피양에두 한성터럼 양인들이 들어왔갔디요?"

설렁줄 집주인은 한마디도 않고 바로 옆 널다리골교회를 손가락질 했다. 그러자 사내가 목소리를 낮추고 다급하게 물었다.

"야소를 뎐하는 천주학쟁이 집은 싫습네다. 당시를 하러 피양에 들어온 양인집이 좋습네다. 배가 혹께 고파서 그러니끼니 아시문 좀 일러주시라요."

오십 줄의 나이 지긋한 주인은 감발로 더러워진 발이랑 땟물이 줄줄 흐르는 사내의 행색을 쓰윽 훑어보고는 저리 가라고 손짓으로 일러주었다.

"내레 야소교인은 싫다고 했수다레. 저 집이 당시하는 부재 양인이 살구있갔디요?"

"이 사람 말이 많군. 내레 이빨이 아파서 말을 하디 않으려구 했넌데 이거 참! 한참 저 위쪽으로 가문 여각이 있고 그 여각 뒤쪽으로 가문 고르등 같은 게와집이 있넌데 게가 양인 당시가 사는 집이니끼니 가보라우요."

발에 감은 감발이 헤어져서 걸을 적마다 너덜너덜 너풀거렸다. 사내는 설렁줄 집주인이 일러준 곳으로 절뚝거리면서 걸어갔다. 감발이 철떡일 때마다 시궁창에서 흘러나오는 구정물이 정강이에 튀었다. 사내는 건장한 몸에 어울리지 않게 털썩 주저앉을 듯 비틀거렸다. 양인 장사꾼이 사는 집은 산 밑에 있었다. 평양의 변두리라 옆으로 널찍한 밭이 펼쳐져서 유월의 햇살을 받고 푸성귀에 한참 청청함이 오르고 있었다. 사내는 밭둑에 털썩 주저앉더니 허리춤에서 곰방대를 꺼내

들고는 담배쌈지를 뒤적거렸다. 땀과 먼지에 절은 옷이 가랑잎처럼 금세 바서질 듯 나긋나긋해 보였다.

그때 대문이 열리고 노란 머리를 둥지처럼 깎은 여자가 눈처럼 하얀 강아지를 안고 나왔다. 강아지의 목에는 쌍방울이 달렸다. 개의 눈을 덮게 내려온 털을 정수리에 빗어 올려 나비모양 리본으로 동여맨 것이 앙증맞았다. 예닐곱 살 나 보이는 사내아이가 여자를 따라다녔다. 강아지가 땅에 내려가겠다고 낑낑거리자 보물처럼 가만히 내려놓았다. 삽살개보다 더 작은 놈이 뽀르르 뛰어가서 담에 대고 오줌을 깔기고 어슬렁거리며 한가롭게 거닐다가 갑자기 대문을 등지고 광활하게 펼쳐진 밭을 향해 쏜살같이 내닫기 시작했다.

"빙고! 빙고!"

여자의 째지는 음성에 소년이 제비처럼 날렵하게 강아지를 향해 달렸다. 풀숲을 헤치며 달리던 강아지는 소년의 손에 잡히고 말았다.

"더러워! 만지지 말아. 빙고를 내려놓아. 저런! 저 더러운 손으로…."

여자의 날카로운 음성에 소년은 강아지를 땅에 그냥 내던져버렸다. 머리를 땅에 받고 떨어진 강아지의 깨갱 울음소리에 기겁을 한 여자가 강아지를 깨진 그릇 주워 담듯이 끌어안고는 소년을 발로 차면서 욕을 퍼부었다. 소년은 서양 여자의 발길질에 차이면서도 조금도 반항하지 않고 비굴한 웃음을 삼키며 두 손으로 싹싹 빌어대는 것이 아닌가.

밭둑에 앉았던 사내는 이런 정경을 바라보다가 두 주먹을 불끈 쥐고 벌떡 일어섰다. 그러기에 양(洋)이 개돼지와 같다고 동학에서 주장하고 있는 것이 아닌가. 그러다가 스르르 손을 풀었다. 지금이 어느 때인가? 목숨을 건져야 할 때가 아닌가. 고부 군수 조병갑의 탐학에 항거한 농민들이 신바람 나게 전주까지 점령한 것이 4월이었는데 이제는 쫓기는 몸이다. 사는 길은 양인의 집에 들어가 몸을 피하는 길밖에 없다. 사내는 침을 꼴깍 삼켰다. 양인의 품에 안긴 강아지가 엉거주춤 서 있는 사내를 향해 방정맞을 정도로 요란하게 짖어댔다. 사내는 성큼 걸어가서 노란 머리의 서양 여자 앞에 섰다. 더러운 옷을 입은 우람한 사내를 보고는 여자는 무서워 뒷걸음질을 했다.

대문턱에 걸려 넘어진 여자가 안쪽을 향해 비명을 내지르자 권총을 빼든 서양남자가 뛰어나왔다. 여자가 강아지를 품에 안은 채 눈으로 거지 옷차림의 사내를 가리켰다. 무기도 없이 혼자 얼뜬 표정을 하고 서 있는 사내를 보고는 양인은 권총을 허리춤에 찔러 넣고 성큼 사내 앞으로 다가왔다.

"무슨 일로 내 집 근처에 와서 이렇게 소란스럽게 구는 것이오?"

"내레 배가 혹께 고파서라무니… 그리구 이 집에서 일할 것이 있으문 문간방에서라도 살문서 도와드리디요. 농토가 있으문 절개살이두 둏습네다."

생긴 것에 어울리지 않게 사내는 공손하게 허리를 굽혔다. 그제야 경계심을 푼 양인은 장사꾼답게 머리를 빨리 회전해 보았다. 그러지 않아도 이렇게 몸이 건장한 사람이 필요했다. 광에 잔뜩 쌓아놓은 박래품들을 앗아가려고 평양 사람들이 모여든다면 이 사람이 방패막이가 될 수도 있을 것이다.

"지금까지 무슨 일을 했는가?"

그러자 사내는 멈칫거리며 뒤통수를 긁었다.

"좋아, 채용하지. 먼저 그 더러운 몸을 씻고 깨끗한 옷을 입어야지."

사내가 양인의 뒤를 따라 대문 안으로 들어서자 강아지를 안은 여자가 눈을 똑바로 뜨고 사내에게 다부지게 주의를 주었다.

"내 강아지를 만지면 가만 두지 않을 거야. 이 강아지 말고도 집에 세 마리의 개가 더 있어. 그 개들을 절대로 만지지 않겠다고 약속해."

사내는 그러마고 고개를 끄덕였다. 마루 옆에 묶어놓은 송아지만한 개가 낯선 사람을 보고는 무섭게 컹컹 짖어댔다. 어찌나 그 소리가 큰지 집안이 쩌렁쩌렁 울렸다. 큰 개의 위력에 질려서 양인 뒤에 서 있던 소년은 비실비실 뒤란으로 몸을 피했다. 사내도 소년을 따라서 뒤란으로 갔다.

양인에게 고용되어 소년과 함께 누운 밤. 사내의 눈꼬리를 타고 눈물이 끊임없이 흘러내렸다. 동학의 접주로서 양인 배척운동을 한 것이 바로 엊그제 같은데 이제 목숨을 건지겠다고 양인 집에 누워있다니! 아직도 그의 귀에는 피를 토하며 처절하게 외쳐대던 동료들의 목소리가 생생하게 메아리쳤다.

'너희 양인들은 전도를 빙자해서 남의 땅에 들어와 유람이나 즐기고 책을 파는데 열중할 뿐이다. 그러니 서학의 교두(敎頭)들은 귀를 기울여 듣거라. 학당을 세워 종교를 가르치라는 말은 어느 조약에도 없거늘 너희는 하나 둘씩 기어 들어와서 나라를 어지럽히고 있다…'

곁에서 곤하게 잠든 소년이 가늘게 코를 골았다. 조상대대로 이어오던 백성들의 전통적인 공동체 의식이 부패한 탐관오리들의 폭정에다 빈번하게 일어나는 가뭄으로 인해 점차 사라져서 극도로 혼란한 때였다. 그런 때에 동학군들은 조금도 민폐를 끼치지 않고 곡식 한 톨도 축내지 않았으며 기강은 또 얼마나 엄했던가! 그런데 조정은 동학군의 피맺힌 절규에도 서학을 뿌리 뽑고 썩어빠진 탐관오리들을 다스려 집안을 바로 세우지 않고 다른 나라의 힘으로 동학군을 진압하려고 청국에 파견을 요청했고 일본은 자국민 보호라는 이유를 내걸고 인천항에 도착했으니 이 땅에서 외국 군대들이 싸움을 벌일 것은 너무나 자명했다.

그렇다면 거대한 파도처럼 밀려오는 서구문명이 이 나라를 구할 것인가. 아니야, 아니야. 사내는 머리를 세차게 흔들었다. 양인들이 고아원을 세워 집 없는 아이들을 수용하고 병고에 시달리는 환자들을 치료해 주고 학당을 세워 백성의 무지를 부분적으로 깨우쳐준다고 이 나라가 살아날 것인가. 그가 동학군이 되어서 둘러본 나라형편은 지방수령들의 그악스러운 탐학 밑에서 죽어가고 있는 백성들의 처참한 모습뿐이었다. 윗물이 몽땅 썩어서 시궁창처럼 독한 냄새를 뿜어내고 있었다. 그러니 이 백성의 주림과 질병과 무지는 양인들의 임시방편적인 선행으로 치유될 문제가 아니잖은가.

사내는 오랜만에 목욕을 하고 감발을 풀어냈더니 한편으로는 날듯이 몸이 개운했으나 감발을 풀어낸 발바닥이 곪아서 화끈거렸다. 머릿속도 발바닥만큼 화끈거려 잠을 이룰 수가 없었다. 전봉준이 잡혀가고 조선 팔도로 흩어지던 동지들의 초췌한 모습을 떠올리며 사내는 울음을 삼켰다.

'다시 일어날 것이다. 잠시 이렇게 양인의 그늘에라도 피해 목숨을 살리고 나서 다시 일어날 것이다. 동학군은 다시 일어날 수 있다. 참고 기다리자. 노도처럼 산야를 뒤덮었던 그 함성, 그 기백, 그 깨끗했던 눈망울들… 우리 동학군은 절대로 죽지 않는다. 일립곡(一粒穀)을 심으면 수만립이 유생(幼生)하듯 흩어진 동학군들이 수만립의 열매를 맺은 뒤에 다시 일어설 것이다. 그러니 가장 안전한 양인의 집에 숨어 지내며 때를 기다리자.'

새벽녘 수탉이 홰를 치며 우는 소리를 들으니 아득하게 잊었던 검동의 모습이 사내의 뇌리에 살아 올랐다.

'검동아! 죽지 말구 살아 있어라. 봄이면 질경이처럼 냉이처럼 밭둑에 지천으로 자라 오르는 쑥처럼 살아남아라. 우린 영원히 이 땅에서 살아야할 민초들이 아니더냐. 제발 죽지 말구 이 땅 어딘가에 살아있어라.'

소년과 사내가 양인의 집에서 하는 일은 집을 치우고 잔심부름을 하고 집을 지키는 일이었다. 나이가 어리건만 소년은 언제나 일찍 일어나 무엇인가를 만든다. 가난한 농부의 아들로 누가 시키지도 않건만 소년은 보릿대로 방석을 짜고 있었다. 초승달이 불어나듯 방석이 커졌다. 그 옆에 쭈그리고 앉은 봉수는 아침 이슬에 오이 크듯 소년이 손끝에서 몸이 불어나는 보릿대 방석을 보면서 습관처럼 동학의 구호를 중얼거렸다.

'보국안민(報國安民), 축멸왜양(逐滅倭洋), 나라를 굳게 지키고 백성을 편히 살게 하자. 왜인(倭人)과 양인(洋人)을 축출하자.'

이슬이 비처럼 산야에 내려앉은 새벽, 코밑으로 흘러내리는 누런 콧물을 훌쩍 들이마시면서 소년이 흘끔 봉수를 훔쳐본다. 끝마무리가 언제나 어려운지 입을 앙다물고 손을 놀려 보릿대 방석을 만들어냈다.

"아즈바니! 우리 어케 되는 것이디요. 아산, 공주 싸움에서 청국군이 일본군에게 밀려 개지구 피양으로 모여들구 있답네다."

사내는 아무 말 않고 깊은 한숨을 삼켰다. 동학군을 진압하려고 불러들인 외국군대가 저희들끼리 싸움이 붙은 것이다. 이제 이 나라는 일본 것이 되느냐 청국 것이 되느냐 하는 밥 싸움의 비참한 현장이 되어버린 셈이다.

'농민들이 일어난 것은 그런 뜻이 아니었는데… 동학군의 봉기(蜂起)가 이런 결과를 가져오다니 이를 어카디. 이제 이 나라는 어케 되는 것일까.'

"이봐! 자네 이름이 봉수라고 했지 봉수 군! 내 말을 잘 들어봐. 우리 잠깐 피난 갔다가 올 터이니 이 집을 잘 지켜요!"

양인 내외는 강아지를 담은 큰 소쿠리를 들고 봉수의 지게에는 귀중품이 담긴 묵직한 가방을 얹었다. 보산에 정박 중인 기선까지 숨을 헐떡이며 걸었다. 청룡이라 쓴 배가 어찌나 큰지 입이 딱 벌어질 지경이었다. 피난민 물결에 겁이 난 양인이 허리춤에 찬 권총을 연신 만져가면서 배에 올랐다.

"방안의 것들을 하나도 건드리지 말아요. 특히 침대에 올라가면 가만 두지 않을 거야. 두고 가는 우리 큰 개, 럭키를 굶기지 말구 잘 먹이는 거 잊지 말고."

갑판에 선 양인 부부는 송아지만큼 커서 데리고 가지 못하고 두고 가는 큰 개 걱정으로 안달을 했다. 봉수는 그런 서양인들을 쳐다보며 집에 돌아가면 그 개를 바로 잡아 먹겠다고 결심하며 내심 저들을 경멸하고는 한껏 속으로 비웃었다.

대동문통에 들어서니 피난민들로 물결쳤다. 청국군들은 물밀 듯이 평양으로 들어오고 평양 주민들은 전쟁터가 될 평양을 등지고 떠나고 있었다.

성으로 둘러싸인 평양은 앞에 대동강이 흐르고 있어 지리적 조건이 아주 좋았다. 강은 넓고 깊었다. 성을 잘 지키면서 대동강을 건너오는 적군을 막기만 하면 되는 위치였다. 청국군들이 평양에 주둔하면서 이런 지리적 이점을 이용할 움직임이었다. 일본군이 정면 공격을 강 건너편에서 할 것이 뻔했다.

때는 음력으로 팔월 초순. 일본군이 평양성 밖 십리까지 들어왔으나 청병은 대동강 배다리(橋) 놓고 총공격해서 무수봉까지 일병을 몰아내고 승전가를 부르며 성안으로 들어왔다. 평양 사람들은 승전해서 돌아오는 청국군을 환호하며 기쁨으로 맞아들였다. 오랫동안 중국을 섬겨온 기질이 몸에 밴 조선 사람들은 중국에 대한 신뢰가 대단했다. 청국군들은 자신감이 넘쳐흘렀다. 부채를 여유 있게 부쳐대는 청군을 보며 평양 사람들은 마음을 놓았다. 여름 햇살을 가린다며 양산을 들고 다니는 청군들도 있었다. 대나무 창을 들고 행진하는 청군을 구경하려고 밀려나온 조무래기들로 시내가 복작거렸다. 어쩌다 청군들이 현대식 장총을 쏠 때는 피난가지 않고 남은 주민들의 마음이 더욱 든든해졌다.

대동문통 안에 자리 잡은 박문점은 면포로 가득 차서 그걸 그냥 두고 사람만 피난갈 수가 없었다. 문한은 숙출만 피난시키기로 하고 언청이 소년 달호와 둘이 남아서 면포점을 지키기로 했다. 밤이 되자 성 밖에서 쏘아대는 일군의 총소리로 정신을 차릴 수 없었다. 대보름달은 휘영청 밝은데 총소리는 콩 볶듯이 밤새도록 계속되었다. 일본군은 강을 통해 공격해오지 않고 삼면에서 총을 쏘아댔다. 드디어 청군들이 동요하기 시작했다.

문한은 면포들을 새끼줄로 바리바리 묶어서 안채로 옮겨 놓느라고 땀으로 얼굴이 범벅이 되었다. 겁에 질린 달호가 문한을 거들면서 죽을상이었다.

"일본군이 곧 성내로 밀려들어올 것이구 피난을 가디 않은 사람들을 모두 죽여버릴 것이라는 소문이 돌구있습네다. 아즈바니! 우리두 피난갑세다."

"이 많은 면포를 어카구 함자 도망을 틸 수 있갔네."

"예배당에 짐을 맡깁세다. 서양사람 것은 건드리디 않을 거라구 했시오. 디난번에두 사형시킬 사람들을 앵인이 살려낸 거 아시디요? 앵인들이 이 세상에서 데일루 힘이 세다구 피양 사람들이 그러는 거 못 들었어요."

평양 기독교 박해사건이 있은 지 삼 개월. 어린 달호가 의지할 것은 오직 야소를 믿으라고 들어와 있는 서양인뿐이었다. 이 상황에서 임금님이랑 감사, 포졸들 그 모두가 이 나라 백성들에게는 허수아비가 되었다.

문한은 바리바리 면포를 묶던 손을 멈추었다. 서양 오랑캐라고 무시했던 양인에게 재산을 맡긴다고! 어떻게 지금까지 징그럽도록 싫어하던 예배당에 생명처럼 아끼던 면사 면포를 가져다 놓는단 말인가. 그럴 수는 없는 일이라고 머리를 흔들었다. 달호가 옆에서 어서 짐을 널다리골교회로 옮기자고 보챘다. 그래도 두 눈을 질끈 감고 깊은 생각에 잠겨서 짙은 눈썹을 꿈틀거리며 서 있던 문한은 섬광처럼 정신이 번쩍 들었다. 그렇다 면사 면포를 건져야 한다. 어떻게 모은 재산인가. 동미 아씨에게서 태어난 두 아들 한호와 한경의 앞날을 위해서도 이 재산을 건져야 한다. 이 상황에 무슨 수를 못 쓸까.

"달호야! 널다리골예배당이 안전하다구 생각하네?"

"부재들이 짐을 맡기려구 그리루 몰리구 있답네다. 예배당은 일본군이 감히 약탈하디 못할 것이라구 합네다. 예배당은 힘 센 양인이 있는 곳이니끼니 날레 짐을 그리루 옮깁시다요."

문한과 달호가 박문점 면사 면포를 부둥켜안고 구슬땀을 흘리고 있는 곁으로 숙출이 다가왔다. 장마가 걷힌 뒤건만 땡볕이 눈부신 아침, 곡식을 익힐 해살이 따가울 조짐으로 이른 새벽부터 매미가 극성스럽게 울어댔다.

"우리 집안을 이렇게 맹근 대석이란 넘이 가 붙은 앵인에게 면포를 맡긴다구. 차라리 대동강물에 처넣는 편이 낫지 자존심 상하게 기런 짓을 어케 하려구 이러는디 모르갔구만. 끄윽, 끄윽, 으으흑…."

숙출이 두 손으로 입을 틀어막고 구역질을 했다. 하긴 두어 달 동안 입덧을 유별나게 했다. 물에서는 해금 내가 난다고 투정을 하고 신 김치를 놓고 풋내가 난다고 들볶기도 했다. 그럼 간장하고 밥을 먹으라고 간장종지를 앞에 놔주면 날내가 난다고 어린애처럼 도리질을 하며 수선을 떨었다. 밥에서는 생쌀 내가 난다고 밀어놔서 이래저래 먹지를 못해 몸이 수수깡처럼 말라 비틀어졌건만 오기는 여전했다.

"날레 의주 가시집(친정)으로 가디 않구 와 여기서 어물쩡거리네."

문한이 껄끄럽게 구는 숙출을 향해 몹시 언짢은 표정으로 말했다.

"그까짓 면사 면포가 둥한가. 내레 아이를 배서 함자 갈 수레 없으니끼니 기렇디. 다 버려두구 나랑 함께 가디 기래. 끄윽, 끄윽… 아이쿠! 힘들어."

아무리 숙출이 옆에서 앙앙거려도 문한은 못 들은 척하고 면사 면포를 등이 휘게 지고 일어섰다. 달호도 땅에 질질 끌릴 정도로 면포를 끌어안았다.

"고롬 감흥리에 이 짐들을 맡기디 기래."

숙출의 입에서 감흥리란 말이 튀어나오자 문한은 짐을 내려놓고 넓고 완만한 이마에 옆주름을 잡았다. 송충이처럼 짙은 눈썹이 꿈틀했다.

"이 난리 통에 의주 가시 오마니에게 가디 와 감흥리를 들먹이구 있네."

숙출이 새끼손가락을 세워 보이며 문한의 얼굴을 뚫어지게 쏘아보았다. 문한은 놀라움을 애써 감추며 발길에 차이는 면포들을 옆으로 밀어놓았다. 박진사댁 사람들 중 어느 누구도 동미 아씨가 감흥리에 사는 걸 모르고 있는데 어떻게 해서 숙출의 입에서 이런 말이 나오는 것일까. 혼자서 상상하고 그걸 그대로 뱉어내는 숙출이고 보면 밤마다 돌아눕고 다정하게 대해주지 않으며 걸핏하면 밤나들이를 하는 문한을 놓고 지레짐작할 수도 있었다.

"감흥리에 당신을 맡을 사람이 없으니끼니 거길 갈 생각은 말라구."

"흐응! 찔리는 것이 있구만 기래. 서출을 보내서 그년을 한바탕 혼내 놨으니끼니 지금쯤 내레 들어가문 가이터럼 내 앞에서 설설 길거라구."

"양반 출신 아낙이 칠거지악에 속하는 질투는…."

"양반은 갇혀 지내두 손바닥 보듯 소상히 알 수 있는 지혜가 있다구."

"지혜 좋아하네. 그러나 저러나 서출이 거길 갔었다니 기게 정말이네?"

"고럼. 두 아들 이름이 한호, 한경이라구 하더군 기래."

그래서 요 근래 숙출은 입덧을 심하게 하면서 앙앙거린 모양이다. 문한은 입을 꾹 다물고 면포들 중에서 값이 나가기는 것을 골라 산같이 높이 쌓아놓고 발로 힘을 주어 눌러가며 묶었다. 서출이 동미를 알아보지 못한 것이 천만다행이었다. 하지만 숙출이 감흥리로 가면 일은 크게 터질 것이다. 숙출이 장옷을 뒤집어쓰고 귀중품을 싼 보따리를 허리에 동여매고는 상점을 나섰다.

"함자 가려구 기래. 의주꺼정 가려문 가마꾼을 불러야디."

문턱을 넘어서는 숙출을 향해 문한이 화를 냈으나 숙출은 쌀쌀맞은 눈으로 남편을 흘려보고는 휘잉 큰길로 나섰다. 바퀴가 휠 정도로 양식과 이불, 심지어 가마솥까지 실은 소달구지와 부담 농을 실은 조랑말, 허리가 휠 정도로 이고 진 피난민들로 넓은 길이 발 들여놓을 틈 없이 붐볐다. 피난민들

틈으로 사라져가는 숙출의 등에 대고 문한이 고함을 쳤다.

"지금 어느 때라구 감흥리로 간다구 기래. 총소리를 피해서 날레 의주로 가라우. 피양 근교에서 알찐거리다가는 일본군에 잡혀가려구 기래."

숙출이 뒤집어 쓴 장옷이 문한의 고함소리를 등지고 피난민들 사이에 묻혔다. 숙출의 뒤를 서출이 행전을 치고 괴나리봇짐을 지고 따라나섰다.

"의주로 가려구?"

문한이 짐짓 눈길을 숙출의 장옷레서 돌리면서 물었다.

"나두 감흥리루 가야갔디. 누님이 그리루 가니 어카갔네. 내레 따라가야디."

개기름이 흐르는 코언저리에 조소의 빛이 역력했다. 문한은 면포를 건지느냐 아니면 감흥리로 가서 동미를 보호하느냐 하는 문제로 머리가 어지러웠다. 밖에는 밀려가는 피난민들로 물결쳤고 콩 볶듯이 쏟아지는 총소리가 점점 가까이 다가왔다. 어찌 되었든 면포를 건져야한다는 생각에 문한음 짐을 지고 널다리골예배당으로 향했다. 판교로 향하는 길에는 문한처럼 재산을 교회로 옮기고 있는 교우들로 붐볐다. 피란을 가지 않고 예배당에 남아서 머리를 주억거리며 찬송을 부르는 소리로 예배당 안은 떠들썩했다. 문한은 값비싼 청국비단과 영국산 옷감 두 뭉치를 예배당 한 구석에 놓았다. 교회 안은 사람들이 가져다놓은 짐들로 그득했다.

"아즈바니! 내 생각에는 여기에 두 뭉치만 맡기구 서양 의사가 있는 성 밖 예배당에두 개져다 놓읍세다. 날레 날레 서두르시라요."

밀려가는 피난민들 틈에 끼여서니 발을 옮겨놓기 어려웠지만 문한은 사뭇 결사적이었다. 하나라도 더 면포를 건져야겠다는 생각으로 평양을 공격해오는 총소리도 무섭지가 않았다. 부모의 손을 놓친 아이들의 울음소리와 총소리가 볶아칠 적마다 귀를 틀어막고 신음하는 피난민들로 인해 대동문통은 가마솥의 물처럼 끓어올랐다. 문한과 달호는 피난민들을 거슬러 가며 등이 휘게 면포를 짊어지고 닥터 홀 진료소로 향했다.

청군과 일군의 싸움은 치열했다. 평양을 앗으면 일본은 완전 승리를 거두는 것이다. 마지막까지 평양을 고수하려는 청군들의 대항도 만만치가 않았다. 말들이 총을 맞고 내지르는 비명과 청군과 일군들의 아우성이 귀청을 찢는 가운데 문한은 목숨보다 더 중한 면포를 건지겠다는 일념으로 온 몸이 땀으로 흠뻑 젖었다. 문한은 다섯 번이나 오가며 마지막 짐을 교회에 옮겨 놓고는 지쳐서 짐에 기대어 앉았다. 달호도 그의 곁에 앉았다. 성문 밖이라 총소리가 더 절박하게 들려왔다.

"아즈바니! 우리 성 안으루 들어갑시다요. 여기보담 성 아낙이 더 좋을 것 같습네다. 날레 내 뒤를 따라오시라요."

그때 총소리가 바로 예배당 문 앞에서 들려왔다.

일본군은 대동강 쪽으로 침입하지 않았다. 운산으로 해서 북쪽의 모란봉과 남쪽의 울밀대 골짜기에 있는 전금문을 통해 쳐들어왔다. 대동강만 철통같이 지키다가 허를 찔린 청군은 정신을 차리지 못하고 쫓겨 가면서 마지막 발악을 했고 이제 곧 한반도를 손에 넣게 될 일군의 공격은 집요했다.

문한은 감흥리 쪽이 걱정이 되었다. 두 아들, 한경과 한호가 있는 곳, 그리고 사랑하는 동미가 있는 곳으로 마음이 향했다. 거길 서출과 숙출이 갔으니 일이 크게 터졌을 것이다. 성내에서 서성거리는 사이 밤낮이 바뀌었지만 배도 고프지 않았다. 퀭한 눈을 하고 오직 두 예배당에 맡긴 짐들만 걱정했다.

일군의 승리로 끝난 날, 문한은 천천히 전흔이 낭자한 울밀대를 걸었다. 청군 장교와 병사들의 시신이 겹겹이 쌓였고 아직도 여기저기서 연기가 피어올랐다. 땅바닥은 말과 군인들의 몸에서 흘러나온 피가 흙먼지와 뒤엉켜 검붉은 색을 띠었다. 만주의 기병과 일본 보병이 끔찍한 살육전을 벌였던 벌판은 죽어 나자빠진 말들이 늘비했다. 모로 쓰러진 말들 사이에 청군과 일군의 시신이 끔찍한 형상으로 널려있었다. 문한은 더 이상 걸을 수가 없었다. 이런 처참한 광경을 끼고 동미가 있는 감흥리까지 걸을 기력도 용기도 없었다.

달호의 손을 잡고 널다리골로 향했다. 가장 비싼 면포 짐을 가져다 놓은 예배당에 이르니 배고픈 난민들의 약탈이 한창이었다. 성도들이 죽기를 각오하고 짐을 지키려고 발버둥쳤으나 굶주린 난민들의 힘을 당해낼 수가 없었다.

"세상에! 피양을 점령한 일본군이 약탈하는 것이 아니구 동족이라니!"

교회를 지키고 있던 한석진 조사의 고함도 난민들의 행동을 저지하지 못했다. 눈앞에서 벌어지는 처절한 몸싸움, 벌떼처럼 덤벼드는 굶주린 난민들의 행패로 문한의 눈앞에서 예배당의 모든 물건이 사라져버렸다.

문한은 땅바닥에 털썩 주저앉았다. 그간 남몰래 간지해온 은괴까지 몽땅 그 짐 속에 넣어두었는데 뱀이 개구리를 꿀꺽 삼키듯이 그렇게 눈앞에서 사라져버렸으니 말이다. 예배당에 몸을 피했던 교인들도 더 이상 버티지 못하고 일본군이 점령한 평양을 떠나 하나 둘 흩어지기 시작했다.

"내 돈, 내 재산… 내레 어드렇게 모은 것들인데… 기게 의주에서부터 빙애리와 염소를 길러가문서 모은 것들인데 기게 내 눈앞에서 눈 녹듯이 사라지다니! 세상에 어드렇게 이런 일이 일어날 수 있단 말이네."

문한은 울부짖으며 서문 밖으로 내닫기 시작했다. 거기 맡긴 짐도 약탈당한다면 그의 앞길은 무너져 내리는 것이다. 문한은 미친 사람처럼 닥터 홀의 진료소를 향해 팔을 휘저으며 내닫기 시작했다.

청국군이 1만4천 명이고 일본군이 1만 명이 동원된 전쟁이었다. 따가운 초가을 햇살을 받고 시신에서 악취가 나기 시작했다. 파리떼들이 윙윙거렸다. 어디서 그렇게 많이 날아왔는지 까마귀 떼들이 까맣게 시신에 들러붙었다. 워어이! 워워! 아무리 쫓아도 그대로 눌러 앉아 눈을 말똥거리며 시신을 쪼아 먹었다.

문한이 헐떡이며 서문 밖 교회에 도착했을 때 그곳은 일본군까지 나서서 철통같이 예배당을 지키고 있었다. 후유! 문한은 안도의 숨을 내쉬었다. 사람들이 붐비는 대동문통에 자리 잡은 널다리골예배당은 약탈당한 뒤에 폐쇄되어 교인들도 떠나 폐가가 되어 버렸지만 다행히 이 교회는 온전했다.

빈집을 털러다니는 사람들이 마구 휘저어놔서 성안은 쓰

레기통이 되었고 오물이 길로 넘쳐흘렀다. 늦더위의 찌는 날씨에 악취가 성안에 진동했다.

"내 짐이, 내 먼포 뭉치가 기래도 여기서 안전했단 말이야. 오 천주님!"

문한은 흠칫했다. 천주님이라니! 그건 어머니 아버지가 천주를 믿는다고 처형당하면서 수없이 내뱉던 말이었다. 이 순간 생각지도 않던 천주님이란 말이 입에서 튀어나오다니! 문한은 세차게 도리질을 했다.

"아즈바니! 저기 저것 좀 보시라요."

달호가 문한의 팔을 잡아끌며 손가락질을 했다. 달호의 손가락을 좇아 눈이 멎은 곳에 평양 감사 민병익이 타고 다니던 가마가 구덩이에 나동그라져 있었다. 벌렁 나자빠져 있는 것이 죽어 넘어진 흉측한 군마처럼 보였다. 다시 봐도 들판에 지천으로 죽어 넘어진 청군이나 일군의 시신과 비슷했다.

"감사두 도망테버린 모양입네다. 우리 피양 사람들 다 버리구 말입네다."

"저 가마를 다시 타구 다니문서 우리를 들볶을 감사는 없을게다. 세상에 이런 전쟁이 어디 있네. 우리 땅에 다른 나라 군인들이 들어와서 맞붙어 싸우다니 이게 말이 되느냔 말이다. 우리 조정은 허수아비처럼 힘이 없어. 우리가 우리 땅을 못 지키니끼니 우리 땅에 와서 두 나라가 맞붙어 다투는 것 아니갔네."

그나마 재산을 조금이라도 건진 것에 마음이 놓인 문한의 눈앞에 평양은 전쟁으로 상처를 입고 얼룩진 처참한 몰골을 드러냈다.

며칠 뒤 선교사들이 평양에 도착했다는 소문이 퍼지면서 피난민들이 돌아오기 시작했다. 선교사의 출현은 전쟁이 끝났다는 신호이고 이젠 돌아와도 된다는 뜻이며 평양이 안전하다는 안도감을 평양 주민들에게 안겨주었기 때문이다. 하나 둘 피난민들이 시체 썩는 냄새로 진동하는 평양으로 돌아오자 성안은 생기가 돌면서 제 모습을 되찾기 시작했다.

봉수는 서양 상인이 맡기고 간 송아지만한 개를 잡기 시작했다. 이웃집에서 일어난 사건을 보고 내린 결단이었다. 모두 피난을 보내고 홀로 집을 지키던 할아버지가 날씨가 너무 더워 분명히 마당의 평상에서 잠이 들었는데 눈을 떠보니 평상째 대동강 변에 옮겨와 있었다. 허겁지겁 집에 돌아와 보니 청군들이 집안을 몽땅 다 털어 가버린 뒤였다.

"노인을 평상째 들어다 대동강 변에 버리구 이런 짓을 해. 이 도둑놈들."

노인의 울음소리를 들어가며 봉수는 개를 잡아 포식하고 튀어나온 배를 두드리며 짐을 꾸리기 시작했다. 침실과 부엌을 뒤져서 찾아낸 값진 것들을 모두 바리바리 부담 농에 담아서 부담마(負擔馬)에 실었다.

"아즈바니! 내레 어카라구 이 집을 이렇게 쑤셔놓고 갑네까."

소년이 울상이 되어 매달렸다.

"너도 이 집에서 어서 도망치라우요."

"우리 아바지레 앵인에게서 내 몸값을 혹께 많이 받았넌데 어케 도망티라구 하십네까. 아즈바니 제발 여기 남아서 나랑 항께 삽시다요."

소년이 울먹였으나 봉수는 세차게 도리질을 하며 부담마의 고삐를 잡았다. 이것들만 팔아도 한 밑천 단단히 잡을 수 있다. 값나가는 서양옷감, 밥과 김치를 담아 먹기가 미안할 정도로 꽃무늬가 화려한 그릇들, 서양 이불까지 몽땅 챙겨서 말에 싣고 봉수는 당당하게 대문을 나섰다. 전쟁의 상처로 몸살을 앓고 있는 평양 거리는 악취가 진동했고 전염병에 걸린 사람들의 신음소리가 드높았다. 대동문통을 걸으며 봉수는 앞만 보고 전진했다. 동학군의 접주가 남의 물건을 훔쳐가지고 도망친다는 것이 꺼림칙했지만 이 나라를 삼키려고 넘보는 양인의 것을 훔친 것은 잘 한 짓이라고 자신을 타일렀다.

'이것을 팔아 당시를 해서 큰돈을 걸머쥐면 그걸 개지구 검동이를 찾아나설 것이다. 당시는 역시 한성으로 가야 하는 것이니끼니 그리루 가자.'

봉수는 당당하게 어깨를 펴고 평양을 벗어났다. 발길은 의주와 평양을 뒤로 하고 걸었지만 마음은 향교동에 가 있었다. 박진사를 혼쭐나게 짓밟고 가야하는 것인데 이렇게 도망치는 자신의 몰골이 처량하기까지 했다. 이걸 처분한 것으로 장사를 해서 돈을 벌어가지고 반드시 의주에 다시 오리라.

파리떼들이 걸신들린 귀신들처럼 우글거리는 끔찍한 전쟁터에도 산기슭에는 아기똥 색깔 풀꽃이 무더기로 봉오리를 터뜨렸고 보랏빛 들국화가 물결을 이루어 산바람을 타고 하늘거렸다. 시신이 썩는 악취와 풀꽃향기가 어우러진 들녘에는 피난길에서 돌아오는 평양 사람들이 줄을 이었다. 봉수는 목에 힘을 주고 조랑말의 고삐를 단단히 걸머쥐고 앞만 보고 걸었다.

장정들이 우물처럼 깊고 큰 웅덩이를 파서 거기에 썩어 문드러진 군마(軍馬)와 청군의 시신을 밀어 넣느라고 부산했다. 문한과 달호도 그들 틈에 끼어서 닥치는 대로 들것에 담아다 구덩이에 넣었다. 악취로 눈코를 뜰 수 없어서 수건으로 코와 입을 가리고 피부병처럼 번진 들판의 흠집들을 치우고 있었다. 이런 사람들 곁을 얼굴을 돌린 봉수가 잽싸게 지나갔다.

문한은 썩은 생선처럼 뭉그러진 시신을 운반하며 혼란 속에 빠졌다. 그건 재산을 모으기 위해서 힘을 다해 달려온 지난날에 느껴보지 못했던 것이었다. 사람이 죽으면 이렇게 흙으로 돌아가는구나. 개나 돼지가 죽으면 잡아먹기나 하지 사람이 죽으면 짐승만도 못한 존재로구나. 이렇게 죽어나가려고 사람들은 그렇게도 아우성을 치며 살았단 말인가.

이제 조정은 무능하고 부패해서 중풍 걸린 노인처럼 몸을 가누지 못하고 있다. 그럼 어떻게 해야 한단 말인가. 천민인 우리가 깨어 일어나야 한다. 그러나 어떻게 일어나야 한단 말인가. 문득 씩씩했던 봉수의 모습이 떠올랐다. 아아! 봉수형은 어디로 간 것일까. 지금 어디서 무엇을 하고 있을까.

눈을 부릅뜨고 죽은 청군의 시신을 옮기다 말고 달호가 훌쩍이며 돌아섰다. 무엇인가를 잡으려고 손을 허공에 뻗은 채 죽은 일군의 시신은 일본 사람들이 와서 가져갔다. 청군 기병들과 일본 보병들이 육탄전을 벌인 곳에 이르러서는 장정들까지 입을 딱 벌리고 서버렸다. 셀 수 없이 많은 시신들과 죽어 자빠진 말들이 끝없이 널려있어서 그냥 흙을 퍼서 그 위에 술술 뿌렸다. 파리 떼와 까마귀 떼를 쫓는 것이 우선 급했기 때문이다.

청일전쟁은 끝이 났으나 사방에 부상자들이 널려있었다. 평양 사람들이 의지할 곳이란 딱 한 군데, 닥터 홀의 진료소뿐이었다.

"양의에게 갑세다. 민영익 대감을 살려냈다는 의술이 아니네."

"대나무 들것을 맹급세다. 나무 가지루 맹글어도 됩니다."

사람들은 부상자들을 들것에 실어 닥터 홀 진료서로 운반하기 시작했다.

격렬한 전쟁터였던 평양은 어디를 가든지 악취와 불결함으로 발을 내디딜 곳이 없을 지경이었다. 급속도로 이질이 퍼졌다. 열병과 학질, 발진티푸스로 예서제서 신음하는 소리가 진동했다. 진료소로 병든 사람들이 모여들었다. 그간 널다리골교회의 교인들도 피난지에서 돌아와서 닥터 홀을 돕기 시작했다. 그 옆에 그림자처럼 한성에서부터 홀을 따라온 대석의 얼굴도 섞여 있었다.

닥터 홀의 집 앞은 전염병자들과 부상자들로 인산인해를 이루었다. 신음소리가 진동했다. 옆에서 시중드는 가족들의 근심어린 눈망울은 오직 닥터 홀과 대석이 그리고 그들을 돌봐주는 야소교인들을 향해 있었다. 마치 주모(主母)의 손을 바라보는 종들처럼 저들의 눈빛은 간절했다.

"아아! 이 와중에 그래도 기댈 곳이 있으니끼니 얼매나 좋아."

"임금님도 피양 감사두 아무두 우리를 돌보디 않건만 야소교인들이 우리를 돌봐주니끼니 바루 저 사람들이 우리의 보호자구만 기래."

사람들은 모두 예수를 믿는 사람들을 바라보기 시작했다.

"우리의 살길을 의문(儀文)과 형식의 교훈뿐인 유교두 아니요 염불과 자기 수도에만 몰두한 불교두 아니고 이런 지경에 사랑과 자비심을 베풀고 있는 야소교를 믿는 거라구."

불교도도 유교 신봉자도 모두 닥터 홀과 대석의 손길을 기다리며 줄을 섰다. 전쟁이 할퀴고 간 폐허 위에 버려진 가엾은 병자들을 돌보는 닥터 홀의 몸은 말이 아니었다. 건장한 대석도 지쳐있었다. 문득 닥터 홀을 따라 한성을 떠나던 아침, 박진사네 사람들이 깔린 곳이라 위험하다고 붙들고 울었던 곽서방과 영생의 얼굴이 떠올랐다. 이제 배재학당의 학생이 되어서 공부하고 있는 총기어린 영생의 두 눈이 대석의 눈앞에서 어른거렸다.

문 앞에도 골목에도 병들어 신음하는 사람들이 즐비하게 누워있거나 앉아서 차례를 기다리고 있는 와중에 남장을 한 김메례가 만주에서 돌아왔다. 백홍준은 옥중에서 세상을 떠나 한국인 기독교인으로 최초의 기록된 순교자가 되었다. 그가 순교한 뒤 검동은 만주 일대 한인촌을 전도하면서 두 해를 보내며 봉수를 찾았으나 허탕을 쳤다. 병자들을 헤집고 안으로 들어간 김메례는 닥터 홀의 곁에 서 있는 대석을 보고 반가움에 몸을 떨었다.

"대석이! 날세 나야. 검동이…."

얼굴을 덮도록 내려쓴 방갓에 상복을 입은 김메례를 놀란 눈으로 응시하던 대석이 이내 김메례를 알아보고 덥석 안았다.

"오마니! 어케 이렇게 남장을 하구 다니십네까?"

"권서가 되어서라무니 뎐도지를 뿌리며 뎐도할래문 남장이 최고디."

"잘 오셨수다레. 날레 날레 그 거추장스러운 상복을 벗어 던지구 간호를 해야갔어요. 손이 모자라요. 오마니는 한성에서 병자들을 돌본 경험이 있디요."

김메례는 나는 듯이 안으로 들어가 등짐에 넣어둔 한복을 꺼냈다. 긴 여행 끝이라 몸이 너무 더러워 그 몸으로 병자들을 만질 수가 없었다. 김메례가 산자락 밑을 타고 흐르는 으슥한 개울가로 몸을 씻으러 갔다.

동미의 집은 그야말로 지옥이었다. 감흥리 집에 도착했을 때 대문에서 마주친 두 여자는 수탉처럼 싸웠다. 사실 놀란 쪽은 세 사람 모두였다. 동미는 숙출이 문한의 조강지처라는 말에 기절할 듯 털썩 주저앉았고 문한의 첩실인 동미가 어머니의 조카딸이라는 사실에 서출은 기가 막혀 입을 열 수가 없었다. 힘이 진해 쓰러질 때까지 숙출은 동미의 머리채를 휘감고 행패를 부려서 어린 한경과 한호의 울음소리, 동미의 몸종 수덕이 동미를 끼고 돌며 앙탈을 부리는 소리로 집안은 아수라장으로 변했다.

감흥리 여자들의 싸움판이 지겨워 평양으로 돌아온 서출은 닥터 홀의 집 안팎이 치료를 받으려고 모여든 평양 사람들도 물결치는 것을 물끄러미 바라보다가 선화당으로 향했다. 평양 감사가 장죽을 물고 앉아서 거드름을 피우던 곳이다. 성한 곳이 한 군데도 없이 망가진 선화당은 귀신이라도 나올 듯 을씨년스러웠다. 윤이 나던 마룻바닥도 난민들의 발자국으로 어지러웠다.

서출은 목을 외로 꼬고 성 밖으로 나왔다. 북쪽에 우뚝 솟은 모란봉이 웅장한 자태를 자랑하고 그 아래 고요히 누워있는 능라도(綾羅島)는 여느 때 모습 그대로 변한 것이 하나도 없다. 평양 주민을 호령하던 감사가 자기혼자 살겠다고 다 버리고 도망가버렸다. 그런 상황에 남녀노소 모두가 젖먹이 아이처럼 목을 늘이고 서양의사를 향해 앉아서 야소교인들을 우러러보고 있었다. 얼마 전만 해도 야소를 믿는 사람들을 죽이고자 날뛰던 사람들이 아니던가. 서양 오랑캐를 몰아내자고 돌을 던지던 사람들이 이럴 수가 있단 말인가! 백은탄(白銀灘)은 여전히 물소리도 처량하게 흘러가고 덕암(德岩) 위에 날아갈 듯이 앉아있는 연광정(練光亭)도 변함없이 그 자리에 있건만 세상인심이 이렇게 변할 수가 있단 말인가.

서출이 서글픈 마음을 안고 박문점에 들어서니 문한은 서문 밖 교회에 감춰두었던 면포를 찾아다가 선반에 차곡차곡 정리를 하고 있었다. 문한의 뒤를 바짝 따라붙으며 서출이 거칠게 말했다.

"누님을 데불러 감흥리엔 가디 않쿠 뭘 하고 있네? 거긴 지옥이요, 지옥."

"…."

"종놈 주제에 감히 양반집 규수들을 어케 알구서리 둘씩이나…."

한 일 자로 꾹 다문 입이 좌우로 당겨지더니 쌍스러운 말이 마구 튀어나올 듯 씰룩거렸다. 문한은 영국산 면포에 붙은 검불을 뜯어내며 침묵했다.

갑자기 달호가 배를 감싸 안고 피식 모로 쓰러지며 신음했다. 일본군에 이질이 퍼져서 6백 명이나 되는 군인들이 후송됐다고 하지 않던가. 달호를 업고 문한은 닥터 홀을 향해 마구 뛰었다. 그 뒤를 서출이 따라붙었다. 문한은 이상하리만치 달호에게 향하는 정을 가누지 못했다. 그래서 의주까지 달호를 데리고 가서 언청이 봉합수술을 해주지 않았던가. 어느 때는 달호가 박진사댁 솟을대문 앞에서 얼어 죽은 동생 근한이로 보일 적도 있었다.

문한의 뒤를 서출이 바짝 따라오며 구시렁거렸다.

"전쟁이 끝이나구 모두 돌아오넌데 숙출 누이를 데불러 가디 않구서리 그깐 종넘이 아프다고 이러네."

달호를 살려야 한다는 마음에 서출이 무어라 하던 대꾸를 하지 않았다.

"귀가 먹었네. 조강지처가 아이를 베가지구 피난 가서 돌아오디 않으문 당연히 신경을 써야디 그까짓 종넘 새끼가 아프다고 들구 뛰어. 이 종넘아!"

서출의 입에서 종놈이란 말이 튀어나오자 문한이 홱 돌아섰다.

"내레 이 면포들을 전쟁의 구덩이에서 건져내느라구 죽을 지경이었건만 거들떠보디두 않구 너두 숙출이두 꿰달아났다가 나타나서 먼 말이 이렇게 많네. 달호는 내 옆에서 나를 지켜주문서 재산을 돌봐준 내 보배라구."

문한의 말에 화가 치민 서출이 매미가 달라붙듯이 문한의 건장한 다리를 붙들고 늘어졌다. 달호를 업고 장승처럼 서 있는 문한의 시커먼 눈썹이 꿈틀했다. 황소 같은 큰 눈망울로 알밤처럼 단단하게 생긴 서출을 노려보다가 거머리를 떼어 내듯이 한 손으로 탁 쳤다. 문한의 손힘이 얼마나 셌던지 서출이 길바닥에 훌렁 나자빠졌다. 지나가던 사람들이 갓을 쓴 점잖은 양반이 나동그라지는 걸 보고 키들거리며 웃었다. 자존심이 잔뜩 상한 서출이 발딱 일어나서 퍼부었다.

"너 정말 이러기네. 넌 우리 집 절게살이하던 종넘이 아니네. 나를 이렇게 대할 수 있어. 상놈이 양반을 이렇게 대해두 되는 거냐. 이 새끼야!"

"기래 나는 네 집에서 절게살이하던 종넘이었다. 그렇디만 지금은 네 매형이 아니네. 매형에게 이렇게 대하는 것이 양반의 법도네?"

"저 따위 넘이 내 매형이라구! 기가 막혀서. 저 종넘이 매형이라구! 아이쿠! 능축해라(음흉해라)."

서출이 분을 참지 못해 씩씩거렸다. 불 같은 눈이 곧 눈두덩 밖으로 튀어나올 듯 핏발이 서서 불그데데했다.

"피양에서 발피들 하구 싸돌아댕기디 말구 의주로 가보시디기래. 진사님이랑 노마님 그리고 마님이 이 난리 통에 어케 되었는디 걱정두 되지 않네."

점잖게 타이른 뒤 문한은 달호를 업은 두 손에 힘을 주고 닥터 홀의 진료소를 향해 달리기 시작했다. 초입부터 병자들과 부상자들이 줄지어 있었으나 문한을 집안으로 거침없이 달려 들어갔다. 그 뒤를 서출이 바짝 쫓아왔다.

두루마기처럼 펄렁이는 하얀 옷을 걸친 닥터 홀과 그 옆에 건장한 조선 의사도 역시 똑같은 옷을 입고 환자들을 치료하느라고 정신이 없었다. 평양 거리에 나서면 돈 잘 버는 사람이라고 칭송이 자자한 문한이건만 의사들이나 야소교인들 어느 누구도 그를 거들떠보지 않았다. 황소처럼 달호를 업고 내달은 문한은 청진기를 귀에 대고 아픈 사람의 배를 두드리고 있는 닥터 홀과 그 옆에서 주사를 놓고 있는 조선의사 앞에 터억 버티고 섰다. 갑자기 뛰어 들어온 사람이 내뿜는 뜨거운 열기와 헐떡거림에 대석이 얼굴을 들었다. 순간 두 사람의 얼굴에 섬광이 스쳤다.

"네 대석이 아니네. 이백당의 아들 대석이디. 세상에! 네가 어케 여기서…."

문한이 놀라서 외치자 뒤따라오던 서출이 대석이 앞으로 달려들었다.

"네 넘이 대석이라구. 우리 박진사 가문이 혈안이 되어 찾구 있던 백당 대석이라구. 이 넘아! 이제야 만났구나. 갈기갈기 찢어죽일 이 백당 넘아!"

의사의 손길을 기다리며 신음하던 병자들의 눈이 일제히 서출과 대석에게 꽂혔다. 키가 작은 서출이 대석의 허리께를 움켜쥐고 날뛰다가 역부족인 걸 알고는 도움을 청하는 눈으로 사방을 둘러보다가 문한에게 말했다.

"매형! 날레 이 넘을 잡자우. 이 넘이 대석이 맞디? 우리레 얼매나 오랫동안 찾던 넘이네. 피양꺼정 온 것두 이 넘을 잡기 위해서 아니간. 면포점두 이 넘을 잡으려구 차린 거구. 양반을 해치고 달아난 요 상놈의 백당 넘아!"

서출이 힘을 다해 대석을 붙들고 늘어졌으나 문한은 못 본 척 했다.

"디듬 달호, 그 턴한 애를 구하는 것이 급하네? 요 백당 넘을 잡으라니까."

대석은 묵묵히 발광하는 서출의 손에 잡혀서 얼마간 서 있다가 툭 그의 손을 털어내고 성큼 뒤로 물러섰다. 병자들은 대문 밖 큰길까지 누워있어 손이 모자라 허덕이던 닥터 홀이 이런 대석을 의아한 눈으로 바라보았다.

"제가 섬기던 주인집 아들입네다."

"왜 여기 와서 이러고 야단인가?"

"사연이 있습네다. 냉중에 말씀 드리디요.

그러자 병자들을 따라온 가족들이 아우성쳤다.

"사람들이 죽어가는 판에 의사를 붙들고 와 그러네. 양반들이 이 나라를 이렇게 맹글어 놓구두 양반, 양반하면서 잘난 척 하고 기래. 아니 데 넘은 발피들을 데불구 댕기며 야소교인들을 구박하구 잡아들이던 넘이 아니네. 데 넘을 여기서 쫓아내라우."

병자들까지 서출을 향해 삿대질을 해대서 분위기가 사뭇 살벌해졌다.

"앵인을 따라다니문서 야소를 믿던 사람들을 다 잡아 죽이겠다구 날뛰던 발피 대가리가 여길 어케 들어왔네. 감사두 꿰달아나버리구 불쌍한 우리는 병들어 죽어가는 판에… 으흐흑… 버려진 우리들 돌봐주는 사람은 야소교인들밖에 또 있네. 그런데 저 넘이 또 야소교인을 잡으려구 왔나 보디."

대문 밖에서 차례를 기다리고 있던 병자들까지 서출을 향해 고함을 치고 소매를 걷어 붙이자 위험을 느낀 닥터 홀이 서출의 팔을 잡고 조용히 말했다.

"위험합니다. 아픈 데가 없으면 여기서 어서 나가시오."

"못 나가요, 못 나가. 저 백당 대석이란 넘을 잡지 않구는 죽어두 못 나가."

서출이 닥터 홀의 손을 뿌리치고 결사적으로 대석을 향해 덤벼들자 병자를 데리고 온 청년들이 우우 몰려와서 서출의 멱살을 잡아 끌어냈다. 그 기세가 어찌나 거센지 문한은 자라처럼 목을 움츠리고 한쪽에 숨어버렸다.

"이 넘이 말썽꾸러기 발피들을 데불구 와서 소란을 떨기 전에 꽁꽁 묶어서 헛간에 넣어버리자우. 이런 세상에 우리가 우리를 지켜야하디 않갔네."

"그러디. 야소교인들이 우리를 치료해줄 때꺼정 저 넘을 묶어 곳간에라도 처넣구 지키기루 하자우. 꼼짝 못하게 단단히 묶어 곳간 문을 잠구문 되지 않갔어."

서출은 꼼짝 못하고 청장년들의 손에 질질 끌려갔다. 대석의 이마 위로 굵은 땀방울이 흘러내렸다. 고뇌의 빛이 역력히 얼굴에 서렸다. 닥터 홀이 바쁜데 왜 그러고 있느냐는 눈길을 던지자 대석은 마음을 가다듬고 환자들을 돌보기 시작했다. 닥터 홀과 함께 병자를 치료하는 대석을 사람들 틈에서 숨어 바라보는 문한의 마음이 말로 표현할 수 없을 정도로 미묘했다. 곁에 있던 달호가 눈을 가늘게 뜨고는 곁눈으로 닥터 홀 쪽을 보다가 깜짝 놀라며 말했다.

"아즈바니! 저 사람이에요. 서양 의사 옆에 있는 저 사람이 의주에서 내 어탱이를 바눌루 꿰매서 고테준 사람이야요. 바로 저 사람이야요."

"으음…."

문한은 신음했다. 백정의 아들 대석이 양의와 나란히 병자들을 치료하고 있다니! 놀라운 일이었다. 대석이 복출 도련님을 나무 뿌리 위에 누이고 때려서 꼽추를 만들었던 일이 생생하게 떠올랐다. 며칠이고 무섭게 내리치는 매를 맞고 죽어나간 대석의 아버지 이 백정과 그의 여동생 금경의 푸르스레한 얼굴도 떠올랐다. 문한은 달호를 병자들 틈에 뉘어놓고 쪼그리고 앉았다. 양의와 나란히 의사가 된 대석 앞에서 문한을 바늘에 가슴을 찔린 풍뎅이처럼 꼼짝할 수가 없었다. 서출이 갇힌 곳간에 가봐야 하는데 마음뿐 움직일 수가 없었다.

현기증이 나는 듯 닥터 홀이 이따금 머리에 손을 얹고 비틀거리곤 했다. 대석이 손짓으로 안으로 들어가 쉬라고 권했으나 셀 수도 없이 밀려오는 병자들의 몸에서 손을 떼지 못했다.

이런 닥터 홀을 바라보던 문한은 자신에게 물었다.

'무엇 때문에 저 사람은 남의 땅에 와서 저러구 있는 것일까. 야소를 믿으면 저렇게 정신이 이상해지는 것일까.'

흰 저고리에 물린 쪽빛 끝동이 눈부신 여인의 나이는 중년쯤 돼 보였다. 까만 치마를 입고는 대석이 곁에 바짝 붙어 서서 민첩하게 손을 놀렸다. 병자를 돌보는 야소교인들을 가르치기도 하고 지시도 했다. 여자의 옆모습이 눈에 익었다. 누굴까. 문한은 머리를 갸웃거리며 앉은 채 고개를 길게 뽑았다. 여자의 얼굴을 정면으로 보는 순간 문한은 숨이 멎는 듯했다.

"어이쿠! 검동이가! 비녀(婢女) 검동이가 대석이처럼 의사가 된 것일까. 이게 어케 된 일인디. 마님과 노마님이 혈안이 돼 찾구 있는 검동이가…."

대석을 보았을 때보다 더한 충격을 받은 문한은 땅바닥에 엉덩방아를 찧으며 주저앉아버렸다. 해가 지고 밤이 되었지만 병자들은 돌아가질 않았다. 저녁 이슬이 땅거미와 함께 내려 옷이 축축이 젖어왔다. 밤이 이슥해서야 달호 차례가 되어 치료를 받고는 약을 타가지고 문한이 곁으로 다가왔다.

"아즈바니! 갑시다요. 양의 곁에 선 저 되선 의사 참 멋있디요. 손에 피를 뒤바르구 수술하는 것은 전부 데 사람이 해요. 너무 너무 훌륭해요."

달호를 데리고 문한은 닥터 홀의 진료소를 빠져나왔다. 헛간에 갇힌 서출이 마음에 걸렸지만 어쩔 수 없었다. 대석에게 찾아가서 애걸해볼까 하는 마음이 번쩍 스쳤으나 문한은 달호의 손을 잡고 묵묵히 박문점으로 향했다. 차인들에게만 맡겨 놓은 면포점이 걱정되었기 때문이다.

4

박문점에 발을 들여 놓는 순간 나이 듬직한 차인이 걱정스러운 얼굴을 하고는 살림집으로 어서 가보라는 눈짓을 했다.

"와? 먼 일이 일어난 모양이구만. 누레 안에 있네?"

"마님이 죽게 돼개지구 사람들이 들쳐 업구 왔넌데 날레 들어가보시라요."

마뜩찮은 얼굴로 문한은 느릿느릿 안방으로 들어갔다. 난리통에도 방안의 물건들은 고스란히 남아 있었다. 콩기름을 먹여 노랗게 절은 방바닥이 유경촛대에서 타고 있는 불빛에 기름이 자르르 흘렀다. 숙출은 아랫목에 반듯이 누워 있었다. 이마에 손을 얹어보니 열이 대단했다.

"눈을 떠보라우. 와 이렇게 병이 들었네."

그래도 숙출은 눈을 질끈 감고 죽은 듯이 꼼짝을 않는다.

더럭 겁이 났다. 문한은 숙출의 어깨를 잡아 흔들었다. 미동도 하지 않는다. 가끔 숨이 막히는지 숙출은 발작하듯 가슴을 쥐어뜯었다. 문한은 숙출을 들쳐업었다. 얼어붙은 압록강에 소형 썰매, 팔리를 타러 가자고 등에 업혀 칭얼대던 숙출 아씨의 암팡진 모습이 떠올랐다. 당혜 신은 발로 문한의 엉덩이를 수없이 차면서 등을 꼬집던 아씨의 앳된 얼굴이 어른어른 스쳐 지나갔다.

'모두가 업보라구. 무엇하러 감흥리에 가서 동미를 들볶아.'

문한은 숯불처럼 뜨거운 숙출을 업고 닥터 홀의 진료소를 향해 뛰기 시작했다. 자시(子時)를 넘긴 시각이라 병자들은 다 돌아가고 대석이 김메례와 남아서 진료소의 문을 막 잠그려는 찰나였다.

"검동아! 대석아! 제발 박진사댁 숙출 아씨를 어떻게든 살려주라우."

대석이 머리를 번쩍 들었다. 도대체 누가 어머니의 비녀(婢女)시절 이름을 기억하고 있단 말인가. 어둠을 등지고 여자를 내려놓는 사람의 얼굴을 보는 순간 김메례가 외쳤다.

"아니 자네는 문한이가 아니네. 그리고 숙출 아씨가? 아이쿠! 열이 대단하구만. 날래 서둘러야 갔다. 닥터 리! 숙출 아씨를 진찰해 보라우."

김메례는 숙출을 진찰대 위에 반듯이 뉘고 이마 위에 헝클어진 머리칼을 쓸어 올려주었다. 문한은 엉거주춤 저들의 곁에 서서 얼뜬 표정을 지었다. 조심스럽게 청진기를 숙출의 가슴과 복부에 대본 대석의 얼굴이 사뭇 진지하다.

"임신중이구만 기래. 그리고 폐렴이야. 아주 위험하니끼니 오마니레 아씨 곁에서 밤을 세워야갔수다레. 이 밤이 고비라구."

대석이 청진기를 탁자 위에 내려놓고 손을 씻었다. 말씨나 행동하는 것이 의젓하고 진중했다. 조금도 당황하거나 서두르지 않고 침착했다. 대석이 입은 하얀 의사복은 피와 땀으로 얼룩져 있었다. 건장한 체격이건만 하루 종일 많은 병자와 부상자를 돌본 끝이라 대석의 뺨에 노곤한 빛이 서려있었다.

대석이 쉬려고 들어가고 난 뒤 얼마나 시간이 흘렀을까. 첫 수탉이 홰를 치며 울자 여기저기서 기다렸다는 듯이 수탉들이 목청껏 뽑아댄다. 찬 우물물을 길어다 수건에 적셔 아씨의 이마 위에 올려놓기를 수백 번. 김메레는 간호하는 손을 멈추고 평상에 앉아 끄덕이며 졸고 있는 문한을 깨웠다.

"주여! 감사합네다. 고비는 넘겼어. 숨소리가 고른 걸 보니끼니 이제 됐어. 숙출 아씨를 지켜보구 있으라우. 내레 잠깐 안에 다녀올 일이 있으니끼니."

문한이 피곤으로 벌겋게 충혈이 된 눈을 비비며 숙출의 이마에 손을 얹어 보았다. 열이 밤새 다 떨어졌는지 서늘했다.

장정 둘이 어둑새벽까지 서출을 가두어놓고 빗장을 지른 곳간 앞에 서 있다가 전도부인 김메레가 다가오자 머리를 숙여 인사를 했다.

"아낙에 들어가서 갇힌 사람과 잠시 말을 나누구 싶구만."

"밤새도록 악을 쓰구 난리더니 이자 잠이 들었는디 잠잠합네다. 조심하시라우요. 아주 독한 넘입니다. 발피들을 데불구 다녔다문 알아볼 넘이디요."

김메레는 새벽 미명을 등지고 안으로 들어갔다. 장정 한 사람이 마음이 놓이지 않는다고 따라붙었다.

"아닐세. 나 함자 만나구 싶어. 저렇게 꽁꽁 묶인 사람이 어케 하려구. 그 문이나 닫게나. 내레 저 사람과 비밀히 나눌 이야기가 있네."

주먹만 하게 뚫어놓은 곳간 창을 파고드는 희끄무레한 새벽빛을 안고 손을 등 뒤로 묶인 채 모로 쓰러져 있는 서출에게 다가갔다. 벽에 머리를 부딪혀가며 얼마나 몸부림을 쳤는지 이마 위로 아직도 피가 흘러내리고 있었다. 가만히 다가가서 옆에 앉았다. 귓불에 팥알만 한 점이 새벽빛에 드러났다. 순간 숨 막히는 고통이 치밀어 올라왔다. 박진사의 아이를 낳던 아픔이 되살아났다. 노마님의 살기어린 얼굴도 다가왔다. 산고 끝에 몽롱한 눈으로 보았던 갓난아기의 귓불에 들러붙은 팥알 점이 선명하게 떠올랐다. 서출의 이마 위로 흘러내리는 피를 명주 수건으로 가만가만 닦아주었다. 가늠할 수 없는 서러움이 김메레의 전신을 감쌌다.

"뉘, 뉘가 감히 내 얼굴을 만져. 이 벌거지 같은 손 치우라우."

서출은 물에서 건져 올린 붕어처럼 팔팔하고 빳빳하게 나댔다. 그래도 김메레는 끄덕하지 않고 찬찬히 희미한 새벽빛에 드러난 서출의 얼굴을 뚫어지게 보았다. 순간 눈을 번쩍 뜬 서출의 눈이 김메레의 눈과 마주쳤다.

"아니 왠 아즈마니가 여기 들어와서 날 맨지구 야단이야.

저리 가디 못해. 퉤, 퉤… 나가, 나가버려 재수 더럽게 꼭두 새박부터 녀자라니!"

서출은 팔이 뒤로 묶여 움직이지를 못하는 고로 침을 김메례의 얼굴에 뱉어가며 포학하게 굴었다. 이런 서출을 얼마동안 바라보던 김메례의 얼굴에 눈물이 차오르더니 주르륵 뺨을 타고 흘러내렸다.

"야소교인이구만 기래. 야소를 믿넌 사람들은 눈물을 잘 흘리더군. 내레 요렇게 턴민들에게 붙잡혀 갇혀 있는 꼴이 우습다 이건가. 이거 아침부터 재수 더럽게 낸이 울어대니 재수 옴 붙은 날이구만."

그래도 김메례는 아무 소리 않고 서출의 얼굴을 뚫어지게 보다가 뒤로 묶은 팔을 안쓰러운 표정을 지으며 쓰다듬었다. 서출은 김메례의 손길을 피해 자반뒤집기를 했다. 이런 그를 묵묵히 바라보던 김메례가 솟구치는 설움을 눌러가며 가만가만 찬송을 불렀다.

> 우리 쥬의 피를 보면 정신이 아득하다
> 지존지대하시거늘 엇지 죽으셨나
> 나 죄인을 구하엿고 너도 구하엿네
> 만국 사람을 구하니 은혜 무궁일세
> (찬양가, 예수셩교회당간인 1895년 제29장)

밖에서 지키고 있던 청년들이 찬송을 따라 불렀다. 아침 미명 새벽공기를 타고 가슴을 파고드는 찬송이 사방으로 스며들었다. 그러자 서출이 벌떡 일어나 앉더니 미친 듯이 발광하기 시작했다.

"아이쿠! 나 죽네. 이 먼 소리가 이렇게 날 괴롭혀. 날 쥑이려구 이 에미네레 작심하구 왔군. 차라리 칼로 내 목을 탁 톄서 죽여버리디 않구 이렇게 들볶으문 어카갔다구 기래. 아이쿠! 나 죽네. 사람 살려. 야소 귀신이 사람을 죽이네. 게 아무도 없네. 나 좀 살려주구레."

서출의 얼굴에 섬뜩한 기운이 서렸다. 눈에 소름끼치는 빛이 번쩍 스쳤다. 살갗 세포 하나하나에서 광기가 뿜어 나왔다. 그래도 김메례는 서출의 눈을 직시하면서 찬송을 계속 불렀다.

"앰새박부터 날 쥑이기로 작심했군. 아이쿠! 제말 그 소리 좀 그만 둘 수 없네. 어이쿠! 머리가 빠개지려구 기래."

서출이 곳간 바닥에서 데굴데굴 굴렀다. 참을 수가 없을 지경까지 가서 몸부림치며 괴로워하는 것을 보고는 김메례가 찬송을 그쳤다.

"주 예수를 믿구 구원을 받으라우. 어둠 속을 더 이상 헤매지 말구 빛 속으로 나오라우. 사람을 미워하디 말구 사랑해야 영혼에 평안이 임하는 법이디. 예수를 믿구 그분이 주시는 사랑으로 웬수꺼정 사랑해야디 자넨 살 수 있어."

김메례의 말에 콧방귀를 뀌며 서출이 악을 썼다.

"대석이! 이 넘을 잡아 쥑이디 않구는 내레 아뭇 것두 못해. 행배리 같은 대석이란 백당 넘을 앞에 놓구두 잡디 못하니끼니 아이쿠! 분해 죽갔네."

"대석을 사랑해야 그 마음에 평안이 임할 것이야."

"어드래? 이 에미네가 미쳤나. 와 내 곁에서 깐족거리면서 내 속을 뒤집어 놓는 거네. 나를 야소꾼으로 맹글 생각은 아예 말라우. 내 몸이 가루가 되어두 야소는 믿디 않을 터이니끼니. 야소꾼들을 잡아 쥑이는 사람 보구 야소를 믿으라구!"

"서출이, 자네를 너무 사랑하기 때문이야."

"으하하… 날 사랑한다구? 아이쿠! 징그러워. 정말 웃기는 에미네로군."

"사람이 한 번 태어났다가 죽는 것은 뎡한 이치인데 와 이렇게 벌거지터럼 살려구 기래. 예수를 믿으문 세상이 텬국으로 변한다우. 그러니끼니 황소고집 작작 부리문서 깜깜한 데 헤매디 말구 주 예수를 믿구 구원을 받으라우요."

김메레는 결사적이었다. 이제 헤어지면 언제 어디서 어떻게 만날지 모른다.

"참으로 가여운 사람아! 불쌍한 내… 아! 아! 가엾는 내…."

"예수가 어디 있어. 서양 귀신을 내레 와 믿어. 야소 소리만 들어두 내 머리가 이렇게 아픈 것은 양귀가 들러붙어 날 괴롭히는 거라우. 날래 저리 가디 못할까. 이 미친 에미네레 아칙부터 날 잡아 쥑이려구 이 난리야."

격심하게 몸을 뒤틀며 요동을 쳤다. 지랄병을 앓는 사람을 수없이 고쳐도 주었고 봐왔지만 이렇게 악독한 사람은 처음이었다.

'쥬여! 저 영혼을 긍휼히 여겨주시라요. 저 불쌍한 영혼을 구하여 주소서.'

김메레가 중얼중얼 기도할 때마다 서출은 미친 듯이 곳간을 뒹굴고 몸을 비틀었다. 그때 대석이 다급한 목소리로 뛰어들었다.

"와, 와 그러네. 숙출 아씨를 어카구 여길 떠나자구 기래."

대석은 미친 듯이 포학을 부리는 서출을 한 번 흘겨보고는 강제로 김메례의 손을 세차게 잡아끌었다. 김메례도 일이 다급한 걸 짐작하고 대석을 따라 곳간을 나오면서 자꾸 서출을 돌아다보았다. 그새 해가 불끈 솟아올라 햇살이 퍼지면서 병자들이 진료소 안으로 꾸역꾸역 모여들었다.

"오마니! 닥터 홀이 심상치가 않아요. 날레 한성으로 옮겨야갔어요. 간밤에 열이 심하더니 자꾸 혼수상태에 빠지구 있어요. 홀부인인 로제타두 의사이니끼니 아내 곁으로 모시구 가야한다구 마펫 목사가 그러는군요. 오마니두 함께 갑시다레. 이번에 한성에 가문 저두 오마니께 의논드릴 것이 있습네다."

"숙출 아씨는 어카구 우리레 여길 뜨갔네. 게다가 홀 의사가 세운 광성학당 학생들을 누레 가르티구. 학생들이 10명이 넘넌데."

"아씨는 간밤에 차도가 있어 약을 주구 가문 되구요. 학당은 김창식 조사가 있어요. 피양에서 일할 일꾼들을 그간 많이 길러놨으니끼니 염려 마시라요."

"저 곳간에 갇힌 불쌍한 서출은 어카구? 저 애는 저 애는…."

김메례의 목이 치밀어 오르는 울음으로 막혔다.

"우리를 잡으려구 하는 사람이니끼니 닥터 홀을 데불구 떠난 뒤에 풀어주라고 하문 됩네다. 날레 닥터 홀의 생명을 건져야 합네다. 열이 대단해요."

두 사람은 손을 잡고 뛰기 시작했다.

서출이 곳간에서 풀려났을 때는 대석이랑 김메레가 닥터 홀을 데리고 대동강에서 배를 타고 제물포로 떠난 뒤였다.

흘러내리는 바지춤을 움켜쥐고 서출이 박문점에 들어서니

문한은 면사 면포에 묻혀서 정신이 없었다.

안채에는 숙출이 병에서 놓여나 아랫목에 기운 없이 누워 있었다.

"어디 메를 고렇게 싸다녔네? 아니 네 옷이 그게 머네? 저런, 저런! 얼굴에 피가 말라 붙구 이거 어케 된 일이네. 일본군에게 당했네?"

숙출이 험한 서출의 꼴을 보고는 놀라서 누운 채 야단을 쳤다.

"대석이란 넘을 보았넌데 종넘 문한이 돕지를 않아서 도리어 내레 당했디. 길쎄 벌거지 같은 야소꾼들이 나를 곳간에 갇우구… 나, 박진사의 아들, 박서출을 감히 건드리고 곳간에 갇우구 … 으흐흑, 으흐흑, 아이쿠! 분해 죽갔네."

서출이 두서없이 떠들다가 어린애처럼 울어댔다.

"고럼 대석이레 피양에 나타났다 이 말이간? 넌 대석의 얼굴을 모르잖네."

그때 문한이 들어왔다. 평양의 겨울은 일찍 온다. 11월로 갓 접어들었건만 찬바람이 어찌 매서운지 손이 시렸다.

"징그럽게 와 내 방엔 들어오네. 감홍리나 가보라우."

"죽을 사람을 살려놓으니끼니 또 시작이구만 기래. 대석이 아니었으문 벌써 황천객이 되었을 사람이 먼 말이 이리 많네. 의사가 된 대석이 다 죽게 된 당신을 살려냈다구. 기래도 대석을 잡아야 한단 말이네? 노마님이 혈안이 되어 찾구 있넌 검동이가 밤새도록 당신 옆에서 돌봐서 이렇게 살아나서는 …."

"머, 머라구. 검동이가 피양엘?"

"그래. 당신의 몸을 씻기구 밤새워 돌 본 사람이 바루 검동이었어."

서출이 자지러지듯이 놀라서 정신 나간 사람처럼 중얼거렸다.

"고럼 곳간에 갇힌 나를 찾아왔던 그 녀자가 검동이였단 말이네! 아이쿠! 분해라. 눈앞에 웬수를 놓구두 몰랐다니 어케 이런 일이 일어날 수 있네. 그 종년이 날 보구 야소를 믿으라고 끈덕지게 물구 늘어지더라구."

서출이 입을 꾹 다물고 얼마간 앉아 있다가 결심한 듯 툭 내뱉었다.

"내레 한성으로 가야갔어. 검동이랑 대석이란 넘이 그리루 갔으니끼니."

"그 먼 곳을 너 함자 어케 가려구 기래."

"양이 틈에 숨어있는 년넘을 잡으려문 서양 사람터럼 머리를 깎아야갔디?"

"몸과 터럭은 부모에게서 받는 것이라 훼상하디 않는 것이 효도의 시초인 걸 몰라서 기래. 너 부모님 돌아가시문 귓불 잡고 울거네."

숙출이 악을 쓰면서 서출을 나무랐다.

닥터 홀을 아름다운 한강 둑 양화진에 묻고 난 다음날 먼동이 트기 전에 대석은 김메례의 손을 잡고 숲길을 더듬어가며 삼각산을 올랐다. 잠이 덜 깬 산새들이 인기척에 푸드덕거렸다. 산길이 좁아지자 대석이 앞장 서 걸었다.

"오마니! 내레 장가들 색씨를 보구 이뻐하시라요."

"메니리를 미워할 시간이 있어야디. 왜 예꺼정 오는거네.

나두 너두 너무 바빠서 힘든데 예배당에서 너를 사모하는 양반집 규수들이 혹께 많은데 게서 보지."

산길이 가팔라 김메례는 숨을 헐떡였다. 풀잎에 맺힌 이슬이 아침햇살을 받고 안개와 함께 스르르 짚불 잦아지듯 사라져갔다.

암벽에 지어진 산당 문을 대석이 조심스럽게 밀쳤다. 김메례도 대석의 등 뒤에서 신당 안을 들여다보았다. 큰 범을 깔고 앉은 산신 할아버지가 허연 수염을 너풀거리고 있는 탱화가 한쪽 벽에 걸려 있었다. 수염이 없지만 대머리에 지팡이를 의지하고 바위에 걸터앉아서 사람의 마음을 꿰뚫어 보는 듯 툭 튀어나온 눈을 가진 선왕님의 탱화도 있었다. 갓을 쓰고 도포를 입은 일곱 도련님이 사이좋게 손에 손을 잡고 웃음을 가득 머금은 칠성님 탱화도 걸려있었다. 머리에 동백기름을 발라 쪽을 찐 무당이 벽에 걸린 울긋불긋한 무복을 입더니 탱화 앞 탁자 위 물 사발 그득 해 뜨기 전에 제일 먼저 떠온 정화수 동이에서 물을 떠올렸다. 밀초에 불을 댕기고 향나무 깎은 것에 불을 붙여 향료에 놓더니 탱화 앞에 일일이 일곱 번씩 절을 올리기 시작했다. 좁은 어깨, 가냘픈 목이 애처로웠다. 무당은 빨간 천을 덮은 물동이 옆에 놓여 있는 검을 꺼내 들었다.

"와 나를 무당한테 데불고 왔네? 설마 저 녀자하구…."

넋을 놓고 신당 안을 들여다보고 있는 대석의 손을 김메례가 잡아끌고는 뒤란으로 가서 나무라는 투로 물었다.

"오마니! 잠시 기두르시라요."

"전쟁을 격구 배가 고파서 모두 부황이 들렀넌데 무당 얼굴이 너무 예쁘군. 잘 먹어서 기름기가 얼굴에 돌구 화색이 너무 돟네."

"무당은 흉년에두 굶어 죽디 않고 살아요."

대석이 싱글벙글 웃으며 말했다.

"굶어죽지 않는 무당하구 대석이 너하구 먼 관계가 있다구 앰새박에 날 여기꺼정 데불구 왔네. 그리구 어케 무당이 굶디 않는다는 걸 알았네."

대석이 얼굴을 붉히며 멋없이 웃기만 했다. 그러더니 바짝 말라버린 너도밤나무 잎을 하나 따서 공중에 날리더니 너풀너풀 떨어지는 나뭇잎을 잡으려고 상체를 요리저리 움직였다. 가랑잎은 깊이를 모를 새벽하늘을 뚫고 한참 맴돌다가 대석의 손에 잡혔다.

"신당 근처를 드나든지 벌써 일 년이 넘었디요. 아바지와 금경을 죽인 박진사에 대한 미움을 삭이지 못할 적에 여길 올라와서 의주 쪽을 보았디요. 나중에는 나무뿌리 위에 놓고 때려 꼽땡이를 맹근 복출 도련님에 대한 죄의식 때문에 새벽이문 여기 올라와 기도를 했답네다. 그러다가 새벽마다 어둠을 뚫고 물동이를 이고 정화수를 뜨려 가는 저 무당을 보게 되었디요."

"그래서 네 색시가 되어달라구 했단 말이네?"

"아니요. 한마디두 말을 나눈 적이 없답네다. 오마니! 제 말을 들어보시라요. 인형터럼 생긴 저 예쁜 녀자가 봄이문 마을 당산굿을 하구 봄맞이 굿을 하더군요. 칠월 칠석이면 하늘 굿을 하구 구월 구일이면 재수굿을 하구요. 저도 어려서부터 박진사댁 굿을 구경하구 컸디만 부자들이란 마을 굿을 할 때는 곡식과 돈을 풀어 없는 사람들을 멕이는 잔치를 하디요. 저 어린 무당이 그런 짓을 하문서 굶주린 사람들을 멕이는 걸 보구 눈물을 흘렸습네다."

"해서 이제 어카갔다는 게냐?"

"내레 어케 저 녀자에게 접근하갔습네까. 오마니레 여길 매일 와서 저 녀자를 뎐도해서라무니 야소교인을 맹굴어주세요."

"으음! 그 많은 양반집 규수들을 마다 하구 무당하구 짝을 짓겠다구?"

얼마간 멍하니 서 있던 김메례가 성큼 산당으로 가더니 벌컥 문을 열어젖혔다. 무당은 탱화 앞에서 머리를 주억거리며 청아한 목소리로 빌고 있었다.

'높고 높은 하늘에 계시는 옥황상제님네, 모든 걸 명찰하시는 칠성님, 사해바다 용왕님, 그리고 높은 산 얕은 산 산신님네여! 어둠던 날이 밝고 새날이 밝았사옵니다. 태초에 천지가 생길 적에 높은 것은 산이 되고 낮은 것은 물이 되었으니 우리 인간들은 그 가운데 생겨나서 신령님들 조화 속으로 살아갈 때 인간이란 것이 멍청하고 미련하여….'

"벽에 붙여놓은 탱화들이 먼 힘이 있다구 여기 절을 하누?"

김메례는 이 한마디를 하고는 사면에 붙은 탱화를 북북 찢어 내렸다. 어린 무당의 얼굴빛이 암녹색으로 변하더니 후들후들 떨다가 털썩 주저앉았다.

김메례의 예기치 않은 행동에 놀란 대석이 신을 신은 채 신당 안으로 뛰어 들어갔으나 무서운 기세에 눌려서 그저 멍청히 서 있을 뿐이었다. 김메례는 녹슨 신 칼을 마룻바닥에 놓고 발로 짓이기다가 마당으로 내동댕이쳤다. 신칼까지 내동댕이치는 김메례의 거센 힘에 눌려 겁에 질린 어린 무당은 머리도 들지 못하고 두 손으로 얼굴을 가린 채 신령님의 분노의 채찍을 기다리느라고 개구리처럼 엎드려버렸다. 그런 무당을 김메례가 잡아 일으켰다.

"보라우. 뭔 일이 일어난다구 기렇게 떨구 있네. 종이 위에 그려진 것들이 무슨 힘이 있다구 이렇게 무서워하느냔 말이네."

앳된 무당은 떨리는 두 손으로 얼굴을 가린 채 겁먹은 음성으로 물었다.

"저는, 저는 여직 탱화를 건드린 적이 없어요. 이렇게 찢어도 되는 건가요. 정말로 신령님들이 화를 내시지 않을까요?"

"걱정 말라우. 이자 자네는 이 세상을 만든 창조주 하나님만 믿기만 해. 자네가 믿던 모든 신들을 넉넉히 이길 힘이 있는 상데 하나님을 믿으라우. 진짜 신인 상데 하나님, 왕 중의 왕인 하나님을 믿구 영생을 얻으라니까."

"아하! 영생이라면 불로장생(不老長生)을 말씀하시는지요."

"상데 하나님이 우리를 사랑해서 그의 외아들 예수 그리스도를 이 땅에 보냈디. 예수님은 우리를 위해 십자가 위에서 피를 흘려 돌아가셨넌데 그 피를 믿으문 구원을 받는다우. 무당이 되어 참신인 하나님을 섬기디 않구 우상을 섬긴 죄를 그의 피루 씻구 예수를 믿어 텬당 가라우요. 이대로 여기 있다가는 디옥행이야. 디옥행이라니까."

김메례는 마구 폭포수처럼 쏟아놓았다. 그러자 무당은 얼마간 골몰히 생각 속에 빠져들더니 천천히 무복을 벗기 시작했다. 울긋불긋한 옷을 다 벗고는 새벽마다 정화수를 길어 오던 물동이를 힘껏 마당에 내던졌다. 동이 깨어지는 소리가 산의 정적을 뒤흔들었다. 그리고는 향로와 무당 옷과 탁자까지 몽땅 마당으로 들고 나가 불을 질렀다. 처음에는 검은 연기가 피어오르더니 산바람을 타고 불길이 살아나서 활활 타기 시작했다.

"예수의 피라고? 맞아! 예수의 피가 나를 깨끗하게 하면 아아! 이제 나는 살았어. 무당의 딸이니 애기무당이니 하는 말을 듣는 것이 창피하고 지겹고 무서웠는데… 탱화의 신령들에게 묶여서 숨도 쉬지 못하고 지냈는데. 나는 이제 거기서 벗어난 거야. 당신의 하나님과 예수를 믿겠소. 새벽마다 내 뒤를 따라오던 저 분이 믿은 하나님을 믿고 무당짓을 하지 않겠소."

무당은 활활 타오르는 신물들을 발끝으로 차면서 단호하게 선포했다.

5

한 달 뒤 김메례는 전도책자와 훈아진언, 장원량 우상론, 인가귀도, 그리고 성경을 보따리에 싸서 이고 규방에 갇힌 규수들을 찾아 나섰다. 무당이었던 애련이 방물동구리를 이고 김메례의 뒤를 따랐다. 남자 권서들은 사랑방까지 들어가서 남자들만 만나지만 김메례는 방물장수로 변신한 애련과 함께 안채로 쑥 들어갈 수 있었다.

곤담골 마님은 물 찬 제비처럼 예쁜 기생첩을 얻은 남편 때문에 얼굴에 주름살이 뒤덮였다. 방물을 사려고 김메례와 애련을 안채로 불러들였는데 이상한 책들을 내놓은 것이 아닌가.

"이 책에는 한 지아비가 두 아내를 거느리는 것이 죄라고 쓰여있읍네다. 상뎨님은 그걸 금하고 있습네다. 한 지아비에 한 아내가 옳은 것입네다."

"맞소! 맞아요. 그러나 지아비들은 첩을 여러 명 거느려야 능력이 있다고 믿고 그 짓을 하니 어떻게 이 나쁜 전통을 없앨 수 있을까?

"녀자들끼리 뭉칩시다. 앵인들 곁에 살문서 보니끼니 서양 남자들은 녀자를 얼마나 위하는지 몰라요. 서루까락 동등하게 대하구 피차 존중합디다. 의자에 앉아두 남자들이 녀자를 먼저 앉히구 나서 앉더라구요."

곤남골 마님에게는 가히 혁명적인 말이어서 그 말을 듣고 그녀는 안타깝게 중얼거렸다.

"우리두 그런 대우를 받을 수 없을까. 어떻게 하면 될까."

김메례가 규방 깊숙이 파고 들어가 전도를 하며 많은 여자들을 만나보니 가난한 여자는 무지하고 가진 것이 없어서 일어서지를 못하고 부자 마님들은 안에 갇혀서 남자의 노리개가 되어서 속이 곪아 있었다.

퍼뜩 김메례의 머리에 좋은 계획이 떠올랐다.

"이런 처디에 있는 마님들 50여 명만 모이문 상소를 올립세다."

"상소라니?"

"임금님께 우리 뜻을 알리는 겁네다. 우리 녀자들두 선비들터럼 해봅세다."

김메례의 제안은 급속도로 불이 붙었다. 남편의 축첩으로 속을 끓이던 여자들이 돗자리를 들고 덕수궁 포덕문(布德門) 앞에 질서 있게 앉았다. 문을 지키는 포졸들이 으르렁댔으나 축첩반대 글을 써서 장대에 달아 올렸다.

"一夫二室 倫之道 德義之失"(한 지아비가 두 아내를 거느리는 것은 윤리에 어긋나는 길이요, 덕의를 잃는 행위다)

모인 여자들은 일제히 옥색치마에 미색 반회장저고리를 받쳐 입고 한 무릎을 세우고 읍했다. 모두들 흰 헝겊에 먹으로 자기 이름을 써서는 어깨서부터 허리까지 내려 묶었다. 오전 10시쯤 나와서 이렇게 앉아 있다가 어둠이 내리면 조용히 물러갔다. 조정은 부녀자들의 이런 파격적인 행위에 당황하지 않을 수 없었다.

여우회(女友會)란 이름을 내걸고 전도부인 김메례를 중심으로 50여 명의 마님들이 찬양을 부르면서 매일 덕수궁 앞에 조용히 앉아있다 돌아갔다.

"여우들이 여편네로 둔갑해서 대궐 앞에 수십 명씩 진을 치고 있다더군."

"야소를 믿는 여자들이라고 하던데."

"아무튼 오늘도 여우들이 우그르르 나와 앉아 있다니 구경하러 가자."

성 안팎에서 남녀노소들이 떼를 지어 여우를 구경하려고 모여 들었다. 날마다 덕수궁 앞은 구경하러 모여드는 사람들로 인산인해를 이루었다. 사람들이 이렇게 모여들자 김메례가 우뚝 서서 상소 내용을 읽었다.

'상감께서는 먼저 후궁을 물리치시고 공경대부(公卿大夫)로부터 미관말직(微官末職)과 일반 서민에 이르기까지 기왕 지사는 불문에 부치고라도 앞으로는 절대로 첩을 두지 말라는 칙령을 내려 주소서.'

김메례의 상소문을 들은 남자들은 모두 혀를 찼다.

"여자가 담 밖에 나온 것도 상스러운 일인데 게다가 질투를 단체적으로 하니 칠거지악 중에 칠거지악을 범하고 있구먼. 그래. 사내대장부가 여자를 열을 얻든 둘을 얻든 무슨 상관이람. 조강지처면 다소곳이 안방을 지키면서 남편을 세워주고 집안을 다스리지 않고 울타리를 벗어나서 왕 앞에까지 와서 추하게 상고라니 쯧쯧… 이게 모두 여아를 공부시키겠다고 들어온 야소교인들의 양(洋)바람 탓이야. 여자가 글을 알문 집안이 망한다니까."

하긴 서울에 스크랜톤이 세운 이화학당, 에니 엘러스가 세운 정동학당에 꾸역꾸역 여아들이 늘어나고 있으니 이런 말이 나올 만도 했다.

온종일 질서 있게 찬송을 부르면서 고종으로부터 비답이 나오기를 기다렸으나 왕 자신이 후궁을 거느리고 있는 처지라 시간만 흘러갔다. 일주일간 덕수궁 앞을 지키던 여우회는 김메례의 주장으로 해산하게 되었다.

"더 합시다. 우리의 뜻이 관철될 때까지 더 합시다."

용기를 가지고 끈질기게 물고 늘어지는 파도 있었으나 덕수궁 앞에 모여드는 구경꾼들로 인해 너무 혼잡해서 일단 물러서기로 한 김메례의 우렁찬 연설이 덕수궁 앞에 울려 퍼졌다.

"여러분! 우리가 이렇게 모여 한 마음으로 백성들에게 그리고 남성들에게 시위를 한 것으로 족합네다. 이제부터 한 지아비가 한 아내를 데리고 사는 시대의 문이 열렸습네다. 예수를 믿으문 절대루 첩을 얻을 수가 없으니끼니 남편을 전도해서 예수를 믿게 하면 됩니다. 모두들 집으로 돌아가서 남편을 예배당으로 데불구 나오시오. 예수 믿는 지아비는 첩을 얻디 않습네다."

물결치는 사람들 앞에서 김메레는 얼굴도 붉히지 않고 담대하게 또박또박 큰소리로 외쳤다. 덕수궁 앞에 모여 앉은 여자들 말고는 모두 남자였다.

"여러분! 녀자도 배워야 합네다. 우리의 딸을 모두 학당으로 보냅세다. 이 나라를 잘 살게 하는 비결은 장차 오마니가 될 녀자 아이들을 가르치는 일입네다. 남자보다 녀자들을 더 많이 가르쳐야 합네다."

모여 앉은 여우회원들이 일제히 박수를 쳤다.

겨울잠이 든 뱀처럼 꿈쩍 않고 여우회원을 둘러싸고 구경하고 있는 남자들 틈에 서출이 끼여 있었다. 그는 김메레의 얼굴에서 눈을 뗄 수가 없었다. 얹은머리, 목소리, 콧날이 오뚝 선 것까지 평양 닥터 홀의 진료소 곳간에 갇혀서 만났던 여인이었기 때문이다. 예수를 믿으라고 강권하면서 눈물을 보였던 얼굴이 새벽빛에 보았지만 똑똑히 서출의 머리에 인각되어 있었다. 분명히 검동이였다. 달아난 비녀 검동이가 틀림없었다. 종년이 사람들 앞에서 일장 연설이라니… 서출은 어이가 없다는 듯 콧방귀를 뀌었다.

닥터 홀의 진료소에서 대석을 잡으려다 당했던 꼴을 생각하며 서출은 골똘히 생각했다. 어떻게 검동을 잡아 의주까지 끌고 갈 수가 있을까. 할머니의 한을 풀어드리고 박씨 가문의 명예를 되찾기 위해 저 여자를 죽여 머리털만이라도 할머니와 어머니 앞에 내놓아야 한다. 그러나 어찌 할꼬.

여우회 회원들이 모두 흩어진 뒤 수물 여덟 번 파루가 울려 퍼졌다. 애련이 김메례 옆에 바짝 붙어 서서 걸었다. 갓을 쓴 몇 명의 양반들이 김메례와 애련의 뒤를 따라오며 야유를 퍼부었다.

"어떤 여자가 이런 걸 주도했는지 어디 얼굴이나 보자. 양반댁이 이런 일을 할 리가 없다. 예수쟁이들이 뒤에서 조종해서 하는 짓이지."

묵묵히 인경소리를 들으며 걸어가는 김메례와 애련의 등 뒤에 오만 가지 소문이 난무했다. 김메례의 팔에 매달려 애련은 이렇게 속삭였다.

"우리 기도가 부족했어요. 내가 무당이었을 때는 새벽마다 하루도 빠지지 않고 정화수를 떠놓고 빌었어요. 산에 올라가 한 달씩 곡기를 끊고 신령이 임하기를 고대하며 지내기도 했고요. 진짜 신이 아닌 잡신들을 믿으면서도 이렇게 열심을 다했는데 우리는 성신님을 받아들이는데 너무 게을렀고 치성이 모자랐어요. 어머니! 우리 산으로 가서 기도를 아주 많이많이 합시다."

"네 말이 맞다. 문이 열렸으니끼니 할 일이 산더미터럼 많을 게다. 하나님이 무당이었던 너랑 비녀였던 나를 기대리구 계신다. 기도하루 산으로 가자우."

그들의 뒤를 밟아 서출이 어둠에 몸을 감추고 따라붙었다.

3부

아침 미풍

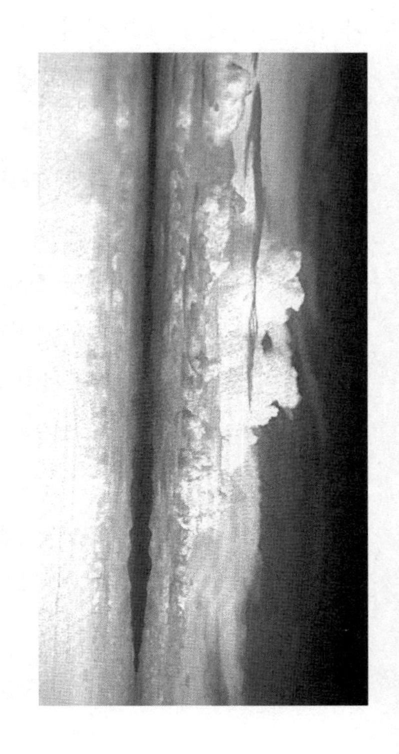

혼돈 속의 여명

1

박진사댁 혼인 잔치 음식을 얻어먹으려고 사람들이 솟을 대문 앞으로 모여들었다. 골목에서 쏟아져 나오는 코흘리개 아이들은 무엇이 그리 신나는지 궁둥이를 흔들고 어깨를 들썩거리면서 신바람 나게 흥얼댔다.

"가보세, 가보세 을미(乙未)적, 을미(乙未)적 가보세. 어물어물 하다가는 병신(丙申)되네. 가보세, 가보세…."

갑오년 단발령으로 의주 청년들의 머리는 서양 사람처럼 짧아졌다. 집집마다 제사를 드릴 장손을 감추느라고 소란을 떨었지만 붙들려가서 강제로 머리를 깎인 사람들 중에는 아예 양복으로 갈아입는 사람까지 나왔다.

"몸을 흐느적이는 박진사님의 둘째 무출 도련님이 신방을 치룰수레 있을까?"

잔치 음식에만 관심이 있는 것이 아니었다. 전신을 못 쓰고 방에만 갇혀 지내는 도련님이 색시를 얻는다는 사실이 향교동 사람들의 흥미거리였다.

"왕과 왕세자두 상투를 자르고 깃이 없는 양복을 입게 된 세상이라구. 과부두 재혼할 수 있다구 작년에 임금님이 발표를 했으니끼니 오징어처럼 흐느적거리는 도련님이 예쁜 색시를 얻는 것두 갑오개혁 바람이 아니갔네."

양반집 규수들까지 담 너머로 기웃거리며 입방아를 찧었다.

국모인 민비가 일본 폭도들의 손에 의해 시해된 을미사변은 모든 사람들의 가슴에 지울 수 없는 상처를 남겼고 잇달아 내린 단발령으로 방방곡곡 눈물바다를 이루었다. 전국적으로 울분을 참지 못한 선비들과 유림들이 들고 일어난 소란한 때 박진사댁에서는 크나큰 잔치를 벌이고 있었다.

색시가 탄 꽃가마가 솟을대문을 들어설 때 사람들의 눈은 일제히 가마 안에 있는 색시를 보고 싶어 안달을 했다.

"사내 구실두 못할 도련님에게 딸을 주는 부모는 얼매나 애간장이 탔으문 그랬갔네. 아매두 돈을 혹께 많이 받구 딸을 팔았을 거라우."

여자들의 눈은 호기심으로 번쩍였다.

"천마산을 주름잡구 다니던 황어인의 망낭딸이라구 하더군."

"세상에! 삼메꾼이 어칼려구 딸을 팔아먹을까. 산신령님이 노해서 이제 산삼을 캐기는 글렀구만 기래. 천마산의 황어인두 이제 사라진 인물이야."

"산신령님의 음덕을 듬뿍 받으문서 어카다 야소를 믿어 저렇게 됐는디."

나이 지긋한 백발의 할머니 말끝에 동정이 서린다.

십여 명 삼메꾼들이 황어인을 중심으로 산삼이나 약초를 캐는 일보다는 전도지를 뿌리면서 사람을 낚으러 다니는 걸 의주 사람들은 누구나 다 알고 있었다.

“황어인이 박진사에게 빌려다 쓴 돈이 논 서른 마지기는 된다문서. 쯧쯧… 어카다가 그렇게 큰 돈을 빌려쓰구 딸을 빼앗기디.”

“그러기에 야소를 믿으문 부처님과 관운장, 칠성님, 용왕님꺼정 합세해서 한끄베 노여워하니끼니 되는 일이 없어 집안이 망한다구 그러디 않네.”

“더구나 야소 염불책 당시를 하구 다녔으니끼니 저 꼴이 됐디 뭐냐?”

사람들은 황어인을 놓고 숙덕거렸다. 백석이 멀찌감치 서서 가마가 솟을대문 안으로 사라지자 머리를 힘없이 떨어뜨렸다. 사람들은 물결치며 안으로 밀려들어갔다. 막걸리를 마시고 얼굴이 불콰해진 측들의 억양 높은 목소리와 웃어대는 소리로 박진사댁은 오 일 장터처럼 붐볐다. 봉수가 불질러버렸던 안채와 사랑채의 잿더미가 깨끗하게 치워지고 그 위에 잔칫상이 푸짐했다.

죽지 꺾인 닭처럼 백석(白石)은 솟을대문 안을 기웃거리다가 한 달 전 박진사 앞에서 당한 일을 떠올렸다.

“진사님! 왕의원의 아들 백석이 올시다. 황어인의 딸 달순이는 제 색시가 되기루 약속한 사이입네다. 절게살이를 해서라두 그 빚을 다 갚갔으니….”

박진사는 노기 어린 눈으로 백석을 한참 노려보았다.

“왕의원의 아들이문 한약에 조예가 깊다구 들었넌데 절게살이를 하갔다구. 새경이 얼매나 되는 줄이나 알구 하는 말이네?”

백석은 대답을 못하고 그저 머리만 떨구었다.

"일 년에 조 두섬을 받아 개지구 내 돈을 갚갔다구. 절게살이에겐 세때 끼니를 주구 두루마기 없는 겨우살이 한 벌에 단오 대목에 흰 중의 적삼 한 벌, 여름에는 베 등지게, 가을에는 솜바지 저고리, 발에 두르는 감발 두 감, 그리고 머리에 동여맬 수건이 고작인데 그걸로 황어인이 진 빚을 갚갔다구 기래."

"기래두 우린 서루까락 좋아해서 혼인을 약속했넌데 이럴 수는 없습네다."

"아니 저런 넘이 있나. 예서 패악을 부리문서 덤벼들문 어카갔다구 기래. 여봐라! 게 아무도 없네. 곰돌이는 어디메 있네."

가슴이 떡 벌어지고 팔뚝에 일 살이 올라 툭툭 불거진 곰돌이의 손에 잡혀 질질 끌려 박진사 앞을 물러나온 백석은 달순이를 불러냈다. 백석의 가슴에 얼굴을 묻고 한참 흐느껴 울던 달순이 아버지를 위해 자기는 박진사댁 며느리로 들어가야 한다고 머리를 저으며 달아났다. 달순이와 함께라면 베돌찌를 입고 무릎을 간신히 가릴 베잠방이를 입어도 좋았다. 막 되는대로 삼은 미투리인 무커리를 신고 감자만 먹으면서 가난하게 살아도 좋았다. 백석의 눈에 서서히 독기가 차올랐다.

자줏빛 사모관대에 목화를 신은 신랑 무출이 은안백마(銀鞍白馬)위에 앉아 사람들에게 에워싸여 질질 끌려 초례청에 나왔다. 뒤에 통나무를 놓고 겨우 기대앉은 신랑이 좋아서 히죽히죽 웃을 적마다 몸이 비비 돌아간다. 신부인 달순은 속눈썹을 밀기름으로 봉하고 귀솜을 하고 입 속에는 대추씨를 물고는 수모(手母)의 부축을 받아 신랑과 마주섰다. 머리를 깊숙이 숙이고 좌우에 붙들고 선 곁수모의 부축을 받으며 교배(交拜)를 시작했다. 수모가 금선(金扇)을 살짝 들어 신부의 얼굴을 가리고 두 번 절을 시켰건만 신랑은 한번 절로도 답례를 못했다. 그러자 둘러선 사람들이 혀를 끌끌 차며 더러는 가엾은 신부 신세에 눈물을 찍어냈다.

청실홍실을 늘어뜨린 표주박에 담긴 술을 신랑 입에 댔다가 신부에게 주기를 세 번, 번개처럼 혼례식을 올리고 드디어 신랑신부가 신방에 들었다. 사람들이 무출을 이끌고 가서 목화를 벗기고 신부는 비단운혜(雲鞋)를 벗고 수모에게 이끌려 신방에 들었다. 방합례(房合禮)를 보려고 우우 사람들이 모여들었다. 신방까지 따라 들어간 사람들이 신랑의 평복일습으로 갈아입혔다.

혼례식 내내 신랑의 모습을 어렴풋이도 보지 못하게 밀기름으로 신부 눈을 봉한 것이 다행이었다. 달순은 얼어붙은 얼굴로 황촛불에 어른거리는 방안에 족두리를 쓴 채 앉아있었다.

웅성거리는 사람들도 박진사의 지시에 따라 모두 물러가고 조용해진 한밤중, 큰 잔치를 치른 끝이라 모두 곤하게 잠든 시각에 신방 곁으로 다가오는 숨죽인 발자국 소리. 입을 검은 천으로 가리고 행전을 단단히 친 사내는 주위를 민첩한 눈으로 살피며 짚신을 신은 채 마루 위로 사뿐 올라섰다. 아직도 황촛불이 펄렁거리는 방안을 검지에 침을 칠해 들여다보았다. 잠시 숨을 돌린 뒤 방문을 조용히 밀쳤다. 자정이 넘도록 족두리를 쓰고 그대로 앉아있던 신부는 꼬박꼬박 졸고 있고 신랑은 이불 위에 모로 누워 있었다.

"나야, 나. 백석이라구. 우리 날레 뛔달아나자우."

사내의 목소리에 놀란 신부는 움찔했으나 얼어붙은 듯 움직이질 않았다.

"어카자구 예꺼정 와서 이러네. 붙잡히기 뎐에 날래 예서 나가라우."

신부의 목소리는 사뭇 겁에 질려 기어들어갔다. 와락 족두리를 잡아 뜯어 팽개쳤다. 보리깜부기와 솔잎 태운 그을음 연기를 짓이긴 대갈(黛褐)로 그린 눈썹과 감긴 신부의 눈을 백석이 손바닥으로 쓱쓱 문질렀다.

"자! 눈을 뜨구 새시방을 좀 보라우요. 어드런 사람인가. 눈 뜨고 못 볼 망꼴이디."

눈썹이 숱하면 자식을 많이 낳는다고 송충이처럼 징그럽게 그려놓은 걸 백석이 마구 문질대서 달순의 눈두덩은 볼썽사납게 시커메졌다. 혼례식 날 새벽부터 수모가 얼레빗으로 머리를 가리고 참빗으로 곱게 빗겨서 빗치개 끝으로 가르마를 타고 댕기를 낭자 꼭지에 매어 밑머리에 달아 쪽을 찌고는 봉황의 모습을 새긴 비녀, 봉잠(鳳簪)을 꽂아준 머리가 황촛불 밑에서 눈이 부셨다. 불구슬 빛보다 더 눈부신 활옷을 우악스럽게 확 잡아 벗기는 순간 무출이 깨어났다. 껑이껑이… 마치 개가 얻어맞고 우는 소리 같았다. 몸을 비틀면서 백석을 잡으려고 허덕거렸다. 활옷을 벗기자 녹의홍상(綠依紅裳)에 나비모양의 비취옥 노리개가 저고리 고름에 매달려 빛을 발했다.

"날래 뛔달아나자우. 저 벵신하구 사느니 나랑 산속으로 도망테 사는 것이 낫디. 날래 일어나디 않구 멀 꾸물거리구 있네."

서두르는 백석을 달순은 한참 노려보다가 머리를 떨어뜨렸다. 어서 가자고 백석이 우악스럽게 신부의 어깨 밑에 손을 넣어 잡아 일으키는 걸 본 무출이 결사적으로 버둥거리면서 백석의 다리에 매달렸다. 신방에서 나는 이상한 낌새에 잠이 깬 노마님이 신방 문가로 다가와서 조심스럽게 물었다.

"새액아! 먼 일이네? 와 그렇게 소란하네."

온전치 못한 손자 때문에 마음을 놓지 못하고 있던 노마님은 누비민저고리 바람으로 감히 방문을 열지 못하고 기어들어가는 목소리로 물었다. 문밖 인기척에 놀란 백석은 황촛불을 소매로 확 꺼버렸다. 달이 휘영청 밝은 밤이라 문 밖에 서 있는 노마님 모습이 창호지 문에 그림처럼 어렸다.

"이를 어카디. 이를 어카문 좋아. 우린 어케 되는 거디."

달순이 갈피를 잡지 못하고 허둥댔다. 할머니의 목소리에 힘을 얻은 무출이 소름끼치는 괴성을 내지르며 백석에게 달라붙었다. 망건을 쓰지 않은 탈망바람의 신랑을 우악스럽게 걷어차자 비명을 지르며 벌렁 나자빠졌다.

"먼 일이네? 아낙에 누레 들어간 모양이구만."

노마님이 문을 벌컥 열어젖히는 순간 백석은 신부의 손을 잡아끌고 뛰어나왔다. 눈 깜짝할 사이에 두 사람은 담을 넘어 산 쪽으로 달아나버렸다. 노마님의 비명에 곰돌이가 제일 먼저 달려왔고 마님과 곱단이, 행랑채의 머슴들까지 모두 나왔다. 영생과 곽서방이 도망간 탓에 반빗간에 갇혀 지내던 곰보댁도 나왔다. 박진사도 버선을 신지 못한 맨발로 허우적이며 신방으로 왔으나 새아기는 사라져버렸고 기절해버린 무출이만 신방에 덜렁 넘어져 있었다. 머슴들이 몽둥이를 들고 노마님이 가리키는 산 쪽을 향해 뛰었다.

빈손으로 돌아온 하인들 앞에서 박진사는 길길이 뛰었다.

"봉수나 대석이란 놈이 한 짓이 아닐까요."

노란 바탕에 보랏빛 회장을 댄 저고리를 입은 마님의 말이다.

"아니야. 백석이란 놈이 한 짓이 분명해. 날레 왕의원에게 가보라우."

곰돌이가 앞장서고 머슴들이 횃불과 몽둥이를 들고는 우우 향교동 큰길로 달려 나갔다. 왕의원의 대문은 굳게 닫힌 채 감감했다. 자시를 넘긴 시각이라 괴괴했다. 곰돌이가 대문을 흔들었으나 기척이 없자 발길로 걷어찼다. 따라온 머슴들이 합세해서 밀치자 문은 힘없이 뒤로 벌렁 나자빠졌다.

화적이 나타난 줄 알고 왕의원과 북청댁은 벌벌 떨며 횃대 밑으로 기어들어가 아들 백석이 자고 있는 건넌방을 향해 외쳤다.

"백석아! 날레 달아나라우. 제사를 받들 너는 살아야 한다. 화적이다, 화적!"

이 난리 통에도 아들의 방에서는 숨소리조차 없었다. 곰돌이가 왕의원이 거하는 방문을 와락 열었다. 손에 든 횃불을 방안에 들이대고는 횃대 밑에 숨어있는 왕의원과 북청댁을 끌어냈다.

"와 이러네. 그러구 보니끼니 화적이 아니구 모두 박진사댁 사람들이구만."

곰돌의 얼굴을 알아본 왕의원은 마음이 놓이는지 얼어붙었던 근육을 풀고는 멱살을 단단히 거머쥔 곰돌의 손을 뿌리쳤다.

"네 아들 백석이란 넘이 어디메 있네?"

"내 아들 백석이가 먼 잘못을 저질렀다구 이 밤둥에 이 난리네?"

"무출 도련님의 신방에 들어가 새아씨를 훔쳐 개지구 달아났단 말이야."

머슴들이 신을 신은 채 올라와 건넌방 문을 발길로 열어젖뜨렸다.

"절대루 내 아들 백석이 그런 일을 할 리가 없어. 내 아들은 저 방에서 곤히 자구 있을 터이니끼니 딜다보문 알 것이 아니네."

왕의원이 자신 있게 말하며 건넌방 안을 보려고 목을 길게 뽑았다. 그러나 방안은 썰렁하게 비어있었다. 이불조차도 펴 있지 않았다. 간밤에 집에 들어오지 않은 것이 분명했다. 왕의원의 가슴이 철렁했다. 이 녀석이 일을 크게 저질렀구나. 북청댁의 손이 눈에 띄게 벌벌 떨리고 있었다.

"백석이 없디 않네. 발쎄 뛔달아났디 방안에 있간."

곰돌이와 머슴들이 뒷짐결박을 한 왕의원과 북청댁을 잡아끌고는 박진사댁으로 향했다. 의관을 갖추지도 못하고 군빗질도 못한 왕의원의 머리가 어깨까지 내려와 너풀거렸다. 속곳 바람으로 잡혀온 북청댁은 짚신을 신을 짬도 주지 않아 맨발이었다. 향교동 큰길은 박진사댁 머슴들이 켜든 횃불로 대낮처럼 밝았다. 한밤중에 무슨 일인가 해서 잠이 설깬 눈을 비비며 뛰어나온 향교동 사람들로 인해 큰 길은 장터처럼 붐볐다. 비녀도 꽂지 못하고 잠자리에서 잡혀온 북청댁의 머리가 허리까지 늘어져서 마치 귀신처럼 보였다.

앞만 보고 걷고 있는 왕의원의 얼굴은 돌부처처럼 굳어버렸다.

'기어이 이 녀석이 일을 저질렀구나. 어려서부터 달순이를 너머 좋아하더니만 이를 어쩐다지. 그간 얼마나 열심히 약초를 가르쳤던가! 침술을 익혀서 가업을 이어갈 정도로 모든 걸 전수해주었건만… 아, 아! 아까워서 어카디. 그보다 우리 집안의 제사를 받들 하나 뿐인 아들이 이렇게 되었으니 이 집안은 이제 대가 끊기구 망했구나. 장차 죽어 구텬에 가면 조상님들을 어캐 만날 것이냐.'

봉수가 불태워버린 안채와 사랑채는 잔치 손님을 치르느라고 깨끗하게 치워져서 마을 앞 들판처럼 휑하니 넓었다. 행랑마당을 거쳐 정심수 곁을 지나 박진사가 거하고 있는 별정으로 향했다. 왕의원과 북청댁 뒤를 횃불을 든 머슴들이 줄지어 따랐다. 마루에 뒷짐을 지고 괴석처럼 서 있는 박진사의 노르끄름한 얼굴이 잡혀온 왕의원 부부를 보더니 귓불까지 붉게 물들었다.

"왕의원 너 듣거라. 너와 우리 집의 관계는 너두 잘 알렷다. 그런데 이런 짓을 해. 네 아들 백석이란 넘이 새애기를 보쌈해서 달아나다니! 텬한 것이 감히 양반을 어케 알구서리 그런 짓을 할 수 있네. 의원이라 이 집을 마음대로 드나들게 했더랬넌데 이런 짓을 하려구 작당을 한 것이네?"

박진사의 노기 띤 호통에 꿇어앉았던 왕의원이 얼굴을 들었다. 무슨 말인가 하려고 했으나 목이 막혔다. 박진사의 얼굴이 머슴들이 켜들고 있는 횃불 밑에서 고양이 눈을 닮은

괴상으로 보여 왕의원은 으스스 몸을 떨었다.

"네 아들 넘을 어디메 숨겨두었네? 날레 직고하렷다."

"쉰네는 정말루 아무 것두 모릅네다. 내 아들 백석이 이제 가업을 이어 늙은 내 곁에서 일을 거들게 되었넌데 어캐 이런 일을 했넌지…."

"아비 된 자가 자기 아들이 어디에 숨었는디 정말 모르갔다 이 말이네?"

"모릅네다. 알기만 하문 당장 잡아다 여기 대령하겠습니다. 하지만 어디메루 갔는디 이 아바지에게두 한마디 없이 일을 저질렀으니…."

"흐음! 부자가 척척 잘 들어맞는군 기래. 내레 고렇게 쉽게 넘어갈 줄 알았네. 이봐라. 이 자를 몽둥이루 허리가 부러지도록 심히 쳐라."

곰돌이 큼직한 몽둥이로 왕의원의 허리께를 우악스럽게 내리쳤다.

"아쿠쿠! 아쿠쿠! 사람 죽네."

단 한방에 왕의원이 마당에 그대로 나동그라졌다. 내일모레면 육순이 되는 왕의원의 입에서는 듣기에도 송구스러울 만큼 신음소리가 애절했다. 북청댁이 간장이 녹아내리는 울음을 터트렸다.

"날레 그 몽둥이루 이실딕고할 때꺼정 더 때리디 않구 와 그렇게 서있네."

박진사의 호령에 곰돌이가 쓰러진 왕의원의 허리께를 다시 후려치려는 순간 북청댁이 벌떡 일어나 곰돌의 팔을 잡고 늘어졌다. 우직한 곰돌이가 도끼눈으로 북청댁을 흘겨보고는 더 이상 몽둥이를 휘두르지 못했다.

"사실을 말하잤으니 제발 우리 왕의원을 때리디 말아달라우요."

곰돌이가 몽둥이를 내려놓고 박진사를 올려다보았다.

"드디어 입을 여는구만 기래. 고 행배리 같은 백석이 어드메 숨어있네?"

박진사의 말에 쓰러져있던 왕의원도 의아한 얼굴을 아내 쪽으로 돌렸다.

"사실은, 사실은 백석이 우리의 아들이 아들이 아… 아이쿠! 말 못하잤네."

"입 닥치디 못할까."

왕의원의 벼락 같은 고함에 북청댁이 움찔해서 말을 잇지 못했다. 그러자 박진사가 곰돌에게 어서 왕의원을 사정없이 치라는 명령을 내렸다. 곰돌이 힘차게 몽둥이를 들어 올려 내리치려는 순간 다급해진 북청댁이 외마디 소리를 내지르며 곰돌의 팔을 단단히 붙들고 늘어졌다.

"실은 백석이란 넘은 우리 아들이 아닙네다. 왕씨의 핏줄이 아니라구요."

박진사도 곰돌이도 그 곁에 서 있던 노마님이나 심지어 머슴들까지 모두 놀라서 왕의원과 북청댁을 번갈아 바라보았다.

"백석이 네 년넘의 아들이 아니라문 와 여태꺼정 길러서 한의사가 되게 가리티구 정성을 들였느냔 말이가. 살아나려구 거짓뿌리를 하구 있구만. 자자! 저년의 말을 듣디 말구 심히 쳐라."

곰돌이 이번에는 북청댁이 매달려두 어림없다는 얼굴을

하고 무섭게 왕의원의 등을 몽둥이로 내리쳤다. 소름끼치는 신음소리가 솟을대문 안을 꽉 메웠다. 그러자 북청댁이 목에 힘을 주고 외쳤다.

"백석인 이 백정의 아들이요. 이 집에서 눈에 불을 켜구 찾구 있는 검동이가 낳은 아들이란 말이요. 내 아들이 아니요. 내 아들이 아니라구 으으…."

별정의 괴석처럼 그 자리에 있던 모든 사람들의 얼굴이 굳어버렸다. 귀가 어두운 노마님이 나중에야 검동이란 말의 뜻을 알아듣고는 스르르 땅바닥에 주저앉으며 피를 토하듯 내뱉었다.

"백당하구 우리 집이 악연이라 살이 끼었구나. 전생에 그것들하구 먼 인연이 있어 그럴까. 대석이란 넘하구 검동을 잡아 줙여야 박씨 가문이 살아난다니까."

의주에서 동쪽으로 20리 거리에 있는 석숭산(石崇山) 벼랑에 뚫린 굴은 어려서부터 아버지를 따라다니며 약초를 캘 적에 알아둔 곳이다. 5백여 년 전 창건했다는 추월암(秋月庵)의 난간 아래로 무간지옥(無間地獄)을 닮은 수백 척 절벽이 굽어보이고 멀리 압록강 건너 만주 땅 연산(連山)이 한눈에 들어오는 곳이다. 우선 그리로 백석은 달순을 데리고 몸을 숨겼다. 며칠 먹을 콩가루까지 마련한 터였다. 기회를 봐서 만주나 평양으로 도망갈 참이었다.

다홍치마에 연두색 저고리를 입은 새색시 차림으로 끌려온 달순은 이틀 밤을 백석의 옆에서 보냈건만 아직도 몸을 떨었다. 굴은 입구가 좁아 밖에서는 눈에 잘 띄지 않았으나 안쪽으로 들어갈수록 넓어지고 평상처럼 큰 바위가 한가운데 있어 그 위에 두 사람은 꼭 붙어 앉았다.

"내레 아무래두 아바지 오마니를 뵙구 떠나야디 그냥 갈 수레 없구만."

백석은 달순을 앗기고 싶지 않아 무조건 신방에서 데리고 나왔지만 시간이 흐를수록 아버지 왕의원에 대한 걱정이 앞섰다. 며칠 후면 회갑 잔치를 차려드려야 하는데 끔찍한 일을 저질렀으니 불효자식이 되었다.

한밤중 제법 사위가 깜깜한 시간에 백석은 달순을 굴속에 혼자 남겨두고 향교동 한 끝에 자리 잡은 집으로 향했다. 곰돌이 일당이 걷어차서 벌렁 나자빠진 대문은 마치 아가리를 딱 벌린 조가비처럼 집안이 훤히 들여다보였다. 혹시 박진사댁 사람들이 숨어있을 수도 있어서 백석은 어둠에 몸을 숨기는 것도 마음이 놓이지 않아 벽에 몸을 매미처럼 딱 붙이고 비비면서 대문 안으로 들어갔다. 아버지 왕의원의 방은 깜깜했다. 그 방안으로 짚신을 벗어들고 소리 없이 사뿐히 뛰어들었다.

"아바지, 오마니. 내레 돌아왔습네다. 백석입네다."

아들의 목소리를 듣고 먼저 눈을 뜬 쪽은 북청댁이었다.

"아구구! 이게 누구야. 너, 너, 넌 백석이 아니네."

"쉬이 조용히 하시라요."

백석이 북청댁의 입을 막았다. 왕의원도 벌떡 일어났다.

"너 이넘! 어칼려구 박진사댁 새아씨를 데불구 갔네."

"아바지두 아시디요. 우린 어려서부터 서루까락 좋아했던 것을 말이디요."

그러자 북청댁이 숨을 죽이고 소곤거렸다.

"어카갔네. 이미 엎지른 물인 걸. 제삿날은 다 기억하구 있갔디. 어디든디 가서 살아있어라. 박진사가 널 잊어삐릴 때쯤 우리두 너 있는 곳으로 가마."

북청댁의 말에 백석이 아기처럼 흐느껴 울기 시작했다.

"아바지, 오마니! 절 받으시구 이 불효자를 용서해주시라요. 으흐흑… 오래 오래 살아계셔야 합네다. 가르테주신 침술과 약초 디식으루 되선 팔도 어디메라도 가서 숨어 지내다가 때가 되문 부모님을 모시루 오갔습네다."

백석이 왕의원과 북청댁 앞에 너부죽이 절을 올렸다. 어둠 속에서 아들의 절을 받던 북청댁이 입을 손으로 틀어막고 흐느껴 울었다. 왕의원이 선반 위를 더듬더니 손에 잡히는 걸 두 손으로 받쳐 들고는 백석이 앞에 내밀었다.

"이게 뭡네까?"

"받아라. 네 근원에 관계된 것이니라."

얼떨떨해진 백석은 어둠 속에서 왕의원이 전해주는 물건을 받아 들었다.

"실은 실은 말이다. 너는, 너는…."

왕의원이 말을 잇지 못하고 더듬거리자 북청댁의 흐느낌이 거세졌다.

"너는 너는 내 아들이 아니다. 왕씨 가문의 핏줄이 아니다 이 말이다."

"네에! 그게 먼 말이십네까? 내레 아바지의 아들이 아니라구요!"

"너는 백당의 핏줄이다. 오마니는 검동이라구 박진사댁 비녀였느니라. 검동이란 네 오마니는 쫓기는 몸으로 우리 집 헛간에서 널 낳았넌데 박진사댁 사람들이 혈안이 되어서 찾고 있는 터라 널 양자루 주구 간 것이니라."

"믿을 수레 없어요. 어드렇게 기런 일이 있을 수 있나요. 아니야요. 전, 전 아바지의 아들이지 백당의 아들이 아니라구요. 그렇다고 말해주시라요."

짐승처럼 괴성을 지르며 뒹구는 백석을 왕의원이 끌어안고 칼을 쥐어준다.

"도대체 이게 무엇입네까?"

"그건 이백당이 대물림을 하며 간직했던 칼이니라. 네게는 대석이라는 배다른 형이 있넌데 듣기루는 양인들을 따라다니문서 야소를 믿는다구 하더라."

실타래처럼 얽힌 사연에 점점 백석은 혼돈이 왔다. 그렇게도 사랑을 베풀고 귀하게 길러준 부모가 진짜 부모가 아니라는 것도 감당하기 어려운 판에 배다른 형이 있고 친어머니가 박진사네 비녀라니! 백석은 머리를 흔들었다.

"네 손에 들린 백당의 칼이 증표니라. 대석이두 칼을 개지고 있넌데 서루까락 짝을 이루는 것이다. 장차 어디선가 만나문 칼을 개지고 맞춰보아라."

왕의원은 뒤주를 열어 곡식 속에 묻어 두었던 엽전꾸러미와 옷가지를 넣어 작은 봇짐을 꾸려 백석의 등에 지워주었다. 백석은 먼동이 틀 즈음 향교동을 빠져나와 달순이 숨어 있는 산굴로 향했다. 이 세상에서 혼자 내팽개쳐진 듯했다. 말로 표현 못할 깊고 깊은 나락에 떨어져 내린 기분이었다. 이런 백석의 뒤를 미행하는 그림자가 산굴로 뚫린 가파른 길까지 따라붙었다.

다람쥐처럼 가볍게 움직이는 뒷그림자는 자그마한 키에 조그마한 몸집이라 고목 뒤에나 무성한 나뭇잎 사이에 몸을 숨겨가며 끈질기게 따라 붙었다. 향교동을 빠져나올 때까지 긴장했으나 산길에 들어서자 백석은 걸음걸이를 늦추었다. 울창한 숲속에 이르니 박진사댁 사람들의 음험한 눈길에서 벗어났다는 안도감에 젖어 백석은 달순이 기다리고 있는 굴을 올려다보며 엄나무 밑에 앉았다. 오색딱따구리가 산의 정적을 깨고 들메나무를 쪼았다. 발밑에 약재로 쓰는 삽주가 수북하게 자라있었다. 억제할 수 없을 정도로 아버지 왕의원에 대한 정이 끓어올랐다. 산에 널린 약초를 하나하나 캐가며 가르쳐주었던 아버지였다. 이른 봄이라 우유 살갈퀴 덩굴이 바위를 뒤덮고 눈 속에서 피는 노란 철쭉이 다 지고 파릇파릇 잎이 나고 있었다.

산 속의 아침은 나뭇잎 새를 파고드는 빛기둥을 타고 온다. 수리부엉이가 햇살로 둔해진 몸을 감추느라고 부리를 가슴 깃에 박고 멥새가 잔망스러운 몸짓으로 이깔나무 가지에서 놀고 있는 시각. 의주 금강(金剛)이라고 불리우는 석숭산에 숨어든 백석은 아침 이슬로 푹 젖은 숲길을 따라 천천히 걷기 시작했다. 뒤에서 누군가가 미행하는 걸 산 속의 정적이 쉽게 백석의 귀에 일러주었다.

백석은 걸음을 멈추고 석숭산과 주변의 크고 작은 봉우리들을 한번 쭉 훑어보았다. 숨을 한 번 크게 쉬고 다시 발걸음을 옮겼다. 뒤에서 따라오는 발자국 소리가 아침 숲속의 정적을 가볍게 깨트렸다. 홱 돌아서니 여우 한 마리가 숲길을 가로질러 꽁지를 보이며 몸을 감춘다. 다시 걸었다. 이번에도 가벼운 발자국 소리가 백석의 귀에 잡혔다. 그건 동물의 소리가 아니었다. 분명 사람 소리였다. 걸음을 빨리하니 따라오는 발자국도 빨라졌다. 말발굽처럼 굽이치는 길목에서 백석이 몸을 홱 돌리니 여자의 검은 색 치맛자락이 눈에 들어왔다. 백석은 우선 여자라는 것에 마음이 놓였다. 누굴까. 나를 미행하는 사람이. 혹시 박진사댁 비녀 곱단이가 아닐까. 백석은 상록 침엽을 자랑하는 가문비나무 뒤에 몸을 감춘 여자에게 다가갔다. 다람쥐처럼 여자는 나무에 찰싹 붙었다. 백석이 다가가는 소리를 듣고도 여자는 꼼짝을 않는다.

"누레 날 따라오는 거디? 와 나를 미행하는 거디요."

그제야 여자는 가문비나무 뒤에서 얼굴을 이쪽으로 내밀었다.

"아니 넌 강귀동 갖바치의 딸, 미라가 아니네. 어칼려구 예꺼정 나를 따라왔네."

갖바치 강귀동의 딸은 눈을 곱게 흘기며 백석의 앞에 전신을 들어내곤 퉁명스럽게 한마디 던졌다.

"그걸 몰라서 물어. 정말 모른단 말이네."

침엽수와 활엽수가 갈리는 지점에 두 사람은 서 있었다. 백석은 옆에 서 있는 노간주나무에 눈길이 멎었다. 또 왕의 원인 아버지 생각이 났다. 이 나무 열매인 두송실(杜松實)은 식용도 되지만 향료와 약재로 쓰이는 것이다. 이것도 아버지의 가르침과 연결된 나무였다. 석숭산 일대는 아버지와 함께 수없이 약초를 캐면서 돌아다녔기 때문에 곳곳에 아버지의 체취가 서려있었다.

동냥을 왔던 땡땡이중이 갖바치의 딸을 보는 순간 '우와! 의주에서는 처음 보는 미(美)색이다.' 라고 감탄한 것이 '미라'라는 이름을 얻은 계기가 되었다고 한다. 미라의 원래 이름은 섭섭이였다. 아들을 기대했다가 낳은 딸이라 섭섭해서 붙인 이름이었다. 백석은 아침 햇살을 받고 비스듬히 옆으로 서 있는 미라의 옆얼굴을 훔쳐보았다. 투박하고 달덩이 같은 달순에 비해 미라는 허리가 가늘고 버들가지처럼 몸이 휘는 가냘픈 여자였다.

"내레 매일 밤새두룩 왕의원댁 근처에서 널 기두루문서 지키구 있었디."

"와 체네가 밤둥에 우리 아바지 집을 지키구 있었네?"

"그걸 몰라서 물어. 정말 이러기네. 바루 널 만나려구 그랬디."

"와 나를 만나려구 했네?"

"사방에 박진사댁 사람들이 깔려 널 잡으려구 혈안이야. 제발 내 말을 잘 들어보라우요. 달순이를 버리구 나랑 도망티는 것이 수야. 달순이가 박진사댁으로 돌아가문 황어인두 왕의원두 모두 살 수 있어. 그러니끼니 나랑 가자우."

당돌하게 나서는 미라의 얼굴에 의연한 빛이 서렸다. 옻나무 잎이 미라에 손의 닿았으나 그것도 아랑곳없이 사내처럼 꿋꿋하게 나대는 미라의 차돌같이 단단한 뒷박이마 위에서 아침 햇살이 부서져 내렸다.

"그럴 수는 없어. 갖바치 일이 너 없으문 어칼려구 기래."

"그까짓 진저리나는 갖신들. 난 너를 좋아한단 말이야. 널 따라갈 거라구."

약골인 미라의 어머니는 대소사를 딸에게 맡기고 방에 누워 지내는 터였다.

"안된다니까. 날레 집으루 돌아가라우. 믹제기(미련한) 같은 짓 말구."

백석이 무어라 말하든 상관하지 않고 미라는 나무 밑에 내려놓았던 봇짐을 이고는 아예 따라나설 태세였다. 세상 끝까지 백석을 따라가겠다는 자세였다.

"내레 이미 달순의 신랑 아니가. 날 이지삐리구 날레 산을 내려가라우요."

"달순이넌 어디가 좋아 기래. 내레 더 예쁘잖아. 그넌을 데불구가문 일생 넌 사람구실을 못할 거라우요. 박진사댁 사람들이 되선 팔도를 돌문서 널 잡으러 다닐 터이니끼니 일생 어케 살려구 기래. 제발 나랑 항께 가자우."

미라의 오이씨 같은 갸름한 얼굴에 간절히 애걸하는 빛이 넘쳐흘렀다. 어머니의 갖신을 찾으러 갖바치 집에 들르면 언제나 미라가 시중을 들었다. 예닐곱 살 적부터 미라는 가죽일을 거들며 풀도 쑤고 가죽도 정리하고 오는 손님들의 잔심부름을 했다. 너무 미모가 뛰어나서 저거 남자들 손을 타기 전에 어서 시집을 보내라는 말을 자주 듣기도 했었다. 그럴 때마다 언제나 새침을 떨던 미라가 이렇게 강하게 백석을 따라나설 줄은 몰랐다.

"내레 쫓기는 몸이라구. 딴 생각 하지 말구 날레 집으루 가라우요."

그래도 미라는 장승처럼 백석 앞에 끄떡 않고 버티고 서 있었다.

"내레 화를 내문서 때려야 하갔네. 그러디 말구 우리 좋게 헤어지자우. 내레 널 좋아한 적이 한 번두 없었어. 난 달순이를 좋아해서 데불구 달아나는 거 아니가. 난 너를 발샅에 낀 때만큼두 생각해본 적이 없어."

미라는 입술을 자근자근 깨물면서 독기 어린 눈으로 백석을 한참 노려보았다.

"정 그렇다문 내게도 생각이 있어. 널 박진사댁에 고해바칠 거야. 달순에게 빼앗기느니 차라리 내 앞에서 네가 죽는 꼴을 보는 것이 더 낫다."

"뭐라구? 지금 너랑 이렇게 농담하구 있을 때가 아니라구. 저걸 그냥…."

백석의 손이 미라의 볼을 세차게 때렸다. 가는 몸매의 미라는 백석의 손힘에 밀려 벌렁 숲길에 나동그라졌다. 치마가 훌렁 허리께로 올라가서 속곳이 다 드러났다. 울상을 하고 백석을 올려다보는 미라의 화장기 없는 민낯은 신부 치장을 두텁게 한 달순이보다 월등 뛰어나게 예뻤다.

"두구 보라우. 박진사댁에 가서라무니 너를 고해바칠 테이니끼니. 만에 하나 잡히디 않으문 내 이 손으로 잡아서 너 죽는 꼴을 똑똑히 보구 말테야. 네가 감히 나를 때렸디. 그까짓 달순이 년 때문에 말이야."

이를 뾰드득 갈며 포악스러운 눈으로 흘겨보는 미라를 두고 백석은 나는 듯이 달순이 숨어있는 굴을 향해 뛰기 시작했다. 어서 도망가야 한다. 박진사댁 사람들이 오기 전에 굴을 떠나야 한다. 백석은 힘을 다해 산을 기어오르기 시작했다. 산이 가파를수록 나무는 키가 작아지고 민둥한 돌산이 되었다.

"달순아! 날레 도망티자우. 여긴 위험해!"

굴속을 향해 백석이 고함을 쳤다. 달순은 백석의 봇짐을 끌어안고 밖으로 나왔다. 햇빛에 눈이 부신지 한참 굴 입구에서 머무적이다가 연두색 저고리, 다홍치마를 펄럭이며 백석을 향해 달려왔다. 석숭산 속에서 달순은 한 송이 큼직한 꽃처럼 보였다. 두 사람은 손을 잡고 뛰기 시작했다. 형, 대석이 있을 평양이나 한성으로 가리라 마음을 정하고 백석은 죽을힘을 다해 뛰기 시작했다. 형, 형! 대석을 만나야 한다. 이 세상 천지에 하나뿐인 내 형제를.

2

무출이 장가가는 날 일어난 소동도 모른 채 서출은 대석을 찾아 양인들이 운영하는 정동의 보구여관(保救旅館), 숭례문 근처 빈민지역 상동에 위치한 시병원(施病院) 그리고 흥인문(興仁門), 애오개, 모화관의 진료소를 헤매고 다녔다. 점심을 먹고 연못골 검동이 거하는 집을 찾아갔다가 허탕을 친 서출은 구리개 제중원으로 향했다. 그날따라 기생을 데려다 간호원으로 훈련시키느라고 환자들 물결 속에 아리따운 여자들이 눈에 띄었다.

서출에 비해 머리 하나가 더 큰 우람한 체구의 사내가 냉소어린 눈으로 병원 안을 지켜보고 있었다. 팔짱을 끼고 병원 안에 눈길을 던지며 서 있던 두 사람의 눈이 마주쳤다. 초면이었지만 피차 사연이 있는 듯해서 서출이 먼저 말을 걸었다.

"양의들 하는 수작이 가관이구만. 기생들꺼정 동원해야 우리 되선 땅덩이를 다 집어 삼킬 수 있을 테이니끼니 저런 수작을 떠는 거 아니갔네."

서출의 말이 마음에 들어 우람한 사내가 맞장구를 쳤다.

"뉘신디 모르디만 어쩜 기렇게 내 생각하는 것과 똑같은디 모르갔수다레. 나두 양인들 행패를 내 이 두 눈으로 직접 확인하려구 여길 왔디요."

우람한 사내의 차림은 천민이었으나 강렬한 눈빛이 너무 당당해서 상대방을 누르는 힘이 있었다. 서출은 양반이라 해도 집을 떠난 지 오래라 그야말로 거지꼴이었다. 갓끈에 기름때가 졸졸 흘렀고 흰 도포자락은 얼마나 오래 입었는지 회색에 가까웠다.

"피양 사람이구만. 말씨가 기렇게 들리는데."

평안도 사투리를 쓰는 사람을 한성에서 만나니 백년지기라도 만난듯 서출이 우람한 사내에게 바짝 다가가서 친근한 음성으로 속닥거렸다.

"내레 피양 사람이 아니구 의주 사람이웨다."

"참 반갑수다레. 나두 의주 향교동에서 왔오. 본래 우리 집안이 선대에는 한성에서 떵떵거리구 벼슬하던 집안이었다는데…."

서출은 당돌하게 얼굴을 바짝 치켜들고 사내를 올려다보았다. 향교동이라는 말이 나오자 우람한 사내의 얼굴이 잠시 긴장했다.

"참 반갑수다. 그런데 의주에서 먼 일루 한성꺼정 왔습네까?"

"서양넘하구 놀아나는 야소교인들 중에 잡아 죽일 넘이 있어서 왔디."

그의 말에 우람한 사내는 모두의 시선이 꽂힐 정도로 걸걸하게 웃어댔다. 어찌나 그 웃음소리가 요란했던지 들것에 실려 와서 면벽(面壁)하고 누워있던 병자까지 얼굴을 이쪽으로 돌렸다.

점심도 거른 채 기역자 한옥 가장자리에 즐비하게 눕거나 앉아서 차례를 기다리고 있던 병자들은 두 사람이 주고받는 대화에 귀를 기울였다. 신나게 지껄이는 사내 곁에서 서출은 연신 날카로운 눈길을 안쪽으로 던졌다.

"내레 이래 뵈두 양놈 집에서 절게살이를 한 적이 있었디요. 거 양놈들이란 것들 다 죽일 놈입디다. 내레 그 양인들과 항께 살문서 보니끼니…."

사내가 뜸을 들이며 침을 꼴깍 삼켰다. 그러자 병자를 돌보는 일을 배우러온 기생들까지 두 사람의 말에 귀를 곤두세웠다. 아픈 남자들을 돌보는 일을 양반이나 여염집 여자들이 꺼려해서 어쩔 수 없이 외간 남자를 자유롭게 대하던 기생들이 현장실습을 받고 있었다. 환자를 따라온 보호자들도 호기심 어린 마음을 감추지 못하고 우람한 사내를 향해 눈길을 던졌다.

이런 낌새를 알아차린 사내는 모두가 들으라고 목청을 높였다.

"우리 땅에서 청국놈과 왜놈이 싸움을 벌이자 앵국놈은 보산꺼정 가서 배를 타구 줄행랑을 치더라우요. 모든 걸 버리구 가넌데 길쎄 가이(개)들을 소쿠리에 담아개지구 어린애 달래듯이 뺨을 비벼가며 배를 타더라구. 묘한 것들이더구만. 마치 새끼를 낳으문 사람을 낳지 안구 개지(강아지)를 낳아 기르는 것 같더라니까. 그것꺼정은 좋은데 길쎄 그 개지에게 고기를 먹이구 멱을 감기구 빗질을 해주구 이쁘다구 입을 쪽쪽 맞추구 세상에 벨난 꼴 다 봤수다레."

그 대목에 이르러서는 사람들이 모두 와그르 웃어댔다. 그러자 우람한 사내는 신바람이 나서 입에 거품을 물어가면서 떠벌렸다.

"청일전쟁이 끝이 나니까 양넘들이 어깨에 힘을 주구선 땅을 사들이기 시작하더라구. 내레 얼마 전에 피양 근처꺼정 갔었더랬넌데 길세 방수성(防水城)에서 바라다보이는 넓은 들판을 다 산 모양이더라구. 거기 무덤들이 많은데 그 넘들이 무덤 위를 오르락내리락 하문서 마구 밟고 있지 않캈어."

무덤 위로 양인이 올라가서 마구 밟았다는 대목에 이르자 제중원 사람들 시선이 일제히 사내에게 꽂혔다. 평양을 잘 알고 있는 사람들은 두 주먹을 불끈 쥐기까지 했다. 평양에는 성벽(城壁)이 셋이 있다. 강안(江岸)을 싸고도는 방수성과 외성(外城), 그리고 중성(中城)이다. 성내(城內)에 사는 사람들은 조상의 무덤을 찾아 해마다 성 밖으로 나가 벌초를 하고 제상을 차리는데 조상 무덤까지 서양 사람들이 사가지고 파헤치기라도 했단 말인가. 가야산 기슭에 자리 잡은 대원군의 아버지 묘까지 파 없은 독일인 장사꾼 오페르트의 도굴사건이 아직도 사람들의 기억 속에 생생한 판이라 모두가 긴장했다.

"조상의 무덤 위에 양국 놈이 올라서서 울타리를 쳤다니까

요."

"세상에! 어떻게 그런 일이 일어날 수 있어."

그들이 여태껏 보아온 서양 사람은 선교사들이 대부분이었다. 저들은 아픈 사람들을 고쳐주고 학당을 세워 교육을 하고 야소교를 전하는 일을 주로 하는 사람들이라고 생각했는데 땅을 사는 양인이 있다니! 땅은 곧 백성의 생명줄이었다. 거기서 먹을 것이 나오고 태어나 묻히는 곳이다. 거기서 물이 나와 마시고 살아가니 토지는 곧 백성의 생명이요 삶의 줄이기기도 했다. 그런 땅을 조선 사람이 아닌 양인이 샀다는 것 자체가 속이 뒤틀리는 일인데 울타리라니! 더구나 조상이 묻힌 무덤 위를 마구 밟다니 기가 찰 일이었다.

"여보게! 그게 정말인가. 우리 땅을 사들이는 양국 놈도 있다던가."

화가 치솟아 참지를 못한 노인이 허연 수염을 쓰다듬으며 불뚝 화를 낸다. 우람한 사내는 나이에 비해 세상 풍랑을 다 겪은 듯 자못 유식해보였다.

"땅을 사서 고히 돌보문 누레 말합네까. 길쎄 이거 참 기가 차서 이런 말을 해야할디 모르갔구만. 지금두 그 생각만 하문 밤에 잠을 잘 수 없디요."

사내는 사람들의 관심을 한껏 끌어 모았다.

"어서 말해보구려. 어떤 일이 있었는지 소상히 말해보라고."

사내는 터억 두 다리를 벌리고 그야말로 일장연설이라도 하려는 태세였다. 요즘 종로에서 자주 열리는 만민공동회에 참석해서 이미 이런 일에 익숙한 사람들은 가슴이 떡 벌어진 사내 주변에 모여들어 조용히 경청했다.

"서양 넘이 피양의 성 밖 땅을 샀다문서 날 보구 산울을 두르라고 하기에 목구멍이 포도청이라 그 일을 했디요. 그런데 문제는 무덤 한가운데로 울타리가 디나가야 하넌데 그냥 일을 계속하라구 앵인이 내 옆에 붙어 서서 호령을 하니끼니 이거 내 닙당(入場)이 무엇이 됐는디 알갓쉐까?"

사내는 기가 차서 더 이상 말을 못하겠다는 시늉을 했다.

"계속해 보시오. 어떤 일이 일어났는지 우선 듣기나 합시다."

"무덤 한가운데를 가로디르는 산울을 티넌데 무덤 정수리에다 울타리 기둥을 박으라고 합데다. 무덤 꼭대기에 큰 말뚝을 박으라니 이거 참!"

"아니 무덤의 정수리에 말뚝이라고! 저런 죽일 양국 놈이 있나. 조상의 배에다 못을 박는 것이지 그럴 수가 있나. 그런 넘을 그냥 놔두었단 말이요. 당장 그 자리에서 골통이 깨지도록 때려 죽여버리지 않고."

사내의 바로 코앞에 서 있던 노인이 삿대질을 하며 성깔을 부렸다. 군중들의 반응이 예상외로 거센 것을 감지한 사내는 신바람이 났다.

"내레 옥신각신하다가 무덤 위에서 그 양넘을 파악 밀테 넘어뜨리니끼니 무덤 밑으로 데구루루 굴러떨어뎄지요. 분이 난 앵인이 나를 죽이려구 허리춤에서 권총을 빼들웁디다. 내레 죽을 각오를 하구 그 양넘의 멱살을 잡구 찍어 누르는 순간 귀청을 찢는 소리가 났는데 아유! 글쎄 그 소리가 천둥소리보담 더하구 빛이 번쩍하는데 눈앞이 아찔하더라구요."

사내는 동학군에 가담해서 실전을 경험한 노장이라 아주 극적으로 사건을 전개시켰다. 둘러선 사람들의 감정은 분노와 미움으로 범벅이 되었다.

"그 넘을 칵 죽여버리지 않고 그냥 두었어. 칼을 가슴에 팍 꽂아버렸어야지 그냥 두었느냐고. 양놈의 피를 우리 땅에 흠뻑 적시면서 죽여버리지 그랬어."

조상의 무덤은 후손들을 지켜주는 조상신이 거하는 곳이다. 감히 이런 성역을 양놈이 건드렸다니 이건 도저히 용납할 수 없는 일이었다.

"그 와중에 되선 놈들 중에 앵인에게 빌붙어 먹으며 아양을 떠는 넘이 있더라우요. 길쎄 그 넘이 낼름 말뚝을 들구 무덤 위로 올라가서 정수리에 꽝꽝 박아대는데 그 소리가 좀전에 울렸던 총소리보담 더 합디다. 그러자 그 무덤의 자손들이 떼거리로 몰려와서 울부짖고 야단이 났디요. 땅을 티구 통곡하구 가슴을 티문서 울어대구… 그때 그 앵인이 뭐라구 했는디 알아요. 법적으로 이건 우리 것이야. 법으로 하자고. 왜 법을 몰라. 법, 법, 법 하더라구요. 무덤의 후손들이 상투를 풀어 헤티구 울부짖는데도 무덤 꼭대기에 말뚝을 계속 박아 울타리를 둘러놓으니 그때는 갓난아이꺼정 우와우와 울면서 앵인에게 벌떼처럼 덤벼들더군요. 참으루 볼만했습데다. 우리 되선 사람들은 살아있더라구요. 앵인이 개미떼터럼 덤벼드는 무덤의 후손들의 힘에 밀려서 권총을 허공에 대고 쏘문서 도망을 티는데 그 꼴이 가관이었디요."

일제히 박수를 쳤다. 그래야만 한다고 머리를 주억거렸다. 이야기가 마무리 지어지자 사람들은 진료를 받으려고 자리를 뜨기 시작했다. 드디어 사내와 서출이 둘만 남게 되었다. 사내는 성큼성큼 걸어서 숭례문 쪽으로 향했다. 서출이 촐랑거리며 사내의 뒤를 바짝 따라갔다.

"저 여보시! 자네가 내 마음에 혹께 드는구만. 주막에 들러 나랑 술이나 한잔 걸티는 것이 좋갔는데. 어떤가 자네 마음은?"

사내는 뒤를 돌아다보았다. 작은 키에 알밤처럼 생긴 서출의 얼굴을 한참 노려보던 사내는 그러자고 머리를 끄덕였다. 주막 마당에 놓인 평상 위에 앉으니 얼굴이 얼금얼금한 주모가 개다리 소반에 술상을 보아 올렸다. 안주라야 풋고추에 두부 몇 점이 전부였다.

"와 나를 이렇게 따라다니시오. 갓을 쓰구 도포를 입었으문 양반의 자제인데 나 같은 턴민을 와 이렇게 따라다니문서 술꺼정 사는 거요."

직선적인 사내의 물음에 서출이 움찔했다. 그간 한성에 와서 대석을 잡으려고 날마다 양인들이 운영하는 여러 병원 앞을 지켰으나 그림자도 찾아볼 수 없었다. 덕수궁 앞에서 떠벌리던 검동이를 미행해서 거처를 알아두긴 했으나 연못골 누추한 초가집은 언제나 텅 비어있었다. 게다가 의주에서 날아온 소식은 다급했다. 집에 큰 일이 났으니 어서 오라는 서찰이 인편으로 수없이 전해오니 귀향은 해야겠고 해놓은 일은 없으니 마음이 걷잡을 수 없이 막막했다. 할머니의 마음에 흡족한 걸 가지고 의주로 가야 고임을 받을 수 있고 아버지 박진사도 인정해 줄 터인데 이런 꼴로 가자니 더욱 답답했다.

"의주꺼정 갈려넌데…."

"아하! 날 보구 말벗을 하문서 항께 가자 이 말이디요."

"어케 그렇게 내 맴을 잘 아네. 의주에 땅이 혹께 많아서라무니 믿음직한 사람이 필요해. 자네가 의주 우리 집에 머물면서 우리 식구터럼 항께 살문서 농사일을 봐 줄 수레 없을까. 더구나 큰 공사를 앞두고 있어서."

"으하하하… 날 보구 의주꺼장 가서 절게살이를 하라구요. 으하하…."

사내는 여름 하늘을 향해 웃어댔다. 갑자기 미친 듯이 웃어대는 바람에 부엌에서 국을 푸던 주모가 목을 길게 빼고 무슨 일인가 기웃거렸다.

"내레 의주꺼정 가서 절게살이를 할 사람으로 보입네까?"

화나는 것이 아니라 정말 웃긴다는 투로 물었다.

"의주에서 자꾸 날 오라는 것은 우리 집안을 도맡았던 곽서방이란 자가 야소꾼들과 밀통하다가 뛔달아난 뒤 아무래도 집안 운영이 힘든 모양이야. 자네에게만 집안 내력을 솔딕히 말하넌데 위로 있는 두 형님이 모두 몸이 시원찮거든. 맏형은 꼽추구 그다음 형은 제대루 앉구 서디두 못해. 그러니끼니 자네를 데불구 가문 집안일을 하는데 만사가 도통할 것 같아서 기래."

"혹시 자네가 박진사댁 셋째 아들이 아니오? 그렇다문 자네는…."

서출이 그렇다고 머리를 주억거리자 사내의 얼굴이 한껏 일그러졌다. 복출과 무출의 동생이라면 이 총각은 검동이가 낳은 아들이 틀림없다. 박진사의 아들, 검동이가 낳은 아들… 명치끝이 꽉 막히면서 숨이 멎는 것 같아서 사내는 잠시 호흡을 가다듬었다. 사내의 심정을 헤아릴 길 없는 서출은 끊임없이 나불거렸다.

"우리 집에서 절게살이하다 달아난 봉수란 종넘이 어느날 갑자기 찾아와서 안채와 사랑채를 홀랑 태워버려 집안 꼴이 말이 아니라구. 클마니레 날마다 우시문서 박씨 가문을 일으키기 위해 집을 다시 지어야 한다구 성화라구. 해서라무니 이번에 아바지가 성 밖 땅을 엄청 많이 팔았다는구만."

사내는 눈을 가늘게 뜨고 침을 꼴깍 삼켰다.

"우와! 사랑채와 안채를 지을 그 많은 돈을 어디에 감췄을까요."

"자네를 우리 집 식구터럼 여기구 말하넌데 별정의 서가 뒤쪽에 아주 작은 방이 있거든. 그곳에 우리 집 재산인 은괴를 가득 담은 궤짝을 놓구 책으루 가리워 놓은 걸 아바지와 나밖에는 아무두 몰라. 거기에 아바지레 토지 판 돈을 숨겼을 거라구."

"흐흠."

사내의 눈이 깊이를 모르게 가라앉았다가 묘한 빛을 뿜어올렸다.

"내일 새박에 나랑 항께 의주에 갈 맴이 없네? 일생 절게살이를 하라는 말이 아닐세. 안채와 사랑채를 짓는 동안만이라두 일꾼들 앞장을 서서 호령하문 냉중에 돈을 혹께 많이 쥐어줄 터이니끼니."

사내는 잠시 생각에 잠겨 있다가 막걸리를 한숨에 쭈욱 들이키고는 손등으로 우악스럽게 입가를 문질렀다.

"좋수다. 고럼 언제 의주루 떠날 것이요."

"우와! 참 잘 생각했네. 내레 한성꺼정 와서 할 일을 못하구 그냥 가디만 자네를 얻은 것이 억만금을 얻은 것 같네. 안채와 사랑채를 다 지어놓구 냉중에 내레 한성에 다시 올 생각이네. 그때두 나를 도와달라우요."

서출의 툭 불거져 나온 눈과 붉은 빛이 도는 얼굴에 웃음이 가득했다.

"내레 의주꺼정 가려문 여기서 터리할 것들이 많으니끼니 함자 먼저 떠나시라요. 언제쯤 떠날 것입네까?"

"내일 당장 떠나야디. 자네가 내 떠난 다음날 빠른 걸음으루 바짝 따라오문 거의 엇비슷하게 들어갈 거라우요. 큰 공사를 앞에 놓구 아무래도 클마니가 편찮으신가봐. 오마니가 누우셨던디 아니문 무출이가, 무출이가…."

서출이 말끝을 흐렸다. 무출을 생각하면 언제나 서출은 주눅이 든다. 박씨 집안의 이상한 부적처럼 또한 큼직한 흉터처럼 그는 언제나 서출을 기죽게 만들었다. 무출과 함께 꼽추 형, 복출도 떠오르고 그러면 어김없이 백정 대석이란 놈이 눈앞에 어른거려서 서출은 몸을 부르르 떨었다.

서출과 헤어진 사내는 착잡한 심정으로 동창여각(東倉旅閣)에 돌아왔다. 동대문 근처에 자리 잡은 이 여각에는 호두, 밤, 잣, 사과, 배 따위의 곡물을 산지에서 가져다가 팔릴 때까지 묵는 곳이다. 지방에서 상품을 가지고 온 사람들은 난전법(亂廛法)에 묶여서 아무한테나 직매를 못하고 매매를 거간해줄 객주의 처사를 기다리고 있었다.

그는 주로 호두와 잣을 산간지방에서 가져다가 팔리기를 기다리고 있었다. 물건들을 수북이 쌓아놓은 틈바구니에 끼여 누우니 며칠씩 빨아 입지 않고 뒹구는 상인들의 몸에서 풍겨오는 냄새로 눈이 매웠다. 감발을 풀어내는 부스럭거림, 지게를 내려놓는 소리, 삐걱거리는 소달구지에 이어 짐을 내려놓는 사람들로 시끌벅적했다.

좀 전 주막에서 마주 앉았던 서출의 얼굴이 떠올랐다. 검동이가 박진사에게 낳아준 아들이다. 아아! 세월이 벌써 그렇게 흘렀던가! 인생이 물처럼 흘러가는데 검동을 찾지도 못하고 장사는 흐지부지. 평양 양인 집에서 훔쳐낸 것은 흐지부지 다 없어져버리고…. 따지고 보면 이 모든 불행은 솟을대문 안에 도사리고 앉아있는 박진사댁 사람들 때문이다. 노마님과 박진사의 얼굴이 다가오자 진저리를 쳤다. 좋다. 두고 보아라. 너희들을 그냥 두지 않을 터이다. 뒤돌아보니 검동이를 찾아 삼만 리도 더 되는 길을 쏘다녔다. 종살이 하던 여자가 험한 세상을 어떻게 살아가고 있는지 생각만 해도 가슴이 터질 것 같았다. 그 자신은 만주로 해서 전라도, 한성… 조선 팔도를 누비고 다녔고 동학군이 되어 싸돌아다니다가 이제 여각에 머무는 초라한 행색의 장사꾼이 되고 말았다. 우물 안 같은 박진사댁에 갇혀 있을 때는 몰랐던 넓은 세상을 보았지만 길 위를 헤매고 다니는 영원한 나그네가 되었으니 울컥 설움이 복받쳤다.

'나를 이렇게 떠돌이로 만든 사람들이여! 저들을 그냥 둘 수는 없다. 박진사댁 사람들을 나처럼 거처 없이 떠도는 구름으로 만들어야 한다. 가자! 의주로.'

"이봐! 봉수. 벌써 들어왔나. 배고프지? 여각 뒷골목 서돌찌개 맛이 별미라고. 우리 뱃구레가 미어지게 한 번 먹어보세. 내가 여투어둔 돈이 조금 있어."

다섯 명의 사내들은 모두 동학군 출신이다. 생명을 보존하기 위해 사방으로 흩어져 걸인처럼 돌아다니다가 만난 사람들이었다. 고향으로 돌아갈 수도 없는 가엾고 딱한 처지라 한 동아리가 되어서 서로 의지하고 지내는 터였다.

그들을 향해 봉수가 비밀스러운 손짓을 했다.

"우리 여섯이 힘을 모은다문 한 밑천 잡을 일이 생겼어."

여각 구석방에서 그들은 숨소리까지 죽여 가며 머리를 모으고 수군거렸다.

동창여각을 떠나는 아침. 봉수의 가슴은 걷잡을 수 없었다. 검동과의 추억이 아로새겨진 집으로 가고 있는 것이다. 또한 원수가 있는 곳이다. 봇짐에서 감발을 꺼내 발을 칭칭 감았다. 먼 길을 걸어가려면 발을 보호하는 것이 급선무였다. 주막에 여장을 풀 적마다 여섯 사람은 머리를 맞대고 속닥거렸다.

장정의 걸음으로 사흘 만에 의주에 도착했을 때는 한낮. 우선 주막에 방을 정해 놓고 따끈한 찌개에 술 한 잔을 걸치고 해가 지기를 기다렸다. 물푸레나무에서 매미들이 귀가 따갑게 세에롱세에롱 울어댔다. 술이 거나하게 오른 눈으로 하늘을 올려다보았다. 갑자기 시커먼 구름이 힘 있게 쭉쭉 뻗어가더니 하늘이 온통 까매진다. 곧 장대비가 내리려는 모양이다. 차라리 빗소리가 뒤엉킨 새까만 밤이 봉수 일당이 일을 치르기에 더 유리할지도 모른다.

"이봐요! 주모. 여기 술 한 병 더 개져다 주시라요."

허름한 행색에 여름 볕에 그슬려 거칠어 보이는 봉수 일당을 흘끔 훔쳐본 주모가 불손한 태도로 술 한 병을 개다리 소반에 팽개치듯 갖다 놓았다.

"박진사댁은 모두 안녕하신가?"

"박진사댁에 오시는 손님들인가 보군요."

"향교동의 박진사라면 알 만한 사람은 다 아는 터라 묻는 것이디."

"그 집안이 난리라요. 위루 아들 둘이 벵신이라 기울기 시작하더니 둘째 도련님이 장가간 밤에 신방에 든 메니리를 훔쳐간 사건이 있은 뒤에는 노마님두 폭싹 늙었구 부끄럽다구 박진사님두 도통 얼굴을 내밀디 않구 있디요."

"누레 진사님 메니리를 훔쳐갔단 말이요?"

"길쎄 왕의원의 외동아들이 그랬다지 멉네까. 들리는 소문에는 백석이란 그 집 아들이 왕의원의 핏줄이 아니랍디다만…."

그때 부상(富商) 떼거리가 우그르르 밀려들어와 주모를 찾았다. 그들을 향해 달려가는 주모의 아기작거리는 뒷모습에 눈길을 던지며 봉수가 중얼거렸다.

'모두 잘 돼가구 있구나. 아암 그래야디. 벵신을 장가들게 했으니끼니 당연한 일이디. 나를 이 디경으로 맹근 집안이 온전할 수레 있을라구.'

마침 장날이라 봉수 일당은 오목시장에 들러 성냥과 비수, 몸을 가릴 검은 천 등등 만반의 준비를 갖추고 주막의 구석방에서 자시를 기다렸다.

검동의 달덩이 같은 얼굴이 봉수의 눈앞에 떠올랐다. 세월이 이렇게 많이 흘렀건만 검동은 아직도 앳된 처녀로 그의 눈앞에서 어른거렸다.

"아아! 불쌍한 검둥아. 혼자 어디를 헤매고 다니구 있니, 이 가여운 것아!"

자정이 가까워 오면서 비가 지척을 분간 못할 정도로 쏟아졌다. 다섯 사람은 별정 뒷문에 망을 보고 봉수 혼자 솟을대문을 넘었다. 시룻번처럼 타버린 사랑채와 안채였던 공터에 집을 지을 재목들이 산더미처럼 쌓여있었다. 톱으로 켜놓은 나무에서 풍기는 송진 냄새가 이 집안이 곧 일어설 조짐을 보여주듯 싱그러웠다. 오랜 세월 죄 없는 우리 천민들을 짓밟는 양반들을 이 땅에서 싹 밀어 내버려야 한다고 봉수는 눈을 뜰 수 없이 흘러내리는 빗물을 한손으로 쓱 닦으면서 중얼거렸다. 순간 서출의 얼굴이 떠올랐다. 코밑수염도 아직 영글지 않았고 살갗에서도 유년의 살가움이 고여 있을 나이에 어른 흉내를 내면서 박진사댁 사람들의 사랑과 굄을 몽땅 받으려고 몸부림치는 가련한 모습이다.

거센 빗줄기 때문에 애써 몸을 숨길 필요도 없었다. 모두 잠든 칠흑의 밤, 집안을 한 바퀴 돌아서 박진사가 머물고 있을 별정으로 향했다. 사위가 깜깜한데 별정에서 켜놓은 호롱불빛이 희미하게 새나왔다. 봉수는 본능적으로 벽에 몸을 매미처럼 착 붙였다. 어둔 방안에서는 서출과 박진사가 도란도란 대화를 나누고 있었다.

"한성꺼정 같으문서두 대석이란 백당 넘을 잡디 못했단 말이네."

"앵인들이 세운 병원 앞을 매일 지켜두 허탕이었습네다. 사람들 말루는 선교사를 따라 밖으루 나댕긴다구 해요. 피양에서 문한이 도와주었다문 발쎄 웬수 백당 넘을 쥑여버렸으련만, 그때 일을 생각만 해두 치가 떨립네다."

"기회가 있을 것이다. 참구 기두려라. 되선 팔도 아낙 어디멘가 있잖디."

박진사는 봉수에게 호되게 당한 뒤부터 깊은 밤이면 언제나 불을 밝히고 도인처럼 앉아있다. 백두산 굴속 도사에게 배운 주술문을 외우면서 두려움과 밀려오는 마음의 공허를 물리치려고 무진 애를 썼다. 사람들이 깨어있는 한낮에는 늘어지게 자고 밤이면 올빼미처럼 깨어있는 나날이었다.

봉수가 짚신을 신은 채 마루 위로 사뿐 올라섰다. 젖은 발이라 둔탁한 소리가 났다. 순간 박진사의 눈에 공포가 서렸다. 윗목에 놓아둔 방망이를 집어 들었다. 그리고 머리맡에 항시 준비해 둔 대검을 단단히 거머쥐었다.

"아랫것들이 뒤늦게 비설거디를 하는 모양이구만요. 비가 이렇게 억세게 쏟아디구 있넌데 누레 이 시간에 온다구 그렇게 놀라십네까."

그래도 박진사는 윗눈시울이 축 늘어진 거적눈을 치켜뜨고는 호롱불빛이 어른거리는 창호지문을 주시했다. 서출이 이런 아버지를 측은한 눈으로 바라보고 있을 때 젖은 발을 철떡이며 마루 위를 걷고 있는 발자국 소리가 또렷하게 들려왔다. 박진사의 번쩍이는 대머리가 흘러내리는 땀으로 번들거렸다. 칼을 잡은 박진사의 오른 손이 부들부들 떨렸다. 서출의 눈이 문 쪽으로 향했다. 발피들을 데리고 평양거리를 싸돌아다닐 적의 만용은 사라지고 어떡해야 할지 몸이 말을 듣지 않았다. 행랑채의 머슴들도 모두 깊이 잠든 시각이다. 더구나 번개가 번쩍이고 천둥이 요란하게 쳐서 고함을 친다

해도 들릴 리가 없다. 별당 마루까지 설렁줄을 달아놓았으나 그건 어디까지나 그 쪽을 위한 배려였다. 별당에는 머리가 하얗게 세고 귀가 어두운 어머니와 병약한 아내, 그리고 병신 아들 복출과 무출이 있을 뿐이다. 성한 사람으로 동미의 여동생, 동옥이 있다지만 처녀인 그 애가 무슨 힘이 되겠는가.

번쩍 번개가 치는 순간 문이 드르륵 열렸다. 밖에서 휘몰아쳐 들어오는 바람에 호롱불이 몸부림치며 펄렁거리다가 홱 꺼져버렸다. 천장에 닿을 듯 큰 키의 우람한 사내가 젖은 짚신 발을 터벅 방안에 들여놓았다.

"이… 밤… 둥에 누…."

혀가 입천장으로 오그라들더니 입속이 버쩍 말라서 박진사는 말을 할 수 조차 없었다. 깊은 밤 침입자는 우악스럽게 문을 닫았다.

"날레 불을 켜라."

서출이 엉금엉금 기어가서 성냥을 찾아 유경촛대에 불을 댕겼다. 서출의 눈이 우람한 사내의 얼굴을 올려다보았다. 검은 천으로 입과 코를 가렸으나 불처럼 타는 눈이 어디선가 본 듯한 얼굴이다.

"아아! 맞다. 자네는 구리개 제중원에서 만난 사람이 아니네. 우리 집에 절게살이를 하갔다구 나랑 약속한 사람 말이야."

사내는 말없이 박진사의 얼굴을 노려보았다. 박진사는 고양이 앞에 쥐처럼 옴짝달싹도 못하고 기가 질려 입술이 패랭이 꽃빛이 되었다.

"너 이놈! 봉수 이 넘! 네가 감히 우리 집에 다시 발을 들여놓다니!"

"흐흥! 안채와 사랑채를 짓갔다구! 마음대로 그렇게 될 줄 알았네."

"이 너! 이 발칙한 넘 같으니라구. 여봐라! 밖에 아무두 없느냐."

박진사는 양반의 체통을 차리느라고 기를 쓰며 허우적거렸으나 목소리는 모기 소리만도 못했다. 봉수가 가슴에 숨겨온 도끼를 꺼내들었다. 날이 선 도끼날이 호롱불빛을 받고 새파란 빛을 뿜어냈다.

"아아! 네 넘이 봉수라니! 세상에 어케 이런 일이!"

봉수의 손에 들린 도끼를 보는 순간 서출의 입술도 박진사처럼 패랭이 꽃빛으로 변했다. 도사에게 배운 기술을 다 동원해서 눈에 힘을 주었으나 공포에 사로잡힌 박진사는 거적눈을 스르르 감아버렸다.

"그 도끼를 날레 내려놓디 못할까. 이 믹제기 두상 겉은 종넘이 감히 양반에게 도끼를 드리대! 우리 집을 불태우구두 모자라서 또 이러는 거네."

서출이 죽을힘을 다해 매미처럼 봉수의 허리에 찰싹 들러붙자 봉수가 도끼를 번쩍 치켜들었다. 도끼날이 서출의 머리통을 향해 내리꽂히려는 순간 박진사가 봉수 앞에 납작 엎드리더니 파리 손을 하고 싹싹 빌었다.

"제발 서출은 살려주게나. 하나뿐인 성한 아들이라구. 박씨 가문의 대를 이을 아들이야. 이 아들을 쥑이문 이 집안은 망하구 말아. 내레 머든지 다 줄테이니끼니 제발 우리 서출이만은 살려주게나."

박진사는 부처님 앞에 절이라도 하는 듯 봉수 앞에서 합장하고는 절을 수없이 하면서 애걸했다.

"내레 동학의 접주라는 걸 알구 있갔디. 다시는 종넘이란 말을 쓰디 말아우. 동학이 주장하는 것 듕에 하나가 노비를 해방시키는 것이다. 사람이 곧 하늘이다. 알아들었네. 다시는 나터럼 한을 품는 사람이 없두룩 사람을 사람답게 해대주어라. 너희들을 지금 쥑이디 않갔으니 안채와 사랑채를 지을 돈을 몽땅 내놓아라."

박진사는 여전히 무릎을 꿇고 봉수에게 빌기 시작했다.

"조상이 묻힌 선산하구 텃밭만 남기구 모두 팔았넌데 기걸 다 개져가문 우리는 망하넌데… 박씨 가문은 비렁뱅이가 된다구."

"듣기 싫다. 다 알구 왔다. 그 돈이 서가 뒤에 있는 것두 안다."

순간 서출의 얼굴이 일그러졌다. 박진사는 엉덩방아를 찧으며 방바닥에 털썩 주저앉아버렸다. 봉수가 문을 열고 신호를 보내자 뒷문 담 밑에 몸을 숨기고 있던 다섯 명의 동학군들이 우르르 별당 안으로 들어왔다. 모두 검은 천으로 얼굴을 가린 장정들이었다.

"날레 서가 뒤에 감춰놓은 은괴가 담긴 궤짝하구 돈 자루들을 옮겨라."

박진사와 서출은 나란히 아랫목에 앉아서 모든 재산이 실려 나가는 걸 속수무책으로 바라볼 뿐이었다. 도끼를 든 봉수가 떡 버티고 서 있으니 소리를 지를 수도 없었다. 상것들의 손에 두 손과 몸이 묶이지 않은 것만도 다행이었다. 서가 뒤에 있던 이 집안의 큰 재산인 은괴 궤짝과 집을 지을 돈 자루들이 모두 괴석 옆으로 난 뒷문을 통해 말에 실려 사라지는 동안 봉수는 도끼를 들고 박진사와 서출을 지키고 서 있었다.

먼동이 터오면서 비가 멎자 멀리서 수탉이 홰를 치고 울었다.

"다시는 안채와 사랑채 지을 생각을 말아라. 지금이 어느 때라고 집이나 짓구 있네. 나라가 망해가구 있넌데 네 가문만을 생각하는가. 돈은 우리 동학군의 재기에 모두 쓸 것이다. 호남지방에서 동학군이 다시 일어나 되선 전역을 지배할 것이니끼니 두구 보라우. 그때 검동을 꼭 찾아 데불구 여기 오문 검동이 속에 서린 한(恨)이 풀어지갔디. 이번에두 네 목숨을 살려두구 간다. 검동이랑 항께 오는 날꺼정 말이다. 내레 검동이 눈앞에서 네 목을 치는 것이 소원이다. 재산을 다 개져갔으니끼니 턴민들터럼 패랭이에 숟가락을 꽂구 살아보라우요. 그래야 사람이 되디. 내 말 알아들었간?"

말을 마치고 마루로 나간 봉수가 도끼를 번쩍 치켜들었다. 박진사는 와락 서출을 가슴에 품어 안고 눈을 감아버렸다. 찌이익! 도끼날이 별정 마루 기둥에 깊이 박혔다. 도끼를 버려둔 채 봉수는 번개처럼 몸을 날려 담을 넘었다. 그제야 박진사는 허겁지겁 뛰어나가 행랑채를 향해 고함을 쳤다.

"게 아무두 없느냐? 게 아무두 없어!"

좀 전까지의 괴상이 갑자기 호랑이 상으로 변했다. 곰돌이가 달려왔다. 흙발로 더럽혀진 별정 마루를 보고 별당으로 달려가서 노마님을 모시고 왔다. 해가 오르며 안채와 사랑채를 지을 목수와 일꾼들이 들이닥쳤다. 행랑마당은 웅성거리는 사람들로 붐볐으나 별정은 얼음처럼 살벌한 분위기였다.

"먼 일이 일어났네? 설마 이번에두 봉수란 넘이 나타난 것은 아니갔디."

노마님의 눈이 서가의 뒤쪽에 멎는 순간 새파랗게 질렸다. 눈을 비비고 봐도 아무 것도 없었다. 사랑채와 안채를 예전보다 더 멋지게 지어서 박씨 가문의 체통을 세우려든 꿈이 사라져버린 셈이다.

"세상에! 누가 간밤에 우리 재산을 몽땅 개져가 버렸구만. 저런! 은괴꺼정 개져갔구나. 이를 어카디. 우리는 이제 망했다. 비렁뱅이가 되었구나."

"봉수, 봉수란 넘이…."

노마님이 기둥에 박힌 도끼를 보고는 이마를 짚고 비틀거렸다.

"오마니! 의주를 떠나 문한이 있는 피양으루 갑세다. 봉수란 넘이 또 나타난다구 하니끼니 여기서 어케 살갔어요. 여기 있다가는 모두 죽어요."

박진사가 몸을 떨면서 말을 더듬자 노마님이 신경질적으로 응수했다.

"그까짓 절게살이하던 종넘이 미서워서 의주를 떠나네. 절대루 여기를 떠나디 못해. 피양에 있는 문한의 면포점을 팔아서라두 사랑채와 안채를 전보다 두 배 크기루 멋지게 지어야디. 당장에 피양에 가서 문한을 데불구 오너라."

분을 이기지 못하고 날뛰던 노마님이 마루에 짚뭇처럼 힘없이 넘어졌다.

3

주일 오후 대석은 혼자서 종루가(鐘樓街)로 나갔다. 갓전골(笠洞)에 즐비한 갓들을 기웃거리다가 상나무골(香井洞)로 해서 승동도가가 있는 인사동을 거쳐 곤담골을 휘이 한 바퀴 돌아 백정들이 모여 사는 관잣골로 향했다. 고향이 못 견디게 그리울 적에는 발길이 절로 그리로 향했다. 자신의 못된 성격으로 인해 죽은 어머니! 또한 아버지 이 백정과 여동생 금경이가 관잣골 백정 마을에 고인 특이한 냄새와 함께 도처에 아로새겨져있었다.

문득 애련이 떠올랐다. 그녀가 옆에 있어준다면 이런 고독이 훨씬 덜 할 터인데. 사십 일간 삼각산에 올라가 곡기를 끊고 기도를 한 계모 김메례와 애련은 마치 신들린 것처럼 돌아다녔다. 전도책자를 들고 나가면 한두 달은 보통이고 사경회에 참석할 때나 전도부인 훈련기간에만 서울에 머물렀다. 어쩌다 대석이 그들 앞에서 결혼문제를 들고 나오면,

"산기도 중에 하나님께 일생을 바치기로 서원기도를 했습니다. 어머니를 모신 것만으로 저는 그저 기쁘고 감사할 뿐입니다."

애련이 거절하는 것은 당연하다고 대석은 생각했다. 유년시절부터 야곰야곰 평안했던 가정을 조각내 깨트린 사람이 어찌 가정을 이룰 수 있겠는가.

한여름 뜨거운 햇볕에 골목은 비어있었다. 아주까리 잎에 몸을 감춘 매미들이 쎄에롱 쎄에롱 울어댄다. 비릿한 푸줏간 냄새가 질척한 골목에서 물컹 풍겼다. 정신이 맹해지도록 따

갑게 내려쬐는 햇살 밑에서 궁 줄이 든 초가지붕들이 아주까리기름을 쳐 바른 것처럼 반질거렸다.

청계천 바닥에서 솟아나는 샘물언저리 빨래터도 한낮 더위로 비어있었다. 대석은 이마 위로 흘러내리는 땀을 닦으며 하늘을 올려다보았다. 깊이를 모를 파란 하늘에 새털구름이 두어 점 흘러간다. 북악산, 인왕산, 목멱산, 낙산 산골짜기에서 흘러나온 물들이 합쳐져서 흐르건만 돌까지 깨끗했다. 해서 청계라 부르는 모양이다. 갑자기 벌거숭이 사내아이들 대여섯이 높은 둑을 펄쩍 뛰어내리더니 물속으로 첨벙 들어간다. 햇볕에 타서 잠지까지 구리색이다. 물장구를 치다가 서로 물을 뿌리며 신나게 놀고 있는 녀석들에게 대석이 다가갔다. 호주머니에서 눈깔사탕을 꺼냈다. 아이들은 낯선 대석을 보고는 두 손으로 고추를 가렸다.

"자자! 이걸 먹어 봐라. 이건 꿀 보담 더 맛이 좋은 거다."

아이들 중에 제일 어린 녀석이 용감하게 다가와서 대석의 손에 있는 사탕을 받아 얼른 입에 넣고는 더 달라고 손을 내밀었다. 그러자 나머지 아이들도 우우 달려와서 대석에게 손을 보였다.

"너희들 오마니, 아바지레 어디메 있네?"

"…."

아이들은 백정의 자식이란 것이 드러날까 봐 겁먹은 얼굴을 하고 입을 다문 채 눈깔사탕에 이끌려 대석을 졸졸 따라왔다. 토담 밑 가녀린 그늘에 털썩 주저앉았다. 아이들도 뜨거운 햇살을 피해 대석의 옆에 나란히 쪼그리고 앉았다. 녀석들 얼굴엔 대석이 어린 시절 지녔던 것과 똑같은 음울함이 서려있었다. 나이답지 않게 과묵하고 살살 눈치를 보는 것이 그러했다.

"내레 양반이 아니니끼니 미서워하지 말라우요."

그제야 아이들 중 제일 큰 녀석이 입을 열었다.

"아이쿠! 깜짝이야. 포졸 나리가 변장을 하고 우리 동네 들어왔나 해서 겁을 먹었지요. 또 뭔 트집을 잡아서 고기나 돈을 뺏으려왔나 했지요."

갑자기 숨통이 트이는지 아이들은 제 나이 또래의 경쾌함으로 돌아가서 재깔거리며 눈깔사탕이 든 입을 볼록하게 부풀렸다.

"너희들 이러구 지내다 아바지터럼 짐승을 잡는 백당이 될 것이네?"

"백정의 자식은 커서 짐승을 잡는 백정이 되는 것 아니갔어요."

대석의 손에서 제일 먼저 알사탕을 받았던 녀석이 거침없이 대꾸했다.

"글을 배우구 싶은 마음이 없네?"

"아하! 서당 말씀이군요. 백정이 서당에 다녀서 뭣해요."

"먹을 것두 주구 재우문서 공부를 시켜주는 곳을 내레 알구있어."

모두 머리를 흔들었다. 체념의 빛이 역력했다. 대석은 아이들을 데리고 마을 한가운데로 갔다. 마침 사방이 뚫린 헛간이 있어 그리로 들어갔다. 아이들이 줄줄 따라와서 그의 곁에 앉았다. 대석은 큰 창호지에 주사(朱砂)로 베껴 쓴 찬송가를 안주머니에서 꺼내 헛간 기둥에 붙이고 아이들의 얼굴을 보았다. 호기심에 들뜬 아이들에게 붉은 글씨를 한자 한 자 짚어가며 읽어주었다.

"예수나를사랑하오/셩경에말삼일세/어린아해임쟈요/예수가피 로삿네…."

아이들이 따라했다. 처음 보는 글씨지만 마치 서당에라도 온 것처럼 아이들은 흥분했다. 입을 참새 부리처럼 짝짝 벌리며 잘도 흉내를 냈다.

그 다음 곡을 부쳐서 부르기 시작했다.

"예수날사랑하오/셩경말삼일세"

(찬양가, 예수셩교회당간인 1895년 21장)

백정들이 모여 사는 관잣골 한 복판에 대석과 아이들이 부르는 찬송이 우렁차게 울려 퍼졌다. 고종의 교육조서(教育詔書)를 바탕으로 각종 학교가 잇달아 서고 있을 때였다. 관립학교에서는 관비, 관복을 주고 외국어학교에서는 교과서를 주고 지필묵을 지급하는 것은 물론 점심값까지 주었으며 벼슬길도 빨랐다.

나이 지긋한 노인이 헛간으로 달려왔다.

"당신 누구요? 예서 아이들 모아놓고 무엇을 하고 있소?"

"저는 구리개병원의 의사입네다. 아이들에게 글을 가르티구 있디요."

"쓸데없는 짓. 어제 손자녀석 손을 잡고 나라님이 세운 학교에 갔더니 백정은 호적이 없어서 안 된다고 면전에서 박대를 했단 말이오."

마침 대갓집 잔치에 쓸 소를 잡은 백정들이 우우 골목이 미어지게 몰려 지나가다가 대석과 맞닥뜨렸다.

"어허! 이 사람 못 보던 사람인데. 도대체 당신 뭐 하는 사람이요. 천한 백정들이 어떻게 사나 구경하러 온 거요, 아니면 죄 짓고 피하여 온 거요?"

일행 중 몸집이 제일 우람한 백정이 시비를 걸었다. 그냥 두면 포달스러운 짓을 해서라도 피를 낼 태세여서 노인이 막고 나서자 젊은 백정이 발끈했다.

"죽을죄를 짓고 관잣골로 피신했다가 잡혀도 우리 백정만 혼쭐나게 야단을 맞는 세상인 걸 알면서 이러세요. 어서 내쫓으세요. 여긴 우리끼리 사는 곳이니까. 동학군이라도 감췄나 해서 정탐하러 온 포도청의 끄나풀일지도 몰라요. 여보시오! 여긴 피를 보고 사는 밑바닥 천한 것들이 돼지처럼 살아가는 곳이라 그런 귀한 동학군 같은 사람은 오지 않아요."

저들의 눈이 헛간 기둥에 붙여놓은 종이에 멎었다. 의도적으로 피 색깔로 글자를 쓴 것이라 여겨진 백정들은 그나마 남아있던 자존심이 한껏 상했다. 그들의 심사가 뒤틀린 걸 눈치 챈 대석이 침착한 목소리로 말문을 열었다.

"옛날에 모세라는 사람이 종살이 하던 자기 피붙이들을 데불구 자유를 찾아 나섰답네다. 애급이란 나라 사람들은 별별 짓을 다해서 모세를 쥑이려구 했디요. 그도 그럴 것이 종살이하던 장정들만 70만 명이 넘었으니까요."

"아휴! 70만 명이라면 대단한 숫자인데 그 많은 사람들을 종으로 부려먹던 양반들이 그냥 있겠어."

"모세라는 지도자는 그 많은 사람들을 데불구 애급을 빠져

나와 상데 하나님이 지시한 가나안이란 땅으로 향했습네다. 젖과 꿀이 흐르는 곳인데 거기꺼정 가는 길은 험난했디요. 뒤에서 수를 헤아릴 수 없는 많은 군졸들이 따라오구 앞에는 바다가 가로막혀 모두 물에 빠져 죽을 운명이 되었답네다."

백정과 아이들까지 모두 흥미로운 듯 대석의 말에 귀를 기울였다. 대석은 자기의 이야기에 빠져드는 백정들의 진지한 얼굴을 직시하며 잠시 입을 다물었다. 우물가의 감나무에서 매미들이 간드러지게 울기 시작했다. 귀청이 따갑다. 많은 사람들 소리에 잠시 머무적거리던 매미들이 숨소리조차 들리지 않을 정도로 조용해진 틈을 타고 맴맴맴 기승을 부렸다.

대석이 너무 오래 입을 다물고 뜸을 들이자 갑갑해진 노인이 끼어들었다.

"우리처럼 가여운 사람들이군 그래. 요사스러운 산매가 들리지 않구 어떻게 그런 일이 일어날 수 있을까. 결국 모두 죽어버렸겠지. 쯧쯧… 불쌍한 사람들."

"상데 하나님이 종살이 하던 백성들을 이끌고 나온 모세에게 은밀히 나타나서 네 손에 들고 있는 지팡이로 바닷물을 가리키라고 일러주었답니다."

아이들이 까르르 웃어댔다.

"그거 재미있다. 산신령처럼 생긴 상제 하나님이 나타났단 말이지."

대석은 옆에서 당싯거리는 어린 아이를 가슴에 안고 이야기를 계속했다.

"상데 하나님이 시키는 대로 모세는 지팡이를 번쩍 들어 바다를 가리켰디요. 여러분 놀라지 마시라요. 길쎄 바닷물

한가운데가 비단 폭이 찢어지듯 쫙 갈라지더니 큰 길이 뻥 뚫렸답니다. 그리루 애급에서 종살이하던 사람들이 가솔들을 거느리고 당당하게 걸어서 바다를 건넜디요. 애급 군졸들두 뒤따라 바닷길로 들어서자 샹뎨님의 콧김에 물이 쌓이고 파도가 언덕같이 일어서고 큰물이 바다 가운데서 엉기더니 바늘로 꿰매어놓은 듯이 합쳐버렸답니다. 애급 군졸들은 깊은 바다 속으로 무거운 돌처럼 몽땅 빠져버렸지요."

둘러선 백정들이 신나게 박수를 치기 시작했다. 아이들이 박수를 더 거세게 쳐댔다. 신바람이 나서 킬킬 웃기도 하고 발을 구르기도 했다. 서쪽 하늘이 달아오른 숯덩이 빛깔로 물들 때까지 대석은 모세의 이야기를 계속했다. 10가지 재앙에다 불기둥과 구름기둥이 나오자 놀라움으로 모두의 입이 쫙 벌어졌다.

"우리 백정들을 구해낼 모세 같은 인물이 있었으면 좋겠다."

백정들은 모세의 이야기를 듣고 눈이 뜨이는 것 같았다. 대석은 발꿈치를 들어가며 힘 있게 외쳐댔다.

"출애굽한 종들의 이야기가 바로 우리의 이야기입네다. 우리는 오백 년이 넘도록 광대보담 더 비천한 밑바닥 인생을 살아왔습네다. 갓과 망건두 쓰지 못하는 천대를 받았디요. 호적두 없구 이름두 없으며 도포두 입지 못하구 살아왔습네다. 우리가 이런 비천한 삶에서 벗어나려문 샹뎨를 믿어야 합네다."

무어(S. F. Moore) 목사가 관잣골 바로 옆 곤담골에서 예배당을 세우고 열심히 전도하고 있던 때였다. 무어 목사는 특이한 선교사였다. 기쁜 소식(The Glad Tidings)이란 나룻배를 타고 매서인들과 함께 한강 유역 여러 마을에 사는 천민들을 찾아다녔다. 사람들은 그를 모삼률(某三栗) 목사라고 불렀다. 학당도 시작해서 사내아이들을 가르치고 있었다. 백정들을 곤담골 모삼률 목사와 연결해준다면… 생각이 이에 미치자 대석의 전신에 전율이 흘렀다.

대석은 수술을 하면서도 관잣골 백정들을 생각했다. 봉두난발하고 꿈도 없이 살고 있는 백정 아이들이 눈에 밟혔다. 이날따라 수술 환자가 많아서 세 번이나 집도를 했더니 눈까지 아팠다. 건장한 체격이건만 발등이 퉁퉁 부어올랐다. 너무 오래 서 있었던 탓인가 보다. 대석은 머리도 식힐 겸 병원 뜰로 나갔다. 구리개병원은 기름하게 지어진 한옥이라 뒤란으로 가면 꽈리 밭도 있고 앵두나무도 있으며 황매화도 볼 수 있다. 막 뒤란으로 향하는 대석의 손을 잡은 작은 손이 있었다. 돌아다보니 봉두난발을 한 사내녀석이었다.

"아아! 너는 관잣골 한가운데 헛간이 있는 집에 사는 봉주리가 아니네."

자기를 알아보는 대석이 반가워 눈에 눈물이 핑 돌았다. 신발도 신지 않은 맨발이 까마귀 등처럼 새까맣다. 짧은 바지가 흘러내려서 배꼽이 나오자 허리춤을 한손으로 움켜쥐고는 대석을 뚫어지게 올려다보며 말이 없다.

"먼 일루 예꺼정 날 찾아왔네. 날레 말해보라우."

"우리 아버지가 아파서 죽게 되었어요. 제발 살려주세요."

봉주리는 산신 앞에서라도 서 있는 것처럼 비손했다.

"난 산신령이나 부체가 아니니끼니 기렇게 빌지 말라우.

해가 지문 가마."

백정의 아들 봉주리는 하얀 가운을 걸쳐 입은 대석을 경외심 어린 눈으로 한참 넋을 놓고 쳐다보다가 꼭 와야 한다며 새끼손가락을 걸었다. 대석은 저녁 병원 일을 마치고 모삼률 목사를 찾아갔다.

"되선 땅에서 가장 고통 받고 있는 사람들에게 전도할 마음이 없으십네까?"

지난번 휴가에 대석은 모삼률 목사의 나룻배를 타고 함께 순회전도를 했던 터라 둘 사이는 아주 친근했다.

"우리가 여직 전도한 가난한 사람들보다 더 비참하단 말이요?"

"맞는 말입네다. 선교사들 중 아무도 이들 백정을 만나본 이가 없을 겁네다. 당신 나라의 흑인들보다 더한 고통을 받구 있는 불쌍한 사람들이디요."

"미국의 흑인보다 더한 고통을 받고 있는 사람들이라! 좋소. 가봅시다."

땅거미가 마을을 완전히 내려 덮었을 즈음 두 사람은 관잣골에 들어섰다. 누기찬 아랫목에 누운 봉주리의 아버지가 장질부사에 걸려 심히 앓고 있었다. 해가 진 지 오래건만 방안은 찜통이었다. 마당 한구석 뒷간에서 눈이 매울 정도의 역한 냄새가 방안까지 스며들었다. 갑자기 서양 사람과 대석이 들어서자 봉주리네 식구들 모두가 쩔쩔했다. 이웃 백정들도 모여들었다.

대석은 환자의 이마를 짚어보고 가슴에 청진기를 대보고는 밖으로 나왔다.

"병이 아주 심한데 어카디요. 이 밤에 약을 구하기가 힘들 터인데…."

"내 친구 닥터 에비슨에게 구급약이 있을 것인데 그 사람을 데려와볼까."

"임금님과 왕족의 진료를 맡은 시의(侍醫)가 여길 어케 옵네까."

두 사람이 주고받는 대화에 관잣골 백정들이 귀를 세웠다. 대석과 안면이 있던 노인이 그의 팔을 다급하게 붙들고 늘어졌다.

"봉주리 아범은 승동도가(承洞都家)의 영위(領位)입니다. 우리에게 없어서는 안 될 인물이니 꼭 살려야 합니다."

턱을 괴고 한참 생각에 잠겼던 모삼률 목사는 결심한 듯 대석을 돌아다보았다. 두둥실 달이 목멱산(木覓山)을 타고 떠올랐다. 달빛을 밟으며 밤길을 더듬으면서 닥터 에비슨이 대석과 모삼률 목사를 따라 관잣골에 들어섰다. 봉주리의 아버지가 살아나고 죽는 것이 문제가 아니었다. 관잣골 백정들을 흥분시킨 것은 궁중의 높으신 분들을 돌보는 시의가 천민 중의 천민인 백정을 치료해주러 관잣골에 들어왔다는 믿을 수 없는 사실이었다.

죽음의 고비에서 헐떡이는 백정을 에비슨은 매일 왕진해서 돌보았다. 열흘 뒤 겨우 몸을 추스르게 된 봉주리 아비는 에비슨 앞에 무릎을 꿇었다.

"짐승만도 못한 넘을 살려주셨으니 이 은혜를 무엇으로 갚아야합니까. 제 목숨이라도 드리고 싶은 심정입니다."

눈물콧물 흘리며 주억거리는 봉주리 아버지에게 대석이

말했다.

"은혜를 갚을 마음이 있으문 봉주리를 곤담골 예수학당에 보내시라요."

"학당이라고요! 보내지요. 하지만 백정이 배워서 무엇합니까?"

"백정의 신분에서 벗어나는 길은 예수를 믿구 배우는 길밖에 없디요."

먼지와 땀으로 범벅이 된 봉두난발 봉주리의 머리를 대석이 쓰다듬으며 확신을 가지고 대답했다.

"너두 이제 예배당에 가서 배우게 되었넌데 이 머리를 깨끗하게 감아 빗질을 하구 학당에 다녀야 하지 안캈어. 청계천에 가서 너 함자서 몸을 씻을 수 있갔디? 오마니나 아바지 손을 빌리디 않구서 함자 해야 돼. 내레 내일 너 입을 좋은 옷을 한 벌 사올터이니끼니 기다려라. 백정이 사는 길은 오직 하나, 예수를 믿는 길밖에 없다. 내말 알아들었갼?"

봉주리가 머리를 크게 주억거렸다.

봉주리가 곤담골예배당에 나가면서부터 집에 오면 날마다 성화를 댔다.

"아버지두 저와 함께 곤담골예배당에 나갑시다."

"내가 거기를 어떻게 가겠니? 내 꼴이 백정인 걸 숨길 수 없어."

"하나님 앞에서는 모두 똑같다고 목사님이 말씀하셨어요. 아버지 이마 위에 백정이라고 써있지 않으니 마음 놓고 곤담골예배당에 갑시다."

시의인 에비슨의 치료에 감동한 봉주리 아비는 아들의 손에 끌려 곤담골예배당에 첫발을 들여놓았다. 그러나 어쩌랴! 패랭이(平涼子) 말고도 오백 년이란 긴 세월 격리되어 살아온 백정의 신분을 숨길 수가 없었다.

“아니 저 사람은 관잣골의 백정이 아닌가. 저 짐승 같은 백정이 여길 어떻게 알고 발을 들여놓았지. 아이쿠! 이거 큰일 났군.”

“저 백정 때문에 우리가 남우세를 받게 생겼으니 야단이 나도 크게 났어.”

양반들은 불쾌해서 마치 똥감태기라도 당한 표정들이었다.

봉주리 아비가 곤담골예배당에 나타나기만 하면 이상한 기운이 감돌았다. 드디어 매주일 양반 교인들이 몇 명씩 빠져나가기 시작했다.

“우리 교인들이 왜 이러지? 자네 그 이유를 알고 있소?”

모삼률 목사가 머리를 갸우뚱거리며 대석에게 물었다.

“턴민인 백당 봉주리 아바지 때문입네다.”

“저런! 봉주리의 아버지가 예배당에 나온다고 양반들이….”

“그들이 백당과 함께 한 장소에 앉을 수 없다고 생각하는 것입네다.”

“세상에! 어떻게 그런 생각을 할 수 있을까. 마치 미국의 백인과 흑인분쟁처럼 여기도 그런 문제가 있다니 믿을 수 없어.”

그때 할아버지가 이조판서를 지냈다하여 홍판서라고 불리는 사람이 목에 힘을 주고 모삼률 목사에게 덤벼들었다.

“우리들이 여기 온 것은 하나님을 경배하고 구세주를 믿으려고 온 것입니다. 사실 우리 양반들 입장에서는 머슴이나 종들과 나란히 앉아 예배드리는 것을 힘껏 참으며 함께 앉았습니다. 그러나 피를 만지는 짐승만도 못한 백정이 우리와 함께 예배를 드리는 건 있을 수 없는 일입니다. 우리의 관습을 이해해주십시오. 그러니 여자들이랑 첩살이와 기생질 했던 여자들과 우리 사이에 휘장을 치듯 무슨 조치를 취해야 합니다."

"한 하나님 아버지로부터 태어난 자녀들이 한방에 함께 앉을 수 없다니 이상한 일이군요. 이 다음 천국에서 모두 함께 살터인데…."

음양립을 쓰고 옆에 종을 거느리고 온 홍판서는 다시 발끈했다.

"저 백정 놈이 예배당에 계속 나오면 우리 양반들은 모두 떠날 것입니다."

사뭇 협박조였다. 모삼률 목사는 단호하게 응수했다.

"고귀한 계층 사람만 천당 가는 것이 아니요. 예수를 믿으면 우리 모두 누구나 가요."

"우리가 백정과 함께 앉아 있는 걸 본 사람들이 우리를 비웃을 것이요. 하나님의 은혜가 백정에게까지 미치지 않는다는 걸 왜 모르십니까. 예수 씨는 양반을 구원하려고 돌아가신 것이지 짐승 같은 백정을 위해서 십자가를 지신 것이 아니잖아요. 천국에 어떻게 저런 천한 백정이 들어갑니까. 백정이 들어가는 천국이라면 우린 거기 가지 않을 것이고 우리 양반은 그런 예수를 믿지 않을 것입니다."

홍판서를 지켜보던 대석은 옛 성질이 살아서 참을 수 없었다.

"하나님 앞에선 모두가 평등합네다. 양반이구 백당이구 모두 똑같습네다."

이렇게 말하는 대석을 날카로운 눈으로 쏘아보던 홍판서가 덤벼들었다.

"어허! 입 다물지 못할까. 백정들을 찾아다니면서 예수를 믿으라고 충동질해서 끌고나온 사람이 바로 당신이라는 걸 우리는 다 알고 있어. 혹시 자네두 백정 출신이 아니야. 그렇지 않고야. 어떻게…."

불끈 무서운 힘이 안에서 솟구쳤다. 한바탕 매대기를 치고 싶어서 몸이 근질거렸다. 아아! 숨이 차올랐다. 깊은 숨을 삼켰다. 자신의 참지 못하는 나쁜 성격 탓에 어머니가 장터에서 맞아 죽었고 아버지 이 백정과 여동생 금경이도 죽지 않았던가. 피가 나도록 입술을 깨물었다. 홍판서는 푸르락누르락 하다가 제풀에 꺾여 나가버렸다. 모삼률 목사는 머리가 아팠다. 날이 갈수록 교인 수는 줄어들고 동료 선교사들까지 양반을 잃는 것이 손해이니 그까짓 천한 백정 한 사람을 쫓아내라고 했다. 그때 봉주리 아비가 대석과 함께 들어왔다.

"목사님! 제가 이 예배당을 떠나겠습니다. 이름도 없는 천한 백정이…."

"아니요. 절대로 당신은 이 예배당을 떠날 수 없습니다. 여기 남아야 해요. 그것이 하나님의 뜻입니다. 곤담골예배당이 백정의 것이 되어도 좋습니다."

모삼률 목사의 단호한 이 말에 봉주리 아비는 엉거주춤 무릎을 꿇었다. 너무 감격해서 얼굴이 묘하게 일그러졌다. 두 사람 사이에 대석이 끼어들었다.

"목사님! 백당들두 양반터럼 갓을 쓰문 어떨까요. 도포에 비단옷을 입구 예배당에 나오문 되지 않습네까."

그러자 꿇어앉은 박백정이 물기어린 눈을 들어 대석을 바라보았다.

"그야 임금님이 허락하문 백정도 양반의 옷을 입을 수 있갔지요."

봉주리 아비가 무릎을 꿇은 채 어린 아이처럼 엉엉 울음을 터뜨렸다. 응어리진 한이 터져 흘러나오는 소리였다. 포졸, 광대, 백정, 고리장, 무당, 기생, 갖바치는 하류계층으로 팔천반(八賤班)이라고 했다. 세종대왕 시절 황희(黃喜) 정승이 규정한 것이다. 그중에서도 동물을 죽이고 피를 만지는 백정은 팔천반 중에서 제일 낮은 대우를 받았다. 백정도 갓을 쓰고 도포를 입으라고 임금님이 허락한다면 곤담골예배당의 양반들도 잠잠해질 수 있을는지 모른다.

"목사님! 조정에 이런 편지를 올리면 어떨까요. 우리를 면천(免賤)시켜 달라고요. 임금님이 직접 보시고 허락하시면 우리는 사람이 되는 것입니다."

"그거 좋소. 닥터 리가 도와서 한 번 그런 편지를 써 보시오."

모삼률 목사가 대석에게 부탁을 했다. 그 밤에 머리를 맞대고 대석은 봉주리를 데리고 내무아문(衙門) 대신에게 올릴 소지를 작성했다.

'비천한 종들인 우리 백정들은 500년 남짓 짐승을 잡는 일로 살아왔습니다. 연례적인 대제 때마다 조정의 요구에 순응해 왔지만 항상 우리 백정은 보답을 받지 못했고 가장 천대받는 여덟 천민 중의 천민으로 취급을 받아왔습니다. 다른 천민계층은 도포와 갓, 망건을 쓸 수 있건만 우리 백정에게는 그것도 허용되지 않았습니다. 우리는 모든 사람들로부터 멸시를 받고 심지어 지방관아의 아전들은 재물까지 수탈해 가곤 합니다. 만일 요구에 불응하면 갖은 행패를 다 부리고 때로는 관가에 잡혀가서 희롱을 당하고 욕을 먹으며 억지로 일을 하기도 합니다. 그뿐 아니라 삼척동자에게까지 하대를 받습니다. 이 세상 어디에 이런 고통이 있겠습니까. 대감께서는 옛 악습을 폐하고 새 법을 만드신다고 하옵는데 우리 백정도 갓과 망건을 쓸 수 있도록 특별한 법을 전국에 내려주십시오. 지방 관아 아전의 학대를 금하도록 해주시기 바랍니다. 지나온 날들의 한이 우리 백정의 뼈에 사무칩니다. 우리 천한 것들의 소원을 들어주십시오.'

이것을 써 놓고 대석이도 봉주리도, 그리고 박백정도 부둥켜안고 울었다.

길고 긴 기다림 끝에 드디어 조정은 모든 계급에 대하여 의상의 제한을 철폐한다는 법령을 공포했다. 갓과 망건을 자유로이 쓰되 내적 교양의 향상도 아울러 갖추라는 교시도 동봉되었다. 이 법령을 모삼률 목사가 3백60장이나 만들어 봉주리 아비에게 주었다. 조정의 허락을 받던 날, 박백정은 잠을 이룰 수가 없었다. 갓과 망건을 쓰고 도포를 입을 수 있다는 것은 면천을 의미한다. 개처럼 살던 위치에서 인간의 자리로 옮겼다는 뜻이다. 그는 망건과 갓을 쓰고 도포를 입고는 양반처럼 갈지자걸음으로 육주비전(六注比廛)을 하루 종일 거닐었다. 대석이 들려준 모세라는 인물을 생각하면서 말이다.

갑자기 백정들이 갓과 도포를 쓰고 거드름을 피우며 돌아다니는 것이 양반들의 비위를 잔뜩 거슬렀다. 갓을 쓰고 도포를 입은 채 잠을 자는 백정도 있다고 했다. 너무 좋아 덩실 덩실 춤을 추는 백정도 있었다. 봉주리 아비가 곤담골예배당에 나타나자 양반들의 감정이 폭발했다. 박백정이 육품 이상이나 쓸 수 있는 음양립을 쓰고 있었기 때문이다.

"목사님! 갑오개혁이니 뭐니 해서 개화바람이 불고 있지만 이거 너무합니다. 아무리 시대가 변해도 고유의 풍습을 해치지 말아야지요. 우리 이렇게 합시다. 양반들은 상석에 앉고 백정은 갓을 쓰고 도포를 입었어도 맨 뒤쪽 끝에 앉는 관례를 정하면 양반들이 한발 양보하고 예배에 참석하겠습니다."

홍판서의 제의에 목사님은 대꾸도 하지 않고 찬송을 부르기 시작했다.

예수가거나리시니즐겁고태평하고나
쥬야에자고깨는것예수가거나리시네.
나를항샹거나리네친히나를거나리네
(찬양가, 예수셩교회당간인 1895년 88장)

목사의 눈에 눈물이 고였다. 미국 땅에서 일어나고 있는 똑같은 사건이 단일민족이라는 조선 땅에서도 일어나고 있구나.

'흑인은 버스 뒤에 타라. 백인 음식점 전용. 흑인 출입을 금함'이라 쓴 것이 조선에는 없을 줄 알았는데 이 나라에도 이런 대우를 받는 계층이 있으니 인간 스스로가 만든 이런 차별은 사탄의 짓이로구나. 조선이 사는 길은 양반들이 회개하고 서로 사랑하는 법을 성경에서 배우게 하는 길밖에 없구나. 해서 아무리 성가시게 극성을 부려도 끄덕하지 않는 목사님을 향해 양반들은 삿대질을 하면서 곤담골을 떠나 홍문수골에 양반들끼리 모이는 양반전용 예배당을 세웠다. 양반들이 무더기로 나가버리자 곤담골예배당은 썰렁했다.

생각다 못한 봉주리 아비와 대석이 관잣골로 갔다.

"여러분! 양반들이 곤담골예배당을 떠났습네다. 우리 백당 때문입네다. 그러니끼니 우리 백당들이 대신 빈자리를 채웁시다."

"좋소. 그렇게 합시다. 우리 모두 곤담골예배당으로 갑시다."

자초지종을 들은 백정들이 곤담골로 향했다. 밤마다 봉주리네 집에 20여 명씩 모여앉아 대석의 인도로 성경공부까지 하게 되었다. 백정들에겐 교인이 된다는 것은 곧 인간이 된다는 뜻이기도 했다. 수원에도 1백30여 명이 넘게 모이는 백정 교회가 세워졌다. 백정들이 나서서 열심히 전도한 결과였다. 5백 년간 닫혔던 문이 열리니 그 기세가 태풍과 같았다. 백정의 자녀들이 학당에 몰려들었다. 고귀한 양반들만 가는 천국에 백정도 나란히 들어갈 수 있다는 소식은 그야말로 눈이 번쩍 뜨이는 기쁜 소식이었기 때문이다.

일이 이렇게 진전되자 대석이 덤터기를 쓰게 되었다.

"알 무식쟁이 백정들이 이렇게 일어설 수는 없어. 닥터 리가 저들을 꼬드겨서 만들어낸 짓이야. 이 사람 때문에 곤담골예배당이 첩살이하던 여자나 백정들이 모여드는 첩장교회가 되어버렸다니까."

양반들이 등 뒤에서 무어라 말하든 갈라진 예배당의 벽 사춤을 치고 기울어진 담을 살잡이하는 백정들을 도와주면서 대석은 입을 꾸욱 다물고 있었다.

4

양반과 백정의 갈등으로 스산한 틈을 비집고 여동생 백경이 대석의 집에 들어왔다.

"오라버님! 안녕하셨어요."

정동여학당이 연못골로 옮기고 나서 백경은 더 활기차 보였다.

"연동(蓮洞)여학당을 졸업하구는 미국으로 공불 더 하러 갈 맴이 없네?"

"도티(Doty) 교장선생님의 나라에 가란 말이디요. 아유! 그 말 정말이에요."

선교사들이 정동 땅을 6만 원에 조정에 팔고 연못골의 숲이 우거진 야산을 평당 일전(一錢)씩 주고 사서 이사를 한 뒤 연동여학당이라 이름을 고쳤다. 50여 평 기와집을 교사로 쓰고 행랑방 20여 칸은 기숙사가 되었다.

"오라버님! 내가 입은 이 저고리 어때요?"

"참 예쁘다. 옷감이 아주 좋아 보이는구만."

"미국 옷감으루 맹근 품행적삼이요. 행실이 바르다고 상을 받았어요."

"지난 주일에는 풍금 상을 탔다구 하디 않았네?"

"맞아요. 오라버님. 제가 먼 훗날 우리 집에 풍금을 하나 들여놓고 살면 원이 없겠어요. 매일 밤낮으로 칠 수 있을 테니 얼마나 좋아요."

연동여학당에서는 공부가 뛰어나면 월반도 시켰고 학업이 우수하고 품행이 바른 학생에게는 풍금을 칠 수 있는 특혜를 주었다. 풍금이 귀한 시절이라 바로 옆 연못골교회에 예배드리러 갈 적에는 일꾼이 풍금을 져 날라야 했다.

"고럼 졸업한 뒤 미국으로 풍금을 공부하러 가는 것이 돟갔다."

"우와! 신난다. 우리 반 애들은 졸업식 날이 시집가는 날이 된다고 했는데 나는 미국으로 풍금 공부하러 가야갔네."

"이 오래비가 너 한 사람 공부 못 시키갔네. 하나뿐인 여동생인데."

백경의 눈과 입이 박진사댁 솟을대문 안에서 죽은 금경과 너무나 닮아서 죽은 동생이 살아나 대석의 앞에 서 있는 듯한 착각이 들기도 했다. 그들 오누이 곁으로 배재학당에 다니는 청년이 다가왔다. 백경의 얼굴을 뚫어지게 쳐다보는 청년의 표정은 정신이 나간 듯했다.

박백정이 곤담골예배당에 나오는 걸 반대하고 모삼률 목사님과 맞서 싸우다가 홍문수골에 양반 교회를 세우고 갈라져나간 홍판서의 외아들 종길이었다.

"자네는 어째서 혼자 곤담골에 남았네? 양반들 모두 홍문수골로 떠났넌데 그리루 가디 않구서리 와 여기를 기웃거리구 있디. 백당들이 무섭디 않네?"

그러자 종길이 씨익 웃었다. 입이 병어주둥이처럼 작았다. 백경의 얼굴은 납다데 하고 복스러우며 듬직하고 고집이 있어 보이는 반면 종길의 얼굴은 기생오라비처럼 갸름한 달걀형인데다가 속눈썹이 길었다. 그 눈으로 백경을 직시하다가 이내 아래로 떨어뜨렸다. 백경이 눈을 크게 뜨고 똑바로 쳐다보자 남자 쪽이 오히려 당황해서 얼굴을 붉히며 기다란 속

눈썹을 바르르 떨었다. 사내자식이 약하기는, 대석이 피식 웃었다.

"푸푸…풍…그그…금을 친다구 그러셨나요?"

종길이 말을 더듬으며 백경에게 겨우 한마디 했다.

"네에! 찬미가를 더듬더듬 치지만 소리가 얼마나 아름다운지!"

"그거 얼마나 합니까. 제가 사드리고 싶은데."

"네에! 풍금을 제게 사주시겠다고 지금 말하는 건가요?"

백경이 놀라서 오라비와 종길을 번갈아 보며 어리둥절한 표정을 지었다.

"제가 알기로는 조선 전역에 풍금이 배재학당하고 연동여학당, 두 군데밖에 없지요. 그거 하나 사달라고 집에 가서 말하면 아버님이 곧 사주실 것입니다. 아버지는 제 청을 거절한 적이 없으니까요."

그러자 대석이 웃었다. 백경도 웃었다.

"자네 무슨 소릴 하구 있네. 자네가 산 풍금을 우리 백경이가 어케 만질 수 있다구 기래. 풍금을 치갔다구 자네 집을 말만한 체네가 드나들 수 있갔네."

"그야 백경 씨가 제 색시가 되면…."

종길의 입에서 툭 튀어나온 말에 백경의 얼굴색이 변했다. 하긴 종길이 홍문수골예배당으로 아버지 홍판서를 따라가지 않고 계속 곤담골에 남아있는 것은 연못골에서 예배를 드리러 오는 주일 오후 대석을 만나러 오는 백경 때문임을 어렴풋이 눈치를 채고 있었다.

"이봐! 종길군. 우리 집안이 백당이라문 자네 결혼할 마음이 싹 가시잖디?"

백경의 눈이 커지더니 잠시 여짓거리다가 머리를 푹 숙였다.

"오호호… 설마 백경 씨가 백정 출신일까요. 닥터 리가 제중원 의사가 아닌가요. 어떻게 백정이 의사가 될 수 있습니까."

백경은 두 사람을 남겨놓고 봉숭아가 흐드러지게 핀 우물가로 나가버렸다.

홍판서는 아침잠이 없다. 첫새벽 왕십리에서 배추와 무를 지고 나온 채소 장수들의 외침을 아련히 들으며 쌍여닫이 띠살문을 열었다.

"무드렁 사-"

"배추드렁 사려"

가락을 실은 처량한 외침은 구수한 숭늉처럼 홍판서의 마음속으로 파고들었다. 한 달 전에 완공한 별당이라 띠살문 아랫부분에 댄 머름에서 새나오는 풋풋한 나무 냄새가 코를 자극했다. 먼동이 트는 산자락 언저리에 고여 드는 모든 걸 홍판서는 잔잔한 마음으로 음미했다. 자연 그대로를 정원으로 삼아 뒷산 골짜기를 타고 흐르는 개울을 막아 연못을 만들었더니 팔뚝크기의 고기들이 꼬리를 치며 맑은 물속에서 유영한다. 날마다 객(客)들로 들끓는 사랑채를 피해 홀로 기도하며 거처(居處)하려고 연못 옆 큼직한 암반 위에 지은 별당(別堂)이다. 간밤에 단단히 닫아놓았던 대청 전면(前面)의 사분합(四分閤) 띠살문을 활짝 열었다. 아침의 신선한 공기가 습한 바람을 타고 쏴아 쏟아져 들어왔다.

정면 3간, 측면 2간, 단층 팔작지붕의 자그마한 별당은 비탈길을 여러 굽이 휘감고 서 있는 거목들 사이에 몸을 감추고 있다.

백성에 의한 백성을 위한 진실한 근대시민사회가 되려면 민중의식을 개발해야 된다고 개화파들이 종로에서 만민공동회를 열고 소란을 떠는 세상이 심상치가 않아 이렇게라도 숨어있으면 마음이 놓였다. 느릿한 동작으로 그는 뒷짐을 지고 마당에 내려섰다. 소나무 그림자가 마당에 길게 누워있다.

"아버님! 아침 문안 올립니다."

"무엇하러 예까지 문안을 드리러 오는 게냐. 그런 형식 필요 없다."

종길은 그래도 어려서부터 해오던 대로 예를 갖추어 아침 문안을 드리고는 아버지 앞에 무릎을 단정하게 꿇고 앉았다.

"제 고집을 꺾고 아버님 말씀을 듣기로 했습니다."

"오오! 그러면 이제야 정혼해놓은 아가와 결혼을 할 마음이 생겼다 이 말이지. 참 잘했다. 넌 홍씨 집안의 하나밖에 없는 아들이 아니냐."

"아버님! 제가 택한 여자하고 혼례를 올리고 싶습니다. 허락해 주십시오."

홍판서는 망치에 뒤통수라도 맞은 듯 얼굴이 심하게 일그러졌다.

"네가 고른 색시라니! 그럼 정혼한 조판서 따님은 어떻게 되는 것이냐? 갓난 아이 적부터 어른들끼리 약속한 것을 감히 네가 어기겠다는 말이냐."

종길은 아버지의 눈을 똑바로 응시하며 목에 힘을 주었다. 동남쪽 하늘에 검은 구름이 일어나는 걸 보니 곧 비가 오려

나보다.

홍판서는 크음크음 기침을 삼키고는 뜨악한 표정으로 말했다.

"절대로 그 결혼을 허락할 수 없다. 내 말 알아들었느냐?"

"한 번도 본 적 없고 좋아하지도 않으면서 어떻게 일생을 함께 살아갑니까. 더구나 저희 집안은 예수를 믿으니 본처를 두고 다른 여자를 얻으면 7계를 범하는 것이 아닙니까. 제 일생 단 한 번의 소원이니 허락해 주십시오."

아들의 결심이 확고한 걸 감지한 홍판서는 마뜩찮은 얼굴로 버럭 화를 냈다.

"도대체 어떤 여잔데 네가 그렇게 야단이냐?"

"여학당에서 공부하고 있는 여자입니다."

"뭐라구? 화매장(和賣場)터 여자라면 절대로 안 된다. 가난한 집안에서 한해 흉년을 때움질하려고 보내는 곳이 아니더냐."

깡 보수 양반들은 여자를 공부시키는 이화학당을 화매장터라고 비난했다. 양인들이 가난한 집 여자 아이를 데려다 먹이고 기르면서 그 본가까지 돌보다가 때가 되면 남의 집 비녀로 팔아먹는다는 소문이다.

"항간에 구구하게 나도는 소문은 억측입니다. 삭정이불 같은 소문을 믿으십니까? 더구나 제가 좋아하는 색시는 연동 여학당에 다닙니다."

그때 별당까지 하인이 '우'자가 박힌 벙거지를 쓴 우편군사를 끌고 왔다.

"판서님, 이 놈이 무엄하게 사랑방까지 들어와서 안을 기웃거립니다."

벙거지꾼은 죽을상을 하고 하인에게 덜미를 잡혀 질질 끌려와서는 어깨에 둘러멘 큼직한 가죽 배낭에서 편지를 꺼내 허공에 대고 흔들었다.

"편지 받아들여가요, 편지요."

하인이 급하게 벙거지꾼의 손에서 편지를 빼앗아 홍판서에게 넘겼다. 겉봉의 발신인을 훑어보던 홍판서는 천천히 봉투를 뜯었다. 한자 한자 읽어 내려가던 그의 얼굴이 불쾌한 빛으로 가득 차더니 손까지 부들부들 떨었다.

"뭔 일이십니까, 아버님."

"닥터 리가 보낸 편지다. 이대석이란 제중원의 의사 말이다."

홍판서가 편지를 북북 찢어서 함실아궁이에 쑤셔 넣어버렸다.

"네가 결혼하겠다고 말하는 여자가 닥터 리의 여동생이더란 말이냐?"

"그렇습니다. 그 편지는 제게 온 것일 터인데…."

"내 눈에 흙이 들어가도 절대로 그 결혼을 허락할 수 없다."

"닥터 리가 관잣골 백정들에게 전도했다는 이유로 그러십니까?"

홍판서는 머리를 절레절레 흔들며 눈을 부릅떴다.

"어서 아궁이에 불을 지피지 못할까."

홍판서의 고함에 벙거지꾼은 달아나버리고 하인이 엉거주춤 흩어진 편지조각들을 쓸어 넣고 장작을 안아다 광솥에 불을 댕겼다. 장마를 지낸 끝이라 아궁이 안이 젖어서 불이 선뜻 붙지를 않고 대청까지 연기가 자욱했다.

"왜 그렇게 화를 내십니까? 제게 온 편지를 찢어버리시고."

"너 안으로 들어가자. 상부살(喪夫煞)이라도 낀 여자를 얻는 날이면 이 집안은 망하고 만다."

홍판서는 쪽마루로 해서 왼쪽 한간(間) 크기의 넓은 온돌방으로 들어갔다. 종길이도 아버지의 뒤를 따라 들어가 공손히 그의 앞에 꿇어앉았다.

"지금 온 편지 내용은 백경이라는 그 여아의 소생이 천민이라 우리 홍씨 집안과는 어울리지 않으니 잊어달라는 내용이다. 이건 내 생각이다. 오해 말고 들어라. 편지에 딱 부러지게 말하지 않았지만 닥터 리 가정이 백정일 수도 있다. 관잣골까지 들어가서 백정들을 예배당으로 끌고 오는 걸 보면 말이다."

"그럴 리가 없습니다. 나를 백경에게서 떼어놓으려고 그러지 마십시오. 생각해보세요. 어떻게 미천한 백정이 제중원의 의사가 됩니까. 우리 양반들도 하기 어려운 공부를 한 사람의 집안입니다."

"아니야. 겉봉에 쓰인 주소가 연못골이었다. 연못골이라면 갖바치들이나 나막신바치들이 사는 천민들의 동네가 아니더냐."

홍판서의 얼굴에 미소가 어렸다. 대석이 백정 출신일 것이란 추측이 그렇게 마음이 놓일 수가 없었다. 백정과 함께 예배를 드릴 수 없다고 곤담골을 떠날 적에 닥터 리의 뒤를 밟아서 채근하지 못한 것이 못내 아쉽기까지 했다.

"저는 백경이 백정의 딸이라 해도 꼭 결혼하고야 말겠습니다."

종길이 단호하게 나가자 홍판서는 격해서 고함을 쳤다.

"자고로 계집이란 그릇 한 죽을 셀 줄 몰라야 복이 많은 법이다. 연못골 여학당을 다닌다면 그건 박복하다는 뜻이 된다. 여자란 문서 없는 종인데 글을 읽을 줄 알고 세상을 알면 집안에 박혀있질 않고 나다녀서 집안을 망치게 되는 법이다."

"백경은 풍금을 아주 잘 쳐요. 풍금을 치는 모습을 아버지가 한번…."

"저런, 기생이나 그런 걸 만지는 거다. 여자는 밭이나 마찬가지라 혈통과 가문을 무시할 수 없어. 이건 홍씨 집안의 앞날을 위해서 하는 말이다."

그날로 홍판서는 사람을 연못골로 보내고 부산을 떨었으나 백경의 어머니인 김메례를 만날 수 없었다. 애련을 데리고 순회전도를 나간 탓이다. 연못골 초가에서 사는 꼴만 봐도 홍판서의 며느릿감이 될 수 없는 상황이라 신랑의 집안은 거죽은 평온한 듯했으나 내면적으로 가늠할 수 없을 정도로 무섭게 술렁거리고 발칵 뒤집혔다.

5

봉수가 두 번째로 박진사댁에 들어와 난동을 부리고 간 뒤 솟을대문 안에 일어난 사건은 더 절박했다. 놀라 넘어진 노마님이 그대로 깨어나지 못하고 숨을 넘겼다. 박씨 가문을 빛내보겠다고 그악스럽게 누대(累代)에 걸쳐 농사를 지어온 토지를 판돈으로 안채와 사랑채를 지으려던 꿈도 이루지 못하고 가버린 셈이다. 노마님과 함께 박진사의 재물도 담 너머로 몽땅 빠져나갔다.

팔월 한가위. 박진사는 제상 위에 흰 종이를 깔고 제수를 진설하고는 지방을 써 붙였다. 박진사가 술잔을 철철 넘치게 채워 두 손으로 받들고 향불 위를 거쳐 밥그릇과 국그릇 사이 앞쪽에 놓았다. 잔을 올린 뒤 두 번 절을 했다. 서출이 아버지처럼 술을 올리는 초헌(初獻)을 치른 뒤 박진사가 처량한 음성으로 축문을 읽어 내려갔다. 서출이 그 곁에 꿇어앉아 머리를 숙이고 경건한 마음으로 듣고 있었다. 복출이 눈치를 봐가며 종헌(終獻)을 하고 두 번 절하는 걸 박진사가 못마땅한 눈으로 흘겨보았다. 볼록한 등을 보는 순간 이 백정의 아들 대석을 향한 억제할 수 없는 미음이 솟구쳤기 때문이다.

"넌 와 여기 나와 꾸물거리네. 별당에 틀어박혀 있디 않구서리."

박진사의 신경질적인 언사에 마님이 잽싸게 복출을 끌고 나갔다. 병신아들이 사라지자 묵묵히 입을 한일자로 굳게 다물고 숟가락을 젯밥에 꽂았다. 숭늉과 국을 바꾸어 놓고 수저로 밥을 조금씩 세 번 떠서 물에 만 다음 수저를 물그릇에 가지런히 놓고는 서출과 둘이서 신위 앞에 큰 절을 올렸다. 돌아가신 노마님에게 작별의 인사를 드리는 것이다.

음복을 한 뒤 박진사의 발작이 시작됐다. 이런 증상은 봉수가 처음 다녀간 뒤 경미하게 있었으나 두 번째 당한 뒤에는 거의 매일 일어났다.

"당신 뭐라구 했네? 봉수란 넘이 나를 쥑이러 지금 온다구."

"먼 소리를 하세요. 봉수를 입에 올린 사람은 아무두 없다구요."

"날 속이디 말라우. 모두 나를 속이구 쥑이려고 작당을 하구 있다구."

만류하던 마님의 가슴을 쥐어박고 박진사는 손에 잡히는 대로 마구 던지기 시작했다. 허구한 날 방안에 틀어박혀 도를 닦는다고 중얼거리고만 지내던 박진사 어디에서 그런 힘이 나오는지 상을 한손으로 번쩍 들어 마당에 내팽개쳤다. 댓돌도 들어 올려 던져버린다. 우차차창… 문이 뜯겨져 달아나고 한 번 발길질에 유경촛대가 반 동강이 났다. 아무도 박진사를 제어할 사람이 없었다. 곰돌이도 박진사의 손에 잡히면 솜뭉치처럼 나동그라질 지경이다.

박진사의 미친증으로 솟을대문 안이 발칵 뒤집혀있는 바로 그때 영생(永生)을 데리고 달아났던 곽서방이 멈칫거리면서 별정에 나타났다.

"곽서방이!"

나무대야에 더운 소세 물을 들고 아버지 곁에 서 있던 서출의 외마디 소리에 곱단이가 반빗간으로 달려 나갔다. 찬방엘 봐도 곰보댁의 모습이 보이질 않았다. 반빗간의 절반을 차지하고 있는 광에는 한 구석에 곡식 가마가 벽을 가리게 쌓여있고 그 옆에 절구, 공이, 안반, 떡메, 체 등 떡을 만드는 기구들이 정갈하게 정돈되어 있었다. 빗살창으로 쏟아져 들어오는 광선을 등지고 아무리 샅샅이 훑어봐도 곰보댁은 눈에 띄질 않았다.

새벽마다 빗살창으로 파고드는 햇살을 안고 꿇어앉아 두 손을 맞잡고 기도하는 곰보댁이다. 박진사댁에 볼모로 잡혀 반빗아치로 살아가지만 단 한 번도 솟을대문을 벗어나서 도망치려고 한 적이 없었다. 이 집에서 기다려야 이 백정의 아들 대석을 따라 만주에 갔다가 아라사(俄羅斯)로 가버린 큰아들 복남이 찾아올 것이란 믿음 때문이고 언젠가는 남편인 곽서방하고 하나님이 살려주신 작은 아들 영생(永生)이 찾아올 것을 의심하지 않았다.

"이봐요! 곰보댁. 날레 별정으로 가보라우요. 영생 아바지레 지금…."

아무리 소리쳐도 대답이 없다. 곱단이는 곤두박질해서 반빗간 뒤란으로 갔다. 봉수가 안채와 사랑채를 불태워 버렸건만 신기하게도 안채와 나란히 지어진 반빗간은 멀쩡했다. 그날 세차게 불던 하늬바람 탓이었을 게다.

웬만한 부자들은 부엌에 찬방(饌房)이나 찬간(饌間)이 있게 마련이다. 하지만 박진사댁은 한성의 대갓집에서나 볼 수 있는 반빗간을 의주에서 지어놓고 살았다. 그만큼 대소사가 많았던 집안이란 뜻이다. 해마다 요맘때면 반빗간 마당에 고추가 널리고 굴비나 암치를 손질해서 겨우살이 양식을 준비하느라 벅적거렸었다. 추석이 지나면 무말랭이와 호박오가리가 멍석에 깔렸다. 김장을 담그고 메주를 쑬 때, 또 설날 떡방아를 찧을 적에는 장터처럼 붐비는 곳이 바로 여기다. 하지만 이제 어디를 봐도 구석구석에 찬바람이 분다. 모두 봉수 탓이다.

그때 뒤란 장독대에서 곰보댁의 목소리가 들렸다.

"와 이렇게 소란하네? 먼 일이라두 벌어졌네."

쏟아지는 가을 햇살을 피해 흰 수건을 이마 위까지 푹 눌러쓴 곰보댁이 장독소래기를 들고 서 있었다. 머리 위로 깊이를 모르게 펼쳐진 퍼런 하늘이 정신이 맹하도록 눈 속으로 녹아드는 산뜻한 가을이다.

"날래 별정으로 가보라우요. 거기 누레 와 있는디 알문 기절할 겁네다."

곰보댁은 머리 수건을 벗어 들고 부리나케 장독대에서 내려와 별정을 향해 뛰었다. 가족들 중 한 사람이 돌아온 것이 분명했다. 가슴이 쿵쿵 뛰었다.

별정 섬돌 앞에 꿇어앉은 곽서방을 보는 순간 곰보댁은 그 자리에 얼어붙어버렸다. 남편이 돌아오다니! 곰보댁을 못 잊어 찾아온 것이다. 아아! 용케 살아 있었구나. 영생은 어떻게 하고 혼자 왔을까.

광기를 부리던 박진사는 갑작스러운 곽서방의 출현에 마루 위에 널브러진 채 머리를 들었다. 서서히 억제할 수 없는 노기가 얼굴에 서리기 시작했다.

"어디메를 쑤시고 돌아다니다 이자 들어왔네. 행배리 같은 백당 대석 하구 쏘다니다가 여역(★疫)에라도 걸려 찾아든 거네. 어린 복남을 안고 굶어 죽게 되니끼니 곰보댁을 데불구 제 발로 걸어들어와 투속(投屬) 종넘이 되더니 배가 부르니끼니 달아나버려. 그것도 주인을 배신하구."

조금 전 광기를 부리며 난리를 칠 때에 비하면 아주 당당한 꾸지람이었다.

"쇠인 문안드립네다. 한성꺼정 갔다가 진사님과 마님을 잊지 못해 이렇게 왔습네다. 더구나 복출 도련님이 눈에 밟혀 서라무니…."

태어나서부터 병치레하느라고 걷지도 못했던 도련님에게 먹일 산삼을 캐느라고 천마산을 헤매던 생각이 되살아난 곽서방은 흐느껴 울어버렸다.

"이런 간물(奸物)같으니라구. 곰보댁이 그리워서 왔으문서…."

"실은 복출 도련님과 무출 도련님을 한성에 데불구 가서 양의에게 보여 고쳐보려고 왔습네다."

"저런! 저 망발이 있나. 내레 이미 양의를 만나러 갔더랬는데 못한다고 했잖아."

서출이 곽서방의 뒤통수에 매서운 눈길을 던졌다.

"한성에 가면 제중원이란 병원이 있는데 거기 가문 발등이 뒤집혀서 걷지를 못하는 사람을 칼루 째서 똑바루 세워 걷게 하더라구요."

곽서방은 복사뼈를 옆으로 뉘고 절름거리며 허리를 굽혔다 폈다하면서 걷다가 수술 뒤 똑바로 서서 걷는 흉내까지 냈다. 박진사의 눈앞에 몸을 비비꼬는 아들 무출과 허리가 꾸부정한 복출이 스쳤다. 마님이 박진사의 귀에 대고 무엇인가를 한참 속닥거리자 눈을 가늘게 뜨고 아내의 말을 듣던 박진사는 머리를 가만히 끄덕였다.

"고럼 제중원이란 데 가문 복출의 다친 등을 쭉 펼 수레 있단 말이디. 그리구 무출의 비비 꼬이는 몸두 쫙 펼 수 있구 말이디."

박진사는 마치 도검돌을 만난 듯했다. 홍삼장수 도검돌이 압록강을 넘나들며 싱싱한 바람을 안아다 그의 앞에 풀어놓았는데 어쩌다 몹쓸 야소를 믿게 되어 맞아 죽은 뒤부터 긴긴 세월 얼마나 답답하게 지냈단 말인가! 이제 도검돌 자리에 곽서방이 들어섰다는 생각이 들 지경이었다.

"제중원의 외과 의사들은 귀신의 손에 칼을 들리운 것처럼 신묘하다 하옵네다. 한성으루 두 도련님을 모시구 가서 한번 수술해보문 어떨까 하구요."

머슴 봉수의 손에 두 번이나 당한 박진사는 얼이 빠져 있음에 틀림없다. 옛날 같으면 달아났던 머슴을 당장 멍석말이하고 으름장을 놓았으련만 박진사는 곽서방을 나무라지도 않고 그의 말에 다소곳이 귀를 기울였다.

참다못한 서출이 곽서방을 면박했다.

"저넘이 주둥아리를 어느 안전이라구 기렇게 놀리구 있네. 클마니(할머니)레 돌아가시구 없으니끼니 종넘이 상전 앞에서 마구 입을 놀리구 기래. 제중원이라문 복출 형을 꼽땡이루 맹근 백당 대석이 있는 곳이 아니네."

깜빡 잊고 있던 사실을 서출이 일깨우자 그제야 박진사의 얼굴에 시퍼런 살기가 스쳤다. 무서운 증오가 얼굴 세포 하나하나에서 피어올랐다.

"날레 직고하렷다. 제중원이 대석이란 넘이 있는 곳이냐구 묻디 않네."

곽서방이 멈칫거리다가 입을 열었다.

"지금 제중원엔 대석이 없습네다. 한성에서는 수술 잘하기로 이름 있는 의사디만 선교사를 따라다니문서 야소를 전하구 또 의술을 펼치느라구 되선 팔도를 돌아댕기구 있답네다."

"고럼 한성에서 검동이란 년을 보았으렷다."

"검동이두 한곳에 있디 않구 돌아다닙네다."

그러자 서출이 이기죽거렸다.

"흐흥! 두 사람이 모두 비렁뱅이가 되었다는 말이구만. 종년놈들이 그 꼴밖에 더 됐갔네. 기래서 내레 제중원 앞에서 대석이란 넘을 날마다 기다렸넌데 못 만났구 검동이란 년의 집에 갔었넌데 허탕을 쳤디."

마님이 곽서방 곁으로 다가와서 기어들어가는 소리로 물었다.

"여부시! 우리 복출이랑 무출을 한성으루 데불구 가문 고틸 수레 있단 말이네?"

구미가 바짝 당긴 박진사도 머리를 빳빳하게 들고는 침을 꼴깍 삼켰다. 전번 의주에 왔던 양의는 힘들다고 하지 않았던가. 하지만 한성이란 곳은 넓고 큰 곳이니 두 아들을 고칠 수도 있을 것이다.

"제중원에서는 많은 사람을 고텁네다. 개핌증(이질)이나 고금(학질)은 그날로 고치구 어텡이(언청이)는 바눌로 감쪽같이 봉합하여 꿰매는 수술을 하디요. 상뎨 하나님이 도우시문…."

"고럼 고럼. 상뎨님이 도우시문 되갔디. 그런데 비용이 혹께 많이 들갔디?"

그제서야 곽서방은 흘끔 궁기가 도는 집안을 둘러보았다.

"턴민들두 수술 받는 걸 보문 많이 들지는 않을 겁니다."

"기래두 큰 수술을 하문 돈이 들갔디."

"치료비는 걱정 마시라요. 내레 제중원에 잘 아는 사람이 있으니끼니."

복출과 무출을 한 번 진찰해보고 싶다고 하던 대석의 얼굴이 떠올랐다. 숨기고 있지만 실은 대석의 간절한 부탁을 받고 곽서방은 이렇게 의주까지 온 셈이다.

겨울을 보내고 난 다음해 오월 부담마에 부담 농을 싣고 복출이 그 위에 앉았다. 무출은 가마를 타고 곰돌이랑 곽서방은 가마를 따라 걸었다.

"피양에두 이름난 기흘병원이 있넌데 와 서울꺼정 가자구 그러는 거네?"

서출은 의주를 떠날 때부터 불평이 많았다.

"아무래도 피양보다는 제중원 시설이 더 좋습네다."

박진사는 불면증으로 시달리면서 날이 갈수록 헛소리가 심해지고 정신이 오락가락했다. 이렇게 늦게나마 복출과 무출을 데리고 떠날 수 있었던 것은 순전히 마님의 각별한 배려였다. 일생 이 두 아들로 인한 한(恨)이나 없게 최선을 다해보자고 서출을 달래서 일행을 떠나보냈던 것이다.

평양에서부터 서출의 행렬 뒤에 김창식 조사가 기름한 짐을 지고 따라붙었다. 날이 기울어 저녁볕이 산 그림자를 길게 드리울 즈음 일행은 주막 앞에 멈추었다. 의주에서 서울까지 걸어가자면 대엿새 거리. 말도 사람도 쉬어가야 한다. 모두 주막의 평상에 앉아 푸짐한 음식상을 앞에 놓고 흔쾌한 웃음을 터뜨리고 있건만 김창식은 주막에서 멀리 떨어진 밭둑에 짐을 내려놓고 지는 해를 하염없이 바라보고 있었다. 청일전쟁이 일어나기 전부터 평양 예배당에서 피차 알고 있는 터라 곽서방이 그에게 다가갔다.

"여보시! 김조사님! 날레 주막 아낙으루 드셔야디 와 여기 이러구 앉아있습네까."

"밥 먹을 맴이 없어서 그러네. 너머 가슴이 미어지는 것 같아서…."

김조사의 눈에 눈물이 그렁그렁했다.

"먼 일입네까. 내레 머든지 돕구 싶구만요. 한성꺼정 지구 가는 이 짐이 무겁습네까. 이게 머길레 곁에 놓고 지키구 있습네까. 금괴라도 들었습네까?"

곽서방의 말에 그는 질겁해서 등짐을 바짝 끌어당기며 주위를 살폈다. 주막에 묵고 있는 사람들을 경계하는 눈치였다.

"우리 뒤를 따라오시는 조사님을 뵐 때마다 요 등짐이 수상하더라구요. 고개를 푹 숙이구 수심에 차서 걷는 모습이 마음에 걸렸습네다."

곽서방이 짐을 만져보려하자 그는 손사래를 치면서 머리까지 흔들었다.

"와 그러십네까? 조사님을 도와드릴 터이니끼니 솔직히 말씀하시라요."

"고럼 말하디. 우린 예수를 믿는 형제이니꺼니 서루까락 돕는 것이 좋갔디. 이건 죽은 아이를 넣은 관일세. 사흘 전에 죽은 여자애라고. 흐흐흑…."

"죽은 아이라니! 고럼 조사님의 따님이란 말입네까?"

"쉬이! 조용히. 닥터 홀의 따님이라구. 피똥과 고름 똥을 누다 이렇게 죽었으니 어카갔네. 아바지 닥터 홀 곁에 묻어주려구 아펜셀러 목사에게 가는 길이디."

김창식 조사는 발부리에 노랗게 핀 민들레를 꺾어 관 위에 놓았다. 감빛으로 물든 저녁노을에 그의 뺨 위로 흘러내리는 눈물이 반짝였다. 홀 부인의 아픈 심정이 그대로 전염된 듯 그는 남자답지 않게 흐느껴 울었다.

"우리 주님은 부활이요, 생명이라구 했습네다. 주님의 품에서 축복의 잠을 자구 있을 터이니끼니 너머 슬퍼하디 마시라요."

곽서방의 위로의 말에 김창식 조사는 눈물을 삼키며 머리를 주억거렸다.

"우리는 예수님이 재림하시는 날 모두 만날 수 있디"

"고럼, 고럼요. 홀 박사네 식구들 절반이 이미 하늘나라에 있으니끼니 그 집안을 더욱 하나님이 사랑할 것입네다."

곽서방의 말에 힘을 얻은 김조사는 관을 지고 일어섰다. 땅거미가 기어들어 어두워진 터라 곽서방이 붙들고 늘어졌으나 머리를 흔들었다.

"아빠인 닥터 홀이 따님을 너무 보고 싶어 해서 이렇게 빨리 데려가는 거 아니네. 그러니끼니 날레 닥터 홀의 곁에 데려다가 묻어주어야디."

김창식 조사는 에디스가 담긴 주석 관을 지고 어둠 속으로 사라졌다. 찡한 아픔과 함께 만주 땅에서 아라사로 가버린 아들 복남이 떠올랐다. 또한 배재학당에 다니고 있는 영생의 얼굴도 눈앞에서 어른거렸다. 만약 내 자식들이 죽는다면 아하! 그건 참을 수 없는 일이다. 그런데 홀 부인은 잘 사는 자기 나라를 두고 남의 땅에 와서 남편과 사랑하는 어린 딸자식을 잃었으니 그 마음이 어떨까. 홀 부인의 마음을 헤아려본 곽서방은 가슴이 찢어지는 듯했다. 아하! 조선의 영혼들을 얼마나 사랑하면 이렇게 먼 곳까지 찾아와서 남편과 딸까지 드리면서 저렇게 애를 쓰고 있을까.

상전의 팔자막이가 되어야할 봉수와 검동이 그리고 박씨 가문에 액운을 심어준 이 백정의 자식들을 죽여야 한다며 나대는 불쌍한 서출이여! 자나 깨나 서나 앉으나 미움을 키우고 있는 그의 평안 없는 얼굴은 지옥에 빠진 사람의 얼굴이었다. 미움과 증오와 살기가 고인 살갗이 끔찍할 지경이었다. 이런 서출을 데리고 곽서방은 한 발자국, 또 한 발자국 한성으로 향하고 있었다. 대석이 기다리고 있는 병원으로 말이다.

'오! 주여! 박진사댁 사람들의 영혼을 긍휼히 여겨주소서. 이 백정의 피를 받은 자녀들과 주를 믿는 형제들은 박진사의 가정을 진정으로 사랑합네다. 제발 구하여 주소서. 내레 저들을 위해 어케 해야 주님의 성신이 저들 영혼 속에 임할 것입네까. 지혜를 주소서. 대석은 정말루 복출의 등을 펼 수 있을까요. 그리고 무출을 걸을 수 있게 고틸 수 있을까요. 주님! 대석의 손을 통해 역사하소서.'

곽서방은 복출이 탄 부담마의 고삐를 단단히 잡고 뚜벅뚜벅 걸었다. 점점 따가워지는 늦봄의 햇살에 방안에서만 지내던 복출이 현기증을 참지 못하고 신음을 토해냈다. 안쓰러운 눈으로 훔쳐보던 곽서방은 말을 샘가에 세우고 물을 떠다 먹이고는 수건에 물을 적셔 그의 얼굴을 닦아주었다.

'이런 충성심은 곰돌이에게선 전혀 찾아볼 수 없는 것이야. 곽서방이 마음에 딱 들어. 그래도 내색을 보이면 안 되지. 대석을 따라갔던 넘이니끼니.'

서출은 애써 쌀쌀한 표정을 지으며 위엄 있는 몸짓을 했다. 곽서방은 터벅터벅 말고삐를 잡고 걸으면서 콧노래를 흥겹게 불렀다.

'예수가거나리시니 즐겁고태평하고나.
쥬야에자고깨난것 예수가거나리시네.
나를항샹거나리네 친히나를거나리네.'
(찬양가, 예수셩교회당간인 1895년 88장)

고삐를 잡은 손이 흙먼지와 땀으로 얼룩졌다. 그 손으로 이마 위로 흘러내리는 땀을 닦으며 어깨춤을 추었다.

"기게 먼 소리네. 누거리(거지)들 타령두 아니구 이상하구나."

"예예! 이건 예수님이 나를 지키시며 데불구 다니니끼니 너무 즐겁구 좋아서 부르는 노래랍네다. 도련님께 가르테드릴까요? 한 번 불러 보시라요. 맴이 편안해디구 기쁨이 샘물터럼 솟아납네다."

"너 이넘! 감히 네 넘이 나에게 야소를 믿으라구 전하는 것이네."

"몸이 짚둥우리터럼 부은 사람두 이 찬송을 부르구 맴이 편안해디니끼니 벵이 나아서 훌쭉해졌습네다. 도련님두 한 번만 불러보시라우요."

"조상 대대로 전해오던 옛 풍습을 일조일석에 버릴 수는 없는 법. 너터럼 텬한 것들이나 믿는 것이디 나터럼 지테 높은 양반은 절대루 믿디 않아."

서출의 호통에 머쓱해진 곽서방은 고삐를 힘 있게 조여 잡고 묵묵히 걸으며 생각했다. 유교는 이제 너무 부패해서 그 본바탕을 볼 수 없고 사람들은 외식만 숭상하고 있지 아니한

가. 그간 조상 대대로 섬겨오던 사신 우상들이 얼마나 많은가! 용왕님, 터줏대감, 북두칠성, 삼신할머니, 수문장신, 목신, 산신, 선황님, 신주… 이름도 기억 못할 많은 신들이었다. 박진사댁 마님들이 대물림을 하며 손바닥이 닳도록 빌었고 많은 재물을 바쳤건만 그들이 박씨 가문을 위해 해준 것이 무엇인가. 아들이 둘이나 병신이 되었고 고명딸 자식은 종놈하고 살고 있으니 어찌 사신 우상들이 베푼 음덕이라 할 수 있겠는가. 봉수란 종놈은 두 번이나 나타나서 집안을 쑥밭으로 만들어버렸지 아니한가. 그래도 정신을 못 차리고 있으니 오오! 불쌍한 사람들이여! 가여운 박씨 가문의 후손들이여!

인왕산과 북악산에서 흘러내리는 개울물이 한성 한복판을 가로질러 흘러가고 있었다. 여드레를 걸어서 한성에 도착한 박진사댁 일행은 곧장 구리개 제중원으로 향했다. 복청교(福淸橋)에 이르니 샘물이 솟아나는 빨래터 옆에 빨래 삶을 가마솥을 걸어놓고 아낙네들이 늘어앉아 빨래를 하고 있었다. 꼽추가 탄 부담마와 여행에 지친 서출 일행의 긴 행렬을 방망이질하던 손을 멈추고 넋을 놓고 쳐다보는 아낙들도 많았다.

구리개 제중원은 하루 이백 명이 넘는 환자들이 모여들어서 북적거렸다. 걸인 나환자는 물론 대궐의 귀인들까지 제중원의 마당은 차례를 기다리는 사람들로 시끌벅적했다. 왕립병원이었던 제중원은 설립 9년 만에 왕실의 원조 없이 북장로교선교부의 사업으로 재조직하고는 환자를 찾아 왕진도 했다.

“도련님, 여기 잠깐 기두루시라요. 내레 아낙에 들어가서라무니….”

곽서방은 바람처럼 날쌔게 제중원 안으로 들어갔다. 비밀스럽게 대석을 만나기 위해서였다. 환자들과 하얀 가운을 걸친 의사들 틈으로 파고들었다.

“닥터 리를 찾습네다. 이대석 말이야요.”

“아하! 그 사람 지금 수술을 막 끝내구 저쪽 구석 자기 방에 있어요.”

곽서방은 혹시 서출이가 미행하지 않나 해서 뒤를 흘끔거리며 대석의 방으로 들어갔다. 그는 혼자 앉아서 열심히 수술경과를 기록하고 있었다.

“닥터 리! 나야, 나 영생 아바지라구. 이제야 자네가 부탁한 사람들을 데불구 왔디. 박진사댁은 완전히 결단이 났더구만. 수술비두 내지 못할 형편이 되었으니끼니 이거 어카디. 그것꺼정 자네가 전부 부담할 것이네?”

“그래야디요. 최선을 다한 뒤 복출 도련님 때문에 더 이상 괴로워하지 않을 작정이야요. 곽서방은 내 마음을 이해할 수 있갔디요.”

대석은 간호원을 불러 복출과 무출 두 사람을 입원시키라는 지시를 했다. 두 사람이 환자복으로 갈아입는 걸 보고 곽서방이 밖으로 나왔다.

“얼매나 기두려야 한다는 거네?”

침 먹은 지네처럼 한구석에 서 있던 서출이 짐짓 화난 목소리로 물었다.

“뼈를 다스리구 살을 째는 일이라 상당히 오랜 시일이 걸릴 것입네다. 의사의 말루는 우선 진찰을 자세히 해보구 수술할 수 있는디 없는디 알려준다니끼니 내일 와 봐야디요."

서출이 앞장서서 먼 친척이 살고 있는 양반 촌으로 향했다. 곽서방만 제중원에 남았다.

다음날 에비슨이 진찰한 결과는 대석을 참담하게 만들었다. 복출의 내려앉은 척추는 수술을 할 수 없고 무출의 경우는 수술을 하면 목발을 짚고 조금씩 걸을 수 있다는 진단이 내렸다. 곽서방의 손에 이끌려 나가는 복출의 볼록한 등을 창문을 통해 훔쳐보던 대석이 주먹으로 벽을 치면서 괴로워했다.

서출이 제중원을 빠져나오면서 곽서방에게 쇳소리를 질렀다.

"너 이넘! 감히 나를 한성꺼정 데불구 와선 이런 망꼴을 당하게 하다니. 네넘이 할 수 있다구 하디 않았네. 의주에 온 양인 의사가 보구서 못한다구 했넌데 한성의 양의는 할 수 있다구? 이넘! 이 호로 불상놈 같으니라구."

긴 담뱃대 대통으로 곽서방의 엉덩이와 머리를 가차 없이 후려갈겼다. 매를 맞아가면서도 곽서방은 대통에 담배를 꼭꼭 다져주고는 부싯돌을 쳐서 담뱃불을 댕겨주었다.

"도련님! 담배를 끊으시구 내레 믿넌 예수 씨를 믿어보시라우요."

제중원 앞길에서 서출이 곽서방의 빰을 보기좋게 후려갈겼다.

"감히 양반 앞에서 무슨 소리야. 종넘의 주제에 머라구 나불대구 있어."

곽서방이 입술을 깨물며 참았다.

쏟아져 내리는 서광

1

날이 저물자 서출은 친척집을 혼자서 몰래 빠져나와 연못골로 향했다. 덕수궁 앞에서 여자들을 모아놓고 일부일처를 외쳐대던 검동이 뒤를 밟아서 알아놓은 집이다. 거길 가면 백석이란 놈을 만날 수 있을지도 모른다는 기대감에 몸을 떨었다. 초승달이 손톱처럼 가느다란 몸을 하늘에 드러냈다. 흥인문(興仁門) 가까이에 자리 잡은 검동이 집은 대문도 삐딱하고 흙벽이 군데군데 헐어서 안이 훤히 들여다보였다. 마침 두 여인이 대문을 열고 나와 종종 걸음으로 서출의 앞을 지나갔다.

“오마니! 이 밤에 거기까지 어떻게 갑니까. 내일 해 뜨면 가요. 꼭 지금 가야한다면 이 밤에 늑대들이 나올 터이니 호롱불이라도 들고 가야지 않겠어요.”

“사람이 죽어 가는데 날레 가봐야디. 지난달에 던도할 때 두 부인의 병이 듕했었어. 사람꺼정 보낸 걸 보문 아주 급한 모양이야. 그러니끼니 어케 이 밤을 넘기갔네. 오늘밤 주님이 생명을 거둬가시문 그 집안 예수 믿기는 쉽지 않을 것이야. 이런 땐 대석을 데불구 가면 좋으련만….”

대석이란 이름을 듣고 서출의 눈이 번쩍했다. 가슴이 뛰기 시작했다. 두 여인은 바람처럼 잽싸게 홍인문을 빠져나갔다. 인경이 울리면 닫힐 문이라 서출도 그림자처럼 조용히 저들의 뒤를 따랐다. 여자들의 발걸음이 남자보다 빨랐다. 나는 듯이 그들은 홍인문을 빠져나와 어둠을 타고 달렸다.

무당이었던 애련이보다 김메례의 발걸음이 훨씬 더 빨랐다.

“오마니! 지난번 우리가 들렀을 적에 당한 핍박을 잊으셨어요. 그래도 그 사람들에게 사랑을 베풀러 이 밤에 돈암리 고개를 넘어가야 합니까?”

“고럼 가야디. 우리두 하나님께 거저 받았으니끼니 그냥 주어야디.”

애련은 그 마을에서 당했던 일을 떠올리며 몸을 떨었다. 장대비가 앞을 분간 못하게 쏟아져 내리던 밤, 동네 사람들의 모듬 매를 맞으며 길거리로 쫓겨났던 기억이 아직도 생생했다. 밤새 내린 비로 속곳이 흠뻑 젖었고 추위를 이기지 못해 정자나무 밑에 쪼그리고 앉았던 일을 어찌 잊겠는가. 번개가 번쩍 칠적마다 빗속에 갇혀 아련히 펼쳐지던 으스름한 산야를 바라보며 서로 부둥켜안고는 김메례가 이렇게 중얼거리지 않았던가.

‘이 사람들 말이 맞아. 우린 예수에 미친 여편네들이다. 이 무리를 어케 주의 밝은 빛으로 인도해서 우리터럼 미치게 할 수 있을까. 주여! 도우소서.’

동대문 밖은 질펀한 논밭이라 걷기가 쉬웠다. 그러나 능안산에 이르자 삼림이 울창했다. 수목 그늘에 더께처럼 내려앉은 어둠이 더럭 무서움을 안겨주었다. 그래도 성큼성큼 김메례는 앞장서서 걸었다. 그 뒤를 애련이 따랐고 거리를 두고 몸을 숨겨가며 서출이 따라붙었다. 달빛도 흐린 밤중에 능안 삼림을 꿰뚫는 길은 오리가 족히 되는 거리였다. 갑자기 송아지만한 늑대 한 마리가 산그늘에서 어슬렁거리며 나오더니 김메례와 애련 사이에 끼어들었다. 아악! 애련이 놀라서 고함을 치자 어디서 나타났는지 늑대들 대여섯 마리가 합세했다. 정신을 차릴 수 없는 애련은 발이 얼어붙어 우뚝 서버렸다.

"쉬이! 조용히. 늑대두 사람을 알아본다구. 무서워 말구 두려워 말라우요. 하나님이 함께 하시니끼니 평안하구 기쁘게 행군을 해야디. 내가 항상 너희와 함께 하시갔다구 하신 말씀을 굳게 붙들구 걸어. 동요하지 말구 용기를 가지구 걸어야 저것들두 물러난다구. 우리는 십자가 군병들이니끼니 걱정말라우요."

그들 뒤를 미행하던 서출은 오금이 붙어서 벌벌 떨었다. 늑대의 수는 정확히 여덟 마리. 두 여자를 빙 둘러싸고 삼림 속을 걸어갔다. 숨 막히는 순간 김메례가 조용히 입을 벌려 찬송을 불렀다. 애련이 가만가만 따라 불렀다.

사랑하셰예수 더옥사랑
업대여비는말 드라쇼셔.
내진정소원이 사랑하셰예수
더옥사랑 더옥사랑
(찬양가 예수셩교회당간인 1895년 82장)

어둠이 내려앉은 능안 삼림 속에서 울려 퍼지는 찬송은 신비한 힘을 지니고 있었다. 여덟 마리 늑대들이 두 여인과 함께 서서히 앞으로 앞으로 행군을 했다. 마치 늑대들이 두 여인을 보호하면서 길을 인도하는 것처럼 보였다.

능안 삼림을 벗어나서 돈암리 고개만 넘으면 위험한 고비를 넘길 것이다. 은은한 찬송과 함께 늑대들의 헐떡임이 깊은 밤 숲 속의 정적을 깨뜨렸다. 뒤를 밟는 미행자의 소리를 김메례는 벌써부터 감지하고 있었다. 누굴까. 이 밤중에 우릴 따라오고 있는 사람. 전도를 하며 수없이 부딪혔던 위험한 고비에서 목숨을 지켜주셨던 주님과 동행하니 이런 미행쯤은 두렵지가 않았다.

갑자기 뒤에서 쿠웅! 나동그라지는 소리가 났다. 미행자가 나무뿌리에라도 걸려 넘어진 모양이다. 김메례와 애련을 포위하고 따라오던 늑대들이 바람처럼 뒤를 향해 달리기 시작했다. 늑대란 상대방이 해치려는 몸짓을 할 적에 덤벼들어 물어뜯는 습성을 지닌 동물이다. 두 여인을 따라 지루하게 행군하던 늑대들은 끈질긴 추적 끝에 드디어 싸울 상대를 찾아낸 셈이다. 여덟 마리 늑대가 포획물을 빙 둘러서서 마구 물어뜯기 시작했다.

"아악! 사람 살려요. 사람 살려주시라우요."

김메례가 달려갔다. 애련은 무서워서 털썩 그 자리에 주저앉아버렸다.

김메례는 '사랑하세예수 더옥사랑'이란 찬송을 불러가면서 미행자의 곁으로 다가갔다. 산길을 걸으며 귀에 익도록 들은 찬송의 위력에 눌려서 무섭게 날뛰던 늑대들이 하나 둘 뒤로 물러서기 시작했다. 땅 위에 축 늘어진 사내의 얼굴 위에 나뭇잎 사이로 파고든 달빛이 내려앉았다.

"아아! 저런, 저런! 자네는 서서서… 출이가 아닌가. 자자! 조용히! 침착하게 하나님이 당신과 함께 계시니끼니 두려워 말라우요."

조용하고 위엄 있는 김메례의 목소리에 눌린 쪽은 늑대들이었다. 하나 둘 슬금슬금 산속으로 자취를 감추기 시작했다. 마지막 남은 제일 덩치가 큰 늑대 한 마리가 아쉬운 듯 자꾸 뒤를 돌아보다가 울창한 능안 삼림 속으로 사라져버렸다. 김메례는 기절해서 축 늘어진 서출의 몸을 일으켜 안았다.

"애련이! 저기 물 흐르는 소리가 나디. 날레 이걸 적셔 오라우."

김메례가 목에 두른 천잠사(天蠶絲) 수건을 풀었다. 순회전도를 떠날 적마다 늘 목에 두르고 다니는 명주 목도리다. 묵은 티가 물씬 나는 누리끼리한 명주는 귀신딱지처럼 보였으나 김메례가 가장 아끼는 것이다. 산 개울에 적셔온 천잠사 수건으로 김메례는 안고 있는 서출의 뺨과 손의 피를 닦아주며 탄식했다.

"오! 주여! 이 사람에게 긍휼을 베푸소서. 불쌍한 것! 아아! 불쌍한…."

멀리서 횃불을 켜든 사람들의 두런거림이 들려왔다. 저들은 한 발짝, 한 발짝 서출을 안고 있는 김메례를 향해 다가오고 있었다.

능안 삼림을 거쳐 삼고 날뛰는 화적일지도 모른다. 김메례와 애련은 숨을 죽이고 다가오는 횃불을 주시했다. 어두운 밤을 밝히는 횃불은 엄청난 힘을 지니고 있어 잠결에 푸덕거리던 산새들까지 잠잠했다.

"혹시 김초시 댁을 찾는 분들이 아닙니까?"

횃불을 켜든 일당 중 몸집이 제일 큰 사람이 물었다.

"아니! 자네는 장쇠, 돈암리 고개 넘어 사는 마님댁 장쇠가 맞디요?"

횃불에 드러난 남자의 얼굴을 알아본 김메례가 서출을 안은 채 외쳤다.

"옳게 만났군요. 그런데 산적을 만났나요? 사람이 다친 걸 보니…."

"아니 아니네. 늑대란 놈이…."

"날이 저물면 산적보다 더 무서운 것이 바로 이 늑대들입니다. 해서 마님의 분부를 받고 우리들이 횃불을 켜들고 이렇게 나온 것이지요."

"죄송하디만 이 사람이 피를 혹께 많이 흘려서라무니 이대루 두문 죽을 거라우요. 그리니끼니 이분을 업구 제중원꺼정 데불구 가서 닥터 리를 찾으시라요. 김메례 전도부인이 보낸 사람이라구 하문 받아줄 것입네다. 곧 먼동이 트문 사대문이 열릴 터이니끼니 날레 서두르시라요."

장쇠가 혼절한 서출을 업고 인경소리와 함께 문이 열릴 흥인문을 향해 달리기 시작했고 김메례는 횃불 호위를 받으며 돈암리 고개를 넘었다.

무당과 판수들이 판을 치는 이 마을에 지난 달 처음으로 김메례와 애련이 순회전도를 나왔을 때 일이 아직도 생생했다. 길에서 전도지를 뿌리고 있는 김메레의 팔을 굴때장군처럼 몸집이 크고 살갗이 검은 남자가 잡아챘다.

"대낮에 여자가 길에서 미쳤군 그래. 양반 골에 와서 야소를 전해."

"내레 미치디 않았습네다. 상뎨 하나님의 권능을 입디 않구서는 녀자가 어케 한낮에 대로상으로 다니문서 던도를 하갔습네까."

거침없이 대드는 김메레를 쥐어박으려는 순간 장옷 입은 여인이 막아섰다

"장쇠야! 가만 놔두어라. 양인들이 들어와서 정동이나 구리개는 온통 예수를 믿는 무리들로 붐빈다던데 예수를 믿으면 무엇이 좋아지는 거지?"

여자가 점잖게 물었다. 지체 높은 양반집 규수인 듯 거동이 의젓했다. 눈매가 서늘하고 눈동자가 유난이 크고 맑았다.

"온 식구가 예수를 믿으문 집안이 평안하구 복을 받게 되디요. 자손들이 하늘의 별터럼 바닷가의 모래터럼 많아디구 내외간이 화순하게 되리다."

"그 말이 정말이요?"

"한번 믿어보시라요. 그러문 알 것입네다."

"내 집은 저기 보이는 저기 저 집이야."

마을 어귀의 집을 여인이 손가락으로 가리켰다. 이 골짜기에 자리 잡은 집들 중 제일 번듯하고 담장도 산뜻해서 눈에 확 띄었다.

"여자가 한낮에 나다닐 수 없지만 어쩌겠나. 중풍에 걸린 시어머님 약을 지으러 이렇게 나왔는데 자네를 만나게 되었

군 그래.”

“고럼 집으루 함께 가십시다. 내레 노마님을 위해 기도를 해드리리다.”

굴때장군처럼 몸집이 큰 장쇠가 못마땅한 눈으로 흘겨보았다. 안방에 갇혀서 벽이고 방바닥에 똥을 뒤바르며 고함을 치는 노망난 할머니를 우두커니 오랫동안 지켜보던 김메례가 성경을 한 권 내밀었다.

“이 책을 열심히 읽으문 힘을 얻을 것이오. 사람이 한 번 태어나서 죽는 것은 정한 이치이니끼니 슬퍼하디만 말구 마님이 힘을 내셔야 합네다.”

얼른 성경을 받아들고 양반댁은 공손하게 물었다.

“만약 내가 이 책을 읽는 중에 모르는 것이 있으면 어떡하지?”

“연못골에서 제일루 이름난 갓바치 금동이네를 찾으시라요. 내레 바루 그 옆집에 살구 있으니끼니 그리루 사람을 보내시문 내레 딕접 오리다.”

이렇게 만나고 헤어졌는데 한 달 만에 장쇠가 찾아든 것이다. 전해준 쪽지에는 이 밤을 넘기지 말고 급히 와달라는 사연이었다. 돈암리 고개에 올라서니 마을이 희부연 안개 속에 조용히 가라앉아있었다. 깊은 바다 속에 잠긴 마을처럼 괴기스럽기까지 했다. 갑자기 수탉이 홰를 치며 울어대면서 개 짖는 소리도 들리고 수풀도 살아나기 시작했다. 간밤에 능안 숲에서 늑대에 시달린 애련의 버선 뒤축은 땀으로 흥건했다.

횃불을 들고 온 머슴의 안내를 받고 안방에 들어서니 피 냄새가 역했다.

"아니 노마님은 어케 되구 마님이 여기 누워계십니까?"

"어머님은 돌아가셨어. 대신 내가 이렇게…."

아랫목에 명주수건으로 팔을 감싼 마님이 힘겹게 일어나 앉았다. 피를 얼마나 많이 흘렸는지 이불과 요가 피로 얼룩져있었다.

"자네가 준 성경책을 매일 읽는다고 남편이 칼로 내 가슴을 겨냥하고 찔렀으나 당신이 전하는 신이 나를 도와주어 빗나가 팔만 이렇게 찔렸다오. 처음에는 마음이 서늘하였으나 감사하는 마음이 일어나서 당신을 부른 것이오. 나를 위해 함께 있어주오. 남편은 나를 버리고 멀리 가버렸으니 당분간 들어오지 않을 것이오. 시집 온 지 십 년이 지나도록 아이를 낳지 못해서…."

"살아계신 하나님이 마님의 생명을 구했으니끼니 두려워 마시라요."

마님의 팔 상처에서 진물이 줄줄 흐르기 시작했다. 김메례는 뒷산 기슭을 깊이 파고 양푼 가득 윤기 흐르는 흙을 퍼다 온돌방에 펴놓고 아궁이에 불을 때게 했다. 뜨겁게 달군 온돌에서 구워진 고실 고실한 흙을 상처에 바르니 고름과 진물이 놀라울 정도로 빠르게 흡수되었다. 그 위에 다시 새 흙을 발라주면 묵은 흙이 잘 씻겼다. 이건 김메례가 제중원에서 일할 적에 어깨 너머로 배운 지식이다. 제중원에서는 이런 식으로 말린 흙을 병에 담아 선반에 놓고 테라 휘르마(Tera Firma)라고 써 붙여 놓았었다. 그때 김메례는 너무 신기해서 이렇게 물었었다.

"이게 무슨 뜻이디?"

김메례의 질문에 환자를 돌보던 대석이 눈을 찡긋하며 이렇게 일러주었다.

"라틴말루 육지(陸地)란 뜻이디요. 소염제두 따지구 보문 오래 된 흙에 약간의 약품을 첨가한 것이니까요. 아프리카 오지의 의료선교사는 약품이 귀하니끼니 흙을 구워서 외과용 고약으로 사용했넌데 성공적이었답네다."

대석의 말이 맞았다. 말린 흙을 바르면서 마님의 상처가 급속도로 회복되었다. 감읍한 마님은 자신의 대청에서 예배를 드리면서 교회가 섰다. 날마다 날씨를 가리지 않고 두 여인은 본격적으로 전도지를 들고 나갔다. 전도의 대상은 행복하고 배부른 사람들이 아니었다. 배고프고 병들고 학대받는 여자들과 아이들이었다. 낮에는 엿을 사들고 다니며 아이들을 모아서 한글을 가르치고 밝은 낮에 길에 나오지도 못하고 갇혀 지내는 여자들을 찾아 다녔다. 하루 이틀 지나면서 김초시 댁에 예수를 믿겠다는 사람들이 찾아들었다. 주일이면 멀리서도 볼 수 있게 빨간 십자가가 그려진 깃발을 장대에 달아 올려 날짜를 모르는 사람들에게 주일이니 오서 모이라는 신호를 보냈다.

김초시 댁 바로 옆에 살고 있는 몰락한 선비 집안의 며느리가 전도지를 받고 제 발로 김메례를 찾아 들어왔다. 말씀을 듣고 감동해서 함께 예배를 드리고 있는데 갑자기 문이 벌컥 열렸다. 선비의 어머니가 며느리를 찾아온 것이다.

"내 며느리에게 무슨 음식을 먹였지? 예수를 믿게 하는 이상한 약을 탄 음식을 사람들에게 먹인다는 소문이 동네에 파다하게 나돌고 있어."

시어머니의 손에 머리채가 잡혀서 질질 끌려가는 선비의 아내는 굴하지 않고 찬송을 불렀다. 기쁨이 넘치는 얼굴이었다. 오히려 애련이 시어머니에게 두들겨 맞으며 끌려가는 여인을 위해 눈물을 보였다. 그 여인은 시어머니의 눈을 피해 멍들고 할퀸 얼굴로 김메례의 밤 집회에 참석했다. 참다못한 선비집안에서는 최후 수단으로 무섭게 생긴 건장한 남자를 여자들만 모여 예배드리고 있는 방안으로 들여보냈다. 갑자기 뛰어 들어온 남자를 보고 여자들이 비명을 지르는 와중에 사내는 과감하게 선비아내의 저고리 섶을 가위로 썽둥 잘라 가지고 나갔다. 저고리 섶을 자른다는 것은 부부가 서로 헤어지기로 결심했다는 증표로 남편이 그만큼 화가 나 있다는 뜻을 전한 것이다.

그런 지 한 달 뒤 여자는 남편을 데리고 김초시 댁에 나타났다.

"제 남편도 예수를 믿기로 했습니다. 받아주시는 것이지요."

남녀유별이 엄한 시대였다. 여자들이 모인 방에 남자가 들어와 예배를 드릴 수는 없는 처지였으므로 김메례 전도부인이 급하게 방 한가운데 누런 광목을 쳐서 가리고 남녀가 갈라 앉아 예배를 드렸다. 몰락한 선비 가정은 이 마을에서 처음으로 부부가 예수를 믿는 가정이 된 셈이다. 선비부부가 예수를 믿기로 작정했다는 소문은 삽시간에 마을에 파다하게 퍼져나갔다.

사각 돌우물 가에서 물을 긷던 여인네들의 입질이 대단했다.

"신당에 모신 신주를 불태우고 새벽마다 정화수 떠놓고 비는 그릇이랑 상까지 전부 깨트려버렸다는군 그래. 우리가 모신 건 다 우상이라고 말이야."

"어메메! 사람 죽이려고 그러네. 그 여자들 정신이 돌아도 한참 돌았군."

그때 마침 우물가로 김메례와 애련이 전도를 나오자 아낙네들이 부정을 탄다고 침을 뱉으며 못 볼 것을 본 것처럼 머리를 돌리고 급히 우물가를 떠났다. 더러는 바가지에 물을 담아 김메례와 애련의 얼굴에 확 끼얹었다. 뚱뚱하고 빰이 붉은 중년의 여자가 기승을 부리며 김메례에게 덤벼들었다. 나중까지 혼자 남은 그 여자는 힘도 세고 몸집도 컸다. 이 여자는 아예 동이채로 김메례의 머리에 물을 부어댔다. 곁에 서 있던 애련이 그만 울어버렸다.

"오마니! 와 우리는 이렇게 당해야합니까. 이젠 이런 핍박을 견딜 수가 없어요. 우리 고만 집으로 돌아갑시다. 연못골 우리 거처로 가십시다."

"무슨 소리! 한 생명을 구하는 것이 천하를 얻는 것보다 기쁜 일인 걸 몰라서 기래. 저 여자를 위해 우리 기도하자우. 참으로 불쌍한 여자라구."

김메례는 얼굴에 흘러내리는 물을 손으로 쓰윽 닦았다.

그날 밤 동이 채로 물을 들이붓던 여인이 찾아왔다. 얼굴은 사뭇 사색이었고 공포에 질려 몸을 제대로 가누지도 못했다. 엉금엉금 기어서 방안으로 들어온 여인은 김메례 앞에 엎어졌다. 귀밑 살이 푸들푸들 경련을 일으켰다.

"제발 저를 살려주십시오. 두 손 모아 이렇게 빕니다."

여인은 입을 씰룩거리면서 말을 더듬었다. 몸까지 비비꼬면서 결사적으로 김메례에게 매달렸다. 여자의 얼굴은 처참하게 일그러졌고 공포로 질려있었다.

"무슨 일이요. 와 이렇게 떨구 있습네까?"

"제가 우물가에서 당신이 믿는 상제하나님을 무시하고 물동이 물을 당신의 머리에서 발끝까지 들이붓고 집에 오니 제 손이 이렇게 비비꼬이면서 돌아가고…."

김메례는 파랗게 질린 여자의 손을 잡았다. 왼쪽 팔이 막대기처럼 차갑고 뻣뻣했다. 여자를 향한 연민의 정을 가누지 못한 김메례는 뒤틀린 팔을 쓰다듬으며 기도하기 시작했다. 김메례의 손이 뒤틀린 팔에 닿을 적마다 여자는 외마디 소리를 내지르며 몸부림쳤다.

"아이쿠! 뜨거워. 아이쿠! 뜨거워. 달군 인두처럼 뜨겁네."

여자는 동네가 떠나갈 듯 울면서 뒹굴었다. 마치 첫 아이를 낳는 임부처럼 입술을 피가 나게 깨물고 눈을 허옇게 부릅떴다.

"아이쿠! 상제하나님. 제가 잘못했습니다. 상제님의 사람을 냉대하구 구박한 것을 용서해주십시오. 다시는 그러지 않겠습니다. 어어엉엉…."

초상난 집처럼 여자는 시끄럽게 울어댔다. 팔딱팔딱 뛰면서 울기도 했다. 가슴을 피가 나게 쥐어뜯으며 신음을 했다. 방이 좁아서 벽이라도 부수어버릴 기세였다. 성경을 배우러 와있던 아낙네들이 여자를 찍어 눌렀다. 요동치는 여자의 몸을 여럿이 붙들고 늘어지면서 짓누르자 나중에는 밑에 깔린 여자가 숨을 쉴 수 없다며 풀어달라고 애걸했다.

"이제 진정되었으니 찬물이나 한 양푼 주시오."

찬물 바가지를 안겨주자 여자는 정신없이 마시고는 입을

열었다.

"천상에서 상제하나님의 음성이 풍악소리처럼 들렸어요. 예수를 믿으라고. 그래야 뒤틀린 팔을 고쳐준다고요. 지은 죄를 용서해준다고도 했어요."

그때 둘러선 여자들 중의 한 사람이 외쳤다.

"어머머! 자네 팔을 보라고! 뒤틀렸던 손과 팔이 펴졌네."

여자는 뒤틀렸던 팔과 한쪽으로 말려들어갔던 손을 번쩍 치켜들었다. 이걸 본 여자들이 일제히 기쁨의 환호성을 내질렀다.

"아멘, 아멘, 상제하나님이 고쳐주신 것입니다. 예수님이 하신 일입니다."

이런 일들을 겪은 후에 마을 언덕에 예배당이 우뚝 섰다. 여기서 아침 9시경부터 정오까지 아이들을 모아 글을 가르치고 난 김메레는 오후 2시부터 무거운 전도책자를 짊어지고 산을 넘고 들을 건넜다. 등짐이 너무 무거워 몸이 한쪽으로 비스듬하게 기울어졌다. 정자나무 밑에 짐을 내려놓고 쉬는 김메레의 몸은 마치 아직도 짐을 지고 있는 것처럼 기우뚱했다. 어깨가 휘어버린 것이다.

2

이른 새벽 제중원으로 업혀온 서출은 머리와 이마에서 흘러내리는 피로 눈을 질끈 감고 있었다. 닥터 리는 장쇠의 설명을 듣고 서출의 얼굴 상처를 꿰매고 싸맸다. 전신에 난 상처를 정성스럽게 소독하고 약을 발라주었다. 늑대의 이빨자국이 난 눈꺼풀을 소독하고 붕대로 감아놔서 앞을 볼 수조차 없었다. 정신이 든 서출이 얼굴을 온통 흰 붕대로 칭칭 감은 채 입을 열었다.

"예가 어디메요? 와 내레 여기 와 있는 거요?"

대석이 침대 가로 다가가서 서출의 손을 잡았다.

"여기는 제중원입니다. 능안 삼림 속에서 늑대에게 당한 것을 기억하시오?"

"고럼 여기가 무출이 수술하고 누워있는 곳이 아니네. 여기가 고럼 여기가 백당 대석이란 놈이 의사질을 하고 있는 곳이구… 아이쿠! 내 머리야."

벌떡 일어나려다가 얼굴의 상처가 쑤시는지 신음하며 도로 누워버렸다.

"아직두 백당 대석이를 잡아 죽일 생각이오?"

"고럼. 내레 항상 품속에 비수를 품고 다니넌데, 그 넘을 만나면 가슴팍을 쿡 찔러 쥑이려구 말이야. 우리 박씨 가문을 이 지경으로 맹근 넘이라구."

붕대에 가려 보이지 않지만 무섭게 일그러졌을 서출의 얼굴을 그려보며 대석은 슬그머니 병실을 나와버렸다.

청일전쟁 뒤에 시골이나 산골 어디에나 교인들의 수가 급격히 늘어났다. 학교 옆에 교회, 교회 옆에 학교가 설 정도로 예배당이 서는 곳에 학교가 들어서서 교육과 신앙을 동시에 길러주었다. 시골 전도는 가랑잎에 불을 댕기는 듯했다.

서출이로 인해 울적한 마음을 달랠 겸 병원의 양해를 얻은 대석은 모삼률 선교사를 따라 마포에서 나룻배를 타고 한적한 어촌에 닻을 내렸다.

“예수를 믿어 거듭나야만 합네다. 영생의 길, 생명의 길이 여기 있습네다.”

대석이 성경책을 높이 들면 모삼률 선교사는 부지런히 전도책자를 사람들에게 나누어 주고 환자들을 끌어 모았다. 가난한 어촌 사람들은 복음을 듣는 것도 좋지만 대석의 진료를 받고 약을 타는 재미로 산을 넘어 달려오는 사람들도 있었다. 날이 저물자 빗발이 거세져서 헛간 옆방을 하나 얻어들었다. 빈대와 벼룩의 등쌀에 잠을 이루지 못한 모삼률 목사가 호롱불을 켜고 방 한가운데 오똑 앉았다. 덤벼드는 빈대를 피하는 길이 고작 이랬다.

“이봐요. 닥터 리! 아무래도 고종 황제를 만나야겠어.”

“우리나라 황제를 만나시갔다구요?”

“으음. 이렇게 빈대하고 벼룩에 물리면서 백 사람을 전도하는 것보다 이 나라에서 제일 높은 사람을 전도하면 그 길이 가장 빠른 길이라는 생각이야.”

기쁜 소식이란 조그마한 배를 타고 황해도를 중심으로 해서 서해안에 산재한 어촌과 섬들 또 한강 변두리 마을들이 전도의 대상지였다. 걸어서 전도하면 하루에 백 리에서 백오십리가 고작이다. 그러니 이렇게 먼 어촌까지 복음을 전하는 길은 배를 이용하는 것이 최고로 빠르고 좋은 방법이었다.

“닥터 리! 아무래도 나는 대한제국 황제를 만나야겠어. 하나님의 마음이 그걸 원하시는 것이 틀림없어. 미국식으로 황제에게 편지를 쓰고 싶군 그래.”

“고종 황제께 편지를 쓴다구요?”

"아니꼽게 알렌 공사에게 굽실거리며 애걸하는 것도 이제 지쳤어."

알렌은 의료선교사직을 내던지고 미국 공사가 된 사람이다. 고종 알현을 부탁했으나 번번이 퇴짜를 맞은 모삼률 목사는 그 밤에 편지를 썼다.

'대황제 폐하께. 나, 사무엘 무어는 미국의 시민으로서 하늘과 땅을 지으신 하나님으로부터 사명을 받아 주의 복음을 전하는 사람입니다. 만약에 황제폐하의 신하들과 같이 이 말씀을 듣기를 원하신다면 저를 불러주시기를 황송한 마음으로 바라옵니다….'

모삼률 목사가 영문으로 쓰고 대석이 번역을 했다.

"겉봉에 받을 사람 이름을 어떻게 써야 하지?"

"코리아의 황제, 서울이라고 쓰면 어떨까요."

독립협회가 창설되어 민족운동을 한창 전개하고 있었다. 이런 활동을 뒤로 하고 무어선교사의 배는 백천을 향해 가고 있었다.

"닥터 리! 자네는 이 민족을 진정으로 사랑하는가?"

"고럼, 고럼요. 하지만 이러구 다니는 건 내 뜻이라기보다 하나님의 줄에 끌려서 다니구 있디요. 내 뜻대로 한다문…."

"지성인답게 독립협회에 들어서 으샤으샤 하지 왜 나를 따라 이 고생을 하는 것이요. 황제에게 전도한다는 나를 모두 광인 취급하고 있는 판에."

"백성의 심중에 구원의 빛이 비추면 모든 역경이 변하리라 믿습네다. 나라가 갈피를 잡지 못하고 흔들리는 상황에서 제일 먼저 할 일은 성경말씀을 백성들의 마음에 심어주는 것입네다. 그 길이 우리 되선이 사는 길이디요."

"맞아. 편안하게 제중원에서 의사노릇을 하지 않구 이렇게 따라다니겠다구 했을 때 자네의 마음을 알았지. 그건 성령의 역사지 자네 개인의 생각은 아니야. 내가 편안히 미국 땅에 있지 않고 여기 온 이유와 같은 것이지."

세찬 비바람에 배가 몹시 흔들렸다. 두 사람은 배를 따라 몸을 흔들며 사납게 출렁이는 퍼런 파도를 묵묵히 오랫동안 바라보았다. 바람이 자면서 빗발이 서서히 그쳤다. 구름 사이로 쏟아지는 노을을 안고 한 폭의 동양화처럼 옹기종기 초가들이 모여 있는 어촌이 눈에 들어왔다.

"오늘 밤은 저 마을에 들어가서 전도를 합세다. 쪽빛 바다와 저녁노을에 갇힌 마을이 너머 너머 아름답습네다."

모삼률 목사도 그런 마음을 가지고 있던 터라 두 사람은 나룻배를 묶어놓고 이름도 모르는 어촌에 내렸다. 약상자를 진 대석이 앞장서고 모삼률 목사는 전도책자가 든 큰 가방을 질질 끌면서 뒤를 따랐다. 사람들을 모아놓고 한바탕 전도를 하고 전도지를 돌린 뒤 마을 방을 빌려 막 여장을 풀고 눈을 감으려는 판에 방문을 세차게 흔드는 사람이 있었다.

"제발 제 아내를 살려주십시오. 헐떡이며 죽어가고 있습니다."

대석이 밖을 내다보니 바닷바람에 그을린 새까만 얼굴에 병어주둥이처럼 입이 작은 남자가 두 손을 비비며 애걸했다. 대석이보다 먼저 모삼률 목사가 서둘러 일어섰다. 마음이 놓이지 않는지 자꾸 뒤를 돌아보면서 앞장서 달리는 어부의 모습이 애처롭다. 바닷가에 바짝 지어진 오두막에서 갓난아이의 자지러진 울음소리가 넓고 넓은 바다를 뒤흔드는 듯했다. 어둑한 방안에 일자로 길게 누워있는 산모의 젖가슴이 그야말로 인왕산만 하게 부어올라있었다. 대석이가 여자의 가슴을 풀어헤쳤다. 젖유종이었다. 젖 구멍이 막히도록 심하게 곪은 걸 파종했다. 고름이 대석의 눈과 얼굴에 분수처럼 뿜어나왔다. 문득 김청송을 따라다니며 한글로 옮겨 쓴 쪽복음을 들고 전도하던 시절에 병자를 고쳐주었던 일이 떠올랐다. 대석이 의사가 아니었던 시절에 주님이 직접 수술하여 치료했던 기적적인 일들이다. 머리는 만주벌판에서 복음 짐을 지고 떠돌던 생각을 하며 손은 열심히 산모의 젖에 고인 고름을 짰다. 여섯 종지기의 피고름을 뽑아내자 모삼률 목사가 중얼거렸다.

"아! 사람의 목숨이란 참으로 질긴 것이야. 이 지경에서도 살아있다니!"

아내가 숨을 돌리자 어부는 너무 좋아서 대석과 모삼률 목사 앞에서 부끄러운 줄도 모르고 덩실덩실 춤을 추며 기쁨을 감추지 못했다.

"우리 옆 마을에 사는 참봉어른은 사당에 들어가기만 하면 넋이 나간 사람처럼 부들부들 떨면서 뒤로 넘어져버려요. 그런 병도 고칠 수 있습니까?"

아내가 살아나자 신바람이 난 어부는 큰 고기가 잡힐 적마다 간다는 단골집을 들고 나왔다. 모삼률 목사가 가보자고 눈을 껌벅이며 대석에게 신호를 보냈다. 다음날 아침 어부를 따라 이참봉네 집으로 향했다. 환자는 아랫목에 이부자리를 펴고 얼마나 오래 누어있었는지 문을 열자 방에 고인 퀴퀴한 냄새가 역했다.

사군자가 그려진 병풍은 빛이 바래 누리끼리하고 파리똥으로 얼룩져있었다.

“어디가 그렇게 아프시디요?”

대석이 이마를 짚어보고 가슴에 청진기를 댔다.

“사당에 들어가면 왜놈들이 끌고 다니는 나막신 소리가 달가닥 달가닥 나면서 무엇인가 무섭게 내게 달려들어요. 이렇게 방안에 누워있어도 신주만 떠오르면 그 소리가 예까지 따라와서 미칠 지경이오.”

“그래요. 간단합네다. 나를 따라오시오.”

대석이 앞장서서 사당으로 들어가 아무 소리 않고 신주(神)를 싸가지고 나왔다. 성큼성큼 산으로 올라가는 대석의 뒤를 참봉이 비틀거리며 따랐다.

“자네 그 신주를 무엇 하려고 안고 산으로 가나?”

“이 우상단지가 나막신 소리를 내는 것이라요. 그러니끼니 이걸 불살라버립시다. 날레 태워버리구 집으루 내려가보문 알거외다.”

“아이쿠! 무슨 소리. 상것들이 부끄러워 어떻게 옥관자를 달고 다니라고 그래. 신주를 불태우면 나는 문중에서 쫓겨난다고. 제발 그 신주 이리 주게.”

이참봉은 사색이 되어서 대석의 팔을 붙들고 늘어졌다.

“고럼 신주를 안구 여기서 죽으실래요? 지금 걸린 벵은 이렇게 하지 않으문 죽을 수밖에 없는 벵이요. 자자! 신주를 안구 여기서 죽든지 아니문 태워버리든지 합세다. 살구 싶으시문 신주를 태우구 예수를 믿으시오. 죄를 자복하구 말이요. 내레 의사디만 이 벵을 고티는 방법은 이 길밖에 없소."

묵묵히 주저앉아 신주를 끌어안고 끙끙거리는 참봉의 얼굴은 처참했다.

"사람의 목숨이 천하보다 귀한 것이라구 상뎨하나님이 말씀하셨습네다. 그러니끼니 이 신주를 태워버리구 나터럼 예수를 믿어 새 사람이 되시라요."

대석이 전도지를 보이면서 전도를 하자 이참봉의 눈에 눈물이 그렁하게 고였다. 대석의 손에서 신주를 앗아서 단단히 가슴에 품어 안고서 말이다.

"참말로 이 신주를 태워버리면 내 귀에서 왜놈들의 달가닥거리는 나막신 귀신소리가 달아나버린단 말이요? 방안까지 따라오지 않구 말이요."

"내 말이 맞는지 틀리는지 한번 해보시라요."

드디어 신주가 불길에 휩싸였다. 이참봉은 데굴데굴 구르면서 울었다. 가슴을 치고 땅을 두드리며 두 다리를 쭉 펴고 앉아서 대성통곡을 했다.

"아이쿠! 이를 어쩌지? 아아! 내 가슴이야. 가슴이 내 가슴이 두 쪽으로 찢어지네. 나를 좀 살려주어. 나 죽어…."

마구 울어대는 이참봉을 보고 모삼률 목사는 놀라서 입이 딱 벌어졌다. 마치 지옥의 뚜껑이라도 열어젖힌 듯했다. 그간 지은 죄를 털어내며 산비탈에서 몸이 상할 정도로 뒹굴면서 울어대는 참봉을 대석이 끌어안았다.

"속속들이 죄를 자복하니 내 자신이 천공에 몇 천길 떠오르고 온 세상이 변하고 좋아 보여 가만히 있을 수가 없소. 참으로 이렇게 기쁠 수가 없어."

산을 내려오자 신주를 태웠다는 소문이 나돌아 문중 어른들이 모여들었다.

"자네는 이씨 문중 사람이 아니니 당장 이 고을을 떠나라고."

특히 시골 유림들이 크게 반발했다. 문중에서 이름이 제해지고 매일 장작개비를 들고 오는 사람, 곡괭이를 든 사람, 심지어는 도끼를 든 문중 사람들과 맞서서 대석과 모삼률 목사는 함께 핍박을 당했다. 이참봉은 마을을 떠나지 않고 자기의 사랑방을 예배처소로 내놓았다. 대석과 모삼률 목사가 병자들을 치료해주고 전도한 사람들을 모아놓고 주일예배를 드렸다. 어촌에 교회를 또 하나 세운 셈이다. 이렇게 개척한 교회들을 종이 위에 상세하게 지도를 그려놓았다. 앞으로 한 달에 한 번씩 순회하면서 돌봐야만 한다.

다섯 교회를 세우고 난 뒤 나룻배가 마포 나루 쪽을 향해 방향을 잡았다.

"한성에 도착하는 즉시 이걸 고종 황제 앞으로 부쳐야겠지?"

바닷바람으로 검게 탄 얼굴에 홍조를 띠며 모삼률 목사가 가방에서 코리아의 황제 앞으로 쓴 편지를 꺼내들었다. 양반이든 천민이든 심지어 황제든 영혼을 구하는 것이 이렇게 기쁠 수가 없었다. 심마니들이 산삼을 캐는 기쁨이 이럴까. 대석은 의주에 소문난 천마산의 황어인을 생각했다. 조선 사람들이 까무러칠 듯 좋아하는 산삼 한 뿌리 캐는 것보다 한 사람의 생명을 구하는 것이 더한 기쁨임을 순회전도를 나올 적마다 고백하지 않을 수 없었다.

고종 앞으로 편지를 띄운 지 일주일 만에 예기치 않았던 사건이 터졌다.

"나는 조선을 떠나야갔어. 더 이상 있을 수가 없어."

"무슨 일이에요? 고종 황제께 보낸 편지가 문제였군요."

"글쎄 그 편지가 알렌 공사의 손에 넘겨져서 오늘 불려갔었지. 날보고 괴짜라고 나무라면서 무례한 놈이니 영사관 영창에 가두겠다는 거야. 내가 황제에게 그런 편지를 쓴 것은 조선정치에 간섭한 것이니 당장 조선을 떠나라고 하면서 선교사 명단에서 이름을 삭제하겠다고 으름장을 놓더군."

"설마 불쌍한 되선 사람들을 버리시갔다는 말씀은 아니디요. 선교사들이 많지만 당신만이 우리 되선을 진정 사랑하는 분입네다. 다른 선교사들은 우리를 무시하구 권위의식에 꽉 차있디만 당신은 달라요. 제발 여기 남아요."

모삼률 목사는 대석을 슬픈 얼굴로 바라보았다.

3

박천(博川) 원사봉(元師峰) 기슭에 얼기설기 청솔을 엮어 만든 오막살이는 마을에서 한참 떨어져있다. 백석(白石)은 약초를 캐러 새벽녘에 나가고 달순이 혼자 부엌에서 말린 산나물을 갈무리하다가 부스럭 다람쥐 소리에 엉덩방아를 찧고 주저앉아버렸다. 지금이라도 당장 박진사댁 머슴들이 우우 달려들어 잡아갈 것 같은 무섬증으로 몸을 떨었다. 여차하면 오막살이에서 멀지 않은 곳에 높이 솟은 절벽으로 치달으면 되는 것이다. 잡혀가서 치욕을 당하며 맞아죽느니 차라리 절벽으로 기어 올라가 몸을 날려 떨어져 죽을 심산이었다. 그렇게 결심하고 나니 조금 진정이 되고 힘이 났다. 그간 남편 백석을 따라서 산골마을을 전전하며 숨어사는 것도 이젠 지쳐버렸다.

멀리 보이는 산봉우리마다 허연 눈 모자를 뒤집어쓰고 있다. 오두막 옆에 선 개암나무도 부지런히 나뭇잎을 떨어뜨리고 있으니 계곡은 곧 깊은 동면으로 빠져들 것이다. 눈이 많이 오는 고장이다. 사람 키가 넘게 눈이 내리는 날이면 꼼짝없이 이곳 오두막에 갇혀 한 겨울을 나야한다.

인기척이 나는 듯했다. 달순은 혹시 백석이 돌아왔나 해서 고개를 길게 뽑으며 밖을 내다보았다. 건장한 사내 대여섯 명이 산허리를 돌고 있었다. 달순은 부뚜막에 놓인 칼을 가슴에 품고 후다닥 일어나 뒤란 장작더미 속에 몸을 숨겼다. 심장 뛰는 소리가 자신의 귀에까지 쿵쿵 들렸다. 이따금 산바람이 휘이 산허리를 감싸고 지나가고 어린 다람쥐들이 재롱을 떨며 지나가는 것 말고는 고적한 산속이다.

'분명히 박진사가 보낸 기찰포교들이 우리를 찾고 있는 거야. 내일 여기를 떠나야지. 여기 너무 오래 머물렀어. 우리 소문이 의주꺼정 간거라구…'

달순은 가슴에 숨긴 칼을 쓰다듬으며 방안으로 들어갔다. 백석이 지고 갈 약재와 침구 상자를 고리짝에 넣고 옷가지를 싸기 시작했다. 낙엽 떨어지는 소리가 마치 틈입하는 사람의 발자국 소리처럼 들려서 달순의 얼굴빛은 창백하게 자지러졌다.

갑자기 문이 벌컥 열렸다.

"아이쿠! 제발 살려주시라요. 미친한 것이 몰라서… 사… 사람살려!"

달순이 등을 문 쪽으로 돌리고 얼굴을 두 손으로 감싸 안고는 벽을 향해 앉더니 몸을 사시나무 떨 듯했다.

"여보! 나라구. 와 그렇게 놀라구 야단이네."

달순의 얼굴이 파랗게 질리더니 곧 숨이 넘어갈 것처럼 헐떡였다. 아랫목에 아내를 뉘인 백석은 떨리는 손으로 머리끝부터 발끝까지 침을 꽂았다. 꽉 막혔던 구들이 뚫리는 것처럼 달순의 뺨에 핏기가 돌면서 부스스 눈을 떴다. 석양을 향하여 문이 달린 오막살이 방안으로 농익은 감빛 노을이 가득 파고들었다. 남편 백석의 얼굴을 알아보는 순간 달순의 눈에 닭똥 같은 눈물이 뺨을 타고 흘러내렸다.

"덩신 차리라우. 기렇게 사람이 허애서 어케 살아가려구 기래."

"여보시! 여기를 날레 떠나야합네다. 아까 낮에 내 눈으루 똑똑히 보았넌데 박진사가 보낸 기찰포교들 대여섯 명이 우리 오두막을 염탐하구 갔어요."

"또 시작이야. 언제나 기래서 한 곳에 정착 못하고 여기 더기 산속을 떠돌아댕기며 살았넌데 이제 겨울이 닥친 때 어칼려구 여길 뜨자는 거야. 우리 그냥 여기서 지내자우요. 아랫마을 병자들과 낯이 익어 약을 지어주구 침을 놔주문서 이 겨울동안 굶지 않구 살 터이니끼니 제발 내 말 들으라우."

"우리 여기 있다가는 박진사댁에 잡혀가서라무니 멍석말이 당해서 죽는데두 기래요. 당신이 가디 않으문 나 함자라두 도망틸 거라우요."

달순의 병이 다시 도진 것이다. 백석은 슬프디 슬픈 눈으로 겁에 질린 아내를 내려다보았다. 이미 짐을 꾸려 윗목에 밀어놓은 걸 흘끔 쳐다보는 백석의 얼굴은 산속을 누비며 약초를 캐러다닌 탓에 구리 빛이다.

"어딜 가나 당신에게 박진사의 망령이 쫓아다녀서 살 수레 없는 거라구. 우리 맴을 단단히 먹구 이 곳에 뿌리를 내리자우. 나두 이제 맥이 빠져 더 이상 떠돌이 생활을 하지 못하갔다구. 당당하게 아랫마을에 내려가 살자우요."

백석이 달순이 곁에 벌렁 누워버렸다. 그간 천마산 속의 화전 마을과 압록강 줄기를 타고 함경북도까지 오르락내리락 했다. 어딜 가나 석 달을 넘기지 못하고 달순은 도망가자고 졸라댔다. 뭉게구름이 마을에 그림자를 드리우며 지나가도 놀라서 숨을 할딱거렸다. 화전민들이 모여 사는 산골도 그들에겐 편안치가 않은 세상이었다. 동학군에 가담했던 사람들의 은신처가 되었기 때문이다. 죽은 듯이 얼마간 숨어 지내던 동학군들이 의병이 되어 일본군에 대항해서 싸우다가 쫓겨서 숨어들기도 했다. 이런 사람들이 오두막이나 마을에 들어올 적마다 달순은 놀라서 전전긍긍했다.

먹이를 잔뜩 주워 먹고 잘 곳을 찾아드는 산새들의 조잘거림으로 밖은 한껏 소란했다. 달순이 곁에 팔베개를 하고 나란히 누워있던 백석의 귀에 오두막을 향해 올라오는 발자국 소리가 잡혔다. 누굴까. 이 시간에, 혹시 달순이 말대로 박진사가 보낸 기찰포교들일까. 백석이 숨을 죽이고 문틈으로 밖을 내다보았다. 산등성이 가파른 길을 두 남자가 헐떡이며 오르고 있었다.

백석은 달순이 놀라지 않도록 조용히 방을 빠져나와 몸을 숨기고 그들을 관찰했다. 흐릿해 보이던 얼굴이 오두막에 가까이 올수록 명확하게 잡혔다. 어젯밤 왕진 갔던 아랫마을 선비집안 사람들이었다.

"왕의원님! 날레 내려갑시다레. 우리 아버지레 곧 돌아가실 것 같습네다."

청일전쟁을 피해 산골로 피란 왔다가 눌러앉은 선비네 집 사람들이다. 장폐색증(腸閉塞症)을 앓고 있는 환자에게 침을 수없이 놓고 뜸질을 하며 한약을 먹여도 효험이 없었다. 변을 누지 못하고 딸꾹질을 하면서 토했다. 힘이 진해 땀을 흥건히 흘리면서 괴로워했던 걸 보면 곧 임종할 사람이다.

"침질과 뜸질로 다스려질 병이 아니니 어카갔소. 그냥 내려가시라요."

"자식 된 도리루 어케 숨넘어가는 아바지를 그냥 둡네까. 적선하시는 셈치구 한 번만이라두 침을 꽂아주시라요. 이렇게 빕네다."

문득 아버지 왕의원의 얼굴이 스쳤다. 의술이란 사람을 사랑하는 것이라고 하지 않았던가. 그간 익힌 기술이나 지식보다 사랑이 먼저라고 했던 준엄한 아버지의 얼굴이 또렷이 떠올랐다. 어쩔 수 없이 백석은 침통이 든 보따리를 챙기면서 한약을 먹고 깊은 잠에 빠진 아내를 가여운 눈으로 흘겨보았다.

"먼 한약이든 좀 지어줄 수레 없갔습네까?"

"반하사심탕(半夏瀉心湯)을 써서 효력이 없었으니끼니 고럼 이번에는 부자경미탕(附子粳米湯)을 한번 써봅시다레."

산골의 해는 침을 삼키듯이 꼴깍 넘어가버린다. 서둘러야 한다. 백석은 손수 캐온 한약 재료로 첩약을 짓고 호롱불 종지에 밤새 탈 수 있는 기름을 듬뿍 부었다. 아내를 혼자 두고 가는 것이 내키지 않아 자꾸 뒤를 돌아보았다.

아랫동네에 일행이 도착했을 때는 어둠이 짙게 내려앉은 시각이었다. 방안에 들어서니 환자는 계속 토하고 있었다. 배설물에 담즙이 섞여 나오고 고약한 냄새가 숨을 쉴 수 없을 지경으로 방안에 가득했다. 맥을 짚었다. 약했다. 피부가 죽어가고 안구는 함몰, 안색은 창백했다. 게다가 호흡을 가쁘게 내쉬면서 가래가 목에서 드글드글 끓어 곧 숨이 넘어갈 것 만 같았다.

한약 달이는 냄새가 집안에 가득했다. 혈을 짚어가며 침을 찔러도 환자는 호전될 기미가 없다. 가슴이 답답했다. 아버지인 왕의원에게 배운 모든 지식을 동원해서 대침으로 최후의 일격을 가해도 막힌 장이 뚫리지 않았다. 한의학의 한계점을 느끼면서 씁쓸한 마음을 안고 밖으로 나왔다. 둥근 달이 두둥실 중천으로 떠올라 유난히 아름다운 밤이었다. 갑자기 밖이 떠들썩하더니 평양에 가있다던 선비의 막내아들이 서양의사를 데리고 들어왔다.

서양의사의 키가 어찌나 큰 지 선비가족들은 그의 어깨 밑에 들었다. 추녀가 낮아서 양의는 엉거주춤 허리까지 굽히고 집안으로 들어섰다. 방안에 가득 고인 악취에 양의는 호흑 숨을 몰아쉬며 잠시 멈칫하더니 바닥에 깔린 삿자리와 윗목에 놓인 화로에 잠깐 시선을 돌렸다. 벌겋게 핀 숯불을 담은 화로로 인해 방안은 후끈했다. 피마자유에 솜 심지를 박고 켠 호롱불이 사람들의 입김에 죽을 듯이 팔랑거렸다. 양의는 조심스럽게 환자에게 다가가서 눈을 뒤집어보고 맥을 짚었다. 가방을 뒤져서 청진기를 꺼내 양쪽 귀에 꽂더니 가슴과 배를 천천히 눌러가며 귀를 기울이다가 중얼거렸다.

"으흠! 수술을 해야지 그냥 두면 이 밤에 죽겠는데. 서둘러야할 터인데 이렇게 희미한 불빛에 수술을 할 수 있을까. 너무 어둡단 말이야. 그리고 방안이 이렇게 더러우니 감염되면 어떻게 하지. 간들간들 죽을 듯이 가물거리는 호롱불 밑에서 수술이라. 이건 정말 모험인데."

"형님 어카갔소. 피양서 예꺼정 모시구 왔넌데 수술을 해봅시다요."

평양에서 신학문을 공부하고 있는 선비의 막내아들이 가족을 둘러보았다.

"이런 데서 수술하면 실패할 수도 있단 말이오."

양의가 어깨를 들썩 들었다 놓으며 난처한 표정을 지었다.

"이왕 돌아가실 것이라문 수술을 하다 돌아가셔도 좋습네다."

죽어도 좋다는 가족들의 결심을 듣고도 멈칫거리는 서양의사에게 조수로 따라온 청년이 손전등을 꺼내들었다.

"이걸 밝히구 수술해두 힘들갔습네까. 혹시나 해서 개져왔디요."

"오우 케이. 잘했어요. 그걸 켜보라고."

청년이 손전등을 켜서 환자의 복부에 바짝 비춰주었다. 양의는 겉옷을 벗어 방 한 구석에 놓고는 환자의 임종을 기다리느라고 모여든 친척과 가족들을 모두 내보냈다. 손전등을 바로 곁에 앉아있던 한의 백석에게 주어 비추게 하고 청년은 수술을 거들도록 했다. 얼떨결에 손전등을 받아든 백석은 집도를 시작한 양의 곁에 바짝 붙어 앉아서 배를 칼로 째는 걸 지켜보았다. 사람의 배를 칼로 째다니! 닭이나 돼지나 소의 배를 가르듯이 사람의 배를 칼로 째다니! 머리카락 한 올도 부모에게 받은 것은 건드릴 수 없는 법인데 있을 수 없는 일이다. 그간 백석은 얼마나 사람의 뱃속을 보고 싶어 했단 말인가! 침을 수없이 놓아도 효과가 없을 적엔 환자의 뱃속을 보고 싶다는 욕망을 누를 수 없지 않았던가. 충격적인 수술을 지켜보면서 백석은 손전등을 든 손을 심하게 떨었다.

수술을 하는 양의나 곁에서 시중드는 청년의 얼굴에서 송골송골 땀이 솟았다. 산골마을의 늦가을은 겨울처럼 추웠건만 수술하고 있는 그들의 몸에서는 단내가 물컹 풍겼다. 손전등을 켜든 백석의 이마에서도 땀이 흘렀다. 드디어 양의가 환자의 뱃속에서 기름한 가래떡 크기의 탈색된 창자를 꺼내는 순간 백석의 입에서는 탄성이 터졌다.

"세상에! 사람의 뱃속에서 창자를 끄집어내다니!"

양의는 바쁜 중에도 흘끔 경탄하는 백석에게 눈길을 한 번 던지고는 내장을 다시 뱃속에 집어넣었다. 수술이 진행되는 동안 숨 막힐 듯한 긴박감이 넘쳐흘렀다. 문풍지가 새벽바람에 윙윙거리면서 먼동이 트기 시작할 즈음 양의는 사람의 배를 바느질하듯 봉하고는 수술을 마무리 지었다. 그제야 오랫동안 쪼그리고 앉았던 다리를 펴는 의사의 얼굴을 백석이 경외의 눈으로 훔쳐보았다. 저려오는 다리를 주무르면서 피곤한 눈으로 흙을 이겨 바른 천장을 올려다보는 양의의 눈이 붉게 충혈되어 있었다. 청년이 부지런히 피 묻은 칼과 수술도구들을 알코올로 소독해서 챙기고 있었다.

양의와 청년은 동이 훤히 트자 사랑채로 나갔다. 수술결과를 기다리고 있던 사람들이 밤새도록 피워댄 담배연기로 사랑방은 앞을 분간 못할 정도로 자욱했다. 백석에게 수술가방을 맡긴 청년이 전도책자를 번쩍 치켜들었다. 양의는 지친 얼굴로 전도를 시작하는 청년 곁에 엉거주춤 서 있었다.

"여기 야소를 믿구 있는 사람들이 있으문 손을 들어보시라우요?"

단 한 사람도 없었다. 선교사나 전도부인이 아직 거쳐 가지 않은 곳이었다. 하긴 평양에서 여기까지 들어오는 길이 얼마나 험난했단 말인가. 논두렁을 따라 걷기도 했고 당나귀나 우마차가 다닐 수 없는 길을 걷고 걸어서 들어왔으니 당연한 일이었다.

"상뎨의 아들인 예수 씨가 문둥이를 불쌍히 여기셔서 손을 펴 만지시며 가라사대 너는 깨끗함을 받으라 하시니끼니 문둥병이 즉시 저의 몸을 떠나 깨끗하게 되었습네다. 우리 모두에게 죄가 있넌데 이건 문둥병과 같아서 자자손손 대물림되디요. 우리 주 예수 씨만이 죄악의 씨앗을 모두 태워버릴 수 있습네다. 여러분! 주 예수를 믿으시구 병두 낫구 구원을 받으시라요."

사랑방에 모여앉아서 밤새워 수술한 결과를 기다리고 있던 가족과 친척들이 얼마간 입을 다물고 있다가 일제히 외쳤다.

"만일 환자가 살아나기만 하문 우리 온 마을이 몽땅 예수를 믿으리다."

청년의 말처럼 예수님의 한 마디 말에 문둥병이 낫기만 한다면 그런 능력을 지닌 신(神)을 왜 믿지 않겠는가. 지금 이 나라는 청국, 일본, 아라사까지 침을 삼키며 넘나들고 한 나라의 왕비인 민비가 시해를 당한 판이다. 어디를 봐도 정신 차릴 수 없는 소용돌이 뿐이었다. 이런 판에 말 한마디로 무서운 문둥병을 고칠 수 있는 예수라면 의지할 데 없는 백성들이 왜 마다하겠는가.

청년 옆에 우두커니 서 있던 양의가 사랑방 손님들에게 이렇게 말했다.

"내가 이 손으로 칼을 잡고 수술을 했지만 이건 예수 씨의 힘으로 한 것이지 인간이 어떻게 사람의 목숨을 살릴 수 있겠습니까. 그러니 우리 하나님께 기도하십시다. 모두 두 손을 맞잡고 머리를 숙이고 눈을 감으시오."

사랑방에 모여 있던 사람들은 담배를 비벼 끄고 양의가 시키는 대로 산신에게 빌 듯 두 손을 맞잡고 눈을 감았다. 청년이 기도를 인도했다.

"이 세상을 만드시구 우리의 생사화복을 주장하시는 상뎨 하나님! 지금 수술한 이 집의 주인을 살려주시라오. 문둥병을 고티시던 것터럼 상뎨님의 손으루 수술자리를 만져주셔서 일어나게 해주세요 .여기 모인 모든 사람들이 주예수 씨를 믿을 수 있는 구원의 역사가 일어나기를 간절히 기도합니다."

그때 밖에서 환호의 외침이 들렸다.

"살아나셨습네다. 깨어나셔서 물을 달라구 하십네다."

선비의 큰아들이 기쁨에 들떠서 사랑방 안으로 뛰어 들어와 양의에게 너부죽 큰 절을 올렸다. 사랑방 안은 탄성과 기쁨의 환호로 소용돌이쳤다.

"예수님이 문둥병자를 살리셨듯이 선교사님인 의사의 손을 통해서 역사하신 것입네다. 주님이 살리신 것입네다."

청년의 말에 양의는 빙긋이 웃으면서 좌중을 만족한 얼굴로 훑어보고는 밖을 향해 외쳤다.

"물을 지금 주시면 큰일 납니다. 당분간 물을 주지 마시오."

"고럼 어카디요. 입술이 바짝 타 들어가는데 어케야 합네까."

"끓인 물을 솜에 적셔 입술을 닦아주시오."

양의와 청년이 환자가 누워있는 방으로 향했다. 백석도 뒤를 바짝 따라 들어갔다. 그렇게 심하게 요동하며 토해내던 환자가 평안한 얼굴로 그들을 맞았다. 깊은 아픔의 골짜기를 헤매다 깨어난 얼굴이었다.

믿을 수 없는 기적을 보고 백석은 양의 앞에 무릎을 꿇었다.

"저는 한의사입네다. 한약과 침으로 할 수 없는 걸 당신이 칼을 개지구 해냈습네다. 내레 그 신묘한 기술을 배울 수 없을까요?"

양의는 백석을 한참 응시하다가 무슨 생각이 들었는지 머리를 주억거렸다.

"평양으로 오시오. 장대현교회에 오시면 우리를 만날 수 있오. 기흘병원이란 말 들어보셨어요? 우리가 거기 속해 있으니 그리로 오시면 도와드리리다. 한의라면 약초와 침으로 사람을 고치는 거니 나도 흥미가 있오. 아마 피차 좋은 공부가 될 것이요."

"장대현교회라구요? 기흘병원이라구 하셨나요? 그리루 가갔습네다."

"피양이라, 피양… 거기 가문 내 형, 대석을 만날 수두 있을 거야."

백석은 기쁨에 들떠서 소란한 마을을 빠져나왔다. 한의인 백석에게 매달렸던 사람들이 모두 양의에게 정신이 빠져있었다.

'당연한 일이야. 그냥 두었으면 죽었을 사람을 칼로 살려내는 것은 한의로서는 도저히 할 수 없는 기술이니끼니.'

백석이 이 마을에 들어왔을 적에 반기며 매달리던 사람들이 이제는 그가 마을을 벗어나는 것조차 몰랐다. 서리가 내린 산야가 아침 햇살을 받고 눈부시게 반짝거렸다. 찬란한 아침이었다. 까치 두 마리가 잎을 떨군 가지에서 콩콩거리며 뛰어다녔다. 까치머리의 검은 깃털이 아침 햇살을 받고 기름이 자르르 흘렀다. 산길을 올라가며 백석은 달순을 데리고 평양으로 갈 결심을 했다. 며칠 전 장치해 놓은 창애에 까투리가 걸려있었으나 그냥 지나쳤다. 오두막에 도착하니 방문이 단단히 잠겨있다. 아무리 두드려도 기척이 없어서 손을 넣어 안으로 잠긴 문고리를 빼고 들어갔다. 달순은 호롱불을 켜놓은 채 머리를 가슴에 묻고 달팽이처럼 웅크리고 있었다.

"여보! 당신 말대루 우리 여기를 떠납시다."

백석의 음성을 듣고 달순이 와락 남편에게 안기면서 울음을 터뜨렸다.

"당신이 밤에 박진사댁 사람들에게 잡혀간 줄 알았디요. 이렇게 살아오다니! 어케 그 사람들 손에서 빠져 나왔디요. 우리 날래 도망티자우요. 멀리멀리 달아나자우요. 사람이 살디 않는 깊은 산속으루 가자우요."

머리는 산발을 하고 퀭한 눈은 희번덕거렸다. 공포에 질린 달순의 얼굴살갗이 아침햇살 아래서 낱낱이 드러났다. 부석하게 들뜬 얼굴이 까칠했다.

"우리 피양으루 간다니까. 뉘레 또 산속으로 간다구 했어. 내레 이제 지쳤다구. 산속으루 도망테다니는 것두 지겹단 말이야. 우리 죽어두 피양으루 가자우. 거기 가면 형 대석을 만날 수레 있을 거라우요. 장대현교회나 기흘병원으로 가서 칼루 사람의 배를 째는 기술두 배우구 싶단 말이야."

평양이란 말만 들어도 달순의 얼굴은 사색이 되었다.

4

서출은 밤새 잠을 이루지 못해 눈이 시뻘겋게 충혈되고 입속이 바짝 타들어갔다. 아침 까치가 우물가 고염나무에서 소란하게 울어댔다. 손님이 오시려나. 까치가 울다니. 망해버린 집안에 찾아올 손님이 있을까. 안채와 사랑채의 빈터에 높이 쌓아놓은 목재에 눈이 멎자 불끈 무서운 기운이 솟구쳤다.

'흐음! 무출의 다리 심줄을 펴서 목발을 짚구 서게 해주었다구 박씨 집안의 한(恨)이 사그러질 줄 알았네. 그까짓 수술비 정도루 해결될 줄 알았느냐구. 늑대에게 물린 내 얼굴을 꿰매준 것으루 다 갚은 줄 알았다문 큰 오산이디. 두구 보라우요. 내레 그 행배리 같은 백당, 대석이란 넘을 그냥 두디 않을 테이니끼니.'

거울에 얼굴을 비춰보았다. 무섭게 일그러진 얼굴이다. 눈가의 상처랑 빰 여기저기에 패인 상흔이 자신이 보기에도 무서웠다. 무출 형을 데리고 제중원을 빠져나올 적의 비굴함이 살아났다. 대석은 감히 건드릴 수 없는 큰 바위처럼 거대하게 그의 앞에 버티고 서 있었다. 그를 잡을 무슨 수가 없을까. 순간 기막힌 생각이 서출의 머리에 섬광처럼 스쳤다.

"그래! 그렇게 하는 것이다. 바로 그 길이 있었구나."

서출은 어머니가 거하는 별당으로 곤두박질해갔다. 동백기름을 발라 머리를 곱게 빗고 옥비녀를 꽂은 뒤에 뒤꽂이를 쪽진 머리에 찌르고 있는 어머니 앞에 앉았다.

"오마니! 우리 피양으루 이사합세다. 여기 이러구 살문 늘요 모양 요 꼴입네다. 아바지레 정신이 저렇게 되어서라무니 헛소리만 하구 복출이나 무출 형님은 폐인이니 어카겠습네까. 여기 이대루 있으문 우린 망합네다."

"어드메? 피양으루 이사를 가자구? 이 많은 식솔을 거느리구 피양으루 가서 어케 살자는 거네. 여기서 이대루 문한이 보내주는 돈으루 살아갈 수밖에 없디."

"어케 이렇게 삽니까? 웬수를 갚아야디요. 무덤에 계신 조상신들이 너무 억울해서 우리에게 재앙을 내리구 있는 판에 이러구만 있으문 어캅네까. 병신 형님들 모시구 살문서 험악한 얼굴한 사람에게 어드런 색씨가 들어오려구 하갔습네까. 여기는 곰보댁에게 맡기구 아바지, 오마니는 나를 따라서 피양으루 당장 이사를 하자우요. 앞으루는 일본 사람들 세상이 될 테이니끼니 내레 아무래두 피양으루 가서 일본 사람들 틈에서…."

"왜놈들 세상이 된다구?"

“두구 보시라우오. 내레 반드시 대석이란 넘하구 백석이란 넘, 그리고 봉수, 검동이를 몽땅 잡아서 오마니 앞에 대령시키구 조상님 산소에 데불구 가서 무릎을 꿇게 하갔습네다. 오마니! 두구 보시라요. 우하하….”

호기를 부리는 서출의 웃음소리가 솟을대문 안에 소름끼치게 퍼져나갔다. 박진사가 이 집을 관할할 수 없는 지경이라 모두들 서출의 결정을 따라야했다. 한 번 생각한 것을 단김에 빼고야 마는 급한 성격을 지닌 서출은 정신이 오락가락하는 박진사와 집안에만 갇혀 살아서 세상물정을 모르는 어머니를 모시고 평양 박문점을 향해 출발했다. 다른 식구들은 모두 향교동에 남겨두고서 말이다. 그러나 수종들 곽서방을 데리고 가는 것은 잊지 않았다.

“우리는 부부입네다. 함께 있어야하니끼니 여기 향교동에 남아서 복출 도련님과 무출 도련님을 돌보갔습네다.”

곽서방이 아내와 함께 의주에 남겠다고 애걸했으나 서출의 옹고집을 꺾지 못하고 곰보댁을 남겨놓고 첫눈이 내리는 아침 평양을 향해 출발했다. 부담마에 올라앉은 박진사는 눈이 하얗게 덮인 산야를 바라보며 그간 방안에서만 외우던 주술 문들을 흥얼댔다. 차라리 그게 편했다. 소리를 지르고 헛소리를 하는 것보다 만 배 나은 일이었다. 부담마에 실려 끄덕끄덕 몸을 흔들면서 박진사는 명심보감을 흥겹게 가락을 넣어 읊조리기도 해서 말고삐를 잡은 곽서방의 한숨을 자아내게 했다. 마님은 가마에 타고 그 뒤를 서출이 말을 타고 갈 길을 재촉했다.

우선 숙출이 거하는 안채로 들어가 있다가 집을 한 채 지으라고 문한에게 명령을 내릴 참이다. 평양 근교에 대궐 같은 집을 짓고 양가의 규수를 얻어 아들을 낳아 쓰러진 박씨 가문을 일으켜 세워야한다. 서출의 눈에 거드럭거리면서 거리를 활보하는 일본 사람들이 크게 다가왔다. 의미 있는 미소가 서출의 입가에 고였다.

대동문통에 들어서니 사람들로 물결쳤다. 박진사는 인파에 겁이 나서 부담마에 납작 엎드려버렸다. 얼굴을 두 손으로 가리고 말 등에 엎드린 박진사를 보고 사람들이 킥킥 웃음을 터뜨렸다. 기묘한 서출 일행의 행렬을 보려는 구경꾼들과 조무래기들이 부담마와 가마 뒤에 줄을 이었다. 박문점에 이르자 면포점에 나와 있던 숙출과 마주쳤다. 난데없이 들이닥친 친정부모를 보고 숙출이 오만상을 찌푸리자 서출이 대들었다.

"우리 집에 우리가 오는 것이 무엇이 잘못되었네. 이 재산이 모두 우리 거 아니네. 왜 기런 쌍통으로 우리를 맞는 거네."

서출이 부담마에서 박진사를 부축해 내리자 곽서방이 업고는 안채로 들어갔다. 대동문통에 부자 상인으로 소문난 문한의 집 안으로 추레한 양반 행렬이 들어서자 밖은 구경꾼들로 시끌벅적했다.

부잣집 마님답게 눈부시게 차린 숙출이 곽서방의 등에 업혀 들어오는 아버지를 보고 팽 토라졌다. 찬바람이 쌩쌩 도는 눈에 독기가 서리 서리했다. 솟을대문 안에서만 갇혀 지내던 마님도 박진사와 다를 바 없었다. 가마 문틈을 통해 복작거리는 대동문통을 보고는 숨이 막혔다. 더구나 박문점에 길길이 쌓인 면사 면포와 청국 비단 앞에서 얼어붙어버렸다.

"오마니! 이제 집안이 망하니끼니 날 찾아 들어오는 것입네까. 이럴 수는 없습네다. 가이나 고냉이(고양이) 쫓아내듯이 야밤중에 혼례두 올려두디 않구서리 팽개티고 내보낸 딸네 집에 붙어살려구 들어오는 것이 점즉하디(부끄럽지) 않습네까. 딸자식은 출가외인이라는데 어케 여길 이렇게 쳐들어옵네까."

숙출이 앙탈을 부리며 마구 퍼붓자 서출이 달려들었다.

"박문점이 문한이란 종넘의 것인 줄 알았네. 박씨 가문 것이야. 우리 돈으로 키운 것이디 어케 이게 문한이 것이네. 문한은 박씨 가문의 종넘이라구."

"고럼 종넘 집에 붙어먹으려구 들어온 너는 종넘의 종넘이냐. 아바지레 빌려준 재산은 청일전쟁에 깡그리 날아가버리구 이건 우리가 번거야."

숙출이 악을 쓰며 덤벼들었다. 박진사는 큰 소리가 오가자 겁에 질려 아예 면벽을 하고 앉았고 마님은 울상을 하면서 숙출의 손을 잡았다.

"우선 네 아바지를 아낙으로 들여서 눕게 하구서리 말을 하자꾸나. 쉬이! 조용히 해라. 문한이 들으문 어카라구 오뉘가 맞붙어 이 야단들이냐."

짜증을 내면서도 숙출은 아버지를 안방으로 안내했다. 들기름 바른 장판이 면경처럼 번들거려 박진사는 앉아서 궁둥이로 뭉그적거렸다. 곽서방이 바짝 말라서 뼈만 앙상하게 남은 박진사를 번쩍 들어 아랫목에 눕혔다. 똑바로 눕지도 못하고 박진사는 면벽을 하고 돌아누워 개구리처럼 몸을 웅크렸다.

"오마니! 내 말을 들어보시라요. 내레 여기서 잘 사는 줄 알으셨어요. 오장육부가 다 타들어가서 꺼내보문 시커멓게 되었을 거라우요."

"이렇게 잘 살문서 먼 말을 그렇게 하네. 여자란 입을 조심해야 하는 법. 목소리를 낮추거라. 여자 목소리가 담장을 넘어가문 집안이 망한다. 쉬이! 소리를 죽이라니까. 양반인 네가 상것터럼 와 그렇게 거칠게 되었네."

"오마니! 오마니! 내 말을 들어보시라요. 내 억울한 사정을…."

숙출이 마님의 치마폭에 안겨서 울음을 터뜨렸다.

"먼 일이네. 설마 문한이 널 구박하디는 않갔디. 고럼, 고럼. 널 문한에게 주었을 때는 마음고생시키디 말라구 주었넌데 설마 너를…."

"이까짓 비단 옷 하구 금가락지가 나를 행복하게 만드는 것이 아닙네다."

숙출이 손에 낀 반지를 빼서 십장생이 화려하게 박힌 사층자게장을 향해 던져버리고 봉황이 화려하게 수놓인 쪽빛 치맛자락으로 눈물을 닦았다.

"먼 일이네? 속 시원하게 탁 풀어 놓아보아라. 시부모님을 모신 것두 아니구 먼 일루 고렇게 네 속이 상했단 말이네?"

"동미 그년이, 동미 그년이… 아이쿠! 내 가슴이야."

"어드레? 동미라니! 동미두 피양으로 시집을 보냈으니끼니 이 가까이 어디메에 산단 말이네? 그 애가 널 어케 했다구 이 야단이네."

"고 년이, 바루 고 년이 내 속을 이렇게 시커멓게 타게 합네다."

그제야 감이 잡히는지 마님은 입을 다물어버렸다.

"오늘 밤 그 년 집에 갑세다. 오마님이 보시구 결정하시라요. 내 말을 듣지 않으니끼니 직접 가보시라우요. 동미년을 때려 죽이든지 어카든지 해보시라우요."

"디금 가자우. 해가 있을 적에 가야디 와 밤에 가자구 그러네."

"고년이 낮에 집에 없으니끼니 그렇디요. 낮에는 장대현교회에 나가 야소를 던한다구 싸돌아댕기구 밤에만 집에 기어들어온다니까요. 고게 글쎄 문한의 새끼를 둘이나 낳아서 살구 있다요. 그것두 떡두꺼비 같은 아들들이란 말이에요. 아이쿠! 분해. 종넘하구 사는 것두 억울한데 씨앗을 보다니!"

숙출의 거친 말에 마님은 어지럼증을 참느라고 두 손으로 머리를 감쌌다.

"세상에! 어케 이런 일이! 세상에 어케 동미가 문한이 하구…."

"내레 본처이니끼니 아들을 낳았다문 되는데 내레 아를 낳을 수 없으니끼니 어카갔어요. 첫 아는 딸이었는데 낳자마자 죽어버렸구."

숙출이 서럽게 어깨를 들썩이며 울어댔다. 박진사는 아랫목에 누워 딸의 푸념에 아랑곳하지 않고 가늘게 코를 고는 걸 보니 잠이 든 모양이다. 오랜만에 모녀가 만나 이렇게 떠들어댈 적에 문한이 들어왔다.

"마님! 누추한 곳을 어케 이렇게 오셨습네까."

"기래. 이런 꼴루 찾아와서 미안하네. 우리 형편은 소식을 들어 알구 있갔다. 봉수란 넘 때문에 이 꼴이 되었네. 서출의 앞날두 있구 해서라무니…."

문한은 아무 말 없이 장모 앞에 오랫동안 앉아 있다가 무겁게 입을 열었다

"피양에서 조금 떨어진 곳에 집을 한 채 사서 그리루 이사하시디요. 여기는 장사하는 곳이라 시끄럽구 사람들이 혹께 많이 드나들어서…."

"그러문 좋갔네. 서출이 색싯감을 물색하려문 집이 번듯해야 하갔디. 의주에 남은 식구들에게는 늘 보내던 생활비를 보내문 되구 여기서는 우리끼리 살문 되니끼니 색시를 고를 적에 사정할 것두 없다네."

마님의 말에 송충이 같은 시커먼 문한의 눈썹이 꿈틀했다. 마음에 들지 않을 적에 문한은 언제나 이런 얼굴을 했다.

문한이 집을 사려고 평양 변두리를 돌아보고 있는 동안 숙출은 곽서방과 함께 어머니를 모시고 동미가 사는 집으로 갔다. 어둠이 사위를 꽉 매운 시각이건만 동미는 아직 들어오지 않았고 몸종 수덕이가 한경이와 한호를 데리고 저녁을 먹이고 있었다. 마님은 조용히 들어가서 밥상에 앉은 두 아이를 눈여겨보았다. 문한을 닮아서 눈썹이 짙고 눈도 컸다. 의주 솟을대문 앞에서 얼어 죽어가던 문한의 어릴 적 모습이 두 아이에게 그대로 박혀 있었다.

"이 아이들은 박문점 우리 집으로 데불구 가서 내레 맡아 기르려구 합네다. 이대루 두문 문한이 자꾸 여길 뽀보하게(뻔질나게) 드나드니끼니 어카갔습네까."

숙출이 하는 말을 듣고 수덕의 눈이 치켜 올라갔다. 모두 묵묵히 앉아 있을 때 동미가 들어왔다. 부인권서를 따라 평양 근교에 성경을 팔면서 전도를 하고 오는 중이다. 예기치 못했던 손님인 마님과 숙출을 보자 아무소리 않고 성경가방을 문갑 위에 올려놓았다. 분위기가 아주 어색하고 쎄한 기운이 감돌았다.

"고모님! 연락두 없이 어케 여길… 한경아, 한호야, 밖에 나가 있거라."

아이들이 꼼짝을 않는다. 갑자기 들이닥친 위기감을 감지할 나이였다.

"에미 말을 듣거라. 이 분들 하구 할 말이 있으니끼니 너희들은 건넌방으로 가 있으라니까. 수덕이, 네가 애들을 데불구 저 방으로 가거라."

수덕이 한경이와 한호의 손을 잡고 나가자 숙출의 신경질이 터졌다.

"기레 네가 믿는 그 야소라는 것은 요렇게 남의 남자를 가로채서 재미를 보라구 한단 말이네. 그러니끼니 피양 바닥에 나도는 소문이 헛것이 아니야. 남녀가 한 방에 항께 모여서 누각에서터럼 시시덕대는 곳이 예배당이라구."

"입 닥치지 못해. 하나님의 집을 모욕하는 입을 가만 두지 않을 거라구."

동미도 지지 않고 덤벼들었다. 마님이 딸과 조카 사이에 끼어들었다.

"동미야! 어카다가 일이 이렇게 되었는디 모르갔구나. 그러나 어카갔네. 두 아들을 본처인 숙출에게 주는 것이 돟갔다. 숙출이 아이를 낳을 수 없는 처디이니끼니 어카갔네. 너희들은 외사촌 간이 아니더냐."

마님의 음성이 사뭇 애원조였다.

"고모! 어케 그런 말을 할 수 있어요. 내레 먼저 문한을 만났다구요. 나를 강제로 아편쟁이에게 시집을 보내서라무니 이 꼴이 된 거라구요. 이게 모두 고모 탓이야요. 어어엉엉… 다른 것은 양보해두 두 아들은 절대루 줄 수 없어요. 멀리 멀리 이사가 버릴 거라구요. 죽어도 주디 못해요. 날 쥑이구 데라가라우요."

동미가 두 아들을 껴안고 몸부림쳤으나 힘이 부쳤다. 한경과 한호는 숙출의 손에 질질 끌려 나갔고 수덕이 목 놓아 울어대는 소리만 메아리쳤다.

5

독립신문과 독립협회가 추진하고 있는 일들이 왕실의 심기를 상하게 해서 드디어 협회는 해산되고 이승만을 위시한 17명이 체포, 구금되었다.

"닥터 리! 우리 감옥으로 가서 저들을 만나봅시다. 전도를 할 아주 좋은 기회란 말이오. 전도책자랑 성경을 넣어줍시다."

모삼률 목사의 재촉을 받으며 대석은 서가에 꽂힌 책들을 뽑았다. 성경을 위시해서 텬로력뎡(1895년), 의원의 행적, 삼요록(三要錄 1894년), 사민필지, 파흑진션론, 샹뎨진리(1891년), 복음요사(1895년), 훈아진언(1891년) 등 한글로 된 기독교

서적들이다. 그리스도신문, 죠션그리스도인회보 같은 정기 간행물도 가지고 갔다.

"감옥에서 심심할 적에 이 책들을 읽어보시라우요."

대석이 모삼률 목사 곁에 서 있다가 책들을 감방 안에 갇힌 사람들에게 내밀었다. 그렇지 않아도 무료한 시간을 보내던 터라 음식이나 옷을 넣어주는 것보다 더 반가워했다. 다른 선교사들도 갇혀 지내는 독립협회 지도자들을 열심히 방문했다. 대석은 토요일마다 모삼률 목사와 함께 거길 갔다.

"자네가 전하는 예수를 우리 모두가 믿으면 이 민족을 살릴 것 같소?"

이승만의 질문에 대석은 확신을 가지고 자신 있게 대답했다.

"맞습네다. 우리 민족은 빈부와 양반 천민 관계없이 무조건 평등의 덕을 배워야 합니다. 성경에 쓰인 하나님의 말씀대로만 하문 되는 것이외다. 그러자문 먼저 성경말씀이 이 민족의 핏속에 흐르도록 해야 합네다."

"자네 말이 내 맘에 들어. 우선 백성이 깨어나야 한다는 건 우리 독립협회가 주장한 것들이었으니까. 성경으로 백성을 깨우친다. 으흠…."

이승만의 적극적인 전도로 이상재, 신흥우, 안국선, 김정식, 유성준 등이 옥중에서 신앙을 고백하기에 이르렀다. 이들의 세례식을 지켜본 대석은 기쁨에 젖어 병원으로 돌아왔다. 가운을 걸치고 마악 진료를 시작하려는 참에 홍판서 댁 하인이 문도 두드리지 않고 다급하게 뛰어 들어왔다.

"의사선생님! 우리 주인이 잠깐 보시자구 합니다."

"이 시간에 나를? 그 댁에 누가 아픈 모양이디?"

"종길 도련님이 아무래도… 으으흑 으으흑… 우리 도련님이 아무래도…."

대석은 왕진가방을 들고 하인을 따라나섰다. 별당을 향한 길은 굽이굽이 개울을 끼고 한참을 걸어 올라가야했다. 산 개울을 막아 만든 연못 위에 펑퍼짐하게 누워있는 연잎들 사이로 물고기들이 한가롭게 노닐고 있었다. 자연 그대로를 정원으로 끌어드린 셈이다. 대청으로 이어진 돌계단을 오르니 산바람 한 줄기가 시원하게 마당을 스쳤다.

"제중원의 닥터 리를 모셔왔습니다."

하인이 돌계단 밑에서 허리를 약간 앞으로 숙인 채 안을 향해 소리치자 천천히 방문이 열리고 홍판서가 양반 특유의 느린 동작으로 대청으로 나왔다.

"안으로 들어가세."

대석의 키에 비해 문의 인방(引枋) 높이가 너무 낮아서 머리를 푹 숙이고 방안으로 들어가니 종길이 이마를 명주수건으로 질끈 동여매고 누워있었다. 본래 핏기가 없는 얼굴이었지만 오랜 병으로 창백하다 못해 푸른 기운이 감돌았다. 대석은 청진기를 꺼내 환자의 가슴에 대고 맥을 짚었다.

"얼마나 오랫동안 이렇게 누워 있었습네까?"

"진맥할 것두 없네. 자네 동생을 잊지 못해 걸린 병이니까."

"내 동생 백경이 때문에 이렇게 앓게 되었다구요?"

대석은 놀라움을 감추지 못하고 잠깐 홍판서의 얼굴을 주시하다가 바짝 말라서 피골이 상접한 종길의 팔을 이불 속에 넣어주고 눈꺼풀을 뒤집어보았다.

"이 일을 어쩐다. 우휴! 내 속이 시커멓게 타들어가고 있어."

홍판서의 애간장 녹아내리는 한숨이 별당의 아늑한 방안을 가득 채웠다.

"자식은 살려야겠는데 문중의 반발이 거셀 터이니 이를 어쩐다지."

혼자 중얼대던 홍판서는 아들의 뼈만 앙상하게 남은 몰골을 내려다보고는,

"병신자식! 사내대장부가 그깐 천한 여자 때문에 이 꼴이 뭐람."

대석이 입을 한 일자로 다물고 이맛살을 찌푸렸다. 자못 불쾌하다는 빛이 역력했다. 죽은 듯이 누워있던 종길이 갑자기 손을 휘저으며 일으켜 달라는 시늉을 했다. 홍판서가 얼른 아들의 손을 잡고는 등을 받쳐주었다.

"아버님! 제발 백경이와 혼인을 허락해 주세요!"

"그런 집안과 어떻게 사돈을 맺겠다고 이러는 거냐. 고얀 놈 같으니라고!"

홍판서의 쇳소리 나는 호령에 종길의 얼굴이 처참하게 일그러졌다.

"백경은 연동여학당을 졸업한 뒤 미국에 유학할 계획이라 시집갈 의사가 전혀 없습네다. 그러니끼니 백경을 놓구 이러쿵저러쿵 하지 마시라요."

대석이 퉁명스럽게 잘라서 말하자 홍판서의 가슴에 등을 기대고 앉았던 종길이 허공을 향해 손을 휘저었다. 마치 귀중한 것을 잡으려는 몸짓이다.

"나도 백경을 따라서 미국으로 유학을 갈 것입니다. 함께 갈 것입니다."

홍판서는 아들 종길을 눕혀놓고 대석에게 밖으로 나가자고 눈짓을 했다. 대석은 왕진가방을 챙기면서 서가의 책을 훑어보았다. 사서삼경, 주경, 반야심경과 나란히 성경이 꽂혀있었다.

두 사람은 마당으로 내려섰다. 산새 두 마리가 한가롭게 마당가를 맴돌았다. 산개울이 돌 틈을 비집고 흘러내리는 소리가 별당 정원에 가득했다.

"우선 백경을 종길이와 만나게 하잔 말일세. 그냥 옆에만 있어주면 된다고. 우리 집안과 사돈이 될 수 없는 것을 자네가 더 잘 알고 있겠지. 이 고비만 넘겨주게나. 섭섭하지 않게 돈을 듬뿍 주리다. 우린 예배당에 다니며 예수를 믿는 사람들이 아닌가. 사랑실천을 제일로 삼는 성경말씀을 기억하겠지?"

"세상에! 어케 그런 말을 할 수 있습네까. 돈이라니! 댁의 아들만 듕하구 내 동생은 사랑을 실천하는 물건으루 생각하다니."

"자네가 동생을 결혼시키지 않고 유학을 보낸다고 하지 않았어."

"그런 식으루 백경이가 종길 만나는 걸 결사적으로 반대합네다."

"아무래도 사람을 연못골로 보내 자당님을 만나야겠어."

대석와 홍판서가 백경의 문제를 놓고 이렇게 다투고 있을 적에 백경은 병풍을 두른 온돌방에 앉아 신마리아 선생님에게서 저고리 짓는 법을 배우고 있었다. 쇠정을 박은 갖신을 곁에 벗어놓고 화로의 잿속에 묻어놓은 인두를 꺼내 섶과 도련이 만나는 섶코 끝을 힘주어 눌렀다. 배래선은 한옥의 추녀처럼 도련의 곡선은 넘실거리는 물결처럼 살리고는 마지막 수구(소맷부리) 손질을 하는 백경의 얼굴에 만족한 미소가 흘렀다.

"홍판서댁 사람이 와서 이백경 학생을 만나자구 하는데 어쩌지요."

여학당 문을 지키는 김씨의 전갈에 신마리아 선생님이 밖으로 나갔다. 홍판서댁이란 말을 듣고 백경의 가슴이 철렁했다.

"연동여학당 법이 토요일에만 면회가 허락됩니다. 그것도 친형제 자매나 부모가 아니면 만날 수가 없습니다. 그냥 돌아가 주십시오."

"홍판서님의 삼대독자 생명이 달린 문제입니다. 어서 백경이란 아가씨를 데리고 오라는 대감의 분부입니다. 서둘러야 합니다."

"절대로 그럴 수는 없습니다. 일이 그렇게 다급하다면 백경의 어머니와 오라버니를 만나보는 것이 순서가 아닐까요."

"도련님의 생명이 경각에 달렸는데도 거절합니까. 나중 책임을 질 거요?"

장옷을 입은 여인이 하인이 켜든 사방등(四方燈)을 앞세우고 애걸하다 협박까지 했다. 백경을 태워갈 가마까지 대동하고 있었다. 신마리아 선생의 전갈을 받고 김메례와 대석이 연동여학당에 왔다.

"홍판서의 아들이 중병이 들었다는데 어카갔네. 한 번 만나보는 것이."

김메례가 무겁게 입을 열었다. 백경이 질겁해서 머리를 흔들었다. 대석은 안쓰러운 표정을 짓고는 입을 꾹 다문 채 팔짱을 끼고 있었다.

"오마니는 내레 백당의 딸이라 그렇게 하는 거디요. 양반 집안이라고 감지덕지 따라나설 줄 알았디요. 절대루 그러지 않을 겁네다. 그 집엘 가문 잡혀서 나오지 못할 것이 뻔해요. 종터럼 말이디요. 내레 턴한 집안 여자디만 미국으로 유학갈 겁네다. 김점동이란 여자두 박에스더로 이름을 고티구 미국에서 의사 자격증을 땄어요. 그분이 보구여관에서 일하구 있는 거 아시디요."

"네 말이 맞다. 싫으문 고만 두어라."

대석의 말에 김메례 전도부인이 발끈 화를 냈다.

"양반, 백당을 따질 때가 아니다. 사람의 목숨이 달린 문제다. 종길이란 청년이 식음을 전폐하고 죽어 가는데 그 원인이 너라구하니 어카갔네. 우리는 예수를 믿는 사람들이야. 예수를 따른다는 건 희생하는 삶을 말한다. 너를 좋아해서 병들어 죽어 가는데 그냥 둔다문 하나님이 기뻐하시겠느냔 말이다. 그러구 미국에 가서 공부해 무엇에 쓰겠느냐. 그 청년이 죽는다문 일생 너는 그 문제로 괴로워할 것이 뻔하다. 그러니끼니 백경아! 어미 말을 듣거라."

어머니의 말에 백경이 지지 않고 덤벼들었다.

"내레 그 집에 들어가문 첩이나 종터럼 됩니다. 백당의 딸을 그 사람들이 며느리로 받아들이디 않을 겁네다. 그런 델 제발루 들어가 비녀가 되는 것이 오마니의 소원입네까. 오마니의 어린 시절터럼 절 보구 비녀가 되라구요."

딸의 말이 비수처럼 가슴을 찔렀다. 도티 교장도 반대하고 나섰다.

“그런 일은 있을 수 없습니다. 백경 학생의 말이 맞습니다.”

“우리 기도해보자우. 나두 금식을 하문서 사흘간 기도할 터이니끼니 백경이 너두 이 문제를 놓구 기도하구서 다시 만나 결정하자우.”

어머니와 오빠가 돌아간 뒤 백경은 책상 앞에 앉았다. 책꽂이에 꽂힌 책들을 쭉 훑어보았다. 성경교과서인 복음요사(福音要史), 산학신편(算學新編), 게일 선교사와 이창직이 저술한 유몽천자(幼蒙千字), 지구 위의 모든 나라들을 엿볼 수 있는 사민필지(四民必知)… 이 모든 걸 열심히 배워야 한다. 요즘은 체조도 하고 음악, 가사, 침공, 습자까지 얼마나 재미있는 과목들인가!

백경은 이불 속에 들어서도 절대로 홍판서댁에 가지 않겠다고 하나님께 항의하며 거절하는 기도를 열심히 했다.

“하나님! 절 그 집에 보내지 마세요. 신마리아 선생님처럼 되고 싶습니다. 한 남자를 살리자고 그 집에 들어가 사랑하지도 않는 남자를 병간호하며 시간을 보낼 수 없어요. 그런 양반은 대(代)가 끊기는 것이 당연해요….”

홍판서가 사람들을 연신 제중원에 보냈다. 그럴 때마다 대석은 종길이 누워 앓고 있는 별당에 왕진을 갔다. 백경과 결혼하겠다고 아버지와 다투며 떼를 쓰다가 마음이 상한 연고도 있겠으나 외동아들로 모든 것을 마음먹은 대로 하면서 너무 곱게 자란 터라 처음으로 욕구가 막히자 쓰러져버린 셈이다. 주사를 놔주며 임기응변으로 치료를 해줄 뿐이지 날이 갈수록 종길의 몰골은 절망적이었다. 상사병이라 마지막 치료방법은 백경과 결혼시키는 길 뿐이었다.

"우선 자식을 살려놓고 볼 일이 아니갔소. 백정의 딸이면 어떻소. 이 상황에 뱀이라도 아들이 원한다면 잡아주고 싶은 심정이오. 당장 그 색시와 혼례를 올려줍시다. 생명이 달린 문제인데 그까짓 어릴 적 혼약이 문제요."

음식을 먹지 않아 점점 쇠약해지다가 급기야는 몸져누워 널브러진 아들을 놓고 홍판서 부인이 안달을 했지만 홍판서는 머리를 세차게 흔들었다.

"세상이 아무리 변했어도 백정의 집안과 사돈이 된다는 건… 북방 유목민 후손들이 바로 백정이 아닌가. 노비, 승려, 무당, 광대, 상여꾼, 기생, 공장, 백정의 팔천민 중에서도 백정은 제일 밑바닥 천민인데 그런 며느릴 맞을 수는 없지."

"이젠 물도 넘기지 못하고 천장을 향해 반듯이 누워있어요. 눈동자도 움직이지 않는 것 같아요. 금방 숨이 꼴깍 넘어갈 듯 위태롭다니까요. 지금 이 상황에서 신부의 가문을 따질 처지예요. 곰보라도 좋아요. 앉은뱅이라도 괜찮아요. 아들을 살릴 수 있다면 문둥병에 걸린 여자라도 며느리로 맞을 랍니다."

평안도의 전도부인으로 임명받은 김메례도 딸의 문제로 인해 임지로 떠날 수가 없었다. 평양지역의 부인사경회를 곧 열어야 한다고 전보가 수없이 왔다. 김메례는 사흘을 금식하며 기도하고 백경을 다시 찾아갔다.

"공부를 당장 집어치우고 날래 홍판서댁에 들어가는 것이 돟갔다."

"내레 오마니터럼 전도부인이 되거나 학교 선생이 되어서라무니 흑암에 빠져 있는 우리 되선 여성들을 가르치는 것이 하나님의 뜻이라는 응답을 받았습네다. 공부를 중단하구 그 집에 절대루 들어가디 않을 거라우요."

급기야는 몽달귀신을 만들 수 없으니 혼례를 올리자고 홍판서가 나섰다. 여동생문제로 마음이 무거워진 대석은 무작정 전차를 탔다. 전차는 청량리에서 출발하여 동대문을 지나 종로를 지나고 있었다. 아들의 생명이 위독하니까 급해서 혼인을 하자고 나대지만 병이 낫기만 하면 시집살이가 심할 것이 뻔했다. 아무리 생각해도 백경은 평범한 가정부인으로 살아갈 성품이 아니었다. 서대문으로 향하는 전차에서 문득 오래 잊고 있던 곽서방의 아들 영생(永生)이 떠올랐다. 토요일이니 영생은 배재학당에서 열리는 협성회 주최 공개토론회에 참석하고 있을 것이다. 대석은 전차에서 내려 이화학당 후문을 거쳐 정동감리교회로 해서 배재학당 쪽으로 천천히 발걸음을 옮겼다.

배재학당에서는 협성회원들이 모여앉아 막 토론이 시작되었다. '노비를 속량함이 가하냐' 라는 주제였다. 영생의 기조연설이 힘차게 터져 나왔다.

"선교사들이 우리나라에 들어와서 잘 사는 양반층보다 천하고 배고픈 농민들과 아녀자들에게 복음을 심어주었습니다. 무식한 다수의 대중에게 법과 인권을 가르친 것이디요. 복음을 받아들여 예수를 믿게 된 우리가 해야 할 일은 두 가지입니다. 하나는 안으로는 개화하여 봉건사회의 고리타분한 것들을 개혁해야 하며 두 번째는 밖으로부터 밀려들어오는 제국주의 침략에 맞서 용감하게 싸워 조국을 자주국으로 우뚝 세워야 합니다."

우레 같은 박수가 쏟아져 나왔다. 압록강 한가운데서 세례를 주기 위해 떠나려는 뱃전에 자기도 세례를 받겠다고 울어대며 매달렸던 영생의 앳된 얼굴을 떠올렸다. 아아! 영생이 자랑스럽게 컸구나! 젖도 빼앗기고 자란 곽서방의 막내아들, 어린 것이 저렇게 자라났구나! 대석은 감탄의 눈으로 영생을 지켜보았다.

"동양의 하늘이 곧 서양의 하늘입니다. 서양의 상제가 또한 동양의 상제시니 조선 사람들도 다 하나님의 백성입니다. 미국에서는 노예해방을 위해 남북전쟁을 치렀고 지금은 만민평등의 민주주의로 나가고 있는 판에 왜 우리나라만 노비를 거느려야 합니까. 우리나라를 이 지경으로 만든 양반이니 상놈이니 종이니 하는 나쁜 제도를 깨뜨려야 합니다. 예수를 믿게 된 양반이 예배당까지 노비를 달고 오는 몰골을 여러분 목격하셨지요. 하인이 방석을 예배당까지 가슴에 안고 들어와서 깔아주면 거기에 앉아 찬송을 부르는 양반을 여러분들도 보셨지요. 이건 정말 꼴불견입니다. 저는 의주 출신입니다. 제 아바지는 박진사라는 부자 양반의 머슴이고 전 머슴의 아들입니다."

영생은 목이 메어 말을 잇지 못했다. 장내는 숙연해졌다. 얼마간의 침묵을 깨고 힘찬 박수가 장내가 떠나갈 듯이 울려 퍼졌다. 감동의 물결이었다. 하나님이 인간을 창조하셨으니 모두가 하나님의 자녀인고로 만민평등, 만민제사장이란 결론을 내리며 일제히 일어나 박수를 치며 토론회는 끝을 맺었다.

"영생아! 아주 멋있었다. 정말 장하다. 네가 정말루 자랑스럽구나."

대석이 영생의 어깨를 잡아 끌어안았다.

"우와! 닥터 리. 어쩐 일이십니까. 그렇지 않아도 배재를 졸업하고 제 진로문제로 아즈바니를 만나러 제중원에 가려는 참이었습네다."

"벌써 배재학당을 졸업할 때가 되었구나. 고럼 이 민족을 구하는 구국행렬에 끼여들어야디. 양반들은 정신을 차리디 못하고 널브러져 있구 어카갔네. 우리레 앞장 서서 뛰어야디."

"저는 목사가 되려구 합네다. 배재학당을 졸업하구 신학교로 갈 것입네다."

두 사람은 어깨동무를 하고 어둠이 내려덮인 덕수궁 뒷담길을 끼고 돌았다.

"으하하… 머슴의 아들이 목사가 된다구. 곽영생 목사라. 그럴 듯해."

"백당의 아들이 의사가 되어 닥터 리라 불리는 건 어떻구요."

"기래, 맞다 맞아. 머슴의 아들은 목사, 백당의 아들은 의사. 주인을 위해 뼈 빠지게 일하던 머슴의 아들이 백성을 위해 뼈 빠지게 일할 목사가 되는 건 당연하디. 짐승을 잡던 백당의 아들이 그 칼을 개지구 의사가 된 것두 당연하구. 예수를 믿어 우리레 이런 축복을 받았다. 이건 하나님이 하시는 일이다. 우리터럼 턴한 것들이 어케 이런 멋쟁이 일을 하갔네. 우하하…."

두 사람은 흔쾌하게 웃으며 고풍어린 돌담길을 돌았다. 영생과 즐겁게 걸으면서도 대석은 백경의 문제로 머릿속이 복잡했다.

"홍판서네 아들, 종길이를 너두 알구 있갔디. 너랑 같은 학년이 아니네?"

"알구 말구요. 그 녀석 아바지레 노린내 나는 양반이 아닙네까. 예수를 믿는다구 예배당에 나오면서두 양반 상놈 따지구 양반들만 모이는 교회를 세운 장본인 아닙네까. 지금두 하인이 사방등을 켜들구 앞장을 서구 몸종이 방석을 안구 예배당꺼정 와서 깔아줘야 그 위에 앉아 예배를 드린다구요."

"종길이 백경을 좋아해서 상사병이 걸렸으니 이를 어카디."

"양반이 백당의 딸을 좋아한다구요? 우하하… 아이쿠! 배꼽 빠지겠네."

"종길을 이대루 그냥 두문 죽을 거라구. 내레 오늘두 왕진을 갔더랬어."

대석이 심각하게 종길의 문제를 들고 나오자 영생이 멈춰 섰다.

"자주독립과 내정개혁, 민권운동을 해야 할 때 한가하게 상사병이라니! 정말 웃기네요. 우리 예수 믿는 사람들이 할 일이 얼마나 많은데 치사하게시리."

영생이 주먹을 불끈 쥐고 외쳐대는 곁으로 전차가 천천히 지나간다.

"그래도 어카갔네. 종길을 살려놓구 봐야디."

"너무 배가 불러서 그래요. 배부른 양반들하구 대신들은 저마다 권세에만 눈이 어두워서 백성이 얼매나 배가 고파 허덕이는디 거들떠보지도 않아요. 가난하고 무식한 백성들만 정신 빠진 양반에게 짓밟혀서 신음하고 있는 판이니 우리 예수를 믿는 사람들이 일어서야 합니다. 이 민족을 사랑해야 합니다. 우리 아바지레 좋은 예가 되갔디요. 박진사댁 머슴살이를 자청해서 들어가 눌러앉아 있으니끼니 속이 타서 미칠 디경이야요. 가난한 이 백성 모두가 꼭 제 부모 같습니다. 그러니끼니 우리가 일어서야 합네다. 이런 판에 여자문제를 놓구 죽어간다구요. 그런 종길은 돼지예요. 생각 없는 양반 돼지라구요."

영생이 피를 토하듯 속에 고인 것들을 마구 쏟아냈다. 서재필을 흠모하여 따라다니더니 영생은 많이 변해 있었다.

"영생아! 너 배고프디. 우리 국밥집에 들어가서 저녁이래두 함께 먹자."

그제야 하루 종일 밥을 먹지 않았다는 걸 깨달았다. 동생 백경 문제가 그만큼 대석을 찍어 눌렀기 때문이다.

"아즈바니! 내레 의논하구 결정해야할 일이 있습네다. 그리루 가서 식사를 하십시다. 내레 좋은 곳으루 안내하디요."

"싸구 맛깔스러운 좋은 밥집을 알구 있는 모양이디?"

"밥집이 아니구 내레 아주 좋아해서 결혼할 여자네 집입네다. 오마니 아버지레 의주 박진사댁에 계시니끼니 아즈바니레 제 부모님이 되어주셔야디요."

승동도가를 끼고 돌아 아담한 기와집으로 영생이 쑥 들어갔다. 댓돌 위에 수를 놓은 청목당혜가 동그마니 놓여 있고 인기척에도 나오는 사람이 없다.

"크음, 크음…."

영생이 헛기침을 두어 번 하자 띠살문이 조용히 열리면서 남색치마에 옥색 저고리를 받쳐 입은 여인이 도련을 만지작거리면서 나오다가 영생의 뒤에선 대석을 보고는 주춤했다. 방안에 들어서니 십장생이 그려진 사층 화초장과 나무 촛대가 여자의 손에 길이 들어 반질거렸다. 한 구석으로 밀쳐놓은 서견대 위에 성경책이 얌전하게 펼쳐있었다.

조금 전까지 민족을 위해 자신을 바치겠다고 떠벌리던 영생이 이런 곳에 출입하다니! 생각이 이에 미치자 울컥 역겨움이 치밀었다. 방바닥은 기분 좋을 만큼 따뜻했다. 쪽머리에 뒤꽂이로 찌른 국화잠이 윤기 도는 머리에 잘 어울렸다. 여자는 영생에게 무엇인가를 말할 듯이 여짓거렸다.

"아즈바니! 저 사람이 여옥이라구 제 처가 될 사람입네다."

여옥은 다소곳이 머리를 숙여 인사를 하고는 귓불을 붉히며 밖으로 나갔다.

"어케 만난 여자네? 여염집 여자는 아닌 것 같구만 기래."

"실은 예배당에서 만난 사람입네다. 부모님이 굶어죽게 되자 기방에 팔았대요. 한동안 기생으로 떠돌다가 부잣집 첩살이를 했넌데 예수를 믿으문서 첩살이를 고만 둔 여자입네다. 믿음이 아주 돈독하구 총명하구…."

"목사 될 사람이 흠 없는 아내를 맞는 것이 성경적이 아니갔네."

"성경이 말하는 속뜻은 영적인 것이디 육적인 것은 아니라구요. 이 문데를 놓구 혹께 많이 기도했더랬넌데 내레 목사가 되려문 이 여자가 꼭 필요합네다. 내 반쪽이니까요. 저를 목사로 길러내 줄 유일한 여자라구 믿습네다."

두 사람의 대화를 다과상을 든 여옥이 문 밖에서 엿듣고 있었다.

"기래두 내레 이 결혼 찬성할 수레 없어. 목사의 아내란 사모님이 되는 거 아니가. 분명히 자네 앞날에 문데가 될 거라구 생각하지 않네?"

대석이 강하게 반대를 했다.

"누구든지 그리스도 예수 안에 있으문 새로운 피조물이라 했습니다. 과거의 관습 때문에 나라가 이 디경이 되디 않았습네까. 우리에겐 오로지 현재와 미래가 있을 뿐입네다. 과거의 모든 죄는 예수님의 십자가 위에 올려 놓구 옛사람을 벗어버린 새사람에게 그런 말 하디 마십라요. 참으루 섭섭합네다."

"기래두 기생이었고 첩이었는데 목사의 아내가 된다는 것은 아무래도…."

"기생 라합이 예수님의 족보에 올라있는 걸 모르십니까. 우리 두 사람 한 몸 되어 고통 받는 턴민들을 어둠에서 끌어내 하나님의 백성으로 삼을 것입네다. 기생, 머슴, 광대, 갖바치, 백당, 고리장… 셀 수 없이 많은 불쌍한 사람들이 구원의 손길을 기다리구 있습네다. 그들을 사랑해서 목사가 되어 전도를 하갔다구 하문서 여옥을 아내로 맞지 말라구요? 그건 틀린 생각입네다."

승동도가 골목을 빠져나오며 대석은 동생 백경의 결혼문제에 실마리를 잡았다. 영생의 말이 대석의 가슴에 예리하게 와 닿았기 때문이다.

6

대석이 백경과 홍판서의 아들 종길과의 혼인을 허락하자

김메레도 찬성을 했다. 단지 백경이 혼자 쇠심줄처럼 고집을 부리며 머리를 흔들었다.

"내레 백당의 딸이라 판서 집안에서 혼인 말이 나오니끼니 너무 황공해서 그냥 주어버리는 거디요. 그런 결혼하디 않을 겁네다."

"네 나이를 생각해 보라우. 내일 모레면 스무 살이다. 너 한 사람 죽이문 여러 사람을 살리는 것이구 너두 좋은 집안으로 시집가니끼니 좋은 음식, 좋은 옷을 입구 호강할 터인데 와 이러네."

이런 말로 달래는 어머니를 향해 백경은 악을 쓰며 반항을 했다.

"내레 독신으루 살랍네다. 내레 신녀성이라고요. 고리타분하게 옛 풍습에 매여 살기 싫어요. 오마니터럼 전도부인이 되든디 아니문 미국 유학을 간다구요."

"영생은 기생이었고 첩이었던 여자와 결혼해서 이 민족을 구하갔다구 하더라. 영생이 목사공부를 하는 동안 뒷바라지를 잘 해줄 터이니끼니 얼마나 아름다운 일이네. 이런 결혼두 있넌데 너는 너 함자만 위해 날뛰는 게냐. 종길이가 건강해지문 너랑 미국으루 유학을 갈 것이란 단서를 달았다."

오빠까지 이렇게 나가자 백경이 힘으로는 도저히 이 결혼을 막을 수 없어 비틀거릴 적에 홍판서네 사람들이 예단을 지고 줄지어 연못골 김메레의 집으로 들이닥쳤다.

며칠 뒤 가마를 타고 백경은 시집을 갔다. 발버둥 치며 울어대는 백경을 홍판서댁 며느리로 강제로 시집보낸 김메레는 울적한 마음을 안고 애련을 데리고 평양으로 떠났다. 평양에만 예수를 믿는 사람이 1천3백 명이 넘어섰다. 청일전쟁을 겪은 뒤 전도부인과 권서인의 전도를 받고 시골 교인수가 급격히 늘어나서 평양을 제외한 평안남도에 1천1백 명이 넘는 사람들이 예수를 믿게 되었다. 어깨가 삐딱해질 정도로 김메레가 져 나른 전도책자들이 뿌리를 내린 셈이다. 조선 최초의 교회가 선 소래를 중심으로 퍼져나간 복음은 황해도만 2천2백 명이 넘는 교인을 낳았다니 이 나라에 바람, 바람 새 바람이 강하게 불어 닥치고 있는 증거였다.

평양의 널다리골예배당은 그간 엄청난 속도로 부흥해서 천 명이 넘는 교인들을 다 수용하지 못할 지경에 이르렀다. 어쩔 수 없이 장댓재에 2천 명이 모여 집회할 수 있는 조선식 큰 건물을 지었다. 건축설계가 너무 거창해서 아문의 관리들이 어디 어떻게 지어내나 보자고 비웃기도 했었다. 평양에서는 그렇게 커다란 건물을 민간이 세워 본 일이 없었기 때문이다. 대지 구입비 10만 냥은 거금이었으나 성도들이 허리띠를 졸라매며 낸 헌금으로 충당되었다.

선교본부에서 기증해온 종에는 '주님 다시 오실 때까지'라고 영어로 쓰여 있었다. 그 종을 서쪽 언덕에 종각을 높이 세우고 매달았다. 종소리가 어찌나 큰지 10여 리 밖까지 웅장한 소리로 울려 퍼졌다.

김메레와 애련은 완공된 장대현교회에 들어서며 감격의 눈물을 흘렸다. 발이 부르트고 어깨가 휘도록 성경을 지고 돌아다니며 전도한 결실을 육안으로 보는 듯했다. 2층이 될 만큼 높은 천장에 기역 자(字)형으로 우람하게 지은 거대한 예배당은 옛날 평양 감사가 살던 관아를 무색케 했다. 신축

된 교회에서 여자사경회가 열렸다. 의주, 삭주, 창성 뿐만 아니라 황해도 각처에서 심지어는 목포에서까지 아녀자들이 모여들었다. 1백50리, 3백 리, 5백 리를 멀다않고 걸어온 여자들이다. 모두가 먹을 쌀과 옷과 이부자리를 싸서 이고 지고 왔다. 설움에 겨운 천한 여자들이다. 혼자된 과부들이다. 남편에게 버림받은 여자들이다. 한(恨)으로 응어리진 가슴을 지닌 아녀자들이다.

김메례 전도부인은 교회 입구에서 서서 순회전도 중에 만났던 낯익은 얼굴들을 기쁨으로 맞았다. 발이 부르튼 아낙들이 절뚝거리며 들어서기는 했지만 얼굴은 모두 기쁨에 들떠 있었다. 놀랍게도 그들 사이에 동미가 끼여 있었다.

"아니 이거 동미 아씨가! 먼 일이 있었구만. 얼굴이 온통 멍이 들구 눈가도 부어오르구… 누레 우리 아씨를 이렇게 맹글었단 말이네."

흰 저고리에 검은 치마를 입은 김메례를 보는 순간 동미가 울음보를 터뜨렸다. 김메례는 동미의 손을 잡아끌고 교회 뒤뜰로 갔다.

"먼 일이 일어났는디 말해보라우요. 아씨를 뉘레 요렇게 때려서 얼굴을 험악하게 맹글었느냐 말이야요. 세상에! 이럴 수가!"

동미는 김메례의 품에 안겨 한참 울다가 입을 열었다.

"한경이, 한호를 빼앗겼어. 내레 콱 죽어버리고 싶은 심정이야."

"두 아들을 빼앗겼다구요. 아이들을 앗아간 사람들이 누구야요. 도대체 에미에게서 어린 것들을 강제로 앗아간 사람이 누구냐구요?"

"숙출이 년이야. 의주에서 이사 온 숙출 오마니가 합세를 했구. 그러니끼니 내 고모네가 나를 이 지경으로 맹글어놓고 아이들을 빼앗아갔디."

"박진사댁 마님이 의주에서 피양으로 이사를 오셨다구요? 향교동 솟을대문 집은 어카구 피양으로 이사를 왔단 말입네까?"

"박진사댁에서 일하다 달아나버린 봉수라는 머슴을 자네도 기억하구 있갔디. 그 종놈이 두 번이나 밤듕에 칼을 들구 와서 집안을 작살냈다는구만 기래."

'봉수가 향교동에 왔다니! 고럼 봉수가 살아있단 말이네?'

김메례는 애써 마음을 진정시키며 동미 앞에서 의젓해지려고 애를 썼다.

"박진사는 봉수 때문에 혼비백산, 정신이 오락가락 폐인이 되었구 재산은 봉수가 몽땅 개지구 달아나버렸다는구 기래요. 우리 한호아바지레 혹께 불쌍해. 그 식구들이 다 매달리니끼니. 게다가 내 자식들꺼정 앗아가다니 아이쿠! 분해 죽갔네. 가슴이 찢어지는 것 같아 숨을 쉴 수레 없어. 아이쿠! 가슴이야."

"고만 우시라우요. 눈이 너머 부어올라서 앞이 잘 보이디 안캈수다레. 예수님의 십자가 위에 모든 짐을 다 올려놓고서라무니 주님을 꼭 붙드시라요."

"내레 이대루 주저앉을 수 없디. 박문점으로 가서 아이들을 다시 빼앗아올거라우요. 어미가 두 눈을 시퍼렇게 뜨구 자식을 빼앗길 수는 없디."

동미는 눈에 독기를 품고 이를 바드득 갈더니 미친 여자처럼 장댓재를 뛰어 내려갔다. 예배당 안에서 부르는 찬송 소리를 뒤로 하고 치마를 펄럭거리면서 미친 여자처럼 달렸다. 대동문통을 한숨에 달음박질해서 박문점 앞에 이르자 숨을 돌릴 겨를도 없이 점방 안으로 뛰어드는 순간 거래 손님과 이야기를 나누고 있던 문한과 눈이 마주쳤다.

"아니 당신이 어케 여길! 그리구 당신 얼굴이 와 기렇게 되었네?"

"내 자식들을 내놓아. 내레 낳은 내 새끼들을 와 앗아가구 야단이야."

멍이든 눈두덩 속에서 강렬한 빛이 뿜어 나왔다. 미움으로 이글거리는 얼굴은 무섭게 일그러져서 소름이 끼칠 지경이었다. 문한이 동미의 손을 덥석 잡았다. 남자의 큰 손에 잡힌 동미는 몸부림을 쳤으나 꼼짝 못하고 참새처럼 할딱거리면서 문한을 노려보았다.

"당신이 이렇게 나대문 일을 그르치게 돼. 내레 오늘 저녁 그 애들을 데불구 갈 테이니끼니 조용히 집에 가 있으라우요. 손님들이 우릴 테다보구 있잖아."

달호에게 눈짓을 해서 물을 한 바가지 떠오게 했다. 찬 물을 마시고 난 동미는 마음을 가라앉히면서 길길이 쌓인 비단과 면포에 눈길을 던졌다. 점방은 점점 커져서 옆집 두어 채를 더 사서 터놓은 터라 이 끝에서 저 끝이 멀었다. 기름하고 널찍한 박문점에는 면사 면포를 사려는 사람들로 북적거렸다.

"날레 나를 따라오라우요. 여기 있으문 사람들의 말질에 오르내리니끼니."

동미는 얌전하게 문한의 말을 따랐다. 두 사람은 말없이 연광정과 청루벽을 지나 영명사(永明寺) 아래 위치한 부벽루(浮碧樓)로 향했다. 만주벌을 휩쓸고 불어오는 겨울바람이 차가웠으나 대동강을 바라보며 나란히 앉았다.

"미안해요. 내레 당신을 사랑하문서 이렇게 아프게 해서 어카디."

"당신이 숙출과 결혼한 것을 첫날밤 내게 숨긴 것이 원망스러워요. 그 말만 들었어두 이런 불행을 저지르지 안았으련만. 정말루 당신이 미워요."

"참말 미안해. 하지만 누레 뭐래두 당신은 영원히 내 사람이오."

"저 퍼런 대동강물에 뛰어들문 모든 괴롬이 끝나갔디요."

"무슨 입찬소릴 그렇게 하는 거요. 숙출과의 관계를 정리하려는 판에 박진사댁이 망해버렸으니끼니 어카갔소. 코뚜레 매인 소처럼 저들을 뿌리치구 달아날 수가 없어. 하지만 내레 진정으루 사랑하는 사람은 당신이야. 조금만 더 참아보라우요. 당신이 의지하는 하나님을 믿으문서 조금만 더 기다리라우요."

문한의 큰 눈에 강물이 그득 담기며 우수의 빛이 담뿍 고인다.

"의주에 남은 복출과 무출을 누레 돌본답네까?"

"영생의 오마니 곰보댁하구 곱단이와 곰돌이 그리구 동옥이가 거기있디."

"아아! 불쌍한 내 동생 동옥아! 그 나이에 시집도 못가구 어카디. 이런 내 꼴을 보여주기 싫어서 데려오디 못하구 있는데… 당신이 너무 불쌍해요. 의주에 생활비 보내구 괴팍한 성격의 숙출에게 들볶이구 피양으루 이사온 박진사네 식구들꺼정 먹여 살려야 하니끼니 당신은 현대판 종님이 되었다니까요."

동미는 강물에 눈길을 던진 채 문한의 어깨에 몸을 기댔다.

"아아! 우린 언제꺼정 이러구 살아야 하디요?"

"무슨 일이 있어두 한호와 한경은 당신 품으로 돌려주리다."

문한이 안주머니를 더듬어 비취반지를 꺼내 동미의 손에 끼워주었다. 동미는 문한의 가슴에 안긴 채 잔잔히 흐르는 대동강물에 눈길을 던지며 침묵했다. 문한의 체온이 밴 비취반지가 동미의 마음을 따뜻하게 해주었다.

"당신 점복이를 기억하갔디? 홍서동의 장님 점쟁이 말이야?"

점복의 말이 나오자 동미가 문한의 어깨에 기댔던 몸을 일으켰다.

"의주 사람들이 돌을 던져 죽였다구 들었는데…."

"여직 말을 않구 있었넌데 내레 당신을 기쁘게 해줄 일을 하나 했어."

점쟁이의 처와 두 아들은 거지가 돼서 의주를 떠나 청일전쟁이 휩쓸고 지나간 폐허의 평양 거리로 흘러들어왔다. 영양실조에 걸린 점복의 아내는 시력을 거의 잃고 아들들의 손에 이끌려 면사 면포점에 들어섰다. 눈이 보이질 않아 더듬고 있는 모습이 점복이를 떠올렸고 이것저것 캐묻다가 점복의 핏줄인 걸 알아낸 문한은 평양에서 30리 떨어진 사랑골에 거지들이 살 수 있는 집을 마련하고 집 없는 아이들을 모아 같이 살도록 했다. 거지로 떠돌다가 길에서 얼어 죽은 동생 근한의 시신 앞에서 문한이 울부짖으며 굳게 약속한 것을 그제야 지킨 셈이다. 박진사댁 사랑채에 군불을 지피고는 아궁이 앞에 나란히 앉아 봉수가 신나게 이야기 해준 거상(巨商) 임상옥처럼 되겠다고 결심한 일을 잊지 않고 행한 셈이다.

동생의 이름을 따서 '근한의 집'이라 이름을 붙인 고아원에는 평양의 길거리를 헤매는 거지아이들로 가득 찼다. 고아원을 시작한 뒤부터 문한의 면사 면포점은 불 일 듯이 일어났다. 돈이 청일전쟁 전보다 두 배 세배로 넘치게 들어왔다. 박진사댁 생활비 지출을 과다하게 하고도 근한의 집을 운영해 나갔다. 그뿐인가. 평양에서 40리 떨어진 큰귀암에 엄청나게 큰 임야를 사기도 했다.

"당신이 예수를 믿으니끼니 내레 점복네를 돌보고 있는 걸 좋아하갔디? 우리 사랑골에 항께 가봅시다레. 고아들을 보문 당신 기분도 풀릴 테이니끼니."

문한은 고아들에게 줄 돼지를 한 마리 잡아서 일꾼을 시켜 지우고는 동미를 데리고 사랑골로 향했다. 50명이 넘는 아이들을 돌보는 점복의 아내는 건강이 회복되고 차츰 시력을 되찾았다. 부엌일을 위시해서 모든 제반사를 돌보는데도 혈색이 제법 반반해져 옛날 양반댁 귀한 따님의 모습이 언뜻언뜻 엿보이기도 했다. 문한이 고아들과 마루 위에서 담소를 하고 돼지고기가 가마솥에서 설설 끓고 있을 때 저고리에 검은 치마를 입은 여인이 들어섰다.

"여보시! 예가 근한의 집이라는 곳이디요?"

귀에 익은 듯한 목소리에 머리를 든 문한의 눈이 화등잔만

하게 커졌다. 문한의 눈이 여인의 눈과 맞추지는 순간 빛이 튕겼다.

"아니 검동이가! 당신은 검동이 맞지요?"

사십 줄에 이른 검동이의 눈가에는 잔주름이 거미줄처럼 엉켰으나 옛 모습이 코와 입언저리에 또렷이 남아있었다.

"맞아. 나를 용케 알아보는구만. 내레 박진사댁 비녀였던 검동이라우. 지금은 김메레 던도부인이디. 근한의 집이란 고아원에 대해서 피양사람들이 혹께 많이 칭찬을 하더구만. 기래서 내레 마음 먹구 여길 온 거 아니네. 이젠 한호 아바지두 동미 아씨를 따라 장댓재예배당에 나오는 것이 돟갔어."

동미가 김메레에게 눈인사를 하고 점복의 아내와 함께 돼지고기를 건져 썰려고 부엌으로 간 사이 김메레 전도부인은 문한을 붙잡고 늘어졌다.

"최티량이 경영하는 여관을 알구 있갔디?"

"아하! 그 사람은 예수를 믿는다구 지난번 피양 감사가 예수꾼들을 잡아 가둘 적에 잡혀서 고역을 치렀던 사람이디요."

"지금 그 집에는 높으신 분들이 많이 모이구 있디. 나라를 걱정하구 있는 사람들이야. 자네두 그분들과 친하문 참 돟을 게야. 이제 문한이두 피양에서 이름난 부재가 아니네. 이 모든 재산이 독수리 날개터럼 휘익 날아가버릴 수도 있어. 잘 사용해야디 안캈서. 하나님이 잠깐 문한의 손에 맡겨주신 물질이니끼니 위로부터 내려오는 지혜를 간구하여 써야디. 근한의 집을 마련한 것두 따지구보문 동미 아씨의 기도 덕분이 아니갔어."

"한호 오마니 기도 덕분에 근한의 집이 생겼다구요?"

“고럼. 이 모두가 하나님의 뜻이야. 장댓재례배당 청년들을 이리루 오라구 했디. 12월은 아기 예수가 태어난 달이니끼니 성탄 잔치를 베풀자우요.”

김메례 전도부인의 말이 채 끝나기도 전에 우르르 청년들이 근한의 집으로 들어왔다. 떡과 과일을 잔뜩 걸머지고 와서는 아이들에게 나누어 주면서 찬송을 가르쳤다.

깃브다구쥬왕되니 셰샹님금왓네
모든사람예비하고 만물찬양하셰
(찬양가, 예수셩교회당간인 1895년 53장)

고기와 이밥을 먹여주어도 주눅이 들고 풀이 죽어있던 아이들이 마술에라도 걸린 듯했다. 청년들이 율동을 하며 가르쳐주는 찬송을 따라 궁둥이를 들썩이며 입을 짝짝 벌렸다. 신나서 웃어대는 얼굴에 밝은 빛이 넘쳐흘러서 문한은 놀란 표정을 감추지 못하고 아이들을 감탄하는 눈으로 바라보았다.

7

봉수는 동학군 다섯 사람과 함께 박진사댁에서 훔쳐낸 돈을 몽땅 싣고 전라도 지방으로 내려갔다. 동학군이었던 최익서가 영학당(英學黨)을 조직하여 흥덕 농민항쟁을 지원하면서 활동하고 있다는 소문을 들었기 때문이다.

봉수 일당이 바라바리 싣고 간 엽전과 은괴에 큰 힘을 얻은 영학당은 전라도 북부지방의 농민들이 1894년도 농민전쟁의 원인이었던 균전(均田)을 없앨 것을 강력히 요구하며 일어서자 거기 합세했다. 영학당은 봉수 일당이 가져온 돈으로 무기를 구입하고 고부, 흥덕, 무장 등지를 공격하며 농민들의 힘을 모으기 시작했다. 때마침 영암지역에서 봉기한 농민들과 합세하여 광주를 점령하고 전주 관찰부를 함락한 뒤 서울까지 밀고 올라갈 기세였다.

"양반인 진사의 재물이 우리 동학군의 재기에 쓰였으니 우아하하… 재미있는 일이야. 양반두 이제는 턴민인 우리를 하늘터럼 받들 시대가 오구 있는 거라구. 사람은 하늘이니끼니 평등하고 차별이 없는 법. 사람이 인위(人爲)로 귀천을 분별함은 천의(天意)를 어기는 짓이야."

봉수의 말에 가족을 버리고 입산한 동학군 중의 한 사람이 목청을 높였다.

"서울을 점령하면 우리는 고향으로 돌아갈 수 있겠지요. 모든 정치는 우리를 위해 베풀어질 것이고 우리는 아내와 자식들 데리고 땅이나 파고 살아가면 되겠네요. 배고픈 시절은 이제 지나가고 우리의 시대가 오고 있습니다. 그렇지요!"

동학에 가담한 농민들이 우우 소리를 지르며 박수를 쳤다.

"이제 싱아 줄기를 먹던 시절은 지나간 거야. 보릿고개에 배고픔은 우리 동학의 승리로 사라지게 될 거라고. 수수깡을 까서 씹어 먹으며 배고픔을 달랬던 끔찍한 시절을 어찌 잊겠어. 깜부기를 따먹어 입이 시커멓게 되고 구황식품으로 지겹도록 먹던 소나무 속껍질은 또 어떻고…."

모두가 흥분했다. 고창을 공격하면서 승리를 굳게 믿었다.

그러나 어쩌랴. 무참하게 패하면서 영학당은 황해도 해주, 재령으로 도망쳤고 일부는 소백산맥 속으로 숨어 들어가 서서히 활빈당(活貧黨)으로 흡수되었다. 행상, 유민, 걸인들이 조직한 활빈당은 주로 양반, 부호, 관청을 습격하여 무기를 앗아 오고 재물을 약탈해서 빈민에게 분배해주었다. 이런 짓은 동학의 성격과는 너무 판이해서 어쩔 수 없이 활빈당에 가담한 봉수의 비위를 한껏 상하게 했다.

눈이 잔뜩 내린 어둑새벽, 봉수는 먹을 것을 구하러 민가로 내려왔다. 불행하게도 봉수가 기찰포교에 걸려들어 잡혔다가 줄행랑을 쳐서 도망친 곳이 제물포. 건장한 몸이건만 피로가 쌓였던지 오한이 났다. 추위와 쫓김으로 떨고 있는 봉수의 품속으로 칼날처럼 차가운 겨울 바닷바람이 사정없이 파고들었다. 봉수는 어두워 가는 밤하늘을 이고 서서 출렁이는 제물포의 바다를 넋을 잃고 바라보았다. 죽어 땅에 묻히는 기분이었다. 검은 재라도 뿌려놓은 것처럼 서쪽하늘에 어둠의 장막이 내리자 바다가 잿빛으로 변해가면서 숨막히는 외로움이 엄습해왔다. 그때 멀리서 찬송소리가 은은하게 들렸다.

'할닐뉴야, 쥬 찬송, 할닐뉴야, 쥬 찬송….'

서학을 반대하며 일어섰던 동학은 요렇게 망꼴이 되었건만 서학은 기승을 부리며 하늘로 치솟고 있구나. 봉수의 속이 부글부글 끓어올랐다. 두 손을 양쪽 소맷부리에 찔러 넣고 비루먹은 개처럼 어깨를 웅숭그린 채 집들이 옹기종기 모여 있는 쪽으로 향했다. 주막이라도 찾아 들어갈 참이었다. 주막 근처 공터에 많은 사람들이 모여들어 방문(榜文)을 읽고 있었다.

“이민 공고문이라. 서양은 극락 같은 나라라고 하는 말이 정말일까.”

“맞아, 맞아! 서양서 온 선교사들이 돈이 얼마나 많으면 남의 나라까지 와서 배고픈 아이들을 모아 길러주고 먹여주고 가르치고 하겠어.”

“방문을 좀 보게나. 서양으로 이민 갈 사람들을 뽑는다는 내용이야.”

하와이 사탕농사 경주(耕主) 동맹회가 노동자를 모집하려고 조선지역 동서개발회사 이사장으로 사업가인 데이빗 데쉴러(David Deshler)를 파견했다. 신문화 수입과 무역의 길을 개척하기 위해 척식사업과 신문화수입을 장려할 수민원(綏民院)을 설립하여 해외 정세에 밝은 민영환을 총재, 서병호를 국장으로 임명하여 서울, 인천, 부산, 원산에 개발회사를 설립하고 국내 각지에 광고하여 이민을 모집하고 있었다. 더구나 한미조약 제6조는 이민을 보낼 구실을 만들었다.

‘조선 백성은 미국 어느 곳에나 왕래하고 거류하며 토지와 가옥을 매매하고 건축할 수 있으며 법률에 적당한 영업을 무엇이나 할 수 있다….’

“쳐 죽일 놈들 같으니라고. 되션 사람을 잡아먹으려구 별별 짓을 다 꾸미구 있네. 처음에는 아이들을 잡아먹더니 이제는 어른들꺼정 홀리구 있어. 쳐 죽일 넘의 양넘들! 동학이 저것들을 쳐부쉈어야 하는 건데….”

빈정거리는 봉수 곁으로 기찰포교가 다가왔다. 겁을 먹은 봉수는 뒷걸음질을 해서 슬금슬금 군중들 틈에서 빠져나왔다. 만약 포교에게 잡히는 날이면 박진사댁 재물을 몽땅 털어낸 것이랑 동학군에 가담해서 접주질을 했으니 산속에 자리 잡은 활빈당의 거처까지 다 불어야할 판이다.

깜깜한 골목에 몸을 숨겼지만 찰거머리처럼 찬송소리가 달라붙었다.

'할닐뉴야, 쥬 찬숑. 할닐뉴야, 쥬 찬숑…'

기찰포교들의 순찰소리가 곁으로 다가오자 봉수는 찬송소리가 나는 예배당을 향해 뛰기 시작했다. 그리로 피해 목숨을 건지는 길밖에 없었다. 제물포 용동교회 안은 밖의 추운 공기와 달리 따뜻하고 훈훈했다. 교인들은 무릎을 꿇고 앉아 선교사의 서툰 조선말 설교를 듣느라고 정신이 없었다. 남자들 틈에 끼여 앉았다. 따뜻한 시선으로 맞아들이는 옆 사람을 보자 얼어붙었던 봉수의 마음이 조금 풀어졌다. 슬그머니 머리를 들고 예배당 안의 분위기를 살폈다. 사람들의 열기와 한편에 피워놓은 난로불로 인해 얼었던 몸이 녹으면서 몸이 근질거렸다. 열기가 위로 확 퍼지면서 얼굴이 숯불처럼 벌겋게 달아올랐다.

미국 선교사 조지 존스 목사가 열변을 토해냈다.

"여러분 제 말을 잘 들어보시오. 조선 사람이 미국으로 이민가게 되는 것은 하나님의 기막힌 축복이요. 이것이야말로 하나님의 귀한 선물이란 말이오."

태어난 땅에서 살다가 묻혀야 한다는 생각에 사로잡혀있던 조선 사람들에게 미국 목사님의 말은 대단한 반응을 불러일으켰다. 교인들의 마음이 들뜨기 시작했다. 모두 머리를 주억거리며 서로 쳐다보고 감격했다. 용동교회 교인들이 이민을 가겠다고 나서자 썰렁했던 이민사무실이 붐비기 시작했다.

지금까지 미국 땅을 밟은 조선 사람은 불과 몇 명뿐이었다. 한미조약 비준이 있던 해 7월에 민영익과 그 일행 4명이 미국을 구경 간 것으로 시작하여 그 뒤 갑신정변에 실패한 서재필, 서광범, 박영효와 유학생 유길준, 윤치호, 김규식, 리강, 신성구 등이 미주에 거류하기 시작했다. 더러는 인삼 장사로 미국 땅을 밟은 상인들도 있었다.

이런 상황에 하와이 총독(Standford Dole)이 중국이민을 받지 않는 대신 조선 사람을 받기로 하고 고종에게 신임을 받고 있던 미국공사 알렌에게 부탁하여 허락을 받았다. 연이어 조선 동서개발회사 이사장 데쉴러가 오고 존스 목사까지 부추기니 교인들의 마음이 움직일 수밖에 없었다. 봉수는 이런 생각도 했다.

'예수쟁이들이 보기 싫고 게다짝을 질질 끌며 돌아다니는 왜놈이 미워서 되선에서 살기가 싫단 말이야. 차라리 이민선이나 타볼까. 우선 포교의 추적에서 몸을 피했다가 돈을 잔뜩 벌어 가지구 돌아와 검동이를 찾으면 되갔다.'

이민을 가겠다고 웅성거리는 사람들 틈을 빠져나와 바닷가로 나온 봉수 곁으로 다섯 명의 건장한 사내들이 떠들며 지나갔다.

"드디어 피양에서 제물포에 왔구만. 칠성문에서 본 방이 여기두 붙었네."

평양 사투리를 쓰는 사람들 곁으로 봉수가 바짝 따라붙었다. 봉수는 그들 앞을 가로막고 우뚝 섰다.

"말씨가 귀에 익어서 그랍네다. 혹시 의주에서 오신 분들이 아닙네까?"

봉수의 질문에 일행은 놀라는 눈치였다. 어둠으로 인해 얼굴 표정을 똑똑히 읽을 수는 없었으나 여차하면 달아날 기색이었다. 경계하는 빛이 완연했다.

"왜요? 의주에서 왔다문 어캘려구 그럽네까?"

"아아! 저두 의주 사람이외다. 되션 땅에 발붙일 곳이 없어서라무니 헤매구 댕기는 불쌍한 사람이란 말이요. 우리 통성명이나 합세다레."

갑자기 나타난 사내의 돌발적인 질문에 일행은 한참 멈칫거렸다.

"우리는 천마산에서 산삼과 약초를 캐던 심메꾼들이요. 거기는 뉘시오?"

"아아! 천마산이라구요. 혹시 천마산의 유명한 심마니, 황어인을 아시나요?"

"천마산의 황어인을 어케 알구서리…."

몹시 꺼리면서 두려워하는 눈치였다.

"박진사의 장남 복출 도련님이 황어인이 캐온 산삼을 먹구 걸을 수 있었기 때문에 그분을 지금꺼정 기억하구 있디요. 고럼 곽서방두 아시갔디요?"

"기런 사람 모르오. 고럼 자네는 황어인을 잡으러 나온 박진사네 끄나풀이란 말이디요. 우린 기런 사람 모르오. 그러니끼니 당장 다른 데루 가보라우요."

봉수는 담배를 꺼내 일행에게 권하며 한숨을 삼켰다.

"나두 이민선을 타려구 바닷가를 헤매는 사람이요. 하와이루 이민 가는 것이 하나님의 선물이라구 서양 목사가 례배당에서 꼬시더라구요."

"아아! 자네두 이민을 간다구? 고럼 우리와 한 배를 탈 사람이구만."

금세 일행은 긴장을 풀고 봉수를 받아들였다.

"자네두 우리터럼 사연이 있는 모양이구만 기래."

"사연이 없이 제 나라를 버리구 이민선을 탈 사람이 있갔시오. 내레 박진사댁에서 절개살이하던 봉수라는 사람이오."

"우아! 봉수라구! 박진사댁을 불사르구 달아난 봉수가 바루 자네라니!"

"우리두 박진사댁 눈을 피해 이민선을 타려는 사람들이라우요. 거참! 반갑수다레. 내레 바루 천마산의 황어인이요."

봉수는 황어인의 손을 잡으며 울컥 했다. 같은 처지에 있는 사람들을 만난 것이 우선 반가웠고 이민을 가도 외롭지 않게 지낼 벗이 생긴 셈이다. 황어인이 봉수의 손을 잡고 등을 두드려주며 속삭였다.

"하와이에 가서라무니 뱃구레가 터지게 먹어보자우요. 이 땅에서 못 먹은 한(恨)을 풀어봅시다레. 길바닥에 금 조각이 데굴데굴 굴러다닌다구하던데…."

"선박 료는 미국 돈으루 100달라 라고 하두구만요. 노동계약서에 서명만 하문 하와이꺼정 우선 태워다줄 테이니끼니 거기서 벌어 매달 갚으라구 합디다."

봉수는 존스 목사에게 들은 것을 황어인 일당에게 전해주었다.

"아휴! 살았다. 고롬 우리레 돈이 없어두 배를 탈 수가 있수다레."

다음날 배가 떠날 예정이었다. 배를 탈 사람들이 없어서 걱정했으나 다행히 존스 목사의 설교에 감동한 제물포 용동교회 교인들이 즉석에서 마음을 정하고 우우 몰려와서 배를 가득 채웠다. 선교사의 설교에 감화 받은 신도들은 더 이상 생각도 하지 않고 이민선을 탔다. 서양은 황금의 나라라는 꿈을 안은 이민자들 121명 중 반 이상이 제물포 용동교회 교인들이었다.

일본 고베(神戶)에서 신체검사 결과 20명이 떨어지고 101명이 호놀룰루로 향하는 배에 올랐다. 바다는 잔잔했다. 그야말로 망망대해였다. 황어인 일행과 봉수는 갑판으로 올라갔다. 가족들을 두고 온 가장, 혹은 총각으로 이민선을 탄 사내들은 모두 입을 다물고 무거운 몸을 뒤척이는 바다 물결에 눈길을 던졌다. 겨울바다는 하늘과 똑같은 색으로 잿빛이었다.

"영어를 가르테주구 학비를 받디 않는다구 방에 쓰여 있으니끼니 우리 모두 영어를 잘 하게 될 것이 아니네."

황어인이 툭 한마디 하자 모두의 얼굴에 웃음이 피어올랐다.

"우리 영어두 배우구 돈을 많이 벌어 고향에 혹께 많은 땅을 사자우요."

"아니디. 먼저 박진사에게 진 빚을 갚아야디. 백석이 보쌈해간 황어인의 딸, 달순이두 그래야 숨어 살디 않구 세상에 나올 것 아니네."

그러자고 황어인 일행은 다짐을 했다. 고향으로 다시 돌아온다고! 조상이 묻힌 고향을 등지고 대대손손 살아오던 땅을 떠나 이렇게 넓은 바다를 건너 다른 땅으로 간다는 것은 압록강을 건너 만주 땅으로 유랑해 가던 것과는 달랐다.

12월 하순. 바닷바람은 이가 시리게 차가웠다. 황어인이 두 팔을 힘껏 펴서 하늘을 향해 올리고는 바다를 향해 고함쳤다

"박진사네 손에서 벗어난 것만두 살 것 같다. 아아! 시원하구나!"

"황어인께서는 무슨 일루 박진사의 눈을 피해 다니셔야 했습네까?"

봉수가 슬그머니 다가가서 물었다. 배를 타고 태평양 한가운데 있는데 무엇을 숨길 것인가. 황어인이 입을 열어 대답하려는 순간 옆에 서 있던 심메꾼 오미석이 바다를 향해 간절한 목소리로 찬송을 부르기 시작했다. 백홍준이 작사한 '어렵고어려오나 우리쥬가구하네 옷과밥을주시고 뚀흔거슬다주네' 라는 찬송이었다. 황어인 일행이 그의 찬송을 따라 부르자 은은한 음률이 바다 위로 잔잔히 퍼져나갔다.

봉수는 울컥 화가 치밀었다. 천마산 삼메꾼들까지 서학을 믿고 있다니! 정말 속이 상했다. 존스 목사의 설교를 듣고 감화를 받아 배를 탄 사람들도 선실에서 찬송을 불러대서 마치 예배당이 바다 위에 떠있는 듯했다.

'어차피 서양으루 가구 있으니끼니 야소를 믿는 것도 나쁘지는 않갔디.'

봉수는 스스로 이런 위로를 하며 묵묵히 바다를 바라보았다.

"찬송을 따라 부르느라구 자네 질문에 대답하디 못해 미안하네. 내레 박진사네 돈을 혹께 많이 빌려 쓰구 갚디 못해서 도망을 티는 중이라우요."

“먼 일루 돈을 그렇게 많이 꿨습네까?”

“으흠… 당시를 하문서 순회전도를 하다보니끼니 일이 그렇게 되었디. 문데는 박진사댁 무출 도련님 혼례식에서 터졌어. 달순이를 박진사댁 둘째 메니리루 주문서 그 대신 빚을 청산했넌데 길쎄 왕의원의 아들 백석이 첫날밤 달순이를 보쌈해갔으니끼니 어카갔네. 이렇게 도망틸 수밖에 없디.”

“아하! 그 소문을 의주에 갔을 적에 들은 기억이 납네다.”

그때 오미석이 한마디 거들었다.

“왕의원 아들이 아니구 이백당의 아들이디. 박진사네 비녀 검동이가 백당과 살문서 낳았다구 왕의원의 아내 북청댁이 박진사 앞에서 불었다는구만.”

“머… 머… 라구요! 검동이 낳은 아들이라구요?”

봉수의 놀람에 신바람이 난 심메꾼 오미석이 나불거렸다.

“검동이가 이백당의 색씨가 되어서라무니 쌍둥이를 낳았대요. 백당의 아들 대석이 박진사의 장남 복출을 때려서 꼽추루 맹글구 달아나버려서 검동이는 만삭이 된 배를 안구 도망틴다는 것이 왕의원의 헛간이었다는구만 기래. 거기서 낳은 아들 백석을 왕의원에게 주구 딸만 데불구 도망쳤대요. 하긴 이백당은 매를 맞아 죽었으니끼니 함자 의주에 남는다 해도 박진사네가 그냥 두었갔어.”

‘검동이가 되션 팔도 어느 구석엔가 죽지 않구 살아있구나.’

“고럼 검동이란 비녀가 지금 어디메 살구 있는디 알구 있습네까?”

“소문으루는 던도부인이 되어서 되션 팔도를 돌아댕긴다구 하더군.”

"던도부인이 무엇하는 겁네까?"

"예수를 던하러 댕기는 부인이야. 우리 남정네들은 사랑방에 들어가서 예수를 던하구 던도부인은 성경을 파는 권서역할도 하면서 안채로 들어가 여자들에게 예수를 던하고 글을 가르치디."

'아! 검동이 서학꾼이 되어서 나를 찾아 되선 팔도를 헤매구 있구나.'

봉수는 머리를 두 손으로 감싸 안고 바다에 피멍울이 맺힌 울음을 토해냈다. 봉수는 검동이 살아있다는 사실에 기쁨이 넘치면서도 한편으로는 자신이 싫어하는 서학을 믿는다는 것에 묘한 감정이 뒤얽혔다.

"검동이두 미인은 아니디만 얼매나 복스럽게 생겼어. 그 얼굴에 연두색 공단 당의를 입혀보라우요. 자주색 옷고름을 흰색 거들지를 단 당의를 입구 이른 봄에는 모란잠을, 한여름이나 늦봄에는 매죽이나 옥모란잠을, 가을에는 요잠을 꽂구 은은한 미소를 풍기며 솟을대문 안을 거닐면 정승부인감이지."

"검동이두 잘못 태어나서 그 고생을 하구 있디. 서양에 태어났더라문 얼매나 좋아. 그러니끼니 우리두 이제야 하와이루 이민을 가는 것이 아니 갔네."

심메꾼들은 미지의 땅에 대한 꿈에 부풀어 있고 봉수는 난간에 기대서서 점점 멀어지는 서쪽, 검동이 있는 곳을 향해 섰다.

'검동아! 죽디 않구 살아있어 정말 고맙다. 내레 서학을 반대하구 돌아다녔으니끼니 서루까락 만날 기회가 없었구나.

아아! 이민선을 타는 것이 아닌데. 서학꾼들 사이를 뒤지구 다녀야 하는 것인데… 이를 어카디.'

통역원이 한 사람 따라붙은 미국 상선 켈릭호는 고베에서 신체검사에 합격한 101명을 태우고 다음해 1월 13일 호놀룰루에 도착했다. 101명의 사람들은 다양했다. 존스 목사의 설교를 듣고 무조건 이민 길에 오른 50여 명의 교인들을 제외하고는 광무군인들, 농촌의 머슴들, 막벌이하던 잡역부들, 유의유식하던 건달들, 향리의 선비들 그리고 공부를 목적한 학생도 있었다. 조선 첫 이민지는 오하우 섬의 서북쪽에 있는 모쿨레아 농장이었다.

거기서 시키는 일은 원시림을 칼이나 도끼로 찍어내고 그 땅에 사탕수수를 심는 일이었다. 종묘를 심고 물을 대야하는 고된 생활이었다. 시뻘건 땅이 꼭 돼지의 속살처럼 소름끼치게 했다. 끝없이 넓게 펼쳐진 들판에는 이름 모를 꽃들이 만발했고 나무들도 낯설었다. 새벽 4시에 일어나 밥을 지어먹고 5시까지 정거장에 집합하여 수수밭에 도착, 11시 반에 30분간 점심을 먹고 오후 4시 반까지 꼭 10시간의 고된 노동을 끝내고 농막으로 돌아오는 생활이 기계처럼 반복되었다.

"아아! 우리는 서양인의 절개살이를 하러 여기꺼정 온 거라우요."

농장 일을 참지 못한 봉수가 단발마의 비명을 내지르자 황어인이 말했다.

"그래도 되선 땅에서 굶주리는 것보담 낫다. 여기서는 간장하구 쌀은 있디 않네. 우리레 되선 땅에 있으문 이것두 먹지 못하구 허기져 있을 거라우요."

"이래두 되션보다 낫다 이거디요. 하루 10시간 이상을 일하구 남자는 67센트 여자는 50센트를 받으문서 기래요. 먹을 것을 찾아 하와이루 왔으니끼니 동물터럼 살아라 이거디요. 아닙네다. 내레 되션으로 되돌아갈 거웨다."

조선은 봉건제도가 무너져 내리고 사회제도가 제대로 지탱할 힘도 없어서 농촌 경제사정은 말이 아니었다. 고종은 쌀 수출을 금하고 인도차이나에서 30만 석의 쌀을 수입하고 구제청을 설치했지만 백성들은 극심한 굶주림에 허덕이고 있었다. 그러니 하와이 생활이 더 낫다고 생각할 수도 있었다.

"이 돈을 받아 개지구 어케 살아갑네까. 우리는 서양의 턴민이 되었다구요. 동학군이 아닌 서학군들에게 끌려와 그들의 종살이를 하게 되었다니까요."

봉수의 울부짖음이 농막에 지친 몸을 뉘고 향수에 젖어있는 사람들의 마음을 흔들었다. 하긴 한 달 임금이 16불정도. 30불이 미국의 농촌 최저생활비였으며 도시는 그 두 배가 들었다. 이곳 정부는 물론 조선정부도 하와이 농장에서 동물처럼 살아가는 조선 이민자들에게는 관심이 없었다.

"망해가는 되션이 우리를 돌볼 시간이 어디 있잖네. 하나님을 의지하구 우리 스스로를 보호하문서 악착같이 여기 살아남아야 한다는 걸 명심하라우요."

황어인이 모두가 들리도록 이렇게 말하자 봉수가 고함을 쳤다.

"우리 다시 되션으로 돌아가자우요. 어짜피 종살이를 하려문 내 땅에서 하는 것이 낫디 안캈시요. 우리는 양넘들에게 철저히 속아서 왔다구요."

“어케 돌아간다구 기래. 우리가 타고 온 뱃삯을 갚으려문 5년동안 주린 배를 졸라매야 한다구. 5년 개지구 안되구 20년이 걸릴 것이란 사람두 있어.”

“그러니끼니 내 말이 맞디. 5년 동안 종으로 동물터럼 부려먹으려구 선교사하구 알렌이란 넘하구 미국넘들이 짜개지구 우릴 잡아온거라우요.”

“조용히 해요. 그래도 조선보다 낫다고요. 밥이라도 먹으니 얼마나 좋아요.”

봉수의 말을 막고 반기를 드는 사람도 있었다.

“우리가 하와이를 떠나서 미국 본토로 간다 해도 하는 일이라고는 철도공사, 광산, 사탕무 농장, 캘리포니아 오렌지 농장일이 고작이요. 이렇게 일하면서 살 바에는 차라리 내 나라가 낫지. 사탕수수밭은 지옥이야.”

봉수의 말을 지지하고 나서는 사람도 있었다. 날이 갈수록 그들의 영혼은 피폐해져서 서로 싸움질하기 일쑤였다. 더구나 여자가 귀해서 총각은 가정을 이루지 못해 한 칸에 4명씩 거하는 농막 안은 돼지우리처럼 지저분했다.

하와이로 올 적에 이들은 국제조약에 의하여 대한제국 집조(여행권)을 받았다. 노동계약에 매이지 않는 자유노동자로 하와이 생활이 정돈되면 경비 백 달러를 경주동맹회에 환부할 약속을 하고 출발했다. 하지만 사탕수수밭에서 주는 돈으로 100불을 갚는 일은 불가능했다. 농장주가 지불하는 금액으로는 목에 풀칠하기도 힘들었으니 말이다.

이민선을 타지 않고 홍콩마루 선편으로 들어온 조선상인 유두표를 통해 미국본토 소식과 조선의 소식을 전해들을 수 있어 다행이었다. 왜놈들이 점점 더 악랄하게 조선을 압박한다는 소식은 하와이 농장살이를 더욱 고달프게 했다. 사탕수수밭의 노동을 참지 못해 네 자녀와 아내를 두고 달아난 사람도 생겼다. 여자 혼자 힘으로 농장에서 일해 주고 4자녀를 먹인다는 것은 굶어 죽으라는 말이었다.

“아무 것도 모르는 처자식을 버리고 도망을 쳐! 그런 놈은 죽여버려야지.”

아이들을 데리고 울부짖는 여자 옆에서 남자들은 욕을 했다.

“제 남편은 워낙 무능했습니다. 노동하는 것을 큰 창피로 알았으니까요. 양반 출신이라는 자긍심만 있지…. 제 남편은 불쌍한 사람이니 욕하지 마시오. 자기 아내도 모르고 자식도 모르는 불쌍한 사람을 의지하고 사느니 내 두 손으로 벌어서 자식들을 기르겠소. 여기는 일만 하면 먹을 쌀과 간장을 공급해주니 조선에 있는 것보다 낫지요. 두고 보십시오. 이 자식들 훌륭하게 키울 것이니까. 조선에서 이렇게 일하면 좁쌀밥 먹기도 어려운데 쌀밥을 먹으니 얼마나 감사해요. 하나님이 우리 가족을 지켜주실 것입니다.”

무길 엄마는 단단한 신앙을 지닌 교인이었다. 황해도에서 왔다는 무길 엄마는 날이 갈수록 다부지게 살아서 많은 사람들에게 힘을 주었다.

병들어 신음하는 사람, 아기를 낳다가 산파가 없어서 도움을 받지 못하고 죽는 젊은 여인들… 사탕수수밭에는 온갖 일이 다 벌어졌다. 밤이면 판잣집에서 합숙하는 홀아비들이 아편을 빨고 술을 먹고 노름까지 하게 되었다.

“이거 이렇게 살다가는 우리 모두 몰살하갔수다레. 우리

례배당을 세우고 하나님을 모시구 사는 길밖에 없수다. 하늘 나라에 소망을 두십세다."

황어인을 중심으로 무길엄마와 삼메꾼들이 농막에 예배드릴 처소를 마련했다. 그러니까 이들이 예배를 드리게 된 것은 정월에 하와이에 도착해서 7월 첫째 주였으니 반년만의 일이었다. 마침 모쿨레아 사탕농장에 김이제 전도사가 끼어있어 예배를 인도해주었다. 농막에 교회가 서자 거기서 아이들에게 한글도 가르치고 서로 도와주고 돌보며 외로울 적에는 위로를 주고받기 시작했다. 황어인과 삼메꾼들은 이미 조선에서 전도를 해본 경험이 있어서 농막을 찾아다니며 열심히 전도를 해서 교회를 중심으로 이민생활이 자리를 잡아갔다. 단지 봉수만이 외톨로 빙빙 돌았다. 사랑하는 검동이가 전도부인이 되어 예수교를 전한다 해도 그는 영원한 동학교로 남기를 원하면서 목을 늘어뜨리고 검동이 있는 조선 땅을 아득히 바라보았다.

통곡의 바다

1

일본 사람들은 용산과 신의주를 연결 짓는 군용철도를 설치하면서 노동력을 수탈했다. 일손이 한창 달리는 농번기에 농민들은 강제로 끌려나왔다. 가엾은 그들에게 대석과 모삼률 목사가 다가갔다. 개미들도 그늘을 찾아 숨어버리는 뙤약볕에서 침목을 깔고 있는 농민들의 얼굴은 숯검정 색이었다.

"왜 이렇게 꾸무럭거려! 조센징들은 모두가 게으른 놈들이야."

말을 타고 채찍을 휘두르는 일본군인들의 위엄은 하늘을 찔렀다.

"왜 남의 나라에 들어와서 이렇게 난리를 치는 것이요."

침목 밑에 자갈을 깔던 젊은이가 채찍을 휘두르는 일인에게 항의했다.

"네 놈이 감히 눈을 똑바로 뜨고 날 보면 어쩌자는 거야. 너 죽고 싶어."

일본군인이 휘두르는 채찍에 맞아 청년은 침목 곁에 나가동그라졌다. 일본사람들 여럿이 우르르 덤벼들어 청년을 마구 걷어찼으나 더위와 배고픔에 지친 농민들은 모두 잠잠했다. 불끈 옛 성품이 치솟았으나 대석은 애써 마음을 달래며 연한 황색 꽃잎을 막 터뜨린 수박풀에 눈길을 던졌다.

"이럴 수가 있소. 당신들이 때리고 있는 상대는 개가 아니고 사람이요."

모삼률 목사가 다가가서 일인의 채찍 든 손을 잡았다.

"이건 또 뭐야. 서양 사람이 왜 여기에 끼어들어."

그 와중에 병석에 있는 노부모와 처자식을 두고 끌려나와 안달하던 사람이 줄행랑을 쳤다. 일본군이 달아나는 청년을 향해 말을 타고 뒤쫓았으나 가파른 산으로 달아나버린 청년을 잡을 수가 없었다.

"빨리 그 놈의 집에 가서 부인을 잡아와."

이내 달아난 자의 아내가 개처럼 질질 끌려왔다. 저고리 고름이 뜯겨지자 하얀 속살이 드러났고 심한 매질로 피를 흘리며 혼절했다.

"이럴 수는 없어. 이건 야만인의 행동이요. 남의 땅에 들어와서 이게 무슨 짓이요. 내가 이 사실을 세상에 알려서 일본이란 나라를 망신시킬 것이요."

모삼률 목사의 항의에 일본군인은 소름끼치는 웃음을 터뜨렸다.

"너도 이 땅에서 몰아낼 거야. 두고 보라고. 미국도 우리가 점령할 테니까."

병들어 신음하는 철도노무자들을 돌보던 모삼률 목사가 쓰러져버렸다. 밭둑에 지천으로 피어난 담청색 활나물의 꽃빛깔처럼 목사님의 얼굴은 질려있었다. 대석이 그를 급히 세브란스로 옮겼다. 남대문 밖 복숭아골로 옮긴 제중원을 세브란스라 했다. 기증자의 이름을 따서 부르게 된 것이다. 시간이 흐를수록 모삼률 목사의 병세는 심상치가 않았다. 대석은 병상을 순간도 떠나지 않고 지키면서 두 손을 맞잡고 간절히 하나님을 향해 부르짖었다.

"하나님! 이 분의 생명을 지금 꼭 데려가셔야겠습니까. 우리 민족을 사랑하는 사람입니다. 종로 거리에서 유창하게 조선말로 전도하는 사람입니다. 평양신학교에서 목사 될 사람들을 기르고 있고 경신학당에서도 가르치는 선생님입니다. 부유하고 편안한 자기 나라를 버려두고 조선 사람들에게 사랑을 주려고 온 사람이 아닙니까. 목숨만은 살려주십시오. 히스기야 왕도 간절히 기도하니 15년간 생명을 연장시켜주신 주여! 제발 목사님을 살려주십시오."

간절한 대석의 기도를 듣고 있던 모삼률 목사님이 끄응 신음을 삼키면서 바짝 마른 입술을 달싹거렸다. 대석이 물에 적신 솜으로 입술을 축여주었다. 고열에 시달리는 목사님은 발진티푸스에다 결핵성 뇌막염까지 겹쳐서 아무래도 소생하기는 힘들 것처럼 보였다.

"갓에서 나는 옻 냄새가 참 좋아. 소금에 절인 배추에 마늘과 생선을 넣어 푹 익힌 김치는 림버거의 치즈처럼 냄새가 독하지만 난 그걸 무척 좋아한다고. 형언할 수 없이 시끄러운 서양과 비교할 때 조선은 너무나도 조용한 곳이야. 평온하고 적막한 나라야. 난 이 모든 걸 정말 진심으로 사랑한다고."

모삼률 목사는 혼미한 가운데 계속 중얼거렸다. 울컥 눈물이 솟구친 대석은 팔짱을 끼고 밝아오는 동녘을 향해 서서 눈물을 닦았다.

"닥터 리! 닥터 리! 내 곁으로 와봐."

갑자기 정신이 돌아온 그는 또렷한 음성으로 대석을 불렀다.

"자네는 이제 선교사들을 따라다니지 말구 조선인의 근골(筋骨)에 성경 말씀이 고이도록 해야 한다고. 김치냄새가 나고 갓에 칠한 옻 냄새가 물컹 나는 그런 믿음을 지닌 조선교회를 세워야 한다는 걸 명심해요."

"알았어요. 무어 목사님! 날레 일어나셔야 합네다. 나랑 함께 그런 교회를 세웁시다. 서양교회가 아닌 진짜 조선교회를 세웁시다. 아아…."

"선교사 알렌을 용서하게. 그 사람이 매장량이 가장 많은 광구(鑛區)를 정탐해서 채광권을 얻은 것이 부끄럽네. 미국 선교사들이 하나님 앞에 범죄하고 있어. 오! 주여! 저들을 용서하소서."

고종에게 전도편지를 썼다는 이유로 알렌에게 들볶이다가 아내를 데리고 일 년간 미국에 가있다 돌아온 목사님의 마음을 대석은 잘 헤아리고 있었다. 백정을 사랑하더니 이네 황제까지 도약했느냐고 야유하던 알렌을 그는 잊지 못하고 있었다.

"앞으로 이 민족에게 닥칠 고난의 길이 보이는군. 일본이 주는 무서운 환난과 핍박을 백성들이 어떻게 견딜지 가슴이 아프네. 자네는 미국을 믿지 말고 오로지 하나님을 의지하고 승리하라고. 으으흐흑…."

모삼률 목사는 대석의 가슴에 안겨 숨을 몰아쉬었다.

병원에서 일하는 틈틈이 모삼률이라 불리는 무어 목사를

따라다니며 전도하는 일에 보람을 느꼈던 대석은 털썩 주저앉아버렸다. 도저히 일어설 수 없을 지경으로 마음이 상했다. 하나님은 정말 살아계신 분일까. 왜 우리 조선이 필요한 사람을 이렇게 빨리 데려가시는 것일까. 이제 겨우 46세. 아직도 한창 나이인 하나님의 사람을 그리 빨리 데려가야 하는 이유가 무엇일까.

대석이 의심의 안개 속을 헤매는 동안 무적(無敵)을 자랑하는 러시아의 발트함대가 대한해협 해전에서 일본 함대에 대패하고 강화조약을 맺었다. 강화내용은 일본이 조선의 정치 경제 군사의 우월권을 취득한다는 것이었다. 청일전쟁으로 조선 땅에서 청국을 몰아내고 러일전쟁으로 러시아를 몰아낸 일본은 조선을 삼킬 발톱을 노골적으로 드러내 보이면서 으르렁대기 시작해서 어디를 가나 잿빛 암울함이 깃들여있었다.

"닥터 리! 요즘 자기 얼굴 말이 아니야. 우리 기분도 전환할겸 요릿집에 가서 실컷 먹고 울적한 마음이나 풀어보세."

내과에서 일하고 있는 닥터 박의 손에 잡혀 대석은 진고개에 자리 잡은 청효정이란 일본 요릿집으로 향했다. 송병준의 일본인 첩이 경영하고 있는 곳으로 친일파 대신들의 밀회장소였다.

"배부르구 싸게 먹으려문 주막집, 객주집, 목로술집, 상밥집, 국밥집 중에서 하나를 택해 가야디. 지금 우리나라 처지가 요릿집에 가게 되었어?"

"실은 지난주에 병든 일본인을 치료해주었더니 그리루 초대해서 아주 잘 먹었거든. 그날 기가 막히게 예쁜 기생이 내 곁으로 다가오더니 술을 따르면서 혹시 이대석이란 의사가 세브란스에 있느냐고 묻더군. 얌전한 척하면서 부뚜막에 오른다고 어떻게 했기에 기생의 입에까지 자네 이름이 오르내려."

"청효정에 날 아는 기생이 있다구?"

남남북녀라구 그 기생은 북쪽 여자임에 틀림없어. 외모는 가날파도 눈에 총기가 서렸고 빛을 발하는 것이 남자를 홀리더라구."

요리상의 앞뒤를 두 사람이 맞들고 들어왔다. 식교자상(食交子床)은 진귀한 한국음식으로 가득했다. 노란 저고리에 물린 쪽빛 끝동이 눈을 끄는 화사한 차림의 기생이 사뿐히 들어와 절을 하고 닥터 박의 곁에 앉았다.

"자네가 부탁한 닥터 리를 데리고 왔지."

기생의 눈이 대석을 꿰뚫어 보았다. 어찌나 그 눈빛이 강렬한지 남자인 대석 쪽이 얼굴을 붉힐 지경이었다. 노랑 삼회장저고리 고름에 매달린 금빛 노리개가 전등불빛을 받고 눈부시게 반짝였다. 자그마한 어깨를 앞으로 다소곳이 숙이고 앉아있는 기생은 무엇인가를 찾으려는 눈으로 연신 대석을 훔쳐보았다. 옆방에 일본사람들이 여럿 들어와서 시끌벅적했다. 왜말로 호기 있게 음식을 주문하는 쇳소리도 들렸다.

"나를 안다구! 혹시 의주에서 온 것이 아니네?"

"맞습네다. 의주 사람입네다. 강귀동이라는 갖바치를 아시갔디요?"

"고럼, 고럼. 의주 사람치구 그 사람을 모르는 사람이 있을라구."

"내레 바루 갖바치네 딸 강미라입네다."

"기래. 이거 반갑구만. 동향사람을 타향에서 만나다니!"

미라는 대석을 뚫어지게 노려보다가 차가운 목소리로 물었다.

"백석이란 한의사와 항께 계시갔디요?"

"백석이라니? 처음 들어보는 이름인데… 가만있자 내 이름하구 글자 하나만 틀리구 똑같으니끼니 이상한 기분이 드는데. 와 그러디? 그 사람이 누군데 내게 묻는 거네? 한의사라구? 우하핫핫… 이거 재미있는데."

"고럼 백석이란 한의를 전혀 모르신단 말씀입네까?"

대석이 금시초문이라는 표정을 지으며 고개를 갸웃거렸다.

옆방 일본사람이 다급하게 미라를 찾는 소리에 이어 청효정의 주인마님이 나타났다. 미라는 묘한 웃음을 삼키면서 여전히 차가운 눈길을 대석에게 던지고 방을 빠져나갔다. 미라의 애교스러운 코맹맹이 소리가 일본말과 뒤섞여서 장지문을 사이에 두고 생생하게 들려왔다.

대석은 열심히 음식을 먹으면서 백석이란 이름을 떠올렸다. 혹시 어머니 낳은 아들… 아니다. 여동생 백경이 있지 아니한가. 대석이란 자신의 이름 때문에 어림짐작으로 물을 수도 있는 일이다. 그래도 꺼림칙했다.

"닥터 리! 요즘 왜놈들 짓거리가 안하무인이야. 아무래도 우리 조선이 위험해. 장차 이 나라는 아무래도 일본놈들의 손아귀에 들어갈 것 같아."

닥터 박이 목소리를 낮추고 대석의 귀에 입을 바짝 대고 속삭였다.

"러일전쟁에 이긴 일본의 거드름이 눈꼴사납기는 하디만

어카갔네. 조정이 휘청하는 판에 말이야. 나도 위기의식을 느끼구 있는 터라구."

다시 간드러지게 아양을 떨며 웃어대는 기생 미라의 목소리가 들려왔다.

"닥터 리! 수상한 여자야. 일본의 첩자임에 틀림없어. 자네를 일본놈들의 앞잡이로 끌어들이려는 수작일 거야. 청효정에서는 이름난 기생들을 데려다 놓고 누구든지 한 번 발을 들여놓으면 빠져나오지 못하게 해서 사람들은 여길 침몰정이라고 부른다는 소문을 들은 적이 있어."

나날이 일본의 무서운 계교가 눈에 띄게 거죽으로 드러났다. 대신들이 정신을 차려야 할 터인데… 마음이 클클해진 대석은 혼자서 정동교회에 꿇어앉아 기도하고 터벅터벅 관잣골로 향했다. 박가 성을 가진 백정의 아들 봉출이가 의사 공부를 시작해서 늘 가까이에 있었으나 병원에서가 아니고 마음을 편하게 해주는 백정 마을에서 만나 실컷 떠들어보고 싶어서였다. 순간 그의 뒤를 따라오는 발자국 소리를 들었다. 빨리 걸으면 빨리 따라오고 걸음을 늦추면 따라서 늦추었다. 누굴까. 이 밤에 내 뒤를 미행하는 사람이. 홱 돌아서니 몸집이 작은 소년이었다. 멱살을 거세게 잡았다.

"너 와 나를 몰래 따라다니구 있네?"

"그냥, 그냥…."

소년은 기어들어가는 목소리로 말하면서 달아나려고 발버둥쳤다.

"날래 직고하디 못할까. 와 날 미행하구 있네?"

대석이 주머니에서 동전을 하나 꺼내 소년의 손에 쥐어주었다.

“진고개 청효정의 아씨가 아저씨를 미행하라구 해서….”

“청효정의 아씨라구? 미라라고 하는 기생말이디?”

소년은 그렇다고 머리를 주억거리다가 잽싸게 몸을 날려 골목으로 사라졌다. 기생 미라가 일본의 첩자가 되어 내 뒤를 미행시키는 것일까. 안창호, 이갑 등과 만나 조직하려는 비밀단체 냄새를 벌써 맡은 것일까. 조선의 여자가 더구나 평안도 여자가 기생이 되었다지만 나라를 위해 일하려는 사람들을 잡아들이는 짓을 할 수는 없는 법. 대석은 진고개로 방향을 바꾸었다.

대석이 청효정에 도착했을 때는 인력거꾼들이 줄을 이어 들어왔다. 간드러진 일본 노랫소리가 바깥까지 들려왔다. 울컥 역겨움이 치밀어 올랐다. 쪼르르 문간으로 나오던 소년이 대석을 보고는 기겁을 해서 안으로 달아난다.

조금 있더니 기생 미라가 대석 앞에 섰다. 술에 취해 헛손질까지 하면서.

“어허! 어려운 발걸음을 하셨군요. 백당의 아들이 세브란스 의사 선생님이 된 것하구 갓바치 딸이 청효정의 이름난 기생이 된 것을 의주 박진사가 알문 어드런 표정을 지을까요. 으흠, 으흠… 우우윽….”

미라가 쓰러지려하자 건장하게 생긴 일본 남자가 뛰어나와 부축을 한다. 일인의 가슴에 안긴 채 미라가 대석을 향해혀 꼬부라진 소리로 이죽거렸다.

“닥터 리! 아니다. 백당 대석씨! 내 말 좀 들어보시라요. 내레 백당을 사랑했다가 기생이 되었수다레. 백석이란 넘을 잡으문 갈아마시려구 되선 팔도를 휘집구 다니다가 기생이 되어… 끄윽, 끄윽….”

“이봐, 지금 무슨 소릴 하구 있는 거네? 백당을 사랑했다구. 백석이라구? 좀 상세히 말해 줄 수 없네. 내레 먼 소린지 도통 모르갔구만 기래.”

“세브란스 의사 선생님이 되니끼니 보이는 것이 없구만 기래. 제 피붙이두 찾디 못하구 살아가니 참말 웃기네. 검동이가 어드메 있는디… 박진사댁 비녀였던 검동이를 잡기만 하문 백석이 있는 곳을 알갔넌데….”

대석은 벼락이라도 맞은 듯 아찔했다. 뱀의 눈처럼 독기가 서린 왜경의 사나운 눈초리가 따갑게 대석의 얼굴에 꽂힌다. 어머니 김메례를 찾아가야겠구나. 대석은 진고개를 벗어나서 종로로 나왔다. 비가 추적추적 내리고 있었다.

혼자서라도 황해도를 돌아야 한다. 모삼률 목사와 전도하며 세운 어촌과 산골 교회들을 순회하면서 돌아봐야 한다. 청효정의 기생 미라가 무어라 말하든 개척 교회들을 돌아보고 난 뒤에 평양으로 가리라.

보름간의 여름휴가를 얻어낸 대석은 전도책자들을 꾸려 짊어지고 어촌 교회들을 돌아보고 산골 마을로 파고들었다. 사방에 모삼률 목사와의 추억이 서려있어 혼자 걷는 순회전도길이 서글프고 답답했다. 길섶 음습한 곳에 지천으로 자라고 있는 달개비가 은은한 보라색 꽃망울 터뜨려 대석의 답답한 마음을 시원하게 해주었다.

신천에서 깊이 들어간 산속 장개동에 이르니 마을입구에 여느 마을처럼 수문장인 목장승 한 쌍이 나란히 서 있다. 탕건을 쓰고 퉁방울눈을 위로 치켜뜨고는 이빨을 드러내고 히히 웃고 있는 천하대장군은 무섭지가 않고 오히려 장난스러워 보였다. 민머리를 비스듬히 천하대장군에게 기대고서 수줍은 듯 미소 짓고 있는 천하여장군은 털털한 농부의 아내를 연상케 했다. 괴질이 마을에 들어오지 못하도록 마을입구에 세워놓은 장승들이 길손인 대석에게는 이정표가 되어서 심신의 피로가 싹 가시는 듯했다.

산 그림자가 으스름 저녁 햇살을 받고 긴 그림자를 던지고 있을 즈음 대석은 마을을 향해 바쁜 걸음을 옮겼다. 마을 근처 나무에 사는 휘파람새를 보고는 대석이 길게 휘파람 소리를 냈다. 그것이 신호가 되었는지 갑자기 바위 뒤에 숨어있던 두 사내가 뛰어나와 대석의 앞을 가로막았다. 철커덕! 실탄을 장전하는 소리가 천둥처럼 정적을 잡아 흔들었다. 배에 들이댄 총부리의 섬뜩한 차가움에 대석은 몸을 떨었다.

"손들엇! 여기 왜 왔어?"

대석은 얼떨결에 두 손을 높이 치켜들었다. 화적을 만나다니! 하지만 마을 근처에 화적이라니. 대석은 정신을 차리려고 마음을 가다듬었다.

"등짐을 내려놓고 다시 손을 들엇!"

한 사람은 대석의 배에 여전히 총부리를 겨누고 다른 사내가 대석의 등짐을 풀었다. 쪽복음과 전도책자들이 길바닥에 와그르르 흩어졌다.

"이렇게 교묘하게 위장하고 나타나도 절대로 우리는 속지를 않아."

총부리가 위로 올라와 이마에 멎었다. 쇠붙이가 지니는 차갑고 싸늘한 기운에 대석은 몸서리를 쳤다.

"하나, 둘, 셋 하고 방아쇠를 당기면 네 머리에 구멍이 펑 뚫리고 죽어나자빠진다는 걸 알고 있겠지? 누가 널 보냈는지 실토하는 것이 좋을 걸."

"내레 먼 소린디 전혀 모르갔수다레. 뉘레 날 보냈다구 이러십네까."

대석이 신경질적으로 이마에 댄 총부리를 뿌리쳤다.

"어이쿠! 이거 겁도 없이 크게 노는군. 정말 모르갔단 말인가?"

키가 큰 사내가 밤톨처럼 똥그랗게 생긴 눈을 부라리며 대석의 뺨을 보기 좋게 후려갈겼다. 대석이 비틀했다.

"여보시! 때리지 말구 내막을 상세히 말해보시라요. 내레 순회전도를 나온 사람이요. 날이 저물어 하룻밤 지내려구 인가를 찾아들어오는 길이요."

"순회전도를 한다구? 그럼 관찰사가 보낸 끄나풀이 아니란 말이야?"

"속지 말라고. 지난번에도 그냥 넘겼다가 신부님께 얼마나 혼이 났어. 죄를 짓고 이리루 피신해오는 사람일 수도 있어. 이 사람도 나쁜 짓을 하고 우리 교당을 포도(逋逃)의뢰지로 여기고 피신왔다면 곤란한 일이야."

두 사람이 잠시 머뭇거리는 동안 땅거미가 안개처럼 서서히 발목으로 기어든다.

"우선 성당으로 데리고 가서 신부님을 만나보고 결정합시다."

사내들을 따라 걷는 길은 험했다. 높은 산들로 둘러싸인 골짜기에 이르니 사위가 지척을 분간 못하게 어두워졌고 산바람이 계곡 밑으로 차갑게 불어왔다. 산자락을 끼고 돌아서니 불빛도 찬란한 성당이 나타났다. 총을 든 수십 명의 사내들이 다가오는 발자국 소리를 향해 날카로운 눈을 번뜩거렸다.

"이 사람은 순회전도를 나왔답니다. 신부님을 만나게 합시다."

대석을 데리고 안으로 들어가려고 하자 총을 든 사람들이 와아 몰려들더니 앞을 가로막았다. 험악한 살기까지 감돌았다.

"이런 식으로 얼마나 여러 번 속았는지 알아. 파수꾼들이 골짜기마다 지키고 산꼭대기 요지까지 배치되어 있으니까 접근이 어려워 이런 수법을 쓰는 거야. 이자는 순회전도를 가장하고 들어온 정탐꾼이 틀림없어."

대석은 난폭한 사내들에게 잡혀서 성당 안으로 끌려들어갔다.

검은 옷을 입은 서양 신부 앞으로 끌려간 대석은 옆에 선 사람들에 의해 강제로 무릎을 꿇었다. 대청의 높이에 비해 썰렁할 정도로 휑한 천장에 매달린 등불이 안의 분위기를 더욱 으스스하게 만들었다.

"이 사람이 순회전도를 핑계대고 전도지를 메고 침투했습니다."

신부는 턱을 쓰다듬으며 매서운 눈으로 대석을 훑어보았다.

"바깥에서는 우리를 나쁜 놈들의 집단이라고 욕을 한다지?"

대석은 무슨 소린지 몰라서 어릿거렸다.

"말을 못하는 걸 보니 소문에 놀아났군. 신천, 차령, 안악, 장연, 봉산, 황주, 서홍 고을을 돌아다니며 성당 지을 기금을 마련하느라고 사람들을 두들겨 패고 재산을 바치지 않으면 죽이겠다고 협박한다는 소문을 정말 모른단 말이야."

대석이 고개를 설레설레 흔들었다. 도대체 신부가 무슨 소리를 하고 있는지 감을 잡을 수조차 없었다. 갑자기 옆방에서 소름끼치는 외마디 비명이 귀청을 찢었다. 철석, 철석! 몽둥이로 사람을 치는 소리가 계속되었다.

"저렇게 당해야 실토할 건가? 저 사람들이 바로 어제 이맘때 우리를 잡으려고 여기 들어온 순검들이야. 오늘 새벽에는 어둠을 틈타고 장로교인들이 들어와서 우릴 엿보아 잡아놓았지. 누가 자네를 여기에 보냈나?"

도통 모르는 소리였다. 대석은 전혀 모르는 소리라 머리만 흔들었다.

"좋아. 이 사람을 오늘 새벽에 잡아가둔 장로교인들 방에 넣어."

대석은 억센 사내들의 손에 잡혀서 불도 없는 깜깜한 방에 갇혔다. 어둠에 눈이 익자 두 사람의 모습이 해끄무레하게 눈에 들어왔다.

"자네는 어떻게 여기 들어오게 됐었소?"

문 입구 쪽에 앉아있던 사내가 낮은 목소리로 물었다.

"내레 전도책자를 들구 순회전도를 나온 사람입네다. 그런데 왜 사람들이 총을 들구 마을을 지키구 서양신부가 포도대장터럼 으름장을 놓으면서 우리를 여기 가둬놓고 몽둥이루 옆방 사람들을 때리디요?"

"그럼 자네는 아까 만난 빌헬름 신부가 누군지도 모른단 말이요?"

대석은 고개를 세차게 흔들었다.

"여긴 성당이지만 죄를 짓고 쫓기는 범인들의 피신처지요. 억울하게 내야하는 세금을 줄여달라고 신부에게 매달리면 숨겨놓고 세금을 받으러 오는 사람을 고문실에 잡아넣고 혼내준답니다. 그래서 재산을 보호하려는 민초들이 서양인을 양 대인으로 여기고 성당으로 모여들고 있어요."

대석의 가슴이 철렁했다. 그러면 여기가 양인을 두목으로 모신 화적의 본거지란 말인가. 대석은 낙담해서 두 다리를 쭉 뻗고는 등을 벽에 기대고 앉아 눈을 감았다. 머릿속에서 윙윙 바람이 불었다. 말할 수 없는 고통이 어둠과 함께 방안을 가득 채웠다. 대석의 곁으로 창문 밑에 앉아 있던 사내가 다가왔다.

"여보시요. 조용히 하구 내 말을 들어 보시요. 황해도 일대에서 많은 주민들이 탄원을 냈기 때문에 실상을 알아보려 여기에 잠입한 사람들이요. 그러니 자네가 여기 신부와 신자들에 대해서 아는 것이 있으면 말해보시요."

대석은 여전히 세차게 머리를 흔들며 모르겠다는 뜻을 보였다.

"성당 안에 대역 죄인이나 살인범을 다룰 때 쓰는 기구를 설치해 놓고 고문을 해서 강제로 집문서나 토지문서를 받아낸다는 소문이 사실이요?"

"내레 만난 양인은 칼루 배를 째구 수술을 해서 아픈 사람들을 고테구 복음을 던하는 일을 하는 사람으루 알구 있었넌데… 그런 일은 전혀 예측도 못한 이야기요. 어떻게 서양인이 이렇게 이상한 짓을….”

“야소교를 믿는 사람들이 문제란 말이요. 조상을 섬기지 않겠다고 신주를 태워버리질 않나 이젠 양코배기가 총으로 무장을 하고 이 나라 법에 콧방귀를 뀌면서 대항하고 우리 순검을 잡아 매질해 내보내니 이거 창피한 일이요. 양인들이 서학을 가지고 들어와 우리 조선사람 혼을 빼앗더니 이제 드디어 본색을 드러낸 것이요. 이참에 양코배기들은 모두 추방해야만 해요.”

대석의 머리에 혼란이 왔다. 좋은 서양인, 멋진 양인인 모삼률 목사가 떠올랐기 때문이다. 이따금 멀리서 개가 컹컹 짓는 소리가 들려오고 골짜기를 타고 멀리멀리 다듬이질 소리가 처량하게 퍼져나갔다.

문 앞에서 파수를 보던 사내들이 밤참을 먹으며 속닥이는 소리가 들렸다.

“우리 신부님도 불쌍하다. 우리를 위해 저렇게 고생을 하고 있는데 어떻게 될지 큰일이야. 조정을 상대해서 싸워 이길 수 있을까.”

“관찰사가 박창무란 놈을 체포했으면 일이 이렇게 커지지 않았을 터인데 돈을 뭉텅 받아 처먹고는 쓱싹한 것이 문제를 일으킨 거야.”

“박창무란 놈이 성당을 우습게 보고 밤마다 돌을 던진 걸 신부님이 고발했으면 잡아가두는 것이 원칙이야. 뇌물을 받아 처먹고 눈을 감아버렸으니 신부님이 화가 치민 건 당연해, 우리 조정도 문제라고. 몽땅 곪아 문드러졌어. 위부터 아래까지 다 썩었어. 우리까지 그 냄새를 맡을 수 있으니까."

산봉우리를 타고 넘어온 거센 바람소리에 잠시 저들의 대화가 중단되었다. 바람이 잠들자 다시 파수꾼들의 대화는 계속되었다.

대석은 신음했다. '아아! 많은 순교자를 낸 가톨릭이… 이제는 아아!' 빈대들의 극성에 잠을 이룰 수가 없었다. 게다가 모기까지 윙윙거려 대석은 잠을 못 이루고 뒤척이는 사이 날이 밝아왔다. 대석은 피곤이 흥건히 고인 몸으로 새벽을 맞았다.

신부가 썩어빠진 조선의 법에 대항해서 총칼을 든 것이다. 성당에 돌을 던진 사람을 고발했으나 뇌물을 받아먹고 자기 구역 사람이 아니라고 핑계대고는 다른 지역의 가톨릭 신자를 체포한 것이 화근이었다. 부아가 치민 신부님이 성당과 신도들을 보호하겠다고 무기를 나누어 주고 나선 셈이다.

대원군 시절 수없이 순교를 당할 때 양처럼 순했던 신부들이 아닌가. 대석의 머리에 혼란이 왔다. 이제 서양인들은 조선 땅을 떠나야할 때가 온 것이다. 썩어 문드러졌어도 우리나라이니 우리 조선 사람들끼리 서로 힘을 합쳐 다시 세워야 하는 때가 온 것이다. 이렇게 해서 해결될 일이 아니잖은가.

갑자기 밖이 시끌시끌했다.

"우리는 관아에서 나온 사람들이요. 여기 보호하고 있는 김무개, 이달치, 송문호를 잡으러 왔으니 어서 내놓으시오. 그자들이 사람을 죽였단 말이요."

포졸들이 으름장을 놓았으나 서양 신부는 코웃음만 쳤다.

"이건 조선의 법을 어기는 것이요. 우리가 잡아 벌을 주어야 할 사람들을 왜 여기서 보호하고 있는 것이요. 여기가 범죄자들의 도피처처럼 말이요."

그러자 신부님은 리볼버 권총을 들고 문가에 서서 소리쳤다.

"당신들이 바라는 것이 무엇이요? 범죄자들은 여기 없소. 어서 여기를 떠나시오. 그러지 않으면 우리가 당신들을 잡아 가둘 것이요."

포졸들은 성당 주위를 맴돌기만 했다. 무력한 포졸들을 보고 성당에 모여든 산골사람들은 손뼉을 쳤다. 수탈을 당하고 무수히 맞으면서도 항거하지 못했던 높고 높은 자리에 있는 분들이 서양 신부님 앞에서 벌벌 기는 것이 재미있었다. 신부님이 농민들이 끔찍이도 무서워하던 포졸들을 잡아가두고 때리니 얼마나 신나는 일인가! 이제 그들이 의지할 것은 임금님도 아니고 포도대장도 아니다. 오직 서양인 밖에 없지 아니한가!

신부가 공중을 향해 리볼버 권총을 쏘자 포졸들은 기겁해서 달아나버렸다. 아침 미사 소리가 성당 안에 울려 퍼졌다. 은은한 찬송소리에 이어 염불을 외우는 듯한 기도소리를 들으며 대석은 무릎을 꿇고 앉았다.

"주님! 어찌 하오리까. 이 나라를 어찌 하오리까. 불충하고 무식한 이 백성을 긍휼히 여기소서. 일본 사람들이 날뛰고 복음을 전하러 들어온 서양인이 우리나라를 우습게 보고 있습니다. 불쌍한 조국을 구하여 주소서. 주여!"

갑자기 문이 덜컹 열리더니 신부님이 대석을 불러냈다.

턱이 뾰족하고 콧날이 오뚝한 신부는 칼날처럼 차가워 보였다. 대석이 세브란스병원 의사로 순회 전도한 사실을 대략

듣고 난 뒤 불평을 늘어놓았다.

"우리가 떼를 지어 사또에게 몰려가서 겁을 준 것은 조선의 법이 엉망이라 그런 것이요. 신도를 보호하기 위해 그들을 해친 사람을 잡아다 재판할 수밖에 없었단 말이요. 성당 지을 돈을 강제로 걷는다고 했는데 그건 교우들이 과잉 충성에서 나온 것이고… 성황당의 나무를 베어다 불 땐 것을 두고 말하는데 예수를 믿는 사람은 그런 나무를 숭배의 대상으로 삼지 않는다는 걸 당신도 잘 알고 있지 않소. 무덤을 팠다고 난리를 치는데 세상에! 땅속에 무슨 얼어 죽을 신(神)이 있다고 야단이요. 법은 없고 돈이 만사해결책인 나라에서 우리 스스로 성당을 짓고 신도들을 보호한 것이 왜 잘못이란 말이요."

황해도를 등지고 서울로 돌아오는 대석의 물기어린 눈에 산의 부드러운 능선을 닮은 초가지붕과 진흙을 섞어 쌓은 돌담이 들어왔다. 산이여! 돌담이여! 곱게 빗은 여인의 머리 같은 초가지붕이여! 자연과도 조화를 이루면서 살아가는 순하고 순한 이 백성이여! 교회가 백성을 영적으로 깨우치고 마을마다 학교를 세워 백성을 무지에서 깨어나게 하는 길밖에 없구나.

대석은 서울로 돌아와서 미국과 러시아 공사관 사이에 위치한 유명한 선교사댁을 방문했다. 상황이 급박한 조국 문제를 놓고 클클한 마음을 달랠 겸 자문을 받기 위해서였다. 선교사의 정원에는 장미가 만발했고 우거진 덩굴이 마치 깊은 산속에라도 온 것 같았다. 과실나무마다 탐스러운 열매가 매달려있는 정원은 작은 숲처럼 보였다. 스팀을 장치하여 더운 물과 찬 물이 나오고 방마다 커다란 난로가 놓여있었다. 대석은 들어서는 순간부터 기분이 상해 있다가 화초들이 가득한 온실을 보는 순간 머리에 피가 역류했다.

"아하! 닥터 리! 반갑소. 요즘 나는 이 세상에서 제일 아름다운 휴양지를 한곳 찾아냈어. 20m가 넘은 절벽이 있고 그 아래 파도가 바위와 자갈에 부딪혀 아름답게 부서지는 곳이요. 좌우로 아름다운 산들이 펼쳐져있고 멀리 매력적인 섬들이 점점이 떠있는 곳이요. 이 섬들이 안개에 감추어지기도 하고 때로는 구름에 반쯤 숨어 있기도 하지요. 이상하게 이곳에는 모기도 없단 말이요. 모래사장은 십리가 넘는데 달구지가 지나가도 거뜬할 정도로 단단해요. 내가 마구 뛰어 보았는데 아스팔트를 깐 길을 달리는 것 같았소. 이 해변이 우리 선교사 아이들에게 이상적인 놀이터가 될 거고…."

대석은 가슴 가득 안고 간 문제를 그대로 지니고 한숨을 쉬며 돌아섰다.

"선교사들이 변질돼 가고 있어 모삼률 목사 같은 사람이 그립구나."

2

행전을 단단히 쳤건만 종아리에 생긴 알통이 아파서 백석은 얼굴을 잔뜩 찌푸렸다. 뒤따르는 달순의 머리도 헝클어져서 볼썽사나웠다.

"여보시! 예서 쉬어갑세다. 누레 우릴 기다린다구 이렇게 바쁘게 피양을 향해 갑네까. 아이쿠! 내레 이제 쥑인다 해두 한 발자국두 못 옮기갔수다레."

달순이 수백 년은 되었음직한 나무 밑에 털썩 주저앉아버렸다. 까맣게 올려다 보이는 고목의 우듬지가 고사하여 괴기스러운 기운이 감돌았다. 나무의 밑동 언저리에 무성한 잎들이 그늘을 널찍하게 땅에 드리웠다.

"어머머! 우리레 디금 당나무 밑에 앉아있군 기래."

아내의 말에 나무를 올려다보니 허리에는 금줄이 감겼고 서낭신에게 드린 오색 헝겊 예단(禮緞)이 금줄에 매달려 산바람에 펄럭거렸다.

"마을의 수호신인 서낭신을 모신 곳에 왔으니끼니 우리두 돌이나 던지문서 소원을 빕세다. 곧 인가가 나오갔구만 기래. 서낭당이 있는 걸 보니끼니."

달순이 돌 하나를 집어 들고 나무 밑에 수북하게 쌓인 잡석 돌무더기로 향했다. 원추형의 누석단(累石壇)은 사람들의 간절한 소원이 담긴 돌들로 수북이 쌓여있었다. 백석도 아내 곁에 나란히 서서 돌을 던졌다. 천상과 지상을 수직으로 연결한다고 믿고 있는 신수(神樹)의 절반이 죽은 걸 보니 어쩐지 섬쩍지근했다. 가을이 오면 잎이 졌다가 봄이 오면 어김없이 살아나는 놀라운 생명력이 바로 신(神)이 거하는 나무가 아니겠는가. 이런 나무가 서서히 죽어가고 있다니! 이빨 빠진 할아버지처럼 고목이 되어 말라 죽어가고 있는 서낭목이 괜스레 백석을 서글프게 했다.

어디를 봐도 산과 들이 초록빛이었다. 아버지 생각이 울컥 났다. 모든 풀들이 약이라고 하지 않던가. 엉겅퀴가 야지(野

地)에서 지천으로 꽃망울을 터뜨렸다. 이다음 어딘가에 정착해서 살게 되면 아내의 설빔으로 엉겅퀴 꽃빛의 치맛감을 사주리라 결심을 했다. 엉겅퀴는 감기, 지혈, 토혈, 출혈, 부종, 대하증에 전초(全草)나 뿌리를 달여 먹으면 좋은 것이다. 백석은 아버지 왕의원이 일러준 대로 그대로 한 번 웅얼거려보았다. 아버지를 향한 짙은 그리움이 초록색 산야에 그득 고여왔다. 엉겅퀴 옆에 쇠비름이 살이 올라 늠실늠실 싱싱하게 얼굴을 내민다. 쇠비름도 해독, 충독(蟲毒)에 좋고 이뇨제에도 좋은 것이지. 백석은 벌레에 쏘인 손등을 쇠비름을 짓이겨 즙을 짜서 바르며 들판을 바라보았다. 연보라 꽃을 피우는 맥문동, 어디서나 볼 수 있는 역귀, 소루쟁이, 짚신나물, 꿀풀, 삘기, 박주가리… 백석의 눈에는 약초로 쓰일 수 있는 야생초들이 모두가 보석처럼 콕콕 눈에 들어왔다.

은방울꽃처럼 하얀 옷을 입은 여인들이 머리에 곡식 자루를 이고 서낭당 쪽으로 다가왔다. 서낭목에 바칠 제물을 이고 오는 것일까.

백석과 달순은 나무 그늘에 조금 앉아있었더니 다리가 더욱 무거워져서 일어설 기력도 없었다. 가까이 다가오는 여인네들은 모두 나이가 지긋한 중년부인들이었다. 서낭당에 돌을 던지고 비손할 것을 기대했건만 이들은 눈길 한번 주지 않고 그냥 지나쳤다.

"여보시! 어디에 곡식을 팔러 가십네까?"

서낭목을 그냥 덤덤하게 지나치는 것이 너무 이상해서 백석이 물었다.

"아니라요. 이건 우리레 먹을 거외다. 양식을 개지구 가야

며칠간 예배당이나 교인들 집에 기거하문서 사경회에 참석할 수레 있답네다."

"사경회라니? 기거 뭘 하는 곳입네까?"

"상뎨 하나님의 말씀을 배우는 것이디요."

"그 나이에 무슨 말씀을 배운단 말이요?"

"아이쿠! 한 번 와서 들어보시라요. 상뎨 하나님의 말씀이 육신이 된다니까요. 그 말씀을 들으면 몸이 가벼워디구 맴이 편해서 세상만사가 모두 우습게 보이구 공기두 달구 물맛도 기가 막히답네다. 징그러운 뱀두 예뻐 보이구 미운 사람이 모두 모두 사랑스럽게 여겨지디요. 당신들도 한 번 믿어보시라요."

머리가 희끗희끗한 여인네들이 무거운 곡식 자루를 이고 신바람이 나서 앞마을을 향해 달렸다. 날개가 돋친 듯 저들의 발걸음에서 바람이 이는 듯했다. 아내 달순을 쳐다보았다. 밑동만 잎이 무성한 서낭목처럼 아내는 죽어가고 있었다. 산과 들판을 뒤져 좋다는 풀과 온갖 뿌리를 모두 캐다 먹였건만 아내는 시들시들 죽어가고 있었다.

"우리두 저 사람들이 믿는 상뎨 하나님 말씀을 한 번 들어볼까."

백석의 말에 달순이 가슴을 쥐어뜯으며 신음했다.

"아이쿠! 가슴이야, 죽어버리구 싶어. 당신이 날 죽여줘. 살구 싶디가 않아."

아내는 금세 살아날 듯 헤죽거리다가도 바람소리, 사람소리 심지어는 산새들의 지저귐에도 놀라서 쥐구멍을 찾았다. 아름다운 산 속이나 고요한 들판에 있으면서도 항상 죽음을 생각하는 여자가 되어버렸다. 백석은 달순의 손을 잡아끌고 여인들이 곡식 자루를 이고 간 마을로 향했다. 그들이 살 수 있는 길은 그래도 사람들과 섞여 사는 방법밖에 없었다.

마을 한가운데 지붕 위로 깃발이 펄럭였다. 대나무 끝에 붉은 십자가를 그린 깃발과 태극기를 양쪽에 게양하고 있었다. 낯선 사람을 보고 개들이 뒤를 쫓으며 컹컹 짖어댔다. 남여 모두 깨끗한 옷을 입고 이 골목 저 골목에서 꾸역꾸역 나와서는 깃발이 펄럭이는 집으로 물결을 이루며 가고 있었다. 개들만 백석과 달순을 보고 야단이지 아무도 그들에게 관심을 보여주지 않았다. 백석부부는 인파를 따라 걸었다. 십자가와 태극기를 꽂은 동네에서 제일 큰 집 사랑채로 모두들 향하고 있었다.

각이 넓은 세모꼴 쌍둥이 뒷산과 돌담 속에 자리 잡은 사랑채와 안채의 초가지붕이 서로 형제처럼 닮아 보였다. 초가지붕은 언제나 백석에게 푸근하고 따스한 어머니 품을 연상케 했다. 뒷산의 수림과 조화를 이룬 동네 집들이 바람을 타고 펄렁이는 깃발 밑에서 다소곳한 여인들처럼 보였다.

"와 이렇게 서서 구경만 하십네까. 아낙으루 드시라요. 이 동네는 모두 상데 하나님을 믿으니끼니 이 마을에 발을 들여놨다 하문 항께 예배를 드려야 합네다. 자자! 날레 사경회에 참석합세다."

백석의 곁을 스치고 지나가던 더벅머리총각이 어서 안으로 들어가자고 채근했다. 백석은 달순의 손을 잡은 채 사람들의 물결에 밀렸다. 서까래가 드러나 보이는 대청 한가운데를 광목으로 막아놓고 한쪽에는 안방까지 여자들이 차지하여 앉았고 다른 쪽에는 건넌방까지 남정네들이 앉아서 몸을 흔들어가며 찬송을 부르고 있었다. 몽실하고 아담한 뒷산을 의지하고 지은 집이라 대청에서 내다본 뒷산 봉우리 위로 새털 구름이 유유히 흘러간다.

광목 휘장의 한가운데 흰 저고리에 발등이 드러난 검은 치마를 입은 여인이 나와 인사를 하자 모두 손뼉을 짝짝 쳐댔다. 백석은 엉겁결에 남자들이 앉은 방 툇간에 올라가 앉았고 달순은 쪽마루에 걸터앉았다.

"내레 뎐도부인 김메례입네다. 그간 제 딸 애련 뎐도부인이 초학언문이란 책을 개지구 15과꺼정 가르테주었디요. 오늘부터는 뎨십륙공과를 배웁세다. 자자! 여러분, 저를 보시라요. 잡담을 하시디 말구 모두 잘 듣구 따라하시라요."

'집을 보면 목수 잇는 줄 알고 갓 보면 만든 갓쟝이 잇는 줄도 알거시니 텬디만물과 만민을 보면 엇지 그 만다신 하나님 계실 줄을 생각지 못하리오….'

(초학언문 1895년)

김메례 전도부인의 얼굴에는 위엄이 서렸다. 목소리도 우렁차서 좌중을 눌렀다. 광목휘장의 이쪽저쪽으로 갈라 앉은 남녀노소 모두가 김메례 전도부인이 하는 대로 목청을 높여 따라 읽었다.

김메례 전도부인을 따라 열심히 초학언문을 내려읽던 나이 지긋한 촌로 한 분이 무릎을 탁 치며 머리를 주억거렸다.

"얼씨구! 참으로 맞는 말이요. 부처님 말씀보담 더 좋구만."

김메례 전도부인은 엷은 웃음을 내보이며 계속 읽어내려 갔다.

'공자 말삼도 하나님께 죄를 엇으면 빌 데가 업다 하엿시니 셰상사람이 날마다 하나님께 죄를 짓고 쓸대업는 우상만 위하니 엇지 하나님이 로여하시지 아니리오…'

전도부인이 이끄는 사경회가 한창 계속되는데 갑자기 툇마루 쪽에서 으악! 하는 외마디 소리가 들렸다. 전도부인의 강론에 모두 빠져 있다가 일제히 소리 나는 쪽을 쳐다보았다. 백석도 정신없이 전도부인의 말을 듣고 있다가 사람들과 함께 소리 나는 쪽을 보고는 아연했다. 달순이 툇마루에서 굴러 떨어져 댓돌에 머리를 짓이기고는 피를 흘리며 마당에 나동그라져있었다. 사람들이 우우 웅성거리며 일어섰다. 김메례 전도부인은 애련에게 찬송을 인도하라고 이르고 툇마루로 나와서 달순을 안고 안채로 갔다. 달순은 눈을 허옇게 뒤집어쓰고 곧 숨이 넘어갈 듯이 허우적거렸다. 김메례 전도부인은 머리끝부터 발끝까지 주무르고 기도하면서 찬찬히 달순의 상태를 살폈다.

"이 지경이 되도록 어카자구 내버려 두었소. 피양으루 가서 닥터 홀 부인을 찾으시라요. 내 이야기를 하면 잘 해줄 거요. 아이들을 돌보는 어린이 병동과 녀자들만 진찰하는 광혜여원이 있으니끼니 그리 가시라요."

"어케 피양으루 가는 디두 모릅네다. 도대테 예가 어디메쯤 됩니까? 피양은 예서 혹께 멉네까?"

"여기는 피양에서 70리 떨어진 외서창(外西倉)이란 곳이요. 나라의 곡식을 저장해두는 창고가 있다구 붙여진 이름이디

요."

"집 사람을 이렇게 친절하게 돌봐주셔서 고맙습네다."

"주 예수를 믿으시오. 그러문 온 집안이 구원을 받을 것이요. 예수 씨에 대하여는 단 한 번두 들어본 적이 없단 말이요?"

"선교사를 만난 적이 있디요. 수술을 기막히게 잘 하는 양의 말입네다."

"그러니끼니 아내를 데불구 날레 닥터 홀 부인을 찾아가셔야 합네다."

하지만 죽어도 광혜여원에 가지 않겠다고 울어대는 달순의 고집을 꺾지 못하고 외서창에 방을 하나 얻었다. 초가에 장지문을 달고 한자로 필방(筆防)이라 써 붙인 서당을 겸한 문방구점에 딸린 구석방이다. 서서히 아내가 건강을 되찾자 백석은 필방 한쪽에 한약을 늘어놓고 첩약을 지어주기 시작했다.

김메례 전도부인과 애련이 사경회를 끝마치고 외서창을 떠나기 전에 백석부부를 심방했다. 백석은 그때 마침 고리짝 깊이 넣어둔 아버지 왕의원이 준 칼을 꺼내고 있었다. 그간 녹이 슬었는지 살펴볼 참이었다.

"피양 숭실학교에 다니는 청년이 여름방학을 이용해서 하기 봉사활동을 나왔습네다. 그 사람을 따라댕기문서 도와주구 배우시라요."

"하기 봉사활동이라니요? 그거 먼 일을 하는 겁네까?"

"아이들을 모아놓구 언문두 깨우테주구 산술, 지리, 성경을 가르테 줍네다."

백석은 창호지를 타고 들어오는 햇살에 칼날을 세웠다. 파란 빛이 번쩍했다. 칼자루에 새겨진 무늬를 보는 순간 김메례 전도부인은 숨이 막혔다.

“그 칼을, 그 칼을….”

“아아! 칼을 보니끼니 무서워서 그러십네까. 이건 집안의 유물입네다.”

“혹시 의주 향교동에 사는 왕의원을 아시는디요?”

순간 백석의 얼굴이 굳어졌다. 이 여자도 박진사가 보낸 사람이란 말인가. 생각이 이에 이르자 백석은 강하게 머리를 흔들었다.

“향교동이라니요? 전혀 모르는 곳입네다. 게가 어드멥니까?”

“기래요. 칼을 보니끼니 생각나는 사람이 있어서….”

겁에 질리는 백석의 얼굴을 한참동안 바라보던 전도부인이 무슨 말을 할 듯 잠시 멈칫거리다가 그냥 나가버렸다. 툇마루에서 나물을 다듬다가 이들이 주고받는 말을 엿들은 달순이 방안으로 뛰어 들어왔다. 몸을 사시나무 떨듯해서 곧 나동그라질 것 같았다.

“여보시! 박진사가 보낸 사람이 틀림없디요? 우리 날레 달아납시다레. 아매두 사람들을 부르러 간 모양이니끼니 날레, 날레 다 버려두구 갑시다레.”

백석부부는 벽에 매달아놓은 약초도 전부 버려두고 윗목에 놓아둔 고리짝만을 걸머지고 필방을 빠져나와 산골짜기를 타고 울창한 숲속으로 치닫기 시작했다. 깊고 깊은 나무숲 속에 숨는 것이 안전하기 때문이다.

다음날 평양 장대현교회로 돌아가기 전에 김메례 전도부인이 백석을 찾아왔다. 한 번 더 보고 가려는 마음을 누르지 못하고 온 것이다. 그러나 필방 구석방은 약초들이 벽에 그대로 매달린 채 썰렁하게 비어있었다.

'아아! 역시 내 아들 백석이 틀림없어. 무슨 일루 향교동에서 왕의원과 항께 살지 않구 떠돌아다니구 있을까. 혹시 사람이라두 죽였다문…'

김메례 전도부인은 빈 방에 털썩 주저앉았다. 천장이 한 바퀴 빙그르 돌았다. 벽에 매달린 약초에서 백석과 백경을 낳은 뒤에 먹었던 미역국 냄새가 났다.

3

서출은 통감 이토 히로부미의 직속 부하 마사오 앞에서 눈을 어디에 둘지 모르고 허둥댔다. 요릿집 벽에 걸린 김홍도의 풍속도가 눈에 들어왔다. 그림 속 기생의 요염한 몸짓을 보자 서출의 마음이 조금 가라앉았다.

"장대재예배당에서 일어나고 있는 사건을 왜 내게 보고하지 않았어."

"야소를 믿는 사람들이 이천 명 가까이 모여서 왕왕거리는 것 말이디요?"

"이런 바보 같으니라고! 반일정신을 길러주면서 민족의식을 공공연하게 고취하고 있는 곳이 예수쟁이들이 세운 학교와 예배당이란 걸 몰라서 그래."

"고럼 내레 장댓재로 날레 가보갔습네다."

"예수쟁이들이 우리 눈에 가시라는 걸 잊지 말고 은밀히 조사해 보라고."

서출은 자벌레처럼 허리를 까불거렸다. 어떻게 해서든지 빨리 마사오의 눈에서 벗어나는 것이 상책이었다.

국가의 상징인 외교권을 박탈당하고 강제로 을사보호조약이 체결되던 날, 시가는 문을 닫고 울부짖어 조선 방방곡곡이 초상난 집 같았는데 벌써 일 년이 흘렀다니! 을사오적을 죽이라는 소리가 높았고 심지어 통분을 참지 못해 자결하는 사람까지 나왔으나 일본은 눈 하나 깜짝하지 않고 통감부(統監府)를 서울에 설치하고 무섭게 군림했다.

서출을 놓고 일본놈의 앞잡이라고 수군거리는 소리가 환청처럼 스쳤다.

'내레 박씨 가문을 일으킬 유일한 핏줄이 아닌가. 조상신들이 눈을 부릅뜨고 지켜줄 테이니끼니 이렇게라도 해서 대석을 잡아야 한다. 일본이 외교권과 군사권을 앗았으니 곧 사법권과 경찰권까지 삼키는 것은 시간문제라고 마사오가 호언장담하지 않던가. 의사 행세를 하며 양국 놈 앞잡이가 된 백당 대석이나 일본을 앞세운 나나 다 마찬가지다. 사람들이 날 보고 역적이라고 하디만 그게 어떻단 말인가. 고려는 친원(元)정책을 썼고 이씨 조선은 친명(明), 친청(淸), 친로(露) 정책을 써왔으니 이제 친일(日)을 하는 것도 역사의 흐름이다. 이런 추세에 제일 먼저 발을 내디딘 것도 행운이다. 봉수를 잡기 위해 조선 팔도를 휘젓고 다닐 수 있는 좋은 길을 왜 내가 마다할 것인가.'

장대재예배당으로 가기에 앞서 서출은 석 달 전에 시집온 아내에게 줄 장분과 오층 분함을 부인상점에 들러 사가지고 불쑥 귀가했다. 마침 의주에 가져갈 양식을 바리바리 나귀에 싣고 있는 곽서방과 맞닥뜨렸다. 양식 말고도 건어물과 피륙이 여러 마리의 나귀에 잔뜩 실려 있었다.

"젠장! 쓸데없는 것들이 살아서 재산을 축낸단 말이야."

서출이 오만상을 찌푸리고 내뱉는 말에 곽서방이 멈칫했다.

노마님이 죽은 뒤부터 마님은 모든 일이 힘에 겨웠다. 박진사의 헛소리를 듣는 것도 질렸고 의주에 두고 온 두 아들 복출과 무출을 생각할 적마다 마음이 놓이지 않아 항상 바늘방석에 앉은 것 같았다.

"오마니! 병신 형들에게 무얼 기렇게 많이 보내십네까. 나두 살아야 할 것이 아닙네까. 내레 오마니, 아바지를 모시구 살문서 다달이 제상 차리는 것만두 힘들어 죽갔는데 형들에게 이렇게 바리바리 싸 보내야 하느냐구요?"

서출의 말에 마님은 등을 돌리고 옷고름으로 눈물을 찍어냈다. 곽서방이 서출의 눈치를 보며 나귀들과 머슴들을 데리고 대문을 나섰다.

"이번에 보낸 것으루 반년간 견뎌보라구 뎐해줘. 정말 이렇게 많이 져 날라야 하는 것인디 속상해 죽갔어. 그 나이가 되었으문 벵신이디만 조금씩 벌어먹어야 되는 거 아니야. 내레 고렇게 말하더라구 형들에게 뎐하라우요."

서출이 대문 쪽을 향해 지껄이자 마님이 참지를 못하고 서출에게 대들었다.

"몸을 쓰디 못하는 무출이랑 허리를 다쳐 무거운 것도 들디 못하는 복출이 모두 네 피붙이가 아니네. 일생 도와줄 마음을 개져야디 그게 뭔 말이네. 그리구 이 말을 하디 않으려 했넌데 사실 의주에 보내는 물건 모두를 문한이가 대주는 것이디 서출이 네가 벌어들인 것이 아니잖네."

마님이 머뭇거리면서도 할 말을 모두 뱉어내자 서출이 악을 썼다.

"종놈 문한이가 보내주는 거라구요. 문한이 경영하는 박문점두 나, 박서출이 없으문 작살이 났을 거라우요. 일본 순사를 등에 업구 면포점을 지켜주니끼니 이만큼 돈을 벌디 내레 없으문 피양 바닥에서 면사 면포점을 어케 해요."

박진사가 발로 벽을 세차게 걷어차는 소리가 들렸다. 그냥 놔두면 방안에 세간을 모두 때려부술 태세라 마님이 곤두박질 안방으로 향했다.

서출의 아내는 대동강 건너 칠산리에 사는 몰락한 양반의 딸로 건강한 체질이 아니다. 야리야리한 몸이 바람이 불면 훅 날아가버릴 몸매였다.

"오마니레 얼매나 힘이 드시넌데 그렇게 말하시디 말라우요."

서출은 아내의 말에 못 이기는 척 마루에 털썩 주저앉았다. 햇살이 따사하게 내려앉는 마당 구석에 청녹 슨 주발과 수저, 젓가락이 수북이 쌓여있다.

"무얼 하려구 저걸 저렇게 내놓았네?"

"달마다 제사가 들었잖아요. 내일이 증조부님 제사인 걸 잊으셨어요?"

"아이쿠! 벵신들 하구 조상들꺼정 먹여야 하는 내 팔자야!

아바지두 저런 몸으루 살아있으문 당신 고생만 시킬 테이니끼니 차라리 칵 그냥….”

그때 안방에서 마님의 자지러지는 비명이 들려왔다. 시어머니의 비명에 하얗게 질린 새댁은 서출의 등 뒤에 몸을 숨겼다. 날마다 때려 부수는 시아버지의 광기(狂氣)는 새댁의 여린 마음으로는 힘겨웠다. 그렇다고 그걸 낱낱이 남편에게 고할 수도 없었다.

“와 저러네? 먼 일루 양반이 턴한 것들터럼 데렇게 소릴 디루구 그러네.”

“아바지레 발작을 하시문 쇠사슬루 묶어두 소용없답네다. 힘센 곽서방이랑 머슴들이 모두 의주루 짐을 싣고 가버렸으니끼니 이를 어카디요. 당신이 날레 아낙으루 들어가 보시라요. 오마니 혼자서는 위험합네다.”

서출은 오만상을 찌푸리고 한참 머무적대다가 아내의 지청구를 들어가며 안채로 향했다. 어머니의 비명이 연달아 날카롭게 터져 나오는 방문을 열어젖혔다. 박진사의 광기어린 눈이 서출과 마주치는 순간 바람처럼 몸을 날려 덤벼들었다. 병들어 말라빠진 몸 어느 구석에서 그런 힘이 나는지 그건 솟구치는 괴력에 가까웠다. 박진사는 서출을 마당에 내던진 뒤 맨발로 훌훌 대문을 벗어났다. 뼈만 앙상한 몸에 귓불까지 풀어 헤친 머리를 나풀거리며 망아지처럼 대문 밖으로 치달은 박진사는 하늘을 향해 주먹질을 하면서 괴성을 내질렀다.

“보보보봉… 수! 봉수야! 너너너 이 넘….”

어찌나 빨리 달리는지 서출이 뒤를 쫓았으나 어느새 바람처럼 시야에서 사라져버렸다. 뒤쫓아 나온 마님이 뻐근하게 아파오는 가슴을 두 손으로 움켜쥐고는 입술을 깨물었다. 울음을 억지로 참느라고 얼굴 근육이 씰룩거렸다.

"이 집안이 내 대에 와서 망해버렸구나. 저 사람이 저렇게 될 줄 누레 짐작이나 했갔네. 박씨 집안은 이제 망해버렸어. 아이쿠! 저승에 가문 조상님들게 뭐라 말하디. 저승에 계신 오마니레 날 만나문 그냥 두디 않을 거라구."

시어머니 옆에 선 새댁이 삐질삐질 울음을 터뜨렸다. 동네 사람들이 하나둘 꼬여들기 시작하자 서출이 어머니와 아내를 대문 안으로 밀어 넣었다.

"네 아바지레 곧 들어올테이니끼니 문을 잠그디 마라. 불쌍한 사람 같으니라구. 그까짓 머슴에게 당하구 저 꼴이 되다니. 봉수란 녀석을 잡기만 하문…."

어머니의 넋두리를 뒤로 하고 서출이 의관을 차려입고 댓돌 위에 놓인 신을 신자 새댁이 울상을 지으며 막아섰다.

"내레 바쁘다니까. 장대재예배당에 가야한다구. 되선 님들이 게 모여서 독립운동을 한다구 가보라는 명령을 받구 집에 잠깐 들렀더니 이 꼴이라. 사내가 밖에 나가 일하려문 집안이 편안해야디. 참 나두 박복하다구. 아바지레 저 꼴이구 형들은 벵신들이구 재산이 있나 뭐가 있어. 퉤퉤…."

마님은 대청에 장승처럼 서서 하염없이 대문 쪽에 눈길을 던졌다. 여자들만 남은 집을 뒤로 하고 서출은 장댓재에 우뚝 솟아 평양시내를 내려다보고 있는 장대현예배당으로 향했다. 솜저고리에 솜두루마기를 입었건만 한겨울의 찬바람이 겨드랑이로 파고들어 어깨를 움츠렸다. 정월 초라 사위는 눈으로 덮여서 하얗고 하늘은 잿빛이었다. 날이 저물면서 음침한 빛을 머금은 하늘에서 하늘하늘 눈발이 날렸다. 이런 날은 주막에 퍼질러 앉아 마음 맞는 친구들과 막걸리를 거나하게 걸치며 가락이나 뽑으면 딱 좋은 그런 날씨였다. 예배당에 당도하니 안의 열기가 후끈하게 바깥까지 전해졌다. 무어라고 야단을 하는지 안에서 왁자그르르 떠드는 소리가 요란하게 들려왔다. 서출은 조용히 뒷문으로 들어가 사람들 틈에 끼여 앉았다. 마룻바닥에 발 들여놓을 틈 없이 빽빽하게 들어앉은 남자들로 인해 예배당 안은 사람의 바다였다. 무엇인가 형용할 수 없이 묵직한 것에 찍어 눌려있는 듯한 분위기였다. 강단에는 선교사들이 죽 앉아있고 길선주 장로가 설교를 하고 있었다.

"우리는 슬픈 지경에 처해 있습네다. 나라를 빼앗기고 상심한 마음을 달랠 길이 없어서 길 잃은 양처럼 모두 방황하고 있습네다…."

서출은 얼씨구! 이것 봐라. 큰 고기를 낚았구나 하면서 주먹을 힘 있게 쥐었다. 그다음 어떤 말이 나올지 저 놈을 잡아갈 올가미를 씌울 참이었다.

"우리가 일본을 미워하는 마음을 회개해야 합네다. 우리는 예수를 구주로 믿으면서도 죄에 대한 뉘우침이 없습네다. 오! 주여! 우리의 심령에 빛을 비추사 죄를 보게 하여 주시옵소서. 우리 마음을 책망하사 하나님의 진노하심을 두려워하게 하소서. 각 마음을 떨리게 하사 죄를 심히 애통하게 하시고 우리 마음을 누르사 죄를 항복하게 하소서. 우리 마음을 찌르사 가슴이 터지는 것 같게 하시고 마음의 눈을 밝히사 십자가에 달리신 구주를 능히 바라보게 하소서. 이 민족을 불쌍하게 여기시고 성신님을 우리에게 보내주소서….”

강단에 선 길장로의 설교를 들으면서 서출은 스멀스멀 눈이 감겼다. 반일 감정을 잔뜩 고취해서 의병을 일으킬 기미는 전혀 보이지 않고 분위기가 이상하게 흘러가고 있으니 싱겁기 짝이 없었다.

서출의 옆에 앉은 남자가 가슴을 쥐어뜯으며 신음했다. 서출은 졸린 눈으로 그를 흘겨보았다. 급체라도 해서 숨이 막힌 듯 얼굴이 파랗게 질려 끼룩거리던 남자는 사람들 틈을 비집고 강단으로 기어 올라가더니 선교사의 발을 두 손으로 껴안고 격렬하게 흐느꼈다. 서출은 너무나 기이한 남자의 행동에 호기심이 발동해서 고개를 길게 뽑았다. 예배당 안에 앉은 사람들은 모두 숨소리조차 죽이고 강단을 지켜보았다.

“내레 당신의 음식을 장만하는 주방장으로 시장을 보러갈 적마다 매번 조금씩 떼어 먹었습니다. 물건을 살 때마다 단 한 번도 솔직하게 보고하지 않구 조금씩 엿을 떼듯 슬쩍했습네다. 내레 주인을 속인 나쁜 넘입네다. 지금 개지구 있는 집은 그런 식으로 속여서 장만한 것이외다. 내일 당장 이 집을 팔아서 변상하갔습네다. 어엉엉… 솔직하게 숨긴 죄를 고하니 맴이 이렇게 편안한 걸… 진작 말할 걸… 아닐누여(할렐루야)! 쥬 찬송! 어어엉엉….”

청중은 그의 자백을 듣고 박수를 치며 모두 할렐루야를 외쳐댔다. 서출은 사람들의 이상한 짓거리를 도저히 이해할 수가 없었다.

‘바보같으니라구. 약육강식의 시대에 살문서 먹은 것까지 토해내는 병신이 있나. 예수를 믿으문 저렇게 미련해지는 것일까. 저 놈을 기억해 두었다가 잡아야갔군. 죄를 지은 놈은 감옥에 가는 것이 당연한 것이 아닌가. 아하! 예배당은 나쁜 짓을 한 놈들이 집단적으로 모인 곳이구나!'

서출의 앞 자라에 앉았던 몸집이 큰 남자가 벌떡 일어서더니 곧 죽을 사람처럼 몸을 떨다가 회중을 향해 입을 열었다. 처음에는 무슨 소린지 잘 알아들을 수 없었으나 이내 말소리가 또렷해졌다.

"내레 병든 아내와 배고파 우는 자식들을 보다 못해 도둑질을 한 사람입네다. 요 며칠 전에는 저기 강단에 서계신 장로님댁 담을 넘어 들어가 놋수저와 놋대야를 훔쳐 내온 놈입네다. 한 달 전에는 시장에서 은비녀를 훔쳐 팔기도 했구요. 내레 당장 자수를 하갔수다레. 옥살이를 하고 나서 깨끗한 마음으루 예배당에 다시 나올 것입네다."

먹지를 못해 얼굴이 까칠하고 비쩍 마른 사내는 눈물로 범벅이 된 얼굴을 천장을 향해 번쩍 치켜들고 '오오! 주여! 이 놈을 용서해 주소서!' 라고 외치며 사람들 사이를 비집고 밖으로 달려 나갔다.

자정이 넘었건만 한 사람도 일어설 기미가 보이지 않았다. 난로불이 꺼지자 밤공기가 차갑게 예배당 안으로 밀려 들어왔다. 그래도 모두 꼼짝을 않고 울음을 삼키며 머리를 주억거리고 웅얼웅얼 기도에 열중했다.

"새벽기도회에 참석하실 분만 남구 모두 집으로 돌아가시라요."

평양신학교 졸업반에 있는 길선주 장로가 부흥회 전부터 조선에서 처음으로 시작한 새벽기도회가 한창 열기를 더할 때였다. 이때 중간쯤 앉아있던 청년이 벌떡 일어나더니 말을 잇지 못하고 격렬하게 울어댔다. 어찌나 심하게 우는지 곧 쓰러질 것처럼 보였다. 옆에 앉은 사람들이 청년의 몸을 잡아주었고 회중은 그의 말을 들으려고 조용해졌다. 울음이 복받쳐서 말을 잇지 못하는 청년은 머리끝부터 발끝까지 사시나무 떨 듯했다. 숨이 넘어갈 듯이 새파랗게 질렸던 청년이 무어라 외마디 소리를 내질렀다. 도대체 무슨 소리를 하는지 알아들을 수가 없었다. 얼마 지나자 그의 말이 점차로 명백하게 회중들에게 전해졌다.

"…으흑흑… 내레 아내를 사랑하지 않는 놈입네다. 부모님 모시고 농사를 지어가며 고생스럽게 살고 있는 조강지처를 짐승터럼 대한 나쁜 놈입네다. 그뿐인가요. 대물림한 토지를 팔아서 그 돈으루 기생들을 건드리구 연애를 하면서 이 여자 저 여자를 데불구 놀아난 놈입네다. 그것뿐인가요. 공부한다구 거짓말을 하여 학비조로 받아낸 돈을 유흥비로 몽땅 써버리고 아프다구 속이구 돈을 타쓴 놈이디요. 부모를 속인 죽일 놈입네다. 저는 여러분과 하나님 앞에 정말루 냄새나는 더러운 죄인인 걸 자백합네다. 으흐흑, 으흐흑… 이후로는 다시는 이런 죄를 짓지 않을 겁네다. 으흐흑…."

서울 유학생이라는 청년이 자제를 못하고 어찌나 울어대는지 회중들이 따라서 흐느끼기 시작했다. 울음소리가 점점 커지더니 예배당 안은 온통 울음바다가 되었다. 눈물의 바다였다. 더운 바람이 서서히 위에서 아래로 아래로 불어오는 듯했다. 열기를 잔뜩 머금은 구름기둥이 회중을 덮은 듯도 했다.

이런 와중에 서출이 혼자 멀뚱거리며 있자니 겸연쩍고 무료했다. 통곡은 그치지를 않았다. 예서제서 터져 나오는 탄식, 회개, 울음소리는 점점 거세졌다. 마치 거대한 파도가 예배당 안을 휘몰아가지고 멀리 멀리 천국까지 몰고 가는 듯했다. 우는 사람, 기도하는 사람, 찬송 부르는 사람… 예배당은 오직 소리소리만 가득했다.

서출만 맨송한 얼굴, 멀뚱한 눈을 하고 물 위에 떠도는 기름처럼 앉아있었다. 논두렁에 고인 물에서 하늘을 이고 뱅뱅 도는 방게처럼 혼자 겉돌던 서출은 새벽녘에야 장대현교회를 빠져나왔다. 잠을 자지 못한 눈이 뻑뻑했다. 겨울바람이 뼛속까지 파고들었다. 서출은 새벽 찬 바람을 머리를 직숙이어 막으며 걸었다. 그리고 속으로 이렇게 중얼댔다.

'이런 추세로 나간다면 내일 저녁에는 더 많은 놈들이 범죄사실을 털어놓을 것이 뻔하다. 일본 순사들을 몇 명 데리고 와야겠다. 평양의 범인 집단이 한군데 모여서 저희들끼리 있는 줄 알고 바보처럼 자백을 하며 난리를 치는 곳이니 옆에 지켜 서서 다 듣고 일망타진한다면… 참으로 멋진 정보를 가져왔다고 마사오가 얼마나 좋아할까.'

서출은 신바람이 나서 고함이라고 버럭 내지르고 싶었다.

다음날 서출은 순사 여럿을 거느리고 장대현교회에 들어섰다. 어제보다 더 많은 사람들이 운집해서 예배당 안은 두루마기를 벗어야할 정도였다. 모두가 입을 열어서 통성으로 기도하는 바람에 예배당 안은 거대한 소리의 물결이 출렁거렸다. 사복으로 변장한 순사들과 서출은 사람들 틈에 끼여 앉아 장차 터질 범죄의 내용을 기다리며 귀를 곤두 세웠다.

교회의 지도급에 있는 강집사가 강단으로 올라갔다. 모두의 눈이 강씨에게 쏠렸다. 장대현교회의 가장 문젯거리 인물이었기 때문이다. 강집사는 김집사와 사사건건 불화하고 싸워서 교인들의 기도제목이요 시험거리였다.

"내레 김집사를 미워한 사람입네다. 내 눈의 들보는 보디 못하고 김집사의 눈에 있는 티를 본 사람이디요. 제 잘못을 용서해주십시오. 김집사님! 저를 용서해주십시오. 내레 당신을 주의 사랑으루 사랑합네다."

이번에는 모두의 시선이 김집사에게 쏠렸다. 그러자 김집사가 강단으로 뛰어올라가 강집사를 껴안았다. 서로 용서해 달라며 울음을 터뜨리는 바람에 회중은 함께 울기 시작했다. 어제의 울음소리보다 더 커서 예배당 천장이 뻥 뚫릴 것 같았다. 마치 지옥 뚜껑이라도 열어놓은 듯했다.

또 한 사람이 모두의 소리를 누르고 큰 소리로 자신의 죄를 고백했다.

"내레 형제들을 질시했구 특히 방위량 선교사님을 극도로 미워하는 죄를 범한 사람입네다. 을사보호조약으로 우리나라를 생각하문 가슴이 타 죽갔는데 남의 집 불 구경하듯 교회는 나라 일을 의논하는 집이 아니라구 저를 야단테서 화가 티밀었디요. 얼마나 그 선교사를 미워했는디 나중에는…."

선교사를 미워한 사람은 보기에도 비참할 정도로 마룻바닥에 머리를 짓이겨가며 울어댔다. 그의 입에서 터져 나오는 소리는 번민을 참지 못해 내지르는 단말마의 비명이었다. 회중의 울음소리가 드높아지자 강단에 앉아있던 선교사들도 삐질삐질 눈물을 흘렸다.

그때 강단에 선 길장로의 얼굴빛이 노리끼리해지더니 쓰러질 듯 비틀했다. 망치에 뒤통수라도 얻어맞은 듯이 한참 멍청하게 서있던 길장로가 입을 열었다.

"우리가 벌써 열흘째 이렇게 모여 죄를 통회자복하지만 오순절 마가의 다락방에 임했던 것처럼 성신님이 임하지 않는 것은 바로 나 때문이외다. 지금 내 위에서 성령이 강림하지 못하고 슬프게 저를 내려다보고 있습네다. 성령께서 탄식하시는 소리가 제 귀에 들려와서 참을 수레 없습네다."

훌륭한 설교가요, 새벽기도를 시작한 열렬한 기도의 용사요, 모든 사람들로부터 존경을 받고 있는 길장로의 말에 모두 의아해서 머리를 갸웃거렸다. 길장로의 얼굴이 이루 형용할 수 없는 괴로움으로 일그러졌다. 무서운 번민에 사로잡혀 한참 허우적이다가 진땀을 흘려가며 겨우 입을 떼었다.

"내레 하나님 앞에서 지은 부끄러운 죄를 털어놔야 이 자리에 성령이 폭포수처럼 임할 것을 알구 있습네다. 여러분! 내레 아간과 같은 놈이외다."

서출은 내심 쾌재를 불렀다. 일본을 대항해 싸우라고 사람들이 모아준 독립자금을 꿀꺽했다는 자백이 나옴직했기 때문이다.

"이런 죄인이 강단에 서서 하나님의 말씀을 뎐하구 있으니끼니 어케 성령이 임하갔습네까. 더러운 죄인이 강단에 떠억 버티구 서 있으니끼니 어케 하나님이 우리를 축복하시갔습네까. 내레 여기 모인 모든 사람들 중에 제일가는 죄인입네다. 죄인들 중의 괴수입네다."

서출은 길장로의 말에 홍분해서 견딜 수가 없을 지경이었다. 옆에 앉아있는 순사의 가슴을 툭툭 치며 눈을 끔쩍거렸다. 잘 들어보라는 신호였다.

회중은 바다에 가라앉은 배처럼 깊고 깊은 고요 속에 잠겼다.

"일 년 전 절친한 친구가 죽었디요. 임종자리에서 그 친구가 내게 이렇게 말했디요. '길장로! 내레 이제 세상을 떠나게 되었넌데 아내와 자식들이 걱정이요. 그러니끼니 내 살림을 자네가 맡아주게. 집사람은 무능해서 재산을 관리할 능력이 없어서 기래.' 그 친구에게 내레 찰떡터럼 맹세를 했디요. 마음놓구 저 세상으루 가라구요. 으흐흑… 그런데 그런데 말입네다. 그 친구의 재산을 관리하문서 욕심이 발동해서 상당 금액을… 으흐흑… 장로인 내레 이 꼴이니끼니 어케 성령이 임하갔습네까. 이런 죄인이 장로라니 얼매나 성령님이 섭섭하갔습네까. 당장 떼어먹은 돈의 두 배를 친구의 아내에게 돌려주갔수다. 오! 주여! 저를 용서해주십시오."

가장 존경하던 장로의 회개에 모두 꺼이꺼이 목청껏 울어버렸다. 순간 갑자기 무섭게 찍어 누르던 어떤 것이 휘익 치워지는 듯하더니 예배당에 빼꼭히 앉아있던 사람들이 강풍에 쓰러지듯 한쪽으로 우르르 넘어졌다. 강한 회오리바람이 불어치듯 위에서 아래로 아래로 뜨거운 바람이 불어왔다. 마치 구름이 몰려와서 비를 내리는 듯도 하고 괴이한 소리를 동반한 바람소리같기도 했다. 자세히 정신을 차리고 들어보면 깊은 산중을 휘돌아 빠져나오는 거센 바람소리 같기도 했다. 가슴을 치며 울어대는 사람들의 울부짖음은 천국의 굳게 닫힌 문이라도 깨트릴 기세로 쏴아 위로 위로 밀려 올라갔다. 이천 명이 넘는 남자들의 통곡, 눈물, 회개의 소리가, 영(靈)의 소리와 화음을 이루어 천국의 문을 두드리는 듯도 했다.

죄를 자백한 길장로의 얼굴에서 빛이 뿜어 나왔다. 늘 봐오던 그런 얼굴이 아니었다. 지극히 평안하고 거룩했으며 힘과 권위가 넘쳐흐르는 얼굴이었다. 그의 몸에서 섬광이 번쩍이는 듯도 했다.

"오! 하나님! 만일 내레 음부에 자리를 펼지라도 당신은 거기에 계시고 만일 아침 날개로 날아 도망칠지라두 당신은 거기까지 나를 따라오실 것입니다. 여러분! 이런 전지전능하신 하나님 앞에 감춰진 모든 죄를 토해 내십시다. 우리 속에 고인 더러운 것이 몽땅 빠져나와야 거기 성신이 들어갑네다.

길장로는 마치 세례 요한처럼 외쳤다. 무엇인가 개개인의 몸에 다가오는 듯했다. 그때 길장로가 튼튼한 밧줄로 자신의 몸을 칭칭 감아 묶고는 줄 한끝을 옆에 선 사람에게 붙잡으라고 주었다.

"여러분! 보십시오. 내레 이렇게 죄라는 밧줄에 꽁꽁 묶여 있습네다. 저 앞에 계신 윤산온 선교사님께 가야할 터인데 줄에 묶여 갈 수레 없습네다."

길장로는 꽁꽁 묶인 밧줄을 풀고 윤산온 선교사에게 가려고 몸부림을 쳤다. 이 모습을 지켜보던 회중은 모두 침통한 표정을 지었다. 죄의 사슬에 묶여 하나님께 가지 못하는 죄인의 모습이 역력하게 저들 앞에 나타났기 때문이다. 얼마간 몸부림치던 길장로가 밧줄을 풀어내고 떨어져 나와 마주 보고만 있던 윤산온 선교사와 서로 팔을 벌려 힘 있게 껴안았다. 두 사람이 부둥켜안는 순간 회중들은 여직 들어보지 못한 괴성을 지르며 마룻바닥에 넘어지기도 하고 데굴데굴 구르기도 했다. 성령이 각인의 마음속에 들어간 것이다. 강풍에 밀린 풀잎처럼 그들은 일제히 한쪽으로 쓰러졌다. 성령의 술에 취한 사람들은 식음을 전폐하고 통회자복하면서 기절했다. 미친 사람처럼 설치다가 한참 무어라 지껄이고는 다시 똑똑해 지는 사람도 있었다. 어떤 이는 애통함으로 죽었다가 별안간 일어나 기쁨으로 찬송을 부르기도 했다. 서로 붙들고 울면서 기도하는 사람들…. 사람들….

서출이 혼자만 말똥거리면서 그들 속에 끼여 앉아 있었다. 사람들의 기도소리가 왕왕거리며 귀청을 찢었다. 그들은 자기 식구를 위해 울었다. 친구, 먼데 사람, 가까운데 있는 사람, 심지어 원수까지 위해서 기도했다. 갑자기 사람들의 마음이 변해서 바다처럼 넓어지고 사랑이 가득한 것처럼 여겨졌다. 이 모든 현상이 서출을 기분 상하게 했다.

'병신 같은 것들! 모두 집단적으로 미쳐버렸네. 서양 신이 저들을 사로잡아 미치도록 발광하게 만는 거야.'

예배당이 곡성으로 진동하자 구경하러 모여든 사람들로 밖은 물결쳤다. 이런 소란 중에 서출의 귀에 익은 목소리가 잡혔다. 그쪽으로 눈길을 던진 서출은 아악! 터져 나오는 소리를 손바닥으로 막았다. 문한이었다. 숙출의 남편 문한이 어쩌자고 여기 와서 저러고 있는 것일까. 매형이 무슨 말을 하고 있나 들어보려고 서출은 귀를 바짝 곤두세웠다.

"내레 의주 박종만 진사댁에서 절개살이를 하던 사람이외다. 지금은 대동문통 박문점의 주인이구요. 피양 사람들은 저를 돈 잘 버는 재산가, 수완 좋은 기업가, 고아들을 돌보는 착한 사람이라고 칭찬을 합네다. 하디만 내레 오늘이야 사람들과 하나님 앞에 죄인인 것을 알았수다. 박진사네 외동딸 숙출을 아내루 맞은 것두 과분한데 그 사람을 구박하구 마음으루 저주하구….”

문한의 말을 들으려고 통성기도소리가 차츰 조용해졌다.

“아내를 증오하구 날마다 눈을 흘기면서 사람대접을 하디 않구 아내가 무슨 말을 하든 아예 대꾸를 하지 않았디요. 게다가 다른 여자에게 정을 주고 거기서 자식을 둘이나 얻구 맴을 거기에 두고는 으흐흑… 그게 죄인 줄 몰랐습네다. 오늘부터는 본처를 사랑하갔수다. 다른 여인에게서 낳은 두 아들을 본처에게 안겨 주리다. 그리구 으흐흑, 으흐흑… 사랑하디만 어캅네까. 불쌍하디만 그 여자를 바리구 하나님 앞에서 바르게 살랍네다. 으흐흑….”

서출은 무릎을 치며 매형이 좋은 결심을 했다고 속으로 쾌재를 불렀다. 문한의 자백을 듣고 화산이 터지듯 뜨거운 물결이 출렁했다. 남자들이 부끄러움도 모르고 몸부림치는 울음소리로 천장이 내려앉을 것 같았다.

4

“여러분! 4년 전 원산에서 하디 목사가 회개한 이후부터 성신님이 되선 땅에 임해달라구 기도한 것이 오늘 이뤄지고 있습네다. 오오! 감사합네다. 우리가 새벽마다 제단을 쌓고

이 민족을 불쌍히 여겨달라고 기도했더니 하나님께서 긍휼을 베풀어 오순절 다락방에 임했던 놀라운 성령을 우리에게 보내주셨습네다. 오! 주여 감사합네다."

단상에 선 길선주 장로의 외침에 선교사 한 분이 회개의 입을 열었다.

"선교사로 되선 땅에 파송된 제가 백인이라는 우월의식을 가지고 교만했습네다. 되선 사람들을 무식한 민족이라고 무시했습네다. 저들이 먹는 음식이 더럽다고 욕했습네다. 병균이 득실거리는 누추한 집에서 동물터럼 살아간다고 미국에 있는 친구들에게 흉보는 편지를 자주 썼습네다. 저를 용서해 주십시오. 이 민족을 사랑하라고 강권적으로 하나님의 보내심을 받고도 이렇게 교만한 죄를 지은 저를 용서하여 주십시오. 오! 주여! 저를 긍휼히…."

선교사의 회개에 회중은 두 손 들어 화답했다. 저들 머리 위로 섬광이 번쩍이는 듯했다. 이때 행전을 단단히 치고 누추한 옷을 입은 남자가 몸에 들러붙은 거머리라도 떼어내려는 듯 껑충껑충 뛰었다. 사람들을 짓밟으면서 요란하게 몸을 뒤트는 사내를 진정시키려고 길장로가 찬송가를 높이 치켜들었다. 회중들이 지나치게 뜨거워 이성을 잃을 것 같아서였다. 걷잡을 수 없이 뜨거운 열기를 식히려고 길장로가 찬송을 인도했다.

예수의놉흔일홈이 내귀에드러온후로

젼죄악을쇼멸하니 사후뎐당내거실셰

(찬양가, 예수셩교회당간인 1895년 61장)

예배당을 가득 메운 사람들이 모두 입을 벌려 불러대는 찬송 소리는 천상에서 울려오는 천둥소리처럼 우렁찼다. 찬송을 부르면서 어느 정도 냉정을 되찾은 회중을 향해 길장로는 성경을 펴서 읽어주었다.

'여호와는 마음이 상한 자에게 가까이 하시고 중심에 통회하는 자를 구원하시는도다.'

아멘, 아멘! 성경 말씀에 화답하는 소리로 귀가 멍멍했다. 그래도 앉지를 못하고 겅중거리면서 몸을 뒤틀던 사내는 괴로움을 이기지 못하고 신음했다. 구렁이가 몸을 칭칭 감고 있어 견디질 못하는 듯한 몸짓이었다.

"자자! 날레 토해내십시오. 속에 고인 더러운 죄를 모두 토해내고 성령을 받으십시오. 하나님이 주시는 놀라운 평안을 받으십시오."

길장로의 말이 끝나자마자 성령의 역사가 맹렬하게 사내를 강타했다.

"내레 의주에 살던 사람으루 입으루 이루 말할 수 없는 죄를 지었습네다. 박종만 진사댁의 둘째 며느리를 보쌈해 달아난 놈이외다. 그것두 몸이 성한 사람이 아니구 비비꼬이는 벵신 도련님이 얻은 새색시를 첫날밤 훔쳐내 달아났디요. 어어엉… 어엉… 그 뒤 무서워서 산속에 숨어지내던 죄인이외다."

서출이 벌떡 일어났다. 사람들을 마구 밟아가며 그를 향해 돌진했다.

"저 넘을 잡아라. 우리 형수를 훔쳐간 도둑놈이다. 저 넘을 잡아라."

울어가며 죄를 토해내던 남자가 서출을 보고는 놀라서 움찔했다.

"저 님이 바루 백당의 피를 받은 백석이란 님이요. 내레 저 넘을 잡으려구 되선 팔도를 헤매구 다녔넌데 이제야 잡았수다레. 저 넘을 잡으려고 우리 아바지레 토지를 혹께 많이 팔아서 사람들을 사방에 보냈구 포졸들에게도 어마어마에게 많은 돈을 주었더랬넌데… 저 넘이 여기에 있다니. 너 이놈! 잘 만났다. 너 이놈! 행배리 같은 놈아! 이 찢어죽일 놈 같으니라구."

고래고래 고함을 치며 날뛰는 서출을 향해 모든 사람의 시선이 집중되었다. 그때 강단에 서 있던 길장로가 점잖게 달랬다.

"청년! 저렇게 사람들 앞에서 통회자복하니 용서해주어야 합네다. 그래야 자네의 영혼에도 평안이 임할 것이외다."

이렇게 말하는 길선주장로를 향해 서출은 거친 동작으로 주먹질을 했다.

"저런 넘을 용서하라니! 내레 젊음을 몽땅 허비하문서 찾아 헤맸던 넘을 잡았넌데 용서라니. 그런 짓은 못해. 저 넘을 잡아다 갈기갈기 찢어서 돌아가신 클마니(할머니) 무덤 위에 올려놓기 던에는 내레 물러날 줄 알아."

서출의 기세가 너무 거세지자 예서제서 사람들이 외쳤다.

"용서하시오, 용서해. 되선 사람들끼리 서루까락 용서하구 사랑합세다."

그래도 서출은 거센 기세로 백석의 목덜미를 잔뜩 움켜쥐었다.

"이 사람이 바로 독립운동을 하갔다구 산속에 숨었던 의병대장이요. 날레 수갑을 개지구 이리 오시오. 이 넘이 만주벌판에 군관학교를 세운다고…."

서출이 거침없는 일본말로 외쳐대자 사람들 틈에 숨어있던 일경들이 재빠르게 다가와서 백석의 두 손에 수갑을 채웠다.

"여기는 거룩한 성전이외다. 회개하는 성도를 잡아가다니 이럴 수는 없습네다. 이건 하나님을 모독하는 일입네다. 수갑을 당장 풀어내시오."

강단에 앉아있던 선교사들이 우우 일어나고 예배당에 가득 찬 회중들이 모두 일어섰으나 서출은 목에 힘을 주고 수갑을 채운 백석의 등을 밀어가며 사복을 입고 잠입한 일본 순사들과 함께 도도한 걸음걸이로 예배당을 빠져나갔다. 조선말을 잘 알아듣지 못하는 일경이 서출에게 속삭였다.

"박서출! 이 사람이 독립운동을 한다구 했던가?"

"맞습네다. 의병을 일으키느라구 산속에 숨어있었더랬넌데 장대재예배당에 조선 사람들이 구름터럼 모여든다니끼니 독립자금을 모금하려구 숨어들어온 자라구요. 큰 고기를 낚았수다레. 마사오가 혹께 좋아할 거요."

수갑을 채운 채 질질 끌려가는 백석의 눈가에 눈물이 진물처럼 번들거렸다. 일본 순사들에게 둘러싸여 걸어가는 백석의 종아리를 서출이 수없이 발길로 세차게 걷어차면서 욕지거리를 퍼부었다.

"이 행배리 같은 백당 남아! 고렇게 산 속으루만 숨어다닌다구 영원히 잡히디 않을 줄 알았네. 그렇게 무서워서 피해다닐 짓을 와 했어? 이 넘아!"

미움으로 찌그러진 서출의 얼굴을 백석이 한참 바라보다가 조용히 말했다.

"자네두 나터럼 주 예수를 믿게나. 내레 죄를 고백하구 예수를 받아들이니끼니 맴이 참으루 편안하구 기쁨이 한량없구만."

"뭐라구! 나더러 예수를 믿으라구. 이 쥑일 넘 같으니라구. 너를 쥑여 그 뼈를 갈아 마셔두 내 분이 풀리지 않을 게다."

백석은 감옥에 갇히는 몸이 되었다. 문고리가 손에 쩍쩍 달라붙는 밤이건만 백석은 참으로 오랜 만에 평안이 깃든 깊은 잠속에 빠져들었다.

이튿날 날이 새자마자 서출은 부리나케 감방으로 달려갔다.

"보쌈해간 에미네는 어디메 두었네? 그 회넝넌(화냥년)을 당장 잡아서 칵! 그냥 칵! 이렇게…."

미움으로 얼굴이 벌게진 서출이 분을 참지 못해 발을 굴러가며 두 손으로 목을 조이는 시늉을 하자 백석이 착 가라앉은 목소리로 담담하게 말했다.

"달순에게는 암 죄 없어. 모두 내레 함자 한 일이니끼니 그리 알라우요. 보쌈당한 여인이 불쌍한 것이디 무슨 죄가 있다구 잡아가둔단말이요. 내 함자 모든 벌을 달게 받으리다. 그러니끼니 달순은 잊어버리라우요."

지나치게 침착한 백석의 태도에 서출은 열이 나서 펄펄 뛰었다.

"백당은 언제 봐두 구래미(늙은 돼지)터럼 능글맞다니까. 양반집 메니리를 보쌈해 가구두 백당의 피가 흐르니끼니 고런

태평한 얼굴을 할 수 있디."

철거덕철거덕 소리를 내며 칼 찬 일본 순사를 거느리고 마사오가 들어왔다.

"그 놈이 뭐라구 하던가? 의병들의 비밀 거처를 알아냈는가?"

"아직이요. 몇 년간 깊은 산속만 옮겨 다닌 점으루 미루어 곧 알아낼 겁네다. 이 놈을 잡으려구 내레 얼매나 고생을 많이 했다구요. 맨 입으루 다퉈서 도저히 불 것 같지 않으니끼니 무섭게 고문하는 수밖에 없습네다."

"하이! 저 놈의 몸을 달군 인두로 지지고 그래도 불지 않으문 고춧가루 탄 물을 먹여. 그래두 입을 다물면 독방에 두고 음식을 굶겨."

마사오의 명령이 떨어지자 백석은 물기 어린 눈으로 서출을 돌아다보았다. 두려움이 조금도 없이 오히려 잔잔하고 깊은 백석의 눈과 마주치는 순간 서출은 이루 표현할 수 없을 정도로 화가 치밀어 부르르 떨면서 외쳤다.

"저 넘이 의병들이 거처를 불 때꺼정 무섭게 고문을 해. 저 넘을 무자비하게 치기만 하문 중요한 정보를 얻을 수 있을 거라우요."

왜경이 백석의 두 팔을 기둥에 묶고 벌겋게 달군 인두를 코끝에 댔다.

"의병들이 우리 대일본을 대항하문서 모여 있는 곳이 어딘가?"

"나는 모르오. 내레 깊은 산속을 뒤져 약초를 캐 내다팔문서 살고 있는 민초일 뿐 절대루 의병은 아닙네다. 죄를 지었다문…."

"저 넘의 입을 인두루 지져라."

서출의 호령이 떨어진 뒤 곧 살타는 냄새, 귀청을 찢는 신음 소리소리… 그 와중에 순사의 안내를 받으면서 두 여인이 들어왔다. 서출이 고문실까지 찾아든 여인들을 보는 순간 회심(會心)의 미소를 지었다.

"우후후… 이거 재미있게 돼가는군. 겁두 없이 제 발루 기어들어오다니!"

김메례 전도부인과 달순은 혼절해 축 늘어진 백석 앞에 주저앉아버렸다.

"제 남덩(남편)에게는 아무 잘못두 없습네다. 내레 벵신에게 시집간 것이 싫어 도망을 티자구 한 것이디 제 남덩의 잘못이 아닙네다. 날 때려요. 날 때리라우요."

달순이 둘러선 왜경과 서출을 향해 암팡스럽게 덤벼들었다.

"저 에미네를 당장 잡아 묶으렷다. 이 놈과 공모한 년이다."

인두를 들고 혼절한 백석의 배꼽 부위를 찌르고 있던 순사가 달순의 손을 잡아 뒤로 묶기 시작했다. 김메례 전도부인이 달순이를 붙들고 늘어졌다.

"으흠! 이거 일이 재미있게 돼 가는구만. 우리 박씨 가문의 비종이었던 검동이가 제 발루 걸어 들어왔어. 으하하… 클마니레 돌아가시문서 검동이를 잡아 쥑여야 우리 집안이 평안할 거라구 했넌데 검동이 너 참 잘 왔다."

서출이 김메례 전도부인의 손목을 난폭하게 비틀면서 무섭게 부릅뜬 눈으로 노려보았다. 눈가에 흉하게 난 상처가 소름 끼치도록 징그럽게 꿈틀했다. 김메레가 소리 질렀다.

"어케 자네가 이렇게 되었는디 모르갔어. 되선 사람이 일본 사람의 앞장이가 되다니 부끄럽디 않아. 박진사 가문이 요 정도밖에 되지 않았네."

"어허! 내레 별 소리를 다 듣겠네. 모두 대석이, 백석이, 봉수, 검동이를 잡기 위한 수단이야. 내레 아무리 서울과 피양 거리를 헤매구 댕겨두 그 년놈들을 잡을 수레 없었넌데 일본 사람과 손을 잡으니끼니 요렇게 쉽게 잡을 수 있으니끼니 참으로 좋구만 기래."

서출의 눈가에 남은 상처는 삼림 늑대에게 물어뜯긴 이빨 자국이었다. 흉측한 상처에서 눈을 떼지 못하고 김메레는 말없이 눈물만 흘렸다.

"이제야 사태를 짐작한 모양이구만. 백석이랑 검동이를 쥑여서 클마니 무덤 앞에 개져다 놔야 미쳐버린 아바지레 제 정신이 돌아올 거라구."

"아니 박진사님이 미쳤다구?"

"으하하 … 그럼, 그럼. 처절하게 당한 아바지레 제정신이라문 이상한 거디. 내레 이제야 박씨 집안의 엉클어진 실타래를 풀게 되었으니끼니 오늘밤부터는 발을 쭉 뻗구 잘 수 있게 되었구만 기래."

"고럼 백석을 쥑일 참인가?"

"내 손으로 쥑이디 않아두 의병 활동을 한 죄과루 총살을 당할 테이니끼니 내레 손 하나 까닥 않구 웬수를 갚게 되는 기라."

"그럴 수는 없어. 어케 그런 일이… 선교사들이 가만 두디 않을 거야."

"고럼 선교사를 끼고 여기 들어왔구만. 미국 선교사들을 다 죽여버려야해."

서출이 주먹을 불끈 쥐고 이를 부드득 갈았다.

"되선 땅에 와서 우리들을 위해 고생하는 선교사를 죽인다니?"

김메례 전도부인이 강하게 맞섰다.

"으흠, 선교사에게 붙어 부인권서 노릇하문서 생활비를 받아 먹으니끼니 내 말이 아프게 들리갔디. 하지만 알렌이란 선교사는 고종 황제에게 알랑거려 운산(雲山) 금광을 모오스란 미국 자본가에게 넘겨주고는 엄청난 돈을 받아 처먹은 걸 알구나 있어. 지금두 웰즈란 선교사를 평양 병원에 배치하구서 운산에 관한 정보와 연락책을 맡기구 있더라구. 내레 마사오의 명령으로 뒤를 캐보았넌데 모오스란 놈이 평양 병원에 매년 2백50불을 선교비 조로 기부하고 있더군. 치사한 놈들! 내레 운산 광산에 가보구 얼마나 기가 찼는지!"

"좋은 일을 하구 있는 선교사들을 와 뒷조사를 하구 다니는 거디? 고문실에는 백석이 기둥에 묶인 채 축 늘어져 있고 그 곁에 숨을 쉴 수 없이 꽁꽁 묶여있는 달순을 놓고 서출은 너스레를 떨며 희번드르르한 말을 늘어놓았다.

"운산 광산에 되선 사람들이 광부로 고용되었넌데 그 숫자가 3,000명이 넘더라구. 마사오의 명령을 받고 잠입해 들어가 조사해보니끼니 1년간 광부들에게 지불하는 품값이 10만불인데 그게 길쎄 일본인의 반 정도이구 구미인과 비교하문 턱도 없이 적은 돈이더라니까."

"우리터럼 가난한 백성이 광산 일이라두 해서 입에 풀칠을 하니끼니 얼매나 감사한 일이요. 매사에 부덩덕으로 보디 말라우요."

"으흠, 부덩덕이라. 모오스란 넘이 평북의 운산 광산에서 얼매나 챙겨가는 줄이나 알아. 5백만 불이 넘는 돈이더라구. 너무 기가 막혀 말이 나오디 않았어. 5백만 불이 넘는 돈을 해마다 우리 땅에서 캐 가는데 멍텡하게 있는 것이 벵신이디 이런 말을 하는 나를 부덩덕 시각을 개졌다구. 그러니끼니 양대인(洋大人) 사상에 젖어서 거기 붙어 먹구 사는 현대판 종년이 되었잖아."

'현대판 종년이라! 내가 선교사의 종년이라.'

김메레 전도부인은 무엇인가 말하려고 여짓거리다가 입을 다물어버렸다.

"말 못하는 걸 보니끼니 조금 이해가 가는 모양이구만. 선교사 알렌은 운산 금광 채굴권을 미국 자본가에게 알선해주구두 모자라던 차 발전소, 상수도 경인털도 부설권꺼정 자기나라 사람들에게 양도해 주었다 이 말이야."

서출이 입에 거품을 물어가며 떠벌리는 동안 달순은 울어서 벌게진 눈으로 혼절해 기둥에 매달린 백석을 바라보며 고문실 안의 눈치를 살폈다.

"되선을 돕자는 목덕이디 나쁜 뜻은 아닐 거요. 불쌍한 백석이나…."

김메레 전도부인은 백석을 한시라도 빨리 기둥에서 풀어내려고 안달했다.

선교사들의 구린데를 들추는 것이 서출을 으쓱하게 만들

었다. 양인들의 뒤를 미행하며 캐온 정보에 스스로 감격했다. 교회 옆에 나란히 학교를 세워놓고 거들먹대는 자들이 모르는 이면을 알고 있는 자신이 기특할 지경이었다.

"피양 사람들이 혹께 좋아하는 마펫이란 선교사를 알구 있갔디?"

김메례 전도부인은 어서 백석의 손에 묶인 밧줄을 풀어내고 싶어 눈치를 봐가며 그 쪽으로 조촘조촘 다가갔다. 일본 순사들은 저녁을 먹으러 나가버렸고 희미한 전등불 밑에 축 늘어진 백석의 모습은 처절했다. 서출은 자신의 말에 도취되어서 김메례 전도부인의 움직임에 신경을 쓰지 않았다.

"마펫 선교사란 자를 알구 있느냐 묻디 않았네?"

달순이 김메례 전도부인의 움직임을 훔쳐보며 얼른 대답했다.

"알구 말구요. 그 사람은 피양에서 제일 존경받는 선교사님이디요. 이기풍이란 깡패를 회개시켜 신학교에 넣은 사람이구요."

"으흠. 그 자두 나쁜 자식이야. 그래함 리(Graham Lee)란 선교사와 작당을 하구서리 압록강 변에 서 있는 수 백 년 된 아름드리나무를 3천 그루나 벌목해서 팔아먹었단 말이야. 도둑놈들 같으니라구. 그뿐인 줄 알아. 서울의 어떤 선교사는 자기 집을 호텔루 내놓았다더군. 돈을 버느라구 덩신이 없는 거디. 원산의 어떤 선교사는 진짜루 괴짜야. 돈을 벌려구 과수원꺼정 경영하구 있어."

입에 거품을 물어가며 떠들어대는 서출의 말을 귓가로 흘리며 김메례 전도부인은 백석을 찬 마룻바닥에 뉘여 놓고 인

공호흡을 했다. 그 옆에서 서출은 그간 마사오가 시켜서 캐내온 정보를 늘어놓았다.

"원산에서 농장을 경영하는 선교사는 웃기는 사람이야. 그가 재배한 호박은 세숫대야보다 더 커서 두 사람이 들어 지게에 올려놓더군. 또 옥수수는 어떻구. 제일 큰 놈은 알이 26줄이나 박혔더라구."

김메례 전도부인은 광혜원에서 배운 간호기술로 열심히 백석을 응급처치해가며 서출의 비위를 거스르지 않으려고 부드럽게 대꾸를 했다.

"서양의 농업 기술을 날레 배와서 우리두 그렇게 큰 것을 키워야 하디."

"무슨 소릴 하는 게야. 저들은 되선 인구의 거개가 농사를 지으니끼니 농사꾼들의 혼을 빼가려구 그런 짓을 하는 거라구."

"그분이 키워낸 사과는 기막히게 맛이 있구 좋디요. 블라디보스토크에 내다 팔아서 돈을 혹께 많이 벌어들인다는 소문이 자자하던데…."

백석은 정신이 돌아와 눈을 뜨자 곁에 묶여서 마음을 졸이고 있던 달순이 우와! 울음을 터뜨렸다. 서출의 눈에 다시 증오가 번쩍 치솟아 올랐다.

"죽디 않구 살아나는군. 짐승을 잡는 백당이라 목숨이 잡초터럼 질기구만. 네 아바지 말로는 백당은 우리 되선민족이 아닌 북방 떠돌이 유목민 후손이라고 했어. 그러니끼니 눈썹이 짙고 검은 피부에다 옴팍 들어간 눈하며 엷은 빛의 눈동자랑 터부룩한 수염에 키는 얼매나 크냐고. 그런 피라 강해서 고문을 더 당하구 죽으려구 살아나는 거갔디. 내레 죽을 때꺼정 들볶을 거라우요."

서출의 이죽거림에 김메례 전도부인이 더 이상 참지 못하고 새하얗게 질린 얼굴로 소리를 질렀다.

"어케 같은 핏줄을 타고난 네 동생을 죽일 수레 있어."

전혀 예기치 않았던 말에 서출은 고문실이 떠나갈 정도로 웃어재꼈다.

"으하하. 급하니끼니 별 말이 다 나오는구만. 어케 백당 백석이 나랑 같은 핏줄이라구 그래. 디나가던 가이도 웃을 일이네. 이 에미네두 잡아넣을 거라구. 부인권서가 되어 산촌을 돌아다니문서 독립군에게 정보를 주었디?"

"서출이 잘 들어라. 너는 박진사와 나 사이에 태어난 내 아들이다. 백석은 이 백정과 나 사이에서 태어났으니끼니 너희들 두 사람은 형제간이야."

순간 서출의 얼굴이 무서울 정도로 일그러졌다. 심장이라도 멎은 듯 한참동안 멍청히 서 있던 서출이 갑자기 발작하듯 악을 쓰기 시작했다.

"내레 박종만 진사의 아들이야! 내 오마니는 검동이가 아니야. 절대로 아니야. 내레 더러운 비녀의 피를 받구 태어나질 않았어. 절대로 그렇디 않아. 내레 자랑스러운 양반 가문의 핏줄을 타고난 박진사네 덕손(嫡孫)이야."

서출의 눈이 벌겋게 물들었다. 핏기가 오른 뺨과 얼굴은 귀까지 봉숭아 꽃빛이 되었다. 귓불에 매달린 팥알만 한 점은 김메례 전도부인이 어둑새벽 서출을 낳고 언뜻 보았던 바로 그 점이었다.

"그런 거지뿌리 말을 다시 꺼내문 가만 놔두지 않아. 고런 말을 사람들 앞에서 하문 혀를 뽑아낸 뒤 죽여서 클마니 무덤 앞에 갖다 놓을 거라구."

서출은 비틀거리며 집으로 향했다. 아아! 그래서 할머니는 검동이를 잡아 죽여야 한다고 절규했었구나. 혼란스러움이 분노로 변해 손에 잡히는 모든 걸 때려 부수고 싶었다. 마구 뒹굴면서 악을 쓰고 싶었다. 꼬박 뜬 눈으로 밤을 지새운 아침에 서출은 마님 앞에 꿇어앉아 흐느꼈다.

"먼 일루 내 앞에서 이렇게 우는 거네?"

"오마니! 오마니! 으흐흑, 으흐흑…."

서출은 몸부림치며 얼마간 울다가 다시 입을 열었다.

"오마니! 이상한 소리를 밖에서 들었습네다. 너무 놀라운 일이라서."

"요즘 세상이 너무 변해서 하루 밤 자구 깨문 이상한 소리뿐이디. 사내대장부가 그까짓 일루 뭘 그렇게 속을 끓이느냐."

마님의 느긋함에 비해 서출은 애가 타는 얼굴이었다.

돌담에 소복이 쌓인 눈이 아침 햇살을 받고 강렬한 빛을 뿜어냈다. 사람들의 발에 밟혀 질퍼덕거리는 고샅길을 걸으면서 서출은 속으로 중얼거렸다.

'내레 검동이 같은 비녀의 자식일 리가 없다. 박진사의 유일하고 온전한 아들이 나약하게 상것들의 한 마디에 쉽게 무너져내린다문 사내대장부가 아니디. 따지구 보문 위로 두 형이 벵신들이니끼니 내레 이 집안의 당손(長孫)이나 마찬가지가 아닌가. 검동이와 달순이, 두 에미네를 항께 잡아놓구 달군 인두로 혀를 지져버린다문… 이히히… 말을 못하게 맹글

어야디 다시는 내레 검동이의 아들이란 말을 하지 못하게 말이디. 이히히…'

검동이와 달순을 벙어리로 만들리라 결심한 서출이 돌담을 끼고 돌아서는 순간 바로 앞에 걸어가고 있는 곽서방과 검동이가 눈에 들어왔다.

"아니 저것들이 이제는 작당을 하고 내 집 주위를 알짱거리구 있구만. 게 섰거라. 예가 어디메라구 예꺼정 왔네. 너 검동이 게 서라."

두 사람은 서출의 고함에 뒤를 돌아다보았다. 곽서방이 검동이를 보고 어이 가라고 손짓을 하면서 서출에게 다가왔다.

"도련님! 도련님! 내 말을 들어보시라요. 검동이를 그냥 보냅시다요."

"으흥! 예가 어디메라구 겁두없이 어슬렁거리구 있어. 클마니레 살아계셨다문 검동이를 그 자리에서 칵 죽여버렸을 터인데… 달아난 비녀가 감히 여길 와서 어커자는 거야."

김메레 전도부인이 이런 서출을 한참 노려보다가 대꾸를 않고 대문 쪽을 향해 걸었다. 곽서방이 김메레 전도부인의 팔을 우악스럽게 잡아챘다.

"어커자구 이러네? 제발 내 말대루 여길 날레 떠나라니까."

"그럴 수 없수다래. 내레 박진사와 마님을 만나갔수다."

"어칼려구 그분들을 만나려구 기래?"

"할 말이 있수다. 내레 그분들에게 꼭 할 말이 있수다레."

서출이 기가 찬다는 표정으로 김메레 전도부인의 앞을 막아섰다.

"넌 박씨 가문의 종년이 아니었더냐. 어케 이렇게 뻔뻔하게 나대는 거네. 얼굴에 철판을 깔았나. 어카자구 우리 집안에 발을 디밀갔다구 기래."

"솔직해 말해보라우. 달순이꺼정 잡아 가둔 이유가 뭐디? 그 사람들이 의병이나 독립군이 아니란 걸 서출이 자네가 더 잘 알구 있디."

"기건, 기건… 고문을 더 해야 알 것이야. 산 속에 사는 사람치구 독립군과 접선되디 않은 사람이 어디 있어."

서출의 위아래를 매섭게 흘겨본 뒤 김메례는 묵묵히 대문을 향해 걸었다. 뚜벅뚜벅 밑을 내려다보며 걷고 있는 김메례 전도부인의 머리 위로 바람을 타고 휘날린 눈이 은가루처럼 흩어졌다. 곽서방과 서출은 잠시 어쩔 줄 모르고 멍청히 서 있었다. 김메례 전도부인이 대문을 밀치고 들어가는 것을 보고서야 서출이 달음질해 가서 김메례의 뒷덜미를 거머쥐었다.

"이 에미네가 어칼려구 양반집 대문을 밀치고 들어가려구 기래."

김메례는 서출의 손에 잡혀서 하인청 쪽으로 질질 끌려갔다. 곽서방이 울상을 하고 저들 뒤를 따라붙었다.

"내 손에 죽으려고 이러네. 클마니레 널 꼭 잡아서 �이라구 했넌데 이게 그냥 두니끼니 이렇게 날뛰네. 헛소리나 하구 댕기는 널 가만둘 줄 알아."

서출의 거친 음성과 무례한 행동에도 김메례는 덤덤하게 그의 짓거리에 몸을 내맡겼다. 하인청은 썰렁하게 비어있었다. 인근에 사는 박진사의 친척이 어제 죽어서 모두들 장례를 도우러 가고 없었다. 서출은 김메례 전도부인을 하인청의

부엌으로 잡아끌고 들어가서 부지깽이를 집어 들더니 물 불 가리지 않고 사뭇 때릴 태세였다. 보다 못한 곽서방이 서출의 손에 쥐어진 부지깽이를 빼앗으려고 했다. 심한 몸싸움 끝에 백발의 곽서방이 물러섰다.

"초록이 동생이라더니 너 와 그러네. 같은 종놈 터디라 그러네."

화가 치민 서출이 부지깽이로 곽서방의 등을 세차게 때렸다. 곽서방이 아쿠쿠! 신음하며 부엌 바닥에 나동그라지자 김메례의 눈에 빛이 번쩍했다.

"너 이놈! 네가 양반 집 핏줄로 태어났다디만 이런 행패가 어디 있네. 아무리 내가 낳은 자식이라두 용서할 수 없다."

"또 헛소리구만. 내레 너같이 턴한 종년의 아들이라니! 우리 오마니에게 물어보았넌데 무슨 소리냐구 펄쩍 뛰셨어. 그런 말 하는 사람을 당장 잡아 쥑이라구. 널 우리 오마니 앞에 대령시켜야 알갔네."

김메례의 얼굴이 서서히 벌겋게 물들었다. 치밀어 오르는 한(恨)을 삼키기라도 하려는 듯 얼굴 근육이 무섭게 씰룩거렸다.

"좋다. 가자. 내레 마님을 만나서 할 말이 있다. 세월이 많이 흘렀디만 내레 이 사실을 널리 알려야겠다. 내레 서출이 오마니라구."

서출이 부지깽이를 내던지고는 곽서방을 향해 입을 열었다.

"곽서방! 자네는 내레 태어나기 던부터 우리 집에 살았디? 고럼 잘 알갔구만. 내레 정말 저 여자, 검동이란 여자의 몸에서 태어났네?"

주름투성이 곽서방의 얼굴이 고통으로 일그러졌다.

"이 자리에서 어케 백구야 하갔습네까. 저 분이 도련님의 생모이십네다."

"아니야. 거지뿌리 하지 말라구. 내레 종년의 몸에서 태어나지 않았어."

서출이 몸부림치며 마구 머리칼을 잡아 뜯었다.

"도련님을 낳자마자 노마님이 검동이를 부대에 넣어서 압록강 물에 던져버린 걸 근처를 지나가던 이 백정과 대석이 건져내서 살렸수다레. 그러니끼니 어카갔습네까. 이 백정하고 살문서 거기서 백석이가 태어났디요."

"요것들이 짜구서 날 죽이려고 기래. 난 아니야. 아니야. 아니라구."

서출은 검댕이로 얼룩진 부엌의 흙벽에 머리와 얼굴을 짓이기며 울부짖었다. 주먹으로 나무기둥을 어찌나 세차게 때리는지 옹이에 스친 손등 마디마디에서 피가 흘러나왔다. 만주벌판을 지나 압록강을 건너온 북풍이 아궁이까지 파고들어가서 재를 부엌 안에 뿌옇게 흩뿌렸다.

"내레 비녀의 피를 받은 적 없어. 내레 박진사의 덕자(子)라구."

서출은 늑대의 잇자국이 선명하게 남은 얼굴을 치켜들고 비참할 정도로 흐느끼다가 갑자기 무슨 생각이 들었는지 울음을 뚝 그쳤다.

'아아! 그래서 클마니레 검동이를 반드시 잡아 죽이라구 했구나. 죽여야디. 아암! 검동이를 죽여버려야디 내레 박진

사의 덕손으로 남을 수레 있다.'

냉정을 되찾은 서출은 김메례 전도부인을 바라보지 않고 돌아서서,

"여기를 떠나 영원히 내 앞에 나타나지 말라우요. 고럼 내레 백석이와 달순을 풀어주디. 그 대신 그들을 데불고 피양을 영원히 떠난다구 약속해."

갑작스러운 제안에 김메례는 한참 눈을 감고 무엇인가를 생각하다가 서출의 얼굴을 두 손으로 감싸 안았다.

"나두 조건이 있어. 서출이 네가 주 예수를 믿으문 내레 다시는 피양에 나타나지 않갔어. 그라느문 예수를 믿을 때꺼정 자네 앞에 수없이 나타날 작덩이야."

"백석이랑 달순을 놓아줄 테이니끼니 데불구 날레 피양을 떠나라니까. 고집을 부리문 모두 함께 죽여버릴 거라우요. 내 말 알아들었어."

곽서방이 어이 떠나라고 김메례에게 애걸했다. 애틋한 눈으로 얼마간 서출을 바라보던 김메례 전도부인이 하인청을 힘없이 걸어 나갔다. 상갓집에서 돌아온 하인들의 두런거림을 듣고는 서출은 하인청을 나서며 좀 전의 당당함을 되찾았다. 자라처럼 기어들어간 목을 길게 뽑고는 얼굴에 앙괭이를 그린 것도 모르고 거드름을 부렸다.

"곽서방은 무얼 그렇게 꾸물거려. 날레 아낙으로 들어가라우."

햇살을 가르면서 찬바람이 쌩하게 불어치는 고샅길로 김메례 전도부인은 비틀거리며 사라졌다.

5

평양에 불어온 성령의 바람은 처음에 남자들에게 임했고 그 다음에는 여자들의 모임에 불더니 연이어 학생들에게까지 미쳤다. 이 바람은 압록강을 건너 만주땅에까지 휘몰아치면서 조선 전역을 휩쓸었다.

이 바람에 밀려서 문한은 동미가 살고 있는 감흥리로 향했다. 사랑하는 아들 한호와 한경이가 있는 곳이다. 아아! 어떻게 이 아이들을 동미에게서 앗아간단 말이냐. 또 사랑하는 동미와도 정을 떼어야 한다. 어떻게 이런 일이 일어날 수 있단 말인가. 그러나 장대재예배당에서 그의 마음속에 임한 바람은 그렇게 하라고 명령했다. 그건 감히 어길 수 없는 큰 힘이었다. 문한은 어둠을 타고 하나 둘 켜지는 감흥리 마을 불빛을 바라보며 밭둑에 앉았다. 찬바람은 밤을 더 좋아하는지 기승을 부리며 넓은 벌판을 가로질러 문한의 귓가를 사정없이 휘갈기고 지나갔다. 사랑하는 이들이 사는 감흥리가 어둠에 잠겨서 바다 위에 뜬 큰 배처럼 어둠의 바다에서 출렁거릴 적에 문한은 천천히 일어섰다. 대문을 밀치니 힘없이 열렸다. 아늑한 마당에는 동미의 성경 읽는 소리와 한호와 한경의 웃음소리로 그득했다.

"으흠, 으흠…."

문한의 잔기침에 동미가 뛰어나왔다. 문한은 머리를 직수그리고 입을 꾹 다문 채 안방으로 들어갔다. 윗목에 펴놓은 병풍의 시편 23편 글씨 중 위에서 아래로 내려 그은 획들마다 힘이 철철 넘쳐흘렀다. 아랫목 구석에 놓인 과반(果盤)에 눈이 멋었다. 반면과 다리 밑 부분을 자개로 시문하고 다리는 모란을 투각한 과반 위에 복(福)자와 수(壽)자를 석 줄로 섞어 놓은 청화백자(青華白瓷) 화병이 놓여 있다. 안방 아랫목 구석에 자리 잡은 서가에는「라병론」「묘축문답」「텬로력뎡」「성교촬리」「인가귀도」 같은 책들이 잘 정돈되어 꽂혀 있었다.

"당신이 나를 강제로 장대재예배당에 보낸 것이 원망스럽소. 내레 가디 않겠다구 했넌데 당신이 고집을 부렷디. 거기 가디 말았어야 하는 것인데…."

동미는 남편 문한의 입에서 무슨 말이 나오려나 해서 뜨악한 표정을 지었다. 몸종 수덕이 청화백자 접시에 밤과 잣을 담고 수정과를 차린 소반을 들여놓았다. 동미는 알밤 껍질을 까며 다소곳하게 남편의 말을 기다렸다.

"우리 어카디? 이를 어카냔 말이야."

"아매두 큰 은혜를 받은 모양이구만요. 목요일 밤부터 열린 장대재예배당 녀자들 부흥집회는 토요일 밤에 림한 성령으루 온통 울음 바다였답네다."

"고럼 당신두 성령을 받았갔디? 나터럼 당신두…."

머리를 푹 숙이고 있는 동미의 손을 문한이 덥석 잡았다.

"내 맴을 벌써 알구 있었디? 아아! 어쩌다가 우리 사이가 이렇게 되었디. 내레 정말루 사랑하구 항께 있구 싶은 사람은 바로 당신인데 이를 어카디."

동미의 눈에서 떨어지는 눈물이 문한의 손등에 후드득 떨어졌다. 뜨거운 눈물이었다. 문한의 눈에서도 굵은 눈물이 흘러내려 두 사람이 꼭 맞잡은 손등이 흥건하게 젖었다.

"성령님이 당신에게 명한대로 하세요. 내레 당신이 성령을 받아 주 예수를 믿게 된 것을 일생의 기쁨으로 삼갔습네다."

"아아! 이를 어카디. 나란 놈을 원망하며 일생 함자 살아갈 당신을 생각하문 내 마음이 산산조각날 것 같아. 당신 말을 어기구 장대재예배당에 가디 않았다문 당신과 헤어디는 일은 없었으련만 이를 어카디. 으흐흑…."

"한호와 한경이두 당신을 따라가야 하나요?"

문한이 미안한 표정을 감추지 못하고 가만히 머리를 끄덕였다. 동미는 머릴 외로 꼬고 흐르는 눈물을 보이지 않으려고 애를 썼다.

"가야디요. 아이들이 여기 있으문 당신의 맴이 어케 나를 떠나갔어요. 주님이 당신에게 명령하신대로 하세요. 그래야 당신의 영혼에 평안이 림할 것이외다. 우리 냉중 하늘나라에서 만나 꼭 붙어 있으문 되잖아요."

억제했던 울음이 복받쳐서 동미는 문한의 가슴에 얼굴을 묻으며 통곡했다. 문한은 동미를 가슴에 꼭 껴안고는 부드럽게 등을 토닥거리면서 이빨 사이로 새어나오는 울음을 참느라고 목젖이 꿈틀거렸다.

"아이들두 데불구 가시라요. 내레 함자 살아갈 것이외다. 주님이 나와 항께 동행하시니끼니 염려마시구 가시라요. 한 남자가 한 여자를 거느니라구 성경이 일러주었디요. 당신이 본처를 거느리구 사는 것이 하나님을 기쁘게 하는 것이니끼니 어카갔소. 날레 가시라요. 으흐흑, 으흐흑…."

"내레 아이들을 다 데불구 떠나문 당신 어케 살려구 기래."

"삯바느질루 살아가디요. 절대루 돈을 보내디 마시라요.

생활비를 보내문 그것두 하나님의 말씀을 어기는 것이 되구 숙출의 마음을 아프게 하는 것이니까요. 내레 함자 힘으로 살아갈 거외다."

문한은 한참 생각에 빠져 있다가 무릎을 쳤다.

"김기호란 사람이 양말을 짠다는 소문을 들었갔디? 계리(鷄里)에 가내 공당을 차리구는 짭짤한 이득을 보구 있다넌데 당신 그런 일 보문 어떨까."

밖에서 두 사람의 대화를 엿듣고 있던 수덕이 울음을 터뜨렸다. 점점 거세지는 수덕의 울음소리를 견디지 못한 동미가 문을 열고 나갔다.

"수덕아! 제발 조용히 하디 못할까. 저쪽 방에 있는 아이들이 들으문 어카려구 이러네. 날레 부엌으로 가서 시원한 식혜나 두 그릇 개져 오너라."

수덕이 훌쩍거리면서 짚신을 발가락에 꿰신고 댓돌을 내려섰다.

"하시던 말씀을 계속해보시라요. 양말이라니요?"

"중국에선 양말을 막대소(莫大小)라고 한다오. 어른, 아이, 양반, 상민 누구나 신을 수 있기 때문이요. 탄력이 있어 모두에게 들어맞는 버선 같은 것이디. 장차 양말 공당이 면사 면포업을 앞디를 것이 확실해. 지금은 한덩된 수요에 주문생산하구 있디만 당신이 몇 년간 판로를 튼다문 상당할 거요. 소규모 가내공업이니끼니 수덕이와 항께 동네 녀자들 두어 명을 데불구 해보디."

"양말 짜는 기계가 배틀 같은 것일까요?"

"면사 면포업을 하는 사람들이 눈독을 들이고 있어서 나두 두어 번 양말 기계를 본 적이 있었디. 소자본으루 기계만 두어 대 장만하문 양말을 짜는데는 특수한 기술이 필요티 않을 것이오. 머리가 둔한 사람 두 수일간만 수련 받으문 기계조작을 할 수 있는 극히 쉬운 일이더라구. 양말 공업은 노동을 필요로 하는 것이니끼니 제품가격은 노동력으로 결정되는 것이디. 당신이 노력한다문 그만한 보상을 받을 수 있을 것이오. 특히 농한기에 저렴한 임금으루 염가의 양말을 생산한다문 장차 당신이 피양의 양말 공당을 잡을 수 있을 것이오. 아아! 이런 생각은 여기 올 적에는 전혀 하디 못했넌데 성신님께서 이 생각을 내 머리에 넣어주신 것이오. 아닐누여(할렐루야)!"

"삯바느질보다 나을까요?"

"고럼, 고럼."

"앞으로 사람들이 모두 양말을 신을 것이오. 편리하니까. 버선보다 얼매나 편하구 좋은 것인디 당신은 상상도 못할 것이오. 일본 사람들이 신고 댕기는 고무신도 양말과 항께 되선을 뒤덮을 날이 올테이니끼니 당신이 먼저 양말기업에 뛰어들어요. 양말 기계를 두 대 일본에서 사다줄 테이니끼니."

"양말을 짠 뒤에 기걸 어캐 파는디 모르갔는디."

"장대재예배당 교인들에게 팔문 될 것이오. 예배당에 나가는 사람들이 신문화의 첨단을 걷고 있으니끼니 그 사람들이 모두 신은 다음에 일반 서민들이 흉내를 낼 것이야. 그리고 부인권서 일을 하문서 팔수도 있디."

두 사람은 마지막 밤을 머리를 맞대고 앉아서 장차 문을 열게 될 동미의 양말공장 계획을 세웠다. 동미와 문한의 마지막 밤은 너무나 짧았다.

"여보! 한 가지 소원이 있어요. 한호와 한경이에게 어미의 수치를 누누이 설명할 자신이 없어요. 그러니끼니 서울로 보냅시다. 배제학당이란 학교는 예수를 모시고 공부를 하는 곳이랍네다. 선교사가 세운 학당인데 거기를 졸업한 사람들이 예수를 잘 믿구 조국을 위해 많은 일을 한다는 이야기를 들었습네다. 서울에 간다문 아이들두 좋아할 거외다."

문한은 동미의 말을 묵묵히 들으며 침묵했다.

"방학에 피양에 와두 감흥리에는 절대루 오디 말라구 내레 단단히 이를 테이니끼니 걱정 마시라요. 우리가 이렇게 만나 사는 것이 죄라는 걸 모르구 그간 평안히 살아왔디만 성경말씀을 통해 이런 생활이 죄라는 걸 안 다음부터 어케 아이들을 가까이 하구 당신을 곁에 두기를 바라갔습네까. 으흐흑, 흐흑…"

문한이 동미의 손을 으스러지게 꼬옥 잡았다. 어쩌면 이렇게 마음이 통할 수가 있단 말인가. 사실 평양에서 감흥리로 오는 길 내내 문한은 두 아들을 배재학당으로 보낼 계획을 세우고 있었다.

"당신의 마음에 흡족하게 아이들을 잘 기르리다. 그러나 이따금 아이들이 여기 당신을 찾아오는 것두 하나님 앞에 죄가 될까?"

동미가 세차게 머리를 흔들었다.

"숙출의 마음을 아프게 하는 것을 하나님이 기뻐하시디 않을 거외다. 내레 다시는 두 아들을 보디 않구 살 자신이 있어요. 당신의 아들이구 숙출의 아들이디 내 아들이 아닙네다.

그게 속죄하는 길이요, 하나님의 말씀을 따르는 길이라 생각합네다. 내레 새벽기도회에 나가 당신과 두 아들을 위해 기도하는 중에 서루까락 기도 중에 만날테이니끼니 하나도 외롭디 않을 것입네다."

수탉이 홰를 치는 소리에 이어 예서제서 닭들이 합창을 하면서 동창은 밝아왔다. 장대재예배당에 불어 닥친 성령의 바람 탓에 두 사람은 영원히 헤어지면서 마지막 포옹을 했다.

"다시는 여기 오시디 마시라요. 내레 당신이 일러준 주소를 들구 일본으로 가서 양말 기계를 구입하구 기술을 배와개지구 와서 크게 성공하리다."

조반을 먹은 뒤에 한호와 한경이를 데리고 문한은 감흥리를 떠났다. 다시는 못 올 집, 다시는 만져볼 수 없는 동미의 손을 눈이 시리도록 바라보며 문한은 할 걸음, 한 걸음 감흥리를 뒤로 했다. 사랑하는 동미를 뒤로 했다. 머리에 휘잉 찬바람이 지나갔다. 가슴으로 휘잉 겨울 바람이 스쳤다.

6

백석과 달순은 김메레 전도부인을 따라 평양을 벗어났다. 왜경이 인두로 마구 쑤셔댄 상처를 감흥리 동미네 집에 여러 날 머물면서 치료했지만 아직도 걸음을 옮길 적마다 신음이 터져 나왔다. 아무래도 걷는 것은 무리였다. 얻어맞아 얼굴에 흉하게 난 상흔은 방갓을 눌러써서 가릴 수 있다지만 인두로 지져댄 종아리와 허벅지는 걸음적마다 쓰리고 당겼다.

"힘들어두 어카갔네. 분명히 서출이 부하들을 피양역 주변에 배치하고 우릴 잡아 죽일 음모를 하구 있을 게다. 날레 그의 시야에서 벗어나야디. 아무래도 사리원꺼정은 기차를 타지 않구 걸어가는 것이 안전하다."

달순이 백석의 어깨 밑에 손을 넣고는 몸을 버티어주었다. 백석이 아내에게 몸을 의지하고도 비틀거리자 김메례 전도부인이 아들의 한쪽 겨드랑이 밑에 팔을 넣어 몸으로 버팀목이 되어주면서 한 발자국씩 힘겨운 걸음을 옮겼다. '혼례식을 올리는 첫날밤 박진사네서 달순을 앗아서 달아난 때부터 여직 단 한 번도 힘이 되어준 적이 없는 달순이 나를 붙잡아주고 있구나.'라는 생각에 이르자 백석은 소스라치게 놀랐다.

"당신, 당신 지금 몸이 아프디 않은 거야? 당신이 지금 당신이 나를…."

달순의 볼이 발그레해졌다. 남편을 안듯이 이끌면서 코에서 뿜어 나오는 숨결이 건강하고 싱그럽기까지 했다.

"내레 이제 모든 병이 다아 나았구만요. 당신이 이만큼 매를 맞아 죗값을 치렀으니까요. 더구나 장대재예배당의 뜨거운 열기로 몸이 갑자기 가뿐해뎄어요. 내 병이 다아 나았다구요. 예수님이 고테주셨디요."

"주님이 당신의 병을 고테주었다구? 아닐누여! 주여! 감사합네다."

백석은 아내 달순에게 몸을 기대고 힘들게 발걸음을 떼는 동안 김메례는 두고 가는 애련이 생각으로 속이 탔다. 평양에 불기 시작한 성령의 바람으로 교회가 폭발적으로 부흥하는 시기라 부인권서가 엄청나게 필요한 때였다. 백석과 달순을 살리려고 일터를 벗어나 서울로 향하면서 김메례는 자꾸 평양 쪽을 바라보았다. 봄 아지랑이가 뒷산 언저리에 어른거리고 봄 열기가 대지 위로 피어오르는 한낮 농부들이 밭둑에 앉아 점심을 들고 있었다.

김메례 전도부인이 저들을 향해 간 사이 백석은 달순과 나란히 길섶에 앉았다. 냉이가 지천으로 밭을 덮었고 꽃다지와 솔구쟁이가 귀여운 얼굴을 내민 한낮, 봄바람을 타고 땅 냄새가 상큼하니 그들의 코를 자극했다.

"하나님의 책을 한 권 사시라요."

김메례 전도부인의 걸걸한 목소리가 봄바람을 타고 들판에 퍼졌다. 복음서를 파는 어머니의 목소리를 들으며 백석은 봄의 새 싹들이 얼굴을 내미는 땅에 누웠다. 깊고 깊은 파란 하늘로 종달새가 높이 날아올랐다.

"여보시! 정말루 서출이 우리를 잡으려구 피양역을 지키구 있을까요."

"오마니레 기차를 타지 않구 이렇게 걸어가는 건 전도하려구 그러는 거디요. 오마닌 쪽복음과 성경을 전부 판 뒤에야 기차를 타실 거라우요. 너무해요. 당신의 몸을 생각두 않구 어케 이럴 수레 있어요."

달순이 전도책자를 들고 옥신각신하는 어머니를 먼빛으로 보며 투덜댔다. 기장쌀밥에 된장을 얹어 입이 미어지게 먹고 있던 농부들이 끈덕지게 물고 늘어지는 전도부인에게 신경질적으로 언성을 높였다.

"제발 우리 펜하게 저리 좀 비키라요. 우리는 글을 읽을 줄 모르는 까막눈이라 하디 않소. 저 앞마을 서당에나 가보라우

요."

김메례 전도부인이 물러서질 않구 물고 늘어졌다.

"그야 글을 아는 사람에게 주어서 읽어달라문 되디요."

"이건 높고 높은 곳에 계신 거룩한 상뎨 하나님이 사람인 우리에게 보낸 편지외다. 개지구 가서 읽어달라구 하시지요. 다른 사람이 읽는 걸 들어두 됩네다. 하디만 딕덥 읽구 싶디 않으세요. 하루 한 시간씩 이 책을 읽으문 글씨가 눈에 환하게 들어옵네다. 이런 좋은 책을 와 싫다구 하십네까. 이걸 사 읽어 보시라요."

"참 귀찮게 구시네. 우리레 돈이 없넌데 어케 책을 사요…."

"그럼 기장쌀 한줌두 없단 말이오. 그것두 없으문 콩 팥 귀리 마늘 달걀 가위나 칼 아무거나 내보시구레. 이런 좋은 책을 거저 줄 수레 없습네다."

결국 김메례 전도부인은 콩 한 사발을 받고 잠언과 마가복음을 농부들에게 주고 만족한 웃음을 삼키며 백석에게 다가왔다.

"오마니! 그런 걸 자꾸 받으문 냉중에 무거워서 어카려구 그러십네까."

"왜놈들이 화폐를 바꿔놔서 돈이 귀한 걸 어카갔네. 이걸 모아서 장날 내다팔문 그게 그거디. 이렇게 무엇인가를 내구 사야 쪽복음을 내버리디 않구 귀하게 간직하구 읽는단다."

중화(中和)와 흑교(黑橋)를 지나 황주에 가까워질수록 김메례 전도부인의 짐은 불어났다. 쪽복음 대신 받은 곡식과 달걀, 무명 등 잡다한 것들로 허리가 휘었건만 아들 내외 앞장을 서서 찬송을 흥얼거리며 지칠 줄 모르는 걸음을 내디뎠다. 저녁 그림자가 길게 드리워진 산허리의 마을까지 가자면 아득히 멀었다. 멀리 밭 가장자리 웅덩이에서 갑자기 무엇인가 후드득거렸다. 뱀일까, 아니면 헤살을 부리는 까투리일까. 모두의 시선이 그리로 꽂혔다. 거동이 자유롭지 못한 백석이 맨 뒤에 처지고 달순이 앞장을 서서 웅덩이로 달려갔다. 며느리 뒤를 김메레 전도부인도 등짐을 내려놓고 따라붙었다.

"무서운 독사일지두 모르니끼니 조심하라우요."

백석이 뒤에 쳐져서 주의를 주었다.

"아이쿠! 사람이 물에 빠졌어요. 날레 건져야디 그냥 두문 죽갔어요."

달순이 발을 동동 구른다. 김메레가 웅덩이로 내려가서 물에 빠져 퍼부덕대는 사내의 두루마기 자락을 잡아당겼다. 달순과 힘을 합해서 김메레는 물에 빠져 허우적이며 푸푸거리는 사내를 물가로 끌어올렸다. 옷이 젖은 사내의 몸은 상상할 수 없을 정도로 무거웠다. 웅덩이 언저리까지 술내가 진동했다. 뭍으로 나오자마자 사내는 혼절해버렸다.

"쯧쯧… 불쌍한 사람. 이렇게 퍼마시고는 물에는 와 들어갔네."

김메레가 사내의 뺨을 두어 대 때리면서 의식을 살려내려 애를 썼다. 백석이 절름거리며 다가와서 사내를 엎어놓고 물을 토하게 한 뒤 침을 꽂았다. 달순과 김메레 전도부인이 열심히 전신을 주물렀다. 해는 뉘엿뉘엿 기울고 봄바람이지만 너무 추워서 진저리를 쳤다. 죽은 듯이 늘어져있던 사내가 꿈틀했다. 눈을 뜨자마자 머리를 만져보더니 깜짝 놀라서 벌떡 일어나 두리번거렸다. 웅덩이 위에 둥둥 떠다니는 갓을 본 순간 그걸 얼른 집어 들고는 둘러선 사람들에게 계면쩍은 웃음을 던졌다.

"술은 마귀요. 갓을 찾으시는 분이 어케 웅덩이에 들어갔소. 귀신이 쥑이려구 웅덩이루 잡아당긴 것이오. 하나님의 사랑이 아니었으문 당신은 벌써 죽었소. 여기 하나님의 말씀을 읽어보고 예수를 믿으시오. 이제 후로는 술을 마시구 술귀신을 따라 웅덩이 속으로 들어가디 마시라요."

김메례 전도부인이 내미는 쪽복음, 잠언을 받아 쥐고는 사내는 미안한 듯 잠시 멈칫거리다가 줄행랑을 쳐버렸다.

"오마니! 저 사람이 냉중에 예수를 믿게 될까요?"

"고럼. 먼 훗날 데 사람이 당로님이나 집사님이 되어서 예배당에 퉁성하는 걸 보게 될 거라우. 하나님께서 주님께 주신 자는 모두 돌아오는 벱이야."

"오마니! 정말 그렇게 믿으세요."

김메례 전도부인이 자신 있게 머리를 끄덕였다.

봄바람이 변덕을 부리며 구름을 몰고 와서 갑자기 후드득 후드득 빗방울이 떨어졌다. 남쪽 하늘에 먹장구름이 시커먼 휘장처럼 밀려오고 있었다. 일행은 비를 피해 주막을 찾아 걸음을 재촉했다. 먹구렁이 빛깔로 변한 구름을 보고 모두가 길가 주막으로 뛰어들었다. 보부상들인 사내들을 피해 달순과 김메례는 구석방을 얻어 들어가버렸다. 하지만 웅덩이에 빠져 죽어가던 사람을 살려낸 흥분으로 마음이 뜨거워진 백석은 그냥 앉아있을 수 없었다. 어머니처럼 백석은 쪽복음을 꺼내들었다. 장대비가 내리꽂히는 동안 무료하게 앉아있던 사람들은 백석에게 시선을 모았다.

'이천년 전 유태국이라는 나라에 여러 가지 벵을 다 능히 고티신 신묘하신 의원 한 분이 있었습네다. 그분이 열두 데자와 항께 각 도읍으루 다니실 때에 절뚝발이와 눈 먼 자와 모든 신벵있는 사람이 다 그 의원에게 와서 옹위하니 그 의원이 모든 벵인을 돌아보시구 고테주시되 이 세상에 예사로운 의원과 같이 약을 쓰디 아니하시구 다만 자기 손으루 벵든 자를 한 번 만지기만 하셔두 무슨 벵이든 곧 나았습네다.'

인간은 누구나 병들어 있는 법, 건강해 보이는 사람도 온전한 것이 아니고 하다못해 조금은 아파하고 있지 아니한가. 그런데 만병을 손으로 만져서 고쳐주는 의원이라니! 구미가 바짝 당긴 사람들은 조용히 귀를 기울였다. 그들 중 독방을 차지하고 있던 백발노인은 멀리 경상도에서 온 권세가의 사람이었다. 그는 백석을 보는 순간부터 인두에라도 덴 듯한 표정을 지었다.

'그 의원이 바로 상데 하나님의 아들이신 예수 그리스도입네다. 하나님의 말씀인 이 책에서 말씀 하시기를 내가 세상을 사랑하는고로 내 외아들을 내려 보내니 누구든지 그를 믿는 자는 멸망치 아니하구 영생을 얻게 하리라 하셨습네다. 그러니끼니 여러 벗님네들! 각기 마음을 살펴 보시라요. 옳은 사람이 한 분두 없고 모두 죄 있는 줄 알게 될 터이니끼니 그 죄를 자복하기만 하문 거룩하시고 성실하신 예수가 우리 죄를 사하여 주시구 우리의 더러운 행실을 씻어 주십네다. 이건 사람의 마음으로 지어낸 말이 아니라 오직 신묘하신 의원이 사람의 죄를 사하여 주시는 행적을 기록한 이 책을 보구 하는 말이니끼니 여러분! 이 책을 한 권씩 사개지구 집에 돌아가서 한 번 읽어보시라요. 놀라운 기쁨과 평안이 여러분들 맴에 임할 것이외다.'

백석은 어머니 김메례 전도부인처럼 쪽복음을 들고 사람들 사이를 비집고 다니면서 팔기 시작했다. 독방의 노인에게도 쪽복음을 내밀자 노인은 홀린 듯이 손을 내밀어 책을 받아들고는 믿기지 않는다는 듯 머리를 갸우뚱거렸다. 양반차림의 노인의 이상하고 기묘한 표정에 보부상들의 관심이 쏠렸다.

"노인장 어른! 무슨 일로 그러십네까?"

"이렇게 될 걸 내가 간밤에 꿈속에서 모두 보았으니 놀랄 수밖에."

"이 분이 상톄의 책을 우리에게 줄 꿈을 꾸었다구요?"

봄비가 산야에 거세게 쏟아지는 소리 때문에 사람들은 귀를 곤두세웠다.

"글쎄 간밤 꿈에 다리를 절면서 얼굴에 흉터를 가진 청년이 주막에 나타나더니 신묘한 의원 행적이라며 좀 전에 들은 말과 똑같은 말을 해주더라고. 꿈속에서는 젊은이가 네게 다가와 이상한 책을 주었으니 어떻게 되나보자 하고 기다렸지. 그런데 꿈처럼 이 사람이 내게 책을 내미니 이거…."

우우! 사람들의 놀라운 감탄사가 좁은 주막 마루와 방안을 뒤흔들었다. 백석도 간밤에 엇비슷한 꿈을 꾸었으므로 신비스럽게 일치하는 사건에 놀라버렸다. 이건 분명히 하나님이 하시는 일이구나. 어머님이 어째서 어깨가 휘도록 쪽복음서 짐을 지고 조선 팔도를 헤매고 다니는지 충분히 이해가 됐다.

"젊은이! 내가 이 책을 사서 읽으리다. 그리구 신묘한 의원인 예수를 믿을 마음이 생겼소. 실은 내 아들이 깊은 병에 들어서 세상 의원은 아무도 고쳐줄 수 없는 지경인데 예수를 믿으면 그분이 내 아들을 고쳐줄까?"

백석은 노인의 손을 힘 있게 잡았다.

"하나님이 주신 꿈입네다. 내가 바루 당신이 꿈에 본 그 사람이오. 하나님이 보내신 성신님이 당신에게 이 책을 주라구 나를 보내신 것이외다."

밤늦도록 보부상과 양반이 함께 어울려 예수라는 의원의 행적을 흥미진지하게 들었다. 백석이 장대재예배당 부흥회에서 들은 것과 어머니 김메례 전도부인을 통해서 또 성경을 읽으면서 알아낸 것들을 사람들에게 전했다.

다음날 씻은 듯이 날씨가 맑았다. 사리원에서 서울행 기차를 탔다. 차창에 스치는 봄날의 풍경을 보면서 김메례 전도부인은 아들 백석에게 말했다.

"내레 저 들판과 험한 산골에서 맹수를 만나가며 몇 천리를 걸었단다! 불신 마을에 들어가문 하룻밤 잘 곳을 주지 않아 고목 밑에서 잠을 자기도 했다. 하루 100여 리를 걸어다니문서 매일 40권이 넘는 복음서를 팔았다. 일 년간 만 명에 가까운 사람들과 대화를 했구 그 수만큼 많은 가정을 방문했을 게야. 수없이 많은 사람들에게 성경을 읽히려구 한글을 가르테주었디. 피양 성령 강림 후에는 복음서가 더 많이 팔리구 많은 사람들이 예배당으로 모여들구 있어. 우리는 다만

씨를 뿌리는 자들이구 하나님께서 전능하신 능력으로 그 씨를 자라게 하셔서 한 권의 복음서가 셀 수 없이 많은 사람들의 영혼을 구원하는 걸 체험하문 너두 놀랄 게다. 너는 한의원이니끼니 형 대석과 의논하여 한의학에 더해 서양의학을 배운 뒤에 나터럼 권서인이 된다문 어떨까?"

기차는 봄바람을 안고 대석이 있는 서울을 향해 힘차게 달렸다.

7

눈으로 산천이 하얗게 물들인 겨울보다 봄바람은 더욱 차갑게 몸속으로 파고 들어와서 대석은 잔뜩 몸을 웅크리고 상동교회 쪽으로 향했다. 대한매일신보 주필 양기탁(梁起鐸) 선생과 상동교회 뒷방에서 만나 의논할 일이 있으니 와보라고 영생이 일주일 전부터 졸라댔기 때문이다.

밖에서 보기에는 누추하지만 대문을 밀치고 들어서니 마당가에 줄지어 서 있는 정원수들이 사랑을 담뿍 받은 아이들처럼 잔손질을 많이 해서 아담하고 귀엽기까지 했다. 정동에서 백만장자라고 소문난 어느 선교사의 정원에 비해 이 정원은 조선 팔도를 덮고 있는 아담한 산들과 닮아있다. 뒷방으로 안내받아 들어서니 발 들여 놓은 틈이 없이 사람들로 가득했다. 모두 목소리를 죽이고 수군대다가 대석을 보고는 입을 다물어버린다.

"아즈바니! 여기요, 이 쪽이라요. 잘 오셨어요."

영생이 문지방 옆에 앉아 있다가 반색하며 대석의 손을 잡아 끌어들였다. 대석은 낯선 분위기에 몸을 도사리며 영생의 손에 잡혀 높은 문지방을 넘었다. 벽 한 면을 매운 서가에는 기독교 서적들이 빽빽하게 꽂혀 있었다.

"이분이 세브란스 외과의사 이대석씨입네다. 아즈바니레 병원 일을 보는 틈틈이 전도책자를 들구 황해도꺼정 돌아댕기문서 전도를 하신답네다. 신학교를 댕기는 저 보담 전도를 더 많이 하시는 분이외다."

영생의 소개에 손뼉을 치는 소리가 요란했다. 대석은 부끄러움을 타는 소년처럼 얼굴을 붉히며 영생의 옆에 앉았다. 잠시 멈추었던 회의가 진행되었다. 영생이 대석의 귀에 입을 바짝 대고 속삭였다.

"저기 수염을 기른 분이 안창호 선생님이시구요. 그 옆에 앉은 분이 양기탁, 그 옆으로 이동녕(李東寧), 이동휘(李東輝), 이갑(李甲), 유동열(柳東說), 그 뒤에 얼굴이 너부죽하게 크신 분이 내레 혹께 존경하는 상동교회 전덕기(全德基) 목사입네다. 그 다음 분은…."

모두 숙연한 표정으로 엄숙하게 앉아있는 사람들의 얼굴을 대석이 찬찬히 훑어보았다. 독립협회를 이끌며 만민공동회 운동에 앞장섰던 낯익은 분들이었다. 얼굴이 벌게진 안창호의 열변이 계속되었다.

"나라를 빼앗긴 지경에 이르러서 늦었지만 아한(我韓)의 부패한 사상과 관습을 혁신하며 국민을 쇄신(刷新)케 하고 쇠퇴한 교육과 산업을 개량하여 사업을 유신(維新)하고 난 뒤에 자각한 국민이 통일 연합하여 유신한 자유문명국을 성립하여야 합니다."

미국에서 귀국한 도산 안창호가 양기탁에게 미주공립협회(美洲公立協會) 이름으로 한창 모금 중인 국채보상금 35원을 전달해서 모두 감동하고 있었다.

"선생님의 말씀은 국권을 회복하여 자유 독립국을 세우고 그 정체(政體)를 공화정체(共和政體)로 하자는 것이지요?"

전덕기 목사의 질문에 안창호는 자신 있게 머리를 끄덕이면서 말했다.

"신정신(新精神)을 완성하여 신 단체를 조직한 후에 신국민(新國民)을 건설하자는 것이오. 이런 목적을 이루자면 전 국민이 실력과 입헌적 국민의 자격을 갖춘 신민(新民)이 되어야 한다, 이 말이오."

영생 옆에 조용히 앉아있던 대석이 머리를 갸웃거리며 질문했다.

"선생님은 어드런 방법으루 신 정신을 완성하실 계획을 개지고 계십네까?"

"신문, 잡지 및 서적을 간행하여 사람들의 지식을 개발하고 정미(精美)한 학교를 건설하여 인재를 양성하고 각처 학교의 교육방침을 철저히 지도하면서 신국(新國)이 되려는 목적을 이루어야 합니다. 게다가 경제가 세계를 지배하는 때이니 사업가에게 권고하여 경영방침까지도 가르쳐야 하지요."

모두의 얼굴에 감동의 물결이 출렁거렸다. 단지 이동휘의 표정이 일그러지며 붉어지더니 벌떡 일어섰다.

"언제 그 짓을 하고 있습니까. 우리는 지체 없이 무력으로 일본을 대항해서 빼앗긴 국권을 찾아야 합니다. 신문, 잡지를 발간해 가며 사람을 가르치고 학교를 세워 인재를 양성할 시간이 없습니다. 내 말이 틀렸소?"

"그 말도 맞는 말이오. 무력투쟁도 해야지요. 서간도에 무관학교(武官學校)를 세워 청년을 양성하여 독립을 얻어야지요. 그러다 일본이 강대국과 전쟁을 일으키면 기회를 틈타 독립전쟁을 해서 국권을 회복하자면 우리의 청년들에게 군인훈련을 시켜 놓아야 합니다. 미주지역에서는 이미 이런 움직임에 동참하는 한인들이 모여서 신민회를 조직했지요."

안창호의 말에 모두 맞는 말이라고 만족한 표정을 짓자 한 사람이 외쳤다.

"우선 총감과 나라를 팔아먹은 매국노 오적(五賊)을 암살해야 합니다."

"예수의 가르침은 그런 몇몇 사람을 죽이라고 하디 않았습니다. 잃어버린 조국을 찾으려문 모든 되선 사람들이 예수를 믿구 예배당을 짓구 학교를 세워 자녀들을 하나님의 자녀루 길러내야 하는 것이 아닐까요."

대석의 발언에 빈정거림이 일어났다.

"단발하고 예수 믿으면 우리도 서양인들처럼 잘 살 수 있단 말이오?"

순간 대석의 얼굴이 새빨개졌다.

"서양 문명의 뿌리가 기독교인고로 서양사람들터럼 잘 살기 위해 예수를 믿는다는 말은 반대요. 개화하고 나라를 구해줄 종교가 기독교란 말에는 이의가 없디만 단순히 쇠퇴한 유교나 불교를 버리구 새로운 정체유신을 세우려는 목적으로 기독교를 택한다는 그런 식의 논조는 싫소. 우리 모두가 성령을 받아 옛 사람을 벗어던지고 새 사람이 된 뒤 너도 나도 참 진리를 동포에게 던해서 되선인 모두가 하나님의 백성이 된다문 그게 진정한 신국(新國)이 되는 것이오. 내 말이 틀렸소?"

대석의 강경한 주장에 모두 입을 열지 못하고 어벙벙해져 버렸다.

"선교사들과 우리가 조직할 결사대의 성격을 의논하면 어떨까요?"

전덕기 목사의 질문을 대석이 바로 받아 넘겼다.

"선교사 하구 의논하다니요? 이등박문하구 감리교 해리스 감독하구 약속한 내용을 듣지 못한 모양이군요. 그들 사이에 이뤄진 암약은 정치상의 일체사건은 일본놈인 이등박문이 맡구 되선의 정신적 방면의 계몽교화에 관해서는 선교사들 보구 맡으라구 했답네다. 일본놈하구 선교사란 명목을 달구 들어온 미국 놈이 우리 국민을 놓고 영적인 것과 물질적인 것을 이등분해서 갈라먹겠다, 이 말을 했단 말이오. 더 쉽게 말하자문 선교사들은 정치적인 사건을 떠나 일본놈이 무슨 일을 하든 상관하디 않구 오직 도덕적 영적 고양에만 전적으로 힘쓰겠다는 행동법칙을 저희들끼리 약조했단 말이오. 우리 민족을 놓고 저희들이 먼데 요러쿵 저러쿵 해요. 우리가 우리 손으로 우리나라 일을 처리해야디 감히 어드렇게 다른 나라 사람들이…."

대석은 너무 격해서 자제를 못하고 벌벌 떨었다. 안창호도 대석의 말에 고개를 끄덕이다가 좌중을 훑어보며 천천히 입을 열었다.

"여러분들 중에 이미 알고 계신 분도 있겠지만 우리 민족의 일은 우리 손으로 해야 한다는 닥터 리의 말에 동의해서 한마디 하겠소. 재작년에 일본 수상 가쓰라하고 미국의 육군장관 태프트가 만나 밀약을 맺었지요. 밀약의 내용도 속이 상하지만 미국의 아우트룩(Out look)이란 잡지에 실린 기사를 읽고 치를 떨었습니다. 글쎄 조선인이란 볼수록 게으르고 더럽고 나쁜 일을 예사로이 하고 거짓되고 엄청나게 무식하고 자신의 능력과 가치를 깨닫는 데서 생기는 자존심조차 없다고 썼습니다. 그 뿐인가요. 조선인들을 미개한 야만인이요, 퇴폐한 동양문명의 썩은 소산이라 했습니다."

안창호의 말을 듣고 있던 사람들의 얼굴이 묘하게 일그러졌다.

"그런 기사를 쓴 놈이 누구요? 이름을 대시오. 그냥 두지 않을 것이오."

이동휘가 참지를 못하고 소리치자 모두 분해서 몸을 떨었다.

백악관 극동정책에 막강한 영향력을 행사하는 자요. 루스벨트의 공보비서이면서 자유기고가로 활동하는 사람으로 가쓰라 · 태프트 조약을 체결하도록 뒤에서 주선하고 일본의 조선 지배를 찬양 옹호하는 글을 여러 매체에 기고한 조지 케넌이란 사람이오."

안창호가 담담하게 말하자 전덕기 목사가 물었다.

"도대체 일본 수상 가쓰라하고 미 육군 장관이 맺은 조약이 무엇이오?"

"미국이 필리핀을 지배하는 대신 일본더러 조선을 먹으라고 한 것이 아니겠어요. 영국은 인도를 집어 삼키고…."

대석이 거친 음성으로 안창호를 대신해서 불쑥 내뱉자 안창호가 다시 입을 열었다.

"닥터 리의 말이 맞아요. 어떻게 그렇게 사태를 잘 파악하고 있었소. 놀랍군. 그런 연고로 조선을 강제로 집어삼키려는 일제의 침략을 막아달라고 간곡히 요청하는 고종의 친서를 휴대하고 미국으로 건너간 헐버트가 대통령은 만나지 못하고 겨우 국무장관을 만난 자리에서 꾸중을 들었지요?"

모두의 시선이 안창호에게 향했다. 긴장감이 감돌았다.

"그는 '헐버트 씨! 당신은 미국과 일본 간에 분쟁이 일어나기를 바라고 있는 것이오?' 라고 했답니다. 바로 이 말이 미국의 입장을 단적으로 표현한 것이지요. 미국 정부가 고종의 친서를 접수하는 걸 고의로 지연시켜가며 을사보호조약이 강제로 체결되도록 밀어주었단 말이지요."

모두 침통한 얼굴이 되었다. 미국 정부가 조선민족의 문제를 다루는데 얼마나 무책임하고 모욕적인 태도를 취했단 말인가. 우리의 황제인 고종의 친서를 휴지처럼 처리했다니! 그런 줄도 모르고 고종의 친서를 들고 간 헐버트나 우리 동포들은 제국주의 국가에 속았구나. 모두 침통한 분위기에 빠져들었다. 대석이 이런 비참한 공기를 깨고 벌떡 일어나 좌중을 훑어보았다.

"여러분! 우리 힘을 냅시다. 하나님을 전적으로 의지합시다. 미국을 의식하지 말자우요. 나라는 크지만 지식이 없고 무식한 청국두 의지하지 맙시다. 선교사도 의지하지 맙시다. 선교사가 이 나라에 와서 초창기엔 고생을 했지만 이제 그들의 사명은 끝이 났으니끼니 이 나라에서 물러가야 합네다. 우리끼리 해봅시다. 성경 말씀으루 우리 민족의 시들어버린 영혼을 되살립시다. 성령으로 거듭난 조선의 마음인 조선심(朝鮮心)을 소유한 민족이 되어서 조선인이 주인이 되는 새로운 조선을 만듭시다. 우리는 할 수 있습네다."

대석의 힘찬 목소리는 다이너마이트처럼 어마어마한 힘을 지니고 있었다. 무섭도록 강한 어떤 힘이 그들을 사로잡았다. 모두의 몸에 소름이 끼치면서 닭살이 전신에 돋았다. 큰 감동의 물결이 엄습했다.

'이 나라를 우리의 힘으로 세우자. 중국을 의지하지 말자. 힘이 있어 보여서 매달리던 선교사나 미국도 의지하지 말자. 하나님만을 의지하고 성경말씀대로 살면서 우리 힘으로 일본을 대항하고 조선을 세우자.'

눈을 감고 몸을 흔들며 기도하는 사람, 울먹이는 얼굴로 서로를 바라보며 눈물을 흘리다가 주먹으로 눈물을 닦는 사람, 손수건으로 얼굴을 닦기도 하고, 참지 못해 통곡하는 사람… 방안은 장대재예배당처럼 거센 바람이 불었다. 안창호가 목을 꺾고 천장을 보고 있는 대석을 불렀다.

"이봐요, 닥터 리! 어째서 조선에 나와 있는 선교사들을 의지하지 말라는 거요? 어떤 구체적인 이유라도 가지고 있소?"

대석은 날카로운 눈으로 안창호를 쳐다보다가 뜸을 들이며 입을 열었다.

"되선에 와있는 선교사들이 점점 타락하고 있습니다. 저들 선교사 뒤에는 미국 공사가 있고 공사 뒤에는 거대하고 힘있는 미국 정부 세력이 있다는 것을 공개적으로 알리면서 다 그렇지는 않지만 선교사들이 조선을 깔아뭉개고 있디요."

대석의 통명스러운 말에 모두의 시선이 그의 입으로 집중되었다.

"되선에 온 선교사들의 생활을 한 번 생각해 봅세다. 저들은 오자마자 어학선생을 구하구 기세가 등등한 양반터럼 우리 되선인을 종으로 부리문서 호화로운 생활을 하고 있디 않습네까. 서양 부인들은 어딜 가나 가마를 타구 댕기구 전도여행을 한다문서 고관대작이 행차하듯 가마꾼과 짐꾼을 데리고 끗발을 날리구 댕기니 압도당한 착한 되선인들은 사또 나리라도 만난 듯 그들을 양대인(洋大人)으로 받들구 있습네다."

안창호가 무릎을 치며 감탄사를 발했다.

"정말 놀랍군! 닥터 리! 조선은 희망이 있소. 선교사를 객관화시켜볼 수 있는 능력 있는 조선 사람이 있다는 것은 그만큼 이 민족이 가망이 있다는 뜻이오. 선교사에 대하여 말하고 싶은 것이 있으면 다 털어놔 보시오."

안창호의 격찬에 얼굴을 붉히면서 대석은 조용히 미소로 응했다.

"요즘 선교사들이 너두나두 당시를 하구 있넌데 그게 아주 눈에 거슬립네다. 선교사는 하나님의 말씀을 던하고 예수님을 닮는 생활을 보여주라구 하나님이 파견한 사람들이 아닙네까. 그런 사람들이 안락하구 호사스러운 생활을 되선인들에게 보여주문서 그게 바로 기독교인의 결실이라구 믿게 해서 기독교세를 확장하려 하는 어리석음을 범하고 있습네다."

대석이 날카롭게 선교사들을 비평하자 모두 박수를 쳤다.

"닥터 리의 말이 맞아요. 전도여행을 한다는 선교사가 땀을 뻘뻘 흘리면서 메고 가는 가마를 탄 걸 보문 속이 상했어요. 짐승터럼 짐을 잔뜩 지구 헐떡이면서 뒤따르는 되선인들을 거느리구 고급스러운 옷을 입구 거드름을 피우구 앉아있는 서양인을 보문 구역질이 났다구요."

모인 사람들 중에 제일 나이가 어린 영생이 또박또박 자신의 의견을 폈다.

"닥터 리의 이야기를 더 들어봅시다. 선교사에 관한 것 말이오."

안창호의 요구에 대석이 의미 있는 웃음을 흘리면서 나섰다.

"언더우드란 선교사를 알구 있으시갔디요?"

모두 머리를 주억거렸다.

"그는 조악한 농사를 도와준다문서 농기구를 수입했습네다. 권서인들더러 팔아서 생활비에 보태라구 금계랍을 수입했구요. 또 석유를 수입한 걸 보문 재화 축적에도 한 몫을 보면서 미국의 수출상사에도 도움을 주었갔디요."

"선교사가 석유나 농기구를 수입한 걸 어떻게 알게 되었소?"

전덕기 목사가 물었다.

"여러분들! 그리스도 신문을 읽으셨갔디요. 농리 편설란에 이런 글이 실린 적이 있었디요. 되선 쟁기와 서양 쟁기의 장단점을 비교하문서 서양 쟁기가 농지를 심경(深耕)할 수 있어 수확량을 증대시킬 수 있다고 주장했넌데 이건 외제 농기구의 사용을 권유해서 팔아먹자는 수작이 아닙네까. 쟁기, 금계랍, 석유, 석탄까지 수입하고는 그 판매를 그리스도 신문을 이용하여 광고한 것이니끼니 얼매나 그 수법이 기발합네까."

청중은 모두 신음했다. 농민을 위해 정성스럽게 매번 실렸던 농리편설이란 기사가 수입품을 팔려는 광고라니! 그럴 수도 있겠구나. 깊고 깊은 한숨 소리가 방안을 가득 채웠다. 나라도 빼앗기고 믿었던 선교사까지 이 꼴이니 어떻게 할 것인가. 게다가 일본과 밀월관계를 가지고 조선을 배반하다니!

"언더우드란 선교사 한 사람만 그런 당시를 했습네까."

또 있어요. 빈튼이란 선교사는 재봉틀 100대를 수입했어요. 조선 사람에게 도움을 준다는 명목으로 미국의 문명 이기를 수입, 공급하는 것이라구 하나 그것두 선교사 자신의 재화 축적에 기여했다고 볼 수 있습네다."

대석의 너무 부정적인 시선에 몇몇 사람이 다른 의견을 내놓았다."

모든 것이 우리를 위한 것이 아닐까요. 편리한 농기구를 공급하구 재봉틀을 소개해서 생활을 향상시키려는 의도가 담겼다고 봅니다."

"우리는 예수를 믿는 사람들이니 비판적, 부정적인 눈으로 보지 맙시다."

대석의 얼굴이 붉어지더니 나중에는 귓불까지 물들었다. 눈에서는 빛이 번쩍했다. 노기 띤 음성이 폭포수처럼 쏟아졌다.

"사실을 직시하고 그 이면을 보자는 것이요. 잘못을 용서하는 것하구 사실을 사실루 보는 걸 비판적이니 부정적이란 말루 밀어내문 우리는 망합네다. 사물을 객관화시켜 보는 눈을 개져야 성숙한 국민이 되는 것이외다."

"아즈바니! 화내시디 말구 차분하게 말씀을 계속해보시라우요."

영생이 옆에서 대석의 무릎을 꼬집으면서 재촉한다.

"농촌교회의 자립을 위해서 쟁기를 수입했다문 외제 농기구의 공급으로 농촌 생활이 향상되었다는 뚜렷한 증거가 있어야 하는데 그런 것이 없습니다. 그 보담 더 무서운 것은 선교사들이 우리나라에 관한 정치 경제 역사 문화를 연구 조사해서 잡지나 보고서에 실어 홍보한 결과 되선을 침략하고자 하는 열강들에게 되선에 대한 정보를 제공함으로 제국주의 침략을 돕는 행위를 하고 있습네다. 결국 선교사들이 이권에 개입하여 철도나 광산 등을 자국에 소개했구 상업 활동을 통해 돈을 벌고 있으니끼니 자신의 조국을 위해 파견 나온 사람들터럼 생각되지 않습네까? 내레 선교사들의 노고를 무시하자는 말이 아닙네다. 선교사들 입장으로는 자본주의에 익숙해서 그런 눈으루 되선의 경제상황을 파악할 수도 있습네다. 그분들 사고구조를 이해는 하디만 우리 되선인들은 정신을 차려야 하는 것 아닙네까."

대석의 우람한 몸에서 터져 나오는 호소가 모두를 압도했다.

안창호는 시종 빙글빙글 웃으며 대석을 대견스러운 눈으로 바라보다가 입을 열었다.

"닥터 리의 의견이 우리가 하고자 하는 일에 아주 큰 힘을 주었습니다. 애국 헌신할 수 있는 사람, 단결과 신의(信義)에 복종할 회원을 모아서 조선을 살립시다. 조국을 위해 비밀결사를 조직하자는 말입니다."

그러자 양기탁이 이의를 제기했다.

"비밀이란 말을 빼고 신문에 광고를 내서 공개적으로 회원을 모읍시다. 그래서 이런 조직을 공개적으로 창설하는 것이 좋다고 봅니다."

"아니요. 우리의 목표가 보안법(保安法)에 저촉되는 비합법적인 것이니 비밀결사로 존립해야 합니다. 회원 간에 종적으로 연결하여 당사자와 두 사람 이상 알지 못하게 하고 횡적으로 전혀 누가 회원인지 모르게 하는 점조직을 해야 합니다. 우리 신민회(新民會) 조직은 정치적 결사(結社)이니까요. 조선을 일본의 손에서 구해내는 것이 우리 성도들의 할 일입네다."

8

동미는 수덕이와 함께 열심히 양말을 짰다. 일본에서 두 대 사온 수직(手織)양말기계는 베틀을 짜는 것보다 훨씬 수월했다. 양말을 들고 다니면서 파는 것보다 한 자리에 앉아서 팔수는 없을까. 순간 번개처럼 스치는 묘안이 동미를 들뜨게 했다.

며칠 밤을 뜬 눈으로 지새우며 고민하다가 용기를 낸 동미는 진군하는 군인처럼 평양 대동문통으로 나갔다. 이미 남남이 되어버린 남편 문한이를 두려워해야 할 이유가 없잖은가.

무엇을 겁내랴. 여자라고 안에만 처박혀 흘러가는 세월을 멍청히 바라보고 있을 때가 아니니다.

한 달 뒤 대동문통 끄트머리, 문한이 운영하는 박문점과는 정반대 방향에 동미는 조그마한 점방을 차렸다. 방물장수들이 이고 다니며 행상하던 것들을 양말과 함께 늘어놓고 팔기로 한 것이다.

"마님! 이런 당시를 어케 녀자가 합네까? 점방이란 턴한 남자들이나 하는 당시가 아닙네까. 어케 마님 같은 분이 기런 당시를 하신단 말이오."

수덕이 울먹이며 만류하자 동미는 푸념처럼 중얼거렸다.

"예수를 믿넌 녀자에겐 관습이란 배설물과 같은 것이다. 남편도 떠나구 자식도 떠난 녀자가 할 일은 돈을 버는 길밖에 없단다. 돈을 혹께 많이 벌어서 하나님의 일을 하자는 것이다. 나라가 이 디경에 이르러 되선 턴디가 국채보상운동을 한창 벌이구 있다지 않네. 고종 황뎨께서도 끽연을 불어(不御)하시갔다구 분부를 내리셨다는데 어케 우리 녀인네들이 가만히 있을 수 있갔네. 도국을 구하는 일에는 남녀가 구별이 없다. 이젠 녀자들두 나셔야디."

국채 총액은 총1천3백만 환에 달했다. 우리 조정에서는 차용증서만 써주었을 뿐 현금은 왜놈들이 주물러 꿩 먹고 알도 먹어버린 이상한 빚이었다. 일본의 차관공세로 빚을 진 망국차관(亡國借款)을 우리 백성의 힘으로 갚자고 긴긴 세월 가구처럼 집안에 갇혀있던 여자들이 드디어 일어서고 있었다.

동미는 허름한 초가집 대문을 활짝 열어놓고 목수를 시켜 평상을 짜게 하고는 황화방(荒貨房)이라 하는 잡화 도매상에서 물건을 받아다 감흥리에서 짠 양말과 함께 보기 좋게 진열했다. 벽에 촘촘히 선반을 만들고는 주로 여자들에게 필요한 물건을 늘어놓았다. 바늘, 실, 색실, 실패, 바느질 그릇, 장분, 밀기름, 빗치개, 족집게, 참빗, 얼레빗, 서캐훑이를 한 편에 놓고 사기에 오색 꽃무늬가 새겨진 3층 비누합, 5층 분합, 분물 항아리, 밤 가루 비누, 팥가루 비누도 그 옆에 진열했다. 기름 첩을 넣어두는 화려한 밀기와 단지와 분을 담아 두는 분합은 나비와 목단이 현란하게 새겨져서 비싸기는 하지만 여자들의 마음을 끄는 것들이었다.

문한의 애첩 동미가 점방을 차렸다는 소문이 왁자그르르 평양시내에 퍼졌다.「동미부인상회」라는 간판을 내걸고 동미는 열심히 뛰었다. 돈을 벌어야 한다. 돈이 있어야 부인권서들 생활비를 줄 수 있고 국채도 갚을 수 있다. 동미 자신이 부인권서가 되어 쪽복음을 들고 다니는 것보다 돈을 벌어 부인권서를 수십 명 채용하는 것이 더욱 효율성이 크다는 점에 착안한 것이 순전히 장대재예배당에 불어 닥친 성령의 바람이 준 지혜였다.

동미는 여성 고객을 목표로 골무, 수본, 수틀, 색실첩, 가위, 쇠뿔이나 대나무로 된 화각(華角)자, 자개를 넣어 번쩍거리는 자막대기도 황화방에서 사들였다. 목채화(木彩畵) 실패는 자개 실패보다 더욱 여성들의 사랑을 받는다는 사실도 물건을 팔면서 터득하게 되었다.

물건을 사려는 아낙들로 동미부인상회는 장터처럼 붐비기 시작했다. 안채에 가만히 앉아서 방물장수를 기다리는 것보다 점방에 가서 많은 물건들을 보고 그들 중에서 직접 골라 잡는 묘미를 맛본 양반집 규수들은 해거름에 장옷을 뒤집어 쓰고 사람들의 눈을 피해 동미부인상회로 찾아들었다.

"박문점 주인, 문한의 애첩이 대동문통에 점방을 열었다는군 기래. 그 녀자가 양반 출신이라문서. 그런 신분에 점방을 벌려 놓구 하인을 시키지도 않고 당시를 한다는구만! 그것두 양반들에게만 물건을 파는 것이 아니구 턴한 것들에게도 판다니 이거야말로 양반 얼굴에 먹칠을 하구 있어."

귀 따갑게 떠들어대는 사람들의 수군거림을 참지 못한 문한이 땅거미가 시커멓게 내려앉은 시각에 대동문통 끄트머리 동미부인상회로 향했다. 동미는 여자들의 마음을 잘 탐지해서 장신구도 팔기 시작했다. 상중(喪中)에 꽂는 흑각민잠(黑角民簪)이나 값이 싼 나무 비녀와 유리민잠은 사람들이 볼 수 있도록 좌판에 늘어놓았다. 상류층 여성의 뒷머리를 고정하는 파란잠이나 하절기 비녀인 옥민잠(玉珉簪), 의례 때 여성들의 뒷 큰머리 고정에 사용하는 용잠은 손님들이 요구할 때만 내놓았다. 천민이나 양반 가릴 것 없이 비싼 것들을 훔쳐가는 여자들이 많기 때문이다. 값나가는 귀중품들을 감춰놓은 좌판 밑 작은 함속을 점검하느라고 엎드린 동미의 눈에 사내의 큼직한 발이 들어왔다. 여자들만 드나드는 부인상회에 남자가 나타나다니! 의아해서 얼굴을 든 동미와 문한의 눈이 마주쳤다.

"아니, 당신이! 이렇게 늦은 시각에 어드런 일루 왔디요? 우린 서루까락 만나디 말아야 하는 사이인데 이를 어카디."

입으로는 나무라면서도 동미의 눈에 눈물이 철렁하게 고였다.

"당신이 꼭 이런 식으로 나를 괴롭혀야만 되겠소? 제발 양반 출신답게 조용히 양말이나 짜문서 감흥리에 처박혀 지낼 수 없느냔 말이오. 우리가 헤어질 적에 당신이 입으루 기도 중에 만나자구 해놓구 이게 뭐요."

눈이 현란하도록 화려하게 진열된 부인용 잡화들을 훑어보던 문한의 눈이 휘둥그레졌다. 집에만 박혀있던 동미에게 이런 면도 있었던가!

"와 이러십네까? 내레 당신과는 이자 아무런 관계도 없습네다. 국채보상운동에 참가해야 하구 피양신학교를 졸업하구 제주도 선교사루 파송된 이기풍 목사님두 도와야 합네다. 그러니끼니 이런 일 하는 것 막디 말라우요."

"창피해서 내레 얼굴을 들 수가 없단 말이오. 이게 무슨 짓거리요?"

"남자들이 뛰어다니문서 하는 당시를 아낙네가 들어앉아 어케 감당합네까. 내 식으루 할테이니끼니 놔두시라요."

"제발 여보시! 내 말 좀 들어. 살 수레 없다문 내레 매달 생활비를 보태 줄테이니끼니 집에만 박혀있으라구. 양말두 짜놓구 연락하문 내가 처리해 줄 수 있어."

"녀자두 남자와 동등하게 일할 수 있습네다. 남자들 물건두 아니구 녀자들이 사용하는 물건을 파는 것이 뭬가 잘못입네까. 내레 더욱 이 당시를 확대할 것이외다. 이것 보시라요. 참 예쁘디요. 야외 나갈 적에 밥과 찬을 휴대하는 청화백자 이층 합은 모란꽃이 화려하게 그려데서 인기입네다. 작은 단지 세 개를 밑 부분이 붙게 만든 청화백자(靑華白瓷) 양념단지도 얼마나 앙증맞아요. 까치선, 접선, 포도덩굴과 포도송이가 그려진 미선(尾扇), 살이 꾸부정한 꼽장선, 태극선, 대선(大扇)… 내 물건들 모두모두 기막히게 좋디요."

힘차게 지껄여대는 동미가 생경스러운 여자처럼 느껴졌다. 문한의 품안에서 나약하게만 보이던 여자가 이제는 아니었다. 그의 머리보다 더 빨리 회전하고 있는 동미의 상술에 질려서 그저 멍멍해질 따름이었다.

"곧 장옷을 쓴 고객들이 들이닥칠 터이니끼니 남정네가 여기 있으문 들어오디 못합네다. 날레 나가시라요. 다시는 여기 오지 말라우요."

동미가 문한을 억지로 점방 밖으로 밀어내고 있을 때 숙출이 들어섰다.

"으흥! 날이 저무니끼니 또 잊지를 못하구 여길 찾아들었구만. 내레 동미년이 여기 점방을 차렸다는 소문을 듣고 매일 눈독을 들이구 지켰디."

숙출이 소매를 걷어붙이구 입에 거품을 물며 동미의 머리채를 잡아 나꾸었다. 얼마나 벼르고 왔는지 독이 오른 속출은 쇠말뚝이라도 쑥 뽑아낼 태세였다. 무당처럼 날뛰는 숙출의 팔을 문한이 우악스럽게 잡아끌고 점방을 나서자 물건을 사러오던 부인들이 장옷으로 얼굴을 가리면서 비켜섰다. 문한의 손에 잡혀 끌려가면서 숙출은 대동문통이 떠나가게 떠들면서 몸부림쳤다. 박문점 뒤채에서 속을 끓이며 보낸 지난 날들이 억울했다. 종놈이 자기를 무시하고 다른 씨앗을 보았다는 것을 도저히 용납할 수가 없었다.

"내레 동미년을 칵 밟아죽일 거라구. 고 에미네를 그냥 둘 줄 알아. 날마다 점방에 가서 물건들을 작살내구 말테이니끼니 두구 보라우요.”

숙출의 발악에 문한의 손에 힘이 주어졌다. 닭의 모가지를 비틀 듯이 손에 한 번만 힘을 주면 끝날 것이란 유혹이 짜릿하게 전신을 감쌌다. 참아야 한다. 장대재예배당에서 하나님과 약속하지 않았던가. 일생 숨이 끊어지는 순간까지 이 여자를 사랑하겠다고. 울컥 뜨거운 것이 가슴에서 치밀어 올랐다.

“내레 아이를 낳지 못한다구 이렇게 구박하는 거디. 내레 누구야. 박진사의 외동딸이라구. 종넘인 네가 나를 이렇게 구박할 수가 있네.”

단단히 거머쥔 문한의 팔뚝을 숙출이 뭉떵 물어뜯었다.

“아앗! 아이쿠! 아파. 이게 무슨 짓이야. 양반은 이러는 것이네. 내레 종넘이라 법도를 모른다만은 이건 쌍놈들도 하디 않는 짓이야. 양반인 너는 어케서 나 같은 놈에게 억지루 달라붙어서 날 이렇게 괴롭히는 게야. 거머리터럼 달라붙어서 나를 쥑이려구 기래. 아이쿠! 내 팔자야! 덩말 내레 죽갔네, 덩말.”

정말로 숨이 막히는지 문한은 가슴팍을 마구 쥐어뜯었다. 퍼렇게 멍이 들도록 손바닥으로 주먹으로 가슴 한복판을 미친 듯이 때리면서 헉헉거렸다.

“얼씨구! 내레 없었다문 박문점이 이만큼 커질 줄 알았네. 모두 양반인 나를 조상신들이 불쌍히 여기구 돌봐서 박문점이 요만큼 된 것이디. 그러니끼니 나를 보물단지터럼 섬겨야 한다구. 알아들었네?”

문한은 아니꼽다는 듯 숙출을 흘겨보며 한숨을 삼켰다.

"주님! 이래도 이런 에미네를 사랑해야 합네까. 저런 년을 일생 데불구 살아야 하느냐구요. 장대재예배당에서 약속한 것을 취소하구픕네다. 내레 정말루 참을 수레 없습네다. 주님! 제발 저 에미네를 날레 데려가시라요."

문한은 숙출에게 등을 돌리고 앉아서 중얼거렸다.

"디금 뭬라구 중얼거리네? 다시 동미에게 가서 살갔다구 했네?"

숙출의 금가락지 낀 손가락에 눈이 멎는 순간 문한은 발작했다.

"디금이 어느 때라구 손에 금지환을 끼구 있네. 나라가 한번 망하구 나문 부모님은 어디메 모시구 강보에 싸인 어린 것들은 장차 뉘 종이 될거냐구 근심하는 소리가 들리지 않네. 되선 팔도 녀자들이 모두 가락지를 국채를 갚겠다구 내놓는 판에 창피한 줄도 몰라? 어이쿠! 턴민만두 못한 에미네야."

문한이 징그러운 벌레를 보듯 숙출을 흘겨보니 숙출이 발끈했다.

"부인상회를 열구 상것들터럼 나대는 동미년이 너무 좋아보이니끼니 내레 우습게 보이갔디. 이제 단 한 번이라도 고년에게 가는 날이문 가만 놔둘 줄 알아. 점방을 깡그리 불싸질러 재루 맹글어버릴테이니끼니 그리 알라우."

송충이처럼 까맣고 굵은 문한의 눈썹이 꿈틀했다.

"아무튼 당신 손에 끼구 있는 금쌍가락지나 뽑으라우. 우리 백성이 왜놈의 빚을 태산같이 지었넌데 그걸 끼구있다는 건 발가벗구 춤추는 것과 같다니까. 날레 그걸 손가락에서 빼내디 못해."

문한이 고함을 치며 눈을 흘기자 숙출은 문갑의 별함에서 옥가락지까지 꺼내서 오른손에 끼는 것이 아닌가.

"우휴! 답답해 죽겠네. 양반이란 것들이 나라를 이 디경으로 맹글어놓구두 정신을 못 차리구 있으니! 국채를 갚겠다구 조석 반상기에서 매끼마다 3,4푼만 감하여도 일월지간에 10전이 된다구 녀자들이 모두 감선회(減膳會)에 들어 반찬 줄여먹기 운동꺼정 벌이구 있는 판에 당신이란 녀자는 겨우 이 정도야. 당신을 경멸할 수밖에 없어. 당신 같은 양반은 발루 짓밟구 싶어."

문한이 숙출을 비하하며 나무라자 숙출은 분이 극에 달해서 은장도라도 꺼내서 자신을 찌르고 문한도 찔러 죽일 듯이 나댔다. 숙출의 몸에서 분이 어찌나 거세게 치솟는지 전신에서 새파란 도깨비불이 번쩍이는 듯했다.

"그게 모두 동미란 년이 한 말이갔디. 세상에서 자기가 데일 가는 녀자처럼 당신을 낚으려구 홀린 말이갔디. 상것이나 그렇게 나대디 양반규수는 구둥궁궐에 들어앉아 제 고장 장날두 몰라야 복이 있는 거라구. 접시터럼 내놓은 녀자는 이가 빠져서 몸을 파는 기생이나 첩이 되는 거라구."

참았던 분이 치밀었다. 모든 걸 내주고 희생한 가여운 동미를 이렇게 말하다니! 불끈한 문한은 두꺼비처럼 큰손을 들어 숙출의 얼굴을 냅다 때렸다.

"아쿠쿠! 사람 쥑이네. 밖에 누구 없어. 아쿠쿠! 나 죽소."

아무리 비명을 질러도 박문점 점원들은 누구 한 사람 꿈쩍하지 않았다.

"당장 예수를 믿어 고약하구 더러운 옛사람이 변하여 새 사람이 되디 않으문 날마다 이렇게 때릴테이니끼니 그리 알라우."

코피를 흘리며 나동그라진 숙출을 향해 거칠게 내뱉고 휑하니 나가버리는 문한의 등에 대고 숙출이 악을 썼다.

"내레 예수를 믿느니 차라리 칵 죽어버리갔다. 절대루 예수는 믿지 않아. 두구보라우. 예수 믿던 것들을 깡그리 잡아 줚여버릴테이니끼니."

쪽빛 삼회장저고리의 앞섶이 찢어지고 치마 안에 입은 단속곳이 내비치건만 동미는 정신 나간 여자처럼 멍청이 앉아 있었다.

그릇 도매상에 주문해 놓은 백자토기(白瓷吐器) 다섯 개를 싸들고 수덕이 들어왔다. 음식 먹을 때 목에 걸릴 가시나 씹어 삼키지 못하는 것들을 뱉어 담는 그릇은 앙증맞게 작은 것이라 손님들에게 인기가 대단했다. 주인마님이 시킨 것이 아니지만 모란꽃을 넣은 청화백자 이층합이 너무 예뻐 함께 사들고 오던 수덕은 동미의 멍든 얼굴과 너덜대는 옷을 보고 기겁을 했다.

"마님, 마님! 이게 어케 된 일입네까. 설마 박문점에서… 내레 곁에 있었더라문 이렇게 맞지는 않았을 터인데. 아이쿠! 불쌍한 우리 마님. 남편 빼앗기구 자식 빼앗기더니 이제 매꺼정 맞구 살아야 하니 아이쿠! 억울해."

수덕이 목을 놓아 울어댔다. 수덕의 처량한 울음소리에 정신이 든 동미는 천천히 일어나서 부인상회에 늘어놓은 물건들 하나하나를 훑어보다가 방으로 들어갔다. 예수님이 원해서 예수님이 시켜서 사랑하면서도 헤어진 사이가 아니던가. 이런 때 운다면 주님을 실망시키는 거다. 부인권서를 수십 명 보낼 정도로 돈을 벌어야 할 판에 나약하게 눈물을 보일 수는 없다.

일본 제일은행을 중앙은행으로 만들어 국고출납과 화폐업무를 장악한 일본이 유통되고 있던 돈을 폐지하고 새 화폐를 내놓자 돈이 부족해서 백성들의 생활이 말이 아니었다. 권서 활동도 지장을 받아서 생활비를 받지 못한 권서들이 많았다. 굶으면서도 쪽복음을 들고 나서는 부인권서들의 누렇게 들뜬 얼굴들이 눈앞에서 어른거렸다.

'내레 양말공장을 크게 일으킬 것이며 일본 사람들이 신고 댕기는 고무신도 해보리라. 남자들만 하라는 법이 없지 아니한가. 피양에서 데일 가는 부자가 되어서 학교를 세우구 예배당을 부흥시키는 일에 내 삶을 바치리라.'

동미는 입술을 깨물었다. 서서히 장대재예배당에서 임했던 바람이 불어왔다. 가슴이 뜨거워지며 찬란한 평화가 그녀의 가슴 가득히 넘쳐흘렀다. 숙출의 행패로 흩어진 물건들을 제 자리에 놓고 드림댕기와 도투락댕기들을 벽에 걸기 시작했다. 양반집 남아가 두루마기나 전복을 입을 때에 허리에 두르는 동다회(童多會)도 걸면서 다시 한 번 다짐했다.

'나라와 교회에 바쳐진 몸이다. 한 남자를 사랑하는 일에서 벗어나자. 국채보상운동에 앞장을 서자. 부인권서들을 살리자.'

동미가 찬송을 흥얼거리면서 점방의 물건들을 정돈하고 있을 때 소리 없이 여승이 살짝 들어오더니 동미를 향해 합장을 하며 수없이 절을 했다.

"내레 예수 믿는 사람이라 시주할 수레 없습네다. 다른 데루 가보시라요."

동미는 찢어진 삼회장저고리를 잡아당겨 드러난 살을 감추며 주뼛거렸다.

"마님! 내레 여기 온 것은 보은(報恩)하러 온겁네다."

동미는 이상한 소릴 하는 여승을 보려고 퍼렇게 멍이 든 얼굴을 들었다. 여승의 박박 깎은 머리가 불빛에서 참기름이라도 바른 듯 번들거렸다.

"마님께서 한 달 전 양말을 파시문서 쪽복음을 주었디요. 그때 마님께서 영열(靈悅)에 도취되어서 부르던 찬송이 디금꺼정 귓가를 맴돕네다. 그날 험한 산길꺼정 따라가며 질문공세를 퍼붓던 여승을 잊으셨습네까?"

"아하! 이제 생각나네요. 예수님이 십자가에 죽으심으로 우리 죄를 대신하여 형벌을 받아 온 턴하 사람을 구했다는 뜻을 모르갔다구 했디요."

동미의 멍든 얼굴에 활짝 웃음이 살아났다.

"그때 바위에 나란히 앉아서 마님은 이렇게 말씀하셨습네다. 동생이 관장에게 죄를 범한 후에 형이 대신 받으문 그 죄를 사하는 것이 아니냐구요. 그러나 동생이 형의 은혜를 감사하디 아니하구 형을 공경하디 아니하문 냉중에 앙화를 받을 것이라구요. 그러니끼니 우리 모두 죄인이나 예수께서 우리 형님이 되사 대신 형벌을 받으셨으니 우리가 예수의 공로를 감사하디 않구 예수의 뜻을 순종티 아니하문 후세에 앙화가 매우 클 것이라구 하셨디요."

"맞아요. 바위에 앉아 산 아래를 내려다보며 그런 니야기를 나누었디요."

"그날 이후 밤잠을 이루디 못하고 고민했습네다. 그러다가 깨달았디요. 이 사바 세상에서 진정한 죄 사함을 받구 화평을 얻는 길은 예수를 믿는 것이라구요. 자! 여기 이 염주를 드리리다. 내레 승려복을 벗구 예수를 믿게 된 증표입네다. 이건 내레 20년 동안 밤낮으루 몸에 지니구 댕기던 것이디요."

손때가 묻은 염주를 어정쩡한 표정을 지으며 동미가 받았다. 얼마나 주물렀는지 기름이 손에 묻어날 것처럼 반질거렸다.

"예수를 믿기루 했으문 장대재예배당으로 가시라요. 피양에서 누구나 볼 수 있도록 언덕에 높이 솟은 예배당입네다. 주일 아침마다 예배드리러 오라구 울려퍼디는 종소리를 들으신 적이 있갔디요?"

"예배당에 가기 전에 보은을 해야갔습네다."

"자꾸 보은, 보은 하넌데 어케 하는 것이 보은이디요? 스님이 예수를 믿게 된 것이 보은이구 예배당에 댕기문서 주의 일하문 그게 보은 입네다."

여승은 머리를 살래살래 흔들며 보조개를 지으며 웃었다. 밉지 않은 얼굴이었다. 손님들이 밀물처럼 빠져나가고 점방에는 두 사람뿐이었다.

"산을 사시라요. 그 산을 사문 거부(巨富)가 될 것이외다."

"우하하… 갑자기 산을 사라니요? 으하하…."

아닌 밤중에 홍두깨 식으로 갑자기 나타나서 산을 사라니!

동미는 멍든 이마와 뺨이 웃을 적마다 땅기고 쓰리지만 소리 내서 마구 웃어댔다.

"고만 웃구 내 말을 들어보시라우요. 예수를 믿구 텬당에 가는 도(道)를 깨우쳐 주신 분에게 어케 빈손으로 올 수 있갔습네까. 은혜를 입은 사람에게 보은하는 것이 도리라구 어려서부터 배워왔습네다. 마님을 부자루 맹그는 길을 터주넌데 웃지 마시구 내 딘심을 알아주시라요."

얼마간 배를 잡고 웃어대던 동미는 여승의 진지한 태도에 멈칫했다.

"혼자된 불쌍한 여인이 대대로 내려오던 돌산을 절에 시주했디요. 하나뿐인 아들이 병으로 죽게 되었으니끼니 부체님께 빌어서 고테달라고 공양한 것이디요. 바루 그 산을 마님이 사신다문…."

여승은 점방의 툇마루에 걸터앉아 중대한 비밀이라도 털어놓은 듯 목소리를 낮추었다. 구름을 머금은 달이 으스름한 달빛을 뿜어내는 밤이었다.

"그 돌산이 어떻단 말이오? 쯧쯧… 불쌍한 여인이여! 돌루 맹근 부테가 무얼 할 수 있다구 대대로 내려온 산을 개져다 바쳤을까."

동미가 한숨을 삼키며 여승의 말허리를 잘랐다.

"주지스님이 그 돌산을 팔려구 내놓았디만 사는 사람이 없답네다. 돌산이 얼매나 험한디 나무 한그루 자라지 못하고 그저 풀 몇 포기가 듬성듬성 난 보잘 것 없는 돌 투성이 산이디요."

"그런데 날 보고 그 산을 사라 이 말입네까."

밤은 자꾸 깊어가서 이따금 앞마을 개들이 컹컹 짖어대는 소리와 장단을 맞추는 다듬이질 소리가 들판을 가로질러 아련하게 들렸다.

"따지지 마시구 나랑 함께 주지스님께 가서 그 돌산을 사시라우요. 쌀 한 가마 값이오. 쌀 한 가마에 엄청나게 큰 산을 다 개지는데 와 망설입네까?"

"쌀 한 가마라문 얼매나 큰돈인데 그러시오."

"글쎄 사 두시라니까요. 이게 마님께 보은하는 길이라 그럽네다."

여승은 자정까지 보채며 물고 늘어졌다. 이 여승이 무슨 꿍꿍이속으로 이러나 하는 생각이 들면서 무서워졌다. 수덕에게 어서 점방문을 닫으라고 눈짓을 했다. 수덕이 일부러 덜그렁거리며 문을 닫아걸고 있건만 여승은 떠억 버티고 앉아서 돌아갈 기미를 보이지 않았다. 점방 문을 잠근 수덕이 동미의 곁에 앉더니 입을 귀에 바짝 대고 속삭였다.

"쌀 한 가마에 큰 산을 사다니 정말 재미있네요. 마님! 그 산을 삽시다. 내 마음이 뜨거워지는 것이 산을 사는 것이 하나님의 뜻인 것 같아요."

동미는 시큰둥한 표정을 지으며 여승을 하룻밤 재워 보내리라 생각한다.

"내레 무식한 여승이디만 암자나 동굴에서 도를 닦구 있는 도사들이 주구 받는 말을 귀동냥해서 들은 덕이 있디요. 그 돌산을 놓구 쉬쉬하문서 나누는 대화를 들었넌데 장차 그 돌산이 모두…"

도사들의 이야기가 나오자 동미는 상을 잔뜩 찌푸렸다. 주섬주섬 찢어진 치마를 추스르며 안으로 들어가려하자 여승이 동미의 치맛자락을 잡고 늘어졌다. 찢어진 치마를 잡아들며 신경질적인 눈으로 여승을 흘겨보았다.

'그걸 사거라. 그걸 당장 사거라. 그 산을 사는 것이 내 뜻이니라.'

동미는 천둥 벼락이라도 맞은 듯 아찔했다.

'주님! 돌산을 사라구요? 나무 한 그루 자랄 수 없는 산을 사서 무엇에 씁네까. 산소루두 쓰디 못할 산입네다.'

동미는 의아한 기색으로 중얼거렸다. 또다시 주님의 음성이 들렸다.

'딸아! 주저하지 말라. 내 뜻이 있느니라. 네 가는 길을 내가 알거든 왜 듣지를 아니하느냐.'

동미는 우뚝 서서 방안을 둘러보았다. 여승과 수덕이 말고는 아무도 없었다. 분명 주님의 음성이었다. 돌산을 사서 무엇에 쓰려고 주님이 그러시는 걸까. 하지만 사랑하는 남편 문한과 생명처럼 귀한 두 아들 한호와 한경이까지 주님의 명령에 따라 떠나보낸 사람이 돌산을 사라는 명령을 어길 이유가 없다. 동미는 천천히 여승에게 눈길을 돌렸다.

"내레 그 돌산을 사리다. 내일 아침 주지 스님에게 항께 갑세다."

"우아! 참말루 감사합네다. 내레 은혜를 갚게 되었습네다."

동미가 어둑새벽 여승과 함께 돌산을 사려고 떠난 뒤 문한이 점방을 기웃거렸다. 숙출에게 얻어맞은 동미가 너무 가여워서 새벽 일찍 찾아온 것이다. 부인상회라는 간판이 이슬에 흠뻑 젖어있는 희붐한 새벽. 문을 흔들었으나 대답이 없다.

문한은 연광정과 청류벽을 지나 영명사 아래 위치한 부벽루로 올라가 유유히 흘러가는 대동강 물을 내려다보았다. 동미와 함께 앉았던 바위에 이르니 진한 그리움이 대동강 물처럼 가슴에서 물결쳤다. 물 위에 피어오르는 안개가 스멀스멀 움직인다. 마치 살아있는 괴물 같았다. 멍청하게 앉아서 강물 위를 하염없이 내려다보고 있는 문한의 옆에 아침 안개를 안고 키가 구척인 사내가 다가와 곁에 앉았다. 잿빛 승려 복을 입은 사내는 바랑을 짊어지고 방갓을 깊숙이 내려 쓴 차림이었다.

"상민공동회(商民共同會)에는 가입한 것이네?"

문한은 소스라치게 놀라서 옆에 앉은 스님에게 시선을 돌렸으나 앞으로 푹 눌러쓴 방갓 때문에 얼굴을 볼 수가 없었다. 협동사(協同社) 사장 안태국(安泰國)이 지방세 관계로 경무관에 구속되자 평양 시내의 상인과 실업가들이 조직한 단체가 바로 상민공동회이다. 이 조직은 안태국 석방운동은 물론 평양 시내에 범람해 들어오는 일본상품 불매운동을 하고 경우에 따라서는 철시까지 단행하는 강력한 조직체인데 낯선 사람이 스스럼없이 상민공동회를 들고 나오다니 도대체 누굴까. 혹시 왜놈의 끄나풀이 아닐까. 생각이 여기에 이르자 문한은 잔뜩 긴장했다.

"당신은 누구요? 어케 상민공동회를 알고 있소?"

"문한이! 나라구, 정말 나를 몰라 보갔어. 박문점에서부터 미행했디."

사내가 방갓을 벗었다. 반백의 머리카락이 강물 위를 스쳐 불어오는 바람을 타고 나풀거렸다. 우람하게 떡 벌어진 어깨와 구릿빛 얼굴에 힘이 넘쳤다.

"아아! 봉수형! 형! 형이 살아있다니. 형이 스님이 되었다니!"

"쉬이! 조용히 하라구. 변장한 거디 내레 와 스님이 되갔네."

문한은 봉수의 가슴에 얼굴을 묻었다. 얼마나 그리던 사람인가! 박진사를 두 번이나 해치고 포졸들에 쫓겨 달아난 봉수가 죽지 않고 살아있다니!

"어디 네 얼굴을 좀 똑똑히 보자우."

봉수가 문한의 얼굴을 두 손으로 감싸 안았다. 눈물로 얼룩진 얼굴을 투박한 손으로 어루만지는 봉수의 손이 마치 고목 껍질처럼 까칠했다. 문한이 얼굴을 만지고 있던 봉수의 두 손을 잡아 내렸다.

"아니! 형의 손이 어떻게 이렇게 거칠어질 수레 있어. 어디에서 얼매나 고생을 했으문 손이 이렇게 되었어. 어엉엉… 형!"

문한이 봉수의 가슴에 얼굴을 묻었다.

"내레 하와이루 해서 샌프란시스코를 거쳐 상해로 해서 피양꺼정 온 거 아닌가. 하와이 농장에서 2년간 배상 100불을 갚느라고 고생했구 미국 본토로 가서는 오렌지농장에서 일해주구 입에 풀칠하문서 학교를 다녔디. 문한이! 나 미국에서 공부한 사람이야. 으하하…."

"형! 나두 말이야 당시루 성공했어. 형이 의주 향교동의 박진사네 사랑방에 군불을 지피문서 들려준 의주의 거상 임상옥터럼 되려구 무진 애를 썼디. 내 동생 근한이 얼어 죽은 걸

형두 기억하디. 근한이 무덤 앞에서 약속한대루 고아들을 돌보는 집두 지어 도검돌의 아내와 아이들이 아이들을 돌보구 있디. 그리구 면사 면포점으로 피양에서는 알아주는 거상이 됐어."

묵묵히 문한의 말에 귀를 기울이고 있던 봉수의 얼굴에 잔잔한 미소가 서렸다. 햇살이 바람에 따라 일렁이는 물결 위에서 보석처럼 부서졌다. 하늘빛으로 물든 강물 위로 이름 모를 새들이 무리를 이뤄 낮게 날아다녔다.

"네가 피양 바닥에서는 돈 많은 거상으로 이름이 난 걸 모두 듣구 왔디. 내레 피양에 온 지 벌써 보름이 되었다구."

문한의 얼굴에 놀라움이 서렸다.

"고럼 박진사를 또…."

"아니야. 이젠 그런 시절 다 지나갔어. 내레 그런 데데한 소인이 아니야. 난 나라를 찾으러 온 거라구. 미국 땅에 살문서 조국이 얼매나 귀한 것인가를 뼈저리게 느꼈거든. 양코배기들이 우리 되선 사람을 개돼지 보듯 하더라구. 사람 취급을 하디 않구 동물터럼 부려먹었디. 미국두 되선두 모두 우리를 버렸어. 하와이 농장에서 고생한 걸 어찌 이루 말루 다 하갔네."

순간 봉수의 눈에 핑그르 물기가 돌았다. 지금도 꿈속에서 말을 타고 회초리를 휘두르며 달리는 십장의 고함이 쟁쟁하게 울려서 소스라치게 놀라 깨어난다. 등허리에 휘감기던 매질과 뱀 같은 십장의 얼굴을 어찌 잊을 수 있단 말인가. 회초리에 맞아 쓰러지던 아녀자들의 비명, 비명… 그리고 이름 모를 꽃이 피고 지는 이녁 땅에서 동녘을 향해 서서 날마다 눈물을 흘리던 불쌍한 동족들의 참상을 어찌 잊을 수 있겠는가!

“형! 이제 박진사네는 잊어버려요. 그 집 다 망해버렸어.”

봉수는 문한의 말에는 대답을 않고 물 위를 맴돌다가 안개가 걷힌 하늘 깊숙이 햇살을 따라 치솟아 오르는 새 한 마리에 시선을 돌렸다.

“형! 내 말을 듣구 있어.”

“기래 안다. 의주에두 가보구 박진사가 사는 집에 두 번이나 들러서 보구 왔다. 하지만 이제 그런 일에 신경을 쓰디 않기루 했다. 나라를 찾으러 온 사람이다. 일본놈의 손에서 조국을 찾으러 여기꺼정 온 것이라구.”

봉수는 한참동안 강물 위에 눈을 두고 뜸을 들였다. 무엇인가 말을 하려고 멈칫거리면서 흘끔 문한의 표정을 살피기까지 했다. 문한의 얼굴에 두려움이 서렸다.

“자네 일본놈의 그악스러운 통티 밑에서 계속 당시를 할 수 있다구 생각하네? 일본놈들로부터 우리나라의 경제적 파탄을 막는 길은 자급자족하는 길밖에 없어. 그 듕에서두 공업의 진흥이야말루 되선의 생명선이다. 현해탄을 건너서 일본 제품이 홍수터럼 밀려 들어와 왜놈의 독점시당이 되었으니끼니 조국을 살리는 길은 정티도 듕요하디만 경제력을 길러야 한다구.”

군불을 때느라고 사랑방 아궁이 앞에서 나란히 쪼그리고 앉았던 어린 시절처럼 문한은 귀를 기울였다. 동쪽에 불끈 솟아 오른 해가 휘장처럼 드리운 하늘 자락을 파랗게 물들이자 고깃배들이 점점이 강물 위로 떠다녔다.

“고럼 형! 이 나라의 경제력을 어케하문 살릴 수 있다고 생각하십네까?”

문한의 말에 봉수는 사방을 경계하듯 둘러보고는 목소리를 낮추었다.

“기래서 내레 피양에 와 널 찾은 게 아니네. 피양엔 널 모르는 사람이 없더구나. 임상옥터럼 넌 돈을 많이 벌었어. 하지만 조국이 없다문 그 재산을 지킬 수 없어. 우리레 할 일은 유교의 전통적인 상공업 턴대사상을 버리구 민중의 의식구조가 개조되도록 노력해야 한다구. 그다음에 할 일은…”

한 번 더 뜸을 들이면서 봉수는 영명사 쪽으로 해서 바로 등 뒤에까지 죽 훑어보고도 마음이 놓이지 않는지 자꾸 사방을 두리번거렸다.

“일본 도자의 침투를 막구 민족의 긍지를 살리구 되선 민족의 꿈을 실현할 목덕으로 피양 마산동에 도자기 회사를 설립한다는 소문을 들었갔디?”

그제야 문한이 피식 웃었다. 도자기를 만든다면 뭐가 그리 무서워서 봉수 형은 겁에 질려있단 말인가. 미국에서 오래 살더니 이상해진 것이 아닐까.

“그릇을 굽는다문 새로운 것두 아니디 않소.”

“고래(古來)로 제조해오던 고려청자와 이조백자는 우리 조상들이 만들어 온 것인데 일본에서 수입한다는 것은 민족덕 수치라고 생각하디 않네. 더구나 도자기 제조회사를 차리문 수지상 유리한 기업이구 장래성두 있어.”

“형님 생각엔 되선 사람들이 그 일을 할 수 있다구 생각하십네까?”

"고럼, 할 수 있디. 너 이승훈이란 사람을 알고 있갔디?"

"고럼요. 그분은 덩주군 납청덩(納淸亭)에서 유기(鍮器)공장을 경영하는 분이잖아요. 어려서부터 점원으로 일하문서 자수성가한 사람이디요."

"바로 그 사람을 중심으로 주식을 모으려구 기래."

"주식이요? 도대체 주식이 무엇입네까?"

문한은 머리를 갸웃거리며 떨떠름한 표정을 짓는다. 안개에 잠겼던 산하가 파란 하늘 밑에 잠기면서 사방이 확 트여왔다. 햇살에 드러나 산하를 불안한 눈으로 둘러보던 봉수가 벌떡 일어섰다. 목에 건 묵직한 염주가 봉수를 고승처럼 보이게 했다.

"우리 한적한 산으루 갈까. 여기서는 아무래두…."

문한이 영명사 뒷산을 향해 성큼 앞장을 섰다. 오솔길로 들어서자 산새들의 노랫소리가 아침 공기를 타고 청아하게 울려 퍼졌다. 말없이 문한의 뒤를 한참 따라 걷던 봉수가 나뭇잎을 따서 흩뿌리며 짐짓 지나가는 말처럼 물었다.

"검동이레 어디매 살구 있넌디 알구 있갔디?"

문한이 발걸음을 멈추고 돌아봤다. 방갓을 벗어든 봉수의 손이 눈에 띄게 떨리더니 10대 소년처럼 얼굴을 붉혔다. 검동이와 봉수 사이를 잘 알고 있는 문한의 가슴이 철렁했다. 왜경을 업고 나대는 서출이 떠올랐기 때문이다.

"검동이레 피양에 없어요. 부인권서겸 전도부인이 되어서라무니 되선 팔도를 돌아댕기구 있으니끼니 어케 알갔어요. 얼마전 피양에 있다가…."

"뭐! 피양에 있었다구?"

"그렇다니까요. 여기서 왜경에 쫓겨서 아래쪽으로 달아났어요."

문한은 애써 서출의 이야기를 피했다. 불 같은 성격의 봉수에게 검동이와 서출 사이 얽힌 사연을 내놓았다가는 당장 무슨 일을 저지를지 몰라서였다.

"검동이 되선 어디엔가 살아있다문 만날 날이 있갔디. 그 이야기는 고만 두구 좀 전에 말하던 도자기 회사 이야기나 하자우. 일본이 거대한 자금을 개지구 덤비는 걸 우리 소자본으루는 이길 수레 없어. 그러니끼니 모두가 돈을 합치자는 거야. 미국에서는 오래전부터 이런 식 경영을 하구 있다."

미국까지 들고 나오자 문한은 불쾌한 빛을 감추지 못했다.

"피양 부재들의 돈을 모아서 항께 운영하구 이득을 나눠먹자 이거군요. 그건 미국에서나 가능하갔디요. 좋은 생각이디만 왜놈들 때문에…."

문한이 시답잖게 받아 넘기자 봉수가 계획을 상세히 늘어놓았다.

"도자기 제조회사의 주식 수는 우선 200주루 하구 경우에 따라서는 1000주라도 모을 계획이라더군. 일주금을 50원씩 하여 총자본금을 6만 원으로 잡구 있디. 이런 식으로 우리 모두 힘을 합쳐 도자기회사를 경영하자는 거디."

"한 사람이 한꺼번에 50원을 내긴 힘들 걸요. 형은 미국에 오래 살다 와서 이곳 물정을 모르시갔디만요. 50원은 아주 큰돈입네다. 쌀 한 가마에 3원 한다구요."

"그러니끼니 단번에 50원을 내는 것이 아니구 1회에 25원, 2회에 10원, 3회에 가서는 15원을 납입케 하문 될 거 아니네."

주막에 들러 조반을 든 다음 문한은 봉수의 손에 이끌려 최지량의 여관으로 갔다. 거기에는 평양의 유수한 상인들이 모여 있었다. 봉수는 문한을 귀빈석에 앉혔다. 문한에게 모두 낯익은 얼굴들이라 눈인사를 주고받았다.

도자기 제조공장을 평양에 세워야 하는 이유를 처음 제안한 사람은 미국에서 돌아온 안창호였다. 그의 옆에 이승훈의 얼굴도 보였다.

노일전쟁(露日戰爭)이 일어나자 이승훈은 전시에 군수품이 급격히 폭등할 것을 예상하고 우피(牛皮) 2만 장을 사들고 영국으로 갔으나 전쟁이 너무 빨리 끝나는 바람에 우피 값이 폭락하여 사업이 기우뚱했다는 소문이 평양에 자자했다. 게다가 유기공장도 을사보호조약 이후 일제 도자기가 대량으로 수입되면서 청정(淸亭)에 있던 그의 유기공장도 점차 쇠퇴해가고 있었다. 하긴 어디를 가나 조선 전역에 싸구려 일제 도자기가 서민층까지 파고 들어가 유기그릇은 뒷전으로 물러나고 있는 판이다.

이승훈이 마산동(馬山洞)에 도자기회사를 설립하는 이유를 설명했다.

"피양은 고려자기의 발생지입네다. 이 부근의 도토(陶土)가 풍부한 걸 아시디요. 이 흙으로 빚은 자기를 이 지역 석탄으로 구워낸고로 피안도는 도자기루 유명했습네다. 상민공동회가 주축이 되어 마산동 자기 제조회사의 주주가 됩시다. 왜놈의 도자기 수입을 막읍세다. 주식회사를 맹글어 일본의 경제침략에 대비하구 빼앗긴 우리나라의 독립을 찾아야디요. 그러자문 학교를 많이 세워야합네다. 도자기를 맹글어 번 돈으루 학교를 지원합세다. 청년들을 가르칠 예수를 잘 믿는 교사들을 데려오려문 돈이 필요합네다. 우리 특유의 도자기 제조기술을 가르쳐 숙련공으로 양성하구 자랑스러운 고려자기를 수출할 길도 모색하자우요."

묵묵히 이승훈의 설명을 듣고 있던 문한이 손을 들고 질문을 던졌다.

"고려자기를 제조하는 비법을 찾지 못하고 있는 판에 어케 고려자기 같은 좋은 도자기를 맹들어 낸다고 하십네까?"

"정인숙(鄭仁淑)이 도자기 제조를 오랜 세월 연구한 끝에 드디어 그 비법을 엇비슷하게 찾아냈답네다. 그래서 이렇게 서두는 것이 아닙네까. 일본의 도자기와는 질적으로 다른 우리의 고려자기를 맹글 것이외다."

이승훈의 마산동자기회사(馬山洞瓷器會社)설립 계획을 들으며 문한은 씁쓸한 미소를 삼켰다. 회의가 끝난 뒤 봉수와 문한이 최치량의 여관을 빠져나와 대동문통을 걸었다. 문한의 얼굴 표정이 무거웠다. 이승훈의 계획에 모두 찬성하고 있건만 문한이만 삐딱한 것이 봉수의 마음을 아프게 했다.

"형! 내레 주식을 사디 않을 겁네다. 꿈은 좋디만 왜놈들이 가만 놔두지 않을 거외다. 주식을 모은다는 것이 아무래도 실현성이…."

봉수가 우뚝 멈춰 섰다. 치밀어 오르는 분을 누르느라 숨결이 거칠다.

"넌 왜 돈을 모았네? 너 함자만 잘 살자구 돈을 벌었구나."

"부재가 된 이유요? 처음엔 내레 양반자리를 돈으루 사려구 했디요. 시시한 양반이 아니구 박천 군수터럼 높은 자리를 사개지구 떵떵거리려구요."

"되선 사람 전테가 상놈이 돼가는 판에 너 함자 냥반이 되갔다구? 문한아! 넌 어려서부터 내 말을 잘 들었디. 우리 민족을 세계덕인 양반으루 맹글 마음은 없네? 미국에 가보니끼니 내노라는 양반들이 국제덕 상놈이 되었더라. 세상이 어케 돌아가고 있는디 모르는 이 민족을 깨우티는 일이 급하다."

문한은 봉수의 말에 콧방귀를 뀌었다.

"그건 나터럼 무식한 당시꾼이 할 일이 아니디요. 형터럼 미국에서 공부를 한 사람들이나 할 일이지요. 형! 눈에 거슬리는 그 옷이나 벗어버리라우요."

"왜놈에게서 이 나라를 찾기꺼정 스님 옷이 변장하기엔 아주 덕격이야."

"일본놈들이 얼매나 간교한디 그 옷을 입었다구 살아남을 줄 알아요."

박문점 앞에 이르자 안으로 들자고 문한이 손짓하자 봉수가 머릴 흔들었다.

"숙출 아씨를 만나기 싫다. 동미 아씨 집으루 가자우."

그러자 문한이 말없이 되돌아서 다시 대동문통을 걷기 시작했다.

"형! 돈이 없디. 이걸루 굶디 말구 급한대루 우선 쓰라우요."

문한이 허리춤을 한참 부시럭거리더니 봉수의 손에 돈을 쥐어준다.

"문한아! 내게 돈을 뭉텅 줄 수레 없네?"

"네! 한 뭉테이라구요? 무엇에 쓰려고 기래요?"

"되선에서는 이제 글렀다. 압록강을 건너 서간도나 북간도에 군관학교를 세워서 젊은이들을 병정으루 기르는 수밖에. 하와이에서는 박용만이 되선 청년들을 모아놓구 독립운동을 할 군인 훈련을 시키구 있어. 기래서 내레 태평양을 넘어 온 것이 아니네. 그러니끼니 너두 군자금을 내놓아라."

봉수의 이야기를 들으며 문한은 아득히 깊은 계곡으로 떨어져 내리는 듯했다. 서출이 때문이다. 범처럼 나대는 서출과 숙출을 가까이 데리고 있으면서 군자금이라니! 아찔했다. 여태껏 쌓아올린 돈더미가 와그르르 무너져내리는 듯했다. 봉수가 돌아온 것이 싫었다. 무서웠다. 두려웠다. 겁이 났다. 얼마나 고생을 하면서 쌓아올린 탑인가. 문한은 머리를 세차게 흔들었다. 절대로 군자금을 낼 수 없다고 뒷걸음질 치다가 봉수를 남겨놓고 달아나버렸다.

일어서는 빛기둥

1

이준이 해아(海牙)에서 순국하고 고종이 일본의 강압으로 왕위를 물려주면서 드디어 조선 군대가 해산당하게 되었다. 비가 장대처럼 내려꽂혀 앞이 보이지 않는 음산한 새벽, 검은색 군복에 봉숭아 꽃빛 견장을 단 조선 군인들은 일본군의 강제 해산에 맞서서 싸웠다. 요란한 총소리에 새벽잠을 설친 백성들은 문을 꼭꼭 걸어 잠그고 숨어버려 개 한 마리도 얼씬대지 않았다. 서로 맞붙어 싸우면서 군인들이 흘린 피가 빗물에 섞여 큰 길로 콸콸 흘러갔다. 복숭아골에 세워진 세브란스 병원은 부상병들로 발 들여 놓을 틈이 없었다. 대석은 죽어나가는 군인들과 신음하는 병사들을 돌보느라고 정신이 없었다. 외과의사인 대석은 일생 이렇게 엄청난 피를 본 적이 없었다. 백정의 아들로 거의 날마다 짐승의 피를 보고 살아온 유년시절이 아니었다면 아마 기절했을지도 모른다. 피피피… 하얀 천 한가운데 핏빛으로 둥글게 박힌 일본 국기를 떠올리며 대석은 몸을 떨었다.

식사할 시간도 없이 며칠간 종종걸음을 치며 단 한 사람의 생명이라도 더 건지려고 애쓰고 있는 대석을 찾는 사람이 있었다. 누굴까? 이 바쁜 중에. 대석은 손에 묻은 피를 대강 씻고 복도로 나갔다. 검은 치마에 흰 저고리를 받쳐 입은 김메례 전도부인이 서 있지 아니한가.

"오마니! 이거 얼마만이요. 피양에서 언제 돌아오셨습네까?"

"서울 온디 몇 달 되었디만 내레 준비할 것이 많아서 이제야 널 찾아왔다. 너무 바쁘디? 오늘밤 너랑 식사를 하구 싶구나."

"왜 바루 연락을 하시디 않으셨어요. 어디로 나갈까요."

"연못골 우리 집으로 오문 좋갔다. 내레 의주 음식을 차리구 기두루디."

"의주 음식이요? 아이쿠! 신나네요. 그리루 가디요. 조금 늦을 터이디만 기두루시라요. 너무 많은 사람들이 죽어나가구 있습네다."

더위가 극성을 부리는 여름이라 해가 진 뒤에도 땅에서 뿜어 나오는 열기가 숨 막히는 밤이었다. 대석은 지친 몸을 이끌고 연못골로 향했다. 어머니의 집에 당도한 대석은 한참 기웃거렸다. 대문도 버젓했고 집안이 깨끗해서 예전의 모습이 아니었다. 밝게 켠 불빛에 드러난 신발의 수를 보고 대석은 머리를 갸웃거렸다. 댓돌 위에는 남자의 신과 젊은 여자의 신이 어머니의 신 곁에 나란히 놓여있었기 때문이다. 집안에 잔뜩 고인 음식냄새가 시장한 대석의 침선을 자극해서 군침이 입 안 가득 고였다. 기침을 두어 번 하자 김메례 전도부인이 제일 먼저 뛰어나왔다.

“날레 아낙으로 들어가자우. 네가 만나야할 사람들이 와있어.”

대석은 어머니 손에 끌려 방으로 들어가 아랫목에 앉았다.

“저 애들의 절을 받거라.”

젊은 부부가 울먹이며 절을 올렸다. 여자는 펑퍼짐한 치마를 입었건만 만삭인 배를 감추지 못하고 굼뜨게 움직였다.

“으흐흑… 이걸 받으시라요.”

사내가 새까만 무명보자기로 싼 것을 대석에게 내밀었다. 때가 꼬질꼬질 낀 천을 풀어헤치자 백정의 칼이 방바닥에 떨어졌다.

“아니! 이건 분명히 우리 아바지의 칼인데… 고럼 너 넌….”

칼을 집어든 대석이 얼마간 말을 잇지 못하고 칼자루를 면밀히 살폈다. 소가 그려진 백정의 칼은 대석이 고이 간직하고 있는 아버지의 보물과 쌍을 이루는 것이었다. 퍼뜩 갖바치의 딸로 기생이 된 미라의 얼굴이 떠올랐다.

“내레 이백석(白石), 대석형님의 동생이웨다.”

대석은 칼을 다시 검은 보자기로 조심스럽게 쌌다. 손이 부들부들 떨렸다. 자신의 못된 성품으로 인해 박진사에게 잡혀가 맞아 죽은 아버지의 얼굴과 여동생 금경의 앳된 얼굴이 선명하게 떠오르자 대석은 백석을 와락 껴안았다.

“미안하다. 내레 에미로써 진작 이런 사연을 말해주었어야 하는 건데… 백석을 낳아 왕의원에게 주구 올 적에는 일생 보디 못할 줄 알았다. 하디만 좋으신 하나님께서는 백석을 다시 우리에게 돌려주신 게다. 백경이하구 백석이는 쌍둥이다. 백석이 오빠구 백경이는 동생이란다.”

"오마니! 이런 소식을 진작 알려주었으문 오늘밤 여기 나오라구 백경에게 연락을 할 수 있었넌데. 누이가 공부 마치구 시댁으로 돌아왔어요."

"우리 백경이가 미국에서 돌아왔다구? 그거 정말이네!"

"고럼요. 어제 아침에 세브란스로로 연락이 와서 서로 통화를 했는데요."

백경이 돌아왔단다. 강제로 양반집 외동 며느리로 들어간 백경이 미국에서 귀국했단다. 김메례 전도부인의 마음은 딸을 보고 싶은 마음으로 견딜 수가 없었다.

"그애 아직두 아이가 없다더냐? 시댁의 핍박이 심해질 터인데 이를 어카디."

대석이 머리를 흔들었다.

"큰 일 났구나. 자식을 낳지 못하문 그 집에서 쫓겨날 터이니끼니."

"매제가 몸이 약해 아이가 없는 것이디 백경이 어째서 기래요. 죽을 사람이 백경으로 인해 살아났으문 그걸루 감사해야디 자식꺼정 바라겠어요."

대석이 누이동생을 옹호하고 나섰으나 김메례는 깊은 한숨을 내쉬었다.

미국에서 공부를 마치고 남편과 함께 돌아온 백경은 아침 문안을 강요하는 시어머니의 뜻에 따라 졸린 눈을 비비며 한복을 곱게 차려입었다. 오색실을 달아 노리개로 만든 칠보장도를 옷고름에 차고 버선을 신었다.

"제발 더 자라고. 당신 이러다가 쓰러지는 거 아니야. 우리가 결혼한 게 언젠데 아직도 아침 문안이야. 더구나 당신은 미국 물을 먹었잖아."

종길이 졸린 눈을 찡그리면서 짜증을 부렸다. 그래도 백경은 세수를 하고 은에 파란을 입힌 비녀를 꽂고는 귀이개까지 단단히 찔렀다. 희붐한 새벽마당으로 내려섰다. 대청마루에 훤히 보이는 산기슭에 지천으로 자란 누리장나무의 붉은 꽃이 눈부셨다. 시어머니 방엔 벌써 불이 켜져 있었다. 며느리의 아침문안을 기다리는 것이다. 어제처럼 또 이상한 말을 하면 어쩌나 해서 백경은 가슴을 쓰다듬었다. 보료 위에 정좌하고 앉아있는 시어머니를 향해 백경은 다소곳하게 아침 절을 올렸다.

"일어서지 말고 게 앉아라. 네게 긴히 할 말이 있다."

백경은 뒤 치마 자락을 잡고는 조용히 앉았다. 가벼운 동작이다. 시어머니의 눈살이 찌푸려진다. 아이를 뱄다면 저런 동작이 나올 수 없기 때문이다.

"아직도 소식이 없느냐. 7대 독자 집에 시집 왔으면 대를 이어주어야지 그러구 있으면 어쩌자는 게냐. 기도만 한다고 해결될 일이 아니잖으냐."

"죄송합니다. 오마니! 하나님이 아이를 주실 걸 믿구 기두를 수박에요."

"너희들이 미국 가서 사는 동안 아이를 가지지 않은 건 이해가 간다. 하지만 이제는 아이를 가지도록 두 사람이 의견을 모아야한다."

백경은 머리를 숙이고 뒷걸음질을 해서 방을 나왔다.

아무래도 시앗을 봐야겠다는 생각이 들었다. 예수를 믿는 집안이지만 어쩌랴. 대 이을 자식을 낳기 위해서 슬쩍 다른 여자를 넣었다가 아이만 받아내면 되는 것이 아닌가. 그래서 며느리가 여학교에 선생으로 나가겠다는 걸 막고 있는 것이다. 시앗이 낳은 아이를 며느리가 낳은 것처럼 위장하려면 며느리를 밖에 내보내서는 절대로 안 될 일이다. 예배당에 소문이라도 나는 날이면 골치 아플 것이 뻔했다. 당질을 불러 가난하지만 튼실한 산골처녀를 부탁해 놓은 건 참으로 잘한 일이라는 생각에 이르자 홍판서댁은 어깨를 으쓱했다. 여태껏 아이를 낳지 못한 것은 며느리에게서는 이제 아이를 기대할 수 없다는 증거가 아니겠는가. 아들을 살그머니 불러냈다.

"종길아! 아무래도 홍씨 집안을 위해 수를 써야겠구나."

어머니의 말이 무슨 뜻인지 알아차린 종길이 이맛살을 잔뜩 찌푸렸다.

"첩을 집안에 들여놓자는 게 아니다. 네가 슬쩍 육촌 집에 가서 하룻밤만 자고 오면 된다. 아이를 낳으면 데려다가 네 처가 낳은 것처럼 꾸미고 기르면 되지 않겠느냐. 그러지 않으면 이 집안 대가 끊어지는 판이다."

종길이 머리를 절레절레 흔들었다.

"어머니! 그건 죄입니다. 성경을 매일 읽으시면서 그러십니까. 승동교회에 다니는 어떤 이는 첩을 얻었다고 교회에서 치리 받았어요."

예수를 믿는 사람들은 술장사를 해도 담배를 피워도 교회의 치리를 받았다. 해서 근신과 출교가 많았다. 하룻밤 다른 여인과 잠을 잤다는 소문만 나도 문제를 삼고 있는 판에 아이를 낳아 온다는 건 말도 되지 않는 일이다.

"그건 감쪽같이 내가 해내마. 걱정말구. 내 처나 잘 다스려라. 며느리도 그렇지. 아이를 낳지 못해 일생 구박받는 것보다 배 아프지 않고 떠억 낳아준 아이를 자기 자식인양 기르면 되는 걸 뭘 그러느냐. 너는 내가 일러준 날에 육촌형 집에 가서 하룻밤만 자고 오면 된다."

종길은 어머니의 성화에 견디지 못하고 하인을 따라 밤 나들이를 했다. 깜깜한데서 만나보고 바로 되돌아 나오면 되는 것이다. 아버지 홍판서의 불만스러운 눈길을 피할 길은 이 짓밖에 없었다. 어머니의 닦달에서 벗어나는 것도 이 방법밖에 없었다. 아내인 백경에게 미안하지만 아이를 가져야 하는 것이 조선의 윤리가 아니던가. 미국하고는 형편이 완전히 다르잖은가.

그러고 종길은 모든 걸 까맣게 잊어버렸다.

석 달이 지난 어느 날 종길이와 백경은 안으로 불려갔다. 홍판서 부인의 얼굴에 서기(瑞氣)가 어른거렸다. 흥분해서 벌게진 얼굴에 희열이 가득하였다.

"임신 삼 개월이 되었다. 며늘아가야! 넌 이제부터 조심해라. 배에 두꺼운 천을 감아서 아이 밴 것을 하인들에게 알려야 한다. 그리고 예배당에 갈 적에도 그렇게 해라. 내 말 뜻을 알아들었지? 경사가 났다고 잔치를 할 참이다."

순간 종길의 얼굴이 빨개졌고 백경의 얼굴은 핼쑥해졌다.

"야곱이 첩을 둘이나 거느린 걸 모르느냐. 다 아들 낳을 욕심에서 나온 것이다. 여자란 시집오면 그 집안의 대를 이어주는 것이 마땅히 해야 할 일이다. 며늘아기의 품에 아기를 안겨주어서 기르게 할 터이니 걱정 말아라. 입덧이 난 것처럼 꾸미고 있거라. 신 과일이랑 별식을 들여보내마. 너희들 두 사람 각별히 조심해서 아기가 집안에 들어올 때까지 처신을 잘 할 줄로 믿는다. 세상에! 이런 경사스러운 일이 우리 집안에 생기다니!"

깊은 생각에 골몰히 잠겼던 백경이 머리를 번쩍 들었다.

"오마니의 말씀에 순종하겠습니다. 그 대신 제 소원을 들어 주시라요."

홍판서 부인의 얼굴에 흡족한 미소가 서린다.

"말해 보아라. 우린 서로 협조하면서 홍판서 가문을 살리자는 것이니까."

"아기가 태어날 동안 저는 절대로 사람들을 만나지 않을 겁네다. 심지어 친정식구들 하구두 소식을 끊구 지낼 것입네다."

"좋은 생각이다. 나가지 말고 집 안에만 있는 것이 좋갔다. 친정식구들의 눈을 어떻게 속이겠느냐. 아주 현명한 생각이다."

순간 백경의 눈에 눈물이 핑그르르 돌았다. 입술을 잘근잘근 씹다가 남편 종길을 힐끔 훔쳐봤다. 멋쩍게 앉아있는 남편을 향한 미움이 솟구쳤다.

"그리고 오마니, 한 가지만 더 들어주시라요. 그 여자가 아이를 낳으문 유모루 이 집안에 들여놓구 내레 밖으로 나가도록 허락해 주십시오."

순간 홍판서 부인의 얼굴에 노기가 서렸다.

"아기를 기르지 않고 어디로 싸돌아다니려고 그래. 그건 못한다."

"고럼 내리 오마니의 계획을 허락할 수레 없습네다."

종길은 안절부절못하며 어머니와 아내를 번갈아 보았다.

"아이도 낳지 못해서 칠거지악을 범한 여자가 말이 많구나. 예수를 믿는 것이 무슨 큰 유세라고 시어머니인 나에게 그렇게 당돌하게 덤비니."

"내레 이 집안에서 할 일은 다했습니다. 남편을 살려내었구 아이꺼정 데불구 오문 다 끝이 난 것이 아닙네까. 예배당과 학교에 나가 일을 할 것이웨다. 그간 학교에서 수십 차례 연락이 왔으나 오마니의 눈치를 보구 있었는데 아기가 집안에 들어온 뒤에는 바깥으로 일하러 나갔겠습네다. 아직도 어둠 속을 헤매고 있는 많은 여성을 위해, 조국을 위해, 또 주님을 위해 할 일이 너무 많습네다. 그걸 허락하시문 오마니의 말에 순종하갔습네다."

거창하게 늘어놓은 며느리의 말에 홍판서 부인은 묘한 표정을 지으면서 상을 찌푸렸다. 시어머니 앞을 물러나온 부부 사이에 어색한 기운이 돌았다.

"여보, 미안해. 어쩌다 보니 이렇게 되었어. 아이만 있으면 이 집안에서 우릴 들볶을 일이 없을 거야. 한 번만 참고 이 기회를 넘기자."

백경은 대꾸를 하지 않고 돌아앉았다. 자유롭게 세상으로 나가는 것이다. 그러나 가정을 박차고 나간 여자를 이 사회가 용납할 것인가. 가정과 직장을 함께 가질 수 있을까. 아니면 일을 택하고 아예 가정을 버릴 것인가. 고민의 늪 속으로 빠져들면서 백경은 참았던 울음을 터뜨렸다. 거세게 터져 나오는 울음소리를 죽이기 위해 두 손으로 입을 틀어막았다.

일본에 충복노릇을 하던 친일파 미국인 스티븐스가 조선에 관하여 악의에 찬 글을 발표했다가 미국 땅에서 장인환의 손에 사살되었다는 소식이 장안에 파다하게 퍼졌다. 연이어 안중근이 하얼빈 역에서 이토 히로부미를 암살한 사건이 터지면서 왜경의 신경은 극도로 곤두섰다.

독립운동에 관여한 많은 사람이 잡혀 들어가 곤욕을 치르고 있었다. 조국을 건지겠다고 압록강을 넘나드는 봉수는 언제나 깊은 밤 문한의 박문점 창가에 와서 문한이 알아들을 수 있도록 특이하게 목탁을 두드렸다. 겁에 질린 문한은 숙출의 눈치를 보면서 시주금을 주는 척하며 밖으로 나왔다.

"박문점으로 이렇게 직접 오시디 말구 주막에서 기두루시라요. 사람을 보내문 되잖아요. 간이 콩알만 해져서 내레 쓰러질 것 같수다레."

문한이 앞장서서 걸으며 나직이 속닥였다.

"안창호 선생님을 중심으로 윤치호 이종호 씨가 피양에 대성학교를 설립했넌데 너두 기부금을 내야갔다. 이번엔 군자금이 아니니끼니 도망티디 말구."

"학교를 위해 돈을 내라구요?"

"고럼, 그것두 서출이나 숙출이 무서워서 못 내갔다 이말이네?"

"어드런 분들이 돈을 냈습네까? 예수 믿는 사람이 많던가요?"

"고럼, 피양 유리를 경영하는 이준호 가 삼천 원, 철산의 오회원이 오천 원, 선천의 오치은이 이천 원을 냈구. 많은 사람들이 십시 일반으루 내놓고 있다. 그러니끼니 너두 내놓아야갔다. 이 민족을 세계적 양반으로 기르는 돈이다."

문한은 묵묵히 머리를 숙이고 걷다가 한숨을 삼켰다. 쌀 한 가마에 삼 원 하는데 일천 원을 넨다해도 얼마나 큰 액수인가. 돈이 너무나 아까웠다.

"학생들이 많이 올 것 같습네까?"

"고럼, 지원자가 벌써 육백 명에 육박했다는군. 삼 년 과덩 둥학교와 일 년 과덩 예비과를 두었어. 독서, 작문, 산술, 개인면접을 통해 삼 년 과덩 둥학교에 오십여 명을 넣고 나머지는 예비과에서 준비를 하게 한다는구만. 그뿐인가. 대성학교 부설루 농림강습소도 설티하구서 유약하게 길러딘 기질을 스파르타식으루 가르테서 독립전쟁에 대비할 준비를 한다는구만."

독립전쟁이란 말이 나오자 문한은 고개를 움츠리며 주위를 살폈다.

"씩씩한 청년들을 뽑아서 눈 속에서 병식(兵式)체조를 시키구 병식행보, 구보, 장거리 행군, 야간 비상소집 훈련두 시킨다구 했어."

문한은 또 다시 한숨을 삼키며 머리를 흔들었다.

"내레 대성학교에 기부금을 낼 마음이 조금도 없습네다."

전처럼 또 다시 강하게 거절하자 봉수는 문한의 어깨를 잡아낚아 돌려세웠다. 거센 파도처럼 무서운 힘이 봉수의 손에서 등으로 전해졌다.

"너 정말 이러기네. 사방에서 나라를 구하갔다구 학교가 서구 있넌데 너만 모른 척 하문 어카려구 기래. 이승훈은 덩주에 오산(五山)학교를 세웠구, 의주에는 최광옥이 양실(養實)학교, 안악에는 양산(楊山)학교가 서서 애국계몽운동을 벌리고 있는 판에 꼴같잖은 숙출이나 서출의 밑구멍에 번 돈을 들이밀려고 기래. 왜놈들이 너 돈 버는 걸 그냥 둘 줄 알았네. 왜놈의 손에서 나라를 찾갔다구 녀자들꺼정 끼어드는 판에 너는 양반 에미네나 끼구 누워 지내려고 기래."

봉수의 말이 거칠어지자 문한이 우뚝 멈춰 섰다. 늦가을 바람이 코끝에서 쌀쌀하게 일렁이는 밤. 어두워서 얼굴 표정을 볼 수는 없었지만 문한의 숨소리로 봐서는 심사가 잔뜩 뒤틀려 있었다.

"진남포가 개항된 뒤부터 이곳으로 왜놈들 상품이 쏟아져 들어오구 있디요. 통감부령으로 시장세(稅)를 내라고 해서 상인들이 지금 항세(抗稅)운동을 벌리려구 한다구요. 상품 매상고의 백분의 일을 바티라니 이거 말이 됩네까. 일부에서는 일본인 상점을 부수고 방화를 하구 일본인들을 타살하구 있습네다."

문한의 목소리가 거칠어지더니 호흡까지 빨라졌다.

"그 소식은 서간도에서 이미 들었다. 서북디방의 항세운동을 놓고 왜놈들이 화를 내는 건 예배당에 헌금은 뭉텅 내문서 그러느냐구 한다더라."

"쥑일 놈들 같으니라구. 남의 땅에서 세금을 걷다니."

"그러니끼니 우리레 정신을 차리구 학교를 세워 청년들을 가르티자는 것이 아니네. 아까워하디 말구 대성학교에 기부금을 듬뿍 내놓아라."

"싫어요. 내레 당사하는 사람입네다. 상인끼리 하는 일두 많은데 그런데 끼어들고 싶디 않습네다. 형님이나 그 일을 하시라우요. 내레 형님이 박살낸 박진사네를 살려야디요, 도검돌 아즈바니네 식구들, 피양 거리 고아들두 돌봐야 하구 정신 못차리구 나대는 숙출이, 두 아들 한호와 한경이 공부시켜야디요. 또… 내 발등에 떨어진 많은 불을 끄기두 힘이 들어요."

봉수는 문한의 뒤를 좇다가 우뚝 멈춰 서서 침을 탁 뱉으며 중얼거렸다.

"장대재예배당에 다닌다는 소식 들었다. 예수를 믿는 사람들 듕에 너처럼 고약한 넘두 있다더냐. 넌 피양에서 데일가는 벵신이 되었구만 기래."

2

해가 두 번이나 바뀌어도 봉수는 단 한 번도 문한이 앞에 나타나지 않았다. 추석이 지나고 가을이 깊어질 즈음 갑자기 들이닥친 왜경이 문한의 손에 수갑을 채웠다. 강제로 박승으로 묶어 끌고 가는 순사들에게 문한이 결사적으로 몸부림쳤으나 목석처럼 그들은 입을 벙긋하지도 않았다. 선천의 신성학교 학생들 20명과 교사 7명도 함께 기차에 올랐다.

"와 우리들을 잡아가는 것이디요? 나도 그렇디만 순진한 어린 학생들을 왜 포승으로 묶어 데불구 갑네까? 이유가 뭔디 알구나 잡혀갑세다."

문한이 옆에 바짝 붙어 앉아 삼엄한 경계를 펴고 있는 왜경에게 물었으나 시큰둥한 표정으로 달리는 차창 밖으로만 눈길을 던졌다. 경성역에 내리니 밤 11시. 음력 9월 초순의 밤은 으스스했다. 전등불이 휘황한 경성역에는 언더우드와 에비슨 선교사가 불안한 표정을 감추지 못하고 잡혀오는 사람들을 맞았다. 문한의 눈앞에 봉수의 얼굴이 또렷이 살아났다.

"봉수형의 말이 맞았어. 한일합병으로 나라는 일본이 됐고 정부도 일본, 학교도 일본, 모두가 일본 것이니 이런 일 당하는 것은 당연한 일 아닌가."

왜 잡혀왔는지도 모르고 경복궁 앞에 제2헌병대 유치장에 감금되어 시간이 흘러갔다. 왜놈들의 긴 침묵이 갇힌 사람들을 괴롭혔다. 100일이 지났건만 도무지 기척이 없다. 선천 미동(美童)병원장이 갇힌 사람들에게 성경을 한 권씩 넣어주어 문한은 차분한 마음으로 성경을 펼쳤다. 박문점 걱정, 동미 생각, 자식들 걱정… 모두 모두 잊어버리고 성경을 향해 앉았다. 구약 창세기부터 차곡차곡 읽어내려가고 있을 때 옆 사람이 파랗게 질린 얼굴로 다가와서 귀엣말로 말했다.

"이봐요, 이런 와중에 성경 말씀이 눈에 들어와요? 우리터럼 잡혀온 사람들이 700명 가량 되던데 던하는 소식으루는 혹독한 고문으로 두 사람이나 죽었다고 합니다. 왜놈들의 고문이 얼매나 심했던디 팔이 부러지고 눈알이 빠져나온 사람, 빈사상태에 빠진 사람… 기가 막혀서 차마 눈을 뜨구 볼 수 없다는데 곧 우리 차례가 다가오구 있는 것 같아요. 이거 참말 큰일이요. 무슨 죄로 끌려왔는지 알구 당해야지 정말 갑갑해 죽갔네."

문한은 덤덤히 그의 말을 들으며 성경을 읽었다.

음력 12월로 접어들어서야 문한은 간수의 손에 이끌려 광화문으로 나왔다. 남산 기슭에 자리 잡은 총감부로 걸어가는 문한의 앞머리가 눈썹까지 내려와서 너풀거렸다. 포승에 묶인 채 사람들 속에 섞여 수표교를 지나 남산으로 향했다. 도살장으로 끌려가는 듯 등에 찬 기운이 서렸다. 난롯불이 따뜻한 아늑한 방에 들어서니 '평안북도 범죄에 관한 건'이라 쓴 서류를 펼쳐놓고 험악하게 보이는 사내들 4명이 둘러앉아 문한을 기다리고 있었다.

총감부 앞 삼층짜리 적색 벽돌 제1헌병대의 실내는 밝았고 햇빛은 찬란했다. 유리창으로 서울 시내 만호장안(萬戶長安)이 평화롭게 펼쳐졌다.

"너는 기독교 신자로 신민회원이지? 혈기 있게 돌아다니면서 돈 잘 벌어 군자금을 몰래 대주고 우리를 왜놈, 왜놈 하면서 우리말은 무엇이나 듣지 않고 서양선교사 말이라면 사지(死地)라도 뛰어든다는 밀고를 받았어."

"누레 그런 밀고를… 내레 신민회원이 아닙네다. 그저 피양 바닥에서 당시나 하구 살아가는 무지렁이입네다. 군자금을 댄 적은 한 번두 없습네다."

순간 능글맞은 웃음을 띤 서출의 얼굴이 눈앞을 스쳤다.

"너는 3개월간 유치장에 갇혀서도 성경을 보았다지. 너 같은 놈을 데리고는 조선통치를 못하겠다. 너를 개심(改心)시켜 새 사람을 만들어야갔다. 우리 일본에 최대의 위험분자는 예수 믿는 사람들과 선교사들이다. 이것들하고는 일본이 공존

할 수가 없어. 어느 쪽이든 하나는 사라져야 한다."

40줄에 들어선 경시(警視) 우지마(宇馬)가 조선말을 유창하게 구사하는 동안 뚱뚱하고 거세 보이는 헌병이 곤봉으로 문한을 사정없이 때렸다. 키가 작고 속이 꽉 막혀 보이는 가미우키(上內)라는 자가 문한의 머리를 마구 두들겨 팼다. 네 사람은 문한을 장작 패듯 무조건 마음 내키는 대로 때렸다.

"아쿠쿠! 아쿠쿠! 와들 이러시오. 세상에, 사람을 이렇게 때리다니…."

문한이 저항하자 매질은 더욱 심해졌다.

"나는 사람이오. 짐승이 아니란 말이오. 때리디 말구 말루 하시라요."

너희들은 다윗과 골리앗에 대한 설교를 좋아한다지? 다윗이란 조선을 뜻하고 골리앗이란 거인을 일본으로 비겨 은밀한 세뇌작업을 하고 있다지. 선천의 선교사 윤산온(尹山溫)이란 자가 학교에서 이렇게 가르치면서 너희들을 선동한다는 정보를 벌써부터 입수했다. 더구나 장대재교회에서는 담배를 피우지 말고 담배공장에서는 일도 하지 말라면서 대일본제국의 사업을 내놓고 막고 있으니 이건 황제폐하를 반역하는 행동이다."

조선말을 자유롭게 구사하는 우지마 경시가 윽박지르면서 호통을 쳤다.

"그건 성경을 몰라서 하는 말이외다. 2천 년 전부터 하늘나라 백성들에게 준 좋은 하나님의 말씀을 어케 그런 식으로 풀이하십네까."

"뭐라구? 하늘나라라구? 하늘나라 백성이라구? 유일한 나라는 대일본제국뿐인데 하늘나라라구? 너희 조선이 하늘나라란 말이냐?"

헌병은 사납게 달려들어 손가락 사이에 굵은 쇠 젓가락을 끼우고 손끝을 잡아맨 뒤 문턱 위에 문한을 높이 매달았다. 공중에 뜬 문한의 사지가 뒤틀렸다. 견딜 수 없는 아픔이 엄습했다. 얼마만큼 지나자 가슴에서 불이 활활 타오르더니 코로 불길이 확확 뿜어 나왔다. 눈을 뜨니 유리창을 통해 흰 눈에 덮인 서울 장안이 환하게 내다보였다.

"너 이놈! 데라우치 총독을 죽이려고 작당한 놈! 너를 살려둘 줄 알았느냐. 너희 조선 놈들이 이등박문을 암살하고 이완용을 죽이려구 날뛰고 미국에 가서 국제적 망신을 시키구 있으니 단단히 다뤄야 조용해질 것 아니냐."

문한은 대롱대롱 매달려서 외쳤다.

"내레 사람을 쥑이려 한 적이 없습네다. 내레 예수를 믿는 사람이라서 살인할 수레 없습네다. 제발 이러디 말구시리 서루까락 대화를 해봅세다."

문한이 입을 열면 더욱 풀죽을 쑤듯 전신을 짓이겨가며 매질을 했다.

"억울해요. 생전 보지두 못한 총독을 쥑이려 했다니 도통 모르는 소리요."

매질에 지친 그들은 난롯가에 둘러서서 담배를 피우고 술을 홀짝거리면서 신문을 뒤적였다. 문한은 가슴과 코에서 타오른 불길을 참지 못해 신음했다. 사망의 골짜기에 빠지는 듯 정신이 아래로아래로 아득하게 떨어져내렸다. 눈 속에서 얼어 죽은 동생 근한의 얼굴이 선명하게 보이더니 눈부신 주님의 십자가가 눈앞으로 다가오면서 가물가물 의식을 잃었다. 그들은 개처럼 문한을 질질 끌어다 제일헌병대 구치장 10호실에 던졌다. 빙판처럼 차가운 마룻바닥에 누워서 문한은 가슴 위에 상한 두 손을 얹어놓고 흐느꼈다.

'아아! 봉수 형의 말이 맞았어. 조국을 잃어버린 것이 이런 걸 뜻하는구나. 망국의 아픔이 내 몸에 상흔으로 남는구나. 오! 주님! 어띠하문 좋습네까.'

다음날 문한은 석조(石造)로 된 형구실(形具室)로 끌려갔다. 심문하는 사람은 언제나 4명. 문한을 보자마자 아무것도 물어보지 않고 무조건 한편 팔을 가슴 앞으로 돌려 어깨 위로 올리고 다른 한쪽 팔을 뒷등으로 돌려 두 손이 서로 닿을 만치 돌려놓고는 꽁꽁 묶어 공중에 매달았다. 문한은 우우! 아쿠쿠! 신음했다. 두 녀석이 두 척 가량 되는 죽창(竹杖)을 마주 잡고는 옆구리에서 허리까지 죽죽 훑어 내리니 몸이 두 동강이라도 나는 듯했다. 또 한 놈은 채찍으로 머리부터 발끝까지 사정없이 때렸다. 땀이 전신에서 마구 쏟아졌다. 눈에 안개가 끼어 앞이 뿌옇게 흐려왔다. 몸이 동태처럼 뻣뻣해지고 기혈이 통하지 않아 감각이 없어지더니 눈이 꿋꿋해지면서 혀를 빼물었다. 명치끝에 어린애 주먹만 한 것이 뱅뱅 돈다. 의식이 거물거리면서 그게 콩알만 하게 작아졌다. 참으로 이상한 것은 언어도 불통이고 움직일 수도 없건만 청신경은 미모사처럼 예민하게 살아서 꿈틀거렸다.

"이히히… 저 놈도 이 정도 당했으면 우리가 하라는 대로 할 거야. 저 정도 고문이면 팥이 콩이라고 해도 고개를 끄덕이게 마련이거든. 깨어나면 데라우치 총독 모살(謀殺)에 가담했다는 조서에 손도장을 찍도록 해."

저들의 숨소리까지 미모사처럼 예민하게 감지한 문한은 단단히 결심했다. 죽어도 저들의 말을 듣지 않으리라. 어떻게 거짓에 동조한단 말인가. 공중에 매달려 시간이 흐를수록 육신을 떠난 영혼은 간절히 하나님을 향했다.

"주님! 제 영혼을 주께 맡깁네다. 이 영혼을 받아주소서. 봉수형의 말에 순종하여 도자기 주식을 사디 않구 대성학교에 기부금을 내지 않을 걸 용서해 주시라요. 조국을 사랑하는 것이 하나님을 사랑하는 것이란 걸 이제 알았습네다. 조국이 없이 어케 하나님을 자유롭게 믿을 수레 있습네까. 아아! 내 나라 되선을 내 몸터럼 사랑해야 하는 걸 몰랐다니. 오! 주여 용서하여 주시라요."

여전히 숨은 끊어지지 않고 콩알만 한 것이 가슴에서 뱅뱅 돌았다.

"야야! 이러다가 아주 죽어버리면 어떡하려고 그래. 어서 빨리 내려놔."

헌병이 문한을 줄에서 풀어 내려놓고는 발길로 차고 머리칼을 잡아끌고 다니면서 석판 위에 함부로 메쳤다. 그래도 가슴에 차돌처럼 뭉친 작은 숨덩이는 떨어질 줄 모르고 조청처럼 끈적끈적하게 달라붙었다.

"어어! 이놈이 죽었나. 이래도 숨을 쉬지 않네. 할 수 없지. 늘 쓰는 방법을 써봐야지. 물 한 주전자 가져와서 코에 들이부으라고."

이들이 주고받는 말이 문한의 살아있는 청각에 가시처럼 박혀 왔다. 코로 들어간 물이 소리치면서 배 속으로 들어갔다. 가슴까지 차오른 물이 입으로 흘러나오자 엎어놓고 등을 작신작신 밟았다. 터질 듯이 부어오른 배의 물이 입에서 쿨쿨 쏟아졌다. 상의만 입히고 아예 아랫도리는 벗겨버려서 아래로 위로 물이 흥건하게 쏟아졌다. 물이 다 빠지자 석탄재 위로 끌고 다니면서 비벼댔다. 온몸을 석탄재로 뒤발라놓으니 마치 길가에 죽어 나자빠진 개처럼 문한은 꾀죄죄한 잿빛 덩이가 되었다.

"야야! 그 정도로 살아날 것 같지 않다. 더 심하게 때려야 숨이 돌지."

그들은 곤봉과 철간(鐵簡)으로 머리가 터져 피가 흘러내려도 마구 때렸다. 문한은 가물거리는 의식 속에서 중얼거렸다.

'주님! 주님도 십자가에 달리셨을 때 저터럼 이랬습네까. 저 너무 힘들어요. 도와주세요. 저를 긍휼히 녀겨주세요. 내레 데라우치 총독을 쥑이려 한 적이 없는 걸 주님은 잘 아시디요? 제 손을 잡아주세요. 저를 혼자 두디 마세요.'

머리털을 무섭게 잡아 뜯으며 흔들어대자 그제야 숨통이 터졌다. 사흘을 내리 굶기면서 고문을 한 끝에 숨이 터지자 문한의 입에서 나오는 소리는 오직 물, 물, 물이었다. 육신은 몸부림치며 간절히 물을 갈구했다. 이런 경우엔 영혼까지 오직 물만을 원했다.

"저 놈의 입 속에 그걸 틀어박아라. 겁을 주어야 고분고분해질 것이야."

헌병이 석탄 잿물에 적신 걸레를 문한의 입 속에 틀어박았다. 목구멍이 터지도록 밀어 넣은 걸레에서 나온 물이 목구멍으로 꿀꺽 넘어갔다.

"그 놈을 이리루 데려와 앉혀."

우지마 경시의 쇳소리가 문한의 귓전을 스쳤다. 가미우키 형사가 문한을 질질 끌어다가 고문실 가에 있는 의자에 앉혔다. 경시는 한 손에는 따끈한 차를 들고 다른 손에는 과자를 들고 먹으라고 내밀었다. 안개가 자욱이 낀 손으로 과자와 찻잔을 보면서 문한은 이를 악물고 손을 내밀지 않았다.

"아직 더 맞아야 되겠군. 자 자! 내 말을 들어봐. 평양 바닥에서 돈 많기로 소문났고 예배당에 잘 다니는 너 같은 놈을 잡아 죄를 줘야 우리가 조선을 통치할 수 있단 말이야. 네 놈이 존경한다는 마펫이나 윤산온 같은 선교사가 너에게 이런 차와 과자를 줄 능력이 있는 줄 아느냐? 그들이 선교니 자선이니 떠들어대지만 모두 조선을 삼키려고 혈안이다. 선교사란 미 제국이 파견한 놈들로 양의 탈을 쓰고 들어온 이리들이란 점을 왜 모르느냐. 이제 너는 예수를 믿지 말고 우리 대일본제국을 믿어라. 세계 대세는 일본으로 향했다. 동양은 일본의 것이 된다. 이게 천명이니 어기지 말아라."

우지마 경시가 뭐라고 떠들어대든 문한은 조갈증을 참지 못하고 생의 본능으로 물만을 찾았다. 그러면서도 우지마가 내미는 차와 과자는 거부했다.

"어이! 이놈 대단하군. 더 맞아봐야 정신을 차리겠어. 조선 놈들은 깡그리 잡아다가 머리를 못 쓰게 만들어야 한다니까."

다시 모진 매질이 머리에 가해졌다. 목구멍으로 단물 냄새가 솔솔 기어 나왔다. 그래도 이를 악물었다. 봉수형의 말대로 조국을 찾아야 한다. 살아야 한다. 이대로 죽을 수 없다. 간수 등에 업혀 10호실로 돌아온 문한은 옷 속을 헤집고 솜을 뜯어 먹었다. 깔고 있는 짚을 소처럼 씹어 먹었다. 북문창의 종이도 찢어먹고 싶었다. 살아야 한다. 살아야 한다. 살아서 이 나라를 찾고 마음 놓고 예배당에 다녀야 한다.

열흘이 지나자 눈이 흐려왔다. 영양부족으로 시력이 약해지더니 소변을 볼 수조차 없었다.

"밥을 좀 주우. 밥을, 물을, 밥을… 무엇이나 좀 주우. 배고파 죽갔소."

갇힌 사람들의 신음소리가 소름끼치도록 처절하게 사방에 울려 퍼졌다. 십여 차례 고문으로 문한은 머리털이 다 뽑혀 깃 뜯긴 닭처럼 되었다. 쇠 젓가락에 상한 손가락뼈가 드러나고 박승으로 묶였던 손목이 징그러웠다.

'주님! 제 꼴이 사람이요, 짐승이요. 어찌하여 나를 버리셔서 이 지경이 되게 하십니까. 지금 내레 음부의 골짜기에 있습네다. 그러나 두려워하지 않습네다. 주님이 이 자리까지 오셔서 나와 함께 하심을 알구 있습네다.'

난롯가에 내던져진 문한은 장대재예배당에서 만났던 성령이 함께 하심을 알았다. 오히려 고문을 가하는 자들의 일그러진 얼굴이 불안해 보여 불쌍하고 가여웠다.

"야! 서문한! 들어라. 너를 죄 주자는 것이 아니다. 이게 참다운 일본제국 신민을 만드는 방법이다. 이제라도 개심하여 예수를 믿지 않고 예배당에 나가지 않겠다고 서약하고 우리가 요구하는 조서에 지장을 찍어라."

문한은 저들의 손에 끌려가 구석에 놓인 책상 앞에 앉았다.

"너는 안악사건을 들어보지 못했나? 이토총독을 암살한 안중근의 사촌동생 안명근이 남만주에 무관학교를 세운다고 자금을 모으러 황해도를 휘젓고 다니면서 강제로 돈을 강탈하다가 잡힌 사건 말이야. 평안도와 황해도가 언제나 문제야. 안창호, 신채호 같은 놈들이 마포에서 배를 타고 황해도 장연까지 가서 게서 중국 고깃배를 타고 달아나버렸어. 북간도 연해주 해삼위나 상해로 도망가도 대일본제국 앞에서 절대로 벗어날 수 없다는 걸 왜 몰라. 너도 일본의 걸림돌이 될 놈이니 그냥 둘 수 없다."

"내레 피양의 평범한 당시꾼이라 무슨 말을 하는지 모르갔습네다."

문한이 우지마(宇島) 경시를 바라보며 얼뜬 음성으로 더듬거렸다.

"윤산온 선교사가 선천 신성학교 학생들에게 구약에 기록된 다윗과 골리앗의 예화를 들어가며 압록강 철교 낙성식에 참석차 지나가는 데라우치 총독을 죽이라는 연설을 듣구 네가 앞장 선 것을 우리는 다 알고 있다."

문한은 머리를 흔들었다. 옆에 선 헌병이 곤봉으로 어깨를 세차게 내리쳤다.

"너 같은 상놈이 왜 이렇게 고집이 세냐. 윤치호, 이승훈, 양기탁 같은 자도 모두 고백했어. 우리가 하라는 대로 예, 예 하면 될 거 아니냐. 언제부터 총독과 요인을 죽이기로 한 모의에 가담했느냐?"

문한은 강하게 도리질을 하면서 부인했다.

"내레 양반이 되는 것이 소원이었습네다. 박진사댁 절개살이를 했으니까요. 그저 열심히 살아서 양반 직이나 돈을 주구 사서 박천 군수처럼 양반칭호를 듣구 싶어 당시를 열심히 한 놈입네다. 총독이구 요인이구 모두 모릅네다."

그러자 다시 곤봉이 수없이 떨어졌다.

"너두 권총을 받아 가지구 선천역까지 나갔었지? 신성학교 교실 천장에 숨겨놓았던 총을 거사 일에 분배받아 가지고 나온 걸 다 알아. 선교사들이 총독 암살 모의를 암시하면서 총독의 일정을 가르쳐주었구 말이야. 이 사건의 시작부터 끝까지 모두 선교사들이 진두지휘하면서 진행한 걸 왜 속여."

"모르는 일입네다. 면사 면포를 운영하느라고 정신없는 놈이 어케 선천꺼정 갔다고 이러십네까. 누레 나를 밀고한 모양인데 그 놈이 누구요?"

"저 놈이 정신을 차리지 못하구 주절거리구 있어. 화저(火箸)로 지져라."

헌병이 벌겋게 달아오른 화저를 문한의 팔뚝에 댔다. 살타는 냄새가 진동하면서 견디지 못한 문한은 자지러지게 신음을 토하면서 기절해버렸다. 문한은 조선인 간수의 등에 업혀 감방으로 돌아오면서 연신 물을 찾았다. 보다 못한 간수가 목기에 물을 담아 입에 대주었다. 정신없이 마시는 문한을 측은한 듯 내려다보던 조선 간수가 한숨을 삼키며 충고를 했다.

"무조건 예, 예 하면 된다오. 사람이 살구 봐야지 죽으면 다 소용없는 짓이야. 나두 조선 사람으로서 이런 걸 보면 미칠 것 같아서 하는 말이야."

"두구 보라우요. 삼천리강산 이천만 동포를 다 죽일 수는 없을 테이니끼니."

문한이 갇힌 감방에 대석도 잡혀 들어왔다. 걸레 조각처럼 엉망이 되어 내던져진 문한에게 의사인 대석이 본능적으로 다가갔다.

'아아! 이럴 수가! 어떻게 이 지경으로 사람을 때릴 수가 있을까. 의주 향교동 박진사댁 멍석말이는 얼마나 애교스러운 짓이란 말인가! 정말 왜놈들은 듣던 대로 인간이 아니구나. 사람의 탈을 쓴 짐승들이구나.'

"여보시! 형씨. 무슨 죄루 이 지경이 되도록 맞았소."

대석이 상처를 치료하던 손을 멈추고 물었으나 문한은 입을 뗄 기력도 없는지 죽은 것처럼 널브러져버렸다. 밤이 깊어가면서 대석은 눕지도 않고 앉아서 곰곰 생각했다. 여기 잡혀온 이유가 무엇인가. 신민회 회원으로 학교를 세우는 일을 돕고 태극서관의 책을 분배한 것이 일본놈들의 비위를 건드린 것일까. 서간도에 무관학교를 설립하여 청년을 양성하겠다는 계획이 탄로난 것일까. 국권을 회복하려고 애국계몽에 관심을 가지고 돌아다닌 것이 저들의 비위를 건드렸을까. 그러나 신민회원이라고 드러내놓고 일한 적이 없는데…. 대성학교는 청년학우회, 숭실학교는 동제회, 일신은 면학회, 민간유지들은 권장회 등으로 명칭을 달리 한 걸 왜놈들이 어찌 알아냈을까. 대석은 차가운 마루에서 올라오는 한기에 몸을 떨면서 어머니 김메레가 솜을 두둑히 넣어 만든 저고리 속으로 자라처럼 목을 움츠렸다.

옆에 널브러진 사람의 숨소리가 곧 끊어질 듯했다. 맥을 짚었다. 희미하지만 아직 뛰고 있었다. 벽 틈새로 기어든 겨울바람이 몸속까지 파고 들어와 어둠이 짙어갈수록 추위는 기승을 부렸다. 시래기 빛 얼굴로 혼수상태에 빠진 사람이 손을 휘젓다가 헛소리를 했다.

“형사어른! 내레 피양 대동문통에서 면사 면포당시를 하는 천민 출신 서문한이란 사람이웨다. 형사인 박서출이가 내 처남이니끼니 연락해 보시라요.”

‘이 사람이 문한이라구! 박종만 진사댁 솟을대문 앞에 버려졌던…’

기절한 사람의 얼굴을 찬찬히 훑어보니 송충이처럼 짙은 눈썹이 옛날 문한의 모습을 살려냈다. 동상에 걸리지 않도록 힘을 다해 문한의 전신을 문질러 주었더니 오히려 대석의 몸이 더워졌다. 도대체 이 사람을 몇 년 만에 대하는 것일까. 대석은 어머니가 넣어준 솜저고리를 벗어서 문한을 감쌌다. 희미하게 조는 불빛 밑에서 두 사람은 서로 부둥켜안은 채 북으로 뚫린 창으로 스며드는 어둑새벽을 맞았다. 밤이 가고 날이 샌다는 것은 큰 위로가 되었다.

새벽 희붐한 빛 속에서 대석은 어머니 김메례를 떠올렸다. 나라를 빼앗기고 갈피를 잡지 못하고 방황하는 상처 입은 백성들에게 전도지를 들고 얼굴이 까맣게 타도록 돌아다니는 어머니여! ‘백만 심령을 그리스도에게’라는 표어를 내걸고 날(日)을 연보하는 어머니 김메례 전도부인을 대석은 얼마나 신랄하게 비난했던가! 20만 명의 신자들이 어떻게 백만 명을 교회로 끌어들일 수 있단 말인가. 나라는 완전히 혼돈 속이고 왜놈들의 눈에 거슬리는 조선 사람을 무조건 잡아다 가두고 때리는 와중에 왜놈들에게 항거하지는 않고 백만 인을 그리스도에게라니! 정신 나간 짓이다. 이건 한일합방을 한 일본을 향한 사람들의 증오심을 다른 데로 돌려놓기 위해 선교사들이 짜낸 묘안이 분명하다. 돈이 없는 조선 사람에게 시간을 연보하라고 해서 정치에 관심을 갖지 못하도록 하는 수단이 아닌가. 이렇게 입이 마르도록 백만 명 구령운동을 비판했었는데…. 아! 이 자리에 이르고 보니 그게 아니다. 어머니가 취한 태도가 하나님의 뜻이다.

새벽녘 문한은 혼수상태에서 깨어났다.

"내레 이 백정의 아들 대석이야. 날 기억하겠네? 복출 도련님을 꼽추로 맹근 백당 대석을 설마 모를 리가 있갔네."

순간 문한의 눈이 커지더니 기어들어가는 목소리로 말했다.

"대석이 자네두 잡혔군. 이제 조국과 예수를 위해 살아야겠어. 이대로 죽을 수는 없어. 봉수형 말이 맞았어. 우리 살아 나가자우. 살아서 나라를 찾자우."

김메례는 대석이 잡혀 들어간 남산 기슭 제1헌병대 주위를 맴돌았다. 온종일 내린 눈으로 서울은 흰 옷을 입은 듯했다. 많은 사람이 고문으로 인해 병신이 되거나 죽어 나온다는 소문이 파다했다. 남산 기슭에 앉아 하염없이 아래를 내려다보았다. 서쪽에는 언더우드 목사가 세운 새문안교회, 남쪽에는 제중원에서 태동한 남대문교회가 보였다. 동쪽으로는 연못골교회, 중앙에는 무어 목사가 세운 승동교회가 있다. 유독 북쪽에만 교회가 없더니 가회동 안국동 재동 견지동 박동의 북쪽 양반들끼리 선교사들로부터 경제적 원조를 받지 않고 안동교회를 세운 것이 자랑스러웠다. 순전히 우리 힘으로 세운 양반 출신들의 교회였다. 그동안 백만 명 구령운동으로 타오르던 불길이 왜놈들의 탄압으로 눈에 띄게 위축되고 교인들 수가 줄어들고 있었다.

'주님! 어카디요? 대석을 꼭 살려야갔습네다. 지금 내레 대석을 위해 뭘 해야 할디 한 말씀만 일러주소서. 그대로 하리다.'

순간 서출이 떠올랐다. 서출에게 간청한다면… 아아! 그런 방법이 있는 걸 몰랐구나. 하지만 복출을 때려 꼽추로 만든 대석을 도와줄 것인가. 그래도 이 길밖에 없잖은가. 김메레는 급히 남산을 내려와서 연못골 집으로 돌아와 짐을 꾸리기 시작했다. 평양으로 가자. 어쨌든 일본놈들과 붙어 다니며 형사가 된 서출이라면 대석을 구할 수 있겠지. 무작정 평양으로 간다는 어머니를 백석의 아내 달순이 막으며 매달렸다.

"오마니! 피양으로 가시문 죽습네다. 서출이란 사람을 정말루 몰라서 이러십네까? 왜놈보다 더 무섭습네다. 가디 마시라요."

"너는 아범이나 잘 보살펴라. 절대로 청효정 근처에는 얼씬거리디 말라구 일러라. 닥터 리의 부탁을 잊디 말구 의학 공부나 열심히 하도록 해라. 곧 졸업할 때가 되디 않았더냐. 기도하문서 고비를 잘 넘겨야 한다. 내 말 알아들었네?"

김메레는 청효정의 강미라를 마음에 두고 하는 말이다. 호시탐탐 백석을 노리고 있는 미라의 눈길을 피하느라고 그간 얼마나 마음을 졸였던가!

"오마니! 백만 명을 예수께로 인도한다구 벌리구 있는 운동을 어카구 피양꺼정 간다구 그러십네까. 고모가 올 터인데 만나보구 가시디 그러세요."

백경은 연동여학교의 선생이 되었다. 요즘은 방학이라 아침이면 집을 나와 거리를 헤맨다. 권학선전문과 전도지를 사람들에게 나눠주며 전도를 하고 있다.

"귀한 따님을 학교에 보내주십시오. 여자도 배워야 합니다. 무식하면 여자도 짐승과 같습니다. 나라를 빼앗기고 바랄 것이 없는 사람들이여! 예수께로 돌아오시오. 영원히 목마르지 않고 배부르게 해주시는 예수께로 오시오."

백경이 메고 나온 가방 속의 전도지는 반으로 줄어 가벼워졌으나 허기가 져서 허리가 꼬부라졌다. 주님께 백일을 연보하기로 서약했으니 연보할 날(日)을 채워야 한다. 전 교인이 일주일에 하루나 이틀씩 연보하기로 작정하고 조선 전역에 펼치고 있는 백만 명 구령운동으로 나라를 살려야 한다는 생각뿐이었다. 맞은편에서 오고 있는 아기를 업은 여인도 백경처럼 전도지와 쪽복음을 들고 행인들을 붙들고 늘어졌다. 두 여인은 반갑게 인사했다.

"수고하십니다. 아기를 업고 나오다니 놀랍군요!"

"일주일에 하루 하나님께 바친다고 약속을 했으니 오늘 하루 열심히 전도해야지요. 벌써 마가복음을 백 권이나 배포했어요."

"그래요? 놀랍군요. 아이쿠! 땀 좀 봐. 어깨가 푹 젖었네요."

백경이 전도지를 부채 삼아 여인의 얼굴을 시원하게 해주었다.

"오늘 전도지를 받으러 예배당에 가니 평양 장대현교회 교인들은 가가호호 7만 장이 넘는 전도지를 뿌렸다대요. 평양에서만 1천 명의 교인이 2만2천 날을 연보했다니 얼마나 놀라운 소식이야요."

"오늘 아침 들었는데 대구에서는 쪽복음만 벌써 1만6천부가 배포되었다는군요. 하나님은 우리가 이렇게 시간을 바쳐 전도하는 걸 좋아하시나 봐요."

"마가복음을 70만 부를 찍었다지만 2천만 동포가 다 받기에는 부족하지요."

"그래도 전국적으로 헌일(獻日)한 날 연보가 총 10만 일이 넘는다는군요."

두 사람은 엇갈려 반대 방향으로 갔다. 백경은 문뜩 끈질기게 미행하는 기척을 느꼈다. 인파를 벗어나서 한적한 곳으로 나왔다. 그러고 보니 어제도 그저께도 미행을 당했다. 홱 돌아섰다. 지게에 나뭇짐을 진 사람과 엿판을 메고 가위를 든 총각 말고는 의심할 사람이 없었다. 골목에 몸을 숨기고 얼굴만 내민 중년의 사내가 눈에 띄었다. 눈이 무섭게 빛나고 이마가 넓었다. 백경은 그에게도 다가가서 전도지를 내밀었다.

"두려움과 무서움에 떨지 말구 예수를 믿으시라요. 예수 믿구 천당갑세다."

순간 사내가 백경의 손을 덥석 잡았다.

"아앗! 이 손 놓으시라요. 대낮에 이게 무슨 추행이야요?"

사내는 백경을 골목으로 끌고 들어가더니 표독스러운 얼굴로 돌변했다.

"난 종로서 고등계 형사다. 백만 인을 예수에게로 끌어간다는 것은 백만 명을 독립운동가로 키운다는 말이지? 십자가를 단 병정으로 기르잤다 이 말이 아니냐고. 겁도 없이 여자가 백주에 나다니면서 그런 짓을 해."

"아니라요. 영혼을 구하잤다는 말이디 독립하구는 관계 없습네다."

고등계 형사와 마주 선 백경의 전신에 닭살이 돋았다. 술 냄새가 역했다. 더구나 썩은 생선 눈알처럼 희뿌옇게 번득이는 형사의 눈이 무서웠다.

"너를 잡아다 가둘 수도 있어. 이 짓을 당장 집어치워. 차라리 총을 들고 독립운동을 한다문 그런 사람은 무섭지가 않아. 요렇게 예수를 믿네 하구선 물밑 작전을 쓰니 너 같은 것들이 문제라니까. 백만 명을 모아서 일본을 대항해서 싸우갔다 이 말이 아닌가. 이게 모두 선교사들이 시킨 일이지?"

"되선 사람이 일본의 형사라니! 되선의 사내대장부가 어케 왜경이 되었을꼬. 당신의 몸속에 되선 사람의 피가 흐르지 않는단 말이오."

순간 형사의 손이 백경의 뺨을 무섭게 때렸다. 목이 어깨에 착 달라붙은 형사의 몸에서 독기가 퍼렇게 피어올랐다.

"지금 우리가 이 일밖에 할 일이 무엇이오? 나라를 잃고 초라한 심정으로 서 있는 불쌍한 백성에게 하나님을 믿고 위로받는 길밖에 달리 무슨 방법이 있느냔 말이오. 당신두 남자라문 눈을 들어 이 백성을 한번 바라보시라요. 얼매나 불쌍해요. 그러니끼니 당신두 양심이 있다문 날 내버려두시라요."

"넌 우리들이 주시하는 인물이야. 다시 이런 종이쪽을 들고 돌아다니면 당장 잡아 가둘 거야. 양반 가문에 시집갔어도 천민의 피는 못 속인단 말이군."

호로를 내린 인력거가 골목 입구에 멈췄다. 형사가 흘끔 인력거를 보더니 뒷걸음질을 한다. 하나, 둘 구경꾼들이 골목을 기웃거렸다.

"또 다시 잃어버린 조국이니 어쩌니 해가면서 전도한다고 나다니면 가만두지 않을 거야. 백정 출신들은 남자고 여자고 문제라니까."

"뭐! 백정 출신이 어쨌다구? 되선 사람이 왜놈 형사가 된 것은 어떻구."

"입 닥치지 못해. 못된 년! 널 미행하는 사람들을 언제나 붙여놓을 터이니 다시는 조선이 어떻고 조국이 어떻고 하는 말을 하지 말라고, 알아들었지? 그런 짓이 발각되면 당장 구속하여 비밀 결사조직인 신민회원으로 인정할 거야."

고등계 형사의 손에서 빠져나온 백경의 가슴은 그제야 걷잡을 수 없이 뛰었다. 걸음을 재촉했다. 뒷골목은 음식점이 즐비했다. 민어 뼈에 호박과 두부, 쑥갓을 넣고 고추장을 벌겋게 풀고는 쇠고기 꾸미를 올린 서돌찌개 냄새가 허기진 입에 군침을 돌게 했으나 백경은 무턱대고 연못골을 향해 뛰었다. 전도지를 뿌리는 여자에게까지 왜놈의 손이 뻗치다니 무서운 일이었다. 장차 예수를 믿는다는 사실만으로 큰 박해가 있을 징조였다. 형사 앞에서는 대담하게 나댔으나 입술이 바짝 타고 혀가 입천장에 들어붙었다. 제1헌병대에 갇힌 오라버니 대석으로 인해 백경의 가슴은 걷잡을 수 없이 뛰었다.

3

데라우치 총독을 모살(謀殺)하려 했다는 사건은 세계적인 관심을 끌었다. 을사보호조약 이후 일본은 조선 사람을 압박하기 시작했다. 7백 명이 넘는 사람들을 잡아 가두고 고문하더니 다 풀어주고 1백23명만 남겨 두었다.

미국 잡지에서는 일본 정부가 선교사들을 음모자로 취급하고 기독교인들이 어육(魚肉)처럼 불에 요리되고 있다고 보도했다. 그러나 일본 정부는 이 사건이 조작된 것도 기독교를 박해한 것도 아니라고 떠들었다. 교인을 체포한 것은 기독교인이기 때문이 아니고 암살음모의 용의자이기 때문이라고 주장했다.

조선에서 활동하는 영국 선교회나 가톨릭 신자가 구속자들 가운데 없는 걸 보면 그 증거가 되며 고문이 자행되었다는 말도 사실무근한 것이라고 떠들었다. 더구나 헐버트나 엘리스 같은 반일(反日)적 선교사에 의한 조작이라고 소문이 장안에 나돌면서 백성들은 술렁거리기 시작했다.

백경은 고문을 받은 18세의 어린 성우훈이란 학생이 죽음을 눈앞에 두고 하나님께 드렸다는 '내 영혼을 받으소서'라는 기도문을 떠올렸다.

'예예 개심 못하는 놈 때려죽이고 예예 개심하는 놈 살려내어서 고관대작 부귀영화 누리려 한다. 예예 개심할 수 없는 이 내 몸이니 형장 아래 결박지고 꿇어앉아서 쳐 죽이는 모든 매를 기다립니다. 스테반이 바라보는 열린 저 하늘, 내 주 예수 서신 곳을 바라보면서 내 영혼을 받으소서 기도합니다.'

백경의 눈에서 눈물이 철철 흘러 내렸다. 대석 오빠를 생각하니 가슴이 저몄다. 전덕기 목사님과 양전백 목사님은 고문 후유증으로 살아나지 못할 것이란 소문까지 나돌아서 모두 초상집처럼 음울한 얼굴을 감추지 못했다. 장장 72종에 달하는 고문을 자행해서 잡혀 들어간 모든 사람들의 몰골이 사람 형상이 아니라고 하니 대석 오빠인들 무사할 것인가.

평양, 정주, 선천이 서북지방의 대표적인 민족운동의 거점으로 지목되고 있는 판에 평양 사투리를 쓰는 대석이 예수를 믿으며 태극서관에 드나들면서 신민회 간부들과도 친하니 가만 둘 리가 없었다. 골목에서 대석의 석방을 위해 나선 어머니 김메례와 백경이 마주쳤다.

"잘 만났다. 내레 지금 피양 박진사댁에 가는 길이다. 우선네 오라버니를 살려놓구 봐야디 그냥 두문 죽어나올 테이니끼니 어카갔네."

"오마니! 제발 가시디 마시라요. 어쩐지 기분이 이상해요. 오마니레 오히려 잡혀서 죽습네다. 듣기로는 그 사람 서북지방에서 가장 악질적인 일본을 돕는 형사래요."

골목 어귀에서 백경을 미행했던 인력거가 이쪽을 주시하고 있었다.

한일합병이 이뤄진 뒤부터 대한제국은 조선으로 격하되고 조선통감부는 조선총독부로 바뀌었다. 육군대신 데라우치가 초대 총독으로 부임한 뒤 무섭게 날뛰면서 총칼과 무력으로 한반도를 짓밟기 시작했다. 이런 와중에 김메례 전도부인은 문맹들에게 성경을 읽히려고 한글자모표 수백 장을 보따리에 싸서 이고는 평양역에 내렸다. 얼마 만에 돌아온 곳인가! 평양 한복판에 우뚝 솟은 장대재예배당을 올려다보니 가슴이 뭉클했다.

김메례는 발길을 재촉하여 박진사댁 대문 앞에 섰다. 불안한 마음을 달래가면서 안을 기웃거렸다. 담장 너머로 얼굴을 살짝 내민 황매화가 꽃망울을 막 터뜨리고 있었다. 하늘을 올려다보았다. 만주 벌판을 가로질러 휘몰아치는 진흙 바람으로 하늘은 쪽빛을 잃고 시야가 뿌옇게 흐렸다.

"으악! 사람 살리라우요."

갑자기 외마디 소리가 대문 밖까지 진동했다. 삽살개가 꼬리를 사타구니에 사려 넣고 마루 밑으로 기어들어가버렸다. 무슨 일일까. 김메례는 조춤조춤 안으로 향했다. 울컥 피 냄새가 봄바람을 타고 퍼졌다. 전신에 소름이 끼쳤다.

"아이쿠! 어카디. 안방마님이 죽었단 말이오."

째지는 남자의 고함. 김메례는 신을 신은 채 안방 문을 열어젖혔다. 사색이 되어 벌벌 떨고 있는 서출의 발밑에 쓰러진 마님의 얼굴에서 피가 솟구쳤다. 칼을 치켜든 박진사의 광기어린 얼굴에서 시퍼런 불이 번득거렸다.

"봉수, 이 쥑일 놈! 봉수 나타났다. 봉수를 쥑여라."

박진사의 칼이 아들 서출의 심장을 향해 내리꽂히려는 찰나 곽서방이 날쌔게 몸으로 막았다. 그건 순간이었다. 김메례의 코앞에서 박진사가 휘두른 칼이 곽서방의 목을 깊숙이 찔렀다. 동맥이 끊긴 곽서방의 목에서 피가 분수처럼 뿜어올랐다. 방바닥은 마님과 곽서방의 몸에서 흘러나온 피로 흥건했다.

"이히히… 이히히… 봉수를 쥑였다. 봉수를 쥑였어."

자기 아내와 곽서방을 죽인 박진사가 칼춤을 추었다. 피골이 상접한 손등의 퍼런 심줄이 징그러웠다. 아버지의 칼을 피해 방구석에 쪼그리고 앉은 서출의 얼굴은 겁에 질려 노리끼리했다. 김메례가 박진사의 손을 우악스럽게 잡았다.

"나 검동이요. 나를 알아보갔습네까?"

김메례의 손에 잡힌 박진사는 천장이 무너져 내리도록 껄껄 웃다가 눈을 스르르 감았다. 기운이 너무 진했는지 그대로 방바닥에 널브러져버렸다. 김메례는 방바닥에 쓰러져 피를 흘리고 있는 곽서방을 끌어안았다.

"박진사를 하나님 앞으로 인도하려 했넌데… 검동이! 네게 맡긴다."

박진사가 방 한가운데 개구리처럼 널브러져서 세상모르고 잠이 들자 그제야 방구석 병풍 끝에 웅크리고 있던 서출이 눈을 이쪽으로 돌렸다. 마님의 옷은 쪽빛 끝동을 남겨놓고 모두 핏빛이다. 서출은 김메례의 가슴에 안긴 곽서방을 한동안 멍청히 쳐다보았다. 그때 마침 친정 나들이를 다녀온 서출의 아내가 피를 보고는 기절할 듯 파랗게 질렸다.

순간 서출의 얼굴에 번쩍 빛이 나더니 핏기가 돌았다.

"저놈이 우리 오마니를 죽였어."

서출은 김메례의 가슴에 안긴 곽서방을 검지로 가리키며 소리쳤다.

"아니 곽서방이 어카자구 우리 오마니를 이렇게 찔러 죽였디요. 세상에 어케…."

"돈에 눈이 뒤집힌 거디. 당신두 알구 있디. 내레 박문점을 팔아서 혹께 많은 돈을 집에 개져다 놓은 걸."

"저런! 나쁜 사람. 어케 그럴 수레 있어요. 오마니 말로는 굶어 죽을 비렁뱅이들을 의주서부텀 데불구 댕기문서 살았다넌데 은혜를 이렇게 갚다니."

돌변한 서출의 행동에 김메례는 너무 기가 막혀 말을 못했다. 자기를 구하기 위해 대신 칼을 맞고 죽은 곽서방을 그렇게 모함할 수가 있단 말인가. 김메례는 숨이 끊겨 몸이 굳어져 가는 곽서방을 방바닥에 내려놓았다. 저고리 앞섶과 치마가 그의 목에서 뿜어 나온 피로 온통 봉숭아꽃 색깔이었다.

"서출이 너, 어떻게 감히 그렇게 말할 수 있네. 하늘이 알구 있어."

이런 김메례를 향해 서출이 고함을 쳤다.

"저년이 곽서방과 공모를 했다. 당장 잡아 쥑여야 한다. 주재소에 연락하여 순사를 불러라. 날래 불러. 저년을 잡아라. 저 살인자를 잡아라."

등줄기를 타고 전율이 흐리면서 김메례는 꼼짝 못하고 중얼거렸다.

"오, 주여! 어케 이렇게 무서운 악령이 서출의 영혼 속에 들어갔습네까. 오, 주여! 불쌍한 저 아들에게 긍휼을 베푸소서."

"지금 뭐라구 웅얼대구 있네. 뭐라든 내레 널 살려줄 수레 없어."

"어케 그런 말을 하네. 곽서방이 아니었으문 넌 벌써 죽었을 목숨이야."

"현장에 있던 사람은 나와 너 뿐이었어. 곽서방과 작당하구서리 오마니를 살해하구 아바지와 나를 쥑이려는 걸 내레 온 힘을 다해 방어하다가 곽서방을 찔렀디. 그러니끼니 입 닥치라우. 일본이 내 편이니끼니 내가 법이야."

김메례의 손에 수갑이 채워졌다. 황사를 머금은 봄바람이 치마라도 벗기려는 듯 거세게 휘몰아쳤다. 김메례가 물기 어린 눈으로 서출을 잠깐 보고는 순사를 따라 나가자 그 뒤에 대고 서출이 능글맞은 웃음을 터뜨렸다.

순사 앞에서 김메례는 입을 다물고 모든 죄를 다 뒤집어썼다. 서출은 회심의 미소를 삼키면서 오래 전부터 서울을 오가며 이사 준비를 했다. 문한을 데라우치 모살사건으로 밀고해서 서울로 압송한 뒤 곧바로 박문점을 팔아치웠고 이제 문한이 평양근교에 사둔 많은 토지를 일본 사람에게 넘겨서 돈을 챙기면 되는 것이다. 어려서부터 문한을 따르던 달호가 거머리처럼 달라붙었다.

"아즈바니레 곧 풀려날 겁니다. 그때꺼정 땅일랑 가만놔두시라요."

서출의 손이 달호의 빰을 몸이 휘청거리도록 때렸다.

"모두 내 재산이야. 아바지레 종놈에게 잠시 맡겼던 거야."

"하지만 마님은 이 박문점의 안주인이 아닙네까. 이럴 수는 없습네다."

"으흠, 숙출이 말이디. 반지나 옷만 던져주문 될 녀자야. 오즉했으문 종놈에게 붙었갔네. 너 달호! 날 귀찮게 하문 가만 두디 않을 거라우."

달호가 박문점의 장사 내막을 잘 알고 있는 터라 상점을 팔 때 달호를 면포점에 두기로 한 조건만 아니었다면 벌써 물귀신을 만들었을 것이다.

"내레 의주로 보내던 일체의 돈과 곡식을 중단할 결심을 했어."

서출의 말에 달호는 자신의 귀를 의심했다.

"양식을 안 보내문 의주에 있는 식구들은 모두 굶어 죽습네다."

"벵신들이 죽어야디 더 살아 무엇해. 복출은 꼽추가 되어 서라무니 밖에도 나가디 않구 날마다 집구석에 자빠져서 밥이나 축내문서 잠이나 자는 꼴이 볼 수 없을 정도로 정신이 틀려먹었어. 양식을 보내디 않으문 구걸이라두 해서 먹고 살 것이 아니간. 일생 죽을 때꺼정 어케 벵신들을 먹여살릴 돈을 대라구 기래."

"하지만 온몸을 쓰디 못하는 무출 도련님은 어카구요? 지금꺼정 양식을…."

달호가 문한을 들고 나오려 하자 서출이 악을 썼다.

"그런 병신을 낳자마자 엎어놓을 것이지 와 지금꺼정 살려놔서 집안 망신을 시키구 있어. 날레 죽게 하는 방법은 양식을 끊는 길밖에 없디."

곽서방이 가마니에 둘둘 말려서 지게에 실려 나가는 날, 의주에서 곰보댁이 달려왔다. 남편의 시신을 뒤따르던 곰보댁이 대문을 나서면서 울부짖었다.

"오, 주님! 이럴 수 없습니다. 우리레 박진사님댁에 들어와서 이날꺼정 충성하고 살았넌데 어케 이럴 수레 있습네까. 억울합네다. 영생아! 복남아!"

어려서 나가버린 복남이와 영생을 부르면서 통곡했다.

"다시는 박씨 가문에 나타나디 말라우. 사람을 쥑인 웬수의 에미네가 어케 목을 놓구 울어. 창피하디두 않아. 당장 나가라우. 내 눈 앞에서 꺼지라니까."

서출의 고함에 곰보댁은 눈물을 닦으면서 울음을 삼켰다.

김메례가 평양에서 억울한 옥살이를 하는 동안 서울에서는 데라우치총독암살미수사건으로 1백23인이 기소되었다. 경성 지방법원에서 열리는 재판을 취재하려고 외신기자들이 모여 들어서 재판 첫날부터 삼엄한 경계와 긴장감이 감돌았다. 피고와 7백 명이 넘는 방청객들을 수용할 만한 장소가 없어서 이 사건을 재판하기 위한 재판정을 신축해서 음력 5월에야 낙성되었다.

온 백성의 시선이 이 재판에 집중된 가운데 14회 공판은 발 들여놓을 틈이 없었다. 재판정 중앙에는 주모자 7명이 앉았고 1백여 명의 피고들은 그 옆에 둘러앉았다. 재판장 뒤에는 총독과 요로대관(要路大官)이 열석했다. 변호사 석에는 육법전서의 기초자라는 사람을 위시해서 20여 명이 늘어앉았다. 서양인 기자 33명도 그 옆에 자릴 잡았다. 60명의 순사가 삼엄한 경계를 펴면서 제1대 총독 데라우치 모살사건(謀殺事件)의 공판은 진행되었다.

대석은 1백23인에는 끼이지 않았으나 6백여 명에 꼽혀 심한 고문을 받고 풀려났다. 아직도 머리가 띵하고 눈에 백태가 낀 것처럼 앞이 희뿌옇게 보였다. 고문으로 눈을 다친 것이다. 그런 눈으로 공판을 지켜보려고 새벽부터 나와 간신히 자리를 잡은 대석은 곧추 앉지도 못하고 백석의 몸에 의지했다.

"형님! 선교사들도 이 사건에 혐의를 받고 있다구 합네다."

대석을 부축한 백석이 형의 귀에 대고 나직하게 귀엣말을 했다.

"어떤 선교사들이 연루되었다고 하네?"

"언더우드 목사는 총독이 서북지방을 순시할 기회를 탐지하여 알려주었다는 혐의를 받구요, 마펫 목사에겐 암살에 사용한 총들을 감췄다는 죄명이 붙었다는군요. 구박을 제일 많이 받는 선교사는 윤산온(McCune) 목사인데 그분은 신성학교 학생들에게 데라우치 모살을 충동하는 연설을 하면서 그가 총독과 악수할 적에 저격하라고 지시까지 했으며 거사가 실패하자 모살자들을 도피시켰다는 혐의를 받구 있답네다. 그 외에도 근 20명의 선교사들이 이 사건에 연루되었다는 의심을 받구 있답네다. 진짜 선교사들이 그렇게 했을까요? 을사보호조약 이후에 일본과 미국이 서루까락 좋다구 짝짜꿍할 때는 언제구 이제 와서는 일본이 일방적으로 선교사들을 밀어내디요?"

대석은 동생 백석의 말을 들으며 신음했다.

"고럼 일본과 미국의 밀월관계는 끝났다는 말이구나. 이러다가는 일본이 미국을 공격할 때가 올 것이 분명해. 히야! 일이 재미있게 돼 가는구만."

"아이쿠! 형님두 무슨 말씀을. 왜놈들이 어케 미국에 덤빈다구 기래요."

그때 갑자기 방청석에서 야유소리와 웃음소리가 터져 나왔다.

안태국이 조사해 달라고 주장한 세 가지 조건이 모두 정확한 반증으로 드러나자 법정 안은 온통 수라장이 되었다.

"안태국 만세! 하나님이 우리의 억울함을 들어주셨어. 주여! 감사합니다. 할렐루야! 저 사람 안태국 지금 보니 지팡이를 들고 홍해 앞에 선 모세처럼 보이네. 정주발 선천행 승객이 한 사람 뿐인데 뭐라구? 60명이 기차를 탔다구? 또 명월관에 요리대금으로 안태국이 지출한 27원이란 영수증을 제시하니까 저 검사 얼굴 좀 보라고. 그런 안태국이 그 시간에 총독을 쥑일려구 선천에 있었다니 이거 모두가 낯간지러운 조작극이야."

방청객들이 흥분해서 발을 구르기 시작했다.

"이 사건은 예수를 믿는 모든 조선 사람들과 선교사들을 핍박하여 기독교를 말살하려는 일본놈들의 저의가 깔린 사건이야."

흥분한 군중은 법정을 향해 주먹질을 하고 의자를 내던지기도 했다. 변호인단이 구수회의를 열고는 대표가 나서서 선포했다.

"본 사건은 검사가 충분한 조사도 없이 구성한 의심 짙은 사건이며 담당판사들 역시 본 사건의 재판을 편파적으로 진행해 이 사건을 판결할 능력이 없다고 판단되므로 재판기피신청을 제출한다."

"우와!" 하는 청중의 함성에 이어 모두가 얼싸안고 울음을 터뜨렸고 죄수복을 입은 사람들도 서로 부둥켜안고 울어버렸다. 판사도 아우성에 눌려서 슬그머니 법정을 빠져나갔다.

8월 말 123명 중 105인만 남고 문한은 감옥에서 풀려 나왔다. 밖에는 대석과 백경이 문한을 기다리고 있었다. 밝은 햇살에 어릿거리며 감옥 문을 나서는 문한은 어깨가 삐딱하게 기울고 찌그러진 얼굴에 눈썹만 짙었다.

"우선 연못골 집으로 가서 며칠 쉬었다가 가디."

"아니야. 날레 피양으로 가봐야 해. 면사 면포점을 달호가 잘 운영하구 있갔디만 너무 오래 비워 두었거든. 의주에 있는 무출과 복출에게 생활비도 보내야 하구 고아원도 그렇구 피안도 일대에 잔뜩 사놓은 농토들을 어케 가꾸는디…."

마음만 급했지 몸이 말을 듣지 않아서 문한은 세브란스에서 두 달간 치료를 받고 기차에 올랐다. 경성역에 나온 대석이 문한을 힘껏 포옹했다.

"내 오마니레 피양에 간 뒤 소식이 끊겼어. 김메례 전도부인 말이야. 검동이라구 하문 자넨 더 잘 알갔구만. 만나문 곧 바루 연락해줘."

"알았어. 피양 가문 바루 찾아보구 연락하디. 조국을 위해! 주를 위해!"

문한이 번쩍이는 눈으로 주위를 살피면서 대석의 귀에 속삭였다. 여름의 문을 통과한 들판은 누리끼리한 색으로 물들어가고 있었다. 벌써 10월. 죄 없이 감옥에 갇혔던 것이 1년 가까이 되었다. 산골짜기에 지천으로 자리를 잡은 가막살나무의 타원형 열매가 새빨갛게 무르익어 산언저리를 붉게 물들였다. 문한은 차창에 스치는 산야를 보면서 눈시울을 적셨다.

"정겨운 내 조국이여! 내 몸 같은 산이여, 들판이여, 개울이여!"

평양역에서 내린 문한은 사방을 두리번거렸다. 완전히 왜색으로 뒤덮인 대동문통이 낯설었다. 저만치 박문점이 보인다. 가슴이 뛰었다.

"주여! 저를 지옥에서 살려내 다시 일터로 보내주심을 감사합니다."

문한이 박문점 안으로 들어서자 낯선 사람이 다가왔다.

"무얼 사시려구요?"

벽면에 쌓아올린 면사 면포들은 문한이 직접 선별해서 사들인 중국산은 하나도 없고 모두 왜놈의 것이고 선반은 싸구려 물건으로 그득했다.

"달호야! 어디 있네? 내레 돌아왔다. 달호야! 내레 돌아왔다니까."

문한이 발작하듯 고함쳤으나 달호는 나타나질 않았다.

"이 사람 누군데 남의 상점에 와서 고함을 치구 야단이네?"

"남의 상점이라구? 여긴 내 점포라구. 박문점은 내 것이라구."

"밖에 나가보라우요. 여긴 박문점이 아니구 성도물산이라는 이름으로 바뀌었어. 박문점 주인이 바뀐 지가 벌써 언제라구 이제 나타나서 생난리야."

"주인이 바뀌었다구?"

문한은 부리나케 밖으로 나와 간판을 보았다. 성도물산이라고 휘갈겨 쓴 간판이 나붙어 있었다. 아찔했다. 이게 어떻게 된 일인가. 문한은 미친 듯이 안채로 뛰어 들어갔다.

"남의 내실로 뛰어드는 이 놈이 도대체 누구야. 미친놈이 아닌가."

대로에 내팽개쳐진 문한은 천천히 일어나 자신의 얼굴을 쓰다듬었다. 대동문통에서 이름난 청년 기업가의 모습이 아니었다. 고문으로 찌그러진 눈과 비뚤어진 코, 송충이처럼 짙었던 눈썹은 뽑혀서 뭉개지고… 자신이 생각해도 흉측한 모습이니 누가 알아보겠는가. 행인들이 문한을 피해 지나갔다.

"동미부인상회는 어찌 되었을까? 그리로 가봐야갔구나."

문한은 청년들에게 얻어맞아 얼얼한 머리를 잡고 비틀거리며 일어섰다. 그때 문한을 알아본 달호가 외마디 소리를 내지르며 달려왔다. 문한은 달호의 손에 이끌려 대동문통 한켠 한적한 곳으로 갔다.

"도대체 어케된 일이네? 박문점이 왜 남의 손에 넘어간 것이네?"

달호는 말을 못하고 문한의 가슴에 얼굴을 묻고 격렬하게 흐느꼈다.

"날레 말해보라우. 갑갑해 죽갔다. 이게 어케 된 일이네?"

그대로 달호는 자꾸 울기만 하다가 입술을 깨물며 마음을 가다듬었다.

"아즈바니레 왜경들 손에 잡혀 경성으로 떠나신 뒤에 서출이 박문점을 팔아버렸습네다. 안채 깊숙이 넣어둔 토지문서들도 몽땅 내간 걸루 압네다. 아즈바니의 땅들을 숨어서 돌아보니끼니 하나두 남김없이 왜놈들 소유가 되었더라고요. 소작인들이 나를 보구 울구 매달리면서 하소연을 늘어 놓았디요."

"서출이 놈이 내 재산에 손을 댔다구! 감히 그놈이 내 재산에!"

하늘이 노래지더니 눈앞이 핑그르르 돌았다. 서 있을 수 없이 다리가 휘청했다. 그게 모두 어떻게 산 땅들인가. 피와 땀으로 긁어모은 재산이 아닌가. 그것들이 깡그리 사라져버린 것이다. 몸이 구름을 타고 아득한 나락으로 떨어지는 듯했다. 곧 쓰러질 듯이 비틀거리는 문한을 달호가 가슴에 안았다.

"아즈바니! 아즈바니! 정신 차리시라요. 이러시문 웬수를 갚디 못합네다."

"디금 서출이란 놈은 어디메 있네?"

"피양을 떠났습네다. 박문점과 땅 판 돈을 몽땅 챙겨개지구요. 이건 말하기두 끔직한데 자신의 아버지 박진사랑 두 형들두 버리구 서울로 가버렸디요."

"으음! 그놈이 그런 짓을 하구두 남디. 박진사를 어디메 버렸단 말이네?"

깊은 산속 허름한 집에 박진사를 내팽개치구 의주에 생활비두 보내디 않구, 그리고 또 수… 숙…."

숙출에 대한 것은 차마 말할 수가 없다는 듯 달호는 말끝을 흐린다.

"그 사람 서출을 따라 서울로 갔다 이 말이네?"

"서출을 따라 가다니요? 재산을 빼앗아간 뒤 누나두 버렸디요. 피양 서문 밖 거지 촌으로 흘러나가 돌아 댕기다가 배가 혹께 고프니끼니 동미부인상회에 들어가서는 야료를 부리고 생난리를 쳤대요."

"한호 에미가 뭔 죄가 있다구 거길 가서 난리야? 일생 비러뱅이가 되어서 돌아 댕길 년. 넌 한호 에미가 다치는 걸 보구두 그냥 두었단 말이네?"

문한이 버럭 화를 냈다.

"믿기지 않지만 그분이 아뭇소리 않구 패악을 부리는 마님의 짓거리를 다 받아주구서는 피양 근교에 아담한 집을 한 채 사주구 매달 생활비를 보내문서 돌보구 있디요."

문한은 머리를 몽치로 세차게 얻어맞은 듯했다. 동미가, 불쌍한 동미가 세상에! 문한은 달호의 뒤를 따라 숙출이 살고 있다는 평양 변두리로 향했다. 성문 밖이라 시원하게 펼쳐진 들판에는 가을 햇볕을 받은 곡식들이 머리를 숙이고 있다. 산 밑 외딴 곳에 있는 아담한 집을 향해 달호가 나는 듯이 달렸다. 산기슭에 가막살나무의 붉은 열매가 덩굴에 주렁주렁 매달려 탐스럽다.

달호가 성큼 대문을 밀치고 들어섰다. 문한도 그의 뒤를 따랐다. 부엌을 들여다보니 숙출이 솥에 겅그레를 걸고 감자를 찌려고 부뚜막에 엎드려 있었다. 개수통에는 설거지거리가 널려 있고 간장쪽박이 살강에 팽개쳐져 있다. 나무를 파서 만든 자루 달린 바가지 가달박에는 먹다 남은 밥찌꺼기가 지저분하다.

"으흠! 으흠!"

문한이 잔기침을 해도 숙출은 돌아도 보지도 않고 겅그레 위해 감자를 다 올려놓고 솥뚜껑을 닫은 다음에야 느려터진 동작으로 부엌문 쪽을 보았다.

"도대체 이게 어케 된 일이네?"

문한의 목소리를 듣고는 숙출이 미친 듯이 부지깽이를 들고 덤벼들었다.

"데라우치를 쥑이갔다구 날뛰다가 잡혀 가더니 와 죽디를 않구 또 왔어, 이 웬수야. 일본을 섬기구 살아야디 거길 향해 돌을 던지니끼니 나두 이 꼴이 되었잖아. 재산을 몽땅 일본에 빼앗기구 이게 뭔 꼴이네. 어허헝헝…."

숙출은 구르는 듯이 부엌을 빠져나와 마당에 주저앉아 땅을 치며 울었다. 달호가 아니꼽다는 듯 요상한 표정을 지으며 넋두리를 해대는 숙출을 흘겨봤다.

"재산은 서출이가 도둑질해간 거디 왜놈들이 앗아간 것 아니잖네."

문한이 마루 위에 털썩 주저앉으며 이죽거렸다.

"독립운동 하는 사람의 재산은 모두 몰수한다구 땅문서꺼정 서출이 몽땅 개져갔어. 그래야 당신이 나온다구 해설라무니 다 주어버렸디. 그 많은 재산 다 집어삼킨 웬수야! 우린 맨 몸뚱이만 남았어. 이제부터 어케 살디. 아이구 내 팔자야. 종놈하고 만나 이 꼴이 뭐람. 상놈처럼 살아가는 꼴이 되었으니 이게 뭐람. 아이구! 종놈하구 사는 것두 억울한데 이게 뭐람. 아이고!"

숙출이 가슴을 쥐어뜯으며 울어대자 달호가 못 봐주겠다는 듯이 침을 찍 뱉었다. 잡초가 듬뿍 자란 마당 구석에서 금세 시커먼 구렁이라도 기어 나올 듯했다. 문한은 말없이 숙출을 혼자 남겨놓고 대문을 나섰다.

"어디메를 가네. 날 두구 어딜 가느냐구. 동미년에게 가는 거디. 내레 그걸 모를 줄 알구. 이리 오디 못해. 날레 이리 오라구. 동미년, 이 쥑일 년!"

악을 쓰며 포악을 떠는 숙출을 뒤로 하고 문한은 성문을 향해 잽싸게 걸었다. 바람을 타고 숙출의 울부짖음이 멀리 산속으로 메아리쳤다.

동미부인상회는 대낮부터 손님들로 북적거렸다. 그전보다 상점은 다섯 배나 더 커보였다. 고객 중에는 남자들도 끼어

있었다. 물건들도 아주 짭짤했다. 손님을 맞는 점원들의 목소리도 상냥했다. 문한은 상회 안으로 들어가서 진열된 물건들을 둘러보는 척하면서 동미를 찾았다. 아무리 둘러봐도 동미는 눈에 띄지 않았다. 동미의 몸종 수덕이도 없었다.

"무엇을 도와드릴까요? 무얼 사시려구 하십네까?"

상냥한 여점원의 질문을 받으며 문한은 멈칫거렸다.

"여기 혹시 수덕이라는 동미 아씨의…."

"주인 마님하구 수덕이는 아침 일찍 장대현예배당에 가셨디요. 요즘 백만 명 구령운동으루 상당히 바쁘시답네다. 던도지를 들구 피안도 일대를 돌문서 날(日)연보를 하구 있으니까요. 오늘은 아매두 던도지를 받아개지구 감흥리 쪽으로 가셨을 것입네다. 그 마을 사람들을 한 사람두 남기디 않구 모두 예배당으로 끌구 가갔다구 기도하구 나가셨으니까요."

문한은 동미상회를 빠져나와 감흥리로 향했다. 다시는 가지 않겠다고 약속하고 돌아서 나온 곳이다. 달호가 문한을 바짝 따라와서 소매를 잡았다.

"아즈바니! 우리 감흥리루 가디 말구 먼저 들릴 곳이 있습네다."

"거기가 어딘데?"

"서출이 피양을 떠나기 전에 박진사님을 산속 허름한 집에 묶어놓고 이따금 먹을 것을 개져다 팽기치구 오는 걸 숨어서 미행한 적이 있디요."

"아들이 버린 아버지를 나 보구 돌보라는 말이네? 양반이란 것이 자신을 낳은 아바지꺼정 고려장을 지내구 있으니끼니 내레 한심해서…."

"미쳐서 날뛰는 박진사를 쇠사슬로 묶어서 방에 눠여놓구 먹을 것을 이따금 개져다 주더라구요. 서출이 자기 처자식만 데불구 경성으로 간 뒤에는 어케 지내는디 궁금해요. 하지만 내 함자 가보기에는 너무 무접해서(무서워서)…."

달호는 서쪽으로 기우뚱한 해를 걱정스러운 눈으로 흘끔 올려다보고는 나는 듯이 앞장을 섰다. 산 속으로 십 여리 들어가자 인가는 없고 나무만 무성하게 우거져서 지척을 분간할 수조차 없었다. 무조건 달호만을 따라서 걸었더니 어디쯤 왔는지 가늠할 수도 없었다. 멀리서 늑대울음소리가 들렸다.

"너는 몇 번이나 거길 미행했었네?"

"꼭 세 번 갔었디요."

땅거미가 산에는 더 빨리 기어 내려온다. 어둑해진 산비탈에 자리 잡은 외딴 집이 나무숲에 몸을 가린 채 구름에 걸린 달처럼 지붕만을 살짝 드러냈다.

손에 잡힐 듯 보이는 집이건만 상거가 멀었다. 가파른 산길을 오르며 문한은 숨을 헐떡거렸다. 달호가 앞장섰다가 안쓰럽게 뒤를 돌아다보았다.

"예서 박진사님 함자 지낸다는 거네? 세상에! 병든 사람이 어떻게…."

"서출이 피양을 떠나기 전에 여길 오니끼니 안에서 찬송소리가 들렸어요. 내레 숨어서 들었넌데 누가 부르는디는 모르갔어요."

"기래? 누레 찬송을 불렀을까?"

"여자의 음성이었디요. 흐느끼문서 부르기도 하구 기도하는 소리두 들렸디요. 서출이 가만히 아낙을 들여다보더니 이

상한 웃음을 얼굴에 떠올리며 내려오더군요. 숨어서 뒤를 밟아보니끼니 하늘을 향해 고개를 젖히고 기막히게 눈물이 날 정도로 웃어대는데 산새들이 푸드덕 날고 나뭇가지가 흔들릴 지경이였다구요. 그러고 서출이 경성으로 떠나버려서 내레 그 다음부터는 여길 오디 않았디요."

두 사람이 가쁜 숨을 몰아쉬며 집에 이르니 마당은 깨끗하게 비질이 돼있고 산골짜기를 타고 내려오는 물을 마당으로 끌어들여 돌확에는 맑은 산골물이 철철 넘쳐흘렀다. 그때 갑자기 안에서 찬송소리가 들렸다.

'예수가거나리시니 즐겁고태평하고나
쥬야에자고깨난것 예수가거나리시네
나를항샹거나리네 친히나를거나리네 '
(찬양가, 예수셩교회당간인 1895년 88장)

여자들의 음성이었다. 귀를 기울이고 있던 달호가 흥분해서 속삭였다.

"바로 저 찬송을 불렀습니다. 지난번에 서출이 여기 왔을 적에도 바로 저 찬송이었다구요. 그런데 이번에는 함자가 아니구 두 사람이 부르고 있네요."

문한과 달호는 발소리를 죽이고 다가가서 문틈으로 안을 들여다보았다. 두 여자가 등을 문 쪽으로 돌리고 있고 박진사의 발목은 쇠사슬에 매였지만 손목을 묶었던 끈은 방바닥에 팽개쳐져 있었다. 찬송을 부르던 두 여인은 박진사의 손을 잡고 기도를 했다. 잠잠히 두 여인이 하는 대로 몸을 맡기고 있는 박진사의 눈가에 끈적끈적하게 눈물이 고였다. 까치 한 마리가 암자의 마당가에 내려와서 방정맞은 몸짓으로 돌확 가장자리를 맴돌다가 짝꿍이 부르는 소리에 푸덕거리며 날아갔다. 그리고 산속은 다시 정적에 빠져들었다.

두 여인은 성경을 펼쳐들고 열심히 읽어 내려가다가 박진사에게 따라 하라고 하면서 퍼렇게 멍든 주먹을 주물러주었다. 그때 문틈으로 들여다보는 문한의 눈과 박진사의 눈이 마주쳤다.

"더더더기 보보봉… 봉수레 왔어. 우와우와…."

갑자기 광기가 잔뜩 오른 박진사가 괴력을 발하면서 몸을 뒤틀었다. 포악하게 몸부림치며 날뛰는 박진사의 몸이 쇠사슬에 묶인 발목 탓에 엎어놓은 풍뎅이처럼 뱅뱅 돌기만 했다.

"와 갑자기 이러십네까? 정신 차리시라요."

그대로 눈을 희번뜩거리며 살까지 푸들푸들 떨던 박진사는 무서운 눈을 하고 증오에 번쩍거리는 눈을 문에서 떼지를 못했다.

"아무래도 누레 밖에 온 모양이구만."

"산바람이 세차서 기래요. 바람하구 이 벵은 서루까락 관계가 있잖아요."

두 여인은 두런거리며 다시 찬송을 불렀다. 그러나 박진사는 여전히 괴로운 듯이 몸을 뒤틀며 요란하게 나댔다. 문 쪽을 향해 눈을 고정시키고는 파랗게 질려버린 얼굴로 사뭇 공포에서 벗어나지 못하고 몸부림쳤다.

"안되갔구만. 방문을 열구서 밖을 보여줘야디. 아무도 없는 걸 보문 광기가 가실 것이 아니네. 문을 열라우요. 바람이 세찬 저녁이라서 기래."

석양을 향해 자리 잡은 집은 방문과 지붕까지 늦저녁의 하늘빛처럼 농익은 감빛으로 물이 들었다. 문을 열려고 돌아선 여인의 얼굴을 보는 순간 문한은 엉덩방아를 찧으며 주저앉아버렸다.

"아니, 동미가 어케 여기에!"

두 사람의 눈이 마주쳤다. 한 사람은 선 채 한 사람은 마당에 나동그라져 얼마간 그렇게 서로 쳐다만 보았다.

"살아계셨군요. 고문이 너머 심해서 살아나오기 힘들다구 들었넌데. 아아! 주여! 감사합네다. 당신의 생명을 다시 이 세상에 돌려주셔서 감사합네다."

"누레 왔네? 이 시간에 누레 여길 왔다구 그러네."

방문을 나서는 여인을 보는 순간 문한은 다시 한 번 놀라서 입이 딱 벌어졌다. 대석의 어머니 김메레가 마루에 턱 버티고 서 있지 않은가.

"아니, 어케 검동이레 여길 와서라무니 박진사를…."

김메레 전도부인의 얼굴에 엷은 미소가 서렸다.

"날레 부엌으로 가서 불을 지펴야갔수다레. 모두들 요기를 하게 저녁을 지어야디. 달호! 자네 날레 뒤란에 가서 장작을 한 아름 안아다줘."

김메레가 팔소매를 걷으며 달호에게 넌지시 할 일을 지시했다. 문한과 동미는 마당 가장자리에 있는 널찍한 바위 위에 나란히 걸터앉았다. 산의 정적을 가르고 이따금 애처롭게 이름 모를 산새들이 울어댔다. 산바람을 타고 곱게 물든 나뭇잎들이 하늘거리며 떨어져 내렸다.

얼마간의 침묵을 깨고 문한이 동미의 손을 와락 거머잡았다. 서서히 두 사람 사이를 깜깜한 장막이 가로막았다.

“고마워. 자네 숙출이꺼정 돌보느라고 얼매나 힘이 들었네.”

“당연히 돌봐야디요. 한호와 한경이에겐 매달 돈을 보내서 공부에 지장은 없었을 거웨다. 단지 의주에 있는 복출과 무출이 어케 지내는데 걱정이라요. 양식을 보내긴 했디만 곰보댁두 떠나구 없으니끼니 어케 사는디.”

“서출이란 놈! 어케 그럴 수레 있어.”

“모두 용서하시라요. 그래야 영혼이 평안합네다. 이제야 당신은 박진사의 두꺼운 꺼풀 속에서 빠져나온 셈이디요. 밑바닥에서 새롭게 시작하시라요.”

문한의 손에 잡힌 동미의 손에 힘이 주어졌다.

“무얼 개지구 다시 일어나라구 기래. 어려서부터 빙아리를 기르문서 모은 돈으로 차린 박문점이 모두 날아가버렸구 토지두 전부 없어져버렸어. 내 땅이 모두 왜놈 것이 되었다는구만. 더러운 서출이란 놈 같으니라구.”

문한은 괴로운 신음을 삼키면서 몸을 비틀었다.

“욥을 아시디요? 재산두 모두 하나님의 것이니끼니 또 다시 축복하시문 박문점보다 몇 십 배를 더 당신에게 주실 거웨다. 그걸 믿으시라요.”

“그래두 잃어버린 그 많은 땅을 어케 다시 사 들일 수 있갔네.”

“당신이 떠난 뒤 일본놈들이 토지조사령을 내려 연약한 농민들을 짓누르고 땅을 몽땅 앗아갔습네다. 당신만이 아니구 우리 되선 사람들이 다 당하는 슬픔이니끼니 서출을 원망하시디 말라우요."

"왜놈의 앞장이 서출은 그걸 이용해서 내 재산을 몽땅 돈으로 맹글러 개지구 경성으로 달아나버렸어. 내레 경성으로 가서 재산을 찾을 거라우요."

"여보! 용서하시라요. 재물은 주의 것이니끼니 겸손한 맴으로 주님을 붙들구 다시 시작하시라우요."

"글쎄 내레 왜놈들에게 고문을 당해 이 몸으로 재기하기 어렵다니까. 내 말을 알아들어. 난 개진 것이 땡전 한 푼 없어. 몸은 뱅신이 되었구."

"내레 당시에게 힘이 되어 줄 거구만요. 당신이 나를 피양의 거부로 맹글었으니끼니 이번엔 내 차례가 된 것이디요. 고무신 당시를 해 보시라요. 뒤를 대주리다. 내가 사놓은 돌산을 일본놈들이 거액을 주고 사가서 그걸로 무얼 할까 고민했는데 좋으신 하나님은 당신을 위해 준비하셨군요. 그리구 우리레 번 모든 돈을 주를 위해 그리고 되선을 위해 씁시다레."

문한이 동미를 와락 껴안았다. 산의 정적을 깨고 문한의 잔잔한 흐느낌이 산바람을 타고 아래로아래로 퍼져나갔다. 울 밖에는 미풍에 살아난 바람이 위에서 쏟아져 내리는 빛기둥과 합세하여 힘차게 불어대서 두 사람은 껴안은 채 귀를 기울였다.

에필로그

10년 동안 일본에 파송 받은 이주호 선교사는 일 년에 한 번씩 귀국하여 집에 올적마다 부모님을 따라 온가족이 선산에 성묘를 간다. 고조할머니인 김메레 전도부인의 무덤가에 둘러앉아 예배를 드리는 일이 이 집안의 전통이다. 아직도 일본에 개척한 교회는 미자립이라 형제자매들이 매달 돈을 모아줘서 받아쓰고 있는 이 집안의 장남인 주호는 가문의 자랑인 고조할머니 묘에 가서 약해지는 마음을 추스른다. 자랑스러운 고조할머니처럼 죽기까지 물러서지 않고 꼭 일본 선교에 승리하겠다는 말을 식구들 앞에서 다짐을 한다.

일본 사람들은 섬사람이라 그런지 마음이 좁고 널리 보지를 못한다. 왜놈이란 말에 맞을 정도로 마음 밭이 콩알만 하고 꼭 막힌 사람들이다. 아무리 전해도 진짜 큰바람을 일으키는 하나님을 악착같이 멀리 한다. 그가 전도하고 있는 마을에서는 여자들이 낮에 이삼십 명씩 모여앉아 한국의 드라마를 틀어놓고 시청한다. 좋은 말이 나오면 화면을 잡아놓고 모두 노트에 적고 합창을 하면서 따라 외우기도 한다. 정말 웃기는 사람들이지만 한류에 무한정 빠져드는 저들로 인해 이주호 선교사는 늘 어깨가 으쓱하다.

"너는 좋은 대학까지 나오고 신학을 공부하여 자격을 갖춘 선교사이지만 네 고조할머니는 검동이란 이름을 가졌던 박 진사댁 여종이었다. 어깨가 휠 정도로 쪽복음을 날라 이 나라에 성령의 바람을 일으킨 장본인이다. 너는 그 자랑스러운 피를 이어받았으니 인내하고 충성해라."

이건 아버지가 무덤가에서 매번 하는 말이다.

그러고 보니 선교사가 되지 않았어도 검동이 전도부인의 핏줄을 이어받아 많은 목사와 권사, 장로들이 나왔다. 특히 의사들이 많은 것은 백정의 핏줄 탓일 게다.

5000년 역사에서 931회의 외침을 당한 이 민족은 단 한 번도 다른 나라를 침략한 적이 없다. 그저 당하기만 한 민족이다. 강대국의 틈바구니에 낀 틈새 국으로 고래싸움에 등 터지는 새우로 살아온 나라이다. 이런 나라에 서서히 바람, 바람, 새 바람이 불어오기 시작했다. 그간 받아온 설음과 핍박에서 강한 DNA을 지니고 살아남은 이 민족은 이제 더 이상 새우 신세가 아니다. 고래 싸움에 등 터지는 새우가 아니다. 짓밟히고 뭉개져가면서 언제 다시 등이 터질지 몰라 방황하는 처지에서 스스로 고래가 되었고 열강의 대열에 끼어들기 시작했다. 경제력 ,소프트 파워, 군사력을 위시하여 다양한 수단을 결합하면서 계속 이 나라는 몸집과 근력을 키워갈 것이다. 이제 미국, 중국, 일본, 러시아 사이에서 등이 터지는 새우가 아니라 서로 눈독을 들이면서 함부로 건드리지 못하는 나라로 변신해가고 있다.

거친 파도가 유능한 사공을 만드는 법이다. 자연조건이 좋은 환경에서는 인류문명이 태어나지를 못했다. 거칠고 가혹한 환경에서 문명이 태어난 것처럼 대한민국은 그간 5000년의 역사 속에서 결코 깨트릴 수 없는 다이아몬드로 변신했다. 150여 년 전 낮고 천한 민초들에게 불어온 바람이 점점 힘을 얻더니 싸움에 승패를 가르는 역할을 할 제3의 고래로 이 나라는 자라나기 시작했다.

서독에 돈을 벌기 위해 간 광부들과 간호사들이 모인 자리에 대한민국의 대통령 박정희와 퍼스트 레디 육영수 여사가 검은 연탄을 뒤바른 광부와 일에 지친 백의의 간호사들과 마주섰다. 말 없이 모두의 눈에 눈물이 차오르더니 일제히 흐느껴 울기 시작했다. 국가의 지도자와 서민들이 한 몸, 한 마음이 되어 서로를 사랑하는 바람이 불어오기 시작한 셈이다. 우리도 잘 살아서 보리 고개를 깔아뭉개고 고래가 되어 살아보자는 꿈 바람이 불기 시작했다. 그간 죽지 않고 살아있던 재속에 숨어있던 불씨가 바람을 타고 강렬하게 타오르기 시작했다.

핍박을 받아가면서 다른 나라의 언어와 문화에 인내하고 배워서 결국 놀라운 성과를 이루는 뿌리는 대물림으로 핏줄속에 흘러내린 유전인자 탓이다. 세계 95개국에 흩어진 디아스포라들은 끈질기게 살아남아 우뚝 서 있다. 대한민국은 한 세기 만에 반도체 자동차, 선박, 배터리, 휴대폰 등을 발판으로 세계 10대 경제대국에 끼어들었다. 놀라운 저력을 지닌 민족이 된 건 음침한 사망의 골짜기를 통과하면서 키워낸 저력이다. 2020년 전후에는 세계의 젊은이들을 잡아 흔든 방탄소년단, K팝, 미나리, 기생충을 필두로 오징어게임이 한류를 이뤄 전 세계를 잡아 흔들고 있다.

영국에선 축구의 손흥민의 멋진 꼴인! 집집마다 안방에 온 가족이 둘러앉아 손흥민의 축구를 보면서 대한민국에 태어난 것이 자랑스럽고 어깨가 으쓱해서 박수를 치면서 환호성을 내지르고 있다. 하지만 그 나이또래의 자식을 둔 부모는 숨어서 눈물을 삼킨다. 어려서 남의 땅에 간 손흥민이 얼마나 인내하며 눈물을 삼키며 저 자리에 섰는가 하는 아픔을 공감하기 때문이다.

가까운 훗날, 힘을 얻은 바람은 점점 더 거세져서 이 나라는 세계의 정상에 우둑 설 것이다. 가장 낮은 자리에 살았던 백정을 위시해서 천민들이 일으킨 바람을 타고 불기 시작한 바람은 앞으로 모든 인류와 전 세계를 이끌어가는 놀라운 평화와 사랑의 영류(靈流)로 세계를 한 몸이 되게 하는 거대한 고래로 군림할 것이 틀림없다. ✈

이건숙 문학전집 13_2
바람 바람 새 바람_**대하소설②**

1쇄 발행일 | 2022년 9월 7일

지은이 | 이건숙
펴낸이 | 윤영수
펴낸곳 | 문학나무
편집 기획 | 03085 서울 종로구 동숭4나길 28-1 예일하우스 301호
이메일 | mhnmoo@hanmail.net

출판등록 | 제312-2011-000064호 1991. 1. 5.
영업 마케팅부 | 전화 | 02-302-1250, 팩스 | 02-302-1251

값 18,000원

ISBN 979-11-5629-146-6 04810
ISBN 979-11-5629-144-2 04810(세트)